KB156400

제대로 된 시체답게 행동해!

제대로 된 시체답게 행동해!
— 체코 SF 걸작선

초판 1쇄 펴낸 날 / 2011년 8월 19일

지은이 • 야나 레치코바 외 | 엮은이 • 야로슬라프 올샤, jr. • 박상준 |
옮긴이 • 김창규 · 신해경 · 정보라 · 정성원 · 최세진
펴낸이 • 임형욱 | 편집주간 • 김경실 | 편집장 • 정성민
디자인 • AM | 영업 • 이다윗 | 독자교열 • 김두경
펴낸곳 • 행복한책읽기 | 주소 • 서울시 중구 필동3가 15 문화빌딩 403호
전화 • 02-2277-9216,7 | 팩스 • 02-2277-8283 | E-mail • happysf@naver.com
필름출력 • 버전업 | 인쇄 제본 • 동양인쇄주식회사 | 배본처 • 뱅크북
등록 • 2001년 2월 5일 제2-3258호 | ISBN 978-89-89571-74-2 03890 값 • 16,000원

ⓒ 2011 행복한책읽기
Printed in Korea

· 저작권법에 의하여 한국 내에서 보호를 받는 저작물이므로 무단전재와 복제를 금합니다.

제대로 된
시체답게
행동해!

야나 레치코바 외 지음

야로슬라프 올샤, jr. · 박상준 엮음

김창규 · 신해경 · 정보라 · 정성원 · 최세진 옮김

행복한책읽기

제대로 된 시체답게 행동해!

체코 SF 걸작선

by

Petr Heteša — Karel Veverka

Ondřej Neff

Josef Nesvadba

Jiří Netrval

František Novotný

Jana Rečková

Ludvík Souček

Stanislav Švachouček

Jaroslav Veis

Miroslav Žamboch

보헤미안의 나라, 체코 SF 문학의 세계

프라하로 대표되는 동유럽의 빼어난 관광대국 체코는 우리에게도 익숙한 작가 카프카와 쿤데라를 낳은 전통적인 문화 강국이기도 합니다. 특히 러시아와 동유럽을 아우르는 슬라브 문화권에서 체코 문학은 가장 뿌리가 깊은 역사를 자랑합니다. 현대에 이르러서도 노벨문학상을 수상한 시인 사이페르트를 배출했고, 또 극작가 하벨은 1989년에 사회 민주화를 가져온 '벨벳혁명'을 이끈 뒤 대통령까지 지냈습니다.

그리고 세계 문화사에서 체코는 뚜렷한 자취를 남기고 있습니다. 바로 20세기 과학기술이 낳은 대표적인 아이콘인 '로봇'이란 말을 처음 탄생시킨 것입니다. 체코의 국민 작가로 추앙받는 카렐 차페크가 자신의 희곡 작품 『R.U.R.』에서 인조인간을 뜻하는 '로봇'이란 말을 처음 등장시킨 것은 1920년의 일입니다. 이 작품은 일찍이 1925년에 박영희에 의해 우리말로도 옮겨진 바 있는데, 그로부터 90여 년이 지난 지금에 이르러 본격적으로 체코 SF 문학의 세계를 소개하는 이 작품집이 첫선을 보이게 되었습니다.

이 책은 체코 SF 문학의 과거와 현재를 아우르는 쟁쟁한 작가들의 작품을 한데 모은 것입니다. 특히 몇몇 작가들은 체코를 넘어 국제적인 주목을 받는 이들로서, 그동안 명성만 들었을 뿐 작품을 접할 기회는 없었던 한국의 독자들에게 신선한 감흥을 전할 것입니다. 그 면면을 간단히 소개하면 다음과 같습니다. 먼저 영어권 장르 SF 문학계에 가장 널리 알려진 체코 SF 작가 요세프 네스바드바, 그리고 체코 SF 문학사에서 가장 유명한 작가로 꼽히는 루드비크 소우체크와 야로슬라프 바이스, 또 현재 활발하게 활동하고 있는 체코 SF 문학계의 신예 미로슬라프 잠보흐도 있습니다. 그리고 지난 2009년 부천국제판타스틱영화제 때 본인이 출연한 SF영화와 함께 직접 내한하여 관객과의 대화를 가진 바 있으며 소설뿐만 아니라 방송, 언론, 만화 등 다방면에서 활동하는 온드르제이 네프의 작품도 수록되어 있습니다. 사실상 이 한 권의 책은 체코 SF의 진수를 맛볼 수 있는 좋은 기회인 것입니다.

이 책이 나오게 된 데에는 무엇보다도 야로슬라프 올샤, jr. 주한 체코대사의 공이 절대적으로 큽니다. 올샤 대사는 외교관이 되기 전에 체코 SF 문학계에서 탁월한 활약을 보인 분입니다. SF잡지 『이카리에 IKARIE』를 창간했으며 무수히 많은 SF소설들을 기획, 편집, 번역했습니다. 대사가 된 뒤에는 여러 나라에 부임해서 해당 국가의 SF 자료를 수집하고 교류를 펼쳐 왔는데, 이제 한국에서 더 보람찬 결실을 맺게 된 것입니다. 이 자리를 빌어 올샤 대사께 깊은 감사와 우의의 뜻을 표합니다.

박상준 (서울SF아카이브 대표)

차 례

페트르 헤테샤 Petr Heteša — 카렐 베베르카 Karel Veverka

지옥에 오신 것을 환영합니다!

Těšíme se na Vás!

| 최세진 옮김 |

운전사가 트럭 문을 열고 조심스럽게 땅으로 뛰어내렸다. 120발 탄창이 달린 토미건[1]을 한 손에 들고 있었다. 그가 주위를 둘러봤다. 나뭇잎 하나 움직이지 않았다. 강물의 표면을 소리 없이 흐르고 있는 회색 거품들 말고는 마치 고딕풍의 그림 속 풍경처럼 생기가 전혀 없었다. 운전사는 차를 막은 장애물을 살피러 갔다.

나는 졸리를 쳐다보며 고개를 끄덕였다. 그리고 속사용 산탄총(레밍턴사가 자랑하는 최신품으로 광전자 조준경이 달려 있었다)을 바위 위에 걸쳐 놓고 운전사를 조준했다. 조준경의 중앙을 그 남자의 왼쪽 가슴에 있는 주머니에 맞췄다. 그쯤 어딘가에 그 사람의 심장이 있을 것이다. 졸리가 손을 입에 가져다 대고 소리쳤다.

"총을 던지고, 꼼짝 마."

졸리의 목소리는 주변의 바위들에 반사되어 네 번이 넘게 메아리쳤다. 운전사는 한 번 휙 돌아보더니 겁에 질린 얼굴로 주변을 살폈

---

1) 톰슨기관단총(Thompson Submachine Gun)의 애칭.

다. 그는 아무것도 볼 수 없었다. 그렇지, 당연히 볼 수 없을 것이다. 우리는 바위틈에 숨어 있었기 때문에 그에게는 머리카락 하나도 보이지 않을 것이다. 운전사는 주변을 신중하게 살펴보면서 조심스럽게 트럭 쪽으로 움직이기 시작했다.

"거기 서서 총을 던져. 조금이라도 움직이면……."

졸리가 반복해서 명령했다. 나는 이런 모험가들을 정말로 좋아한다. 이런 사람들은 자기 몸뚱이가 방탄이라도 되는 양 이렇게 쓸데없이 멍청한 짓들을 한다. 그래도 운전사를 죽일 수는 없었다. 틀림없이 트럭에는 보호 암호가 걸려 있을 것이고, 이 바보가 그 암호를 풀어주지 않으면 우리가 풀 가능성은 전혀 없기 때문에 그는 살아 있어야 했다. 우리가 트럭에 탈 수는 있겠지만, 그러려면 우리가 가진 총알의 절반은 써야 할 테고, 그건 못할 짓이었다.

"원하는 게 뭐요?"

운전사는 이렇게 말하며 슬며시 발을 끌면서 운전석 쪽으로 뒷걸음질했다. 나는 트럭에서 앞쪽으로 5미터 정도 떨어진 곳을 겨누고 방아쇠를 당겼다. 귀청이 떨어질 듯한 총성이 울리고, 그 소리는 다시 바위들에 반사되었다. 트럭 앞에 있던 바위가 터지고, 먼지가 일었다. 수류탄이 터졌을 때처럼 사방에 파편이 튀었다. 이 산탄 총알은 50센티미터 두께의 벽에도 구멍을 뚫을 수 있었다.

운전사가 토미건을 던졌다. 졸리가 어깨 위로 자기 총을 다른 이에게 넘겨주고 트럭으로 내려갔다. 나는 아직도 운전사를 겨누고 있었다. 졸리가 내려가자 불그스름하게 변색되어 가는 졸리의 흰자위를 알아채고 두려움에 떠는 운전사의 모습을 자세히 볼 수 있었다. 졸리의 눈은 깊은 협곡처럼 바닥도 없이 죽음을 향해 열려 있는 것 같아 보였을 것이다. 운전사가 뒤로 물러나기 시작했다.

"제발…… 저를 내버려 둬요. 다 가져가세요. 제발, 저를 건드리지 마세요. 부탁드릴게요. 제발……."

졸리는 걸음을 멈췄다.

"자, 이제 저 고물차로 가서 암호 풀어. 트럭 문 열고 차단 장치 풀어. 당연한 이야기지만, 문은 열어 놔. 내가 머리통을 계속 겨누고 있을 거야. 조금이라도 바보 같은 짓을 하면 쏴 버릴 거야. 이런 종류의 차에 대해서는 나도 아주 잘 알고 있으니까 네가 하는 짓을 모조리 다 지켜볼 거야. 아무 짓도 하지 마. 암호만 풀어."

운전사는 차 쪽으로 천천히 움직였다. 졸리가 뒤따랐다. 졸리는 양손으로 총을 움켜쥐고 운전사의 머리를 겨누고 있었다.

"그리고…… 한 가지만 더 말하자면……. 혹시 네가 운이 좋아 문을 닫을 수 있을지는 몰라도 그게 네 행운의 끝이 될 거야. 네 트럭 밑에는 저기 바위 뒤에서 내 친구가 조종하는 10킬로그램짜리 무선 조정 폭약이 있어."

운전사는 잘 알아들었다는 의미로 고개를 끄덕거리고, 운전석으로 가는 발판을 올라가기 시작했다. 그의 모습이 앞 유리창 뒤로 사라졌다. 나는 그가 지금 앉아 있으리라 짐작되는 지점의 유리창을 겨누었다. 이 총이라면 방탄유리도 우습게 박살내 버릴 것이다. 졸리는 발판 위로 올라가서 운전사의 머리를 겨누고 있었다. 나는 헨리에게 담뱃불을 붙여 달라고 했다. 나는 한쪽 눈으로 트럭 발판에 올라가 있는 졸리를 쳐다보고, 다른 쪽 눈으로는 총의 조준경을 통해 운전석 앞 유리창을 보고 있었다. 헨리가 담배를 건네줬다.

"이런 씨발…… 쟤는 왜 이렇게 오래 걸려. 저기서 도대체 뭘 하고 있는 거야?"

마침내 졸리가 발판에서 내려왔다. 그가 차에서 5미터 정도 떨어진 곳에 멈춰 섰다. 운전사가 그를 따라 트럭에서 내렸다. 운전사는 창백한 얼굴로 손을 떨었다. 나는 부하들에게 신호를 주고 트럭으로 내려갔다. 우리는 전부 합쳐서 여덟 명이었는데, 양동작전을 펼칠 수 있는 소대 규모 정도로 무기를 갖추고 있었다. 운전사는 겁에 질린 얼굴로 우리의 눈이 있어야 할 곳에 있는 깊은 붉은 구멍을 쳐다봤다. 그는 단 한 번의 접촉으로도 시체병에 감염되어 우리의 일원이 될 거라는 사실을 아주 잘 알고 있었다. 송장들. 그는 우리가 무슨 짓이라도 할 수 있으리라는 사실을 알았다. 나는 컨테이너의 뒷문을 열고 안을 살폈다.

옷. 온통 옷뿐이었다. 잠옷부터 화려한 파티용 턱시도까지 모든 게 다 있었다. 제기랄, 아주 횡재를 했구먼.

"어디서 오는 거요?"

내가 운전사에게 불쑥 물었다. 그는 너무 겁을 먹어서 겨우 대답했다.

"캠펠 요새에서 왔어요."

"이 옷 말고 또 취급하는 게 있소?"

"신발들이요."

"겨우 그거요?"

"아뇨……, 다들 옷이 필요하잖아요. 꽤 수입이 짭짤해요."

"그래서 뭘 벌어 가소?"

"음식 깡통이요. 맥밀란 공동체에서요."

"그렇군. 유감이오만, 뒤로 좀 물러나 주셔야겠소. 불쌍한 양반 같으니라고."

운전사는 그 자리에 그대로 얼어붙어 버린 것 같았다. 그는 아무 말도 하지 않았다. 이 사람이 지금 자기 처지를 잘 이해한 건지 모르겠다는 생각이 들었다. 이 사람이 잘 돌아갈지는 의문이다. 무역용 트럭 물건이나 감염되지 않은 요새에서 오는 사람들과 공장, 마을, 생존을 위한 물물교환에 기대어 살아가는 우리 같은 송장들에게 살해당할 가능성이 높았다. 나는 그를 죽이는 데 흥미가 없었다. 나에겐 그럴 이유가 없었다. 하지만 내 경험으로 보면, 감염자들은 건강한 사람들을 증오하기 때문에 아무 일도 아닌 것처럼 그들을 죽였다. 그래도 난 이 친구에게 미안한 감정은 없었다. 끔찍한 것들을 너무 많이 봐서 그런지 그런 사소한 감정을 느낄 틈이 없었다. 졸리와 나는 트럭 운전석에 타고 다른 친구들은 뒤의 컨테이너에 올라탔다. 졸리가 시동을 걸었다. 운전사는 제자리에 서서 꼼짝도 안 했다. 우리 중 아무도 저 사람을 건드리지 않았지만, 틀림없이 한 달 내로 끔찍한 병이 시작되었다는 것을 알려주는 첫 번째 증상으로 눈의 흰자위가 빨갛게 변하기 시작할 것이다. 지금 당장 죽지 않고 살아남는다면 그때 죽을 것이다.

캠펠 요새에서 타고 왔다는 방탄 철갑을 두른 대형 트럭은 완벽하게 정비되어 있었고, 운전하기에는 최상의 물건이었다. 이 트럭은 자동 지뢰 탐지기를 포함하여 최고급 장비들이 갖춰져 있었다. 아까 우리가 10킬로그램짜리 폭탄 어쩌고 했던 속임수는 몹시 어수룩한 짓이었다는 뜻이다. 운전석에는 중앙 시장에 연결된 화면이 여러 개 다닥다닥 붙어있는 단말기가 장착되어 있었고, 단파 무전기와 트럭 위에 달린 대구경 기관총의 방향 탐지기 등 다양한 장비들이 설치되어 있었다. 전자화된 운전대 덕분에 살짝만 건드려도 트럭이 감지하고 움직이는 것으로 봐서는 콜 공동체의 최신품 중 하나일 것이다. 백미러는 야간 투시용 적외선 카메라로 바뀌어 있었다. 나는 백미러가 보고 싶었다. 내 시체병이 얼마나 진행되었는지 보고 싶었다.

이 질병은 40년 전 세계를 덮쳤고, 지금까지 아무도 살아남지 못했다. 백신은 아직 발견되지 않았다. 의학은 완전히 무용지물이었고, 사람들은 희망 없는 싸움을 서서히 포기해 가고 있었다. 적어도 내게는 그렇게 보였다. 과학 연구소를 계속 운영하는 것은 너무 많은 비용이 들었고, 근근이 목숨을 연명하며 하루하루 살아가야 하는 사람들이 그 예산을 대기는 힘들었다. 누군가 치료약을 발명한다면 그 사람은 하룻밤 사이 세계의 지배자로 등극할 수도 있을 것이다. 하지만 모든 희망이 거의 다 사그라진 상황이었다. 유일한 희망이라곤 감염되지 않는 것뿐이었기 때문에, 공장과 주거지, 야영시설, 요새, 그리고 이 행성에서 마지막 남은 건강한 사람들이 아직 살아 있는 지역은 요새화되는 결과를 낳았다.

시체병에 걸린 아이가 태어나면 그 즉시 부모와 함께 무자비하게 죽임을 당했다. 누군가 감염되면 역시 똑같은 운명을 맞았다. 다른 가능성은 없었다. 한 사람이라도 감염이 되면 전 공동체에 위협이 되기 때문이었다. 시체병에 걸린 사람이 어찌어찌해서 공동체의 살육을 피해 탈출한다고 해도 2년을 넘기지는 못 했다. 시체병은 24개월이면 그 병에 걸린 사람을 완전히 먹어치웠다. 죽음을 기다리는 2년의 시간이었다. 여하튼, 그 2년을 다 채우도록 살아가는 경우도 거의 없었다.

시체병의 증상을 숨길 방법은 전혀 없었다. 가장 눈에 띄는 증상은 눈동자 흰자위의 충혈이었는데, 나중에는 붉게 변색된다. 그 후로 거의 20개월 동안은 아무 일도 일어나지 않는다. 20개월이 지나고 나면 머리카락이 하나 둘 빠지고, 피부와 내장이 떨어져 나가기 시작한다. 송장은 말 그대로 먼지로 변해 갔다. 하지만 그나마 용감한 이들만이 이 끔찍한 최후의 순간까지 살아남을 수 있었다. 주요 증상이 나타난 뒤 공동체에서 가까스로 도망쳐 나온 사람들이었다.

이 추방자들은 새로운 공동체를 발견했는데, 이 공동체는 건강한 사람들의 공동체와는 완전히 다른 사회였다. 송장들의 공동체는 아무 것도 생산하거나 교환하거나 제공하지 않았다. 이들은 건강한 사람들의 공동체와 시장, 이동하는 트럭을 공격해서 생계를 이어갔다. 이들은 잃을 게 없었다. 앞으로 살아갈 날들을 거의 정확히 알고 있어서 그 종말이 이미 정해져 있는 삶을 며칠, 몇 주, 몇 달 더 얻는 것뿐이 었다.

와이퍼가 자동으로 움직였다. 비가 오기 시작했다. 나는 담배에 불을 붙였다. 나는 송장 40명이 모여 있는 공동체의 우두머리다. 나는 6개월 남았다.

우리가 안마당으로 들어가자 광전지로 움직이는 묵직한 문이 우리 뒤에서 삐거덕 닫혔다. 기름을 좀 쳐야겠지만, 문짝이 떨어져 나가기 전에 누군가 기름을 칠 것 같지는 않았다.

라만틴 요새는 산악 지방에 위치하고 있었고 국경지역 정찰용 군 요새 중에서 무기가 가장 잘 갖추어졌던 곳이었다. 유감스럽게도 많은 장비가 작동을 멈춘 상태였는데, 아무도 장비들을 돌보지 않은데 다 수년 간 사용하지 않았던 것도 한몫을 했다.

그래도 우리는 거뜬히 살아남았고, 무기가 될 수 있는 것들은 완벽하게 관리하고 있었다. 우리에게 필요한 발전소와 대부분의 컴퓨터, 그리고 장갑차 두 대는 모두 잘 작동했다. 하지만 자동방향조종장치가 달린 로켓 발사대와 요새 내부용 전화를 고치지 못했다. 나는 특히 내부용 전화를 고치지 못한 것 때문에 화가 많이 났다. 그리고 중앙 컴퓨터에도 회선을 연결시키지 못했다. 뭐, 이런 것들이 목숨을 연명하는 데 꼭 있어야 하는 건 아니다. 열 명이 점령했을 때부터 이 요새는 난공불락이었다. 우리 대부분이 요새를 비우고 기습 강도질에 나갈 수 있는 것도 그 덕분이었다.

내가 컨테이너를 열자 헐웨이가 창고에서 운송용 차량을 가지고 나왔다. 헐웨이는 36살이고 이제 3개월 남은 상태였다. 그는 이미 머리가 거의 벗겨졌고, 피부에 난 붉은 점은 날마다 더 커지더니 이제 서서히 검은색으로 변해 가고 있었다. 헐웨이는 시체병의 마지막 단계에 들어선 것이다. 그가 우리에게 눈치만 살짝 준다면 누구든 기꺼

이 그를 쏘아 주었을 것이다. 하지만 그가 스스로 요청하기 전까지는 누구도 그렇게 하지 않을 것이다. 아직까지는 상태가 그다지 나쁘지 않은 걸로 짐작된다.

"별일 없죠?"

"별일은…… 뭐…….."

"컨테이너에는 뭐가 들었나요?"

"옷뿐이야. 혹시 배리가 어디 있는지 아나?"

"식당에서 마지막으로 봤어요."

"고맙네."

스무 살인 배리는 내 휘하에 있는 최고의 컴퓨터 전문가였다. 그는 본래 주변 1만 평방킬로미터의 지역에 전기를 공급해 주던 요새화된 스털링 발전소에서 일했다. 물론 개별 공동체에 전기를 공급하는 대신 받는 것은 돈이 아니라 물건이었다. 스털링은 가장 부유한 공동체 중 하나였다.

배리는 자신의 몸에 시체병 증세가 나타나자 발전소의 중요 시설을 파괴해 버려서 나흘 간 모든 지역에 전력 공급이 중단되었고, 그로 인해 상상하기도 힘든 일들이 연이어 일어나기도 했었다. 우리는 발전소에서 40킬로미터 떨어진 곳에서 완전히 탈진해 있던 그를 발견했다.

8개월 전에 일어난 일이다. 따라서 배리는 다른 이들에 비해서 상대적으로 살아갈 날이 많았다. 배리야말로 나에겐 희망이다. 나는 요새에서 구할 수 있는 최고의 기기들을 그에게 제공했는데, 그가 나를 구원해줄 방법을 찾을 수 있기를 바랐기 때문이었다. 요새에는 돌팔이 의사 몇 명과 유명한 약사도 한 명 있었지만, 난 그들을 더 이상 신뢰하지 않았다. 세계에서 가장 영리한 두뇌들이 최고의 기기를 갖춘 연구소에서도 40년간 발견해 내지 못했던 것이 눅눅한 지하묘지에서 발견될 리가 없기 때문이다.

내가 배리를 신뢰하는 이유는 그가 이 문제를 전혀 다른 관점에서 바라보고 있기 때문이었다. 이건 내 생각이었는데, 우리를 구원해 줄 유일한 기회는 컴퓨터와 모의실험기에 있다고 생각하는 걸 보면, 나는 진작 미쳐 버린 게 틀림없다. 철학도 아니고, 생물학도 아니고…… 남은 건 기술뿐이었다.

나는 그 생각에 완전히 빠져들어 최근 우리 패거리들에게 습격 명령을 내려서 그런 기기들을 입수하기도 했다. 우리는 버려진 전산실로 가서 컴퓨터를 분해해 필요한 부분을 챙기고, 핀 공항에 있는 운항 관제소를 습격해서 반쯤 망가진 연구실에서 평가 장비를 가져왔다. 이 모든 게 쓸데없는 짓일지도 모른다. 하지만 나에게는 이제 6개월밖에 남지 않았다.

배리는 식당에 없었다. 지하실에 있는 컴퓨터실로 가는 내내 그를 찾았다. 컴퓨터실은 배리가 값비싼 노획물들을 쌓아 두는 곳이었다. 그는 노획물들을 결합하고 연결해서 재구성하는 방식으로 한 단계 발달된 모의실험기에 덧붙일 복잡한 컴퓨터를 만들었다.

"배리, 안녕?"

"네…… 어떻게 됐어요?"

"네가 했던 모의실험 결과 그대로였어. 아주 정확했어."

"그 사람이 성가시게 굴던가요?"

"처음에만 그랬어. 어떻게 돌아가는 건지 상황을 파악하더니 안 그러더군."

"좋네요. 최근에 완성한 모의실험기는 거의 완벽한 것 같아요."

"오늘 현실에서 모의실험했던 걸로 결론을 내려 보자면, 맞아. 그랬어."

"자, 그럼 더 복잡한 걸 한번 시도해볼까요?"

"좋지."

"좋았어요. 그럼…… 위슬리 센터는 어떨까요?"

그 소리를 듣자 온몸에 서늘한 기운이 훑고 지나갔다. 나는 그 말이 진심인지 농담인지 질문하는 눈초리로 배리를 바라봤다.

"두목이 더 복잡한 걸 시도하고 싶어 했잖아요, 그쵸?"

나는 광디스크 상자 위에 걸터앉아 주머니에 손을 넣고 말했다.

"그렇지. 좋아. 하지만 난 너의 그 완벽한 모의실험기가 내놓는 결과를 보고 나서 결정할 거야."

"위슬리 센터를 잘 아는 사람이 필요해요. 그래야 모의실험기에 먹을거리를 던져 줄 수 있을 테니까요."

"스팅을 보내줄게. 스팅이 거기에서 일했거든."

"얼마나 오래 일했어요?"

"6년 정도."

"아주 좋아요. 제 모의실험기에게는 보물이 따로 없겠어요."

"그건 그렇고, 다른 소식은 없어?"

"음, 저는 최대한 노력 중이에요."

"그래, 그럼 수고해……."

* * *

나는 부엌에서 브랜디를 한 잔 마시고, 케이시에게 저녁 식사로 뭘 준비하는지 물었다. 그는 고기만두와 토마토 소스를 만들고 있다고 했다. 그리고 난 스팅을 만나러 갔다.

"두목, 미쳤어요? 우리는 절대로 성공 못 해요."

"왜 안 되는데?"

"저는 위슬리 센터에서 4년 반 동안 일했어요. 그래서 거기 보안 체계가 얼마나 강력한지 아주 잘 알아요."

"아직도 못 알아들었구나, 멍청한 새끼. 그래서 우리가 할 수 있다는 거야."

"그게 아니라니까요. 설마 센터 사람들이 저한테 센터의 보안 장비를 다 보여줬을 거라고 생각하시는 건 아니죠? 저는 보안이 가장 철저한 지역 중에서 극히 일부만 알고 있을 뿐이에요. 게다가 도대체 그게 어떻게 작동하는지는 눈곱만큼도 모른다고요."

"상관없어. 거기가 어떻게 돌아가는지 네가 알고 있는 것만으로도 충분해."

"하지만…… 제가 거기서 나온 지 벌써 1년은 족히 넘었어요. 두목이 왜 이러는지 정말 납득이 안 돼요."

"옛날에 일했던 작업장이 요즘은 어떤지 보고 싶지 않아? 게다가 어쩌면 네 아내랑 아이를 만날 수 있을지도 모르잖아?"

"이런, 제기랄. 말이 되는 소리를 좀 하세요. 우리 패거리 절반이 죽어 나가는 꼴을 보고 싶어요?"

"아냐…… 난…… 그저 배리에게 가서 협조해 달라는 것뿐이야."

"전 아무것도 몰라요."

"배리가 뭘 요구하지는 않을 테니까 그냥 잠시 가서 앉아 있기만 하면 돼. 배리가 모의실험기에 너를 연결할 거야. 그러면 네가 가지고 있는 쓸모 있는 정보들을 모조리 빨아들이게 되지."

"세계에서 가장 완벽한 모의실험기도 위슬리 센터의 모형은 만들지 못할걸요."

"그런 건 신경 쓰지 마. 딴놈이 신경 쓸 문제니까."

"이건 정말 미친 짓거리예요. 하여튼, 뭐…… 알았어요. 배리를 만나 볼게요."

"당연히 만나러 가야지. 난 너한테 부탁을 하러 온 게 아냐. 명령하러 온 거지."

*　*　*

위슬리 센터는 딱 한 번 가본 적이 있었다. 각 공동체에서는 보통 한두 사람 정도만이 위슬리 센터까지 갈 수 있었으며, 채로 거르듯 까다로운 시험을 통과해서 최고가 된 자만이 거기로 배달하는 임무를 받을 수 있었다.

어떤 공동체도 상품을 잃어버리는 위험을 감수할 수는 없었다. 그 것만이 희망이요, 구원이었으며 외부의 세상으로 통하는 유일한 소통 통로였기 때문이다. 위슬리 센터는 공동체들 간에 상품을 거래할 수 있는 유일한 장소로 약 2백 킬로미터 반경 내에서 중앙시장 역할을 했다. 위슬리 센터는 사실 버려진 공항 인근에 있는 작은 마을로서, 센디의 중앙시장 컴퓨터에 연결된 각 요새와 공동체의 트럭들은 운전석에 달린 자그마한 단말기로 당일 시장에서 어떤 상품을 파는지 정보를 제공받았다. 물론 물물교환 가격이 어떻게 되는지도 제공받았다. 돈은 오래전에 그 가치를 잃어버렸고, 이제는 존재하지 않는다. 문명의 퇴화는 교역사업의 후퇴로 그 모습을 드러냈다.

예를 들어 상품을 제공하는 집단에서 동의한다면 맥주 캔을 제공하는 거래도 일부 가능했다. 신발 한 켤레에는 맥주 캔 3십 개, 난로 하나에는 3백 개, 무전기에는 3천 개, 트럭에는 3만 개 같은 식이었다. 차에서 다른 차로 상품이 옮겨지는 방식은 전부 다 자동제어 로봇에 의해 진행되었기 때문에 시장에는 사람이 전혀 없었다. 이런 장은 매주 화요일과 목요일에 열린다. 장이 열리는 날이면 상상하기도 힘든 양의 상품들이 이 작디작은 지역에 몰리기 때문에 위슬리 공동체에게는 시장에 대한 보안이 가장 중요한 임무였다. 위슬리 공동체는 시장이 계속 돌아가도록 유지하고, 그 조직과 기술적 자산을 돌보고, 시장의 보안을 완벽하게 지키는 것으로 교환되는 상품에서 10분의 1을 챙겼다. 대부분의 경우 거래에 관심이 있는 사람은 자신이 원하는 물건을 갖기 전에 중앙시장 컴퓨터로 여러 가지 방식의 물물교환을 모의실험했다. 다단계 물물교환 방식도 빠르게 늘어나고 있었다.

배리가 위슬리 센터 습격 계획을 제대로 짜려면 자신의 컴퓨터를 철저히 믿어야만 한다. 난 어떤 경우에도 4명 이상을 잃을 생각은 없으니, 습격 방식에 대한 철저한 분석을 요구할 것이다.

온갖 낡아 빠진 쓰레기들을 가져다 합쳐서 고성능의 모의실험기를 만들 수 있던 것은 배리 덕택이었다. 적어도 지금까지는 썩 괜찮았다. 최근에는 습격을 할 때마다 모의실험기를 이용해서 모형을 짜서 실험했다. 그리고 그렇게 했기 때문에, 산마르코 정착지 사람들이 독창적으로 만들어 놓은 함정에도 걸리지 않고 잘 피할 수 있었다.

저녁 식사 시간이 되려면 아직 30분 남았다. 그래서 허제스팅 탐험이 어땠었는지 이야기를 들어보려 폴에게 갔다.

"거기도 마찬가지예요……. 살아 있는 영혼은 없었습니다. 도시는 너무 망가져 버려서 점령해서 요새로 만들 만한 가치는 없더라고요. 송장 몇이 거기서 빈둥거리고 있더군요. 하지만 한 패거리뿐이었는데, 걔네들은 팀 같은 걸 조직할 능력은 전혀 안 되는 부류예요. 다들 제각각이고, 거기에 남은 마지막 찌꺼기들을 뜯어먹고 살더라고요. 쓰레기 더미 같은 집들은 다 무너져 내리고 있었고, 쥐들이 온통 뒤덮고 있었어요. 거기서 늑대도 봤다니까요, 글쎄."

"모건네 장비는?"

"예…… 거기도 가 봤는데…… 쓸데없는 짓이에요."

"무슨 소리야?"

"아마 폭발이 있었던 것 같아요. 아니면 강력한 녹이나 뭐 그런 것 때문에 대들보가 녹아내렸던지. 지붕이 주저앉아서, 두목이 갔어도 그 잔해들 사이에서는 쓸 만한 물건 찾기 힘들었을 거예요. 그런데 지붕이 무너지기 오래전에 이미 약탈을 당했던 것 같아요. 제가 발견한 거라곤 이제 생명이 이틀 정도 남았을 듯한 송장 하나뿐이었어요."

"위협하는 놈은 없었어?"

"도시 전체에서 무장한 사람은 저밖에 없었어요. 적어도 그렇게 보이더군요. 그래도 전 무장 트럭에서 자주 내리진 않았어요. 자기 총만큼 믿을 만한 건 없으니까."

"그러면 거기는 조직 같은 흔적은 전혀 없었다는 거야?"

"네. 아무것도 없었어요."

"지하는 어때?"

"제기랄…… 도시는 죽은 지가 오래됐고, 거기 있던 자원은 모조리 다 사용해 버렸더라고요. 거기서 건질 만한 건 하나도 없었어요. 그래도 허세스딩 인근 지역의 무전기 전파 대역을 쭉 점검해 볼 예정이에요. 도시 사람들도 무전기 없이는 살아갈 방법이 없을 테니까."

"우리처럼 살면 되지."

"하지만 저희는 송장이잖—"

"그렇지. 걔네들도 우리처럼 송장일 가능성이 높아. 내가 내일 가서 점검해 보지."

"절 못 믿겠다는 건가요? 그런 거예요?"

"믿지. 난 자넬 믿어. 그래도 내가 직접 보고 싶어서 그래. 자네도 나랑 같이 가지."

"네. 좋아요. 그러죠."

로저는 어젯밤에 감시한 전파의 평가결과를 살펴보고 있었다. 요새에는 매우 강력한 무전기가 있어서, 우린 그 무전기를 이용해 공동체와 요새들 간에 주고 받는 무선을 엿들었다. 우리는 수신기를 하루 24시간 구동시키면서 모든 전파 대역을 속속들이 감시했다. 입수된 송수신 내용은 암호해독기와 컴퓨터로 즉시 보내지고, 필요한 경우에는 자동으로 모의실험기로 넘어가서 그 가치를 평가하게 된다. 그 결과에 따라 우리는 유익하리라 짐작되는 보고서만 읽게 된다. 대체로 그 내용은 게을러서 위슬리 센터에 가지 않은 공동체 사이의 양 방향 거래거나 상품 수송 시간계획표였다. 이건 위험 부담이 가장 낮은 일인데다, 특히 최근 배리가 새로운 모의실험기를 구동시키고 나서는 완전히 식은 죽 먹기였다.

"로저, 안녕하세요. 뭐 재미있는 건수 없어요?"

로저는 50대로 머리가 희끗희끗하고 비쩍 말라 호리호리했다. 그는 예전에 아커스 공동체에서 중앙 보안실장이었다. 그에게는 이제 살아갈 날이 10개월쯤 남았다.

"글쎄…… 음…… 다음 주 화요일쯤……."

"뭔데요?"

"무장 차량 네 대가 무슨 전자기계를 콜 공동체에서 위슬리 센터로 가져간대. 어떻게 돌아가는지는 정확히 모르겠지만, 무장 경호대로 경비를 하는 걸로 봐서는 값비싼 물건이 틀림없어."

"콜 공동체 사람들이 짠 계획이에요?"

"아냐…… 위슬리 센터에서 짰어. 웃기긴 하지만, 경호가 붙는다니 좀 겁나. 얼마나 큰 건인지는 정보가 전혀 없지만 철통같이 지킬 게 틀림없어."

"그럴 거 같으세요?"

"이번 경우는 배리의 모의실험기도 소용없어. 배리한테 줄 수 있는 정보라고는 무장 차량 네 대와 경호대가 콜 공동체에서부터 함께 움직일 거라는 사실뿐이야. 혹시 더 자세한 정보를 흘릴지도 모르니 나야 당연히 위슬리와 콜 공동체가 주고 받는 무선을 계속 지켜보겠지만, 우리가 이 정보를 사용하지 못하게 될까 봐 유감일세."

"제 생각은 좀 다른데요. 오히려 정말 유용한 정보였어요."

"이봐, 마이크…… 바보 같은 짓을 하려는 계획이라면 부디 그만두게."

"그럴 리가 있나요. 도대체 무슨 소리예요. 그 사람들이 특별한 무장단과 함께 이동할 거라면, 그냥 가게 둘 거예요."

"그래, 잘 생각했어. 아마 위험 부담이 적고 더 괜찮은 건수가 곧 또 생길 거야."

"우리는 그 사람들을 그냥 가게 두고, 바로 거기에 가서 기다릴 겁니다."

"무슨 소리야?"

"위슬리 센터에서 그걸 낚아챌 셈이죠. 배리가 벌써 그에 대한 모의실험을 준비하고 있어요. 정보 고마워요."

"이봐, 마이그. 내가 10년이 넘게 그 염병할 공동체들의 보안부서에서 일했어. 이건 만만치 않은 경험이야. 그런데도 내 생각으론 도대체 어떻게 거길—"

"생각하는 일은 모의실험기에게 맡겨 둬요. 로저 씨는 위슬리 센터에 대한 새로운 정보만 주시면 돼요. 그 정보들을 평가하기 전에 먼저 모의실험기의 데이터베이스로 점검을 해 보고 싶네요. 배리한테 연락해 보세요. 그럼 걔가 다 알아서 할 겁니다. 다른 거 더 하실 말씀 있나요?"

"나머지는 다 만날 나오는 그냥 쓰레기들이야. 자네가 한번 볼 텐가?"

"사양할게요. 로저 씨가 중요하지 않다고 생각하신다면, 저도 허비할 시간이 없어요. 이제 다음 주 목요일까지는 그냥 쉴 참입니다."

"자네 6개월 남았지?"

"네. 전 그 시간을 주정뱅이처럼 위스키 병 하나 들고 주저앉아서 보낼 생각은 없어요. 열심히 뛰어다녀야죠. 로저, 저는 지루하게 죽고 싶지는 않아요."

"좋구먼."

"자, 그럼. 식사나 하러 가시죠. 또 그 염병할 토마토 소스랍니다."

* * *

눈을 떴다. 다시 햇빛에 적응하는 동안 시간이 걸렸다. 눈의 초점을 맞추려 30초 정도 애를 쓰고 나서야, 모니터에 떠 있는 마지막 판의 게임 점수를 읽을 수 있었다.

마지막 게임 : 162점

합계 : 7891점

그렇다면, 게임 〈지옥 같은 삶〉에서 한 단계 올라갔다는 뜻이다.

이건 대단한 점수였다. 내가 더 높은 점수를 받을수록, 〈지옥 같은 삶〉은 점점 더 어렵고 복잡한 단계로 올라갔다. 꿈의 점수인 1만 점에 도달하려면 아직도 2천 점이나 남아 있었다. 앞으로 살아남을 때마다 더 많은 점수를 받게 될 것이다. 점수를 더 받을수록 게임은 점점 더

극적으로 변할 것이다.

난 머리에 썼던 전극을 벗겨내고 일어나서 보드카 병뚜껑을 땄다. 오늘 받은 높은 점수로 내가 일하는 우주생물학 연구소에서는 1등, 이 게임을 만든 심클레어에서는 6등이 되었다.

지금까지 1만 점에 도달한 사람은 아무도 없었다. 이는 최신이며 가장 완벽하고 비싼 모의실험기인 '심클레어 08'을 획득한 사람이 아직 없다는 뜻이다. 내가 한꺼번에 이 둘을 다 차지할 기회가 온 것이다. 내가 심클레어를 탈 가능성이 높았지만, 오늘 게임 진행 이후로는 그다지 확신을 할 수 없었다. 도대체 왜 나는 위슬리 센터를 엉망으로 만들려는 걸까? 다음번에 뒈져 버리면 어쩌지? 앞으로 남은 6개월 동안 무슨 일이 벌어지든 멀찌감치 떨어져서 아무것도 안 하고 그냥 앉아 있기만 하더라도 난 1등을 할 수 있을 것이다. 점수가 점점 더 빨리 올라가고 있으니……. 하지만 지금처럼 했다가는 1등은 할 수 있겠지만, 1만 점에 도달하지는 못할 것이다. 기껏해야 신문에 내 이름이 실릴지는 몰라도, 내 꿈인 심클레어는 영원히 날아가 버린다. 그러고 나면 나는 처음부터 다시 시작해야만 한다. 웩! 절대 안 돼! 제기랄…… 이제 거의 다 왔는데, 여기서 말아먹을 순 없어. 그럼 어떻게 해야 되지? 마이크가 모의실험기 안에 있는 내 분신일 뿐이라는 사실을 잘 알고 있었지만, 그놈의 엉덩이를 확 걷어차 버리고 싶었다. 마이크는 완전히 나와 동일한 인물이고, 내 뇌의 조종을 받으며 모든 결정도 내 뇌가 했다. 이 상황에서 미련한 사람은 바로 나였다. 그런 사실은 자신감을 회복하는 데 그다지 도움이 되지 않았다.

반드시 해결 방법이 있을 것이다. 심클레어는 평판이 좋은 회사니까 해결책도 없는 게임을 모의실험기에 넣어서 시장에 내놓는 짓은 절대로 하지 않았을 것이다. 하지만 어떻게 해야 되지? 내 직장인 연구소에는 모의실험기가 있으니 세밀한 분석을 해볼 수도 있을 테지만, 그건 아무런 도움이 안 될 것이다. 모의실험기의 전극을 뒤집어 쓴 상태를 〈지옥 같은 삶〉의 마니아들은 '시마(Sima) 상태'라고 부르는데, 시마 상태가 되면 난 현실 세계로부터 완전히 단절되고 바깥세계에서의 어떤 기억과 정보도 그 안으로 가져갈 수 없다. 시마 상태를 벗어나면 그 안에서 내가 했던 모든 바보 같은 짓들을 자세히 기억할 수 있지만, 시마 상태에서는 현실의 삶을 전혀 기억하지 못한다. 그러니 바깥에서 하는 모든 분석과 준비는 그 안에서 완전히 무용지물이 되고 만다. 이는 정말 독창적인 발상이다.

모의실험기는 그 사람의 버릇이나 행동, 지능, 복합적인 능력을 완벽하게 복제한 후 현실 세계가 전혀 끼어들지 못하게 한다.

심클레어 01이 시장에 등장한 것은 15년 전이었는데, 그걸 컴퓨터라고 부를 수 있을지 모르겠지만, 심클레어 01은 컴퓨터 기술에 있어서 또 하나의 혁명이었다. 생물학적인 모의실험기의 첫 세대인 심클레어 01에는 머리를 집어넣도록 되어 있었다. 기계가 인간의 행동을 직접 모의실험할 수 있도록 하기 위해 모든 기술이 총동원되었다. 덕분에 인간의 행동을 수치 모형으로 변형할 필요가 없어졌다. 당시로서는 혁명적인 발전이었다. 목소리를 이용한 소통 역시 거대한 진보였다. 하지만 이 모든 것들은 그 회사가 심클레어 03을 시장에 내놓을 때까지의 이야기였다. (심클레어 02는 건너뛰었다. 기획이 성공하지 못했을 뿐만 아니라 시장에도 내놓지 못했기 때문에 회사에서는 곧바로 03을 개발했다.)

심클레어 03은 더욱 더 완벽해졌다. 목소리 소통방식은 전극 다발을 소통하는 사람의 머리에 직접 연결하는 것으로 대체되었다. 모의실험기가 수 초 만에 두뇌에서 직접 모든 정보를 입수했기 때문에 자료를 더 이상 입력할 필요가 없었다. 그러면 심클레어 03은 이용자만큼이나 해당 문제에 대해 많이 알 뿐 아니라, 방대한 보조 데이터베이스에 한 사람으로서는 감당하기도 힘든 엄청난 양의 정보를 보유하게 된다. 심클레어 03은 이 모의실험기에 연결을 끊은 이후에도 이용자가 하려던 대로 계속 작동되기 때문에 별도의 사후 평가는 필요 없었다. 이용자는 컴퓨터가 제시하는 해결책을 자신의 생각인 것처럼 인식했다. 이에 가장 빠르게 반응을 보였던 집단은 군대였고, 그 다음도 과학 연구소들이 아니라 오락 산업이었다. 모의실험기는 오락 분야에 끝도 보이지 않는 엄청난 가능성을 안겨줬다. 하지만 그중 가장 멀리 나아갔던 업체는 모의실험기를 개발했던 심클레어였고, 이들은 〈지옥 같은 삶〉이라는 모의실험 게임을 시장에 내놓음으로써 그 가능성을 현실로 만들었다.

게임 이용자는 일련의 전극을 자신의 몸에 연결시키고(심클레어 06), 전쟁과 지진, 외계인, 극악한 질병, 그리고 그 외 다양한 극적이고 두려운 재난에 위협받는 삶을 살게 된다. 프로그램은 상상을 초월할 정도로 방대해서 게임마다 다른 상황이 전개되었다. 심클레어 06은 게임 이용자의 두뇌에서 어떤 세상을 만들어낼지 골랐다. 모든 게임에서 공통점은 난이도가 올라갈수록 게임의 끝내야 하는 순간이 다가온다는 사실이다.

이 게임은 시작할 때부터 한 가지만을 위해 달린다. 그것은 생존을 위해, 구원을 위해, 다음 단계로 나아가기 위해 벌이는 투쟁이다.

〈지옥 같은 삶〉을 처음 시작하는 사람은 5백 점 이상을 얻기 힘들다. 이 게임이 1만 점을 얻어야 마칠 수 있다는 것을 생각한다면, 이 선 정말 이이없고 정나미 떨어지는 일이다. 경험 있는 전문가들이나 살인청부업자들 정도는 되어야 5천 점 이상을 딸 수 있었다. 나는 지금까지 4번밖에 새로 시작하지 않았다. 마지막 게임에서는 반년이나 걸려 5,678점을 받았다.

그리고 다시 시작했다. 게임을 하다보면 저절로 배우게 된다. 소중한 감정이나 요령, 예의 바른 규칙 따위는 모조리 잊어버려야 한다는 걸 이해하게 된다. 〈지옥 같은 삶〉에서는 모조리 혼자 힘으로 해내야 하고 자신만을 위해 움직여야 한다. 그리고 희생자의 수 따위는 아무런 의미도 없다. 나는 첫 게임에서 이미 그런 사실을 깨달았지만 아무런 소용이 없었다. 내가 현실 세계에서 깨달았기 때문이다. 다시 시마 상태가 되면 모의실험용으로 만들어진 친구를 구하려고 발버둥을 치는 따위의 실행 불가능한 짓을 똑같이 반복했다.

심클레어는 매우 교묘해서 내가 끌리기 시작하는 사람의 모습을 이용해서 함정을 만들고, 그 사람을 생명이 위협당하는 상황으로 밀어 넣었다. 그러면 나는 그 사람을 구하지 않을 수 없었고, 그러다 결국 죽어 버렸다.

그게 당시 나의 가장 큰 문제였는데, 온갖 방식으로 해결하려 했지만 거의 성과가 없었다. 심지어 이 문제 때문에 정신과 의사에게 진료도 받아 봤지만 전혀 개선되지 않았다. 나는 모의실험기에 앉아서 전극을 쓸 때마다 나 자신을 그대로 반복했다. 나는 세상 물정 모르는 바보였고 피를 쫓아다니는 사냥개였다. 그리고 친구들이 모두 죽거나 연쇄살인을 당했는데도 나는 아무런 자극을 받지 않았다. 그 뒤 다시 〈지옥 같은 삶〉을 시작했는데, 시작하자마자 나는 굶주린 악어들이 가득한 호수에서 약혼자를 구하려 했다. 그녀를 구하지 못했지만 그 개 같은 자식들이 내 다리를 물어뜯었다. 그 무의미한 시도로 내게는 겨우 2천 점과 외다리밖에 남은 게 없었다.

드디어 이번 판은 그나마 괜찮아 보였다. 그건 아마도 연구소에서 가장 친했던 줄리언 달트리가 나에게 비열한 사기를 친데다, 나와 결혼할 예정이었던 사만다가 바람을 피우기 시작했기 때문일 것이다. 개 같은 년. 내 사고방식이 완전히 바뀌었다. 그들에게 복수할 기회는 얻지 못했지만, 더 이상 친구나 애인을 믿지 않게 되었다. 그 뒤로 나는 어떤 달콤하고 강력한 말에도 넘어가지 않았다. 세상에 대한 관점은 더욱 염세주의적으로 변했고, 정의로운 세상에 대한 내 생각은 산산이 부서졌다. 그런데 마지막 판에서 시체병에 걸리고도 롬바드 병원에 있는 애인을 보고 싶어 했던 걸 보면 완전히 냉소적으로 변한 것만은 아닌 것 같다. 그녀는 허파에 총을 맞고 병원에서 죽어 가고 있었는데, 나는 그녀를 보기 위해서 의사들이 약물 실험을 할 예정인 송장 여섯 명과 함께 병동을 통과해 걸어가야 했다. 모의실험기는 온 병동을 "주의! 시체병 출현!"이라는 커다란 경고 문구로 도배할 정도로 내게 친절을 베풀었다.

나는 이 게임을 처음 시작할 때부터 푹 빠져들었다. 1만 점 이상을 획득해야 가능하지만 반드시 이 게임을 이기고 말겠다고 결심했다. 게임에 이기기 위해 필요했던 심클레어 06은 내 월급으로는 꿈도 꿀 수 없이 비싼 물건이었다. 하지만 그게 나를 막을 수는 없었다. 연구소에서 모의실험기를 사용했기 때문에 나는 모의실험기에 대해 아주 잘 알고 있었다. 그래서 그보다 싼 기기들을 구하는 것은 아주 쉬웠다. 나는 같이 일하는 동료인 잭의 감독 아래 우리 연구소에서 일하는 몇몇 친구들을 모아서 심클레어 04와 05를 이용해 심클레어 06 엇비슷한 것을 만들어 냈다. 부품은 일부 구입했고 일부는 친구들이 주었다. 또 일부는 친구들이 연구소에서 훔치기도 했다. 하지만 중요한 것은 최종 결과물로 나온 괴물이 심클레어 06만큼이나 훌륭했다는 사실이다. 게다가 우리는 대용 프로그램을 이용해서 〈지옥 같은 삶〉을 그 괴물에 설치할 수 있었다.

나는 심클레어사에 등록을 요청했다. 등록을 하지 못하면 게임 결과를 인정받을 수 없기 때문이었다. 그러자 등록 그 자체가 가장 큰 문제로 드러났다. 등록실의 새대가리들은 자신들이 만들지 않은 제품을 목록에 올려 자기들이 만든 제품과 경쟁하도록 한다는 이야기 자체를 아예 들어보지도 않으려 했다. 내가 만든 괴물에 몇몇 시험용 프로그램을 돌려 보도록 허용해야 했고, 그 뒤로도 2천 달러와 샴페인 10여 병을 더 투자해야 했다. 등록 책임자 자신이 게임 이용자였을 뿐만 아니라 뇌물이 잘 통하는데다 온갖 추잡한 일에 익숙한 사람이었다는 건 행운이었다.

지금은 게임을 마칠 때마다 심클레어사의 데이터 뱅크에 접속하는 식으로 게임의 결과를 등록했다. 그와 동시에 심클레어사는 합계 점수를 알려줬다.

내가 진짜로 6등에 올랐다는 사실이 모니터에 표시되고, 심클레어사에서 축하 인사가 날아왔다. 이런 일은 처음이었다.

아마도 심클레어사는 10등부터 축하 인사를 보낼 것이다. 이틀 전 11등이었을 때는 모니터에 축하 인사가 뜨지 않았었다. 세 번째 잔을 들이켜고 기계를 껐다. 잠자리에 들더라도 푹 자지는 못할 것이다. 나에겐 반년의 삶이 남아 있었고, 겨우 천 점만 더 따면 된다. 그런데 나는 위슬리 센터를 공격하려 한다. 이런 제기랄, 도대체 왜 나는 이런 걸 생각해 보지 않는 걸까?

당연한 이야기지만, 아침에 지각했다. 자동화된 수위인 타이머 600은 이걸 엄청 재미있는 일로 생각한 모양이다. 타이머 600은 쉰 목소리로 6분 늦었다고 알려주며 재빨리 내 출근 카드에 기록했다. 나는 내 이름이 적힌 카드함에 출근 카드를 밀어 넣으며 그럴싸한 핑계를 늘어놓았다. 하지만 타이머 600은 신경 쓰지 않는 것 같았다.

잭은 단말기 앞에 앉아 커피를 마시고 있었다. 잭은 머리를 어깨까지 기른 집시 스타일의 28살 청년으로, 히피처럼 낡은 청바지를 입은 그 청년이 컴퓨터와 모의실험기 분야에서 유명한 전문가라는 사실은 누구도 가늠하기 힘들 것이다. 함께 일하는 과학자들뿐만 아니라 우리 회사의 경영진들도 그의 외모를 보고 뜨악해 했으나 잭은 전혀 신경 쓰지 않았다.

잭이 커피잔을 책상 구석에 내려놓고 말했다.

"안녀…… 이런…… 엄청 피곤해 보이네요. 어젯밤 내내 또 베티하고 보낸 거예요?"

"헛소리 하지 마. 어젯밤에 〈지옥 같은 삶〉을 했는데, 우리 연구소에서는 1등, 심클레어 전체에서 6등으로 올라갔어."

"정말요?"

"응."

"실장이 그 소리를 들으면 아주 환장하겠는데요. 실장이 그 사실 알아요?"

"아니, 아직 모를걸."

"힘들지 않았어요?"

"뭐…… 그렇지."

"네. 하긴…… 진짜 흡혈귀 파티에서 밤샌 몰골이세요."

"그런데 내가 계속 바보 같은 짓을 늘어놓는 걸 보면, 이제부터 진짜 어려워질 것 같아. 커피는 어디서 난 거야?"

"저기 TV 위에 있어요. 제가 실장한테 전화할게요."

"네가……."

잭이 수화기를 들더니 얼마 전까지 연구소 내에서 1위를 달렸던 실장의 전화번호를 눌렀다.

"안녕하세요. 실장님, 롬바드 씨가 방금 전에 출근했습니다."

"…… ……."

"네. 롬바드 씨가 오늘 좀 늦긴 했지만, 실장님께서 흥미로워하실 만한 소식을 가져왔어요."

"…… ……."

"네, 그럴 겁니다. 롬바드 씨가 이번 달 들어서 오늘까지 여섯 번 늦었어요. 하지만 연구소에서 〈지옥 같은 삶〉 1등을 했다면 그만한 가치는 있을 것 같은데요."

"…… ……."

잭은 송화기 부분을 손으로 막고 나에게 물었다.

"그거 심클레어사에 등록했나요?"

"두 말 하면 잔소리지."

"네, 실장님. 게임 결과는 이미 등록했답니다."

"…… ……."

"네, 그렇죠. …… 그렇게 전하겠습니다."

잭은 수화기를 내려놓고 웃음을 터뜨렸다.

"저한테 무슨 말을 전해 달라는 줄 알아요?"

"나한테 축하 인사를 보내 줄 리는 없을 테고……."

"직원이 여덟 번 지각하면 징계를 당한다는 사실을 경고하래요. 그게 다예요."

"실장은 아마 약이 올라서 죽을 지경일 거야."

"당연히 그렇겠죠. 마크, 실장이랑 같이 일하는 사람 이야기를 들어보니까 요즘 실장이 무기력하대요. 게임을 한판 할 때마다 걱정스러워 한다더라고요. 그래서 요즘 게임을 통 안 했대요. 하지만 오늘 그 소식을 들었으니 틀림없이 다시 시도할 거예요. 여하튼 당신을 꺾어야 할 테니."

"엿 먹으라 그래. 내가 1등을 먹을 테니까."

"당연히 당신이 1등을 하겠지만, 실장을 완전히 눌러 버려야 돼요."

"그래도 실장이 게임 안에서 함께 지내는 게 공룡이든 뭐든 간에, 최소한 내 송장들보다는 훨씬 편안할 거야."

36

"저는 모르겠어요. 지난번에 들리는 이야기로는 누가 자기 팔을 뜯어버렸대요."

"중요한 건 그가 살아남았다는 사실이야."

"물론 그렇긴 하지만, 다음번에는 힘들걸요. 실장이 팔이 뜯겨서 벌어진 채로 지저분한 구덩이에 누워 있는 모습을 한번 상상해 보세요. 그 상태라면 멍청한 쥐새끼라도 실장을 잡아먹을 수 있을걸요. 그러니 당연히 다음 판에 들어가기를 주저하는 거겠죠."

나는 커피 한 잔을 타서 내 책상에 가서 앉았다. '뒤틀린 시공의 한계 상황에서의 우주 생물학'이라는 이상한 제목의 최종 보고서를 작성해야 했지만, 벌써 일주일이나 마감이 지난 후였다. 나는 충분한 자료가 없다는 핑계를 대면서 마감을 더 미룰 합당한 이유를 찾고 있었다. 전화벨이 울렸다. 좋군.

"우주생물학 연구소입니다. 무엇을 도와드—"

"마크야?"

"응. 나야, 베티."

"자기 이제는 나를 사랑하지 않는 거야?"

"무슨 소리야, 당연히 사랑하지."

잭을 쳐다봤더니 그는 신문을 읽는 척하면서 웃음을 참느라 숨이 넘어갈 지경이었다.

"어제 집에 창녀를 불렀지. 그치?"

"말도 안 돼!"

"어제 집에 불이 켜져 있었는데도 문을 안 열어 줬잖아."

"이것 봐, 베티, 난 심클레어에 접속 중이었어. 알잖아."

"자기는 항상 뭔가에 접속하고 있었대."

"그게 아냐. 베티, 날 믿어줘. 그런데 어제 온다는 이야긴 없었잖아."

"아, 미안해. 잊어버렸네. 롬바드 씨한테는 이틀 전에 미리 알려줬어야 했는데, 그래야 다른 아가씨한테 접속하지 않고 있을 테니까, 그치?"

"베티, 이제 나 6등이야."

"아, 그러서? 내 목록에서는 96등이신데……."

"뭐?"

"응. 채팅실에는 당신 앞에 줄서 있는 남자들이 그 정도는 돼. 안녕, 내 사랑……."

전화는 누군가 선을 잘라 버리기라도 한 것처럼 툭 끊겼다. 수화기를 내려놨다.

"무슨 문제 있어요?"

잭이 짓궂게 물었다.

"내 두 번째 삶은 내가 살아남기 위해 발버둥치고 있다는 사실을 이해하려고 하질 않네. 혹시 커크의 실험 최종 결과 받았어?"

"아뇨. 아직 패트릭이 가지고 있을 거예요."

"오늘 가져와. 알았지?"

"넵."

* * *

점심시간에 내 공동체에 있는 배리가 얼마나 일을 진척시켰으며 어떤 방향으로 나아가고 있을지 생각해 봤지만 전혀 알 수 없었다. 여하튼 어떤 상황에서든 나는 배리의 실험을 좀 더 꼼꼼하게 지켜봐야 한다. 그놈이 날 가지고 놀지 못하도록 일정한 성과를 내라고 요구해야 한다. 심클레어는 이런 생각을 가지고 들어가지 못하게 하겠지만, 나는 이걸 마음속에 새겨 넣어야 한다. 이건 정말 미친 짓이다. 오후 내내 그 일을 생각하고 또 생각했다. 결국 보고서 초안은 손도 대지 못했다. 배리가 이 모든 일에서 핵심적인 역할을 맡아야 한다.

위슬리 센터를 공격해서는 살아나기 힘들다. 결국 거기서 뒈질 게 틀림없다. 그렇다 하더라도 뭔가 해결 방법이 있을 것이다. 심클레어에서 나보다 앞선 다섯 명은 과연 어떤 느낌이고, 이런 상황을 어떻게 견뎌 내고 있는 건지 정말 궁금했다. 특히 1등은 해결 불가능한 문제에 맞서 싸우고 있을 것이다. 마지막으로 했던 판보다 한 단계 더 높은 난이도의 엄청난 함정들로 가득한 끔찍한 세계가 자신을 기다리고 있을 것이기 때문에, 그는 모의실험기 앞에 앉는 것조차 두려워하고 있을 것이다. 나는 또 혹시 내 모의실험기가 일반적인 모델이 아니라서 혼자 제일 어려운 건 아닌가하는 생각도 했다. 이 괴물 같은 잡종이 내게 심술궂게 굴어서 다른 이들은 전혀 겪지 않아도 될 일들을 겪고 있는지도 모른다. 내가 지금까지 이야기를 나눠 봤던 사람들 중에 〈지옥 같은 삶〉에서 송장들을 대면했다는 사람은 아무도 없었다.

집에 오는 길에서도 다시 배리와 그가 무언가를 찾아낼 거라고 나를 설득했던 일을 다시 떠올렸다. 그래. 배리는 찾겠지. 하지만 언제? 어쩌면 내게 모든 증상이 다 나타난 이후일지도 모른다. 그때는 내게 아무 소용도 없다. 배리에겐 잘 대해 주고 있었는데, 그건 배리만이 해결책을 찾을 수 있으며 그의 도움이 있어야만 내가 그 지옥에서 빠져나올 수 있기 때문이었다. 하지만 배리도 이런 내 생각을 알고 그걸 이용해먹고 있는 거라면 어떡하지. 그래도 배리는 게임에서 나를 구원해 줄 것이다. 적어도 그렇게 되길 바란다. 배리가 그런 짓을 할 정도로 이 게임이 내게 짓궂게 굴지는 않을 거라 믿고 싶다.

그렇지 않다면 이건 정말 비열한 사기나 다름없기 때문이다.

냉장고에서 맥주 캔을 꺼내 뚜껑을 따고 모의실험기 앞에 앉았다. 담배에 불을 붙이고 맥주를 마시면서, 내 책상 전체를 다 차지하고 그 아랫부분까지 차지한 모의실험기를 노려봤다. 개자식. 심클레어사의 전문가가 이 꼴을 봤더라면 자기 눈을 믿지 못했을 것이다. 내 모의실험기는 방의 절반에 걸쳐서 흩어져 있지만 진짜 심클레어 06은 초콜릿 상자만큼 작았다. 내 모의실험기는 〈지옥 같은 삶〉에서 배리의 모의실험기 모습과 똑같았다.

전극을 뒤집어썼다. 미룰 이유가 없었다. 오늘이나 내일 죽을 거라면 차라리 오늘 죽는 게 낫다. 불확실한 상태로 살아가는 건 더 이상 견딜 수 없었다. 연구소 일에도 안 좋을 뿐만 아니라, 아무 죄가 없는 베티에게도 못할 짓이었다. 게다가 베티는 정말 싹싹한 아가씨였기 때문에 절대로 그녀를 잃고 싶지 않았다.

모의실험기를 켰다. 기계는 쥐 죽은 듯이 조용했고 전압 안정기만이 들릴 듯 말 듯 윙윙거렸다. 안락의자에서 편안한 자세를 취한 후 '시작' 단추를 눌렀다.

* * *

"어이, 두목. 로저 씨가 위슬리 센터 습격에 반대한대요."

"그 사람이 겁이 많아서 그래. 모의실험 작업이 끝나면 우린 가는 거야."

"로저 씨는 이 계획을 다시 재고해 달래요."

"모의실험 결과가 나오면 한번 다시 생각해 보지. 그런 그렇고, 로저 씨는 이 건에 대해서 어떻게 알게 된 거야?"

"이제는 요새 안의 사람들 사이에 비밀이 없다는 사실을 아셔야 돼요."

"내가 로저 씨하고 이야기해 볼게. 그런데 자네 생각에는 이 계획이 어떤 거 같아?"

"전 찬성이에요. 해 보죠. 다른 친구들도 다 찬성이래요. 몇몇 친구들만 겁을 먹었을 뿐이에요."

"좋았어. 그럼 이 문제는 그냥 가자고."

진이 빠져 버린 것 같았다. 너무 피곤했다. 나는 린다를 만나러 갔다. 그녀는 요새에서 마음대로 돌아다닐 수 있는 유일한 여성이었다. 린다가 그런 특권을 가진 이유는 내가 그녀에게 푹 빠져 있었고, 두목의 단짝은 특권을 좀 가질 필요가 있기 때문이었다.

다른 여자들은 모두 창고에 갇혀 있었다. 그녀들은 밤에 사내들을 즐겁게 해 주기 위해서만 창고에서 나올 수 있었다. 그렇게 하지 않으면, 그녀들의 존재가 방해물이 될 것이고 요새 내에서 문제를 일으킬 짓이다. 사실 그녀들은 노예였다. 그녀들이 견딜 수 없는 수준으로 숫자가 줄어들면 그 즉시 채워졌다. 이 말은 그녀들의 숫자가 우리보다 적어지자마자 채워진다는 의미이다. 여성들은 남성들보다 시체병에 훨씬 약해서 사망률이 높았기 때문에 얼마 지나지 않아 곧 그 상황이 일어날 것이다. 우리는 가치 있는 상품이 없는 공동체를 찾아야 한다. 그런 곳은 보안이 취약하고 여성이 많기 때문이다.

"안녕, 린다. 오늘 밤에 당신이 필요해. 완전히 녹초가 된 것 같아."

"문제없어. 자기, 옷을 좀 가져왔다며."

"응. 완전히 한 무더기야."

"내가 몇 벌 챙겨도 되지?"

"당연하지. 하비한테 말해 둘게. 특별히 찾는 거라도 있어?"

"수영복."

"그걸 뭐에다 쓰게?"

"일광욕이 하고 싶어."

"일광욕이야 아무렇게나 해도 되잖아."

"뭐, 그렇긴 하지. 내가 요새 전체의 경비대를 무력화시켜도 된다면야."

"알았어. 맘대로 해."

의자 위에 앉자 의자가 박살나 버렸다. 나는 의자를 집어던지며 말했다.

"이런 제기랄…… 여기 제대로 된 가구는 없어?"

"부서졌네요. 요새 안에 있는 것들은 모조리 부서져 내리고 있어요."

"그래서 내가 여기에 온 거야. 우리는 뭔가 해야 돼."

"위슬리 센터……."

"응. 그것도 마찬가지긴 한데, 그거보다는 좀 복잡한 이야기야. 우리를 이 지옥 같은 요새에서 벗어나게 해줄 뭔가를 해야 해."

배리는 책상 위에 발을 올리더니 담배에 불을 붙였다.

"뭔가를 해야 하다니요?"

바닥에 담뱃재를 털며 배리가 말을 이었다.

"이제 결정하셔야 돼요. 우린 시간도 없는데 모의실험기도 한 대뿐이잖아요. 두 가지 문제를 동시에 해결할 수는 없어요. 위슬리 센터인지, 시체병의 치료 문제인지 둘 중 하나로 결정하세요. 미리 경고한다면 어느 것도 확실한 건 없어요. 물론 제 생각에는 위슬리 센터 건이 성공할 확률이 더 크긴 하죠. 적어도 우리가 일을 시작할 수는 있으니까요. 최소한 모의실험기에 입력할 거리는 있다는 뜻이에요. 하지만 시체병 쪽은 우리가 가진 게 아무것도 없어요."

"아무것도 없다는 말이 무슨 뜻이야? 이제껏 두 달이 넘게 그 일을 하고 있었잖아. 최소한 네가 보고한 대로라면 말이지."

"그렇게 말씀하실 수도 있겠지만, 40년이 넘게 치료법을 연구한 사람들도 저보다 더 나았던 건 아니에요."

"그렇다면 희망이 없다는 이야기군."

"송장에게는 희망이 없다는 말 자체가 의미가 없어요. 어딘가엔 해결 방법이 있을 수도 있겠지만, 저나 모의실험기는 어디서부터 뭘 어떻게 해야 할지 아직 감도 못 잡고 있어요. 치료법을 찾는다는 자체가 쓸데없는 짓이라 우리가 불필요한 시간을 낭비하고 있는지도 몰라요. 하여튼 납득하기 힘든 일이 일어났는데, 확실히 만만한 문제는 아니지만 지금으로서는 우리에게 다른 희망이 없으니, 오늘 오후에는 그걸 해 볼까 해요."

"그게 뭔데?"

"우주에서 날아온…… 신호예요."

"너 그게 우주에서 온 건지 어떻게 알아?"

"글쎄요. 우리 암호해독기가 그 신호를 어떻게 처리해야 할지 몰랐는데, 그런 경우는 처음이었거든요. 암호해독기가 모든 파장을 조합하면, 아무리 암호화된 정보라고 할지라도 컴퓨터가 해석할 수 있어요. 그리고 아시다시피 우리 컴퓨터는 대단히 똑똑하기 때문에 우리에게 유익하리라 짐작되는 정보들만 골라서 해석을 했어요. 그럴 수밖에 없는 게, 보고서가 너무 많으면 우리가 그걸 다 읽을 시간이 없으니까요. 그런데 어젯밤에 어떤 정보가 들어왔는데, 암호해독기가 그 정보를 어떻게 처리할지 모르자, 컴퓨터는 그 정보가 중요할 거라고 판단한 거예요. 그 전에는 한 번도 없었던 일이거든요. 암호해독을 하지 않았다는 건 우리에게 중요하지 않다는 의미이기 때문에, 자동으로 그 보고서는 불필요한 정보로 버려졌어야 해요. 그런데 컴퓨터가 이번에는 그렇게 하지 않은 거예요. 왜 그런 걸까요?"

"짐작되는 거라도 있어?"

"아뇨. 전혀 모르겠어요. 지금까지는 그냥 정보만 모으는 중이에요. 이 건에서 또 하나 재미있는 사실은 그 신호가 어젯밤에 처음 온 게 아니라는 거예요. 무전실을 가동시킨 이래로 지금까지 쭉 그 전파를 잡아왔다는 사실을 밝혀 냈어요. 약 두 달 정도 된 거죠. 하지만 모의실험기는 단 한 번도 그 내용을 저희한테 제공한 적이 없었어요. 그러다 어젯밤에 한꺼번에 보여준 거죠. 모의실험기는 그동안 그 정보를 계속 축적해 오면서 모자이크의 한 조각, 한 조각을 맞추다가 어젯밤에 마지막 조각이 전송되어 하나의 그림으로 맞출 수 있게 된 것 같아요. 적어도 제 짐작으로는 그래요. 그래도 그 그림을 우리가 알아보지 못한다면 무용지물이에요."

"그래서?"

"그래서 우린 더 기다릴 수밖에 없어요. 우리 암호해독기가 해독해 내기에는 아직은 자료가 충분하지 못한 것 같아요. 충분한 자료가 모아지면 암호해독기가 우리를 위해 해석을 해줄 겁니다."

"하지만 일 년이 걸릴 수도 있잖아."

"물론, 백 년이 걸릴 수도 있어요."

난 담배에 불을 붙였다.

"백 년이나 일 년이나 똑같아. 나는 반년밖에 안 남았어. 나는 지금 즉시 필요해. 암호해독기가 제대로 처리를 못 한다 해도, 인간의 머리로는 어떻게 할 수 있지 않을까? 그 보고서 인쇄해 봤어?"

"물론 해 봤죠. 보여드릴게요. 하지만 무의미한 난수에 불과해요.

암호해독기는 1초 안에 백만 개의 변수를 계산할 수 있어요. 이 보고서는 그보다 한 수 위 같아요."

나는 배리의 모의실험기를 쳐다봤다. 그건 다른 모의실험기의 부품들을 모아 만든 것으로, 비슷한 방식으로 조립된 컴퓨터에 연결되어 있었는데, 온 방을 다 차지하고 있었다. 색색의 선이 벽과 천장을 온통 휘감으며 무작위로 뻗어 나간 것 같았지만, 각각의 선은 배리의 모의실험기에 필수적이고 특정한 기능을 위해 연결된 것일 게다. 반은 기계이고 반은 생물인 지옥의 괴물 같은 기계였다.

나는 배리가 늘 그러듯이, 바닥에 담배를 던져 버리고 발로 비볐다.

"네 말대로 우주에서 온 신호라면 외계인이 보냈겠네. 내일 모레쯤에 우리 요새 곁에 외계인이 착륙하겠군. 와서 그럴 거야. '우리는 엑스 행성에서 왔는데, 시체병 치료약을 드릴게요.' 그리고 우리한테 알약 60개가 담긴 상자를 줄 거야. 그리고 다시 날아가는 거지. 네가 생각하는 게 이런 거야?"

"꼭 그런 식은 아니지만…… 우주에서 전파 간섭이 일어났을 수는 있어요."

"정말로 그런 걸 믿는다면, 하느님을 믿고 내생의 천국 같은 낙원을 꿈꾸면서 자살로 삶을 마감하는 거나 마찬가지야, 조금 미개한 사람들이나 할 소리 같은데?"

배리가 맥주 캔을 땄다.

"맥주 재고도 거의 다 떨어졌어요. 제가 가지고 온 게 마지막 상자예요. 음…… 요는 이건 내버려 두고 위슬리 센터 습격 건이나 모의실험기로 돌려 보라는 거죠?"

"아냐. 내 말 잘 들어. 그 신호는 누군가 사람이 송신한 걸 거야. 염병할 외계인 어쩌고 하는 건 때려치워. 네가 뭘 하든 상관없지만, 최대한 빨리 그 암호를 풀어."

나는 일어섰다.

"그러면 위슬리 센터는 어떡해요? 제가 아까 저나 모의실험기나 그렇게 큰 문제를 한 번에 두 개나 돌리는 건 무리라고 말씀드렸잖아요."

"그건 천천히 해도 돼. 위슬리 센터 건은 잊어버려."

"그래도 다들 그 계획을 알고 있는데다 몇몇은 기대하던 눈치던데요."

"너한테 이 이야기를 떠벌리고 다니라고는 안 했어. 공식적으로 너는 위슬리 센터에 대한 일을 하는 거야. 다른 사람들에게는 그렇게 이야기해야 돼. 누구든 네가 위슬리 센터 일을 하고 있는 게 아니라는 걸 알게 된다면, 그 사람이 어디서 그런 정보를 얻었을지는 뻔하잖아. 이 일을 아는 사람은 나 말고는 너뿐이니까."

"알았어요. 그런데 목요일에는 사람들에게 어떻게 설명할 거예요?"

"그건 내가 알아서 해."

*   *   *

우리는 광장 한가운데에 차를 세웠다. 적어도 한때는 광장이었던 곳이다. 지금의 상태로는 광장이라고 부르기 힘들지만 말이다. 내가 상상했던 2차대전 직후의 세계가 이런 모습이었다. 비디오로 그 모습을 본 적이 있다. 다른 게 있다면, 당시의 비디오에는 사람들이 있었고 그들이 전쟁의 잔해를 치웠다. 이곳은 움직임이 전혀 없었다.

잔해들 사이로 나무와 관목이 무성하게 자라고 기둥도 이끼로 뒤

덮여서, 제대로 서 있는 집이 거의 없었다. 15년 전 폐쇄적인 공동체인 경쟁상대 파르노노프와 격렬한 싸움 끝에 패배하기 전까지는 알케이엠사의 사람들이 이곳에 살고 있었다고 한다. 공동체들에서 죽음을 피해 간신히 도망쳐 나온 송장이 가끔 눈에 띄었지만, 마을 안의 송장들을 모두 모아도 채 10명이 되지 않을 것 같았다. 이 마을은 다시는 살아나지 못할 것이다. 이 마을에서 살아갈 수 있는 주민이라고는 송장들밖에 없었는데, 그나마도 모여서 살 정도는 아니었다.

그런 정도의 숫자로 허제스팅을 방어한다는 것은 꿈조차 꾸기 어려울 것이다. 허제스팅은 방어하기에는 너무 불리한 장소에 자리 잡고 있어서 공격받기 쉬울 뿐 아니라 방어시설도 전혀 없었다.

폴과 나는 토미건을 들고 수류탄을 허리띠 뒤춤에 꽂고 무장 차량에서 내렸다. 그곳은 한때 창고였던 곳이었지만 지금은 잔해 무더기와 텅 빈 담벼락 네 개뿐이었다. 음식들은 쥐들이 먹어치웠고, 다른 물건들은 잔해 더미에 묻히거나 운 좋은 송장들이 가져가 버렸다. 건강한 사람들의 공동체가 물건을 가져가는 일은 없었다. 그들은 인적이 끊겨 버려진 곳들을 광적으로 두려워했다. 송장이 한 번이라도 들어간 마을은 건강한 사람들에게 금지된 지역이 되었다. 시체병이 어떻게 전염되며 얼마나 오래 전염된 환경이 활성화되는지는 아직도 명확하게 밝혀지지 않았다. 위슬리 센터에서도 인증을 받지 못한 상품은 절대로 거래할 수 없었다. 즉, 불분명한 판매자가 생산한 제품은 거래할 수 없다는 이야기다. 버려진 마을에서 가져온 물건을 파는 것뿐만 아니라 건강한 사람들이 그런 장소에 잠시 들르는 일도 일체 없었다.

우리는 예전에 아파트였을 게 틀림없는 한 빌딩으로 들어갔다. 쥐에게 조금씩 뜯어먹힌 세 명의 시체가 바닥에 누워 있었다. 쥐에게 뜯긴 사람들이 절망에 빠진 송장들인지 혹은 건강한 사람들이었는지는 확실히 말하기 힘들었다. 벽에는 스프레이로 "하느님, 저희에게 자비를 베풀어 주소서"라고 쓰여 있었다. 우리는 조심스럽게 지하실로 내려갔다. 아무것도 발견할 수 없었다. 인간은 이미 오래전에 사라져 버려 그 흔적을 발견할 수 없었다. 우리는 위로 올라갔다.

참으로 우울한 풍경이었다. 나는 아무 생각 없이 광장을 가로지르기 시작했다. 폴은 내 뒤를 따라왔다. 난 여기서 누군가 우리를 공격하리라고는 생각하지 않았지만, 언제라도 토미건을 쏠 자세를 갖추었다. 이 마을은 죽어 가고 있었다. 아니, 사실은 이미 죽은 마을이라고 해야 할 것이다.

나는 한 건물 앞에 섰다. 예전에 건물의 유리창이 있던 곳이다. 현재는 뒤틀린 금속 구조물의 잔해만이 하늘까지 뻗어 올라가서, 그 모습을 보자니 오래전에 멸종해 버린 동물이 떠올랐다. 출입 현관이었던 곳에는 부서진 코카콜라 광고판만 뒹굴고 있었다. 전화 교환실로 쓰였던 것으로 추측되는 방으로 걸어갔다. 예전에는 벽에 색색의 선 수백만 개가 꽂혀 있었을 것이다. 한쪽 구석에는 누군가 잠을 잔 듯 건초 더미가 쌓여 있었다. 식탁에는 먹다 남은 살코기가 접시에 담겨 있었다. 토끼 고기 같았다. 가까이 다가가서 살펴보니 고기는 아직 상하지 않았다. 신선했다. 폴을 부르려 몸을 돌렸는데 수염투성이의 사내가 눈앞에 서 있었다. 그는 나보다 머리 하나는 더 컸다. 그의 흰자위는 진홍색이었으며, 손에는 푸줏간에서 돼지를 잡을 때 쓰는 커다란 칼을 들고 있었다. 나는 반사적으로 방아쇠를 당겼다. 상황을 파악할 틈이 없었다. 하지만 안전장치를 푸는 걸 깜빡한 탓에 아무 일도 일어나지 않았다. 그때 복도에서 총소리와 함께 유리창이 와장창 깨지고 폴의 비명소리가 들려왔다. 이 모든 일은 10분의 1초 사이에 일어났을 것이다. 사내의 손에 들린 소름 끼치는 칼이 눈앞에서 번뜩였다. 나는 반사적으로 펄쩍 뛰어 뒤로 물러났다. 내 배를 칼로 찌르려 했던 그 송장은 깜짝 놀라며 몸의 중심을 잃고 내 쪽으로 쓰러졌다. 나는 다시 뒤로 뛰어 물러나다 무너진 대들보 잔해에 걸려 발을 헛디뎠다. 마침내 토미건의 안전장치를 풀 수 있었다. 그리고 내가 등 쪽으로 쓰러질 때 그 송장이 몸을 일으켰다. 그 송장의 목구멍 가득 총알을 쏴서 넣었다. 엄청난 피가 터져 나오고, 그 송장이 내 다리 위로 쓰러졌다. 그제야 등에서 심한 통증이 느껴졌다. 몸을 움직일 수가 없었다. 복도에서는 아직도 총소리가 들려오고 있었다. 나는 이제 시체가 되어 버린 송장에 깔린 다리를 끄집어내서 앉으려고 애썼다. 온 몸이 피범벅이었다. 등이 지독하게 아팠다. 네 발 달린 짐승처럼 문으로 기어갔다. 총소리가 일순간에 멎었다. 복도를 내다봤다.

낡은 옷을 입은 두 놈이 발을 질질 끌며 느릿느릿 은신처로 가고 있었다. 바닥에 누워 있는 이는 죽은 게 틀림없었다. 그 사람은 군복 윗옷을 입고 있었는데…… 폴이 입은 것과 똑같았다. 시체에서 2미터 정도 떨어진 곳에서 한 놈이 토미건을 들어 그 시체를 쐈다. 시체는 총알을 맞고 꿈틀거렸다. 다른 한 놈이 허리를 구부리고 폴의 총을 집었다. 나는 조심스럽게 그놈의 머리를 겨누고 쐈다. 순식간에 끝났다. 그들에게는 반격할 기회가 없었다.

나는 총을 다시 장전하고, 힘겹게 몸을 일으켰다. 등이 아직 아프긴 했지만, 일어설 수 있다는 사실이 놀라웠다. 빠르게 복도를 살펴봤다. 그놈들의 무리가 더 이상 없기를 바랐다. 시체로 다가갔다. 사방에 피가 뿌려져 있는 모습이 마치 도살장 같았다. 총들을 다 챙겨서 어깨에 걸쳤다. 내 뒤로 피에 젖은 발자국이 새겨졌다. 출입구 위에 스프레이로 글씨가 쓰여 있었다.

"세상아 멈춰라. 그만 나가고 싶구나!"

* * *

토미건 세 자루를 헨리에게 넘겨줬다.

"폴은 어디 있어요?"

"거기에 남았어……."

"거기서 뭘 하는데요?"

"아무것도 안 해. 그냥 누워 있을 뿐이야. 사방에 뿌려졌어."

"뭐라고요?"

"바보 같으니라고…… 이건 폴의 잘못이야. 지난번에 보고할 때 허제스팅에서 무장한 사람은 자기 하나뿐이었다고 그랬어. 그런데 오늘 가 봤더니 두 놈이 더 있었어…… 곰도 잡을 수 있을 것 같은 칼을 든 짐승이 나를 공격하는 동안, 다른 두 놈이 폴을 죽였어……."

"그놈들이 도망가게 놔 뒀어요?"

"아니…… 그래도 폴한테는 아무 소용이 없을 거야."

"이제 어떻게 할 거예요?"

"아무것도 안 할 거야. 폴을 수습하러 갈 생각은 없어."

"거길 싹 쓸어버리는 건 어때요?"

"응. 좋은 생각이야. 하지만 내일 아침까지 기다려야 돼. 밤에 거길 가는 건 자살행위야. 네가 할래?"

"네. 폴은 제 친구였어요."

"좋았어. 아침에 자원자를 열다섯 명 모아서 거기로 가. 한 놈도 살려 두지 마. 철제 건물에서 일어난 일이야. 이쪽에서 가면 광장의 반대편 구석에 그 건물이 있을 거야."

"네. 저희가 어떻게든 처리할게요."

*　*　*

　린다와 밤을 보냈다. 끝내줬다. 그녀는 항상 끝내준다. 린다는 새끼 고양이처럼 장난꾸러기에 귀뚜라미처럼 생기가 넘쳤다. 그녀의 눈이 어느새 분홍색으로 변해 가고 있었다.

　*　*　*

　이른 아침 배리가 복도에서 나를 불러 세웠다.
　"해냈어요. 어제 밤새 이걸 가지고 씨름했거든요. 졸리기는 했는데, 이것 때문에 다시 잠이 깼어요."
　"계속 말해 봐."
　"프로그램이었어요."
　"뭐가 프로그램이란 거야?"
　"그 신호요. 그 신호는 어떤 프로그램의 일부분이었어요."
　"어떤 프로그램?"
　"모의실험 프로그램이에요."
　"확실해?"
　"네. 확실해요."
　"그래서 그게 어떤 프로그램이야?"
　"아직은 잘 모르겠어요. 모의실험 프로그램이라는 건 알아냈지만 정확히 어떤 프로그램인지, 무엇을 해결하기 위한 프로그램인지는 전혀 모르겠어요. 자료가 더 필요해요."

"그렇군. 자료를 더 구해 봐. 난 확실하게 처리하고 싶어. 쓸데없는 쓰레기에 우리 시간을 허비하는 게 아니길 바라."

"그럴 수도 있어요. 제가 전에 미리 말씀드렸잖아요."

"네 생각에는 그게 뭐 같아?"

"저도…… 잘 모르겠어요. 이게 도대체 뭔지, 무엇을 위한 건지 감이 안 잡혀요. 무전으로 프로그램을 주고 받는 이야기는 생전 처음 들었어요. 이건 너무 위험한 짓이거든요. 보통 그런 건 시장에서 광디스크에 담아서 교환하죠. 그래서 이건 정말 말이 안 돼요. 여기서 그만 둘까요, 아니면 계속 할까요?"

"그만두다니 무슨 말이야. 뭔가가 비정상적이라면, 거기엔 반드시 속임수가 있는 거야. 그 속임수가 뭔지 알고 싶어. 그게 뭐든 간에 말이야."

"그러면 위슬리 센터 습격은 아직 할 생각이 없는——"

"그렇지."

*　　*　　*

허제스팅에 갔던 녀석들이 점심 식사 전에 돌아왔다. 그들은 아무도 발견하지 못했다. 그곳은 말 그대로 죽은 동네였다. 그 녀석들은 치를 떨며 짜증을 냈다. 그들의 기분을 풀어 줄 방법이라곤 여자들을 대 주는 것밖에 없었다.

난교파티는 저녁 때까지 계속 이어졌다.

                    *   *   *

눈을 떴다. 담뱃갑에 손을 뻗어 한 개비를 꺼내 불을 붙였다. 한동안 단말기를 노려보다 전극을 벗었다. 모니터에는 8132가 녹색으로 반짝이고 있었다. 내가 241점을 더 딴 것이다.

커피 주전자를 불 위에 올렸다. 보드카 병을 들고 한 잔 따랐다. 안락의자에 앉았다. 나는 절대로 위슬리 센터의 습격을 마무리 짓지 못할 것이다. 나는 이미 그 사실을 알고 있었다. 부하들과 문제가 생길 수도 있지만, 나는 하지 않을 것이다. 오늘 나는 죽음의 문턱까지 갔다 왔다. 심클레어사는 정말 개새끼들이다. 나는 자신이 있었는데, 그건 폴이 허제스팅을 탐사하고 와서 거기에는 무장한 송장이 없다고 했기 때문이었다. 사실 폴은 아주 꼼꼼한 사람이기 때문에 탐사를 대충할 사람이 아니었다. 폴이 아무도 없다고 하면 없는 거였다. 그런데 오늘 갑자기 그들이 나타난 게다. 개새끼들.

그때서야 나는 모의실험기가 내게 기회를 주었다는 사실을 깨달았다. 그놈들 중에 한 놈이라도 매복을 하고 있었더라면 아주 쉽게 나를 죽일 수 있었을 것이다. 푸줏간 칼을 든 놈을 만난 건 내게 기회였다. 241점을 얻을 기회 말이다.

심클레어사의 데이터 뱅크에 연결했다. 나는 두 단계 위로 올라갔다. 갑자기 4등이 된 것이다. 내 경쟁자들 중에는 모의실험기 앞에 앉아 〈지옥 같은 삶〉을 켤 정도로 용기 있는 자가 아무도 없었던 것이다. 한 주 만에 두 단계나 뛰어올랐다. 내 경쟁자들은 점점 더 겁을 내고 있는 것이다. 그들은 틀림없이 겁을 먹은 게다.

내 생각에는 이게 가장 위험한 것 같다. 게임을 중단하는 건 바보 같은 짓이다. 한 번 그만두면 다시는 기회가 없겠지. 특히 게임의 끝을 볼 기회는 아예 없을 것이다. 낮에 일하는 동안에는 앞서 했던 게임에서 회복할 시간이 없었다. 그리고 그 상태에서 밤에 다시 게임을 시작했다. 그게 바로 내가 이렇게 성공적인 이유일 게다. 그 짐작이 맞다면 내 경쟁자들은 다음 게임에서 끝나 버릴 게 확실하기 때문에 더 높은 점수를 획득할 기회는 없을 것이다. 이제 문제는 내가 현재 1등만큼 잘 해낼 수 있느냐는 것이다. 난 그 정도로 멈추지 않을 것이다. 지금과 같은 속도를 계속 유지한다면 나는 당연히 1등을 할 수 있다.

내가 그 불가사의의 9,990점에 도달하고 나면 심클레어사가 내게 무슨 짓을 벌일지 생각해 봤다. 전 행성에 지진을 일으킬까? 대홍수? 핵폭발? 뭔지는 몰라도 그런 정도의 일이 터질 게 분명하다. 내게 유일한 희망이 있다면, 그런 일이 발생했을 때 예상치 못한 도약을 통해 마지막 1천 점을 따내는 것이다. 어떤 도약? 배리의 도움을 받아? 전화벨이 울렸다.

"다시 접속한 거야? 아니면 한가해?"

"베티?"

"응. 글쎄…… 제니일지도 모르지. 미리암일까? 자넷? 아니면 누굴까?"

"바보 같은 소리 하지 마. 나 한가해."

"그러면 나도 기회가 온 거야?"

"당연하지. 지금 바로 올래?"

"응. 자기가 또 다른 데 접속하면 안 되잖아."

베티는 끝내줬다. 그녀는 항상 끝내준다. 베티는 새끼 고양이처럼 장난꾸러기에 귀뚜라미처럼 생기가 넘쳤다. 베티의 눈이 분홍색으로 퇴색되지 않는 것만 빼면 린다의 판박이였다. 하느님, 감사합니다……

*　*　*

자동화 수위가 무섭게 갈라진 목소리로 내게 오늘 아침 1.05시간 늦었다고 말했다. 그리고 차장 사무실에 들르라고 덧붙였다.

잭이 마지막 연구 결과를 인쇄해서 그 종이 무더기들이 온 바닥에 널어져 있었는데, 방금 프린터에서 뽑아온 것 같았다. 발을 디딜 곳조차 없었다.

"어서 오세요. 설마 어젯밤에도 게임을 하신 건 아니죠?"

"당연히 했지."

"괜찮았어요?"

"아주 좋았지. 난 이제 4등이야. 거의 죽을 뻔했어. 혹시 차장이 뭘 하려는 건지 알아?"

"그거야 뻔할 것 같은데요. 마크, 당신의 지각은 유명해요. 게다가 이제는 거의 전국적인 영웅이 되기 직전이고요. 이전에 누구도 감히 이렇게 대담한 일을 빌인 적은 없었어요."

"정말 그런 바보 같은 일 때문에 차장이 나를 불렀을까?"

"당연하죠. 바보 같은 일이 그 사람 업무잖아요. 안 그러면 심심해서 죽어 버릴걸요. 그 사람들은 당신이 야근비도 못 받으면서 한 달에 60시간이나 야근했던 건 신경 안 써요. 그 사람들은 당신이 열 번 지각한 시간을 다 합치면 한 시간 반이 될 거라는 데에만 온통 관심이 있어요. 그래도 그 사람들은 전혀 신경 안 써요. 여기 보고서예요. 오후까지 빈 칸을 채워야 할 거예요. 내일 아침 컴퓨터 센터로 보내야 되거든요."

"하지만 오늘은 28일밖에 안 됐잖아."

"그렇죠. 알잖아요. 이틀 전에 보고서를 제출해야 돼요. 제출 후에도 이틀이 남죠. 그러니까 내일과 모레 지각할 계획을 미리 짜서 넣으시는 게 좋을 거예요. 보고서에 써 넣은 사실들은 모두 출근카드와 일치해야 하거든요."

"그 자식들, 엿 먹으라 그래. 그놈들은 목구멍까지 관료주의로 꽉 찬 새끼들이야. 난 지금 전혀 다른 문제들을 해결해야 돼. 상상해 봐. 우리가 무전에서 뭔가를 낚아챘는데 그 내용을 파악해 봤더니 모의실험용 프로그램이더라고. 그게 가능할까?"

"이론적으로는 가능하죠. 무전으로 프로그램을 전송할 수는 있어요. 하지만 수신하는 측에서는 엄청나게 많은 오류가 발생할 수 있어요. 그리고 아주 작은 오류가 하나만 발생해도 그 프로그램은 쓰레기가 되어 버려요."

"그래. 그 말이 맞겠군. 하지만 나는 뭔가를 건진 것 같단 말이야."

"프로그램 안에 뭐가 있었는데요?"

"몰라."

"그럼, 그 프로그램을 저한테 주세요. 제가 알려드릴 게요."

"바보 같은 자식. 네가 아는 게 그것뿐이야?"

"죄송하지만 그것 말고는 방법이 없어요. 저한테 프로그램을 가져다주시지 않으면 도와드릴 수 없어요."

전화벨이 울려서 내가 전화를 받았다.

"시간 좀 있나?"

"네……. 지금 바로 가겠습니다... 제가 깜빡했습니다."

수화기를 내려놨다.

"염병할…… 차장. 엿 먹어라."

"안녕하십니까, 차장님. 무슨 일로 부르셨나요?"

"앉게."

"고맙습니다."

"자네, 가족들하고 무슨 문제 있나?"

"걱정해 주시니 고맙습니다만, 아뇨. 문제 없습니다. 차장님은 무슨 문제가 있으신가요?"

"자네, 지각이 너무 잦아. 계속 이런 식으로 할 텐가?"

"아뇨. 그러지 않을 겁니다. 저는 최선을 ——"

"글쎄, 내가 보기엔 자네의 노력이 별로 결실은 없는 것 같네만……."

"네. 제가 운이 없어서요."

"자, 짧게 끝내세. 자네한테 경고한 걸로 해 두지."

"네. 알겠습 ——"

"더 할 말 있나?"

"걱정 안 하셔도 좋습니다, 부실장님. 기뻐하실 만한 소식이 있으면 그때 말씀드리겠습니다."

차장은 이빨을 꽉 다물고 수첩을 펴더니 시계를 쳐다보며 말했다.

"가 보게."

* * *

나는 개발실 앞에 멈춰 섰다. 루시 허리는 파리의 패션 잡지를 읽고 있었고, 모니터에는 색색의 도표가 그려지고 있었다.

"안녕, 마크. 햐, 드디어 개발실로 오는 길을 찾은 모양이네."

"왜 아니겠어. 여기 올 때마다 꼭 깊은 지하 동굴이나 악마의 지옥에 들어오는 기분이라니까."

"내가 그렇게 위험한 인물은 아니잖아."

"내 말은 깊이가 그렇단 말이야."

"무슨 말인지 알겠어. 뭐 찾는 거 있어?"

"아냐. 그냥 루시 보러 온 거야."

루시가 매혹적으로 다리를 움직이더니 미니스커트의 치맛단을 아슬아슬하게 치켜올렸다.

"이 정도면 만족해?"

"음…… 어……, 아주 좋네. 하지만 그걸 보러 온 건 아냐."

"오, 그래? 말씀만 하셔."

"저기……, 외계인이 우리 태양계에 도달해서 우리와 접촉하려고 한다면……."

"어떤 접촉…… 말이야?"

"당연히 무선 송수신 이야기지."

"아…… 그래."

"그럴 때 외계인들은 우리한테 어떤 내용을 보낼까?"

"글쎄…… 외계인들이 뭘 보낼까……. 아마도 우리가 즉시 이해할 만한 내용이겠지. 그리고 우리의 지능 수준을 고려한다면 선택지는 그다지 많지 않을 거야. 전문가들이 우리가 즉시 이해할 수 있는 방식들을 몇 가지 제시했던 적이 있어. 당연한 이야기지만 외계인들이 우리의 언어로 말하진 않을 테지. 숫자를 시도해 볼 것 같아. 아마도 가장 일반적인 2진수가 아닐까. 어쩌면 소수를 나열하거나, 피타고라스의 정리를 보낼 수도 있을 것 같아. 신호 같은 거라도 받은 거야?"

"외계인들이 모의실험용 프로그램 같은 걸 전송했다면 어떨까?"

"바보 같은 소리 좀 하지 마. 마크, 당신이라면 지적 수준이 어느 정도인지도 모르는 생명체들이 있는 행성에 가서 모의실험용 프로그램을 전송하겠어? 어림도 없는 소리지."

"그 외계인들에게는 모의실험용 프로그램이 자기네들이 알고 있는 가장 원시적인 거라면 어떨까?"

"마크, 당신이 들어도 말도 안 되는 소리 같지 않아?"

"이것 참 귀찮은 문제네."

"그렇지. 그런데 혹시 외계인이라도 발견한 거야?"

그녀가 미소를 짓더니 모니터에 뜬 도표를 세웠다. 도표는 그대로 멈췄다.

"글쎄…… 그런 것 같지는 않아."

"아, 이런…… 나도 딱 한 주만이라도 너희 같은 문제나 풀고 있으면 좋겠어."

"커피 한잔 할래?"

"고맙지만 괜찮아. 방금 마셨어."

"무슨 문제든 있으면 언제든지 달려와."

"응. 고마워."

* * *

마치 일부러 시간을 딱 맞춘 듯 복도에서 실장과 마주쳤다.

"오…… 안녕하신가. 자네 심클레어에서 4등을 했더군. 천국에서 놀고 있겠네."

"네, 그렇죠…… 뭐. 제가 그럴 자격이 되는지 모르겠네요. 요즘엔 주로 초원에서 여자들과 노느라 시간을 다 보내버렸어요. 여자들하고 잠자리를 가질 때마다 한 번에 15점씩 주더라고요."

실장은 마치 경련이라도 일어난 듯이 컴퓨터 센터로 가져가던 보고서를 움켜쥐었다. 실장이 아무 말도 하지 않아 내가 계속 말을 이었다.

"전 좀 지겹더라고요. 1만 점을 따려면 여자들 150명하고 더 자야 되니——"

실장은 말도 없이 엘리베이터만 노려보면서 뱀처럼 씩씩대며 이상한 소리를 냈다.

개새끼. 실장 이 자식이 차장한테 내 지각 이야기를 고자질했을 것이다.

잭은 자기 책상에 앉아서 루빅스 큐브를 하고 있었다.

"차장이 뭐래요?"

"네가 했던 말이랑 똑같아. 아침에 지각한 걸로 한마디 하더라고."

"징계만 안 받았으면 괜찮아요. 방금 케인이 전화했어요."

"뭐래?"

"실험하던 용액에서 미생물을 발견했대요. 그래서 우리 모의실험기를 자기 연구를 위해서 좀 이용하고 싶대요."

"그 메탄 용액에서 미생물을 형성하려면 최소한 마녀쯤은 되어야 할 거야."

"케인은 메탄 용액에 산을 몇 가지를 추가하고, 감마 입자를 쏘였대요."

"난 케인 못 믿어. 케인은 돌팔이에다 연금술사를 하나로 합쳐 놓은 것 같아. 곧 있으면 아담과 이브를 만들어 낼걸. 그런데 CERN[2]에서는 아직 결과 안 나왔어?"

"무슨 이야기예요?"

"반양성자 실험 말이야."

"내일 보내준대요."

"저런, 실험은 1백만 분의 1초 만에 마치는 사람들이…… 이건 도대체 이해가 안 돼."

"아마 지쳐서 그럴 거예요. 있잖아요. 그 전자들……."

"그럴지도 모르지. 이봐, 잭. 좀 진지하게 들어 봐. 한번 생각해 봐. 어느 날 무전을 통해서 네가 알아볼 수 없는 모의실험용 프로그램을 받았다면 이해가 되겠니?"

잭이 담배에 불을 붙이고, 책상 위로 다리를 올리더니 말했다.

"저라면…… 저라면 다음 무전 전송을 더 기다렸을 것 같아요. 그 무전이 지금까지 계속 왔다고 했나요?"

"나도 확실하게는 모르겠어. 지금까지 두, 세 달은 계속 왔던 모양이야."

"게임에 새로 접속하면 게임 속에서 그 전이랑 시간 간격이 어느 정도나 되나요?"

"약 한 주 정도 차이가 나. 시마 상태로 두 시간 있을 동안 게임 속에서는 사나흘 정도 흘러가는데, 난이도에 따라서는 하루만 지나갈 때도 있어. 보통은 새로운 사실들과 함정들이 많아서, 처음에는 적응하기가 무척 힘들어. 나는 게임 속에서 대개 반나절 정도는 지나야 적응이 되더라고. 그런데 내 부하들, 그 송장들 말이야, 걔네들한테는 시간이 쭉 이어지는 거야. 내가 전혀 사라진 적이 없던 것처럼 그냥 계속 진행되는 거지. 모의실험기는 매 게임 때마다 자동으로 한 주를 뛰어넘지만, 내 부하들은 그 한 주를 쭉 살았던 것처럼 행동해. 그들은 시간을 뛰어넘었다는 건 몰라. 예를 들지면, 난 게임 속에서 지난

2) 유럽 입자물리학연구소 (CERN, Conseil Europeen pour la Recherche Nucleaire)

주 금요일에 줄리언을 총으로 쏘고 한 공동체를 공격했어. 모의실험기가 나에 대한 자료를 전부 다 가지고 있으니까, 내가 일을 처리하는 방식처럼 진행한 거야. 실제로 내가 했더라면 다른 식으로 했을지도 모르지. 내가 게임 안에 없는 동안 내 자신이 멍청하게 벌여 놓은 일을 수습해야만 했던 게 여러 번이야. 모의실험기가 보기에는 내 복제본이라고 할 수 있겠지. 그래서 내가 게임에 접속해서 다음 판을 시작하면, 나에겐 한 주 정도 지나가 있고 그 사이에 내가 벌인 허튼짓거리들에 경악하게 되는 거지. 그래도 다음 판에는 그 이상한 무전을 많이 받아 놓았을 거야. 네 말이 맞아."

"어쩌면 다음에는 분석할 수 있을 정도로 많이 받을지도 몰라요."

"그래. 그럴지도 모르지. 안 그럴 수도 있고."

"하지만 기다리는 것 말고는 할 수 있는 일도 없잖아요. 특히 게임 속의 기술 지원 정도로는 말이에요."

"여기에 우리가 가진 기술 수준이 더 나을 텐데……."

"그런 생각은 하지 마세요."

*   *   *

나는 연구실에 5시 30분까지 머물다가 맥주를 몇 캔 사러 넬슨 광장으로 갔다. 집의 냉장고에 보관해 둔 맥주가 떨어졌기 때문이었다. 코카콜라의 본사 건물은 항상 있던 그 장소에서 빛나고 있었으나 그 모습을 보자 소름이 돋았다. 허제스팅에서의 사고를 당하고 나서 더 그런 것 같다. 게임 속의 건물은 완전히 부서져 내리긴 했지만 이 건물과 정확히 같은 건물이었다. 나는 호기심을 참지 못하고 건물 안으로 들어가 봤다. 이 건물은 그 전에 딱 두 번 들어와 봤지만 게임에서 봤던 그 건물과 똑같아 보였다. 그 괴물이 내 두뇌에서 도대체 얼마나 가져다 쓴 건지 지금까지는 전혀 짐작도 못했다. 나는 기둥 안쪽의 장소와 같은 자세한 사항은 전혀 기억도 못하고 있었다. 죽은 폴을 놔두고 떠났던 장소로 가 보았다. 이 근처였을 것이다. 반대편에는 송장이 나를 공격했던 방으로 통하는 문이 있었다. 나는 그런 게 있었는지 기억도 못 했었다. 최면이라도 걸린 듯 그 문으로 걸어갔다. 문을 노크하고 열었다.

산타크로스처럼 수염을 하얗게 기른 60대 남자가 싸구려 담배를 피우고 있었다. 책상 위에는 전화기가 세 대 놓여 있었고, 게임 속에서 색색의 선이 박혀 있던 벽에는 커다란 금속 상자가 나사로 고정되어 있었다.

"죄송합니다. 제가 방을 착각한 것 같네요."

나는 문을 닫았다.

정말 황당했다. 출구로 가는 길에 방문자 홍보용으로 쌓아 놓은 콜라 캔 200여 개 중에서 하나를 집어 들고 나갔다. 옆 건물에서 맥주 다섯 캔을 사고, 심클레어가 있는 집으로 갔다.

모의실험기가 안절부절 못하고 나를 기다리고 있는 것처럼 느껴졌다. 예전에 내가 그랬던 것처럼 말이다.

이놈은 그 사이 함정을 수백 개 만들고 한 단계 높은 다음 판으로 전환한 후 내가 접속하기만을 기다리고 있을 것이다. 그 사이 요새에서는 한 주가 흘러가고, 모든 이들이 한 주 더 나이 들어 있을 것이다. 죽음에 한 주 더 가까이 간 것이다.

나는 접속하고 싶지 않았다. 징밀로 접속할 생각 자체가 없었다. 베티에게 전화했다.

"베티 바클리입니다. 말씀하세요."

"나야, 마크. 안녕, 내 고양이."

"이 암고양이가 당신 뺨에 뽀뽀하고 싶다는군. 그런데 오늘은 접속 안 했어?'

"응. 할 거야."

"그러면 도대체 왜 나한테 전화했——"

"오늘 죽을지도 몰라."

"그 계획을 조금 미뤄 줄 수 있어? 난 아직 검은 드레스가 없단 말이야. 월급날 뒤가 좋겠어."

"넌 왜 그렇게 빈정대기만 하니?'

"미안해. 난 자기가 살려고 발버둥치고 있다는 생각에 도대체 적응이 안 돼. 게임 안에는 여자들이 많을 거야. 그치? 안 그러면 계속 그렇게 그 안에서 살려고 할 리가 없잖아."

"하나뿐이야. 그애는 너랑 정말 많이 닮았어. 진짜 너랑 똑같아. 그래도…… 있잖아……."

"개 같은 년."

"응. 맞아. 그애는 딱 그랬어. 내가 거기서 빼내기 전에는——"

"아, 칭찬해 줘서 고마워."

"베티, 넌 이해 못해."

"알아. 난 멍청한 계집애라서 잠자리에서 잘 하는 거 빼고는 아무것도 몰라."

"베티…… 제발. 그만하자. 두 시간 뒤에 우리 집으로 올래?'

"거 봐. 내가 뭐래. 내가 잘 하는 건 잠자리뿐이라니까."

"베티, 널 간절히 원해."

"그러다 당신이 죽으면 어떡해?'

"그러면…… 당연히 난 널 더 간절히 원하겠지."

"난 죽은 사람하고는 데이트 안 해."

"이런…… 제기랄…… 도대체 뭘 어쩌자는 거야?"

"뭐……."

"그래서 올 거야?"

"으응…… 갈게. 그런데 마크 당신이 계속 쓸데없는 짓으로 시간 보내다가 그거 하는 중에 잠들어 버리면 이게 마지막일 줄 알아."

전화를 끊으며 익숙한 동작으로 심클레어를 켰다. 내 손 바로 옆에 맥주 캔을 놔 두었다. 내가 다시 깨어났을 때 필요할 것이기 때문이었다. 게임 시작.

* * *

헐웨이가 일요일에 뒈졌다. 헐웨이의 희망에 따라 로저가 그를 마무리 지었다. 내 차례가 되었을 때 누구에게 그 일을 맡겨야 할지 지금까지 생각해 보지 못했다. 내 생각엔 극히 소수만이 내가 누굴 고를지 알고 싶어 할 것이다. 나를 마무리 지을 사람이 자동적으로 내 후계자가 되어 요새의 수괴 자리를 차지할 것이기 때문이다.

어제 배리와 논쟁을 했다. 내가 점점 신경질적으로 변해 가는 것 같다. 배리는 최선을 다하고 있을 게다. 하지만 나는 결과가 필요했다. 노력만으로는 아무 소용이 없다. 좀 과하다는 생각이 들긴 하지만, 배리에게 오늘 오후까지 끝내라고 최후통첩을 해 놓았다. 지나친 요구라고 할지라도 지금은 되돌릴 수 없다. 물론 나는 되돌릴 수도 있겠지만, 그건 어떻게 처리해야 할지 모른다. 이쨌든 배리가 오늘 결과를 내놓지 못한다고 해도 그를 총으로 쏘아 버리지는 않을 것이다.

배리는 내 마지막 희망이며 지금은 그에게 완전히 의지하기 시작한 상황이다. 이건 끔찍한 느낌이다. 지금까지는 요새 내에서 내 지배력과 자신감이 한없이 높아져 왔다. 나 스스로에 대해서도 그렇고 다른 이들에 대해서도 마찬가지였다. 이런 상황을 내가 그냥 무시하고 있다는 것은 참으로 유감이다. 나의 최후가 다가오는 게 느껴진다. 그리고 무기력함이 나 자신을 죽음으로 몰아가고 있다.

부하들이 위슬리 센터의 습격이 연기될 것이라는 사실을 알아챘을 것이다. 모의실험기에 입력하는 정보가 거의 없었기 때문이다. 부하들은 그냥 우울한 정도가 아니었다. 나는 이 상황을 조금도 개의치 않았다. 내가 신경 쓰는 거라곤 배리의 실험밖에 없었다. 그래, 내가 배리를 쏜다는 건 있을 수 없는 일이다.

"두목, 안녕하쇼."

"응. 어서 와."

"그런데 위슬리 센터 습격은 안 한다는 게 정말이유?"

"꺼져, 자식아. 시간이 더 필요해서 그런 거야. 내가 너희들 죽으라고 보내겠냐? 쓸데없이 죽는 건 바보짓이야."

"두목이 예전하고 달라진 거 같수."

졸리가 담배에 불을 붙이며 말을 이었다.

"네이팜탄 조금만 쓰면 이런저런 복잡한 것들 싹 쓸어버릴 거요."

"그렇겠지. 하지만 모의실험기는 그렇게 생각 안 해."

"두목, 모의실험기 때문에 완전히 바보가 된 거 아뇨?"

"지금까지는 꽤 쓸 만했잖아."

"애들이 심상찮아요. 곧 뭔가 일을 벌일 거요."

"여자가 필요해서 그런 거면 괜히 돌려 말하지 마."

"아뇨. 그런 소리가 아녜요. 걔들 정말로 뭔가 할 거라니깐요."

"알았어. 생각해 보지. 더 할 이야기 있나?"

"아뇨. 그 이야기 하러 온 거유."

졸리가 나가며 문을 닫았다.

정말 난 이 문제를 계속 무시해 왔다. 하지만 난 정말로 위슬리 센터에는 더 이상 관심이 없다. 훔칠 트럭도 마찬가지고, 요새도 관심 없다. 염병할 강도질.

* * *

부엌에 케이시를 보러 가는 길에 누군가 나를 죽이려 했다. 묵직한 부엌문을 막 여는 순간 누가 총을 쏘았다. 내 머리를 곧바로 뚫고 들어갈 뻔했던 총알은 문의 모서리에 부딪히며 방향이 틀어져 내 얼굴에서 20센티미터 떨어진 벽에 박혔다. 나는 부엌으로 뛰어 들어가 문을 쾅 닫았다.

케이시가 말 없이 멍하니 나를 쳐다보았다.

"그렇게 쳐다보고 있지 말고 총 줘."

케이시는 2초가 지나서야 어떤 상황인지 알아챘다.

"제발, 빨리!"

케이시는 냄비 사이에 손을 뻗어서 대구경 권총을 찾아냈다. 나는 안전장치를 풀고 창문을 통해 뛰어나갔다. 마당에는 아무도 없었다. 나는 건물 입구까지 벽을 따라 기어갔다. 나를 공격했던 놈은 아직도 건물 안에 있을 것이므로, 내 눈에 띄지 않고는 마당을 가로질러 나갈 방법이 없다. 나는 기름통 뒤에 기대며 누웠다.

게이시가 토미건을 들고 뛰어나왔다. 바보 같은 자식, 부엌 안을 지키고 있어야지 암살자를 포위할 거 아냐. 이런 바보가 있나. 나는 암살자가 겁먹고 도망치게 할 생각이 없었기 때문에 그에게 소리치지는 않았다. 케이시가 내 쪽으로 달려오다가 중간쯤에서 총에 맞았다. 케이시는 항상 그놈의 멍청한 머리통 때문에 문제다.

나는 건물 입구를 겨누고 기다렸다. 암살자는 케이시를 쏘면서 내가 아직 부엌에 머물러 있을 거라고 생각할 것이기 때문에 곧 입구 쪽으로 달려 나올 것이다. 암살자는 우리가 둘 다 바보처럼 부엌에서 나오는 상황은 아마 상상도 못할 것이다. 내 예상이 옳았다.

갑자기 입구에서 그림자 하나가 떨어져 나오는 모습을 보고 그의 머리를 한 방에 날려 버렸다.

다른 녀석들이 다가왔다. 헨리와 로저, 스팅, 로렌스였다. 내가 시체를 가장 늦게 확인했다. 암살자는 음식 창고의 하워드였다. 불쌍한 놈, 아직 1년이나 남은 놈이었다.

"쟤는 케이시를 왜 싫어했던 거야?"

로저가 물었다.

"나도 몰라. 말다툼이라도 했었나 보지. 그래도 요리사를 죽인 건 잘못한 거야."

헨리가 죽은 케이시에게 다가갔다.

"그런데 이게 정당방위면 어떡하지? 케이시는 토미건에 탄창을 완전히 장전했는데……."

내가 권총을 허리띠에 꽂으며 말했다.

"정당방위는 아냐. 내가 봤는데, 하워드가 부엌에 있는 케이시를 먼저 쐈어."

"이 돌대가리 새끼가 도대체 무슨 생각을 한 거야?"

"미쳤나 보지……."

"시체들은 강으로 던지고, 요리할 수 있는 사람 구해 봐. 요리할 사람이 없으면 여자들한테 시켜."

"여자 이야기가 나와서 말인데, 여자들을 좀 더 채워야 돼요."

"그러지. 내일 레인저 공장을 칠 거야. 맥스가 거기서 도망쳐 나왔으니까 모의실험기로 돌려 볼 수 있을 테지."

"석유도 떨어져 가요."

"마지막에 털었던 트럭에 3백 리터 정도 있었으니까 레인저 공장까지는 충분할 거야. 그걸로 모자라면 카트랜릿지 정제소에 들르면 돼."

"카…… 정말 자신감이 넘치시네요."

"응. 내가 좀 그렇지."

* * *

이게 나에게 필요했던 것이다. 내 부하가 나를 쏘기 시작하는 순간이 바로 여기서 빠져나가야 할 시점이다. 나는 하워드의 짓이 위슬리 센터 습격을 취소한 것에 대한 항의라고 이해했다. 하워드를 잃어버린 건 안타까운 일이다. 하워드 혼자 이번 일을 벌인 게 아니라면 이제부터 어디를 가든지 누군가는 나를 없애버리기 위해 음모를 펼칠 것이다.

그놈들이 한 패거리를 이루고 있다면 다른 암살자를 다시 고를 테지.

여기가 점점 재미있어지고 있었다.

배리는 안락의자에 앉아 담배를 피우고 있었는데, 바닥에는 맥주 캔이 여기저기 흩어져 있었다.

"안녕, 배리. 어떻게 돼 가?"

배리는 대답하지 않았다. 그는 나를 돌아보고는 안경을 썼다 벗었다 하며 정말 내가 맞는지 확인하고는 담배를 바닥에 튕기듯 던졌다.
그는 맥주 캔을 하나 더 따면서 말했다.

"오늘 오후까지 이 일을 마치라고 했었죠……."

"그래…… 그런데 있잖아, 배리, 내 말을 곧이곧대로 받아들일 필
요는 없어. 우리는 조금 더 기다릴 수 있을 거야."

"그럴 필요 없어요."

"그게 도대체 무슨 소리야?"

"해냈어요."

"뭘 해냈다는 거야?"

"그 빌어먹을 프로그램 말이에요."

나는 책상 위에서 가장 가까이에 있던 맥주 캔을 들고 버터 바르는
칼로 구멍을 뚫어서 한 모금에 반을 들이켰다. 그리고 담배에 불을 붙
였다.

"그래서, 그 프로그램이 뭐야?"

"그 프로그램은 진짜로 모의실험용이었어요."

"그래. 그러면 무슨 모의실험을 하는 프로그램인데?"

배리가 몸을 떨었다.

"직접 접속해서 한번 보세요. 말로는 설명을 못 하겠어요."

"그렇게 안 좋아?"

"좋은지 나쁜지는 저도 모르겠어요. 그래도 소름이 돋는 건 확실해
요."

나는 남은 맥주를 마셔 버리고 모의실험기 앞에 앉았다.

"여기 선을 건드리지 않게 조심하세요. 저걸 다시 맞게 끼울 수 있
을지 자신 없어요."

"알았어. 자, 시작해 봐."

배리가 키보드를 만졌다.

사람이 죽어 누워 있는 게 똑바로 보였다. 그 사람은 군복 윗옷을 입고 있었는데…… 폴이 입은 것과 똑같았다. 시체에서 2미터 정도 떨어진 곳에서 한 놈이 토미건을 들어 그 시체를 쏘았다. 시체는 총알을 맞고 꿈틀거렸다. 다른 한 놈이 허리를 구부리고 폴의 총을 집었다. 나는 조심스럽게 그놈의 머리를 겨누고 쏘았다. 순식간에 끝났다. 그들에게는 반격할 기회가 없었다.

나는 총을 다시 장전하고, 힘겹게 몸을 일으켰다. 등이 아직 아프긴 했지만, 일어설 수 있다는 사실이 놀라웠다. 빠르게 복도를 살펴봤다. 그놈들의 무리가 더 이상 없기를 바랐다. 시체로 다가갔다. 사방에 피가 뿌려져 있는 모습이 마치 도살장 같았다. 총들을 다 챙겨서 어깨에 걸쳤다. 내 뒤로 피에 젖은 발자국이 새겨졌다. 출입구 위에 스프레이로 글씨가 쓰여 있었다.

"세상아 멈춰라, 그만 나가고 싶구나!"

*　*　*

배리가 내게 맥주 캔을 건넸다.

"드세요. 필요하실걸요."

나는 맥주를 들이켰다. 그게 필요했다.

"이런 씨발…… 배리…… 대체 이게 뭐야?"

"젠장, 저라고 이게 뭔지 어떻게 알겠어요? 저도 두목이 아는 것 이상은 몰라요."

"말해 봐. 이게 뭐냐니까……. 나는 지난주로 돌아갔어."

"그건 저희 둘 다 똑같네요. …… 이젠 어떻게 해야 되죠?"

"씨발…… 이건 네가 전문가잖아. 어떻게 해야 할지 네가 말해봐."

"닥쳐요!"

배리가 느닷없이 소리를 질렀다.

"제가 두목보다 저 염병할 프로그램에 대해서 더 많이 알 리가 없잖아요. 제가 만든 프로그램도 아닌데, 저 좀 그만 괴롭혀요. 이 프로그램이 어떤 건지 알고 싶어 했고, 이제 아셨으니 제발 저 좀 내버려두세요!"

"난 하나도 모르겠어. 난 몇 초 동안 지난주에 겪었던 일을 그대로 겪었다는 것 밖에는 몰라. 왜 이런 거지?"

"바보 같은 소리하지 마세요. 저는 여기 엉켜 있는 선이나 아는 거지, 신이 아니라고요! 우리는 모의실험용 프로그램을 받았고, 그게 뭘 모의실험하는 건지 알고 싶어 했잖아요. 그리고 이제 아셨죠. 그럼 된 거 아니에요?"

"그래도 이게 도대체 말이 되냔 말이야!"

이제는 나까지 배리와 마찬가지로 소리를 지르는 바람에 그 지하실에서 두 사람은 서로 고래고래 고함을 치고 있었다. 밖에 있는 사람들도 우리 이야기를 들었을 것이다.

"이건 말이 안 돼요. 저는 전혀 모르겠어요. 아니…… 아뇨…… 이거 그냥 가지고 여기서 나가 주세요. 전 그걸로 뭘 할 생각이 전혀 없어요. 정말 이상한──"

"배리, 진정해. 이래 봐야 아무 소용없어."

나는 상황을 수습하려고 애썼다.

"천천히 처음부터 다시 검토해 보자……. 이건 그냥 페르세우스 별자리에서 엄청난 양의 에너지가 뿜어져 나오는 것처럼 설명하기 힘든 현상이 또 하나 발생한 것뿐이야. 그 에너지 역시 감지되는 에너지의 출처가 없어. 초신성도 없고, 블랙홀도 없어. 아무것도 없는 거야. 그런데도 그 좌표에서 출처가 없는 방대한 에너지가 쏟아져 나오고 있다니까. 우리로서는 설명하기 힘든 사건들이 있는 법이야. 이상할 것도 없지. 언젠가 시간이 지나면 해결될 거야."

"두목은 지금 자기가 하는 말을 믿어요? 이건 해결 불가능한 문제예요."

"실없는 소리 하지 마. 이건 정보를 얼마나 입수하느냐에 달린 문제야. 정보의 질과 양이 문제일 뿐이야. 말로 설명하기 힘들지만 존재하잖아. 이런 일이 이것뿐일까?"

그때 로저가 방으로 뛰어 들어왔다.

"두목, 윌리와 피에르, 조지가 반란을 일으켰어요."

"걔네가 뭘 했다고?"

"반란이요. 겁이 나서 아무런 행동도 안 하는 사람은 더 이상 두목의 자격이 없다면서……."

"위슬리 센터 때문에 그런 거야?"

"아마도……."

"엿 먹으라 그래."

"그렇게 쉽고 간단한 문제가 아니에요. 지금 그놈들이 음식 창고를 참호로 이용하면서 맥주를 마시고 있다고요. 그놈들은 곧 여자들이 있는 건물을 덮칠 겁니다. 다른 사람들이 그 편으로 넘어가기 전에 뭔가 조치를 취해야 돼요."

"걔네가 누군데?"

"아직은 세 명뿐이에요. 피에르와 윌리, 조지. 하지만 곧 더 늘어날 거예요."

"그래서 너는 뭘 어쩌자는 건데?"

"달리 뭐 할 게 있나요……."

배리가 안락의자에 편안한 자세로 앉아서 말했다.

"맞아요. 두목은 걔네를 쏘는 거 말고는 할 게 없어요."

내가 말했다.

"가서 졸리랑 헨리, 스팅을 데리고 와. 3분 줄게."

로저가 뛰어나갔다.

"배리, 이 문제는 나중에 시간 있을 때 다시 이야기하자. 어쩌면 이게 우리한테 도움이 될지도 몰라."

"정말 그렇게 생각하세요?"

"난 그렇게 생각해야 돼. 너도 그렇게 생각해."

* * *

반역자 세 명이 있는 음식 창고는 요새의 오른편 지하실에 있었다. 그 창고의 입구는 하나뿐이었고 그 입구로 통하는 길은 측면 계단밖에 없으니, 반역자들은 전술적으로 아주 유리한 장소를 차지한 것이었다. 우리는 창고 문으로 통하는 3미터 너비의 아치형 복도에 자리를 잡았다.

윌리하고 이야기를 해야 할 것이다. 이건 그놈의 머리에서 나온 생각이 틀림없다. 내가 소리쳤다.

"윌리, 거기서 나와. 그래 봐야 아무 소용없어. 이건 그냥 없던 일로 하자."

"헛소리 작작해!"

흥정을 위한 대화로 시간을 낭비할 필요가 없었다. 헨리와 스팅에게 근처에 있던 통나무로 바리케이드를 쌓으라고 지시했다. 반역자들이 창고의 출구에서 총을 쏠 곳은 이 길뿐이기 때문이다. 복도 전체를 막는 데는 30분 가량 걸렸다. 로저는 대전차 중기관총을 잡았고, 헨리와 스팅은 자동화기를 잡았다. 나는 상자에서 수류탄을 꺼내 창고 문을 향해 던졌다.

수류탄이 터지자 귀가 멍해졌다. 압력파가 빠져나갈 곳이 없었기 때문에 음식 창고로 통하는 좁다란 통로에 집중되었다. 압력파 때문에 바리케이드와 우리 패거리가 50센티미터나 뒤로 밀려났다. 창고의 문뿐만 아니라 안에 있던 음식도 하나도 남지 않았다. 로저가 할로겐 탐조등을 켰다. 먼지 소용돌이 말고는 아무것도 보이지 않았다. 살아남은 반역자들은 없는 것 같았다. 침묵이 흘렀다.

먼지가 가라앉으려면 저녁까지 기다려야 할 것이다. 그래서 나는 로저에게 소리를 질렀다.

"하나 더 던져 봐, 그러면 알 수——"

그때 내가 예상했던 일이 벌어졌다. 총알이 빗발치더니 누워 있는 우리 앞에 가져다 놓은 통나무 바리케이드에 박혔다. 로저에게 고개를 끄덕였다. 로저는 조준도 하지 않고 중기관총을 갈기기 시작했다. 그는 빈 탄창이 땅바닥에 떨어질 때까지 방아쇠를 당겼다.

우리는 그 뒤 먼지가 가라앉기를 기다리며 30분 가량 바닥에 누워 있었다.

* * *

"자기, 요즘 좀 이상했어."

"그래, 그럴지도 모르지. 요즘 모든 게 엉망진창이야."

나는 린다의 팔을 베고 침대에 누워 있었다.

"이제 어떻게 할 생각이야?"

"몰라, 나도 더 이상은 모르겠어. 내가 정말 뭘 원하는지도 모르겠고……."

"이렇게 쉽게 포기할 거야?"

나는 일어나 앉았다. 그녀는 아름다웠다. 베개 위로 펼쳐진 그녀의 머릿결은 초현실적인 열대 우림을 떠올리게 했다. 속절없이 아름다운 그녀의 모습은 그지없이 매혹적이었다. 허리를 굽혀 그녀에게 입을 맞춘 후 말했다.

"아니, 나는 절대로 포기하지 않을 거야."

배리를 만나러 와서도 아직 그녀의 섹시한 몸이 손이 잡히는 듯했다.

"저 맥주 다 떨어졌어요."

배리가 제일 먼저 했던 말이다.

"헨리한테 시켜서 한 박스 가져다줄게. 자, 이제 우리는 이 프로그램으로 무엇을 할지 생각해 봐야 해."

"저는 진이 다 빠졌어요. 도대체 이게 뭔지 모르겠어요."

"헛소리 하지 마. 이걸 그냥 이렇게 둘 수는 없어. 이건 지금 일어나는 모든 일들에 대한 해결책일지도 몰라. 그 프로그램은 우리의 이 세계를 모의실험하고 있는 건지도 모른다고."

그때 코카콜라사의 입구 위에 있던 글이 떠올랐다.

"세상아 멈춰라, 그만 나가고 싶구나!"

"네……. 이 프로그램이 이론적으로는 타임머신 비슷하게 작동하긴 하죠."

"맞아……. 우리가 이걸 이용할 수 있을 거야. 이 프로그램에 접속해서 한 주 전이나 그 전으로 가는 거지."

"하지만 예전에 했던 그대로만 행동하고 과거의 일에 전혀 개입할 수 없다면 무슨 소용이겠어요……. 그 속에 들어가면 옛날에 했던 그대로 생각할 뿐, 다르게 생각할 수 있다는 것조차 모르잖아요. 그 안에만 들어가면 현재 상태는 머릿속에서 지워져 버리니 다르게 행동할 수 있다는 사실 자체를 알아채지 못하게 돼요."

"그래서 뭐? 나는 거기로 돌아가서 똑같이 하겠지. 내가 현재의 시점에 오면 나는 다시 접속하고, 다시 거기로 가게 될 거야. 이론적으로 보면 이건 끝이 없는 순환인 거야."

"말도 안 되는 소리 하지 마세요. 두목은 여기 앉아서 최근의 세계에 접속하면 그 삶을 다시 살겠지만, 실은 여기 의자 위의 현재에 살고 있는 거예요. 시간은 마치 아무 일도 없던 것처럼 흘러갈 거예요. 그리고 두목은 피할 길 없는 송장의 최후에 가까워져 가는 거죠. 희망이 있다면 두목이 모의실험기 안에 있을 때 죽어 버려서 죽는다는 사실을 알아채지 못하는 것 정도겠죠."

"쓸데없는 소리야."

"저도 그렇게 생각해요."

"여기 남은 맥주는 더 없어?"

"죄송해요. 지금 한 박스 가져올까요?"

"기다려 봐."

나는 담배에 불을 붙였다.

"이건 정말 아무데도 쓸모가 없어요. 저는 두 번 시도해 봤는데, 둘 다 똑같은——"

"뭐라고?"

"음……. 그러니까…… 계속 똑같은 시간대로 돌아갔다고요. 그건 우리가 가진 건 아마도 전 세계를 다 담을 수 있을 정도로 거대한 프로그램의 극히 작은 일부라는 의미예요. 우리에게는 돌아갈 수 있는 시간은 잠깐밖에 안 돼요. 이건 아무짝에도 쓸모가 없어요."

"그래도 우리가 이용할 수 있는 방법이 있을 거야. 틀림없이 프로그램 안에는 미래의 세계도 있을 거야."

"그럴지도 모르죠. 그래도 미래에선 두목도 먼지 더미로밖에 존재하지 않을걸요."

"무전은 얼마나 자주 오는 거야?"

"하루 종일 와요."

"뭐?"

"그렇다니까요. 끝도 없이 계속 와요."

"그러면 지금 이 순간에도 자료가 계속 들어오고 있다는 이야기네. 모의실험된 세계도 점점 커지고 있을 테고……."

"아마…… 그렇겠죠. 하지만 그걸로 뭘 하시게요?"

"분명히 뭔가가 있을 거야. 어떤 해결책이든 새로운 발상이든……."

"이 무전은 도대체 어디서 오는 걸까요?"

"페르세우스에서 방출되는 에너지는 어디서 오는 걸까? 우린 알 수 없어. 그렇다고 해도 우리가 그걸 이용할 수 없다는 뜻은 아니야. 정말 모든 걸 이해할 필요가 있을까? 우리가 관심을 가진 문제에 최선을 다 한다면 나머지는 시간이 알아서 해결해 줄 거야."

"하지만 우리가 전체를 이해하지 못 하는데 어떻게 그걸 이용한다는 말이에요?"

"가능해. 지금 상황에서 희망이라고는 그것밖에 안 남았어. 상황이 점점 험악해지고 있어. 저놈들이 반란을 일으키기 시작했고, 우리가 죽을 날은 하루하루 다가오고 있어. 지금은 1분 1초가 아까워."

"아직도 그렇게 생각하세요?"

"뭘 그렇게 생각해?"

"그 프로그램이 우리를 구할 해결책이라는 거요. 만약에 시체병에 대한 치료 방법이나 구원이 다른 곳에 있다면 이건 위험한 도박이에요."

"나는 시체병에 대한 치료법이 있다고 믿지 않아. 그런 건 없어."

"그러면 두목이 믿는 건 뭔대요?"

"나도 몰라. 어쩌면 외부로부터의 개입이 있기를 바라는 건지도 모르지. 어쩌면 이게 바로 그거일 수도 있어. 우리는 그걸 제대로 이해하고 받아들여야 돼."

"그래서 두목의 의견은 뭐예요?"

"그 일을 계속 해."

"제기랄, 뭘 어쩌라고요! 이걸 가지고 도대체 뭘 어떻게 하라는 거예요?"

"알았어……. 그렇다면, 정보가 충분하지 않다고 치자. 기다리지, 뭐."

"하루요? 아니면 일주일? 한 달? 일 년?"

"그냥 수동적으로 기다리기만 하자는 건 아냐. 기다리는 동시에 그에 대한 해결책을 찾자는 거지."

"이런 제기랄…… 그래서 제가 뭘 찾아야 되는 건데요?"

"나도 모르지……."

* * *

8105점. 전극을 벗었다. 심클레어사는 내 점수를 승인하고 3등이 되었다며 축하해 주었다. 3등이라니 성공이 계속되고 있었다. 나는 완전히 지쳤다. 모니터에 떠 있는 숫자 8105를 빤히 쳐다보다가 지금 바로 이어서 다음 판을 다시 하고 싶다는 생각이 강하게 솟구쳤다. 내가 접속을 끊자마자 게임 속에서는 일주일이 지나가고 많은 것들이 달라져 있을 것이다. 하지만 이번에 접속하면 그게 마지막 게임이 될 것이다.

내가 겪은 일은 결코 다시 생각하고 싶지 않았지만 다른 일에 집중이 되지 않았다. 프로그램은 종료됐지만 전극은 아직도 내 눈앞 책상 위에 놓여 있고, 맥주를 마시는 배리의 모습과 그 앞에서 속수무책인 내 모습이 보인다. 〈지옥 같은 삶〉에서 세계 3위를 했다는 엄청난 성공에 행복하기보다는 짜증 나고 화가 났다.

모니터를 쳐다보며 그런 모습으로 얼마나 오래 앉아 있었는지 모르겠다. 베티를 까맣게 잊고 있었다.

그녀는 약속에 맞춰서 왔다. 뉴욕 고등학교 학생들이 입는 꽃무늬 드레스를 입고 비닐봉지에 약간의 채소와 붉은 포도주 한 병 가지고 왔다. 그녀에게 입맞춤을 하고 포도주 병은 냉장고에 넣었다.

"자기, 너무 지쳐 보여."

"응…… 들어봐, 린다, 내 사랑……."

"게임에서 또 그 잡년하고 있었던 거야?"

베티를 린다라고 처음 불렀던 건 두 달 전이었는데, 그때는 정말 깨질 뻔했었다. 린다는 심클레어에 나오는 프로그램된 여자이며, 베티와 똑같이 생겼다는 사실을 설명할 방법이 없었다. 여하튼 심클레어사가 내 머릿속에서 가져간 것이었다. 베티는 그 말을 이해하지 못했고, 나를 믿지 않았다. 그 일 때문에 나는 미쳐 버리는 줄 알았다. 베티에게 그녀를 얼마나 사랑하기에 그녀를 〈지옥 같은 삶〉으로까지 데리고 갔겠냐고 설명하려 무진 애를 썼었다. 베티는 채팅실 친구에 게서 그녀의 남편은 자기뿐 아니라 아이들까지 게임 속에서 전혀 다른 이름으로 데리고 들어갔다는 이야기를 들을 때까지, 2주 동안 나와 말도 하지 않았다.

"베티, 제발……. 네가 린다를 잡년이라고 부르면 네 자신을 그렇게 부르는 거나 마찬가지라고 내가 몇 번이나 얘기했었잖아……."

"알아…… 불쌍한 우리 자기…… 자기는 너무 복잡해."

"이번 판에도 살아남았어. 그리고 이제 3등이야."

"그러면, 아직 자기랑 잘 수 있는 거야? 3등이나 했는데?"

"심클레어사에 한번 물어볼게."

"이것 봐. 냉장고가 텅텅 비었네. 먹고는 사는 거야?"

"게임 안에서는 항상 냉장고를 채웠는데... 여하튼 이러면 절약은 되잖아……."

베티가 차가운 눈으로 노려봤다.

"좋아. 이렇게 하자. 그 바보 같은 〈지옥 같은 삶〉이나 심클레어사에 대한 이야기를 다시 한 번만 더 하면 난 집에 가는 거야."

"응, 좋아. 괜히 얼쩡거리지 말고 침대로 바로 가자. 그럴래? 난 좀 쉬어야 할 것 같아."

"그러면 또 나 혼자 다 해야 되는 거야?"

"음……. 그건 걱정하지 마."

"아, 이런…… 내가 이런 바보 같은 남자랑 사랑에 빠지다니……. 알았어. 포도주나 한 잔 따라 줘. 내가 아예 술에 취해서 하다 말고 집에 가 버리지 않게. 자기도 내가 그걸 얼마나 싫어하는지 알지?"

　　　　　* 　 * 　 *

　그녀가 그렇게 말했는데도 침대에서 나는 "린다, 내 사랑 예쁜이"
를 세 번이나 했다.

　　　　　* 　 * 　 *

　나는 개인 신기록을 하나 더 깼다. 연구소에 26분이나 일찍 출근한
것이다. 자동화 수위는 아무 말 없이 출근카드를 찍었다. 지난밤에는
잠을 자지 못했다. 새벽 4시도 되기 전에 깼는데, 어젯밤에 했던 〈지
옥 같은 삶〉이 머리에 계속 어지럽게 떠올라 참을 수가 없었다. 그래
서 나는 린다를 깨우고, 그러니까 내 말은 베티를 깨우고, 아침까지
버텼다. 베티와 잠깐 포옹을 하고 6시에 집에서 나왔더니 연구소에 6
시 34분에 도착할 수 있었다.
　잭이 도착하기 전까지 30분이 마치 영원처럼 느껴졌다. 잭이 눈에
띄자마자 쉴 틈도 주지 않고 전날 밤 게임 속에서 벌어진 일을 설명
하기 시작했다. 잭은 커피포트를 켤 틈도 없었다. 내가 기억하는 모
든 상황을 자세히 이야기했는데, 그 내용이 좀 많았다. 잭은 내 이야
기에 끼어들지 않고 끝까지 들었다. 내가 이야기를 마칠 때까지 잭은
담배를 네 대 피우고 커피를 다 끓였다. 내가 이야기를 마치자 잭이
말했다.
　"저기, 혹시 배리가 저랑 비슷한가요?"

"그래, 이 녀석아. 한 가지만 빼면 너랑 똑같아. 네가 설명 좀 해줘. 어제 〈지옥 같은 삶〉에서 했던 바보 같은 변명이나 논쟁은 잊어버려. 내가 정말 듣고 싶은 건 그 프로그램이 도대체 뭐냐는 거야……."

"제가 설명해 드리지 않으면 다음 판에서 저를 총으로 쏠 건가요? 그렇게 들리는데요."

"그렇지."

"제가 이제 뭘 할 건지 아세요? 저도 그 쓰레기 같은 게임을 시작할 거예요. 그 안에는 틀림없이 마크 당신도 있을 테니, 저는 당신을 잡아다 호랑이 우리에 가둬 놓고 살아 있는 채로 갈기갈기 찢기도록 할 겁니다."

"좋아, 그렇게 해. 이제 진지하게 생각해 봐. 그게 뭔지 전혀 모르겠어?"

전화가 울리자 잭이 받았다.

"물론입니다. 네. 네……. 그건 그 사람 잘못이에요. 저희는 그 사람의 연구 결과를 분석하지 않았습니다. 네. 알겠습니다."

잭이 전화를 끊었다.

"음…… 물론 떠오르는 게 있긴 해요."

"그래? 설명해 줘."

"마크, 당신의 모의실험기를 쇠붙이 조각들을 그러모아서 르노 자동차 회사의 최신 모델처럼 만든 자동차라고 해보죠. 약간 다르게 생기고 조금 기형적이고 못생기긴 했지만 르노 자동차 800G와 같은 속도를 낼 수 있는 거예요. 이해되세요?"

"응. 확실히 이해돼."

"좋아요. 당연한 얘기지만 그 자동차는 고장 날 위험이 진짜 르노 자동차보다 아주 높아요. 제어 시스템도 전자식이 아니라 기계식이고, 충격 흡수장치도 정상적인 스프링이 달려 있긴 해도 컴퓨터화 되어 있지 않아서 약간 덜컹거리죠. 속도를 내다 보면 나사가 떨어져 나가기도 해요. 그래도 계속 달리기는 하죠. 하지만 순식간에 부서져 내릴 수도 있어요. 엔진은 조금 시끄럽지만, 신경 쓰지 말자고요. 계속 달리는 거예요. 이게 바로 당신이 조립한 모의실험기가 처한 상황이에요. 그 모의실험기는 심클레어 박물관에 기증해야 돼요. 틀림없이 꽤 짭짤하게 돈을 받을 수 있을 거예요."

"좋아, 좋아. 그런데 아직 난 네가 뭘 말하려는지 모르겠어."

"쉬운 이야기예요. 게임 속에서 무전으로 받은 건 당신이 심클레어라고 부르는 그 초라하게 망가져 가는 당신의 모의실험기 프로그램이에요."

"뭐…… 뭐라고?"

"그래요. 당신의 모의실험기를 제어하는 프로그램을 무전으로 받은 거예요. 게임 전체 말이에요. 당신을 위해 그 모든 속임수를 만들어내는 그 프로그램, 게임 속에서 당신의 여신인 베티나 린다의 형상을 만들고, 당신의 형상도 만들죠. 페르세우스 별자리에서 나오는 그 이상한 에너지의 원천은 바로 당신 책상 아래에 있는 안정기와 변압기였던 거예요."

"그렇다면…… 그 말은?"

"정말 진지하게 드리는 말씀이에요. 확실하다고 맹세할 수 있어요."

나는 한마디도 할 수 없었다. 상상도 못 했던 일이다. 진짜 세계를 모의실험으로 끌어들이다니…… 그게 가능해?

"담배 있니?"

"네…… 성냥은 뒤에 있는 선반 위에 있어요."

담배에 불을 붙였다.

"게임이 게임 그 자체 프로그램을 다시 이용한다는 게 가능해?"

"확실해요. 아무도 해 보지 않았던 일이에요. 이건 엄청난 기회예요. 〈지옥 같은 삶〉의 프로그램을 만든 사람들은 이런 일이 생길 거라곤 상상도 못했을 거예요. 심클레어 06에서는 불가능한 이야기니까, 이 경우 게임이 책임질 문제는 아니에요. 이게 당신의 조립 모의실험기에서 일어났다는 건 대단한 기회예요. 심클레어가 전혀 알지 못하는 일이잖아요. 지금까지는 당신이 프로그램에 완전히 무력하게 끌려다녔지만, 이제는 그 역할을 바꿀 때가 된 거예요. 당신이 프로그램을 제어하기 시작하는 거죠."

잭이 미소를 지으며 말을 계속 이었다.

"그럼요…… 이건 정말 재미있는 상황이에요. 틀림없이 심클레어사에서 상 같은 걸 받으실 거예요. 심클레어사의 모의실험 프로그램을 최초로 마치는 사람이 될 테니까요."

"헛소리 하지 마. 거기서는 네가 필요해."

"어디요?"

"〈지옥 같은 삶〉."

"거기서는 제가 배리가 돼서 있다면서요."

"응, 그렇지. 하지만 거기서 넌 완전히 바보 같아. 너한테서 이런 이야기를 들을 수가 없었이."

"죄송해요."

"잠깐만…… 아직 그 프로그램을 어떻게 제어해야 할지는 모르겠지만 성공할 수도 있을 것 같아. 네 이야기를 듣고 나니까 여기서 제어할 수 있을 것 같아. 밖에서 말이야. 하지만 게임 안에서는 정보가 부족해. 그 안에서 나는 이런 사실을 알지 못하니까 완전히 헤매는 상황이야. 이해되지?"

"네, 그럼요. 물론 제가 뭔가 좋은 생각을 해낼 수도 있을 것 같아요. 아직은 그게 뭔지 모르겠지만, 우리가 특별한 걸 찾아냈다고 저는 확신해요. 하지만 그 안에서 당신은 절대로 해결책을 찾아내지 못 할 거예요. 그러니 그 생각을 아무리 해봐야 소용없어요. 전 분명히 말씀드렸어요. 잊지 마세요."

"그래…… 분명히 말했어. 제기랄…… 잭, 내가 뭘 해야 할지 말해 줘. 뭐라 해도 네가 저 괴물을 만드는 데 중심 역할을 했잖아."

"아무 거라도 해 보세요. 상관없어요. 이대로 그냥 진행하지만 마세요. 프로그램에 대한 실험을 해 보세요. 아무 실험이라도 좋아요. 모의실험기가 본래 하기로 되어 있지 않은 일 같은 거요. 모의실험기가 해결하지 못할 일이나 본래 목적에 어긋나는 걸 해 보셔야 돼요. 그 프로그램이 절대로 해결하지 못할 실험이어야 돼요. 그러면 모의실험기는 자기방어를 위해 물러나게 돼서 다른 함정을 더 만들지 못할 수도 있어요."

"아니면 반대로 자기방어를 위해 폭탄 같은 걸로 지구 전체를 날려 버릴지도 모르지."

"맞아요. 그럴 수도 있겠네요. 하지만 그럴 경우에는 자동으로 1만 점을 획득하게 되겠죠. 그게 마크 당신이 원하는 거잖아요. 아닌가요?"

"그렇지. 사태가 인간이 생존할 수 없는 상황이 되면 게임은 최고 점수를 주고 끝낼 수밖에 없어. 그렇지 않다면 반드시 빠져나올 방법이 있어야 돼."

"모의실험기가 타 버릴 가능성도 있어요."

"그렇지. 그것도 가능하지. 그래, 자네 도움이 커."

"최선을 다했을 뿐이에요."

"그게 딱 배리의 말투야."

* * *

연구소에 오래 머물러 있을 수 없었다. 점심을 먹자마자 연구소에서 나왔다. 더 이상 다음 판을 미룰 수 없었다. 1만 점에 도달할 때까지 마지막 남은 게임을 끝내버려야 한다. 오늘이 아니면 안 된다.

최대한으로 잡으면 네 판 정도 더 남아 있을 것이다. 만일 실패한다면 실장에게 휴가 떠난다고 통보하고 베티와 함께 카리브해 어딘가에 있는 섬으로 날아갈 것이다. 오랜 시간 벗어날 필요가 있다. 이미 너무 늦었다. 오늘이 아니면 안 된다.

가는 길에 술집 '허벅지 셋'에 들러 보드카를 한 잔 마시고, 지름길을 가로질러 모의실험기가 기다리고 있는 집으로 갔다.

나는 조금도 지체하지 않았다. 문을 잠그고 차양을 내리고 모의실험기를 켰다. 최면이라도 걸린 듯 '시작' 단추를 눌렀다.

* * *

"네 번째 마당에서는 무슨 소동이야?"

배리가 모의실험기를 끄고 뭔가를 적더니 나를 돌아봤다.

"녀석들이 안테나를 만지느라고 그래요."

"난 처음 듣는 소리네. 뭐하는 건데?"

"간단히 말해서, 궤도를 돌고 있는 발전소로부터 극초단파와 레이저 광선을 통해 에너지를 받는 수신 시설이에요."

"그렇군…… 우리가 에너지를 받는다는 건가?"

"그렇죠."

"우리한테 궤도에 발전소가 있었나?"

"우린 안 가지고 있지만 시도해 볼만 해요."

"내 생각에는 더 중요한 일이 많은데, 그건 내팽개칠 거야?"

"모르면 가만 계세요. 그것 때문에 이걸 하는 거잖아요."

"무슨 이야긴지 모르겠네."

"이건 정말 독창적인 발상이에요. 우리가 이걸 해내는 최초의 사람들이 될 거예요."

"글쎄, 그 말을 들으니 오싹하긴 하네. 무슨 말인지 설명해 봐."

"여기 이 모의실험기로 두목을 분자 하나, 원자 하나까지 분석할 거예요."

"그래서?"

"두목을 어딘가로 전송하는 거죠. 두목이 우리 모두를 위해 더욱 유용한 일을 할 수 있는 곳으로."

"난 도대체 무슨 소린지 모르겠어."

배리가 책상 위에 발을 올리고 자기가 가장 좋아하는 자세를 취했다.

"노버트 위너라는 사람이 20세기에 이미 이런 생각을 해냈어요. 참고로 말하자면, 위너는 사이버네틱스의 아버지라고 불리죠. 당시 위너는 사람을 원자 단위까지 분해할 수 있거나 그 정도로 세밀하게 표시할 수 있게 된다면, 이 원자들에 대한 자료를 우주 너머 다른 곳으로 전송해서 그 자료를 받은 곳에서 그 존재를 복사할 수 있게 될 거라고 주장했어요."

"알았어."

나는 맥주 캔을 땄다.

"그래서 네가 나를 우주 어딘가로 보내려는 거군: 나를 다시 재조

립할 수신소가 있나?"

"아니, 없어요."

"그렇군."

"걱정하지 마세요. 다 해결될 거예요. 제가 생각하고 있는 게 있어요. 우리에게는 수신소가 필요 없을 겁니다."

"미쳤군. 하지만 알았어. 한번 해 보지."

*   *   *

네 번째 마당이 북적였다. 부하들은 마크 로이어의 지휘를 받으며 아주 거대한 팔라볼라 안테나 비슷한 걸 가지고 작업을 하고 있었는데, 엄청나게 많은 선들을 끌기도 하고, 엔진을 작동시켜서 안테나들을 한꺼번에 돌리기도 했다.

"두목, 어서 오세요. 이게 성공할 것 같으세요?"

"난 배리를 믿어."

"물선들이 사라지지 않고 남아 있어야 돼요. 물건들은 녹아내리거나 망가지면 안됩니다. 그러면 아무짝에도 쓸모가 없잖아요."

난 그가 무슨 말을 하는지 알아들을 수가 없었다.

"배리가 뭘 하려는 건지 설명 안 해 줬어?"

"글쎄요. 저는 배리가 에너지를 광선에 집중시켜 시장을 겨눠서 파괴하고 방어를 무력하게 만들 거라던 것밖에는 몰라요. 배리가 전부 다 계산하고 모의실험기로 실험했다고 하더라고요. 우리가 할 일이라고는 거기로 가서 물건들만 챙기면 되고요."

"뭔가 남아 있다면 말이지."

"그렇죠."

릭과 캐스퍼가 두꺼운 선들을 배리의 지하실로 끌어가고 있었다.

"우리가 작업하고 있는 모든 것들이 무용지물이 된다면 나는 여기
서 끝이야."

나는 조용히 덧붙였다.

"너희들하고 끝나겠지."

* * *

"두목, 새 여자들은 언제 데려올 거유? 벌써 여덟 명이나 모자라."

"내일."

"그랬으면 좋겠수. 에너지 광선으로 위슬리 센터나 부수는 따위의
쓸데없는 짓거리 말고 좀 중요한 일을 찾아봐야죠. 배리 같은 놈들이
나 이런 멍청한 걸 생각해낼 거요. 지난번에 스티브하고 머피하고 알
버트는 여자가 없었수. 개들이 좀 늦었거든. 뭐…… 두목이야 전혀 신
경 안 쓰겠지만……."

"미안해."

"두목이나 배리한테는 불만 없수. 하지만 경고해 주는 거유. 애들
성질이 더러워지기 시작했수."

"알았어. 개네들한테 내일 여자를 구하러 갈 거라고 이야기해 줘."

* * *

90

캐더린이 날 살렸다. 그녀는 부엌 담당으로 일하고 있었는데, 내가 마당을 지나가고 있을 때 열린 창을 통해 우연히 내 쪽을 쳐다봤다가 갑자기 무시무시한 비명을 질러 댔다. 그녀는 비명을 지르면서 내 뒤에 있는 뭔가를 뚫어져라 응시했다. 내겐 그걸로 충분했다. 지난 2주간 배운 게 있다면 언제나 경계를 게을리하지 말라는 것이다. 나는 목재 더미 뒤로 뛰어들어 누웠다. 그와 동시에 자동소총에서 빠르게 쏟아져 나오는 총성이 들려왔다. 저 총은 믿을 수 없을 정도로 강력하고 타격이 세어서 목재 더미로는 그리 오래 버티지 못할 것이다. 나는 권총을 꺼내고 목재 더미의 다른 쪽으로 몸을 옮겨서 조심스럽게 망을 봤다. 사격은 목재 더미 중간에 집중적으로 쏟아졌고 3층 창문에서 쏘고 있었다. 나는 그쪽을 겨누고 쏘기 시작했다. 하지만 운이 그다지 좋지 않았다. 공격자는 엄호가 매우 잘 되어 있었고 자리도 아주 잘 잡았다. 내가 볼 수 있는 건 창문에 걸친 총신밖에 없었다. 착탄지점이 내가 숨어 있는 쪽을 향해 다가왔다. 내가 뛰어 들어갈 수 있는 창문이나 문이라고는 부엌밖에 없었는데 족히 50미터는 떨어져 있었다. 3층에서 어떤 미친놈이 총을 쏘아 대는 상황에서 50미터라는 거리를 어떻게 가야 될지 살펴봤다. 그때 갑자기 부엌 창문으로 대공 기관총 총신이 미끄러져 나왔다.

피가 얼어붙는 것 같았다. 기관총이 겨눈 것이 내가 아니라 3층 창문이라는 걸 알게 될 때까지의 2초가 내게는 영원히 흘러가는 좌절과 절망의 시간처럼 느껴졌다.

사격은 딱 맞는 때 시작되었는데, 내가 갑자기 팔뚝에 심한 통증을 느꼈을 때였다. 피가 팔에서 뿜겨져 나오기 시작했다. 3층의 자동소총이 갑자기 방향을 튼 것이었다. 부엌의 기관총이 공격자가 숨어있던 3층 창문에 총을 갈겼다. 담벼락에서는 벽돌이 부서져 나갔다. 사격을 멈추자 3층에는 수류탄이라도 터진 듯 구멍이 나 있었다. 난 일어섰다. 팔은 타는 것 같았고, 핏방울이 땅바닥에 뚝뚝 떨어졌다. 린과 데이브가 토미건을 들고 마당으로 달려왔다.

"이젠 괜찮아. 누구였어?"

"아직 저희도 몰라요. 마이클이 거기로 갔어요."

"경호원이라도 데리고 다녀야 될까 봐. 부엌에서 총을 쏜 사람은 누구야? 그 친구한테는 오늘 자기 마음에 드는 여자를 고를 기회를 줘야겠어."

"저도 누군지 모르겠는데요."

부엌으로 가서 열린 창문을 뛰어넘었다. 부엌에는 여자만 셋이 있었다. 서른 살 정도의 글래디스와 어린 아가씨 둘이었다. 기관총 총신에서는 아직도 연기가 모락모락 올라오고 있었다. 글래디스는 화로 위에서 뭔가를 뒤적거리고 다른 아가씨들은 접시를 닦고 있었다.

"여기서 총 쐈던 남자는 어디로 갔소?"

글래디스가 한 아가씨를 쳐다봤다. 머리가 짧은 그 아가씨는 열아홉 살 정도로 보였다. 그녀가 접시를 내려놓으며 말했다.

"제가 쐈어요."

나는 너무 놀라서 의자를 잡고 쓰러지려는 몸을 가눴다.

"아가씨가 쐈다고? 총 쏘는 법은 어디서 배웠는데?"

"마우디에 있던 훈련소에서요."

"이름이 뭐지?"

"제시 클락이에요."

"제시 고마워."

"천만에요. 전 당신이 죽든 말든 관심 없었어요. 당신을 구하려고 했던 일도 아니에요. 마우디에서 배웠던 게 딱 맞는 시간에 떠오르고, 다시 한 번 총을 쏘고 싶었던 것뿐이에요. 그리고 사실 아주 좋은 기회였어요. 특히 그렇게 확실한 무기가 근처에 놓여 있었던 것도 그렇고요. 권총으로도 그 사람을 맞출 수 있었겠지만, 여기는 권총이 없더라구요."

"아이구야, 고마워. 그래도 처음 장전한 총알만으로 맞췄잖아. 여하튼 고마워."

"저도 즐거웠어요."

그리고 그녀는 빠르게 다음 접시를 들고 닦기 시작했다.

난 밖으로 나왔다.

"두목, 여기 분위기가 더러워지기 시작하네요. 그렇게 생각 안 해요?"

"확실히 그렇지. 배리, 상황이 심각해. 다 처리하는 데 얼마나 걸릴까? 이게 말이 되는 것 같기는 해?"

"다른 가능성은 없어요. 원하신다면 마당을 가로질러 가실 수도 있어요. 주변에 당신을 노리는 저격수가 있을 거라고 확실하게 말씀드릴 수 있어요. 안테나는 연결됐어요. 내일이나 모레쯤 시작할 수 있을 거예요."

"오늘 밤 잠을 잘 수나 있을지 모르겠다. 내일 꼭 돼야 돼. 난 그 이상 못 버틸 거야. 녀석들이 다들 나를 쏘려고 덤빌걸. 사격장에 표적으로 세워 놓은 허수아비가 된 기분이야. 그 꼬맹이 아가씨가 없었더라면 지금쯤 난 뒈졌을 거야."

"시공간 도약은 한 번도 해 보지 않았던 일이에요. 두목이 최초가 될 거예요. 하지만 저를 몰아붙이지 마세요. 고도로 응집된 에너지 광선이 필요해요. 제가 계산해 봤더니 우리가 성공하려면 40미터짜리 안테나가 필요한데, 우리가 가진 건 46미터예요."

"아, 그래? 그거 좋은 소식이네. 그 다음엔?"

"안테나 주변에 보호구역을 설정해야 해요. 적어도 200미터는 돼야 합니다. 요새의 서쪽 구역을 완전히 소개시켜야 돼요. 건강에 아주 해롭거든요."

"그건 그냥 잊어버려. 안테나를 작동시키는 데 영향이 없다면 그냥 거기 살게 내버려 둬. 난 걔네들한테 더 이상 신경 안 써."

"그렇군요. 알았어요. 두목 생각이 그렇다면 저도 신경 끊죠. 뭐……."

배리가 앉으면서 말을 이었다.

"우선 우리 계획은 정지궤도 상에 있는 중계위성에서 에너지를 얻어서 지구에 있는 안테나로 되돌리는 거지만, 우리는 위성이 없죠. 그건 괜찮아요. 인공위성 없이 시도해 볼 거예요. 그리고 우리는 에너지를 극초단파의 다발 형태로 만들 줄 몰랐지만, 제가 그 문제도 해결했어요. 우리에겐 고효율 레이저포가 있어요. 그렇죠? 그리고 레이저포는 궤도상에 있는 발전소에서 에너지를 공급받을 겁니다. 현재 상태는 좋아요. 우리는 레이저포를 안테나와 모듈 제어기, 모의실험기에 연결만 하면 돼요. 이게 지금 진행되는 상황이에요."

"그럼, 지금 아무 문제도 없는 거야?"

"당연히 있지요. 사실 약간 문제가 있어요. 하지만 전 우리가 그 문제들도 잘 해결하리라 믿어요."

"우리는 궤도상에 발전소가 없다고 했잖아."

"그렇죠, 없죠. 혹시 아시는 발전소 있어요?"

"멍청한 자식."

"우리에겐 발전소가 없어요. 하지만 페르세우스 별자리의 강력한 에너지 공급원이 있죠. 출처는 이상하지만, 알게 뭐예요. 중요한 건 이 에너지가 우리가 필요한 정도로 충분히 강력하다는 거예요."

"그렇다면 페르세우스 별자리에서 오는 에너지를 받아서, 레이저 포에 공급하고, 레이저포는 에너지와 정보를 우주로 날려 보내게 되는 거네. 그 정보는 내가 될 것이고. 맞지?"

"그렇죠."

나는 담배에 불을 붙였다. 배리는 맥주 캔 하나를 더 땄다.

"그럼 나를 어디로 보낼 생각이야?"

배리는 책상 위의 선 다발 사이로 조심스럽게 발을 올리며 말했다.

"아직은 모르겠어요. 하지만 어딘가에서는 두목이 우리에게 이로운 일을 하게 되겠죠. 제가 아직 그 문제를 해결하지 못했어요. 제가 모든 걸 한꺼번에 다 해결해 드릴 수는 없잖아요. 특수한 거대 연구소에서도 수년 간 해결하지 못하는 문제를 제가 지난 2주일 만에 해냈잖아요. 다 괜찮아질 거예요. 걱정하지 마세요. 지금까지 제가 실망시켜 드린 적 있었어요?"

"아직은 없었지. 하지만 이게 처음이라는 게 영 마음에 걸려."

"자, 이제 저는 한 시간 정도 쉴 참이에요. 혹시 이벳 좀 여기로 보내주실래요?"

"이벳이 누구지?"

"사람들한테 물어보시면 알 거예요."

"이벳이 지금 부엌에 있던 아가씨는 아니었으면 좋겠군."

"아뇨. 이벳은 지하실에 있어요."

*　*　*

복도에서 마이클과 린을 만났다.

"지금 나가실 생각이시면 그만두세요."

둘 다 토미건과 수류탄을 허리에 차고 있었고, 린은 기관총도 끌어가고 있었다.

"무슨 일이야?"

"밖에서 두목을 기다리는 자들이 있어요. 반란을 일으켰어요. 패트릭이 반란을 이끌고 있어요."

"얼씨구. 걔네들은 몇 명이나 돼? 우리 편은 몇 명이고 누구누구야?"

"반란자들은 20여 명 정도 되고, 우리 편은 저희하고 데이브, 졸리, 로저예요. 졸리는 지금 지하를 통해 탄약 창고에 가려고 애쓰는 중이에요. 졸리가 무기를 좀 챙기고 나면 거길 폭파시켜서 지하실을 통해 우리한테 오지 못하게 막을 겁니다."

"상황이 그렇게 심각해?"

"엄청 심각해요."

우리는 함께 배리의 지하실로 돌아가서 상황을 설명해 줬다. 배리는 상황을 아주 흔쾌히 받아들였다.

"그렇군요. 괜찮아요. 우리한테는 맥주도 있고, 안테나도 이미 변조기와 모의실험기에 연결을 끝냈어요. 우리는 밖으로 나가지 않아도 돼요."

"넌 이 상황에서도 어떻게 그렇게 침착할 수가 있냐?"

"두목을 어디로 보낼까 하는 문제가 방금 해결됐어요."

"그렇군. 어디야. 비밀이 아니라면 말해 줘."

"뒤요."

"뒤? 어디?"

"어딘지는…… 하여튼 과거로 가요. 거기서 두목은 모든 반란자들을 조용히 없애 버릴 수 있고, 그렇게 되면 더 이상 이런 일은 일어나지 않을 거예요."

"그러면 내가 어떻게 다시 돌아와?"

"돌아오지 않아요. 우리는 그냥 여기서 두목을 기다릴 거예요."

"아, 그러면 시간의 순환고리에 빠지는 거 아냐?"

"그건 걱정할 필요 없어요. 뭐…… 그렇게 된다고 해도…… 뭐……
어때요. 적어도 영원히 살게 되고 시체병도 두목을 끝장낼 수는 없게
되는 거잖아요."

"말이야 쉽지."

"이런 씨발, 도대체 그럼 두목이 원하는 게 뭐예요? 제가 이야기했
잖아요. 이건 세계에서 처음으로 진행되는 실험인데, 제가 그 실험 결
과를 어떻게 다 알겠어요. 하거나 말거나 맘대로 하세요."

"누군가를 실험 삼아 먼저 보내보면 어떨까? 확실하게 증명해 볼
수 있는 실험이잖아. 그렇지 않아? 성공하자마자 반란자들이 사라질
테니까."

"네…… 두목 말이 맞아요. 하지만 모의실험기에는 두목에 대한 자
료밖에는 없어요."

"뭐, 다른 사람 걸 하면 되지."

"아뇨. 할 수 없어요. 두목에 대한 자료를 모은 모의실험기는 제가
조립한 괴물보다 훨씬 나은 놈이에요. 그건 간단하게 할 수 있는 게
아니에요. 원자 단위까지 자세한 자료를 가진 건 두목뿐이에요. 그래
서 우리가 작업할 수 있는 건 두목밖에 없어요. 겁나세요?"

"잠시만…… 그런데 네가 나를 보내면, 여기 있는 나는 사라지는
거야? 아니면 어떻게 되는 거야?"

"제발요. 저도 잘 모른다는 걸 반복해서 말해야 하나요? 아마 그렇
겠죠. 시간 패러독스를 막으려면…… 저도 모르겠어요. 저도 사실 어
떻게 진행될지 궁금해요. 그러니까 저한테는 더 이상 물어보지 마세
요."

나는 진저리가 났다. 밖에서는 총소리가 들려왔다. 졸리가 방으로

뛰어들었다.

"탄약통하고 수류탄을 문 밖에 가져다 놨어. 좀 도와줘."

"마이클, 다른 사람들 데리고 가서 가져와."

그리고 나는 배리에게 물었다.

"더 필요한 건 없어?"

"없어요. 잠깐 쉬고 싶어요. 그리고 연결 상태를 점검하고 모의실험기를 시험해 볼까 해요. 제가 두목한테 바라는 건 저 개자식들이 작업이 끝날 때까지 여기 들어오지 못하게 확실히 막아 달라는 것뿐이에요."

"그거라면 날 믿어도 좋아. 잘 처리될 거야. 여기가 지금 요새 전체에서 가장 편안한 장소야. 졸리가 방금 다른 입구도 박살냈거든."

"좋네요. 그럼 전 잠시 쉴게요."

* * *

밖은 조용했다. 그 개자식들은 아마도 우리한테 접근할 방법을 궁리하고 있을 것이다. 배리를 제외한 나머지 우리 편 다섯 명은 마당 전체가 내려다보이는 총구에 자리를 잡았다.

아무 일도 일어나지 않았다. 한 시간이 지난 후, 우리는 두 사람만 경계를 서고 나머지 다른 사람들은 쉬기로 했다. 그놈들은 우리가 굶어죽기만 바라고 있을 것이다.

최근 며칠 간 일어난 일들이 머리를 스치고 지나갔다. 언제부터 내가 내리막길로 접어든 건지 이해할 수 없었다. 언제부터 다른 놈들이 날 믿지 않게 된 걸까……. 모두들 처음에는 두려워했지만 나중에는 기대하기 시작했던 위슬리 센터 습격을 내가 취소했을 때 상황이 뒤집어졌다. 그들은 자신들의 무기력한 상태를 딛고 나갈 뭔가가 필요하다. 뭐라도 상관없다. 내가 배리에게 뭔가 발견하기를 바라고 있는 동안, 그들은 자신들의 최후가 다가온다는 사실을 잘 알고 있었다. 그게 그들과 나의 중요한 차이점이다. 배리만 상관없다면 우리는 위슬리 센터 습격을 감행했을 것이다. 하지만 나는 죽을 수도 있는 어떤 위험한 도박도 할 생각이 없었고, 내가 믿는 건 배리뿐이었다.

마당에 폭발음이 울려 퍼지고, 갑자기 저쪽이 활발하게 움직였다. 놈들이 사격 자세를 취하고 총알을 쏟아 내기 시작했다. 반란자들은 단순하고 조심성이 없는 게 확실했다. 한 놈씩, 한 놈씩 쏘았더니 끝날 때쯤에는 여섯 명이 마당에 누워 있었다. 나는 그중 스티브를 알아보았다. 놈들이 뭘 원하는지는 잘 안다. 놈들은 우리 건물의 하부를 확보해서 우리의 총구를 파괴하고 싶은 것이다. 나는 누가 하부까지 도달했는지 알지 못한 채였는데, 린이 아무도 오지 않았다고 했다. 졸리가 거울을 가져와 삽의 손잡이 부분에 묶었다. 그리고 조심스럽게 밖으로 내밀어 아래쪽 담벼락을 살펴봤다. 총소리가 다시 울렸지만, 총을 쏜 놈은 로저의 기관총에 날아가 버렸다.

"앤토니가 저기 있네."

졸리가 말했다.

"저놈을 어떻게 하지?"

"저놈이 벽을 타고 올라오기 시작하면 우린 끝이야. 앤토니가 아직 저 아래에 있을 때 뭔가 수를 써야 돼."

린이 상자에서 수류탄을 꺼냈다.

"졸리, 그놈이 정확히 이디 있어?"

"마이클의 총구 아래 근처에 있어."

"알았어."

린이 수류탄의 안전핀을 뽑고 자기 총구를 통해 벽을 따라 던졌다.

폭발은 크지 않았지만, 수류탄이 떨어진 곳에서 10미터 안에 있던 앤토니는 확실하게 돼졌을 것이다. 데이브와 린이 사격을 시작하자 졸리가 다시 조심스럽게 거울을 내밀었다. 놈들이 거울을 총으로 쏘아 박살내 버렸다.

"뭐 본 거 있어?"

"네. 벽이 피범벅이었어요. 그게 다예요. 앤토니는 피떡이 돼서 1층 벽에 쫙 뿌려졌어요."

나는 린다가 떠올랐다. 지금 그녀는 어디에 있을까? 아직 살아 있을까, 아니면 놈들이 복수 삼아 죽여 버렸을까? 혹시 그녀를 고문하지는 않았을까? 놈들은 뭐라도 할 놈들이었다. 나는 어떻게 린다에게 접근할지 궁리했다. 그녀를 반드시 구해야 한다. 배리가 복도로 왔다.

"자, 그럼 갈까요?"

"어딜 가?"

"며칠 전으로요."

"다 끝냈어?"

"알게 되겠죠."

나는 배리를 따라갔다. 조금 긴장이 되었다.

"저건 사과파이냐?"

"염병할 사과파이. 제가 할 수 있는 건 다 했어요. 저도 더 이상은 못 해요. 가든 말든 맘대로 하세요."

배리도 긴장하기 시작했다. 배리는 그동안 과로했다. 최근 며칠 간 상당히 무리했다. 그래서 나에게 덤비는 게다. 우리 둘 다 인내심이 바닥을 드러낸 상황이었다. 일이 너무 많았고, 너무 빠르게 진행되었다.

"날 어디로 보낼 거야?"

"그거까지 다 말하면 재미없잖아요."

"너도 모르지."

"당연하죠. 몰라요. 아, 지겨워라. 제가 어떻게 알겠어요. 제가 시간을 거슬러 가게 해줄 테니 직접 알아보세요."

"내가 선사시대로 가면 어떻게 하지? 그렇게 되면 우리 둘에게 전혀 도움이 안 되잖아."

"말도 안 되는 소리 하지 마세요. 우린 에너지가 그렇게 많지 않아요."

"뭐 아는 건 없어?"

"제 모의실험기로는 무리예요. 간단한 계산을 해 봤는데, 두목은 1년에서 40년 사이 정도의 과거로 도약하게 될 거예요."

"차이가 너무 큰데."

"이런 제기랄. 원하시는 게 있거든 최고의 모의실험기와 컴퓨터, 레이저 따위를 저한테 가져다주세요. 제가 1천분의 1초까지 정확하게 계산해 드릴 테니까."

"과거의 세상에 두 명의 내가 존재하게 될까? 아니, 내가 여기에도 동시에 있을 테니까 세 명이라고 해야 되나?"

"제가 그걸 알겠어요? 저도 두목만큼밖에 몰라요."

우리는 배리의 컴퓨터실로 걸어갔다. 나는 선 다발과 전원 장비, 보조 전원, 메모리 장치와 맥주 캔을 익숙하게 넘었다. 배리가 책상 앞의 의자를 가리켰다.

"이론적으로 보면 내가 여기 있을 필요는 없어."

"이론적으로는 아니죠. 하지만 저는 무슨 일이 일어나는지 두목과 함께 알고 싶어요. 모든 준비가 끝났어요. 안테나는 에너지원을 겨냥하고 있고, 변조기도 두목을 분해할 모의실험기의 프로그램에 연결했어요. 그리고 모의실험기는 레이저포에도 연결했죠. 계산 결과에 따르면 우리에겐 충분한 에너지가 있지만, 두목을 먼 과거로 보내서 없애 버릴 정도는 아니에요. 두목이 과거로 갔을 때 어떤 놈들을 없애야 하는지 알길 바라요."

"지겨운 자식, 그만해. 난 기억해. 모의실험용 프로그램이 모를 뿐이지."

"이럴 수가……."

"제기랄, 사소한 것 하나라도 놓치면 이번 일은 완전히 끝장나는 거야."

"알아요."

배리가 모의실험기로 갔다.

"이제 몇 분 내로 그 문제를 해결할 거예요. 그리고 두목에게 접속시킬 겁니다. 1분이면 충분해요. 이제 막 벌어지고 있는 일들에 대한 마지막 자료와 두목이 패트릭과 그 패거리를 없애야 한다는 사실을 모의실험기에 전송했어요."

배리가 맥주 캔을 하나 더 따고(배리는 도대체 지금까지 얼마나 마신 걸까?) 담배에 불을 붙이더니 말했다.

"시작할까요?"

"내가 할 일이 있나?"

"아뇨."

배리의 손가락이 키보드 위에서 춤을 추기 시작했다. 나는 린다 생각을 했다. 놈들은 그녀에게 무슨 짓을 저질렀을까. 그때 마당에서 총소리가 들려왔다. 기묘한 불안감이 느껴졌다. 누군가 내 속을 완전히 뒤집어 놓은 것 같았다. 인류 역사상 최초의 시공간 도약에 대해 생각했다. 그리고 코카콜라 빌딩에 있던 글이 떠올랐다. "세상아 멈춰라, 그만 나가고 싶구나!" 피바다에 누워 있던 폴도 떠올랐다. 하지만 대부분의 시간은 린다를 생각했다.

연기 냄새에 눈을 떴다. 푸른 연기가 방 안을 가득 메웠다. 나는 콜록거리기 시작했다. 심클레어에서 연기가 났고 녹아내린 선들이 바닥에서 오그라들고 있었다. 양탄자가 검게 그을기 시작했다. 양철로 만든 모의실험기 윗덮개는 화로처럼 벌겋게 달아올랐다.

나는 서서히 이 상황을 인식하기 시작했다. 단말기 모니터를 쳐다봤다. 모니터는 아직 잘 작동하고 있었고, 글이 떠올라 있었다.

심클레어사에서 알려드립니다.

귀하의 뛰어난 성과를 축하드립니다. 귀하는 8,798점을 획득해서 우리 회사의 모의실험 게임 〈지옥 같은 삶〉에서 2등이 되셨습니다.

이와 동시에 유감스럽게도 귀하의 모의실험용 생명체가 사망했다는 점을 알려드려야 할 것 같습니다.

앞으로도 귀하께서 〈지옥 같은 삶〉의 다음 모험을 통해 우리 회사의 상품을 계속 즐겨 주시길 바랍니다.

다음 지옥에서 뵐게요!

커튼이 타기 시작했다. 모든 물건들이 쓸모없이 변해 갔다. 모든 것들이. 모니터가 꺼지는 것과 동시에 전구도 꺼졌다. 자동으로 퓨즈가 터졌다. 모니터의 어두운 유리 표면에 뭔가 움직이는 게 느껴졌다. 몸을 돌렸다.

그가 있었다⋯⋯. 완전히 벌거벗은 그가 거기 서 있었다⋯⋯. 거기 서 있는 건 나 자신이었다⋯⋯.

우리는 방이 불타오르며 내는 불빛을 통해 서로를 뚫어져라 쳐다보았다. 나는 마치 거울이라도 보듯 내 자신 앞에 서 있었다.

나와 똑같은 육체를 가진 그의 눈동자 흰자위는 어두운 붉은색을 띠고 있었다. 앞으로 2년 동안 시체병에 걸려 최후를 기다리기 싫다면(전 세계 인류도 다함께), 우리는 여기서 함께 불에 타 죽어야 한다.

나는 그에게 몸을 던졌다. 나 자신에게.

온드르제이 네프 Ondřej Neff

영원으로 향하는
네 번째 날

Čtvrtý den až navěky

| 김창규 옮김 |

남자는 창밖을 내다보지 않아도 갈리친 성이 현재 어떤 모습인지 알 수 있었다. 원뿔형 석판 지붕의 놋쇠 처마는 검정색으로 바뀌었고, 치장 벽토를 바른 벽은 여기저기가 갈지자로 갈라졌을 것이다. 거인이 어마어마하게 큰 도끼를 들고 성을 내려쳐 상처를 낸 것처럼 회반죽이 군데군데 완전히 떨어져 나가서 붉은 벽돌이 드러났을 것이다. 창문도 마찬가지로 낡았으리라. 판유리는 백내장 걸린 노인의 눈처럼 검댕과 때가 묻은 지 이미 오래였다. 그리고 검정색 목재 창틀 속에는 촘촘하고 복잡하게 짜인 거미줄이 레이스 커튼처럼 늘어져 있었다. 십여 마리의 거미가 동틀 녘부터 빙글빙글 돌며 그처럼 두터운 장막을 만들어 두었다. 거미들은 치장 벽토와 거미줄을 섞어서 창문을 아예 사라지게 하려고 작정한 것 같았다.

거미들은 아무 소리도 내지 않고 작업을 했다. 남자는 밖으로 나가서 조심스럽게 귀를 기울이면 빠른 동작으로 섬유를 짓고 있는 거미의 다리 소리가 들릴지도 모르겠다고 생각했다. 거미가 정말로 소리를 하나도 내지 않고 그런 노동을 해낼 리는 없었기 때문이다.

남자는 스스로에게 실망하고 화가 나서, 진심으로 분노하면서 몸을 움찔거렸다. 네 번째 날이었으니 한가하게 공상이나 할 때가 아니었다. 세 시간만 지나면 정오였다. 방정식을 고칠 시간이 세 시간뿐이라는 뜻이었다. 오늘 오전에 연구를 마칠 수 있다면 그 얼마나 놀라운 일이겠는가. 이번이 아니라면 다음 네 번째 날 오전에, 아니면 그 다음 네 번째 날 오전에, 아니면 그 다음이라도. 그렇다면 승리의 맛은 점점 더 달콤해질 텐데.

남자는 상당한 분량의 종이뭉치를 버려야 했다. 각 쪽에는 맞아떨어지지 않는 방정식들이 빼곡히 적혀 있었다. 그런 종이뭉치들이 마호가니 책상 위를 덮은 것도 모자라 서재를 거쳐 창문에 이르기까지 널려 있었다. 갈리친 성의 균열은 어제보다 늘어났고, 속살을 드러낸 벽돌의 면적은 어제보다 커졌다. 건물이 냉혹한 시간의 압력에 굴복하며 무너지고 있다는 점에는 의심의 여지가 없었다. 어쩌면 작업을 끝내기 전에 골짜기로 붉은 벽돌을 쏟아내면서 허물어져 버릴지도 모르지. 남자는 생각했다. 흠, 그것도 일종의 해결책이군. 그렇지 않은가?

남자는 그처럼 슬픈 농담을 떠올리며 웃었다. 그 웃음소리는 남자를 안심시키고 희망을 주었다. 웃을 수 있다면 아직은 그렇게 나쁜 상황이 아니었다.

남자는 도서관을 나와서 2층 욕실로 가는 계단을 올라갔다. 그리고 지붕 밑에 있는 물탱크에 채워 놓은 물로 뜨겁게 샤워를 했다. 수도꼭지에서 나오는 물은 믿을 수가 없었다. 그 작자들이 저택의 우물에 청산가리를 풀어놓았던 네 번째 날부터 그랬다. 남자는 쌉쌀한 아몬드 향이 희미하게 나는 것을 느끼고 목숨을 구할 수 있었다. 물론 수도꼭지를 이용할 수도 있었다. 우물은 다시 깨끗해졌기 때문이다. 그리고 남자를 공격하는 사람들은 같은 작전을 두 번 쓰지 않았다. 하지만 위험을 무릅쓸 필요는 없었다. 사실 오늘자 공격의 새로움이라는 것이 다름 아닌 옛 전술의 반복일 수도 있었다.

여지를 주지 말아야지. 남자는 목욕가운을 걸치면서 혼잣말을 하고 계단을 내려갔다. 절대로 빈틈을 보이면 안 돼. 내 존재를 지배할 수 있는 기회를 줬다가는 적의 계획을 망칠 수 없을 테니까.

물론 문제는 남자가 과연 방정식을 풀 수 있는지에 달려 있었다. 어쩌면 남자는 네 번째 날 다음에 오는 네 번째 날에 그냥 자기 방어를 포기해야 할지도 모르는 일이었다. 그의 죽음이 연구의 완성만큼이나 커다란 성공일까? 거기서 일종의 승리를 이끌어 낼 수 있을까? 그런 식의 희생은 그다지 대단해 보이지 않았다. 지금 그의 생활은 제대로 된 삶이라고 할 수 없었기 때문이다. 남자는 이미 죽은 사람들보다 더 못한 상황이었다. 그들의 수가 얼마나 되든 상관없이 그랬다.

전화가 울렸다. 남자는 그 소리에 우울한 생각들을 날려 버리고 서재로 돌아왔다. 사프코스키가 여느 때처럼 배달을 해야 할지 묻는 전화가 분명했다. 남자는 연구용 책상으로 다가가서 암호화 장치를 작동시킨 다음 수화기를 집어 들었다.

"여보세요. 드라벡입니다."

"나야." 사프코스키가 말했다. "지금 가도 되나?"

"물건은 다 구했어?"

"당연하지." 사프코스키가 오만한 목소리로 대답했다. 그는 멍청하게도 자신이 사업가라고 생각했다. 하지만 실제로는 작은 가게의 주인이자 양배추 대신 총을 파는 채소 장수에 불과했다.

"글록, 산탄총, 레밍턴, 갈릴, AK-47 맞아?"

"다섯 종류 다 구했어." 사프코스키는 잠깐 말을 끊었다가 덧붙였다. "레밍턴 용 적외선 조준경은 구할 수가 없었어."

"젠장."

"다음번에는 구해 볼게."

"알았어. 다음번이라는 게 없을지도 모른다는 문제가 있지만." 드라벡이 화를 내며 말했다. "여기서 무슨 일이 벌어지는지 모르는 거지?"

사프코스키는 아무 말도 하지 않았다. 논쟁을 하기 싫은 게 분명했다.

"됐어." 드라벡이 말을 이었다. "종이하고 연필 있지? 잘 들어. 이번에 지뢰를 매설한 좌표는 A-6, B-1, C-8, D-3……."

드라벡은 머릿속에서 요란하게 날갯짓을 하며 떠다니는 생각을 쫓아버리려는 듯 계속해서 위험 지점의 위치를 불러 주었다. 어느 날인가, 아주 끔찍한 네 번째 날이 되면 적들이 암호를 해독하겠지.

"북쪽 벽으로 가." 드라벡이 사프코스키에게 말했다. "포플러 나무 위로 올라가면 구부러진 곳에 원격조종기가 있을 거야. 빨간 단추를 누르면 문이 열려."

"빨간 단추라. 알았어."

"자동화기에 넣을 탄약도 잊지 말고 가져와."

"알았어."

드라벡은 자신이 갈릴과 AK-47을 주문했다는 사실에 유난히 기뻐했다. 습격자들은 기존처럼 레밍턴과 산탄총만을 예상하고 있을 것이다. 드라벡이 정말로 선호하는 것은 우아한 사냥용 총기들이었다. 그는 사격에 능숙했다. 하지만 지금 필요한 것은 스포츠 정신이 아니라 생존이었다. 드라벡은 이번 전투가 또 다시 요란한 피바다로 변하고 마을 사람들이 카나보르 경위에게 진정하는 것을 바라지 않았다. 하지만 앞길에 피바다가 펼쳐진다면 굳이 마다하지는 않을 생각이었다.

채소장수는 거래해 줘서 고맙다고 말하고는 한 시간 안에 물건을 배달하겠다면서 전화를 끊었다. 물리학자는 꼼짝도 하지 않고 수화기를 움켜쥔 채 1분 동안 책상 옆에 서 있었다. 불안감 때문에 목이 메었고 냉기가 척추에서부터 어깨뼈를 거쳐서 팔까지 흘러갔다. 습격자들이 오늘은 어떤 전술을 쓸까? 뭘 가지고 나를 놀라게 할까?

드라벡은 숨을 가쁘게 헐떡거리면서 침실로 올라가서는 안쪽에 코르크를 대 놓은 화려한 벽장으로 들어갔다. 드라벡은 목욕가운을 벗고 선반을 살피다가 나일론으로 만든 윗옷과 면바지를 꺼냈다. 그는 전신거울 앞에 서서 옷을 입었다. 두 옷 모두 새것이었고 살갗에 닿는 감촉은 차가웠다. 드라벡은 세탁한 천을 참을 수가 없었다. 속옷은 한 번 입고 나면 던져 버렸으며 양말도 마찬가지였다.

머리 위에서 형광등이 윙윙거렸다. 드라벡은 거울에 비친 자신의 근육을 하나하나 살펴보면서 점점 만족했다. 드라벡의 신체는 운동선수처럼 군살이 없고 날렵했으며 근육과 인대는 하나도 어긋남이 없이 전체와 조화를 이루었다. 각 신체 조직의 건강함은 곧 다가올 전투에 영향을 미칠 것이 분명했다. 하지만 궁극적으로는 정신의 명민함이 결과를 좌지우지하게 마련이었다.

드라벡은 옷걸이에서 일체형 특수복을 벗겨내고는 그 속으로 들어갔다. 꼭 맞는 장화에 발을 끼우고 소매 안으로 팔을 밀어 넣었다. 옷장 안에 있는 나머지 옷들을 합친 것보다 더 비싼 의복이었지만 그럴 만한 가치가 있었다. 그 옷은 습격자의 총검을 세 번이나 튕겨 냈으며 한 번은 화염방사기의 타오르는 격류를 견뎌 내기도 했다. 특수복의 섬유는 밤하늘처럼 검었으며 너무나 탐욕스럽게 빛을 집어삼켜서 수은 증기가 번쩍거리는 속에서도 조금도 번들거리지 않았다.

드라벡은 한층 더 안심하면서 서재로 돌아갔다. 그리고 한 번 더 집중하면서 방정식들을 훑어보았다. 시간의 수수께끼를 풀기 위해 적어 놓은 수천 개의 메모와 낙서들이었다. 신중하게 행동하려면 뚫을 수 없는 강철판으로 만든 금고에 당장 그 문서들을 넣어 보호해야 했다. 하지만 문제의 해결이 바로 눈앞에 있다면 어떡하겠는가? 만약 사프코스키를 상대하는 동안에 갑자기 영감이 번뜩여서 당장 연구에 손을 대야 한다면 어쩌겠는가? 드라벡은 문서들을 그 자리에 그대로 두기로 했다.

방 건너편에 있는 보안 화면에서 경고를 알리는 불빛이 깜빡거렸다. 드라벡은 정렬해 있는 폐쇄회로 TV의 화면들을 쳐다보았다. 좌상단에 있는 화면에서 사프코스키의 모습이 보였다. 사프코스키는 상자를 땅 위로 질질 끌면서 저택의 지형도를 들여다보고 있었다. 그는 천천히, 조심스럽게 지뢰밭을 통과하고 있었다.

드라벡은 수표책을 꺼내 들고 현관으로 나가서 사프코스키에게 문을 열어 주었다. 두 사람은 힘을 합쳐서 응접실로 상자를 옮기고 창가 의자에 올려놓았다. 사프코스키는 그러는 내내 물건값이 얼마나 올랐는지, 구해 오느라 얼마나 골치가 아팠는지를 중얼거렸다. 채소 장수는 다음번 넷째 날이 되면 돈이 더 많이 들 거라고 경고했다.

"희소식이 있어. 시장에 상급 물건들이 좀 나올 거야." 사프코스키가 말했다. "전기충격기에 로켓 발사기에 신경폭탄에 섬광탄까지."

"섬광탄이라니?"

"상대의 눈을 멀게 하는 거지."

"한 묶음 살게. 신경폭탄도 그만큼 사고. 적외선 조준경도 잊지 마."

"내 사정도 생각 좀 해 줘." 사프코스키가 말했다. "그런 물건들을 구하는 건 빵 사는 거랑 다르다고."

"애써 주는 건 고맙게 생각해. 그건 너도 알지?" 드라벡이 달래는 투로 말했다. 드라벡은 수표책을 열고 거기에 매달린 줄에서 볼펜을 뽑았다. "재촉한 건 미안해."

사프코스키가 그리 신경 쓰지 않는다는 듯이 어깨를 들썩였다. 얼굴은 무표정했다. 채소 장수는 특공대가 나흘마다 저택을 습격한다는 얘기를 더 이상 믿지 않았다. 드라벡이 처음으로 주문을 했을 때에는 사프코스키도 지대한 관심을 보였다. 하지만 시간이 지나면서 회의적인 질문을 던지기 시작했다. 왜 끊임없이 새로운 무기가 필요한가. 한 번 싸울 때마다 사용한 무기가 죽으로 변하기라도 한단 말인가? 습격자들이 매번 지뢰를 밟는다면 폭발 여파로 파인 구덩이는 왜 하나도 보이지 않는가? 저택에서 정기적으로 격렬한 전투가 벌어진다면 그 흔적이 남아 있는 방은 왜 하나도 없는가?

드라벡은 가격이 얼마인지 물어보기가 귀찮아서 단위가 가장 큰 수표에 서명을 한 다음 사프코스키에게 건넸다. 그리고 맞는 금액을 직접 적으라고 말했다. 드라벡은 채소장수를 응접실까지 배웅했다. 그러면서 다음번에 사프코스키가 오기 전에 방을 어느 정도 망가뜨려 놓아야겠다고 생각했다. 금 도금을 한 거울을 깨뜨리고, 대리석 벽난로에 홈집을 내고, 벨벳 천을 불에 그을리고, 베르너 하이젠베르크와 나폴레옹 보나파르트의 초상화를 더럽히고, 그리스에서 가져온 올리브 가지를 담아 놓은 꽃병을 산산조각 내거나 샹들리에를 장식하는 사슴뿔 중 하나를 부러뜨리는 거야. 그러면 사프코스키도 믿을지 몰라. 아냐. 채소장수의 믿음 같은 건 필요 없어. 결국 나는 시간방정식의 주인이 될 텐데 뭣 때문에 바보의 의견을 신경 써야 하지?

드라벡은 사프코스키를 현관문까지 데려다 주고 냉랭하게 인사를 했다. 무기상인은 성실함과 겸손함 어느 쪽도 잃지 않은 목소리로 오후에 있을 전투에서 행운을 빈다고 말했다. 지루한 인간이 지루한 입으로 지루한 축복을 하는군. 드라벡은 그렇게 생각했다.

드라벡은 서재로 돌아온 뒤 보안화면으로 다가가서는 창문을 차단하는 스위치를 눌렀다. 경첩에 매달린 방탄판이 천천히 회전하면서 십여 개의 여닫이창과 짝을 이루었다. 드라벡은 책상으로 가서 작업대의 등불을 켰다. 그리고 평생에 걸친 연구를 마지막으로 바라보았다. 방정식들이 팽팽한 줄을 따라 한쪽 발끝으로 도는 발레리나처럼 소용돌이치며 눈을 스쳐 지나갔다. 방정식들이 향하는 목적지는 하나겠지. 하지만……. 그게 과연 어디일까? 그 질문에 맞는 대답은 부호와 기호와 정수들 속 어딘가에 얼어붙은 채, 언젠가 내 지능에 불이 붙어 바깥세상을 보는 날이 오기를 기다리고 있겠지. 예술가의 끝을 기다리면서 대리석 덩어리 속에 숨어 있는 조각품처럼 말이야. 드라벡은 그렇게 바라고 있었다.

물론 그건 방정식들이 엉터리인데다가 방향도 잘못 잡고 결론도 없는 게 아닐 때의 얘기겠지만. 만약에 그러면 어떡하지? 상식적으로는 절망하게 되겠지. 어디까지나 상식적으로는. 하지만 내 노정이 무의미했다는 걸 수학적으로, 내 손으로 정말 증명할 수만 있다면 오늘 이 네 번째 날은, 그리고 다음번 네 번째 날도 축복 속에서 정상 상태로 돌아갈 수 있지 않을까?

드라벡은 어깨를 들썩이고 혼잣말을 했다. 그만하자. 부질없는 공상은 끝내자고. 난 올바른 길을 가고 있어. 때가 되면, 내일 당장이라도 영원의 화신을 앞지를 수 있을 거야.

내일이라. 드라벡은 내일 새벽이 아름답고 따뜻하며 고요하다는 사실을 알고 있었다. 떠오르는 태양을 등진 갈리친 성의 모습은 영광스러워 보인다는 점도 알고 있었다. 거미줄이 전혀 없는 창문들은 더럽게 깨져 있지도 않고 정면에서 번쩍거릴 것이다. 한편 드라벡이 사는 곳의 정원에서는 참새가 지저귈 테고, 달콤한 봄의 숨결이 열려 있는 저택 창문을 지나가기까지 할 것이다.

드라벡은 서류철들을 능숙하게 모아서 깔끔하게 쌓고 정리했다.

내일이라. 내일이 오면 마침내 용기를 내서 이 광기로부터 벗어날 수 있을까? 연구를 포기하고, 방정식을 단념하고 저택 밖으로 나갈 수 있을까? 그럼. 당연하지. 드라벡은 그렇다는 것을 알고 있었다. 마음으로 느끼고 있었다.

드라벡은 느릿하게 금고로 걸어가서 칸막이 속에 문서들을 넣고 문을 닫은 다음 숫자가 적힌 다이얼을 돌렸다. 드라벡은 술에 취해 몸이 뜨는 것 같았다. 모든 긴장이 녹아 없어지는 느낌이었다.

드라벡은 무용수처럼 우아하게 움직이며 현관으로 돌아갔다. 발걸음이 가벼웠기 때문에 놀랍고 기뻤다. 드라벡은 상자를 열고 산탄총을 꺼내 들었다. 그리고 1층 전역에 걸쳐 체계적으로 화기를 배치했다. 산탄총은 응접실에 있는 긴 의자 속에 묻어 두고, 윈체스터는 현관의 우산꽂이에 끼워 넣고, 갈릴은 온실에 있는 피아노 속에 숨기고, 글록은 서재의 보안화면 아래쪽에 두었다. 드라벡은 AK-47을 소지하고 두 손으로 힘주어 쥔 채 아홉 개의 화면을 자세히 들여다보았다.

인간의 모습은 보이지 않았다. 경고등은 꺼진 상태였다. 드라벡은 시간을 확인했다. 오전 11시 54분이었다. 이제 습격자들이 당장, 정원이나 복도와 맞붙은 현관이나 정문 등 어느 방향에서 도착한다 해도 이상하지 않았다. 습격자들은 1층 아래로 굴을 판 적도 있었다. 지붕을 부수고 침입한 적도 있었다.

드라벡은 연구용 책상 위로 올라갔다. 전략적으로 선호하는 위치였다. 그는 AK-47을 무릎 위에 내려놓았다. 어떤 광경이 머리에 떠올랐다. 포도주가 그득한 저택 지하의 저장고였다. 네 번째 날을 수없이 보냈건만 적이 그곳을 이용한 경우는 없었다. 이번에는 포도주 저장고를 이용할 게 분명했다.

시작은 여느 때와 마찬가지로 섬뜩하고 갑작스러웠다. 강철 방탄판이 막고 있었음에도 불구하고 곡사포의 포격 때문에 드라벡의 귀가 멍해졌다. 굉음이 잦아들자 보안화면의 비상등이 미친 듯이 빛을 뿜었다. 드라벡은 우하단 화면을 보고 무슨 일이 벌어졌는지 알 수 있었다. 곡사포탄이 전망대 근처의 벽을 뚫어놓은 상태였다.

먼지가 가라앉기도 전에 보이지 않는 곳에 있는 일련의 바주카로부터 집중적으로 수류탄이 날아들었다. 수류탄은 사방에서 지면을 향해 날아왔고 지면에 닿자마자 폭발하면서 지뢰를 점화시켰다. 폭발의 잔해 때문에 아홉 개의 화면이 동시에 어두워졌다. 마침내 연기가 걷혔고 드라벡은 중앙 화면에 눈을 고정했다. 석면으로 만든 보디 스타킹을 입은 두 명의 사내가 보였다. 방화모와 거기에 달린 광각 보안경에 가려 얼굴은 잘 보이지 않았다. 그들은 살인을 하겠다는 의도를 분명히 내비치며 바주카포를 정문에 겨누었다. 그리고 또 한 차례의 포격이 날아왔다. 저택이 충격 때문에 흔들렸다.

드라벡은 AK-47을 손에 들고 복도를 내달려서 문을 마주했다. 구름처럼 물결치는 검은 연기와 가루로 변한 회반죽이 휴게실을 뒤덮었다. 드라벡은 계단 난간 옆에서 몸을 웅크리고 속으로 특공대에게 욕을 했다. 돼지새끼들! 후레자식들! 개새끼들! 하지만 드라벡은 스스로에게도 똑같이 화가 났다. 오늘도 독창적인 공격이 있을 거라고 생각한 것은 너무나 멍청했다. 문제의 개자식들은 그러는 대신 가장 저급한 방식으로 진입했다. 2차 세계대전 때의 벌지 전투에서 마지막으로 썼을 법한 포로 예의를 갖추며 들어왔던 것이다.

예쁜이, 와 보라고! 덤벼 봐, 못난이! 기다리고 있으니까!

어둠 속에서 몸을 드러낸 것은 못난이, 그러니까 키가 작은 쪽이었다. 못난이는 미친 듯이 소리를 지르면서 화염방사기를 휘둘렀다. 드라벡은 생각에 잠겼다. 못난이가 방화범 노릇을 제대로 할 생각이라면 보안경 달린 모자는 좋은 장비였다. 하지만 쏟아지는 총알을 막아줄 수는 없었다.

드라벡은 AK-47을 조심스럽게 조준하고 여러 차례 총탄을 쥐어짰다. 총은 드라벡의 손 안에서 분노하듯 흔들렸다. 드라벡은 1분이 지나고 나서야 총알들이 임무를 얼마나 제대로 수행했는지 알 수 있었다. 못난이의 머리가 있던 자리에는 선홍색 운무가 퍼져 있었다. 못난이가 두 손을 들어 올리며 손가락을 펼쳤던 탓에 그 부분만 피가 묻지 않은 상태였다. 못난이의 머리가 날아가기까지의 이야기에 열 개의 감탄부호가 구두점을 찍은 셈이었다.

　오늘은 일이 끝내주게 잘 풀리겠는데. 드라벡이 생각했다.

　구식 수류탄이 구름 속에서 호를 그리며 날아와 드라벡의 발 앞에 떨어졌다. 드라벡은 깜짝 놀라 물러섰다. 폭탄이 터졌다. 충격파 때문에 AK-47이 손에서 떨어져 나갔다. 드라벡은 서재 안으로 내동댕이쳐져서 사지를 뻗은 채 바닥 위로 미끄러졌다. 두 번째 수류탄이 방 안으로 날아 들어와서 연구용 책상을 스치더니 폭발했다. 전화기는 박살이 났고 책상은 쇠망치로 두들겨 맞은 귤 상자처럼 조각이 나서 날아다녔다. 날카로운 마호가니 파편들이 드라벡을 때렸지만 일체형 특수복은 전혀 꿰뚫지 못했다. 세 번째 수류탄이 얇은 커튼을 갈기갈기 찢었고 보안화면을 뒤틀어서 금속과 유리의 더미로 만들었다. 네 번째 수류탄은 책꽂이 옆에 떨어졌다. 수많은 책들이 폭포수처럼 바닥에 쏟아졌다.

　마침내 드라벡에게 천벌을 내릴 존재가, 키가 큰 쪽인 예쁜이가 모습을 드러냈다. 머리부터 발끝까지 석면을 두르고 손에는 위협적인 화염방사기를 들고서. 가슴에는 수류탄이 훈장처럼 달려 있었고 어깨걸이 총집에서는 루거 권총이 튀어나와 있었다. 무기를 잃고 어찌할 바를 모르는 드라벡은 예쁜이의 사냥감으로 전락했다. 예쁜이는 광적으로 웃으면서, 주기적으로 불기둥을 토해내면서 서재를 빙빙 돌아 드라벡을 쫓아다녔다. 드라벡은 일체형 특수복 때문에 화상을 입지는 않았으나 열기는 느낄 수 있었다.

드라벡은 복도 쪽으로 황급히 물러나다가 갑자기 비틀거렸다. 그리고 예쁜이가 수류탄을 마구 투척하는 대신 화염방사기를 이용해 즐기고 있다는 것을 단숨에 알아챘다. 사방이 불바다였고 화염방사기는 빨간 혓바닥을 쏘아서 카펫과 커튼과 그림과 벽지를 휘감고 있었다. 대형 응접실로 나가는 복도에서는 불길이 펄럭거렸다. 드라벡은 어린 시절에 좋아하던 서커스를 떠올렸다. 호랑이가 펄쩍 뛰어서 불붙은 고리를 통과하는 광경이었다.

드라벡은 뒷주머니에서 보안경이 달린 방화용 후드를 꺼내 머리에서부터 뒤집어썼다. 그런 다음 불연성 장갑을 끼었다. 특수복이 기적을 발휘하긴 했지만 그렇다 해도 열기가 곧 한계를 넘을 것이 분명했다. 땀샘이란 땀샘에서는 모조리 땀이 솟아나오고 있었다. 드라벡은 빠르게 깜빡거렸지만 그래도 염분 때문에 눈이 쓰라렸다. 특수복은 오래지 않아 지옥에 대항하는 잠옷처럼 쓸모가 없어질 것 같았다.

영광스러운 광경이 드라벡의 머릿속을 가득 채웠다. 티타늄으로 만든 대형 물탱크였다. 그 안에는 18제곱미터 분량의 차갑고 부드러운 물이 들어 있었다.

드라벡은 불붙은 계단을 달려 올라갔다. 한 번 질주하고, 또 한 번 질주하고, 다락으로 뛰어들었다. 물탱크가 손짓을 했다. 드라벡은 미친 듯이 특수복을 끌어내리고 후드와 장갑을 벗은 다음 러닝셔츠와 팬티만 남긴 채 물로 뛰어들었다. 신비로운 액체가 드라벡을 끌어안아서 그의 살갗을 진정시키고 신경을 가라앉혀 주었다.

둔탁한 폭발음이 드라벡의 귓가를 연속으로 자극했다. 드라벡은 예쁜이가 금고에 수류탄을 쏟아 붓는 거라고 생각했다. 일단 금고문을 날려 버리고 나면 저 개자식은 당연히 문서들을 꺼내는 수고를 할 필요도 없겠지. 종이가 공기와 닿자마자 거센 열기에 다 타 버릴 테니까.

드라벡은 그때가 돼서야 자신이 어이없는 상황에 처했다는 것을 깨달았다. 그토록 많은 전투를 치르고 네 번째 날이 그토록 많이 지나갔는데, 습격자들이 그토록 수없이 영리한 계획을 세우고 방어자를 곤경에 몰아넣었는데, 결국 저 개자식들은 나를 멋들어진 수조에 가둔 채 승리를 가져가는 꼴이 아닌가.

드라벡이 패배하기까지는 정말 오랜 시간이 걸렸다. 그는 드디어 은퇴하고 산이나 바다 쪽으로 가서 제대로 된 삶을 누릴 수 있다. 이제 또 다시 갈리친 성에 거미줄이 덮일 일은 없다.

하지만 그럴 수는 없었다. 포기하지 말아야 했다. 물론 드라벡은 방정식들을 재현할 수 있었다. 시간만 충분하다면 복잡한 과정 전체를 한 번 더 반복할 수 있었다. 그리고 오늘 아침에 도달했던 지점까지, 거대한 수수께끼를 파헤치기 직전까지 다시금 도달할 수 있었다.

직전이라고? 맞아. 입을 크게 벌린 만 위를 한 걸음만 내디뎠으면 됐지. 하지만 드라벡은 그처럼 냉정한 진실에 방해를 받지 않았다. 그 문제는 분명히 풀 수 있었다. 드라벡은 제대로 된 길을 가고 있었다. 그렇지 않다면 영원의 화신들이 왜 이렇게 영원한 전쟁을 벌이겠는가. 그렇지 않다면 그자들은 왜 그토록 많이 실패하고도 계속해서, 네 번째 날이 지나고 또 지나고 또 지나도록 의지를 굽히지 않겠는가.

다락방 문의 바로 아래에는 끔찍한 불꽃이 으르렁거리면서 기둥과 서까래와 들보와 못을 냉정하게 집어삼키고 있었다. 이상한 일이었다. 화재가 그렇게 큰데도 물은 더 뜨거워지지 않는 것 같았다.

나는 왜 그렇게 시간의 비밀을 꿰뚫으려고 할까? 영원의 화신들이 그처럼 무섭게 지키려고 하기 때문은 아닐까? 하지만 그것 또한 내가 그들의 공격을 사납게 물리치기 때문에 어쩔 수 없이, 되풀이해서 반응하는 반복적인 분노는 아닐까?

드라벡은 아직 시간의 비밀을 해독하지 못했다. 하지만 바로 그 순간 드라벡은 물의 차가움이 상대적이라는 점을 불현듯 깨달았다. 그는 자신이 아직 바깥세상 사람들의 이목을 끌던 시절에 어느 잡지의 기사에서 읽은 문장이 기억났다. 인간의 신체기관은 주변 온도가 점진적으로 변할 경우 그 차이를 느끼지 못한다. 사람을 물이 담긴 가마솥에 넣고 불 위에 걸어 놓으면, 그 사람은 이론적으로는 산 채로 익어 가면서도 그 사실을 끝내 깨닫지 못한다.

깊은 무력감이 드라벡을 덮쳤다. 묵직한 체념이 드라벡의 머리를 반복적으로 눌러 왔다. 나도 익어가게 해 줘. 드라벡은 생각했다. 별다를 것 없는 죽음이잖아. 아니지. 일반적인 죽음과는 달라. 어떻게 보면 마음에 들기까지 하니까. 예쁜아, 네가 이겼다. 이젠 너랑 아무 것도 하고 싶지 않아. 못난이도 그렇고 사프코스키도 그렇고 화신도 그렇고 방정식도 그렇고 나 자신도 그렇고. 이젠 전투가 지겨워. 순환이라면 끔찍하다고. 그냥 자고 싶어. 오늘을 영원으로 향하는 네 번째 날로 만들자고.

드라벡은 격하게 몸을 떨며 인사불성 상태에서 깨어났다. 사방이 진동히고 터저ㅏ가면서 온 세상의 이음매가 뜯겨 나가고 있었다. 드라벡은 곧 진실을 깨달았다. 터져 나가는 것은 온 세상이 아니라 저택 한 채였다. 곧이어 서까래가 내려앉고 목재가 쪼개지는 소음이 드라벡을 괴롭혔다. 불길이 벌써 다락으로 침투한 건가? 이제 지붕이 무너질 차례인가?

사실이었다. 쏟아지는 물의 무게에 밀려서 수조가 다락 바닥을 뚫고 드라벡의 침실로 떨어졌다. 하지만 물탱크에 타고 있던 승객은 내릴 시간이 없었다. 침실 바닥이 사라지고, 다락 전체가 서재로 떨어져 내렸다. 드라벡은 옆으로 뛰었다. 그 직후 수조는 계속 아래로 항해를 해서 지하실로 곤두박질을 치더니 끝내 거대한 구덩이를 만들었다. 너덜너덜한 공동을 뚫고 불길이 치솟아 올랐다.

서재 반대편에서는 예쁜이가 강철 금고 쪽으로 몸을 숙이고 쇠지레로 문을 열려고 애를 쓰는 중이었다. 수류탄은 효과가 없었던 게 분명했다. 드라벡은 잠시 숨을 돌리며 행운에 감사하고는 보안화면 쪽으로 머리를 들이밀고 돌진했다. 드라벡은 눈 깜짝할 새에 글록을 손에 넣었다.

예쁜이는 몸을 곧게 펴며 일어나 어깨걸이 총집에서 루거를 뽑아 들었다.

먼저 쏜 것은 드라벡이었다. 총알은 예쁜이의 갈비뼈 부근에 걸려 있던 수류탄을 맞혔다. 화약이 즉시 폭발하며 악당의 가슴을 날려 버렸다. 예쁜이는 앞으로 넘어지더니 작열하는 심연 속으로 떨어졌다. 마치 악마가 예쁜이를 맞이하며 지옥 쪽으로 곧장 끌어당기는 것 같았다.

전화 신호음이 시끄럽게 울리며 드라벡을 현재의 현실로 낚아챘다. 신호음은 두 번, 세 번, 네 번 울렸다. 드라벡은 한숨을 쉬고 가쁜 호흡으로 비틀거리면서 처음 상태로 돌아온 바닥을 지나 본래의 모습을 되찾은 책상으로 다가갔다. 그리고 어색한 동작으로 전화의 수화기를 들었다.

"여보세요." 드라벡이 퉁명스럽게 말했다.

"카나보르입니다."

"경위님, 뭘 도와드릴까요."

"뭘 해야 할지 아시잖습니까. 왜 또 신고가 들어오기 시작했는지 말씀을 해 주셔야죠. 폭발음에 포격 소리에, 그쪽 저택에서 연기까지 피어오른다고 하는데요. 나흘마다 똑같은 신고 아닙니까."

"그것 참 독특한 얘기네요. 그렇죠?" 드라벡이 말했다.

"도대체 무슨 일이 벌어지는 겁니까?"

"언제 오후 시간에 직접 와서 차라도 한잔 하시는 게 어떻겠습니까? 인생이 얼마나 신비로운지 얘기하면서 말이죠."

"말이 되는 소리를 하셔야죠." 카나보르가 작은 소리로 키득거렸다. "어쨌든 설명할 생각이 나면 전화를 주십쇼."

설명이라면 차고 넘치지. 드라벡은 속으로 그렇게 말했다. 그리고 카나보르가 인사를 마칠 때까지 기다렸다가 수화기를 내려놓고 서재를 살펴보았다. 보안화면은 멀쩡했다. 모든 것들이 제자리에 있었다. 얇은 커튼은 창문 앞에, 책들은 책꽂이에. 방정식들은…… 무사히 금고 속에.

드라벡은 화면 앞으로 걸어가서 창문을 차단하는 스위치를 조작했다. 방탄판들이 흔들거리며 움직이더니 저 멀리에 갈리친 성의 모습이 보였다. 놋쇠 처마가 늦은 오후의 햇볕을 받아 번쩍거렸고 유리창은 창틀 속에서 빛을 냈다. 검정색 목재 창틀은 하얀색으로 펼쳐진 벽토와 유쾌하게 대조된 모습이었다.

다음 날 아침 드라벡은 일찍 일어나서 편안한 마음으로 기력을 되찾았다. 행복했다. 드라벡은 서둘러 세수를 하고 옷을 입었다. 그는 아침 식사를 건너뛰고 서재로 내려갔다. 그리고 금고에서 서류를 꺼낸 다음 책상 위로 옮겼다.

그날은 온종일 고요할 것이 분명했다. 둘째 날에는 일종의 열망이 조금씩 살아날 테고, 셋째 날이 되면 한 시간이 채 지나기도 전에 여러 번씩 신경질적으로 손목시계를 들여다보면서 시련이 올 것을 기대하리라.

드라벡은 한숨을 내쉬었다. 어제는 적들이 그를 거의 죽일 뻔했다.

하지만 그 사실 자체보다는 어떻게 그런 지경에 이르렀는지가 더욱 신경 쓰이게 만들었다. 드라벡은 다락의 문이 사라지기 직전에 체념하고 죽음을 맞아들일 생각이었다. 살아난 것은 어디까지나 행운이었다.

행운이라고? 정말 행운 때문에 내가 구원을 받았을까? 사실은 영원의 화신들이 어제는 나를 죽이지 않기로 결정했던 건 아닐까? 네 번째 날이 올 때마다 계속 그러는 건 아닐까? 만약에 내가 정말로 죽게 되면 그저 또 다른 유흥거리를 찾아서 장소를 옮기는 건 아닐까?

유흥이라고? 그게 내가 처한 상황의 본질일까? 드라벡은 그런 생각이 들자 겁이 나 움츠러들었지만 가능성을 완전히 부인할 수는 없었다. 사실 영원의 화신들에게 있어서 드라벡은 위협거리라기보다는 거대한 놀이 안에 들어 있는 단추 하나에 불과했다. 이 모든 순환은 드라벡이라는 이름의 문제거리를 방해하려는 전략이 아니었다. 영원의 화신들이 모든 규칙을 만드는, 끝없는 게임이었다. 드라벡이 생각했다. 화신들은 지금 당장이라도 예쁜이와 못난이를 저택에 보내서 즉흥적으로 규칙을 바꿀 수 있어. 그러면 그 개자식들은 내가 불쌍한 모습으로, 내 모습만큼이나 한심한 방정식을 연구하는 광경을 볼 수 있겠지. 접시에 돈을 놔주서서 감사하다고 인사라도 하는 것처럼 도자기로 만든 머리를 까딱거리는, 약해 빠진 중국 인형처럼 나약한 내 모습을 볼 수 있겠지.

드라벡은 신음 소리를 내면서 책상 뒤로 무너지듯 앉았다. 자신이 천재인 동시에 얼간이가 된 것 같았다. 드라벡은 방금 떠오른 생각 때문에 나약해져서 눈물을 흘리면서도 한편으로는 그 명료함 때문에 기쁨을 느꼈다.

영원의 화신들은 마음만 먹으면 이미 오래전에 이 게임을 끝낼 수 있었다. 하지만 당연하게도, 계속 즐기는 쪽을 더 좋아했다. 화신들은 드라벡이라는 인물 덕분에 즐거운 한때를 보내고 있었다.

드라벡은 두 주먹을 불끈 쥐고 서류 위로 내리쳤다. 이제는 서류가 방정식을 모아 만든 얼굴처럼 보였다. 두 눈은 비웃는 것처럼 찡그리고, 입은 조소를 내뱉고 있었다. 그 모든 수식은 완전히 무의미했다. 그것들로는 새 이론의 기초를 세울 수 없었다. 그저 부조리의 극장에 토대를 제공하는 것에 불과했다. 드라벡이 백 년 동안 책상 앞에 앉아 있어 본들 단 1초도 영원의 화신들을 교란할 수 없었다.

드라벡은 종이뭉치를 쥐고 천천히, 꿈속에서 움직이는 것처럼 찢었다. 드라벡은 무의식적으로 자신의 연구 결과를 더 작은 크기로 나누고는 그 조각들을 한데 모아서 다시 한 번 더 찢으려고 했다. 불가능했다. 드라벡은 종잇조각들을 허공으로 던졌다. 찢어진 종이들은 하얀 나비 떼처럼 모였다가 사방으로 흩어졌다.

방정식들은 팔랑거리고, 시간은 쏜살처럼 지나가지. 나비는, 당연한 얘기지만, 생체조직인 동시에 하나의 현상이지. 시간이 현상인 동시에…… 하나의 생물인 것처럼?

생물이라. 살아 있는 물체란 말이지. 그럴 수가 있을까? 시간이 실제로는 살아 있으며, 그 조직은 비밀스러운 거품을 일으키면서 부글거리고, 소직을 이루는 기본 단위는 끊임없이 성숙했다가 죽어가며, 식물과 동물을 구성하는 요소처럼 폐기된다 이거지. 그게 가능한 일일까?

상황의 세포, 시간의 방울, 영원의 거품! 그거야! 드라벡은 떨리는 손으로 첫 번째 서랍을 열어서 깨끗한 종이를 꺼냈다. 드라벡은 종이를 책상 위에 놓고 잉크통에서 만년필을 꺼냈다. 그는 잠깐 기다렸다가 만년필 뚜껑을 벗겨 내고 조그마한 글씨를 써내려갔다.

「시간 세포론에 관한 소고」

부호와 기호가 사육장에서 풀려난 개 떼처럼 펜에서 종이로 쏟아져 나왔다. 드라벡은 미소를 지으면서 그것들이 껑충거리고 노니는 것을 관찰했다. 부호와 기호들의 행동은 비밀스러운 시간의 본질, 즉 매 순간마다 분명해지고 복잡해지는 구조에 따라 결정되는 것 같았다. 고딕 풍 성당의 둥근 천장처럼 아름답고 논리적이었다.

이제 영원의 입구에 다다르자 단 한 가지 사실이 다른 것들을 무색하게 만들었다. 드라벡은 이제 사흘을 온전히 소비해서 방어 체제를 구축할 필요가 없었다. 사실 하루를 다 소비할 필요도 없었다. 드라벡은 시간의 뱃속에서 생생하고 활기차게 살아 있었기 때문에 영원히 적의 침입에 대비할 수 있었다.

드라벡은 예상치 않게 마음이 아파 오는 것을 느꼈다. 그는 너무나 이상하게도 네 번째 날의 흥분 상태를 그리워하고 있었다.

부드러우면서도 커다란 진동이 미묘한 동시에 꾸준하게, 멀리서 밀려드는 파도처럼 공기를 채워 왔다. 드라벡은 그 진동이 저택 너머 어딘가에서 날아와 독특하고 견고한 리듬으로 서재를 뒤덮는다는 사실을 즉각 알아챘다.

드라벡은 만년필을 잉크통에 되돌려 놓고는 방을 가로질러 가서 손잡이를 돌려 여닫이창을 열었다.

갈리친 성은 심각하게 부식되고 있었다. 회반죽은 벽에서 떨어져 나갔고 벽돌들은 온몸을 드러낸 채 부서지고 있었다. 벽토는 작은 무더기를 이룬 채 시체에서 벗겨 낸 수의처럼 성의 하단에 쌓여 있었다. 원뿔형 지붕에는 타일이 하나도 남아 있지 않았다. 그리고 깊은 구멍이 뚫려 있었다. 드라벡은 그 구멍을 통해서 썩어가는 기둥의 격자를 볼 수 있었다.

창문은 하나도 남김 없이 아주 두터운 거미줄에 덮여 있어서 거대한 그물뭉치처럼 보였다. 복잡한 망의 구조는 고동치고 떨리면서 야망을 품은 건축물의 움직임과 함께 살아 있었다. 그럼 그 진동은 뭐였지? 드라벡은 깨달았다. 그 진동은 수백만 마리의 거미가 회전하면서 다리를 바삐 움직이는 소리였다.

요세프 네스바드바 Josef Nesvadba

아인슈타인 두뇌

Einsteinův mozek

| 김창규 옮김 |

"현 상황은 너무나 심각합니다."

코즈헤프킨 교수는 보고를 끝맺고 결론을 지었다.

"최근 수세대 동안 우리는 다양한 방면에 걸쳐 기술적인 발전을 이루었고 그 결과 인간은 해방되었습니다. 인류가 약물 중독과 기아와 전쟁으로부터 자유로워진 것입니다. 그리고 우주로 나가는 길을 열었습니다. 저는 아직도 기억이 납니다. 우리 대학의 공학 학부가 최고 수준의 학생들을 선발하고 모든 젊은이들이 실용 과학의 각 분야를 전공하겠다고 진심으로 열망하던 때를 말입니다. 그런데 지금은 어떻습니까! 젊은이들은 우리가 하는 일에 관심을 갖지 않습니다. 갑자기 물리학과 화학과 수학에 완전히 관심을 잃어버린 것처럼 보입니다. 알마-아타에 있는 우리 공학 학부에 입학을 신청하는 학생 수는 해가 갈수록 줄고 있습니다. 이대로 가면 몇 년 지나지 않아서 우리가 진행하는 연구의 수를 줄이고 고용하는 연구원 수도 줄여야 할지 모릅니다. 이런 상황을 그대로 내버려 둘 수는 없습니다. 제어하는 사람이 없으면 기계가 작동할 수 없으니까요. 누군가가 운용하지 않으면 기계를 움직여서 인류의 요구를 충족할 수 없지 않습니까. 강력한 조치를 취해야 합니다."

우리는 다 같이 박수를 쳤고 코즈헤프킨 교수가 앉았다.

"우리 대학은 토론토에 있습니다." 클라크 스미스-존스 교수가 일어서서 발표를 시작했다. "상황은 더 좋지 않고요. 기초입자 속성 연구와 우주 연구 관련 가운데 특정한 몇몇 학과는 이미 폐쇄한 상태입니다. 반면에 괴테나 헤르더의 예술관 강의에는 학생들이 떼를 지어 몰려들고 있죠. 체육관은 어쩔 수 없이 미학 교수에게 내줘야 했습니다. 대학이 설립되었을 때만 해도 그 사람의 학과는 너무 보잘것이 없어서 아는 사람도 없었는데 말이죠. 하지만 제일 충격적인 게 뭔지 아십니까. 일이 왜 이 지경이 됐는지 원인을 알 수가 없다는 겁니다. 젊은이들이 부모 세대에게 반항하고 뭔가 다른 일을 하려는 자연적 욕구가 이유일까요? 아니면 숫자가 질서의 상징이고 따라서 가부장적인 권위의 상징이라고 생각해서 무의식적으로 저항이라도 하는 걸까요? (이 대목에서 코즈헤프킨 교수가 슬그머니 미소를 지었다) 세상에, 우리 쪽 심리학자들은 오랫동안 이 문제를 연구했습니다만 어떤 결론도 내지 못하고 있습니다."

우리는 다시 한번 박수를 쳤다. 클라크 스미스-존스 교수가 자리에 앉았다. 그리고 한동안 불편한 침묵이 감돌았다. 이 토론을 계속 끌고 나가고 싶은 사람이 없었던 것이다. 다들 말하기를 두려워하고 있었다. 사실 이처럼 유행이 바뀐 이유는 이미 오래전부터 모두 알고 있었기 때문이다. 나는 입을 떼기로 마음먹었다.

"진실을 외면해 봐야 달라질 건 없습니다." 나는 곧바로 결론을 건드렸다.

"우리는 자원의 끝에 도달했습니다. 막다른 골목까지 왔다는 거죠.

19세기 끝 무렵부터 기술 과학이 세상을 변화시키고 다른 지식 분야들을 변방으로 쫓아버렸습니다. 과학 덕분에 인류는 더 중요한 일에 계속 매진하면서 앞으로 나아갈 수 있었지요. 다들 알고 있는 사실입니다. 하지만 기술이 진보했다고 해서 인간 정신의 근본적인 문제까지 해결되진 않았죠. 우리는 어떻게 살아야 하는가. 왜 살아가야 하는가. 아직도 사람들은 이런 질문을 던집니다. 우주가 왜 존재하는지는 여전히 모르고, 아인슈타인이 연구했던 4차원도 이해하지 못하고 있죠. 이런 질문을 우리가 만든 인공두뇌에 넣어본들 나오는 답이라곤 한결같습니다. 과학적이지 않은 질문이다. 조건 설정이 잘못됐다. 너무 사적이고 인간적인 물음이다. 하지만 그런 분석이 옳다고 해도, 문제의 그 질문이 우리에게 얼마나 중요한지는 달라지지 않습니다. 클라크 스미스-존스 교수님과 코즈헤프킨 교수님의 실험실에는 현존 최고의 설비들이 있지요. 거기에 있는 인공두뇌를 이용하면 똑똑한 수학자들이 평생에 걸쳐 풀어야 하는 문제를 3초 만에 해결할 수 있습니다. 하지만 그런 기계조차도 근본적인 물음에는 답할 수 없죠. 그렇게 해서 우리는 다시 악순환에 빠집니다. 이제 물리학은 과학 중에서도 실용적인 분야가 됐습니다. 그와 동시에 날이면 날마다 철학에 더욱 더 의존하고 있죠. 옷의 레이스를 만들려면 예술가의 디자인에 의존해야 하는 것과 마찬가집니다. 젊은 세대가 과학에 흥미를 잃는 것도 같은 이유입니다. 우리 과학자들은 인생의 근본적인 문제에 신경을 쓰지 않았습니다. 우리는 출발했던 지점에서 끝을 맞이한 거지요. 설거지나 요리를 더 효율적으로 해내고, 수술을 하고, 우주를 누비는 기계를 만들 수는 있습니다. 조상들이 수백 년 전에 피아노를 연주하는 기계를 만들고 춤추는 기계곰을 만들었던 것처럼요. 조상들은 그런 발명품을 서커스에 전시하고는 했습니다. 생각이 깊은 사람들은 그런 발명가들이 고작해야 장난감 장인이나 협잡꾼에 불과하다고 생각했습니다. 우리도 똑같은 운명에 위협을 당하고 있는 겁니다."

박수를 치는 사람은 아무도 없었다. 어쩌면 내 얘기가 너무 과장되었기 때문인지도 모른다. 클라크 교수는 얼굴을 찡그렸고 다른 사람들은 수군거리고 있었다.

"우리 인공두뇌에 어떤 문제가 있다고 생각하시지요?" 클라크 교수가 벌떡 일어섰다. "코즈헤프킨 교수의 인공두뇌를 제외한다면 (클라크 교수는 그렇게 말하며 고개를 숙였다) 우리 기계야말로 전 세계에서 가장 효율적입니다. 이 자리에 참석하신 분들 중에 그만한 뇌를 소유한 분은 없지요. 당신도 마찬가지입니다……."

"맞습니다. 저는 빨리 생각하지 못하고 실수도 많이 합니다. 하지만 새로운 문제를 생각해 낼 수 있죠. 제가 품고 있는 의심과 무지를 여러분들의 인공두뇌에 모조리 집어넣으면 다른 일은 할 엄두도 못 낼 겁니다. 게다가 저는 석양도 즐길 줄 알지요……."

클라크 교수는 나를 조소했다. 과학계에서 그처럼 위대한 두뇌 가운데 한 사람인 자신이 별로 중요하지도 않은 여성 동료에게 시간을 낭비했다고 후회하는 것처럼.

"물론 우리가 만든 인공두뇌가 4차원을 이해하지 못하고 우주의 비밀을 다룰 때에도 간신히 묘사하는 수준에 머무른다는 건 사실입니다……." 코즈헤프킨 교수가 유감스러워하면서 인정했다. "하지만 물리적인 과학의 입장에서 본다면 그 질문들은 설정 자체에 문제가 있죠."

"제가 생물학적인 인공두뇌를 만들자고 하는 것도 그런 이유 때문입니다." 나는 다시 이야기를 시작했다. "기계적인 두뇌보다 훨씬 더 인간적이니까요. 그리고 뭔가를 이해할 수도 있을 겁니다. 진정으로 지적인 기계가 되는 거죠."

"그 '아인슈타인 두뇌' 말입니까?" 클라크 교수가 또 한번, 꾸짖듯이 웃었다. 클라크 교수는 농담 삼아서 내 실험에 이름을 붙였다. 그 때부터 모든 사람들이 알고 있는 문제의 사업에는 '아인슈타인 두뇌 실험' 이라는 명칭이 붙었다.

내 계획은 간단했다. 나는 이미 심리학자, 생물학자들과 함께 의논을 끝낸 뒤였다. 우리는 특정 기관의 도움을 받아 가장 적합한 두뇌 세 개를, 그러니까 최근에 사망한 세 사람의 두뇌를 확보한 다음 특수한 과정을 거쳐서 하나의 신체 조직으로 압축할 계획이었다. 그리고 소생 처리를 한 다음 전기 자극을 가할 생각이었다.

실험 개시일이 되자 나는 특별 제작한 계측기를 빠짐없이 지참한 조교들을 전국의 지역 병원에 보냈다. 가장 적합한 것으로 보이는 두뇌는 발판에서 떨어져 죽은 건축학 교수와 잘 알려지지 않은 시인의 것이었다. 시인의 뇌를 선택한 것은 상상력이 지식보다 중요하다는 아인슈타인의 격언을 염두에 둔 까닭이었다. 세 번째 뇌의 주인은 교통사고로 죽은 애나 노박이었다. 애나의 뇌는 우리에게 많은 생각을 하게 해 주었다. 애나는 가정주부였고 한 가정의 어머니였으며 생전에 그리 대단한 업적을 남기지 못했다. 하지만 우리 기관은 애나의 뇌에 엄청난 잠재력이 있다는 것을 분명하게 기록하고 있었다. 우리는 그 기록을 믿고 압축 과정을 시작했다. 물론 오랜 시간이 걸리고 어려운 작업이었다. 하지만 계획은 차질 없이 진행되었고 실험은 제때에 실행할 수 있었다.

나는 우리 두뇌에 기초적인 물리 지식을 입력하고 적절한 부위에 전기 자극을 가했다. 전류는 뇌를 자극하는 영감과 같은 역할을 하는 것처럼 보였고 뇌에서 보내오는 결론은 표면에 위치한 작은 안테나들을 통해서 즉시 전송되었다. 우리는 극도로 민감한 기록계를 사용해서 대답을 등록했다. 그 가운데 일부는 코즈헤프킨 교수가 지지하는 가설을 뒷받침하는 듯 보였다. 나는 즉시 알마-아타에 소식을 보냈다. 코즈헤프킨 교수의 가설이 물리학회지에 게재된 것은 극히 최근의 일이었다. 건축학 교수나 시인이나 가정주부가 물리학회지를 읽었을 가능성은 거의 없었다. 다시 말해서 우리 쪽 두뇌가 독자적으로 그런 결론을 이끌어냈다는 얘기였다.

그 후 몇 주 동안은 정말로 즐거웠다. 우리가 만든 두뇌는 진일보한 해법을 내놓았고 코즈헤프킨 교수의 가설을 더욱 발전시키고는 그 결과를 조합해서 코즈헤프킨 교수 자신도 아직 외부에 공표하지 못할 만한 결론을 도출했다. 하지만 우리가 만든 두뇌에는 딱 하나 불운한 요소가 있었다. 활동이 불규칙적이었다. 나는 그 점을 걱정했다. 두뇌는 규칙적인 일과에 적응하지 못하는 것 같았다. 전기 자극에 즉각적으로 반응하기를 그만두더니, 심지어 자극을 받고는 바보 같은 응답을 내보내기도 했다. 농담이라도 하려는 것 같았다. 내가 실험실에 없는 밤 시간에 일을 하려 들기도 했다. 우리가 보냈던 전기 자극 에너지를 '보존' 해 두고 있다가 쓰는 것처럼 보이기까지 했다.

한 달이 지나자 두뇌는 아예 일을 그만두었다. '살아' 는 있었다. 두뇌의 상태를 더 분명하게 표현해 보자면, 조직 속에 다른 종류의 전기 반응을 끊임없이 일으켜서 복잡한 신진대사를 유지하는 중이었다. 하지만 전기 자극을 보내도 응답 신호는 발생하지 않았다. 실험은 실패인 것처럼 보였다.

내가 코즈헤프킨 교수의 편지를 받은 것은 정확히 그때였다. 교수는 그 다음 달에 「월간 과학」에 실릴 논문을 보내주었다. 코즈헤프킨 교수는 우리 쪽 인공두뇌가 도출한 결론을 채택하고 있었다. 우리 뇌와 교수가 난해한 문제를 근본적으로 해결하는 데에 있어 마침내 합의점에 도달한 셈이었다. 그리고 우리 뇌는 딱 그 순간에 파업을 일으키기로 결심했다. 나는 어떻게 하면 뇌를 수리할까 고민하다가 뇌가

'말'을 할 수 있는 별도의 기관을 만들어주면 어떨까 하고 생각했다. 그렇게 하면 뇌가 스스로 대답을 구술할 뿐 아니라 다른 말도 할 수 있었다. 조금 무시무시하기도 했다. 하지만 잘 알려진 목소리, 예를 들어서 남성 TV 아나운서의 목소리를 넣어준다면 그다지 비인간적이지도 않을 거라고 생각했다. 며칠 뒤 우리가 만든 두뇌는 '말'을 할 수 있었다. 첫마디가 뭐였겠는가? 인공두뇌가 처음으로 꺼낸 말은 과학적 이론과는 아무 상관이 없었다.

"나를 무시하는군요." 두뇌는 그렇게 말했다.

나는 정말로 놀랐다. 어떤 보상성 자극이든 간에 전기 신호로 대체할 수 있을 거라고 생각했기 때문이다. 하지만 우리 연구진이 감정 상태에 관해서는 아직도 완전히 알지 못한다는 것이 분명해졌다. 그리고 지인이나 소중한 인물과의 관계에서 인간이 얻을 수 있는 안정감과 기쁨을 대체할 만한 것을 찾을 수가 없었다. 화학 반응으로는 그런 것을 충족시킬 수 없었다. 내 실험이 처음으로 도달한 결론이 바로 그 점이었다. 나는 발명품을 직접 돌보기 시작했다. 실험실로 거주지를 옮기고는 가까이에 있으면서 낮이고 밤이고 대화를 나누었다. 동료들은 나를 이해하지 못했다. 내가 TV 아나운서와 사랑에 빠져서 그의 목소리를 들으면서 즐거워한다고 생각하는 사람도 있었다. 다른 사람들은 내가 그냥 미쳤다고 생각했다.

하지만 나는 '뇌'를 금세 이해할 수 있었다. 그리고 녹음기가 고장 났을 때에도 대답을 기록하기까지 했다. 그러다가 두 주가 지나자 다시 한 번 파국이 왔다. 두뇌는 화가 난 것 같았다. 나를 향해서 똑같은 문장을 계속 외쳐댔다. 뭔가에 단단히 분노한 것 같았다. 나는 아주 참을성 있게, 오랜 시간에 걸쳐서 조용히 대화를 시도했다. 그 정도로 크고 용량이 충분한 뇌라면 분명히 이성적이리라는 생각에서였다. 그러다가 내가 말을 걸고 있는 상대는 단순히 따로 떨어져서 기능하는 신체조직의 집합이 아니라 일종의 완전한 생물이라는 점을 깨달았다. 나는 무의식중에 그런 뇌를 소유한 하나의 생물을 상상하고 있었다.

뇌는 바로 그런 것을 바라고 있었다. 처음에는 전기 자극이었고 그 다음은 지속적인 보살핌이었지만 그것만으로는 충분하지 않았다. 압축되기 이전의 뇌들이 눈으로 보고 냄새를 맡고 느껴왔던 개인적 영역들이 다시 살아 움직이기를 열망하고 있었다. 사고력만이 아니라 그 모든 것들이 무언가를 하고 싶어 했다. 뇌는 신체 기관 전부와 모든 감각과 피부까지 되찾고 싶어 했다.

나는 실험을 계속 하기로 결심했다. 아주 심각하게 고려한 다음에 내린 결정이라는 점을 강조하고 싶다. 하지만 위험 요소가 너무나 많았다. 실험적 수술을 담당할 동료들은 보통 때처럼 손상을 입은 사지나 장기를 손보는 것이 아니라 플라스틱으로 인간의 신체를 만든다는 사실만을 두고 지나치게 반색을 했다. 게다가 나는 두뇌의 얼굴을 어떻게 만들어야 할지 전혀 알 수가 없었다. 그 결과 우리는 얼굴을 만드는 대신 붕대를 그럴 듯하게 감아 주었다. 두뇌는 심각한 사고에서 회복 중인 사람처럼 보였다.

두뇌와 나는 함께 실험실로 돌아왔다. 두뇌는 '행복' 했다. 그는 휘파람을 불고 있었다. 시인이 생전에 알고 있던 곡인 것 같았다. 두뇌는 창가에 서서 근처에 흐르는 강을 내려다보았다. 다시 일에 착수해야 한다는 생각은 들지도 않는 것 같았다.

"정말 아름다운 풍경이군요……." 두뇌가 말했다. 나는 깨닫지 못하던 점이었다. 항상 책을 들여다봤을 뿐 창밖으로는 눈을 돌리지 않았기 때문이다.

"모르고 있을까 봐 얘기하는 건데 클라크 교수가……." 나는 조심스럽게 운을 떼었다.

"그 사람은 시대에 한참 뒤떨어졌죠." 두뇌가 말했다. "바보예요."

그러고는 책상 앞에 앉았다. "오늘 저녁에 연극을 볼 테니 예약해 주세요."

나는 조금 당황했다. 설마 나랑 같이 가자고 하진 않겠지? 나는 건축과 교수가 어떤 사람이었는지 알아보았다. 연극을 좋아하는 사람 같지는 않았다. 시인은 콘서트에만 갔다. 애나 노박의 경우는, 음, 우리 발명품에서 애나가 차지하는 비중을 너무 과대평가한 거라는 생각이 들었다. 하지만 그때쯤엔 우리의 두뇌와 관련된 연구에 관심을 가지는 사람들이 적지 않았다. 두뇌가 무슨 생각을 하는지 따라잡을 수 없었기 때문에 더욱 그랬다. 두뇌가 보이는 반응이 아무 의미가 없는 반사적 행동인지, 그렇지 않으면 제4의 능력을 발휘하도록 강화된 인공두뇌가 지금까지 알려지지 않은 사고 과정을 통해 내놓는 답인지에 관해 학구적인 토론이 벌어졌다. 실험을 더 해보지 않고는 어느 쪽이 맞는지 알 수 없었다. 그래서 나는 결국 두뇌와 함께 연극을 보러 가기로 결심했다.

그는 어느 관객보다도 크게 웃고 더 자주 훌쩍거렸다. 나도 그 연극을 즐겼다. 내가 평범하게 연극을 보러 가는 경우는 거의 없었다. 연구실에서 할 일이 너무 많았기 때문이다. 연극을 보고 나자 문제가 생겼다. 두뇌는 우리 집에 오고 싶어 했다. 나는 그러면 안 되는 이유를 설명했다. 내 나이가 50이 넘었으며, 다 큰 딸도 있다. 내 딸은 근심 걱정 없이 사는 애라 내 잔소리가 끊이지 않으며, 나는 절대로 밤에 낯선 남자를 집에 들이지 않는다. 나는 그렇게 말하면서 일부러 '남자'라는 말을 썼다. 물론 두뇌는 슬퍼했다. 그리고 더 할 것이 남아 있지 않기 때문에 일을 그만두겠다고 협박했다. 나는 그때 처음으로 두뇌도 일을 하기 위해 인간적인 동기가 필요하다는 점을 깨달았다. 클라크 스미스-존스 교수와 경쟁하고픈 마음, 나를 향한 사랑, 가족을 가지고 싶은 마음 같은 것들 말이다.

딸은 무성영화 시절의 유명 괴물인 프랑켄슈타인 같은 존재와 함께 있어야 한다는 사실 때문에 처음에는 겁을 먹었다. 하지만 얼마 지나지 않아 두뇌를 아주 좋아하게 됐다. 어떨 때는 나보다 그와 더 잘 지내는 것처럼 보였다. 딸은 재미있는 아이였다. 처음에는 제 애비처럼 달 기지에서 일을 하겠다고 했다. 나는 그리 길지 않은 결혼 생활 이후 남편을 떠나서 살고 있었다. 내가 하는 과학적 연구를 하나도 이해하지 못했기 때문이다. 그 다음으로 딸애는 춤에 관심을 두었다. 하지만 내가 보기에는 엉덩이가 너무 펑퍼짐해서 어울리지 않았다. 그러더니 지금은 히타이트어를 공부하는 중이다. 단지 물리가 싫어서 그러는 것이 분명했다. 그리고 그 밑바탕에는 내가 원하는 대로 하지 않겠다는 저의가 숨어 있었다. 딸애는 히타이트어에 이렇다 할 소질이 없었다. 나는 걔 나이 때 이미 유명인사가 됐는데 말이다. 하지만 그 무엇보다 나쁜 사실은, 딸애가 이름 모를 젊은이의 아이를 가지고 싶어 한다는 점이었다. 집에 데려와서 소개를 시킨 적도 없는 사람인데 말이다.

내가 만든 인공두뇌는 딸애보다도 일을 덜 했다. 그런 면에서 두 사람은 상당히 비슷했다. 두뇌는 두어 줄 기록을 하다가 말고 공원으로 나가 산책을 하거나 강물에 몸을 담그며 하루를 보냈다. 그리고 딸을 사랑해야 한다는, 지극히 당연한 얘기뿐 아니라 내가 달라져야 한다거나 실험실에서 연구를 하며 보내는 게 인생의 전부는 아니라는 등의 얘기를 끊임없이 해댔다. 요즘엔 어디를 가든 쉽게 들을 수 있는 그런 류의 말이었다. 나는 그런 소리를 들으려고 생체 시스템을 만들지는 않았다. 하지만 두뇌는 비단 나에게만 그런 말을 하는 게 아니었다. 그는 만나는 사람마다 붙잡고 같은 얘기를 했다. 우리 구역에 사는 사람들은 예의 바르게, 하지만 안전거리를 유지하면서 그 시간대를 피하기 시작했다.

그때쯤 두뇌는 방정식과 전혀 무관한 대답들을 녹음하고 있었다. 이 세상의 누구도 이해할 수 없는 상징들이었다. 클라크 교수는 그 내용들이 말도 안 되고, 연관성도 없으며, 하나가 되기 이전의 세 사람이 가지고 있던 지식을 제대로 이해하지 못한 쓰레기 모음이라고 평가했다. 당연한 일이었다. 클라크 교수는 자신의 견해를 잡지에 발표했다. 나로서는 폭탄이 떨어진 거나 마찬가지였다. 우리 연구기관의 수장은 나를 호출했고, 기자들은 나를 인터뷰하려고 난리를 쳤으며, 모든 사람이 실험의 내용을 알기에 이르렀다. 실험이 실패하면 나는 모든 것을 잃을 참이었다.

우리의 만능 두뇌는 조금도 걱정하지 않았다. 그날 두뇌가 끄적거린 것은 세 글자가 전부였다.

"원하는 게 뭐야? 앞으로 뭘 할 건데?" 나는 더 참지 못하고 빌다시피 두뇌에게 물었다. 기술적으로 가능하기만 하다면 그와 잠자리를 함께할 생각까지 하고 있었다.

"넌 지금 우리한테 공갈 협박을 하고 있는 거라고……."

나는 그렇게 말하면서 클라크 교수가 쓴 기사를 두뇌에게 내밀었다.

"내가 원하는 건 단 하나뿐이에요." 그가 대답했다. "내가 얘기한 대로 따라 주세요."

나는 무슨 얘긴지 알 수가 없었다. 두뇌가 써 놓은 기호와 낙서들은 이해가 불가능했고, 나 자신조차도 신뢰가 사라지고 있었다. 도대체 내 행동을 어디에 맞추란 말인가.

"사흘 뒤에 답을 알려드리죠."

두뇌는 그렇게 말하고 침묵에 빠졌다. 그리고 무언가에 집중하려는 것처럼 창밖을 응시했다. 나는 내 방에 마련한 특수 장비로 두뇌를 관찰했다. 그가 밤새도록 한 일이라고는 두 줄 분량을 기록한 것뿐이었다. 하지만 두뇌는 해답을 주겠노라고 약속했다. 그래서 나는 두 교수에게 소식을 보내고 윗사람에게도 알렸다. 실험의 종말이 다가오고 있었다.

두뇌는 다음 날 내내 나에게 한 마디도 하지 않았다. 대신 자신의 방에 앉아서 두 손으로 머리를 감싼 채 점점 작아지는 목소리로 속삭이다시피 무언가를 녹음했다. 그의 머리칼은 밤이 지나며 허옇게 샌 상태였다. 지식의 마지막 단계에 도달하는 것이 그리도 힘든 일일까? 나는 두뇌를 방해하고 싶지 않았다. 그 다음 날 아침이 되자 그는 나를 알아보지 못했고, 저녁 무렵에는 우리 딸애조차도 텅 빈 눈으로 바라보았다. 나는 밤새 그의 곁에 앉아 있었다. 그의 말은 이제 미약한 숨소리에 지나지 않았기 때문에 가장 민감한 녹음기로도 기록을 할 수가 없었다. 두뇌는 새벽 세 시에 '죽었다.' 클라크 교수는 아침 여섯 시에 왔고 코즈헤프킨 교수는 여덟 시에 도착했다. 하지만 아무 도움도 주지 못했다. 장례식에는 늦지 않은 셈이었다.

당연한 얘기지만 두뇌는 화장을 해야 했다. 본래는 더 이상 제대로 움직이지 않는 다른 신체 기관과 마찬가지로 폐기물 더미에 던져 넣어야 했다. 하지만 '인생'에서 최후의 며칠 간 그는 주위에 수많은 친구를 만들었고, 나는 그 사람들에게 내 실험이 어떤 것이었는지 일일이 설명할 수가 없었다. 그러고 싶지도 않았다. 화장터에는 사람들이 바글거렸다. 나는 찾아온 과학자 두 사람과 함께 구석으로 물러나 있었다. 두 교수는 미소를 억누르지 못했다. 같은 인간을 기만하는 일은 얼마나 쉬운가. 두 사람은 그것 때문에 기계의 장례식에 참석했다. 그들은 실험을 다시 시작하라고 권했다. 딸애는 화장터 밖에서 나를 기다리고 있었다. 그리고 축하해 주었다.

"그게 대답이었다는 걸 아직도 모르시겠어요? 그 사람은 죽었어요. 그 전에는 살아 있었죠. 충실하게, 현명하게 살았다고요. 오직 주변인들을 향한 애정만을 느끼면서요. 인생 자체가 해답 아닐까요? 절대로 속박하지 않고 한계를 정하지도 않는 인생 말이에요. 그리고 충실하게 산 다음에 죽는 거야말로 최고의 지혜 아닐까요?'

딸애는 내게 약혼자를 소개해 주었다. 그 아이가 왜 그동안 소개하기를 꺼렸는지 알 수 있었다. 딸의 약혼자는 수년 전에 남편이 일하던 바로 그 달 기지에서 근무하고 있었다. 괜찮은 청년이었다. 우리는 다 같이 집으로 갔다. 가족 전부가. 일주일 전이었다면 나는 두 사람을 내쫓았을 것이다. 나는 달에서 온 사람들을 좋아하지 않는다. 이유는 모른다. 제대로 생각해 본 적도 없었다. 나는 평생 동안 오로지 연구만을 생각하면서 살았다. 그동안에는 생체 시스템을 분해하는 것만이 진정한 대답이었다. 하지만 사실 애나 노박의 두뇌는 연구를 처음 시작할 때부터 우리에게 해답을 던져주고 있었다. 어쩌면 지금의 우리는 제대로 사는 법을 완전히 무시하고 있는지도 모른다. 그건 숙련이지 과학이 아니다. 그럼에도 가장 심오한 지혜가 있어야만 한다.

나는 평범한 지성조차도 그처럼 간단한 사실을 깨달을 수 있다는 점을 알았다.

그래서 나는 마침내 생체 시스템을 조작하는 실험을 그만두었다.

이르지 네트르발 Jiří Netrval

스틱스

Styx

| 신해경 옮김 |

천장이 낮게 드리운 넓은 타원형 방 중앙에 탁자가 하나 놓여 있었다. 분홍색이 나는 삼각형 탁자로 다리가 가늘고 짧았다. 작업복을 풀어헤친 사내 네 명이 탁자에 둘러앉아 열을 내며 옥신각신하고 있었다.

신호 담당인 시코르스키는 그들과 떨어져 찌그러진 알루미늄 상자 위에 앉아 있었다. 고풍스런 검은 테 안경을 쓴 그는 벽에 기댄 채 눈을 꼭 감고 있었다. 방 안에는 더 볼 만한 것이 없었다. 어찌 보면 그래서 눈을 감고 있는지도 몰랐다. 탁자에 둘러앉은 사내들의 열띤 목소리가 알아들을 수 없는 중얼거림으로 잦아들었다. 시코르스키는 문득 사람들이 둘러앉은 저 삼각형 괴물이 어쩌면 역사적 유물일 수도 있는 20세기 희귀품이라는 데 생각이 미쳤다. 그런 물건이 누군가의

* 스틱스는 그리스신화에 나오는 이승과 저승을 가르는 강. 명계를 아홉 번 감아 흐르며 저승의 중앙에 있는 늪으로 이어진다. 뱃사공인 카론이 스틱스에 도착한 망자의 영혼을 배에 태워 건네준다고 전해진다.

착오로 엉뚱하게 이곳에 와 있는데, 아무도 알아보지 못하는 게다. 기지에 있는 다른 가구들까지 동원하면 '초기 행성 식민지 시대전' 같은 제목의 구상미술 전시회도 거뜬할지 모른다. 21세기 언제쯤의 화성에서라면 아마 그렇게 했을 테지.

하지만 인류는 그때보다 진일보한 데다, 한층 고차원적인 질서가 존재한다는 전망도 있으니 말이야. 그는 냉소적으로 생각했다. 당시 사람들의 말도 안 되는 전망이라니! 현기증이 날 정도로 많은 것이 변했다. 21세기 사람들은 그들 후세가 수많은 별에 도달할 수 있으리라 전망했다. 그러나 현실은 어떤가? 우리 후손 대에 가서야 '그 별' 하나에 도달하리라 전망하고 있잖은가. 인류는 '그 별' 하나만을 생각했다. 그 그늘에 가린 다른 별들은 아예 존재하지 않는 것처럼 잊혀졌다. 오래전부터 정확한 천체 이름을 쓰지 않고 편하게 '그 별'이라고만 불러 왔어도 오해 없이 다 통할 정도였다. 벌써 자그마치 백 년하고도 오십 년이나 '그 별' 하나만을 생각하며 살아왔다. 4세대였다. 4세대에 걸쳐 인류는 끝도 없는 어둠의 경계와 싸우면서 광대한 우주의 허공 속으로 사라져 갔다. 영원처럼 느껴지는 시간 동안 끝도 없는 권태와 추위만이 잠복해 있는 황량한 세계, 모든 것이 낡고 시들어 사라지는 황폐한 우주에서 희망을 가꾸어 왔다. 희망만이 남았다. 적어도 사람들은 그렇게 말했다. '확실한 희망'이라고. 시코르스키는 머릿속을 떠나지 않는 지독한 역설에 다시 빠져들었다. 내게 아직 희망이 남아 있나? 잘 모르겠어. 하지만 다른 사람들과는 생각이 다르다. 인류는 앞으로 오십 년 이내에 '그 별'에 도착할 거라고 믿고 있다. 백오십 년 전, '그 별'의 주기적인 발광이 무언가에 의해 통제된 것이라는 가설을 라예프스키가 증명해 냈다. 공원에 둘러싸인 거대한 흰 건물이 '그 별'에 헌정된 특별 도서관으로 지정됐고, 관련된 책과 마이크로필름만 수만 권이 나왔다. 별을 다스리는 자가 모든 것을 다스릴 것이라고 했다. 최고 수준의 지적 생명체와 황금시대의 약속. 나 역시 그걸 믿어 왔다. 왜 아니겠어? 너무 아름답잖아. 그리고 인류는 백 년하고도 오십 년 동안 끊임없이 신호를 보냈다. 그러나 그들은 대답하지 않았다.

시코르스키는 퍼뜩 정신을 차리고 고개를 들었다. 옆 상자에 앉은 수학자 베트스타인이 근시인 파란 눈으로 그의 얼굴을 바라보고 있었다. 시코르스키만큼이나 피곤해 보이는 눈이 대답을 기다리고 있었다. 무슨 말이든 해야 했다.

"박사님은 왜 그들이 대답하지 않는다고 생각하세요?"

시코르스키는 머릿속을 떠돌던 마지막 생각을 웅얼거리는 소리로 물었다.

"제가 보기엔 두 가지 설명이 가능할 것 같아요."

베트스타인이 특유의 점잖은 목소리로 말을 시작했다. 벌써 천 번도 넘게 얘기한 주제지만 그다지 개의치 않는 것 같았다.

"그들이 우리와 너무 달라서 단순히 우리를 인지하지 못하고 있거나, 아니면 너무 고등한 존재라서 우리를 동물처럼 보는 거겠지요. 우리 존재를 알고는 있지만 신경 쓸 이유가 없는 겁니다. 예를 들자면 숲 한가운데에서 무전을 치는 사람이 주변의 나무 꼭대기에서 지저귀는 새들에게는 전혀 신경 쓰지 않는 것과 같은 거죠. 이해되죠? 가만, 그리고 보니…… 리더만이 옛날 신호이론을 다시 들고 나왔다는 소식을 최근에 들었어요. 그렇게 엄청나게 거대하고, 환상적인 송신 장비로 수백만 광년 떨어진 저 너머 은하의 문명을 가진 존재들에게 무전 신호나 날리자니…… 괴상한 발상이지요."

시코르스키는 그 말을 듣고 있지 않았다. 한때는 수학자의 이론에 흥미를 가진 적도 있었지만 이미 오래전의 이야기다. 뭔가 다른 이야깃거리가 필요했다.

"저 사람들, 정확하게 뭘 가지고 싸우는 거죠?"

시코르스키가 탁자를 둘러싸고 있는 사람들을 바라보며 무심하게 물었다.

베트스타인이 말을 하다 말고 눈살을 찌푸렸다.

"나도 몰라요. 정확히는 모르겠소."

잠시 뜸을 들인 후에 베트스타인이 말했다.

"오전에 도노반이 이상한 소리를 하고 다녔다고 들었어요. 아주 이상한 얘기를 했다더군요. 그 뒤로는 잘 모르겠소. M-3 구역에서 일하고 있었으니까. 하지만 내가 보기에 도노반은 지난주부터 이상했어요. 잠을 한숨도 못 잔 사람처럼 보였는데……."

"구체적으로 뭐라고 말했답니까?"

시코르스키가 약간의 흥미를 보이며 물었다.

"기억이 잘 안 나네요."

베트스타인이 회피하듯 말했다.

방 반대쪽에 육중하게 버티고 있는 검은색 제어대에서 맑은 선율의 신호음이 들렸다. 기지의 주 컴퓨터인 게티였다. 제어대의 화면 하나에 녹색 불이 들어왔다. 기지 사령관이자 물리학자인 도노반이 천천히 제어대로 향했다. 탁자에 남은 세 사람은 긴장한 채 말 없이 사령관의 일거수일투족을 지켜봤다.

도노반이 몸을 숙여 단추를 하나 눌렀다. 주 화면이 켜지자 마치 눈보라가 날리듯 온갖 신호와 공식들이 소용돌이쳤다. 몇 분 후 화면이 조용해지면서 복잡한 형체 하나만 남았는데, 멀리서는 무엇인지 알아볼 수가 없었다. 도노반이 지루할 만큼 오래도록 화면을 들여다보더니 고개를 숙인 채 돌아섰다. 위풍당당했던 풍채가 갑자기 줄어든 것처럼 느껴졌다. 그는 어깨를 구부리고 탁자로 돌아와 사람들의 시선을 피하며 자리에 앉았다. 그리고는 몸을 돌려 몽롱한 눈빛으로 나직이 휘파람을 불기 시작했다. 우울한 곡조였다.

도노반의 휘파람과 게티의 웅얼거리는 소리가 울리는 가운데 긴 침묵이 이어졌다. 탁자에 앉은 세 사람은 어리벙벙한 것 같았다. 사령관의 대변인이자 키가 작고 호리호리한 천문학자 브라텔리가 제일 먼저 정신을 차렸다. 그는 벌떡 일어나 주먹으로 탁자를 내려치면서 의미를 알 수 없는 말을 내뱉었다. 먼 이탈리아인 조상으로부터 대대로 전해 내려오는 저주인 듯싶었다.

"즉각적인 비상회의 소집을 요구합니다!"

누가 말리기라도 하는 양 싸우자는 투였다.

시코르스키는 어깨를 으쓱하더니 기지개를 펴고 상자에서 뛰어내렸다. 그리고는 작업복 주머니에 손을 넣고 탁자를 향해 천천히 걸음을 옮겼다. 베트스타인이 마지못한 듯 뒤를 따랐다.

두 사람이 자리에 앉자 다시 침묵이 찾아왔다. 네 사람 중 어느 누구도 먼저 말을 꺼내고 싶지 않은 듯했다.

마침내 시코르스키가 애써 무관심한 척하며 말을 던졌다.

"같이 얘기할 사안이 있다고 들었습니다. 여기 신사 분들 중 누구 친절하게 설명해 주실 분 안 계신가요?"

네 명의 사내가 서로를 힐끔거렸다.

도노반이 작은 한숨을 뱉고 일어나서 마지못해, 거의 괴롭다는 듯이 입을 열었다. 시선은 사람들 위쪽의 천장 어디쯤에 고정되어 있었고, 목소리는 부자연스러울 정도로 단조롭고 조용조용했다.

"두 사람 다 알고 있겠지만, 전 지난 몇 주 간 방사선 구조분석에 매달려 있었습니다. 그…… 뭐냐…… KM481에서 나오는 카파파 영역에 대한 분석이었습니다."

KM481이라니! 마치 익숙한 노래에 끼어든 기묘한 불협화음 같았다. KM481은 '그 별'의 공식 이름이지만 일상적인 대화에서는 오랫동안 쓰이지 않던 단어였다. 그 별은 그냥 '별'이었다. '그 별'말이다. 두 시간 동안이나 도노반과 함께 사안을 논의했던 세 사람도 그제야 사안의 심각성을 새삼스레 깨달은 듯했다. 시코르스키는 얼굴 근육 하나 움직이지 않고 조각상처럼 경직된 자세로 앉아 있었다.

도노반이 여전한 어조로 말을 이었다.

"이와 같은 분석은, 제가 알기로는 실행된 적이 없습니다. 그 이유는, 여기 아리애드나에 기지가 세워지기 전에 있던 관측소들이 그…… 그 대상으로부터 너무 멀리 있어서 만족할 만큼 정확하게 측정을 할 수 없었기 때문으로 추정됩니다."

이렇게 공식적인 투로 얘기하는 도노반이 상당히 낯설었지만, 아무도 이의를 제기하지는 않았다.

"무엇보다 카파파 영역에 대한 연구는 지금까지 조금 간과되었던 분야입니다."

목소리가 약간 떨렸다.

"그것은 KM481에서는 전파 영역에서만 카파파가 나올 것이라 예상되었기 때문입니다. 최근의 발광 주기에 저는 우리가 보유하고 있는 고감도 탐지기로 카파 충격파의 구조를 조사했는데, 여기서 변형 웰트만-쉬스킨 공식에 정확하게 들어맞는 주기성을 발견했습니다. 따라서 이는 여태까지 고려하지 않았던 어떤 가능성이 실재한다는 말이 됩니다. 내 말은, 카파파가 KM481의 발광 시기에는 나란히 존재하는 아이오타파의 영향을 받아 특이하게 변형될 수 있다는 것입니다. 두 사이클은 아이오타파에서 발생하는 오미크론 제로 입자에 의해 서로를 간섭하게 됩니다. 그 말은……."

브라텔리가 다시 자제력을 잃고 소리를 질렀다.

"그 말은, 라예프스키가 바보 멍청이고 다른 놈들도 다 마찬가지라는 얘기야! '그 별'이라는 별은 없다! 무슨 말인지 알겠어요? 요술 지광이를 휘둘러서 세 가지 소원을 들어줄 지적 생명체 같은 것은 없어요! 아무도 없다고요! 알겠어요? 우린 흔해 빠진 변광성에 사로잡혔던 거야! 최소 사방 5광 년 이내에 생각하는 존재라고는 우리뿐…… 생각하는 존재라고는 우리 여섯 멍청이뿐이라고!"

"브라텔리, 정신 차려! 히스테리 부릴 여유가 없어!"

도노반이 날카롭게 경고를 날리고 다시 조용한 목소리로 말을 이었다.

"브라텔리 얘기는 과장이야. 암, 라예프스키는 타고난 물리학자지. 당시의 그로서는 아이오타파의 존재에 대해 전혀 알 수가 없었어. 그의 가…… 가설은 당시로서는 절대적으로 논리적인 거였지. 그때는 충격파의 불규칙한 주기를 다른 방식으로는 설명할 수가 없었으니까. 게다가 아직 라예프스키 이론이 부정된 것도 아니잖아! 당장 우리가 아는 거라곤 다른 대체 이론이 존재한다는 것, 그것뿐이라고! 그것만으로 결론을 내리기엔……."

"다른 말로, 하늘에 반짝이는 작은 별이 보이면 그게 유성일 수도 있고 사람이 만든 위성일 수도 있고, 심지어 그저 산타 할아버지가 선물을 나눠 주러 가는 것일 수도 있다. 자기가 선호하는 이론을 선택하기 나름이다. 그런 말씀이잖아요? 아닌가요?"

한결 조용하고 차분해진 브라텔리의 얘기가 사람들에겐 이전의 폭언보다 더 큰 영향력을 발휘하는 것 같았다. 도노반이 아무 말도 하지 않고 돌아서서 다시 휘파람을 불기 시작했다. 기술자인 버그만이 갑자기 폭소를 터뜨렸다가 이내 뚝 그치고 죄책감 어린 표정으로 다른 이들의 침묵에 동참했다.

침묵이 계속되었다. 다들 다른 이의 시선을 피하기 위해 의자에 파묻혀 똑바로 앞만 바라보면서 각자의 생각에 빠져들었다. 도노반은 생각했다. 이제 각자 우주선과 유도 탐사선, 황폐한 행성에 격리된 기지에 갇혀 지냈던 수많은 세월을 되돌아보겠지. 이질적인 검은 하늘 아래 폐쇄된 금속벽 안에서 보냈고 또 보내야 될 세월들. 마치 잃어버린 낙원처럼 비현실적으로 빛나고 있는 지구. 이제 각자 똑같은 질문을, 이전에는 허용되지 않았던 질문을 던질 것이다. 한 해 한 해 지날 때마다 치열하게 떠올랐다가 애써 도망쳐 봐야 다시 돌아오곤 했던 그 질문. '도대체 왜?'

갑자기 시코르스키가 벌떡 일어섰다. 충격을 받은 팔걸이의자가 부서질 듯이 삐걱거렸다. 모두 번쩍 고개를 들고 그를 바라보았다. 순간 시코르스키의 인상이 모두에게 강하게 각인되었다. 비쩍 마르고 약간 구부정한 자세, 부스스하게 헝클어진 머리, 뒷짐을 진 그의 경직된 얼굴에는 어떤 감정도 나타나 있지 않았다.

"200시간이 됐습니다. 규정에 따라 저는 관측 결과를 점검하러 가야 됩니다."

시코르스키가 얼굴만큼이나 건조한 목소리로 말했다. 마치 그가 이해할 수 없는 언어로 말하기라도 한 것처럼 사람들은 몇 분 간 그를 멍청하게 바라보았다. 브라텔리가 소리쳤다.

"관측? 관측이라고?! 멋지군. 가서 확인해 봐!'

브라텔리는 손으로 머리를 삼싸고 나직이 웃기 시작했다. 시코르스키는 그를 힐끔 보면서 어깨를 으쓱하더니 도노반을 쳐다보았다.

"가게 해 주십시오."

시코르스키가 차갑게 말했다. 사령관이 벌떡 일어섰다.

"잠깐 기다려. 몇 가지 지시할 사항이 있네."

둘은 같이 주조종실을 나섰다. 등 뒤에서 금속으로 된 이중문이 찰 깍 닫혔다. 좁은 출구실은 작업복과 빈 금속상자들로 어지러웠다. 시코르스키가 빠른 동작으로 마스크를 분리한 방한용 방호복을 입었다.

도노반은 볼록한 금속 벽에 기대 섰다. 황혼의 희미한 빛에서는 그의 얼굴이 보이지 않았지만 시코르스키는 그 늙고 지친 표정을 짐작할 수 있었다.

"내가 뭐라고 말해야 할까? 이제 뭐라고 말해야 되지?"

사령관이 목쉰 소리로 나직하게 물었다. 시코르스키는 광택 있는 네오크린 소재로 만든 목이 긴 부츠를 신었다.

"자네는 아직…… 잘 몰라."

도노반이 말을 덧붙였다.

"그래요? 아직 남은 게 있나요?"

시코르스키가 약간 빈정대듯이 말했다. 사령관은 그 말을 듣지 못한 듯했다.

"뭐냐면…… 내가 천재 물리학자가 아니라는 게 문제지."

"제 기억으로는 그걸 요구한 적도 없습니다."

시코르스키가 차갑게 말했다. 도노반이 주먹으로 금속벽을 쳤다. 옛날 극장에서 들었던 가짜 천둥소리 같은 둔중한 반향이 들렸다.

"바보같이 굴지 마! 아이오타파의 존재는 벌써 수년 전에 알려졌어. 내가 지금 확인한 걸 레무라II 행성에 있는 탐지기는 이미 옛날에 발견했을 거야. 나같이 평범한 물리학자도 찾을 수 있는 거라면, 나카무라나 시모넷 정도면 벌써 발견했을 거라고. 무슨 말인지 알아?"

"그 말은……?"

"그 말은, 본부에 있는 사람들은 이미 십 년 전부터 알고 있었다는 거야! 십 년이라고…… 짧게 잡아도 말이지! 알면서 숨긴 거야. 뻔하지. '인류가 우주로 계속 확장해 가는 것이 매우 중요하다. 그렇지 않으면 전반적으로 정체되고 퇴보할 위험이 생긴다. KM481을 지배하는 초문명이 있다는 이론은 값어치를 따질 수 없을 만큼 중요한 자극제다. 지금 상황에서 이를 부정하면 심각한 사태가 발생할 것이다. 어쩌고저쩌고……' 본부에 있는 인간들에게 이건 명확한 결정이었을 거야. 자네 속이야 알 수가 없으니, 아마 자네도 마찬가지로 생각할지 모르겠네……. 하지만 저들한테는 이제 뭐라고 해야 되지?'

도노반이 주조종실로 통하는 문 쪽으로 고갯짓을 하면서 물었다. 도노반에게는 출구실의 침묵이 조금 전 주조정실에서의 침묵보다 더 견디기 어렵게 느껴졌다. 거의 절대적인 정적이었다. 두 사람의 밭은 숨소리 말고는 아무 소리도 들리지 않았다.

한참이 지난 후 시코르스키가 입을 열었다. 겨우 들릴락 말락 하는 그의 목소리는 냉담했다.

"심리학 수업을 받은 사람은 제가 아니라 당신입니다. 당신이 사령관이에요. 저한테서 무슨 말을 기대하는 겁니까?'

"이제 가 보게."

도노반이 말했다. 그는 안쪽의 문을 열고 차갑고 희미한 불빛이 비추는 주조종실로 들어섰다. 등 뒤로 외부 출구가 천천히 열리면서 공기가 빨려 나가는 희미한 소리가 들렸다.

회의가 네 시간째 계속되고 있었다. 삼각형 탁자 위에서 한 줄기 짙은 담배연기가 천장으로 향했다. 모두들 기진맥진해서 각자의 불편한 의자에 퍼져 있었다. 얼굴은 핏기 없이 주름이 저서 며칠 간 잠을 못 잔 것만 같았다. 브라텔리만 아직 기력이 남아 있었다. 그는 손으로 탁자를 짚기는 했지만 직립 자세로 서서 쉴 새 없이 말을 쏟아냈다. 말을 하다 보니 자신을 대규모 집회의 연사로 착각하는 듯했다.

"우리는 우리가 목격한 사건이, 피해자 규모에서는 아니라고 하더라도, 지금껏 인류의 현대사에서 비견할 만한 것이 없는 초유의 사건이라는 점을 명확하게 인식해야 합니다. 기본적인 원칙들이 무시되었고 또……."

'세계통신네트워크 출연에 대비한 연습이로군.'

언뜻 도노반의 머릿속으로 이런 생각이 스쳐갔다.

대원 중 가장 나이가 적고 거의 말이 없었던 생물학자 그리쉰만이 믿을 수 없을 만큼 경이롭다는 표정으로 브라텔리의 연설에 귀를 기울이고 있었다. 다른 이들은 피로와 지겨움을 군이 숨기려 하지 않았다. 얘기해야 할 것들은 이미 다 얘기됐다. 사실 얘기할 것이 그리 많은 것도 아니었다.

"……그리고 본부에 우리 입장을 전달해야 합니다."

브라텔리가 잠시 말을 멈추더니 숨을 들이쉬면서 주위를 둘러보았다.

"이제 뭐라고 말 좀 해 봐요! 버그만? 베트스타인? 시코르스키는 어디 갔지?"

모두 갑자기 고개를 들고 금방 꿈에서 깬 사람들처럼 어리둥절해서 주위를 두리번거렸다.

"관측 상태를 확인하는 건 삼십 분도 안 걸릴 텐데."

그리쉰이 중얼거렸다. 도노반이 잰걸음으로 문 쪽으로 돌진했다. 다른 이들도 뒤를 따랐다. 그들은 허둥지둥 서로를 밀치며 출구실의 좁은 입구를 빠져나가 비틀거리며 서둘러 몸에 꼭 끼는 방호복을 입었다. 마침내 외부로 통하는 문이 삐걱거리며 열렸다.

그들은 밖으로 쏟아져 나왔다. 싸늘하고 건조한 공기가 달아오른 얼굴을 어루만졌다.

선명하고 요란스런 별들이 검은 하늘에서 차갑게 반짝였다. 동쪽 지평선 위 높은 곳에서 이 행성의 유일한 위성인 테세우스가 밝게 빛났다. 거의 보름달이 된 테세우스는 지구의 달빛보다 조금 약한, 부드럽고 흐릿한 빛으로 전경을 가득 채우고 있었다. 별을 배경으로 작고 둥근 누대와 소형 안테나들에 둘러싸인 주 전파망원경의 거대한 파라볼라 안테나가 윤곽을 드러냈다. 기지의 가장 중요한 부분인 관측센터였다. 그 뒤로 테세우스의 희미한 빛을 받은 광대한 평원이 펼쳐졌다. 평원은 지평선까지 쭉 뻗어 가다가 먼 산맥의 들쭉날쭉한 선과 맞물렸다. 평원은 시선이 닿는 곳 어디까지나 철저하게 황량했다.

그들은 뭘 해야 할지 몰랐다.

"조심해! 멈춰! 여기 발자국이 있다!"

도노반이 소리쳤다. 주거동의 문에서 관측센터로 이어지는 발자국이 거친 황회색 모래 위에 선명하게 나 있었다. 그들은 앞장선 도노반을 따라 앞서거니 뒤서거니 발자국을 따라갔다.

몇백 미터를 따라가다 보니 관측센터였다. 관측센터는 외부조명이 되어 있지 않은 데다 주거동 주변에 있는 반사경의 불빛도 거기까지는 미치지 않아서 사람들은 각자의 가슴께에 달린 탐조등을 켰다. 발자국은 관측센터 주변을 몇 바퀴 돌다가 갑자기 한쪽으로 벗어나고 있었다.

버그만이 관측센터에 딸린 둥근 타워의 문을 열고 들어갔다. 잠시 후 그는 어느 모로 보나 그저 큼직한 회색 상자처럼 보이는 물건을 들고 나타났다.

"그 잡동사니는 대체 뭐요?"

베트스타인이 놀라서 물었다. 버그만이 거만한 투로 그를 건너다보았다.

"세상에는 당신 같은 이론가들이 전혀 짐작도 못할 물건들이 널려 있어요. 이건 만물탐지기라는 건데, 첨단기술의 산물입니다. 이 장치로 인간이 생각할 수 있는 모든 일을 할 수 있습니다. 지금 우리한테 제일 중요한 것이 뭐냐면, 이 장치가 냄새에도 반응한다는 점입니다. 사냥개하고 똑같아요. 성능은 열 배나 더 좋지만요."

버그만은 자취를 살피기 위해 발자국이 관측센터에서 벗어나기 시작하는 지점에 무릎을 꿇었다. 탐지기에서 길고 유연한 관이 나왔다. 끝에는 미세한 구멍이 난 반구가 달려 있었다. 버그만이 조심스럽게 반구를 발자국에 갖다 댔다. 탐지기에 작은 녹색 창이 밝혀지더니 물결 무늬와 숫자들이 그 안에서 반짝거렸다.

"세 시간 십 분 전에 여기를 떠났습니다."

버그만이 말했다. 그는 한 손에 탐지기를 들고 다른 손으로는 반구가 달린 관을 바닥 가까이 대고 조심스럽게 발자국을 따라 이동했다.

발자국은 계속 방향을 틀었다. 관측센터에서 200미터쯤 떨어진 곳에서 발자국은 다시 센터 쪽으로 방향을 잡았다. 발자국 하나하나가 깊고 선명하게 남아 있었다.

"천천히 별 목적 없이 걷고 있습니다. 그냥 별 아래를 산책한 게 아닌가 싶습니다. 뭐, 약간 감상적인 기분이었다가…… 돌아오기 시작했어요. 틀림없이 그러다 어디 구덩이 같은 데에 빠졌거나 아니면 어디가 아프거나 그런 거예요."

버그만이 말했다.

"여기 구덩이가 어디 있어? 천지 사방에 모래밖에 없는데."

도노반이 이의를 제기했다.

"전 지질학은 잘 몰라서요. 그래도 어딘가 짐승들이 파 놓은 구덩이 정도는 있지 않을까요?"

버그만은 어깨를 으쓱했다.

"무슨 소리야? 여기 아리애드나는 안팎이 다 죽은 행성인데……."

브라텔리가 의아해 하며 말했다.

"여보세요! 뭐라고요!? 제가 왜 여기에 있는데요? 이 행성에는 네 종류의 풀과 한 종류의 관목, 그리고 우리들이 '모래벼룩'이라고 부르는, 적어도 두 종류의 육지 갑각류가 살고 있다고요."

그리쉰이 비극적인 어조로 대화에 끼어들었다.

"그 말은, 당신의 그 잘난 모래벼룩들이 시코르스키를 모래에 파묻었다는 뜻인가?"

브라텔리가 놀리듯이 물었다. 그리쉰은 그를 무시하고 계속 말을 이었다.

"게다가 예전에 사프첸코가 저기 있는 산맥에서 화석을 발견했단 말입니다. 삼엽충과 유사했는데……."

"친애하는 동료 여러분, 이 학술토론은 좀 미뤄 주면 안 되겠나? 벌써 잊어버렸는지 모르겠지만, 우리는 시코르스키를 찾고 있는 중이거든?"

도노반이 차갑게 그리쉰의 말허리를 잘랐다.

도노반의 말에 좌중은 찬물을 끼얹은 듯했다. 갑자기 그들은 이 상황이 장난이 아닐 뿐더러 야간 비상훈련이나 매주 일어나곤 하는 사소한 사고도 아니라는 점을 깨달았다. 시코르스키가 기지나 관측센터 주변은 물론 이 근방에도 없는 것이 확실했다. 이 완벽하게 황량하고 따분한 아리애드나에서 누군가가 진짜 위험에 처할 수도 있다는 생각은 아무도 해 본 적이 없었다. 사실 그때까지도 전혀 상상이 안 되는 일이었다.

제일 앞에 있던 버그만이 갑자기 멈춰 섰다.

"맙소사! 이게 뭐야?!"

버그만이 소리쳤다. 사람들이 기억하는 한, 그의 목소리에 흥분이 묻어난 것이 이번이 처음이었다.

발자국이 또 방향을 틀었다. 모래에 깊숙이 찍힌 발자국 두 개가 보였다. 시코르스키는 아마 그곳에 꽤 오랫동안 머물며 가끔 서성거렸던 모양이었다. 그러다 갑자기 발자국이 반대 방향으로 향했다. 사막 쪽으로 말이다. 그의 발자국 옆에는 작고 둥근 자국이 두 줄로 평행하게 나 있었다.

그들은 꼼짝 않고 서 있었다. 분간할 수 없을 만큼 약한 흙냄새를 실은 차가운 바람이 사막에서 불어 왔다. 가장 가까운 별들이 반짝거렸다. 앞쪽으로는 달빛에 푸르게 물든 사막이 낮은 모래언덕들로 굽이치며 펼쳐졌다. 그들의 시선은 인간의 발자국과 바로 그 곁에 두 줄로 얕게 패인 자국을 좇아 평원을 가로질러 먼 산맥으로 향했다.

얼음처럼 차가운 바람이 끊임없이 불어 왔다. 그리쉰은 몸을 떨었다.

"이…… 이럴 리가 없습니다. 아마 우리가 꿈을 꾸고 있나 봐요."

그리쉰이 웅얼거리며 손으로 이마를 훔쳤다.

버그만은 무언가를 좇으려는 듯 손을 내저으며 심호흡을 했다. 그는 땅에 떨어뜨렸던 탐지기를 주워 들고 선명하게 나 있는 시코르스키의 발자국 위로 몸을 굽혔다.

"약 이십 분 정도 서 있었습니다."

발자국은 관측센터를 향하고 있었다. 모두 발자국과 같은 방향을 바라보았다. 보조송신기의 가느다란 꼭대기 근처에 약간 불그스름한 점 하나가 선명하게 빛나고 있었다. 바로 '그 별'이었다. 음, 사실은 그저 KM481에 불과하지만 말이다.

도노반은 크고 날씬한 사람의 형체가 뒷짐을 지고 고개를 젖힌 채 서 있는 모습을 선명하게 그릴 수 있었다. 이십 분이라. 아마 더 오래일 수도 있겠지. 뚜렷이 남아 있는 발자국 중 하나는 뒤축 부분이 둥근 홈을 그리며 넓게 퍼져 있었다. 반대 방향을 향한 얕은 발자국들도 몇 개 있었다. 마지막 두 발자국은 다시 약간 더 깊어졌다. 허둥지둥 주위를 둘러보다가 뒤쪽으로 몇 걸음 물러난 후, 한동안 움직이지 않은 것으로 보였다. 그리고 시코르스키는 의심할 여지없이 다시 걷기 시작했다. 사막 쪽으로. 그가 옆으로 비껴선 지점 몇 미터 앞에서부터 두 줄로 둥글게 패인 자국들이 시작되었다.

"여기서 뒤돌아서면서 뭔가를 봤어. 놀랐지만 곧 생각을 바꾼 것 같아. 그리고……."

도노반이 부자연스러울 정도로 차분하게 말했다.

"생각을 바꾼 게 아닐 수도 있습니다. 어떤 이유에서건 그래야 할 상황이었을지도 모르잖아요? 그런 게 아니라면 이런 식으로 혼자 사막으로 가 버릴 리가 없어요."

그리쉰이 조용히 말했다.

"누가 시코르스키에게 최면 같은 걸 걸었다는 뜻인가요?"

베트스타인이 깜짝 놀라며 물었다. 다른 상황이었더라면 이 반응이 꽤 우스꽝스럽게 보였을 것이다. 한동안 말이 없던 베트스타인은 마치 그 자신이 최면에 걸린 사람처럼 주변이 어떻게 돌아가는지 통 모르고 움직이는 듯 보였다.

버그만이 탐지기를 낮췄다가 들어 올렸다. 그리고는 선언했다.

"키틴질 성분이 검출됐습니다."

"그래, 절지동물이 맞았어!"

그리쉰이 흥분해서 소리쳤다.

"뭐…… 뭐 어떻게 생긴 거야?"

도노반이 조용하게 물었다. 버그만이 어깨를 으쓱했다.

"두 개 이상의 다리를 가지고 움직이는 생물입니다. 다리는 작대기처럼 가느다란 것 같습니다. 그러면 다리 두 개로는 균형 잡기가 불가능하겠죠. 다리는 최소 네 개 이상이라 봐야 할 것 같습니다. 사실 정리만 잘 된다면야 다리는 마흔 개가 넘는다 해도 문제없습니다. 다리가 여러 개라고 할 때, 각각의 크기는 대체로 비슷할 것으로 보입니다. 다리 하나가 지탱할 수 있는 무게는 약 8킬로그램 정도 되고, 걸을 때 몸통이 땅에 닿지는 않습니다. 다리는 지구의 절지동물처럼 키틴질 껍질로 덮여 있어요."

버그만이 모래 위에 찍힌 둥근 자국을 가리켰다.

"저걸로 확인할 수 있는 내용은 이 정도가 다입니다. 이제 충분히 설명을 드린 것 같군요."

도노반은 아무 말도 않고 그리쉰을 돌아봤다.

생물학자인 그리쉰은 조금 전 버그만이 했던 대로 어깨를 으쓱했다.

"거대한 육상 절지동물인데, 버그만이 말한 내용만으로는 그 이상 판단하기 어렵습니다. 다리 수가 몇 개인지 모르니까 어떤 모양으로 생겼는지 유추할 수도 없고요. 다리가 아주 많다면 몸체가 커다란 애벌레 형태일 수 있습니다. 다리 수가 적다면, 예를 들어 다리가 세 쌍에서 다섯 쌍 정도라고 한다면 생각할 수 있는 게 많죠. 개미, 풍뎅이, 가재……."

갈수록 그리쉰의 얘기는 열기를 띠었다.

"전 아무래도 가재가 맞는 거 같습니다. 아 물론, 제 말은 가재를 아주 조금이라도 닮지 않았을까 싶다는 얘깁니다. 가끔 여러분들이 저 토착 '모래벼룩'에 대해 얘기를 하시는데, 사실 걔들은 곤충이 아닙니다. 짐작하시듯이 갑각류예요. 실제로 작은 가재인데, 이 행성의 바다가 말라 버리자 사막에서도 살 수 있도록 적응한 게 아닐까 싶어요. 진화적 연결고리가 틀림없이 어딘가에——"

도노반이 성가시다는 듯이 그의 말을 잘랐다.

"동물학 강의는 좀 있다가 해! 난 그놈이 다리가 몇 개인지, 더듬이가 몇 개인지는 관심 없어!"

그러고는 목소리를 좀 낮췄다.

"내가 알고 싶은 건 가능성이야. 그…… 그 존재가 지능을 가졌을 가능성이 얼마나 되는지 말이야."

그리쉰이 작게 한숨을 쉬었다.

"제가 어떻게 알겠어요? 물론, 우리가 지능을 어떻게 정의하느냐에 달린 문제이긴 하지만요. 예를 들어 육지 흰개미는……."

그리쉰은 도노반의 표정을 힐끗 보고 말을 멈췄다가 재빨리 말을 바꿨다.

"제 말은, 우리가 지금까지 인간의 의도와 목적에 부합할 만한 지능을 가진 절지동물을 만난 적이 없다는 겁니다. 그게 가능하기라도 한지에 대해서도 의견이 분분해요. 전 가능하다는 쪽이고요. 이상 끝."

"다른 말로 하자면, 우리가 아는 것이 별로 없다는 거로군."

도노반이 혼잣말처럼 정리를 했다. 그러더니 갑자기 일어서서 다른 사람들의 얼굴을 슬쩍 훑어보았다.

"우리가 무얼 해야 되는지는 물론 명확하게 알고들 있겠지. 누가 나와 같이 가겠나?"

모두가 별 생각 없이, 거의 자동적으로 손을 들었다.

"사람이 많을수록 좋을 것 같습니다. 그를 운반해 와야 될지도 모르니까요."

버그만이 말했다.

"지침에 따르자면 누구 한 사람은 기지에 남아 있어야 되는 것 아닌가 싶은데……."

베트스타인이 잘 모르겠다는 듯 말했다.

"그래요. 베트스타인, 당신이 남아요. 나이도 제일 많은 데다 건강 상태도 고려해야 되니까."

도노반이 말했다.

베트스타인은 불평 없이 바로 지시를 받아들였다. 야간 사막탐험은 그의 흥미를 끌 만한 일이 아니었다.

"우리 왜 여기에 이렇게 죽치고 있는 거죠? 버그만은 얼른 딱정벌레를 가져오지 않고 뭘 하고 있는 겁니까?"

갑자기 그리쉰이 놀랍다는 듯 말했다.

"난 그 말 나오길 기다리고 있었어요! 내가 지난 사흘 간 무슨 일을 하고 있었는지 당최 생각들이 안 나는 거죠?"

버그만이 성마르게 쏘아붙였다.

"이런! 기계 점검! 그 말은……."

"앞으로 열두 시간은 지나야 딱정벌레를 쓸 수 있다는 말입니다!"

딱정벌레는 기지에 있는 유일한 지상 차량이었다. 1킬로그램 차이도 중요한 우주선에 여분의 중장비를 실을 공간은 없었다.

도노반이 초조함을 억누르며 말했다.

"이제 모든 상황이 다 정리됐나? 그래? 기쁘군. 우리는 걸어간다. 기지에 들르지 않고 곧장 출발할 거야. 벌써 꽤 시간을 낭비한 셈이니까. 방호복에 응급처치 상자가 있지만 쓸 일이 없기를 바라자고. 베트 스타인, 자네는 지금 당장 기지로 돌아가 자세한 상황을 보고하게. 24시간 안에 아무도 돌아오지 않으면 일급 구조신호를 보내도록 해. 알겠나? 질문?"

잠시 동안 침묵이 흘렀다.

"무기도 하나 없는데……."

브라텔리가 중얼거렸다.

"응. 없어. 기지에 가도 무기가 없다는 건 다들 잘 알고 있겠지. 다 규정에 따른 거야. 생명 활동이 거의 또는 전혀 없는 행성에서 무기가 필요해질 가능성은 무시해도 될 수준인 반면, 대원들 간에 심리적인 문제가 일어날 가능성은 항상 존재하기 때문에 기지 장비에는 어떠한 무기도 포함되지 않는다. 등등등."

"됐어요. 규정에 대해서는 사령관이 게티보다 더 박식하다는 거 다들 알고 있어요."

브라텔리가 한숨을 쉬면서도 기어코 한마디를 덧붙였다.

"생명 활동이 제로라는 행성에서 이런 개 같은……."

브라텔리는 적당한 단어를 찾지 못했다. 약이 오른 그는 손을 휘저어 머리에 든 생각을 쫓아버렸다.

모래가 끝없이 단조롭게 쓸리면서 무거운 금속 부츠 밑으로 미끄러져 들어왔다. 테세우스가 하늘을 뒤덮은 희미한 베일 뒤로 숨어 사방이 어두워지자 대원들은 탐조등의 세기를 더 밝게 조정했다. 탐지기를 든 버그만이 계속 앞장을 서고 나머지는 한데 뭉쳐 뒤를 따랐다. 벌써 세 시간이 넘도록 계속 걸었던 터라 사람들은 점점 지쳐 갔다.

"집에서는 50킬로미터도 거뜬했는데, 여기서는 15킬로미터도 안 걸은 것 같은데 벌써 다리가 엄청 무거워."

브라텔리가 투덜거렸다.

"맞아요. 여기 공기가 조금 희박해서 그래요. 옛날 티베트 여행자들은 더 힘들었을 거예요."

그리쉰이 격려하는 어조로 말은 했지만, 말을 하면서도 다른 걸 골똘히 생각하고 있는 것처럼 보였다.

탐조등의 날카로운 불빛 아래 이따금 회색의 작은 무언가 재빨리 날아올랐다가 어둠 속으로 떨어지곤 했다.

"그리쉰, 당신이 얘기했던 모래벼룩이에요."

버그만이 웅얼거렸다.

그리쉰이 고개를 끄덕였다. 갑자기 그가 무릎을 꿇고 엎드리더니 손을 이리저리 내뻗었다. 모두가 그를 돌아봤다.

"대체 왜 그래?"

브라텔리가 물었다.

그리쉰이 천천히 일어나 조심스럽게 주먹을 펼쳤다. 손바닥 위에 몇 센티미터밖에 안 되는 밝은 회색의 가느다란 생물이 보였다.

"진짜 놀랐잖아! 그런 짓 좀 그만 할 수 없어?"

브라텔리가 화를 내며 말했다.

도노반이 초조한 몸짓으로 브라텔리를 제지하며 그리쉰을 향해 돌아섰다.

"그…… 우리 앞에 가고 있는 존재가…… 이것과 비슷할 거라 생각하나?"

회색 생물이 손바닥 위에서 여덟에서 열 쌍쯤 되어 보이는 짧고 작은 다리와 더듬이를 움직이고 있었다. 약간 굽은 모양의 광택 나는 몸체에는 여러 개의 체절이 뚜렷하게 나 있었다. 기다란 더듬이 말고도 두 개의 큰 겹눈이 머리 부분에서 두드러져 보였다.

그리쉰이 생각에 잠긴 듯 손으로 사막을 가리키며 말했다.

"천만 년쯤 전에 이곳 바다에서 살던 녀석들이에요. 그러다가 급격한 기후 변화가 왔죠. 이 녀석들은 천만 년 만에 사막에 맞게 진화한 거예요. 천만 년이면 절지동물로서는 엄청나게 짧은 기간입니다."

"무슨 뜻이지?"

도노반이 물었다.

"별 거 아니에요. 그냥 이 종이 대단한 진화적 잠재력을 가졌다는 뜻입니다. 이들의 친척 중에는 더 뛰어난 놈이 있을 수도 있고, 그중에는 문명을 만든 놈이 있을지도 모르죠."

회색 생물이 잠시 움직임을 멈췄다. 더듬이 끝부분이 보이지 않을 정도로 빠르게 흔들리고 있었다. 그러다 눈 깜짝할 사이에 튀어올라 머리 위로 사라졌다.

"어쨌거나 신기한 생물입니다. 예를 하나 들자면, 몸체의 삼분의 일을 차지하고 있는 샌더슨 기관이라는 부분이 있어요. 그걸 발견한 지 15년이 지났는데도 무슨 기능을 하는 건지 아직 짐작조차 못하고 있다니까요! 아무리 좋게 생각하려고 해도 이상한 일이죠."

그리쉰이 머리를 흔들며 말했다.

그들은 다시 길을 떠났다. 테세우스가 그늘에서 벗어나 다시 사위가 밝아졌다. 뾰족뾰족한 산등성이의 검은 장막이 그들 앞으로 다가왔다. 거대하고 헐벗은 바위들이 아무런 예고도 없이 평원에서 곧장 솟아오른 모습이 달빛 아래 진열된 장식품을 보는 듯 비현실적인 느낌을 주었다.

"얼마 전까지 여기에 바닷물이 넘실댔다는 게 믿어지지 않는군."

도노반이 조용하게 말했다. 그리쉰이 말을 받았다.

"예. 바로 여기가 해안이었어요. 머지않은 곳에 강이 바다와 합쳐지는 지점이 있었죠. 사실 강이라기보다는 작은 개울 정도이긴 했지만 여기서 보면 아름다웠을 거예요. 부서지는 파도가 사방에서 바위를 때리고 하얀 거품이 해안 가장자리를 따라 일어도, 여기 한적한 강어귀는 평화로웠을 겁니다. 신기한 식물들이 해안가에서 자랐어요. 거대한 해면같이 생긴 것도 있었죠. 어떤 이유에서인지 이 행성의 생물들은 바다에서 얻은 형태를 그대로 유지하는 것 같은데, 여기 사방이 온갖 종류의 생명들로 가득 차 있었습니다."

"어떻게 그런 걸 알고 있어?"

브라텔리가 믿을 수 없다는 듯이 말했다.

"아르크투루스 5행성에서 온 해리슨과 함께 발굴 작업을 좀 했거든요."

도노반은 걸음을 멈추고 뒷짐을 진 채, 잠시 움직이지 않고 서 있었다. 깊은 정적 속에서 멀리 바람이 바위 사이에서 윙윙거리는 소리와 모래가 조용히 사각거리는 소리만이 들릴 뿐이었다. 그랬다. 그곳에서 부서지는 파도의 포말과 살랑살랑 흔들리는 잎사귀를 상상하기란 쉽지 않았다. 모래와 바위들을 빼놓고 무언가를 상상할 수 있을 성싶지도 않았다. 갑작스레 중앙에 있는 항성의 밝기가 증가하면서, 이

행성의 기후가 극적으로 변했지. 은하진화사에 흔히 있는 시시한 사건의 하나일 뿐.

도노반이 걸음을 옮기며 큰 소리로 말했다.

"그러고 보면 인간도 신기한 생물이야. 누가 24시간 전에 이곳에 지적 생명체가 있을지도 모른다고 했으면 우리는 흥분해서 제정신이 아니었을 게야. 이런 상황에서 시코르스키가 사라질 것이라고 어떻게든 알게 됐더라면 우리가 어떤 기분이었을지는 말할 필요도 없겠지. 그런데 우리는 지금 여기에 서서 아무 일도 없다는 듯 얘기를 하고 있어. 인간은 어떤 상황에나 적응할 수 있는 게 틀림없어."

그리쉰이 생각에 잠겨 말했다.

"뭔가 문제가 있어요. 보세요, 전 이 모든 상황이 너무 비현실적이라 우리가 사실로 받아들이지 못하는 게 아닌가 싶어요. 그렇지 않다면 우리는 아마 지금보다 훨씬 더 초조해 해야 될 겁니다. 아무도 입밖에 내지는 않지만, 속으로는 우리 아리애드나에서 이런 일이 발생할 리가 없으니 시코르스키가 무슨 장난을 꾸민 게 아닌가 생각한다고요. 하지만 이건 농담이 아니에요. 정신 차려요! 장난이 아니라고요!"

브라텔리가 그를 진정시키며 말했다.

"성질 내지 마, 그리쉰. 난 장난이라고는 절대 생각하지 않아. 그런데 시코르스키가 언제 장난치는 거 본 사람이라도 있어?"

버그만이 방금 떠오른 생각을 불쑥 던졌다.

"이론적으로는 가능합니다. 끝이 뭉툭하고 긴 작대기가 있다면, 걸으면서 자기 발자국에서 일정하게 떨어진 지점의 모래를 규칙적으로 파내기만 하면 되죠. 물론 이런 촘촘한 간격으로 오랫동안 작업하기란 무척 피곤한 일일——"

브라텔리가 고개를 들었다.

"세상에나, 시코르스키가 왜 그런 짓을 해? 우리를 이렇게 멀리 쫓아오게 하다니 장난으로 취급될 일이 아니잖아! 2, 3킬로미터 정도라면…… 봐 줄 수 있어! 하지만 이건——"

브라텔리가 서둘러 다른 가설을 냈다.

"도노반의 살이라도 빼 주고 싶었던 게 아니라면, 혹시 시코르스키가 갑자기 미친 건 아닐까? 내가 보기엔 최근에 좀 이상했는데."

그리쉰이 지친 듯 말했다.

"사소한 것 한 가지를 까먹고 있는데 말입니다. 버그만, 당신의 그 깜짝상자가 키틴질을 검출했다고 분명히 얘기했죠, 그렇지 않아요?"

버그만이 목을 길게 빼며 마지못한 듯 인정했다.

"맞아요. 사실입니다. 아주 희미한 흔적이었지만요. 또 모르죠, 시코르스키가……. 음…… 막대기 끝에 키틴질을 묻혔을지도."

그리쉰이 이의를 제기했다.

"그걸 어디서 구합니까? 지구에서? 시코르스키가 오래전에 이 장난을 계획했을 거라고요? 그가 지구에서부터 벌써 미쳐 있었다는 말인가요?"

버그만이 조그맣게 한숨을 쉬면서 말했다.

"당연히 그렇게 생각하면 말이 안 되죠. 시코르스키는 모래벼룩한테서 키틴질을 얻은 겁니다."

"그러자면 얼마나 많은 모래벼룩을 잡아야 되게요? 시코르스키가 한 마리라도 제대로 잡을 수 있을 것 같습니까? 그가 모래벼룩 잡는 걸 본 적이라도 있어요?"

버그만은 대답하지 않았다.

"됐어. 당연히 이 상황은 장난이 아니지. 처음부터 내가 그렇다고 했잖아."

브라텔리가 말했다. 그리고 잠시 뜸을 들인 후 말을 이었다.

"그런데 여러 가지 사항들에 대해 우리가 아직 아무 생각이 없다는 건 맞는 말 같아. 예를 들어, 그들을 잡으면 어떻게 할 건데?"

"그들?"

버그만이 웅얼거렸다.

"시코르스키와 그 짝 말이야. 그리쉰에 따르자면 '거대한 육지 절지동물.' 한번 상상을 해 봐. 저 앞에 갑자기 시코르스키와 옆에 있는 그…… 그게 보이는 거야. 도노반이 소상하게 설명해 준 대로 우리한 텐 무기도 없어. 그땐 우리 어떻게 하지?"

잠시 동안 어느 누구도 말을 하지 않았다. 브라텔리가 한 말의 충격이 생각보다 훨씬 컸다. 다들 자기도 모르게 멀리서 별들을 배경으로 어렴풋한 검은 그림자처럼 다가오는 거대한 돌덩어리와 바위기둥들을 바라보았다.

마침내 그리쉰이 입을 열었다.

"물론 상황은 그 존재가 지적 생명체냐 아니냐에 달렸습니다. 만약 그게……."

도노반이 그리쉰의 말을 잘랐다.

"여기서 잠시 잊고 있었던 질문을 하나 해야겠군. 그것이 지적 생명체가 아니라면, 시코르스키가 왜 그것…… 그놈? 하여튼 그것과 같이 갔는지 설명할 수 있는 사람 있나?"

버그만이 동의했다.

"그 말이 맞습니다. 우리가 다들 제정신이 아니다 보니 상황을 논리적으로 정리하지도 못했네요. 싸운 흔적은 전혀 없었습니다. 그리쉰, 아까 기지에서 뭔가 최면술 같은 걸 얘기했는데 설마 진지하게 생각하고 있는 건 아니겠죠? 그런가요?"

그리쉰은 됐다는 몸짓을 해 보이고는 도노반을 돌아봤다.

"그럼, 그게 지적 생명체라고 한다면 시코르스키가 왜 그것과 같이 갔는지 설명할 수 있나요?"

모두 서로를 흘깃거리며 눈치를 보는데 브라텔리가 입을 열었다.

"그건…… 에…… 어떤 종류의 접촉이 있었느냐에 따라 다르지."

그리쉰이 말을 쏟아냈다.

"당신 생각에는, 그 존재가 그냥 시코르스키한테 와서, '안녕하시오, 지구인! 우리 최고위원회가 큰 동굴에서 열리는 축제 만찬에 특별히 자네를 주빈으로 초대하니, 참석해서 자리를 빛내 주시게.' 뭐 그런 비스름한 얘기를 하니까 시코르스키가 넙죽 절을 하면서 '영광입니다.' 이러고는 사막으로 착착 행진해 갔단 말이군요?"

버그만이 딱딱거렸다.

"그 유머감각 참 부럽군요."

다시 브라텔리가 말했다.

"심각하게 한 번 보자고. 논리적으로 상황을 검토해 보면 그 존재가 어떤 방법을 썼던 간에 시코르스키가 자기를 따라오도록 만들었다는 걸 알 수 있어. 최면이나 그 비슷한 방식은 아닌 것 같으니 제외하고, 어떤 가능성이 남아 있지?"

버그만이 의견을 제시했다.

"지적 생명체는 전혀 아닌 겁니다. 그냥 간단하게 발생한 사건일 수도 있어요. 시코르스키가 사막을 산책하고 있는데, 갑자기 지금까지 한 번도 보지 못했던 이상하게 생긴 큰 동물이 기지 근처에서 어슬렁대고 있는 거예요. 어떤 이유로 해서 시코르스키는 그 동물이 흥미로운데다 절대 무해하다고 판단한 겁니다. 그래서 더 자세히 알아보려고 그 동물을 따라간 거죠."

"지금 장난해? 사람들이 현실을 회피하려고 꾸며 내는 판타지들을 보면 정말, 너무 판타지스러워서 걱정이라니까."

순간 브라텔리는 자신의 말재주에 감탄했지만, 다른 이들의 찬사를 받기에는 때가 적절치 않다는 것을 깨닫고 하던 얘기를 계속하기로 했다.

"음, 첫 번째로, 발자국으로 봤을 때 시코르스키가 그것의 뒤가 아니라 옆에서 나란히 걸어간 게 확실하잖아."

버그만이 머리를 저었다.

"이 발자국에서 우리가 유일하게 확신할 수 있는 건 시코르스키가 그것의 왼쪽에서 걸었다는 것뿐입니다. 나란히 걸었는지 뒤쳐져 걸었는지는 판별할 수 없어요."

브라텔리가 손을 내저으며 버그만의 반박을 외면했다.

"두 번째로, 이게 제일 중요한 문제이기도 한데, 도대체 시코르스키가 왜 아무한테도 말하지 않고 혼자 떠났을까? 왜 수십 킬로미터나 그걸 좇아서 사막으로 왔을까? 진짜 미친 짓이잖아!"

버그만도 지지 않았다.

"시코르스키가 동물을 만난 곳은 거의 기지에서 1킬로미터쯤 떨어진 곳이었습니다. 게다가 통신기를 가지고 있지도 않았죠. 시코르스키는 기지로 뛰어갔다 다시 돌아왔다 하는 사이에 그 동물이…… 음…… 모래 속에 숨거나 뭐 그런 방식으로 사라져 버리지 않을까 걱정했을 수도 있습니다. 그래서 그냥 1, 2킬로미터쯤 따라가 볼까 하고 갔다가 너무 열중해 버린 겁니다. 시간이 얼마나 됐는지도 잊어버리고 말이죠."

브라텔리가 말도 안 된다는 듯이 머리를 흔들었다.

"그 시코르스키가? 그러쉰, 시코르스키가 그렇게 동물학에 지대한 관심을 보인 적이 있었어? 예를 들어, 모래벼룩에 대한 얘기라도 한 적이 있냐고?"

"아뇨."

그리쉰이 짧게 대답했다. 그도 도노반도 한동안 말 없이 각자의 우울한 생각에 빠져 있던 차였다.

브라텔리가 쐐기를 박았다.

"시코르스키가 동물학적 열정 하나로 여기까지 올 사람이 아니라는 점만은 분명해."

아무도 그에게 반박하지 않았다. 그들은 한동안 묵묵히 걷기만 했다. 피로가 머릿속까지 파고들었다. 생각이 세부적인 내용을 상실한 채 조각조각 갈라져 하염없이 같은 곳을 맴돌았다.

그들은 산자락 초입에 펼쳐진 거대한 바위 사이로 난 미로 같은 길을 천천히 나아갔다. 출발지점으로 데려다 놓고 여기까지 제 힘으로 찾아오라면 금세 길을 잃었겠지만, 지금은 바위 사이 깜깜한 통로로 사라지는 가느다란 길 위에 쉼 없이 이어지는 두 줄의 발자국이 한 치의 망설임도 없이 그들을 동쪽으로 이끌고 있었다. 앞서 간 존재는 이 길을 샅샅이 알고 있는 게 틀림없었다.

한때는 화려했던 궁전의 폐허라도 되는 양 높은 절벽기둥들이 사방에 나타났다. 그리쉰은 언젠가 미술관에서 봤던 오래된 초현실주의 그림을 떠올렸다. 당장 중요한 일이기라도 한 것처럼 필사적으로 화가의 이름을 생각해 내려 했지만 소용이 없었다.

양쪽의 바위들이 위로 수십 미터씩 솟아오른 매끄러운 돌벽으로 바뀌었다. 그들은 돌벽 사이로 난, 옛날에 사라진 강의 밑바닥으로 보이는 좁은 협곡으로만 걸었다. 테세우스의 빛도 협곡 바닥에는 거의 닿지를 않아서 주변을 조금만 벗어나면 온통 어둠이었다. 탐조등 불빛 속에서 그들은 암석 파편들과 때로는 무릎까지 푹푹 빠지는 잘고 가벼운 자갈밭 사이로 고단한 몸을 끌며 나아갔다.

"땅이 이래서야 더 이상 추적을 할 수 없겠습니다."

버그만이 투덜거렸다.

"그렇지. 그들이 여기서 오른쪽이나 왼쪽 절벽으로 기어 올라갔을까 봐 걱정이로군, 그렇지 않아? 눈에 선하네. 우리의 절지동물 친구가 앞장을 서는 거야. 유리창을 기어오르는 파리처럼 말이야. 그러면 시코르스키가 그 뒷다리에 매달리는 거지."

브라텔리가 독살스럽게 말했다.

"그만 좀 해! 그렇게 재미있으면 혼자 즐기라고. 알아들었어?"

갑자기 도노반이 폭발했다. 브라텔리가 놀라서 그를 쳐다보았지만 달리 무슨 말을 하지는 않았다.

앞쪽으로부터 서서히 시계가 트이기 시작했다. 협곡이 끝나는 지점이 가까워지고 있었다.

아무도 소리 내어 말은 안 했지만, 무엇이 됐든 모종의 결정을 내려야 할 시점이라는 느낌이 일순간 모두를 엄습했다. 그들은 앞에 놓인 길이 곧 관통이 불가능한 산악 지대로 완전히 가로막히리라고 생각했다. 그들이 확인한 바로는 여태껏 멈추거나 쉰 적이 없는 시코르스키가 식량도 없이 더 멀리 갔으리라 상상하기도 쉽지 않았다. 무엇보다, 내키지 않기는 했지만 그들 스스로가 더 이상은 못 가겠다고 인정해야 할 것 같았다.

협곡이 끝나는 지점쯤에서는 두 바위벽이 너무 가까워져 협곡의 폭이 1미터 정도밖에 안 되는 데다 그나마 머리 위로 올라가면서는 두 벽이 서로 붙어 버렸다. 어떻게 보면 뾰족한 아치 모양으로 마감된 문처럼 보이기도 했다. 문 너머로 드넓은 공간이 펼쳐졌다.

네 사람은 아무 말 없이 속도를 늦췄다. 긴 여정으로 쌓인 피로는 어느새 사라졌다. 모두들 솟구쳐 오르는 기대감을 억누르려 애썼다.

맨 앞에 있던 버그만의 발밑에서 커다란 바위 덩어리가 무너지더니 우르릉거리는 소리를 내며 비탈을 굴러 내려갔다. 그 풀에 버그만이 넘어지면서 뾰족한 돌에라도 찔렸는지 끔찍한 비명을 지르며 몇 미터를 미끄러져 내렸다. 그는 엎드린 자세로 잠시 가만히 있더니 도와주겠다는 사람들에게 손사래를 치면서 힘겹게 일어섰다. 앞이마에 가느다란 핏줄기가 흘러내렸다.

버그만은 몇 발자국 앞에 떨어진 무거운 탐지기를 집어 들어 꼼꼼하게 살피면서 짜증스럽게 중얼거렸다.

"빌어먹을 땅 같으니. 아리스타르크보다 더 심해."

아무도 그의 말에 반응하지 않았다. 고개를 들어 보니 다들 그를 등지고 서서 꼼짝 않고 앞쪽을 바라보고 있었다.

버그만은 잠시 심호흡을 하면서 눈에 바짝 힘을 주었다. 그는 상상력이 뛰어난 부류의 인간이 아니었다. 일반적이고 잘 알려져 있으며 예측하기 쉬운 물건이나 상황을 좋아했다. 사실 지난 몇 시간 동안 일어난 일들은 정확하게 그의 취향에 반하는 것들이었다. 상사와의 사소한 마찰이든 아니면 치명적인 위험에 관련된 것이든 별난 사건들이란 언제나 골칫거리였다. 그가 마음 깊숙한 곳에서부터 시코르스키가 진짜로 지적 생명체를 만났을 가능성에 저항하는 이유가 바로 그 때문이었다. 또 그때 갑자기 사람들이 뭘 보고 있는지 알고 싶지 않다고 느낀 것도 그 때문이었다. 순간적으로 그는 어릴 때와 비슷한 흥분을 느꼈다. 눈을 꼭 감았다 뜨면 이 모든 것이 그저 한바탕 꿈이고, 자신은 고향같이 푸근한 기지 실험실의 잘 닦인 금속 광택 속에 돌아가 있을 것 같았다.

물론, 잠깐이었다. 그는 낮게 한숨을 쉬며 무얼 보게 되더라도 놀라지 않겠다는 심정으로 눈을 뜨고 주위를 둘러보았다.

눈앞에 거의 원형에 가까운 분지가 펼쳐졌다. 지름이 대략 2, 3킬로미터 정도 돼 보였고, 가장자리는 뾰족한 봉우리들이 솟아 있는 어두운 바위 장벽으로 둘러져 있었다. 분지 바닥은 자갈과 모래로 덮였다. 가장자리는 아래쪽으로 경사가 졌지만 가운데 부분은 거의 완벽하게 평평해서 거대한 자연산 원형극장 같은 인상을 주었다.

아래쪽 분지 바닥에는…… 아무것도 없었다. 조금 전 각오했던 것에 견줄 만한 이상하고 놀라운 일은 아무것도 없었다. 멋들어진 건물도 없고 괴물 같은 짐승 무리도 없었다. 돌과 모래와 바람을 제외하면 아무것도 없었다.

버그만은 약간 실망했다. 입 밖으로 말할 수는 없었지만 뭔가 속은 것 같고 배신당한 것 같았다. 긴 여정으로 인한 피로가 다시 고개를 들었다.

그러다 동료들이 여전히 한 방향을 주시하고 있다는 걸 깨달았다. 버그만은 눈에 힘을 주고 더 꼼꼼하게 살피기 시작했다.

분지 한가운데에 진짜 뭔가가 있었다. 황회색 모래로 덮인 지면에 검은 점이 하나 나 있었다.

버그만은 퍼뜩 망원경을 생각해 내고 등 뒤에 있는 상자에서 작은 망원경을 꺼냈다.

아니었다. 그 점은 분지 한가운데 누워 있는 시코르스키도 아니고, 그가 남긴 표식 같은 것도 아니었다. 시야에 잡히는 것이라곤 지름이 몇 미터 정도 되는 둥글고 검은 얼룩뿐이었다.

버그만은 망원경을 이리저리 조정하여 야간정찰 설정으로 맞추고 감광도도 최고로 높였다. 수용체가 어둠 속의 고양이 눈처럼 열리자 눈앞이 대낮처럼 환해졌다. 하지만 달리 더 보이는 것은 없어서 여전히 그 검은 얼룩이 무엇인지는 분간할 수가 없었다.

버그만은 아무 말 없이 망원경을 옆 사람에게 내밀었다. 한 사람씩 차례로 어깨를 으쓱하고는 머리를 흔들었다.

도노반이 망원경을 다시 건네받아 분지 전체를 샅샅이 뒤졌다. 그 희미한 자국, 당연하게도 멀리서는 무엇인지 분간할 수 없는 그 얼룩을 제외하면 시코르스키의 흔적은 고사하고 그 어떤 살아 있는 생명체의 흔적도 찾을 수 없었다.

　침묵 속에서 도노반이 발걸음을 떼자 다른 이들도 뒤를 따랐다. 더 이상 탐지기를 든 버그만을 앞세울 필요가 없었기 때문에 그들은 대충 무리지어 걸었다. 심지어 아무도 발밑의 모래를 보지 않았다. 논리적으로 설명하기는 어렵지만, 누구도 시코르스키의 발자국이 어디를 향하고 있을지 의심하지 않았다.

　지난한 행군이었다. 분지의 모래는 바깥의 사막보다 훨씬 고와서 무거운 부츠를 신은 발이 푹푹 빠졌다. 너무 느리게 나아가는 것 같아서 이따금 뛰어 보기도 했지만 몇 미터도 못 가서 숨을 헐떡이며 멈춰 섰다.

　어쩔 수 없이 도중에 휴식 시간을 가졌다. 그들은 고만고만한 사암 덩어리에 등을 기대고 심호흡을 했다. 그리쉰이 망원경을 빌려서 한동안 만지작거리더니 검은 얼룩 방향으로 한참을 바라보았다.

　"제 생각에는, 물 같습니다."

　그리쉰이 망원경을 내려놓으며 불쑥 말했다. 모두가 놀라서 그를 쳐다보았다.

　"물?"

　브라텔리가 도저히 믿을 수 없다는 듯이 외쳤다.

　"제 말은, 특정할 수 없는 액체가 바닥이 움푹 팬 곳에 고여 있는 것 같다는 뜻입니다. 거울처럼 반사된 테세우스의 모습과 바람에 물결이 이는 현상도 확인했습니다."

　그리쉰이 학자연하면서 약간 빈정거리는 투로 말했다.

　네 사람은 서로를 바라보았다. 누구도 이 여정의 끝에 무엇을 만나게 될지 장담할 수는 없었다. 모든 가능성에 대해 각오하고 있기는 했지만, 방금 들은 얘기만큼은 정말 아니었다.

　"발자국이 진짜 거기로 향하고 있나?"

브라텔리가 물었다.

"물론입니다. 우리 왼쪽으로 20미터쯤 떨어져 있는데, 곧장 거기로 향하고 있어요. 이 앞 어디쯤에서 방향을 틀면 모르겠지만요."

버그만이 그리쉰에게서 망원경을 받아 챙기며 말했다.

"통과할 수 없는 바위벽들이 사방을 꽉 막고 있어요."

그리쉰이 말했다.

"거기에도 우리가 지나온 것과 비슷한 통로가 있을지 모르잖아."

브라텔리가 반박했다.

버그만이 다시 선두에 자리를 잡았다. 왼쪽으로 방향을 틀자 금방 발자국과 다시 만나게 되었다. 바람이 거의 미치지 않는 이곳 분지에서는 발자국이 바깥의 사막에서보다 훨씬 선명하게 보였다. 발자국은 기지 근처에서 처음 시작될 때와 마찬가지로 마치 자로 잰 듯이 똑바로 나 있었다. 무거운 육상 부츠 자국 두 줄과 작고 둥근 흔적 두 줄.

몇백 미터를 걸어가자 발자국이 검은 얼룩으로 향하고 있는 것이 분명해졌다. 맨눈으로도 잔잔한 물결을 분간할 수 있게 되면서 그 얼룩이 어떤 액체의 표면이라는 것도 확실해졌다.

당장은 아무도 이에 대한 설명을 구하려 들지 않았다. 그들이 확실하게 이해하고 있는 한 가지는 이제 목적지이자 체력의 한계를 넘어선 행군의 끝, 모든 것을 설명하고 결정해야 할 장소에 곧 도착한다는 것뿐이었다. 그들은 탐지기 때문에 몸이 무거운 버그만을 제쳐 놓고 다시금 빠른 속도로 전진했다.

그리쉰과 도노반이 거의 동시에 일착으로 목표점에 도착했다. 이윽고 모두가 숨을 헐떡거리며 못가에 멈춰 섰다. 피로 때문에 눈앞이 캄캄했다. 조금 시간이 지나서야 겨우 주변을 명확하게 알아볼 수 있었다.

모래에 지름이 4미터쯤 되는 완벽한 원형의 구덩이가 나 있었다.

지면에서 30센티미터쯤 낮은 곳에서 투명한 액체의 표면이 테세우스의 빛을 받아 번득였다. 두 종류의 발자국이 그리쉰이 선 자리 가까운 곳에 나 있었다.

"조심해요! 발자국 밟겠어요!"

그리쉰이 소리를 치며 팔을 흔들어 버그만과 브라텔리를 겨우 막았다. 네 명의 사내는 발밑의 모래를 오래오래 쳐다보았다. 그들이 본 것이 의미하는 바는 딱 하나였지만 그들의 마음은 이를 납득하지 못하고 있었다.

두 종류의 발자국 모두 못가에서 끝났다. 발자국은 못 반대쪽에서도, 근처 어디에서도 다시 이어지지 않았다.

수면에 약간의 잔물결이 일었다. 저 멀리서 바위 사이를 지나는 바람의 포효 소리가 들렸다. 하늘은 맑았다. 아리애드나의 엷은 공기층에서 더 가깝고 선명하게 보이는 별들이 지평선에서 지평선까지 하늘을 온통 뒤덮고 있었다. 은하수가 머리 바로 위에서 차갑게 빛났다.

"이럴 리가 없어…… 이럴 리가……."

브라텔리가 작은 소리로 끝없이 되뇌었다.

딱 고장 난 로봇이로군. 도노반은 문득 생각했다.

그들은 나란히 무릎을 꿇고 앉아 아래를 내려다보았다. 갑자기 그리쉰은 어릴 때 오래된 책에서 봤던 그림을 떠올렸다. 이상한 옷을 입고 가느다란 가죽끈인지 대님인지를 다리에 감은 두 사람이 원시적인 나무들에 둘러싸인 어두운 샘 가에 무릎을 꿇고 있는 그림이었다. 구부러진 긴 지팡이가 근처 풀밭에 놓여 있었다. 그림의 제목이 분명, 신성한 샘과 뭐였는데? 여하튼 그 비슷한 것이었다. 그땐 신성한 샘이 정확하게 어떤 것인지 제대로 설명해 주는 사람이 없었다.

처음에는 잔물결이 이는 어두운 표면 말고는 아무것도 보이지 않았다. 도노반이 탐조등의 밝기를 최고 단계로 올렸다.

날카롭고 눈부신 하얀 빛이 그들의 눈에 똑바로 꽂혔다. 물기를 머금은 비명소리가 들렸다. 다들 펄쩍 뛰어올라 당황하며 눈을 비벼 댔다. 도노반이 곧장 탐조등을 껐다. 못은 다시 어둠 속에 던져졌다.

"그거 뭐였죠?"

브라텔리가 어리둥절해서 물었다.

"내가 보기엔 그냥 일상적인 거울반사야."

도노반이 침착하게 말했다. 그는 못가에 무릎을 꿇고 잠시 탐조등을 조작한 다음 다시 켰다. 이번에는 반사경이 약한 빛을 산란시켜 못을 채우고 있는 액체의 표면 아래쪽을 밝혔다. 별로 볼 만한 것이 없었다.

완벽하게 투명하고 절대적으로 맑은 액체에는 모래 한 알도 섞여 있지 않았다. 액체를 담고 있는 수직갱의 벽은 완벽한 곡선을 그리며 매끄럽게 빛을 반사했다. 갱은 대략 5, 6미터 정도 깊이였고 그 바닥은 약간 오목한 모양의 흠집 하나 없는 거울이었다.

거울은 탐조등의 불빛에 번득이며 빛을 반사했다. 오래전 밀랍박물관 같은 곳에 있던 요술거울처럼 우스꽝스럽게 변한 그들의 모습이 거울에 비쳐 보였다.

몇 초 만에 분석결과가 나왔다. 녹색 화면에는 딱 하나의 기호만 남았다.

"물, 증류수입니다."

버그만이 말했다. 그리고 곧 부연설명을 달았다.

"정확하게는, 지구에 알려진 물 중 가장 순수한 물을 대입하다 보니 증류수가 된다는 말입니다. 탐지기에 잡히는 오염물질이 전혀 없어요. 물론, 이게 그저 증류로만 정화가 된 건지 아니면 다른 방법으로 된 건지는 모릅니다. 어쨌거나, 목마르면 걱정 말고 그냥 드셔도 됩니다."

버그만은 자기가 보기에도 평소와 다르게 갈수록 말이 많아지고 있었다. 쉬지 않고 한도 끝도 없이 주절대다 보면 다시 못가에 모여 서서 말 없이 물을 바라봐야 하는 순간을 미룰 수 있지 않을까 싶었다.

"박테리아가 있을 수도 있지."

브라텔리가 반박했다. 하지만 평소의 호들갑은 어디로 가고 그저 아무 생각 없이 기계적으로 던지는 말투였다. 그리쉰이 어깨를 으쓱하고 몸을 숙이더니 손으로 물을 떠서 천천히 마셨다.

"진짜로 박테리아가 있을지도 모르는데……."

도노반이 웅얼거렸다.

"얼음처럼 차가워요."

그리쉰이 못 들은 척하며 말했다.

"맛은 어때?"

브라텔리가 물었다.

"세상 어디에나 있는 증류수 맛."

더 이상 할 말이 없었다. 쫓아보려 애썼던 침묵이 그 어느 때보다 끈덕지게 그들을 감쌌다.

"자, 뭐라도 말을 좀 해! 그들은 어디 있지? 어디로 간 거야?"

브리텔리가 마침내 폭발했다.

"그걸 알고 싶나?"

갑자기 도노반이 뭔가를 결심한 사람처럼 말했다. 그는 바닥에서 비둘기알만 한 크기의 납작하고 하얀 돌멩이를 집어 들어 조심스럽게 못가로 걸음을 옮겼다.

"뭘 하려는 거예요? 그거 위험한 거예요?"

브라텔리가 불안한 듯 물었다.

"그럴지도 모르지."

도노반이 무신경하게 대답했다. 그는 짧고 신속한 동작으로 돌멩이를 수면 한가운데에 던졌다.

예상 외로 큰 파열음에 대리석 바닥에 작은 금속조각을 떨어뜨린 것 같은 이상한 댕그랑 소리가 섞여 났다. 내가 잠깐 졸았나? 아니면 못이 소리를 왜곡하는 건가? 그도 아니면 돌을 물에 던지는 소리를 하도 오랫동안 들어 보질 못해서 그 소리를 잊고 있었던 건가? 그리쉰은 생각했다.

돌멩이는 좌우로 까딱거리며 투명한 물속으로 천천히 가라앉았다. 바닥으로 다가가자 가까워지는 돌멩이의 모습이 밑에서 위로 솟아오르는 것처럼 거울에 비쳐 보였다. 문득 그리쉰은 '물질과 반물질'을 떠올렸다. 그 둘이 만나면 소멸이 일어나지.

돌멩이가 거울에 비친 돌멩이와 닿았다. 눈 깜짝할 사이였다. 1초 후 거울은 이전과 다름없이 그지없이 매끄럽고 깨끗해졌다. 다만, 중앙에서부터 가장자리 쪽으로 무지갯빛 동심원들이 재빨리 퍼져 나갔을 뿐. 물 표면에 생기는 파문과 비슷했지만 훨씬 가늘고 규칙적이었다. 돌멩이는 간 데가 없었다.

버그만과 브라텔리가 기겁을 했다.

"이럴 거라는 걸 알고 있었어요?"

브라텔리가 도노반을 돌아보며 물었다. 도노반이 어깨를 으쓱했다.

"다른 가능성이 없잖아? 발자국 흔적을 보면 이리로 온 건 확실한데…… 여기에서…… 다른 데로 가진 않았어. 그렇다고 물에 녹아 버렸을 리도 없고."

"하늘로 솟았을 수도 있잖아요."

브라텔리가 툭 내뱉었다.

버그만은 다시 탐지기에 매달렸다. 갈수록 이상한 꿈처럼 느껴지는 이 현실에서 탐지기만이 유일하게 믿을 수 있는 정상적인 물건이었다. 그는 관 끝에 달린 반구를 못가에 남아 있는 시코르스키의 마지막 발자국 위에 한참 동안 갖다 댔다. 발자국은 놀랍도록 선명하게 보존되어 있었다.

"이곳에 움직이지 않고 십여 분쯤 서 있었어요. 그리고는…… 그리고는 뛰어들었어요."

버그만이 천천히 말했다.

"그럼…… 그 두 번째 존재…… 그게 먼저 뛰어들었나요, 아니면 나중에?"

한참 후에 그리쉰이 물었다.

"그건 알아낼 방법이 없습니다."

"시코르스키가…… 자진해서 저기로 들어갔다고 보는 건가?"

브라텔리가 그리쉰에게 물었다.

"그래요."

"정말로 시코르스키가…… 아니 그게 누구든, 스스로의 자유 의지로 저길 들어가는 인간이 있다고 진짜 생각하는 겁니까?"

갑자기 버그만이 버럭거렸다.

그들은 다시 어둡고 투명한 물속을 들여다보았다. 어깨를 들썩거리며 춥기라도 한 양 몸을 떨었다.

브라텔리가 마침내 입을 열었다.

"여전히 같은 문제네요. 만약 시코르스키가 여기까지 자발적으로 온 거라면……."

브라텔리가 버그만을 돌아보며 방금 떠오른 생각인 듯 질문을 툭 던졌다.

"저 아래에 있는 게 진짜 뭐라고 생각해?"

"쉽지 않은 질문입니다. 탐지기를 가지고 저 아래로 내려가 봐야 할지도……."

버그만은 갑자기 움찔했다. 그제야 다른 사람들이 자기 말을 심각하게 받아들일지도 모른다는 생각이 든 것이다.

"그것보다, 탐지기 자체를 물에 담글 수는 없어요. 이걸 만들 때 이런 경우를 예상하지는 못했을 겁니다. 원거리 탐침 방법을 써야 하는데, 시간이 걸리는 데다 신뢰성도 많이 떨어진다는 게 걸리네요."

버그만이 안도의 표정을 숨기지 못하며 말했다.

브라텔리가 초조하게 입술을 실룩거리더니 몇 발자국을 움직여 가장 가까운 데 있는 돌덩어리를 끙끙거리며 들어 올렸다. 그는 몇 번씩 쉬어 가며 돌덩어리를 끌고 와서는, 못에 굴려 넣었다.

물이 하늘 높이 튀어 올라 얼음처럼 차가운 소나기를 뿌렸다. 도노반의 탐조등 불빛 아래로 돌덩어리가 수면 아래의 매끄러운 벽에 부딪쳤다가 구름 같은 공기방울을 끌며 떨어지는 것이 보였다.

모든 일이 순식간에 일어나는 바람에 뭔가를 새로 발견할 틈도 없었다.

돌덩어리는 조금 전에 도노반이 던진 돌멩이와 마찬가지로 거울바닥을 통과했다. 거울 표면은 깨지지도 요동치지도 않았고, 심지어 미동조차 하지 않았다. 그저 전보다 더 다채롭고 넓은 무지갯빛 동심원이 퍼져 나갈 뿐. 동심원은 순식간에 사라졌고, 모래 위에 남은 돌덩어리 눌린 자국과 차츰 잦아드는 수면의 물결도 돌덩어리와 같은 신세가 되었다.

네 명의 사내는 최면에라도 걸린 양 계속 아래를 내려다보았다.

"이제 어떤 것 같아?"

브라텔리가 버그만에게 물었다. 버그만이 어깨를 으쓱했다.

"어떤 액체의 표면 같은데…… 물이 아니라 다른 액체, 수은 같은 거 말입니다."

브라텔리가 곰곰이 생각하며 말했다.

180

"이게 혹시 지하 공간으로 들어가지 못하도록 막는 일종의 안전 차단장치 같은 거 아닐까? 우리 기준으로 보면 아주 이상한 차단장치이긴 하지만…… 뭔가 그들대로의 사정이 있겠지."

"이 아래에 어떤 문명이 온전하게 존재한다는 뜻인가? 땅 밑 지하 터널에 상당한 수준의 문명이 숨겨져 있고, 이게 지상으로 통하는 일종의 출구라고?"

도노반이 물었다.

"생각나는 다른 가능성이 있어요?"

브라텔리가 약간 놀랐다는 듯 반문했다.

"브라텔리 말이 맞습니다. 다른 가설을 생각해 내기도 어려워요. 적어도 여기 온 게 전혀 소득 없는 일은 아니었다고 할 수 있겠군요. 우리는 인류가 지금껏 보지 못했던, 첫 지적 절지동물을 찾아냈어요. 좋아하실지는 모르겠지만, 우린 교과서에도 실릴 겁니다."

그리쉰의 어조로 보건대, 그는 교과서 건을 별로 탐탁해 하지 않는 듯했다.

"실려도 당신이 주로 실리겠지. 공식적으로 그들을 설명하거나 뭐 그런 것도 그렇고. 당신이 이 일과 관련된 모든 사항을 다 정리해야 될 기야."

브라텔리가 논평하듯 한마디 하더니, 잠시 후 경멸이 묻어나는 투로 말했다.

"지적인 절지동물이라니! 지금까지 지적인 조류와 지적인 파충류, 심지어 네레이다에서는 지적인 두족류까지 만났는데, 지적인 절지동물이라고 해서 안 될 게 뭐가 있겠어? 유일한 문제는, 이 소위 지적 생명체들 모두가 우리와는 비교가 안 된다는 것뿐이지. 적어도 기술력에서는 말이야. 뭐 우리끼리 얘기지만, 우리가 걔네들한테서 배운 게 뭐가 있어? 쓸 만한 거라곤……."

브라텔리가 손을 내저었다.

"그래도, 이상하군. 그렇게 혹독한 기후 변화에도 살아남았는데 왜 아직 지하에 숨어 있는 걸까? 누구한테서? 또 무엇한테서?"

브라텔리의 일장연설에 반응도 없이, 도노반이 딴생각에 잠겨 말했다.

"그때부터 행성 전체가 곤충 껍질처럼 건조해졌어요. 혹시 지하에 마지막 남은 물과 좀 더 살기 좋은 미세기후를 보존하고 있는 건 아닐까요?"

그리쉰이 제 의견을 말했다.

"과학기술을 가진 문명이라면 더 나은 해법을 찾았을 거야."

도노반이 반박했다.

"그들의 과학기술이 그다지 고등하지 않을 수도 있죠."

그리쉰은 어깨를 으쓱했다. 그가 고갯짓으로 못을 가리키며 말했다.

"이 정도에는 고도로 숙련된 과학기술이 필요하지 않아요. 어쩌면 아주 소수만이 살아남았을 수도 있고요. 아니면 과거부터 지하에서 살아왔기 때문에 아주 익숙해진 것일지도 모르죠. 지하생활에 만족했을 수도 있어요. 따지자면 수천 가지의 이유를 댈 수 있습니다. 저는 더 이상 거기에는 관심이 없어요. 도노반, 지금 제가 알고 싶은 것은 딱 한 가지입니다. 시코르스키는 대체 어떻게 된 걸까요?"

한참 동안 아무도 대답하지 않았다.

"명확하잖아, 안 그래?"

마침내 브라텔리가 예의 그 싸우자는 투로 입을 열었다. 그는 주먹 쥔 오른손의 엄지손가락을 펴서 아래쪽으로 돌려 못을 가리켰다. 그리쉰은 이 유서 깊은 로마식 손동작이 우연한 것인지 아니면 의도적인 것인지 궁금해졌다.

"물론."

도노반이 잠깐 머뭇거리다가 동의했다.

"하지만 먼저 저 아래에 뭐가 있는지 좀 더 알아봐야 해. 자네가 활약해야 될 시점인 거 같은데, 그렇지 않나, 버그만?"

도노반이 버그만을 돌아보며 평소보다 좀 날카로운 투로 말했다.

버그만이 뭔가 중얼거리면서 못가에 놓여 있는 탐지기 옆에 무릎을 꿇었다. 이번에는 기계장치를 조율하는 데 상당한 시간이 걸렸다. 한참 만에 상자의 윗면이 열리면서 어떤 기괴한 식물이 싹을 틔우는 것처럼 네 개의 기다란 금속 실린더가 튀어나왔다. 그중 하나에는 조그만 파라볼라 안테나가 달렸고 다른 하나에는 속이 빈 금속 반구가 달렸다. 나머지 두 개에는 섬세한 금속 철망이 달려 있었다. 잠시 후에는 상자의 앞면도 열렸는데, 버그만이 지금까지 들여다보던 것보다 훨씬 큰 화면이 녹색으로 불을 밝히고 있었다. 황록색의 물결과 그래프들이 화면에서 반짝거렸다. 그래도 버그만은 작업을 멈추지 않았다. 그는 화면 아래쪽에 달린 작은 조정판과 단추들을 조작하면서 그래프의 움직임을 주시했다.

"50가지나 되는 장치를 하나로 통합하려고 하니까 이렇게 되지. 어느 것 하나 제대로 작동하는 게 없어."

버그만이 으르렁거렸다. 마침내 화면에서 물결무늬들이 사라지고 녹색 불빛만 남았다.

"이제 시작해도 됩니다. 다들 저 아래쪽 액체의 정체가 제일 궁금한 거죠, 그렇지 않아요?"

버그만이 일어서며 말했다. 도노반이 고개를 끄덕였다.

"물론, 그 성분과 깊이지. 만약 그 아래에 뭐가 있는지도 명확하게 파악해 줄 수 있다면 더 기쁠 거야."

"이런 일에 시간을 낭비할 필요가 정말 있는 걸까요? 시코르스키가 바로 저길 통과해서 사라진 마당에……"

브라텔리가 말했다. 그러자 그리쉰이 음침하게 물었다.

"시코르스키가 저걸 무사히 통과했는지 어떻게 압니까? 잠시 후에 우리도 그러겠지만, 시코르스키는 그저 뛰어든 것뿐이에요. 그 뒤에 어떻게 됐는지는 모르는 거죠. 이 액체나 이…… 차단장치나 그 아래에 있는 뭐든 간에, 그 존재들한테는 절대적으로 무해할지 몰라도 인간에게는…… 그들이 절지동물이란 걸 잊지 말아요! 아마 척추동물이 이 행성에 살았던 적은 없을 겁니다. 그들이 우리에 대해서 뭘 알겠어요? 게다가 이게 덫일 가능성도 있고요."

"뭐? 덫? 무슨 말이야?"

브라텔리가 흥분해서 소리를 질렀다. 그리쉰이 성마르게 되쏘았다.

"말 그대로, 덫이라고요. 놈들이 열심히 동물학 표본을 모으고 있는데, 수집품 중에 척추동물 하나가 빠져 있는 건지도 모르잖아요."

브라텔리의 혀끝에서 뭔가 신랄한 답변이 나가려는 찰나, 버그만이 갑작스레 고함을 질렀다. 모두가 그를 홱 돌아보았다. 버그만이 탐지기 앞에 무릎을 꿇은 채 완전히 경악한 표정으로 빈 화면을 뚫어지게 쳐다보고 있었다.

"미안해요. 하…… 하지만 나 아무래도 완전히 미쳤나 봐요."

버그만이 손으로 이마를 훔치며 중얼거렸다. 도노반이 큰 소리로 그를 불렀다.

"이봐, 버그만! 정신 차려. 이 말도 안 되는 기괴한 상황에 신물이 나는 건 모두 마찬가지라고. 하지만…… 무슨 문제야? 그 골칫덩이 기계에 무슨 문제라도 있는 거야?"

버그만이 일어서서 숨을 깊이 들이쉬더니 조용하게 말했다.

"죄송합니다. 저는…… 원거리 측정 결과에 좀 놀랐을 뿐입니다."

모두들 침묵하며 그를 바라보았다. 버그만이 또 손으로 이마를 훔치며 말했다.

"저 아래는…… 전혀 액체가 아니에요."

"뭐라고? 그럼 대체 뭐야?"

브라텔리가 믿을 수 없다는 듯이 외쳤다.

"저도 뭐가 있는지 전혀 모르겠어요. 엄밀하게 말하자면, 저기엔 아무것도 없습니다."

도노반과 그리쉰, 브라텔리는 신경질적으로 서로에게 눈길을 던졌다. 도노반이 버그만에게 다가가 어깨를 붙잡고 격하게 흔들었다.

"버그만! 대체 무슨 일이야? 사리에 맞는 말을 해!"

버그만은 안절부절 조바심을 내면서 도노반의 손을 뿌리쳤다.

"다들 내가 바보라도 된 양 그렇게들 보지 마세요! 내 말을 못 믿겠다면 저 빌어먹을 기계랑 직접 놀아 보라고요!"

버그만은 약한 녹색 빛을 내면서 여전히 비어 있는 탐지기의 화면을 가리켰다.

"실제로, 아주 간단한 얘깁니다. 모든 전파대역을 써 봤는데도 반사파를 잡아내는 데 영겁의 시간이 걸리는 거죠. 이 측정의 경우에는 십 분 이상이라는 얘기지만, 실질적으로는 같은 뜻입니다. 각자 계산이 가능하겠지만, 달리 표현하면 이 구멍의 깊이가 1억 킬로미터라는 얘기입니다. 최소한 말이에요. 이상하다고 생각하는 사람 있으면 누구라도 나와서 직접 한번 측정해 보시죠!"

브라텔리는 숨이 가빠졌다. 그리쉰이 탐지기 가까이 다가가 화면을 들여다보며 침착하게 말했다.

"버그만, 약간 더 보태야겠어요. 최소 2억 킬로미터는 돼요. 반사파가 아직도 돌아오지 않았어요."

"이 불쌍한 녀석의 한계치는 3억 킬로미터밖에 안 됩니다. 정확하게 측정하려 해 봤자 그 이상으로는 의미가 없습니다."

버그만이 내뱉듯이 말했다. 브라텔리가 신음했다.

"이 구멍이 행성을 관통한다고 주장하는 거야? 이건······."

"전 아무것도 주장하지 않았습니다. 원거리 측정 결과를 전달한 것뿐이라고요."

버그만이 쏘아붙였다.

"화는 내지 말게, 버그만. 하지만······ 나한테는 기계 고장이라는 가설이 조금 더 근거가 있어 보이는군."

도노반이 조심스럽게 말했다.

버그만은 어깨를 으쓱했다. 그가 기계장치 위로 몸을 숙이고 잠시 뭔가를 조정하고 나니 실린더 끝의 안테나들이 가까운 산등성이를 향했다. 물결무늬와 그래프들이 화면에 잔뜩 나타났다. 그러고는 천천히 안정화되면서 하나의 복잡한 형체로 고정되었다.

버그만이 기계에서 나오는 소리 같은 건조한 어조로 읊기 시작했다.

"거리는 2,650미터, 구성 성분은 규소 28.2퍼센트, 산소······."

도노반이 피곤한 목소리로 그를 막았다.

"그만. 좋아, 자네가 옳아. 기계는 이상 없어. 자네 전공을 건드렸군. 자, 흥분을 가라앉히고, 이 상황이 어떤 의미인지 차분하게 설명해 줄 수 있겠나?"

"아뇨, 못 합니다."

버그만이 즉시 쏘아붙였지만, 이내 훨씬 차분해졌다.

"말씀을 드리자면, 저도 진짜 모르겠습니다. 좀 더 정확하게 말씀드리자면, 제 이해 범위를 벗어난 일입니다. 설사 이 구멍이 진짜로 행성을 통째로 관통하고 있다는 미친 얘기를 받아들인다 하더라도······ 그렇더라도 불가능하거든요. 3억 킬로미터 떨어진 곳에서 행성 간 공간을 원거리 측정한다고 치면, 그렇게 넓은 영역에서는 아무리 최소로 잡더라도 운석과 미소운석들이 수없이 나올 수밖에 없습니다. 이 행성계가 얼마나 지저분한지 알아요? 이 탐지기는 모든 것을 기록한다고요……. 이걸 보세요."

버그만이 다시 기계장치를 조작하더니 안테나를 위로 돌렸다. 화면은 어두워졌지만 놀란 반딧불이 떼처럼 끊임없이 불빛이 나타났다가 사라졌다.

"미소운석들입니다. 이 행성 반대쪽도 이와 똑같이 나와야 됩니다. 당연하죠. 하지만 탐지기에는 그런 게 없다고 나온다고요. 전혀 없다니까요!"

브라텔리가 양팔을 뻗으며 말했다.

"이거 봐, 이러면 어때? 기본적으로 우리가 사용하는 전파대역은 절대 통과할 수 없는 층이 하나 있는 거야. 그게 그렇게 불가능한 일인가?"

버그만이 고개를 흔들었다.

"그렇게 간단한 문제가 아닙니다. 저 아래 거울 표면은 가시광선은 반사하고 나머지 다른 전파대역은 모두 통과시키고 있습니다. 그 거울 표면 아래에 모든 전파를 흡수하는 특수한 물질층이 있다 해도, 아주 적은 부분은 반사돼서 우리에게 정보를 줘야 됩니다. 그런데 지금은 물 말고는 아무것도 없는 것처럼 보입니다."

버그만이 입술 끝으로 힘없이 우유을 흘렸다.

"그리곤…… 통로도 없이 바로 공백, 절대적인 공백뿐입니다. 그래요. 미친 소리 같겠지만, 그런 것 같습니다."

버그만이 천천히 마지못한 듯 고개를 끄덕였다.

그들은 못가에 꼼짝없이 둘러서서 다시 얼마간 침묵에 빠져들었다. 테세우스가 서쪽으로 기울어 점점 길어지는 산 그림자가 분지 바닥 위로 드리워졌다. 그리쉰은 동쪽에서 새벽의 첫 기척을 본 듯했지만 이내 잘못 본 것이 틀림없다고 생각했다. 아직은 너무 일렀다.

갑자기 버그만의 머릿속에 뭔가가 떠올랐다.

"할 수 있는 일이 한 가지 더 있습니다. 옆쪽에서 살펴보는 겁니다."

그리쉰과 브라텔리가 멍하니 그를 바라보았다.

"저 불쌍한 기계에 깊이측정기도 있는 거야?"

도노반이 물었다. 버그만이 고개를 끄덕였다.

"제대로 작동하지 않을 확률이 백퍼센트이긴 하지만, 50가지나 되는 장치들이 저 상자 안에 쟁여져 있다고 말했잖아요. 시도는 해보겠지만, 각도가 충분히 커야 될 것 같습니다."

"대체 무슨 소리야?"

브라텔리가 물었다.

"깊이측정기는 구성물질에 상관없이 어떤 물질이라도 투과할 수 있어. 너무 두껍지만 않으면 어떤 층이든 투과해서 원거리 측정을 할 수 있는 거지. 깊이측정기를 거울면 아래쪽을 비추도록 비스듬하게 설치해서 전파를 잡아먹는다는 그 알 수 없는 층을 피해 보자는 거야. 진짜 그런 층이 있다면 말이지. 기계를 가지고 아래로 깊이 들어갈 수 있어야 해. 깊이 들어가면 갈수록 더 좋지. 기계와 못 바닥 사이의 두께가 얇을수록 광선의 각도가 더 넓어지니까."

그리쉰이 방호복에 숨겨져 있는 주머니에서 30센티미터쯤 되는 기다란 파이프 하나를 꺼냈다.

"혹시나 해서 이걸 가지고 다녔어요. 말하자면, 토착 절지동물의 화석층을 발견할 때를 대비해서죠. 살아 있는 생물은 기대도 안 했고요."

"잘 됐다!"

버그만이 펄쩍 뛰며 기뻐했다. 그는 못에서 몇 걸음 떨어진 곳에서 그리쉰에게서 받은 파이프의 한쪽 끝을 땅에 들이댔다. 다른 사람들은 재빨리 한쪽으로 비켜나 손으로 귀를 막고 돌아섰다. 고막을 찢을 듯 엄청난 고주파음이 들리면서 버그만은 거대한 먼지 구름에 휩싸였다. 초음파가 모래를 파쇄해서 고운 먼지로 만들면 파이프 한쪽의 강력한 공기 흡입장치가 이를 빨아들여 다른 쪽으로 뿜어냈다. 의사소통이 전혀 불가능한 상태로 이십 분쯤 지나자 마침내 고주파음이 그치고 먼지도 그쳤다. 버그만의 발 아래로 검은 구덩이가 가장자리가 들쭉날쭉한 넓은 깔때기 같은 입을 벌리고 있었다. 그리쉰은 무의식적으로 가까이 있는 둥근 못의 기하학적 완벽함을 떠올렸다. 만약 그 생명체가 이것으로 우리의 수준을 판단한다면 참…… 그는 우울하게 그 아이러니를 생각했다.

버그만이 경사진 구덩이의 벽면을 따라 계단을 내면서 잠깐씩 불쾌한 소음이 일었다. 마침내 버그만이 탐지기를 들고 구덩이로 내려가며 중얼거렸다.

"이게 우리에겐 마지막 기회예요."

"그 후엔, 처음부터 했어야 할 일을 마침내 하게 되겠지!"

브라텔리가 어두운 물을 가리키며 말했다. 아무도 그에 답하지 않았다. 버그만은 낑낑거리며 구덩이의 바닥으로 기어 내려갔다. 한동안 기계장치가 삑삑거리는 불규칙한 소리와 버그만이 내뱉는 욕지거리가 아래에서 들려왔다. 그러다 갑자기 모두 소리가 사라졌다. 한참 후에 버그만의 머리가 구덩이 위로 불쑥 나타났다.

"저기에 돌을 한 번 더 던져 주십시오. 작은 것보단 큰 걸로요."

버그만은 부자연스럽도록 낮고 단조로운 목소리로 말했다.

도노반과 그리쉰이 옮길 수 있는 한 가장 큰 돌덩어리를 골라 못가로 굴렸다. 물보라가 다시 튀어올랐다. 돌덩어리가 가라앉다가 거울 바닥에서 사라지고 무지갯빛 동심원이 퍼져 가는 것이 또 보였다.

구덩이 안에서는 오랜 침묵이 계속되었다. 마침내 모습을 드러낸 버그만은 탐지기를 아무렇게나 옆으로 던져 놓고 모래 위에 주저앉았다. 그는 손으로 머리를 감싼 채 아무 말도 하지 않았다.

사람들은 그에게 다가가 그저 피곤하고 창백한 얼굴을 바라볼 뿐, 아무것도 묻지 않았다. 그들은 기다렸다. 마침내 버그만이 여전히 낮고 단조로운 목소리로 입을 열었다.

"저…… 전 포기하겠습니다. 손들었어요. 전 빠질래요. 전 그저 삼류 기술자, 딱 그 정도일 뿐입니다. 기계류 관리하고, 자동장치들 입력하고…… 제가 잘하는 일은 그뿐이에요. 여기 이런 일에는…… 자연법칙이 통하지 않는 곳에서 전 아무 쓸모가 없어요."

버그만이 절망적으로 머리를 흔들었다.

"그럴 거면 그냥 집에나 있지 그랬어요?"

그리쉰이 격렬하게 화를 내며 말했다. 도노반이 그를 조심스럽게 밀치고 버그만 곁에 앉았다. 그는 부드럽게 말했다.

"이봐, 버그만. 나는 자네가 어떤 얘기를 꺼내든 지금보다 더 놀랄 만한 상황은 상상을 못 하겠어. 내가 보기에 우리는 더 이상 어떤 것에도 놀라지 않을 것 같거든. 그 2억 킬로미터짜리 수직갱 이후로는 말이야."

"2억 킬로미터라구요?!"

버그만이 뜬금없이 웃었다. 히스테리가 분명한 웃음소리였다.

"미쳤습니까? 저 못은 깊이가 587.2센티미터예요. 1밀리미터 오차도 없이! 제가 전엔 뭔가 다른 얘기를 했나요? 잊어버리세요! 587.2센티미터, 그게 다예요!"

"그 아래는?"

브라텔리가 잘 모르겠다는 듯이 물었다.

"물론 모래지요. 여기 주변과 완벽하게 똑같은 정상적인 모래층. 누구 다른 질문 있어요?"

세 사람은 혼란스러운 눈으로 버그만을 바라보다가 또 서로를 쳐다보았다.

"하지만…… 우리가 던진 그 돌덩어리는 어떻게 된 거지? 화면으로 봤을 거 아냐?"

도노반이 물었다.

"돌덩어리는…… 없습니다!"

버그만이 다시 폭발했다.

"없어졌어요! 그냥 사라져 버렸다고요! 제 눈으로 똑똑히 봤습니다! 저 빌어먹을 구멍 바닥으로 떨어지더니…….

그는 휘파람을 휙 불면서 손으로 알 수 없는 동작을 취했다.

"사라졌습니다! 원래 없는 거였어요! 허깨비가 틀림없어요……. 여기 있는 모든 것처럼…… 여기 있는 우리들처럼!"

버그만은 팔을 되는 대로 벌린 채 얼굴을 모래에 묻고 엎드렸다. 도노반이 그리쉰을 보면서 티 나지 않게 눈짓을 했다. 그리쉰도 똑같이 조용히 머리를 끄덕였다. 그리쉰이 버그만의 오른손을 꽉 잡더니 다른 손으로는 어디선가 짧은 금속관을 꺼내 버그만의 손에 대고 눌렀다. 짧고 날카롭게 쉭쉭거리는 소리가 들렸다. 피하주사 바늘을 대체하는 가는 압축공기파가 작은 금속관에서 튀어나와 고통 없이 버그민의 피부를 찔렀다. 버그만은 거의 즉시 진정되었지만 여전히 충격에 휩싸인 듯 보였다. 그는 일어나 앉아 팔로 무릎을 꽉 껴안은 채 부루퉁한 얼굴로 앞쪽을 응시했다.

도노반은 못으로 다가가 탐조등을 켜고 한동안 꼼짝 않고 아래를 내려다보았다. 그리고 그리쉰과 브라텔리를 바라보며 말했다.

"돌덩이를 던져! 계속! 적어도 2분마다 하나씩!"

도노반은 답을 기다리지도 않고 내팽개쳐진 탐지기를 주워 들고 버그만이 만들어 놓은 구덩이 속으로 사라졌다.

브라텔리는 뭔가 반박하고 싶었지만 이내 마음을 바꾸고는 피곤하

다는 듯 손을 흔들었다. 브라텔리와 그리쉰이 말없이 돌덩이를 하나
씩 못으로 밀어 넣었다. 물벼락이 튈 때마다 기계적으로 몸을 웅크렸
다가 다음 돌덩이를 향해 달려가는 식이었다.

20분쯤 지나자 도노반이 천천히 구덩이에서 나왔다. 찡그린 눈썹
과 꽉 다문 입술을 한 그의 얼굴에서는 아무것도 읽을 수 없었지만,
그리쉰과 브라텔리는 사령관의 느린 움직임에서 발산되는 긴장과 내
적 에너지를 느낄 수 있었다. 도노반은 조금 전에 버그만이 그랬던 것
처럼 질문에 아무 답을 하지 않았다. 그는 못으로 다가가 한쪽 주머니
에서 푸른빛을 내는 눈금자가 달린 납작하고 검은 판을 꺼냈다.

"돌덩이를 하나 더 부탁해. 이게 마지막이 되면 정말 좋겠군."

도노반이 어깨 너머로 말했다. 이번에는 둘이 신속하고 정확하게
그 요청에 답했다. 도노반은 물이 튈 때를 대비해 기기를 손으로 덮고
물 위로 몸을 숙인 채 돌덩어리가 거울 바닥에 닿기를 기다렸다. 역시
넓은 무지갯빛 원들이 퍼져 나갔다. 도노반을 주시하고 있던 브라텔
리와 그리쉰은 기기의 바늘이 눈금자의 반 정도까지 풀쩍 뛰었다가
즉시 제자리로 돌아오는 것을 보았다.

도노반이 고맙다는 듯 휘파람을 불었다. 그러더니 팔짱을 끼고 서
서 다시 오랜 침묵에 빠져들었다. 시코르스키도 분명 도노반처럼 저
곳에 한참 서 있었을 거라는 생각이 그리쉰의 머리를 스쳤다.

그때 도노반이 조용히 딱 한 마디를 내뱉었다.

"하이퍼스페이스."

그는 뭐가 뭔지 모르겠다는 브라텔리와 그리쉰의 눈빛을 보고 한
마디를 더 추가했다.

"타르노프스키의 하이퍼스페이스."

"그렇지만 말이 안 돼요! 타르노프스키 이론은 벌써 옛날에 우드하
우스한테 박살이 났잖아요!"

브라텔리가 소리쳤다.

도노반이 어깨를 으쓱했다.

"세계적으로 알려진 석학도 틀릴 수 있어, 브라텔리. 나 개인적으로는 타르노프스키가 옳다고 계속 생각해 왔지. 여기 증거가 있네."

도노반은 못을 가리키며 침착하게 말했다.

얼굴이 창백했지만 용케 통제력을 잃지 않은 브라텔리가 자리에서 일어나 그리쉰 곁에 가 섰다.

"도대체 무슨 일이 진행되고 있는지 우리 같은 문외한들이 알아먹게 좀 친절하게 설명해 주시면 좋겠는데요?"

브라텔리가 도노반을 향해 말했다. 도노반이 심호흡을 했다.

"그걸 일일이 설명하자면 두 시간은 족히 걸리는 데다 어디 공식을 적을 데도 있어야 돼. 기지에 돌아가면 시간은 충분히 많을 걸세. 중요한 건 우리 앞에 있는 이 구멍이 일종의 터널이라는 거야."

"어디로 통하는 터널요?"

"알 수 없지. 아주 멀고, 완전히 다른 어떤 곳. 다른 행성이라는 건 의심의 여지가 없지만, 그게 가장 가까운 행성계일 수도 있고, 우리 은하의 반대쪽에 있을 수도 있고, 아니면 십억 광년 떨어진 다른 은하일 수도 있지. 또는 끝없이 멀어지면서도 시간적으로는 아주 가까운 평행 우주의 하나일 수도 있어. 그렇지 않으면 시간적으로 우리 이전이거나 이후의 세계, 즉 과거이거나 미래일 수도 있고. 타르노프스키의 오차원 하이퍼스페이스에서는 이 모든 것이 가능해. 그 외에 다른 가능성들도 많아. 그리고 우리 앞에 놓인 이 구멍이 바로 그 하이퍼스페이스 터널이고."

"어떻게 그렇게 확신할 수 있죠?"

그리쉰이 조용히 물었다.

"타르노프스키의 이론에 따르면 물질이 삼차원 공간에서 하이퍼스페이스를 지날 때는 세타 입자가 반드시 발생하게 돼 있어. 내가 방금 확인한 것이 그거라네."

"그렇다면 이 구멍의 깊이가 실제로는 2억 킬로미터 이상이라는 건데…… 제가 반사파를 잡아내지 못한 이유가 그거로군요."

버그만이 천천히 말했다.

"아냐, 음…… 약간 좀 어려운 문제야. 외부의 관찰자가 볼 때 터널의 길이는 심지어 백만 광년이 될 수도 있어. 우리 삼차원 공간에 있는 관찰자에게는 말이지. 하지만 하이퍼스페이스를 통과하는 관찰자가 내부에서 볼 때는 겨우 몇 미터 정도밖에 안 될 수도 있어. 그렇지 않으면 이동하는 객체가 충격에 의해 심각한 발작을 일으키게 될 텐데, 이 터널은 살아 있는 생명체를 이동시키는 데 쓰이는 게 분명하거든. 터널로 보낸 신호는 거의 즉각적으로 반사돼서 돌아와야 해. 그런 일이 발생하지 않는 경우라면, 그건 이 터널이…… 이방성(異方性)[1]
…… 이방성인 거야……"

도노반도 그제야 그 사실을 깨달은 듯했다. 잠시 후에 그는 약간 달라진 목소리로 말을 이었다.

"터널이 이방성이라는 말은 어떤 물질 원소, 심지어 전자기적인 파동의 이동도 한 방향으로만 가능하다는 뜻이고, 이 경우엔 우리 쪽에서…… 그쪽으로지."

"그럴 리가 없어요. 그는…… 그 생명체가 먼저 그쪽에서 이쪽으로 왔잖아요."

그리쉰이 반론을 제기했다.

"이 근방 어딘가에 다른 방향으로 작동하는 터널이 하나 더 있을지도 몰라. 아니면, 이게 더 가능성이 높겠지만, 터널 하나를 T-장이

---

1) 물체의 물리적 성질이 방향에 따라 다른 성질을 나타내는 현상.

라고 부르는 타르노프스키 극의 극성을 필요에 따라 바꾸는 걸 수도 있고. 그러면 터널이 한 방향 또는 다른 방향으로 통과하도록 바뀌는 거야."

"그렇게 하이퍼스페이스 물리학에 정통한 줄 몰랐군요. 전공과는 전혀 관련이 없는 거죠, 아닌가요?"

그리쉰이 말했다.

"그건…… 내 어릴적 취미라고 해 두지."

도노반이 시선을 피하며 말했다.

"전 그런 취미가 없어요. 그래서 제가 여전히 알아듣질 못하나 봅니다. 대체 그 터널은 어떻게 생겨먹은 거예요? 만약 그 거울 바닥 깊이로 옆에 구멍을 파 보면, 그 밑에는 뭐가 있을까요?"

버그만이 음울하게 말했다.

"탐지기가 보여준 그대로야. 아주 일반적인 모래층. 그 거울 바닥은 하이퍼스페이스에서 나오는 T-장이 우리의 삼차원 공간과 만나는 실린더처럼 생긴 공간인 거지. 그 바닥 위로는 물이 가득 찬 평범한 수직갱밖에 없어. 그 아래로는, 평범한 모래밖에 없고."

"물은 왜 있는 겁니까?"

"나도 몰라. T-장을 이곳 대기와 분리하는 역할을 하는 것일 수도 있고, 그들…… 그 존재들한테는 어떤 이유로 중요한 것일 수도 있지. 아무튼 그들이 원래 물에서 살던 존재라고 그리쉰이 말했잖아."

"물은 왜 그…… 터널로 사라지지 않는 거죠?"

"물기둥과 전체 바닥면이 똑같은 힘으로 누르고 있는 거지. T-장이 떠받치고 있는 거야. 단단한 물체가 떨어지면 바닥에 가해지는 압력이 균등해지지 않기 때문에 순간적으로 장이 깨지면서 물체가 에너지 장벽을 통과하게 되는 거야."

"예를 들자면, 인간 몸뚱이 같은 거요."

브라텔리가 조용히 되뇌었다.

"예를 들자면, 인간 몸뚱이 같은 거."

점점 낮아지던 테세우스가 산등성이 뒤로 숨어 버렸다. 순간 칠흑 같은 어둠이 내렸지만 동쪽 지평선 위의 하늘이 눈에 띄게 희붐하니 밝아지기 시작했다.

"자, 모든 게 완벽하게 밝혀졌네요, 아닌가요? 이제 몇 가지 사소한 것만 남았습니다. 시코르스키는 어떻게 됐나? 그리고 우리는 이제 무얼 할 것인가?"

그리쉰이 신랄하게 물었다.

아주 오랫동안 아무도 말이 없었다.

"시코르스키의 운명에 대해서는 우리가 아는 것이 전혀 없네. 우린 거기, 그쪽 상황에 대해서는 막연한 개념조차 없잖은가."

마침내 도노반이 운을 뗐다. 좀 전의 발견으로 인한 흥분은 사라지고 기력조차 바닥난 것 같았다.

"당신은 뭔가 얘길 좀 해 줄 수 있을 것 같은데, 아닌가? 거기에도 최소한 숨 쉴 만한 공기 정도는 있다고 생각해?"

브라텔리가 그리쉰을 돌아보며 말했다.

"아마도요. 그들이 진짜로 이곳 절지동물들의 후손이라고 한다면, 그들도 우리처럼 산소로 호흡할 거예요."

브라텔리가 고개를 끄덕이더니 잠시 뭔가를 생각하는 듯했다. 그러다 도노반을 돌아보며 말했다.

"만분의 일이라도 시코르스키가…… 자기 힘으로 그곳을 빠져나올 가능성이 있다고 보시나요?"

"내가 어떻게 알겠나? 이론적으로라면 가능해, 물론이지. 다른 터널이 근방 어딘가에 있을지도 모르고, 아니면 그들이 우리가 지금 보고 있는 이 터널의 T-장 극성을 다시 바꿀지도 모르고…… 무엇보다,

아직 이것이 진짜로 이방성인지 장담하지도 못하잖아."

"이론적으로는 가능하다지만, 진짜로 그런 일이 일어날 거라고 생각해요?"

"아니."

도노반은 거의 들리지 않는 소리로 답했다. 브라텔리가 심호흡을 했다.

"아, 제기랄! 대체 우리 왜 이러고 있는 거예요? 벌써 두 시간째 여기 이렇게 기둥처럼 서 있기만 하잖아요! 처음부터 우리가 뭘 해야 하는지는 분명한 것 아니었어요?"

도노반이 그를 가만히 쳐다보았다.

"아니, 그건 아니야. 지금까지도 명확한 건 없어. 브라텔리, 자넨 시코르스키를 구해야 한다는 눈앞의 목표 하나만을 보고 있어. 내가 그 심정을 충분히 이해한다는 걸…… 굳이 자네한테 설명해야 될 필요도 모르겠네. 하지만……."

그는 적당한 단어를 찾으려 애썼지만 갈수록 어렵게 느껴졌다.

"하지만 모든 일은 훨씬 더 어려운 법이야. 난 자네의 상관이네. 난……."

그는 뭔가 다른 표현을 하고 싶었던 듯했으나 그냥 계속했다.

"난 시코르스키뿐만 아니라 자네들 전부에 대해 세계의회에 책임을 지고 있네. 비단 자네들만도 아니고."

"마지막 말은 무슨 뜻이에요?"

브라텔리가 도노반에게 따져 물었다.

"우리는 이십 년 만에 처음으로 다른 문명을 만나고 있네. 아마도 기술적으로 우리를 능가하는 문명은 처음일 거야. 이런 경우에 그들과 관계를 형성하는 일은 지금껏 인류가 수행해 온 일 중에서 가장 책임이 무거운 일이 되겠지. 이런 경우를 위해 평생을 준비해 온 사람들이 수백 명이나 있어. 이건 그들의 영역이야. 아주 엄격하게 선발된 사람들이거든. 우리가 이럴 권리가 있을까?"

"우리에겐 권리뿐만 아니라 의무도 있어요!"

브라텔리가 소리쳤다.

"첫째로, 모든 명령과 지침들에도 불구하고 저는 친구의 생명을 구하는 것이야말로 우리 각자에게 가장 중요한 문제고 다른 것은 부차적이라고 줄곧 생각해 왔습니다. 둘째로, 방금 말씀하신 대로 이건 매우 고도화된 문명과 관계를 형성할 수 있는 특별한 기회예요. 우리가 그 일을 하는 걸 원치 않는다면, 대체 사령관님이 원하는 것은 뭡니까? 보고서를 보내고 기지에 앉아서 그 빌어먹을 관계 형성 전문가들이 도착할 때까지 또 이십 년을 기다리자고요? 이 터널이 내일도 여기 있을 거라고 생각해요?"

도노반은 아무 말도 하지 않고 밝아오는 동쪽 지평선을 바라보았다.

"기본적으로, 저도 브라텔리 말이 옳다고 생각합니다."

그리쉰이 낮은 소리로 말했다. 도노반이 갑자기 입을 열었다.

"좋아. 아마 자네들이 옳겠지. 하지만 내가 조금 전에 얘기했던 사소한 사실 하나는 잊지 말아야 해. 이 터널이 이방성일 거라는 사실 말이야."

버그만이 말했다.

"다른 말로 하자면, 우리 모두가 덫에 걸린 쥐처럼 시코르스키와 함께 그쪽에 묶일 수 있다는 말씀이지요. 제가 이해한 바로, 이 터널이 이방성이라면 누구든 거울 바닥에 발끝이라도 닿은 사람은, 이 우주에 있는 어떤 힘을 쓰더라도 다시 빼올 방법이 없다는 겁니다. 잘라 낸다면 모를까."

아무도 웃지 않았다.

"이 터널이 이방성인지 아닌지 알아낼 수 있는 방법은 없어요?"

그리쉰이 도노반에게 물었다.

"원칙만 놓고 본다면 세상에서 제일 간단한 일이지. 긴 물체를 잡아서 그 일부를 터널에 집어넣었다가 빼 보는 거야. 하지만 우리 같은 상황에서는…… 솔직히 어떻게 해야 할지 아무 생각도 안 나는군. 덧붙이자면, 금속이나 다른 형태의 전도체는 피해야 돼. 안 그러면 T-장과 접촉하면서 방전이 일어나 위험할 수 있어. 이제 더 이상 이론 가지고 왈가왈부하지 않겠네."

그들은 서로를 쳐다보았다. 모두가 방호복에 달린 수많은 주머니들을 더듬기 시작했다. 마이크로필름이 여러 통 나왔고, 주머니에 들어가는 만능 계측기와 비스킷 덩어리들, 그 외 다른 자잘한 물건들이 잔뜩 나왔지만 정작 쓸 만한 것은 없었다.

갑자기 버그만이 소리를 지르더니 어디에선가 작은 로프 꾸러미를 꺼내 들었다.

"틀림없이 5미터는 넘을 겁니다. 이걸로 우리가 무얼 할 수 있는지 보자고요."

버그만은 로프 한쪽 끝에 매듭을 만들고 몇 번의 실패 끝에 아주 작은 돌멩이를 고정시켰다. 그는 못으로 다가가 방호복에 달린 탐조등을 켠 다음, 로프의 다른 쪽 끝을 손에 감고 돌멩이가 달린 부분을 물에 던졌다. 모두가 수면 위로 몸을 숙였다가 잠시 후 실망하며 몸을 일으켰다. 로프가 다 풀어졌는데도 돌멩이는 여전히 거울 바닥에서 꽤 높은 곳에 매달려 있었다. 버그만이 배를 깔고 엎드려 팔을 어깨까지 물속에 담갔다. 그래도 여전히 로프와 바닥 사이에는 적어도 1미터 정도의 거리가 있었다. 그때 로프 끝이 강하게 흔들리기 시작하더니 돌멩이가 매듭에서 빠져나와 통상의 그 화려한 효과를 내면서 거울바닥으로 사라졌다. 로프가 천천히 수면으로 떠올랐다.

"저 반대쪽에 있는 이들이 우릴 별로 좋아하지 않겠는걸. 누군가의 머리나 치지 않았으면 좋겠네. 머리가 아니라 머리가슴인가?"

브라텔리가 중얼거렸다. 이번에도 역시 아무도 웃지 않았다. 그들은 주머니를 뒤지고 또 뒤졌다. 그리고 찾아낸 것을 하나하나 조사하면서 그것을 이용할 수 있는 모든 방법을 궁리했다.

"믿을 수가 없습니다. 겨우 몇 미터 깊이밖에 안 되는 구멍에 뭔가를 찔러 넣을 방법을 못 찾아서 포기해야 할지도 모르다니! 우리의 과학기술 수준으로 말입니다!"

버그만이 속수무책으로 말했다.

"한 가지 방안밖에 없는 것 같군. 과학기술이 말을 안 들으면 인간이 들어가는 수밖에. 그렇다고들 하잖아, 아닌가?"

브라텔리가 음울하게 비꼬듯이 얘기했다.

"그런 쓸데없는 생각은 집어치우고 우릴 좀 내버려 두지 그래?"

도노반이 그를 돌아보며 말했다.

브라텔리가 피곤하다는 듯이 손을 저으며 말했다.

"아, 아니에요. 머리부터 다이빙을 해야 한다는 뜻이 아니라고요. 누군가가 로프에 매달려서 들어가면 좋겠다는 거죠. 다른 한 손으로 우리가 가진 잡동사니 중에 뭐라도 하나를 통과시켰다가 빼면 되고…… 그리고 그 일을 누가 할 거냐면…… 바로 접니다."

"아닙니다. 제가 할게요. 전 생물학자인데다 절지동물은 제 전공입니다. 만약…… 만약 작업을 하다가 다른 쪽으로 가게 된다면, 브라텔리보다는 제가 제대로 관계를 형성할 가능성이 높을 거예요."

그리쉰이 의도했던 것보다 더 단호하게 의사를 밝혔다.

"말도 안 돼! 과학기술을 가진 생명체를 만났는데 그 해부학에 대한 지식이 무슨 소용이야? 게다가…… 누가 저쪽에 머물게 되더라도 나머지 사람들은 아르크투루스 호가 도착할 때까지 여기에서 5년이나 기다려야 돼. 불행히도 이곳 토착민 친구들과는 달리 우리에겐 하이퍼스페이스 터널이 없으니까 말이야. 규정에 따르면, 우리는 그동안 이곳의 절지동물이나 하다못해 그 벼룩들에 대해서라도 집중 연구를 하면서 시간을 때워야 해. 그리쉰, 당신 말고는 아무도 그 일을 못한다고. 나 같은 사람은 더 이상 필요도 없을 거야. 특히 지금 같은 때는……."

브라텔리가 말을 쏟아내다가 문득 멈췄다. 도노반은 그를 오랫동안 바라보았다.

"자네가 지금 무슨 말을 하는 건지 알고나 있나? 저편으로 간다는 얘기를 확실한 것처럼 말하고 있잖나. 그게 어떤 건지 상상이라도 해본 거야? 지구로부터 백만 광년쯤이나 떨어진 낯선 우주, 낯선 시간에, 귀환할 가능성은 전혀 없을 테고, 눈을 씻고 봐도 자신과 닮은 데라고는 없는 생명체들 사이에 놓이는 거라고. 아마 모든 지적 생명체들에 공통적인 특질 하나는 있겠지. 다른 종류의 지적 생명체를 이해하지 못하거나 이해하기 싫어하는 특질."

"그만 해요, 도노반. 우린 철부지 어린애들이 아니에요."

그리쉰이 성마르게 말했다. 도노반은 아무 말도 못 들은 것처럼 계속 말을 이었다.

"상당한 위험이야. 아무도 T-장의 정확한 성질을 몰라. 존재 자체가 지금 이 순간까지는 하나의 가설에 불과했으니까. 가까운 물체를 끌어당기는 저 성질도 아마 제거하지 못할 거고."

그리쉰이 단호한 어조로 도노반의 말허리를 끊었다.

"브라텔리 말이 맞아요. 우린 이미 너무 오래 여기 서 있었어요. 브라텔리도 나도 물러날 생각이 없는 것 같으니, 전통적인 방법을 써야겠군요."

그리쉰은 주머니에서 고색창연한 기념주화를 하나 꺼냈다. 한 면에는 보골유보프 교수의 초상이 있었고 다른 면에는 코스모센터의 윤곽이 보였다.

"앞면 아니면 뒷면?"

그리쉰이 브라텔리에게 물었다.

"앞면."

브라텔리가 별 생각 없이 곧바로 대답했다. 주화가 하늘로 튕겨 올랐다가 모래 위에 떨어졌다.

"앞면."

그리쉰이 감정을 배제한 목소리로 결과를 알렸다. 브라텔리는 아무 말도 없이 팔을 늘어뜨린 채 잠시 가만히 서 있었다. 그리고는 뭔가를 떨쳐 버리려는 듯 거의 눈에 띄지 않게 몸을 흔들더니 못 근처로 걸음을 옮겼다.

"자, 시작합시다."

도노반이 지켜보는 가운데 버그만이 브라텔리의 허리에 로프를 감았다. 도노반이 허리를 두 번 감아야 한다고 주장했지만, 1센티미터라도 로프를 절약하기 위해 한 번만 감았다. 한 손으로 로프를 잡고 매달리겠다는 브라텔리의 원래 계획은 도노반이 거부했다. 그건 너무 위험했다. 로프 한쪽은 버그만이 붙들고 있는 금속 얼레에 고정시켰다. 브라텔리는 오른손에 약 12센티미터쯤 되는 온도계를 들었다. 금속으로 만들어져서 쓸 수 없게 된 초음파 파이프를 제외하면 그들이 어렵사리 찾아낸 물건들 중 제일 긴 것이었다.

"필요 이상으로 위험을 무릅쓰지는 마. 그저 저 젠장할 거울에 더도 말고 딱 1센티미터 정도만 온도계를 밀어 넣으라고. 그리고 재빨리 손을 빼고 즉시 위로 올라오는 거야."

도노반이 지침을 반복해서 말했다. 브라텔리는 아무 대꾸도 하지 않았다. 그가 제대로 지침을 알아들었는지도 분간하기 어려웠다. 브라텔리는 못가에 서서 마치 최면에 걸린 사람마냥 검은 물을 내려다보았다.

버그만의 머릿속에 언뜻 중요한 생각이 떠올랐다.

"신을 벗어요. 그게 몸에 지닌 물건 중에 제일 무거운 겁니다."

"뭐? 이렇게 추운데? 물 온도가 얼마인지 알기나 해? 설마 내가 홀 딱 벗어야 된다는 말은 아니겠지?'

브라텔리가 갑자기 경직 상태에서 깨어나면서 화를 냈다.

"물론 그러면 가장 능률적이긴 할 겁니다."

버그만이 지적하는 투로 말했다.

"우리 시대의 영웅은, 미지의 세계와 위험한 괴물들은 아무것도 아 닌데 차가운 물은……."

그리쉰이 평소처럼 냉소적인 어조로 입을 열었지만 그다지 자연스 럽게 들리지는 않았다.

"버그만 말이 맞아."

도노반이 짧게 말했다.

브라텔리가 심호흡을 하더니 밑창에 홈이 팬 무거운 부츠를 벗었 다. 그리고는 확실하게 방수처리가 된 방호복의 소매와 바지 자락, 목 둘레 부분 등, 대략 물이 들어오겠다고 생각되는 부분을 다시 조여 단 속한 뒤 못으로 다가갔다.

브라텔리가 주위에 서 있는 세 사람을 둘러보며 당혹스러운 듯 중 얼거렸다.

"왠지 멍청해진 거 같아요……. 하지만…… 여전히, 아시다시 피…… 만약 무슨 일이 생기면……, 로라에게 내 마음을 전해 줘 요……."

버그만과 도노반도 브라텔리만큼이나 당황해서 고개를 끄덕이며 이러저러한 말들을 주워섬겼다. 이런 달갑지 않은 순간에 어떻게 처 신해야 할지 아는 사람이 아무도 없었다.

"만약 무슨 일이 생기면, 시코르스키에게 제 안부를 전해 주세요."

그리쉰이 미소라 생각되는 억지스런 표정을 띠며 말했다. 브라텔리가 그를 오랫동안 바라보았다.

"걱정 마, 꼭 기억할게."

브라텔리는 방호복에 장착된 산소 마스크를 쓰고 몇 번 몸을 움직여 보더니 물로 뛰어들었다. 아주 꼴사납게, 다리부터 말이다.

못가의 세 사람은 상당량의 물벼락을 맞아 잠시 앞을 볼 수가 없었다. 소용돌이치는 수면 위로 몸을 굽히자, 브라텔리가 팔과 다리를 뻗은 채 구름 같은 공기방울에 둘러싸여 가라앉고 있는 것이 보였다. 얼레를 잡은 버그만이 다시 배를 깔고 엎드렸다. 하지만 로프가 다 풀렸는데도 브라텔리는 여전히 바닥에서 높이 떠 있었다. 브라텔리의 허리를 두르느라 로프가 상당히 짧아졌던 것이다. 브라텔리는 팔을 뻗어 온도계를 바닥에 닿게 하려고 갖은 애를 썼다. 몇 센티미터가 모자랐다. 로프에 매달린 채, 브라텔리는 가능한 한 밑으로 깊숙이 몸을 숙이고 다시 팔을 뻗었다.

바로 그 순간 얼레가 버그만의 손에서 빠져나갔다.

못가의 세 사람이 비명을 질렀다. 그들은 잠시 마비된 채 서 있었다. 브라텔리 역시 몇 초 간 움직이지 않았다. 영원처럼 느껴지는 몇 초 사이, 천천히 가라앉는 그를 향해 거울 바닥의 반영이 점점 떠올랐다. 그때, 갑자기 브라텔리가 마치 전기에 감전된 듯 몸을 움찔하더니 재빨리 팔과 다리를 움직이기 시작했다. 처음에는 발작을 일으키는 것처럼 팔다리가 따로 놀았지만, 가까스로 냉정을 되찾더니 곧 깔끔한 수영 동작이 만들어졌다.

도노반은 그제야 깊이 숨을 내쉬며 몸을 일으켰다.

하지만 뭔가 잘못되고 있다는 것이 곧 확실해졌다. 브라텔리가 직립한 자세로 노련한 잠수부마냥 손발을 놀리고 있는데도 어쩐 일인지 여전히 같은 위치에 머물러 있었다. 그 장면은 영화 속의 트릭이나 기묘한 종류의 실험, 아니면 쫓아오는 위험을 피해 죽어라고 달리는데도 그 자리에서 벗어날 수 없는 괴로운 악몽에 가까웠다.

"내 말이 맞았어. T-장이 그를 잡아당기는 거야!"

도노반이 건조한 목소리로 중얼거렸다.

브라텔리가 잠시 움직임을 멈췄다. 즉시 몸이 가라앉기 시작했다. 다시 팔다리를 움직였지만 위치가 이전보다 1미터는 아래로 내려와 있었다. 발이 거울바닥에 가까워졌다.

그리쉰과 도노반이 거의 동시에 물로 뛰어들었다. 그리쉰이 조금 빨랐다. 얼이 빠진 듯 석상처럼 뻣뻣하게 서 있던 버그만은 얼음처럼 차가운 물벼락을 온몸에 뒤집어쓰고서야 제정신을 차렸다.

머리부터 물로 뛰어든 그리쉰이 가까스로 브라텔리의 손을 낚아챘고, 도노반은 그리쉰의 다리를 잡았다. 마치 조그만 사내아이들이 수영장에서 하는 놀이 같았다. 몇 초도 안 돼서 브라텔리는 그리쉰과 함께 T-장의 인력이 거의 미치지 못하는 높이로 떠올랐다.

도노반과 그리쉰, 브라텔리는 못에서 조금 떨어진 곳에 마지막으로 남아 있던 바위에 나란히 기대 앉았다. 버그만은 팔짱을 낀 채 초조한 걸음으로 오락가락 걷고 있었다.

동쪽 지평선 위의 하늘이 주황색으로 밝게 빛나자 이를 배경으로 산의 검은 윤곽이 마치 먹으로 그린 듯 어슴푸레 드러났다.

"그러니까, 우리는 여전히 저 터널이 이방성인지 아닌지 모르는 거군요."

그리쉰이 혼잣말처럼 낮은 소리로 말했다.

"맞아, 몰라. 간단하게 알아낼 수 있었는데! 그때 바닥에서 50센티미터도 안 되는 위치에 있었어. 팔만 뻗으면 됐는데. 그런데…… 바로 그때…… 빌어먹을 온도계를 떨어뜨린 거야……. 평생 당황한 적이 없었는데…… 지금까지 한 번도…… 그런데 하필 지금!'

브라텔리가 죄 지은 듯 말했다.

"그만 해, 브라텔리! 아무도 자네를 비난하지 않아. 그런 상황에서 라면 누구라도……."

도노반이 피곤한 목소리로 그를 제지했다.

"난 아직도 우리가 사태를 올바른 각도에서 보지 못하는 것 아닌가 하는 생각이 들어요."

그리쉰이 갑자기 말했다.

"우리가 못 보다니?'

도노반이 묻긴 했지만 그 목소리에는 일말의 관심도 느껴지지 않았다.

그리쉰이 말을 이었다.

"사실, 저 터널이 이방성이냐 아니냐는 전혀 중요하지 않아요. 설사 그게 이방성이 아니더라도 우리가 돌아올 수 있을지는 아무도 몰라요. 만약 이방성이라면, 돌아올 수 있는 방법이 생기는 거겠지요. 어떤 경우이든 가능성은 두 가지예요. 문제를 명확히 하자면, 문이 중요한 게 아니라 '문지기' 가 중요한 거죠."

"문지기라……."

브라텔리가 아주 천천히, 아주 조용히 속삭였다. 그는 무릎을 턱까지 끌어올린 채 추위로 몸을 떨고 있었다.

그리쉰이 도노반을 똑바로 쳐다보았다.

"여기 있는 내내, 섰다가, 뛰었다가, 앉았다가, 밑을 보다가, 물로 뛰어들었다가 재빨리 기어 나왔다가 하는 내내, 처음부터 끝까지, 질문은 오직 하나밖에 없었어요. 어떤 경우에라도, 돌아올 수 있다는 생각 따윈 하지 말고 뛰어들어야 하는 것인가. 저 아래의 어둠 속, 저 거울 아래로…… 거기…… 다른 편으로 스스로를 던져야 할 것인가."

그리쉰 역시 몸을 떨었고 눈이 이글거렸다.

"조금 전에 당신이 말한 '문지기' 말이야. 혹시 '사공'을 잘못 얘기한 거 아니야?"

브라텔리가 슬쩍 시선을 피하면서 이상한 목소리로 말했다.

도노반이 머리를 들고 두 사람을 번갈아 바라보다가 마침내 조용히 말했다.

"둘 다 진정해. 몸을 덥히려면 자네들도 좀 일어나서 걷는 게 좋겠어. 그리쉰, 열이 있는 건가?"

그리쉰은 방금 깨어난 듯이, 또는 무언가를 쫓아버리려는 듯 손바닥으로 이마를 문질렀다. 그리고는 고분고분하게 일어나 버그만 옆에서 걷기 시작했다. 브라텔리도 마뜩찮은 기색이 역력한 채 그들에게 합류했지만 얼마 지나지 않아 못가의 모래 위에 다시 무릎을 꿇고 앉았다. 그리쉰도 곧 걷기를 멈추고 몇 번 무릎 굽히기 동작을 하더니 브라텔리 옆에 가 앉았다. 그리쉰이 도노반을 향해 중얼거렸다.

"전 이 짓에 넌더리가 나요. 우린 너무 많은 일을 겪었어요."

도노반은 대답하지 않았다. 그러다가, 한참 후에 그리쉰을 돌아보며 조용하고 사무적인 어조로 물었다.

"그리쉰, 솔직히 이 모든 일에 대해 어떻게 생각하나? 그들은 어떻게 생겼지? 왜 여기로 돌아온 건가?"

그리쉰은 곧바로 대답하지 않았다. 그는 한참 후에 도노반처럼 냉정을 유지하려고 애를 쓰며 이야기를 시작했다.

"그들은 여기, 이 행성에서 엄청나게 오래전에 진화했습니다. 그들은 문명을…… 우리가 알기로는 최초의 절지동물 문명을 형성했습니다. 아직 아무도 체계적인 발굴을 하지 않았기 때문에 그들의 역사에 대해서는 거의 몰라요. 전에 말한 것처럼, 그들은 원래 이 행성의 반을 덮고 있었던 바다에서 살았습니다. 대략 거대한 가재처럼 생겼죠. 한참 전에 여기서 그런 화석이 발견됐는데, 물론 그때는 화석을 발견하고서도 아무 생각이 없었어요. 그러다가 아마 육지에서 살기 시작했거나 최소한 수륙양용 형태로 살면서 과학기술문명을 창조하게 된 겁니다. 그게 어떤 건지는 알 수 없어요. 다만 물리학에 관해서는 우리보다 낫다고 할 수 있겠군요. 천만 년 전에 여기 태양이 폭발해서 몇 분 만에 행성의 표면이 다 타 버렸는데, 그들은 하이퍼스페이스 터널을 통해 어딘가…… 다른 곳으로 가까스로 탈출해 생명을 유지한 것 같습니다. 말씀하신 것처럼, 그 장소는 다른 은하일 수도 있고, 다른 우주일 수도 있고, 다른 시간대일 수도 있고, 어디라도 가능해요. 그들은 이곳의 태양빛이 원래의 정상적인 상태로 돌아간 뒤에도 그곳에 머물렀어요. 아마 그곳을 좋아했거나 불타 버린 고향 행성에서 생명을 다시 되살릴 수 있다고 믿지 않았는지도 모르죠. 하지만 그들은 종종 돌아왔어요. 그들 나름의 이유가 있었겠지만, 그저 사람들처럼…… 향수병이 있었는지도 모르고요. 그리고 그렇게 오래된 고향집에 잠깐 들렀다가 그곳이 자기 집인 양 구는 괴상한 괴물을 발견한 거죠. 정확하게는 이런 식이 아니었을 수도 있습니다. 어쩌면 이번 말고는 한 번도 돌아온 적이 없었을 수도 있어요. T-장을 생성하는 데는 엄청난 에너지가 필요하죠, 그렇지 않나요? 그들이 지금까지 이곳에 돌아온 적이 없었다면, 이번엔 뭔가 연락을 받고 온 것일지도 모릅니다. 우리에 대해서요."

"연락? 누구한테서? 여기에 자동화된 기계장치라도 놔뒀단 말인가?"

도노반이 물었다.

"모르지요. 그 모래벼룩들 기억해요?"

"자넨 그것들이 축소형 로봇이라고 보는 건가?"

그리쉰이 피곤한 미소를 지었다.

"일반적인 로봇은 아니지만 그 비슷한 거죠. 물론 그것들은 동물입니다. 제가 해부도 해 봤잖아요, 알잖아요? 하지만 그들은 어떤 행동을 위해서 유전적으로 조작된 동물일 수 있습니다. 절지동물에게는 특히 쉬운 일이죠. 아주 간단한 조작이 있었을 거예요. 각자의 생물학적 본능에 따라 살다가 이상한 일이 발생하면 보고하는 거죠."

"경비견 같은 거 말인가?"

"맞아요. 천만 년 동안이나 충성스럽게 경비를 서는 경비견이죠."

"어떻게 보고를 하지?"

그리쉰이 어깨를 으쓱했다.

"최근까지도 우리는 텔레파시나 그 비슷한 것의 존재를 확신하지 못하고 있어요. 만약 그런 것이 존재한다면, T-장을 이용한 정보 전송이 딱 그것일 겁니다. 타르노프스키 자신도 그런 생각을 했어요. 눈에 보이는 단단한 물체를 운송하는 하이퍼스페이스 터널을 만드는 것보다는 정보 전송을 위한 걸 만드는 게 에너지가 훨씬 적게 들 겁니다. 어쩌면 모래벼룩 같은 생물에서 생성되는 것만으로 충분할지도 모르죠. 그 괴상한 샌더슨기관을 생각해 보세요. 하지만 이건 그저 제 추측일 뿐입니다. 무엇보다, 그들이 우리 때문에 여긴 왔는지 아니면 다른 이유 때문에 왔는지는 그다지 중요하지 않아요. 중요한 것은 그들이 왔다는 거죠."

오랫동안 침묵을 지키고 있던 바르텔리가 갑자기 고개를 들고 그들을 돌아보며 소리쳤다.

"두 사람 얘기는 더 이상 못 들어 주겠어!"

목소리에 어느 정도 예전의 호들갑과 근기가 묻어 났다.

"여기 앉아서 분석하고, 이런저런 가능성을 따졌다가 또 대안을 따졌다가…… 그렇게 모든 것이 명확하다면 내 질문에 답 좀 해 봐요.

시코르스키는 왜 이런 짓을 한 겁니까? 그가 딱 지금 우리처럼, 이 지옥구멍 옆에 서 있었다면서요. 시코르스키는 틀림없이 뭔가 알았을 거예요. 신호 담당이잖아요, 안 그래요?! 설사 하이퍼스페이스에 대해 몰랐다 하더라도 거기…… 그래요, 그 반대편에는…… 뭔가 상상할 수도 없고, 우리가 아는 것과는 전혀 비슷하지도 않고, 절대적으로 인간과는 다른 뭔가가 있을 거라는 건 알았을 거예요. 심지어 돌아올 수 없다는 것도 알았을 거라고요. 혼자서, 영원히 그곳에 머물러야 할지도 모른다고 말이에요. 그리고…… 그런데도, 뛰어들었어요! 난 그 지적 생명체가 그렇게 만들었다고 믿지 않아요! 그는 자발적으로 뛰어든 게 확실해요. 자, 왜 그랬는지 말해 봐요!'

그리쉰이 브라텔리의 눈을 지그시 바라보았다. 그리고 아주 평온하게 물었다.

"벌써…… 잊은 거예요?'

브라텔리는 혼란스럽다는 듯 머리를 흔들었다.

"잊었다고? 무슨……."

"제 말은, 브라텔리 당신이 두 가지를 살짝 잊어먹고 있다는 거예요. 당신은 우리가 왜 여기에 있는지 그 이유를 잊고 있어요. 왜 우리가 여기 아리애드나로 날아와서 몇 년씩 모래 속에 앉아 있는지를. 그리고 당신은 시코르스키가…… 기지를 떠나기 직전에 우리가 어떤 얘기를 하고 있었는지도 잊고 있어요."

"이 사람아, 당신 생각에는…… 물론 나도 기억하고 있지만, 그게 그리 중요하게 관련된 사항은 아니잖아?!'

브라텔리가 중얼거렸다.

"진짜 그렇게 생각해요? 우린 그저 '그 별'…… 우리의 스승이자 친구가 될, 상상을 초월할 정도로 어마어마한 문명의 신호를 보기 위해 여기로 날아와서 인생의 황금기를 이곳에서 보냈어요. 그러다가

210

문득 신호도 초고도 문명도 존재하지 않고, 우리가 여기에 있는 건 그
저…… 말하자면, 본부의 전술적 조치였을 뿐이라는 걸 알아낸 거죠.
그런데 시코르스키는 밖에 나가자마자 우리 기지의 문턱에서 지적 존
재를 만난 거예요. 모든 정황을 봤을 때…… 시코르스키는 오래 고민
하지도 않고 그것을 따라갔어요. 이래도 진짜로 별 관련이 없다고 생
각해요? 그 존재가 정말 그렇게 고등한 과학기술을 가졌다면, 원격으
로 우리를 몰래 보고 있었을 수도 있어요. 심지어 우리 뇌파를 봤을
수도 있죠. T-장을 이용한 텔레파시 따위의 제 추측은 고려할 필요조
차 없어요. 뇌에 흐르는 전류만 봐도 우리의 심적 상태를 판단하기에
충분할 테니까요. 지구에도 이미 오래전에 비슷한 기계가 있어요. 아
마 그들은 오랫동안 우리 중 한 명이 자발적으로…… 그들을 따라갈,
그런 마음 상태가 될 때까지 기다렸을 거예요."

다시금 긴 침묵이 찾아왔다. 버그만이 마침내 신경질적으로 오락
가락하던 걸 멈추고 동료들 곁에 앉았다. 네 명이 나란히 무릎을 턱까
지 끌어올린 채 물가에 앉아 추위로 몸을 떨며 깊은 물을 들여다보았
다. 각자 눈앞에 놓인 하나의 대상을 보고 있었지만 보이는 광경은 다
달랐다. 상상조차 할 수 없어 백지처럼 보이는 어떤 세계와 깊은 땅굴
로 얽혀 있는 세계, 괴상한 건물이나 환상적인 식물로 가득 찬 정글
세계, 그리고 영원히 잊히고 버려진 한 인간이 키틴질 껍질로 둘러싸
인 생명체들 속에서 정처 없이 헤매는 세계…….

버그만이 마침내 입을 열었다.

"먼저, 즉각 본부에 알려야 합니다. 틀림없이 적절한 장비들과 함
께 특별 원정대를 당장 파견해 줄 겁니다. 무엇보다 이제 하이퍼스페
이스 물리학에 대해 상당히 알게 됐잖습니까, 그렇지 않나요? 어쩌면
그들의 의지와는 무관하게, 우리 쪽에서 먼저 접촉을 하게 될지도 모
릅니다. 그러면 아마 많은 것을 알 수 있겠지요."

그리쉰이 뒤틀린 미소를 지었다.

"예, 그 말이 맞아요. 모든 것이 가능해요. 이제 남아 있는 중요한 문제는 아까 브라텔리가 말한 것 하나뿐이에요."

그리쉰이 손으로 못을 가리키며 말을 이었다.

"여기 이것이 당신이 말한 원정대가 도착할 5년 후에도 존재할 것이냐. 아니, 하다못해 내일까지는 여기에 존재할 것이냐."

"하지만 왜……."

"반대편에 있는 이들이 우리와 지속적으로 접촉하고 싶어 하는 게 아니라면, 실제 그래 보이기도 하지만, 그냥 T-장을 차단하고 터널을 파괴해 버리겠죠. 그러면 우리는 천 년이 걸리더라도 그들을 찾아내지 못할 거예요."

갑자기 그리쉰이 일어나 못가에 섰다. 크고, 비쩍 마르고, 약간 구부정한 자세로 뒷짐을 진 그가 주황색 하늘을 배경으로 한 어두운 그림자처럼 보였다.

도노반과 브라텔리가 서로를 쳐다보았다. 그리곤 벌떡 일어나 그리쉰의 양팔을 잡았다.

"그러면 안 돼, 그리쉰."

도노반이 침착하게 말했다. 그리쉰은 그들을 뿌리치지 않았다.

거대한 태양이 동쪽 산맥 위로 한참 떠오른 후에야 그들은 반쯤 지워진 자신의 발자국을 따라 분지 입구로 향했다. 그들은 아무 말도 없이 무겁고 비틀거리는 걸음으로 천천히 걸었다. 당장에라도 쓸 수 있도록 탐지기를 준비해 놓은 버그만이 앞장섰다. 그게 얼마나 쓸데없는 일인지는 아무도 생각하지 않았다.

마지막에 가던 도노반이 갑자기 걸음을 멈추더니 휙 돌아섰다. 떠오르는 태양의 날카로운 주황색 빛이 눈을 찔러 잠시 앞을 볼 수 없었다. 잠시 후, 분지 전체와 햇빛에 비친 육중한 산들의 장벽, 심지어 아직 어스름이 드리운 바닥의 모래까지 선명하게 보였다. 투명한 아침 공기를 뚫고 작은 돌멩이, 모래 한 알까지도 다 보이는 듯했다. 황회색 모래 바닥 중앙에 놓인 검은 점도 똑똑히 보였다. 거기에 있었다. 아직 거기에.

도노반은 문득 깨달았다. 다음 번에 저기서 아래를 내려다보게 될 때면, 바닥은 이미 텅 비어 아무것도 없으리라. 어젯밤과 그제 밤, 그 이전 수백만 번의 낮과 밤처럼, 그리고 앞으로의 모든 낮과 모든 밤처럼, 오로지 돌과 모래뿐이리라. 이 하룻밤 말고는 영원히 아무것도 없을 것이다. 이제 과거로 사라진, 영원히 잃어버린 단 한 번의 밤.

그들은 차례로 산 입구를 통과하여 바위 사이 좁은 틈새의 어둠 속으로 나아갔다. 마른 모래가 발밑에서 으깨지며 버석거렸다. 어딘가 깊숙한 곳에 자리 잡은 끈덕지고 쓰라린 후회 때문에 그들은 아무것도 느낄 수 없었다.

프란티셰크 노보트니 František Novotný

브래드버리의 그림자

Bradburyho stín

| 김창규 옮김 |

데미안이 구조대의 구성 인원을 발표하자 싸움이 벌어졌다.

"멜은 내 친구야. 우린 한참 동안 붙어다녔다고." 비에른이 착용하고 있는 장비를 격하게 흔들면서 방금 우리에 갇힌 북극곰처럼 화가 나서 소리를 질렀다.

"'벽' 너머에서 온 쓰레기들이 멜을 구하러 가는 꼴은 못 봐. 널 두고 하는 얘기야, 주둥이만 산 공산주의자 놈." 비에른은 무시무시한 주먹을 휘두르며 데미안을 위협했다. 그의 주먹은 우주복 속에 입은 유니폼의 소매 끝에 딱 맞게 들어가 있었다. "넌 맨날 동구에서 온 놈들만 뽑잖아!"

조지 블타바는 입을 다문 채 자신의 아래쪽에서 나비 방의 원통형 벽에 수직으로 매달린 스웨덴 인이 화를 내는 모습을 차분하게 바라보았다. 아래쪽이 아니라 위일 수도 있었다. 화성의 표면 위에 떠서 180 킬로미터의 속도로 회전하는 장소에서는 방향을 결정하기가 어려웠다. 조지는 비에른이 화를 내는 원인이 바로 자신이었음에도 아무 말도 하지 않았다. 탐험대의 대장은 데미안이었고, 자신의 결정에 정당성을 부여하는 것도 그의 몫이었다. 조지는 스웨덴 인의 침이 작고 완전한 회백색 구들로 변해서 구름을 이루며 세이건 인공위성에서 가장 오래된 구역을 가로지르는 모습을 조용히 바라보았다. 세이건 위성은 우주정거장인 보쇼드나 미르의 잔해로 만들었다는 소문이 있었다. 조지는 침의 궤적을 보고 반대편 벽에 붙박여 있는 사람들이 뒤집어쓰겠다고 생각했다. 그중에는 작은 체구의 캐나다 인인 자크가 있었다.

"야, 이 덩치만 큰 돼지 같은 놈아!" 자크가 날카롭게 말했다. 자크는 침이 날아오는 것을 분명히 보고는 가늘고 검은 앞머리 아래에 숨은 눈으로 스칸디나비아 사람에게 험악한 시선을 던졌다. "지금 도대체 뭐하는 거야? 어디다 대고 침을 뿌려?" 그러고는 비에른에게 의도적으로 침을 뱉었다.

그 행동이 모든 사람들에게 신호가 되어 직경 4미터짜리 나비 방은 고함 소리로 쩌렁쩌렁 울렸다. 비에른은 캐나다 난쟁이를 죽이겠노라고 들소처럼 울부짖었고, 다른 사람들이 그에 맞서 욕을 했으며, 자크를 싫어하는 사람들이 그 욕을 자크에게 되퍼부었다. 아무 소리도 내지 않는 것은 데미안과 조지뿐이었다. 먼지가 소용돌이치고 침방울이 점점 늘어나 마침내 성운을 이루더니 더 많은 거품이 날아다녔고, 결국은 다들 그저 침을 뱉기 시작했다. 조지는 끈적한 비를 피하기 위해 얼굴을 가리고는 아놀드 쿤츠를 흥미롭게 바라보았다. 아놀드는 사악하게 웃으면서 자크와 비에른에게 번갈아 침을 뱉었다. 사격은 정확했다.

아레올로그Ⅱ 지질 탐사대가 설립된 이후로 너무 오랜 시간이 지났다. 탐사대원들은 6개월 만에 그곳에 도착한 다음, 탱크 속에 들어가거나 걷거나 셰르파[1] 속에 깊숙이 묻힌 채로, 7개월 동안 화성의 황무지를 방황했다. 대원들은 광맥과 매장 자원과 지하의 호수와 수원을 찾아다녔고, 가끔은 정말로 발견하는 경우도 있었다. 그뿐 아니라 지상용 컴퓨터를 이용해서 지도도 만들어야 했다. 그러는 내내 치명적인 추위 및 진공과 별 다르지 않은 대기에 둘러싸여 있어야 했다. 대원들은 7개월이 넘도록 쇠 냄새가 나는 산소로 폐를 망가뜨려가며 꿈에서만 헛되이 목욕을 하고 알코올에 담근 솜뭉치로 땀과 끈적이는 분비물을 닦았다. 그리고 필요가 생기면 중세 고문기구처럼 생긴 흉측한 기계에 매달렸다. 그들은 모든 것을 소비했다. 다른 대원들까지도 포함해서. 사람들 사이에서는 뒤틀린 증오와 친화가 형성되었고 인종과 국가에 대한 편견이 고개를 내밀었으며 해묵은 정치적 불평등이 무덤에서 걸어 나왔다.

그러다가 단 한 조만 제외한 모든 대원들이 지상에서 돌아왔다. 모든 이들이 어린아이처럼 집으로 돌아가기만을, 행성간 수송선이 도착하기만을 기다리고 있을 때였다. 라플란드 출신인 케이미 래터넌이 동료가 실종되었다는 소식을 전해왔다. 그 동료란 탐험대 지휘부 가운데 미국을 대표하는 인물이었다. 그 두 사람은 제일 실력이 좋은 심령술사였고 아직 지상을 탈출하지 못한 마지막 조였다.

'마리너 협곡' 은 화성에서도 지형이 가장 독특한 곳이었다. 멜이 거기서 뭔가를 찾았나 보군. 아니면 그 뭔가가 멜을 찾아냈든지. 조지의 머리에 그처럼 이상한 생각이 떠올랐다. 분명히 그리로 갔을 거야. 그렇지 않다면 왜 멜이 데미안에게 시간을 일주일 더 달라고 했겠어? 게다가 비에른 대신 케이미를 데려간 것도 그렇지. 라플란드 출신의 주술사인 케이미 역시 뭔가를 의심했음에 분명했다. 케이미는 그 제안을 받고 주저하더니만 오랜 시간을 들여 항상 소지하고 있던 우스

---

1) 히말라야에 거주하는 부족. 등반가들을 안내하고 짐을 나르는 일을 주로 한다.

꽝스러운 총을 소제하고 기름을 발랐다. 사실 그 총은 화성 표면의 저온에서 제대로 작동할 리가 없었음에도. 게다가 화성에는 총으로 쏠 만한 거라고는 하나도 없었다. 케이미는 웃기는 사람이었다.

내일은 그 2인조의 계약이 끝나는 날이었다. 두 사람은 18시간 이내에 동료들과 합류해서 '우주기차'가 오기 전까지 남은 65시간 동안 자원이나 분류하면서 보낼 예정이었다. 행성간 우주선과는 개별적인 무선통신을 끝낸 상태였다. 하지만 케이미는 겁을 집어먹고 그 대신 동료들에게 연락을 했다. 케이미에 따르면 멜은 15시간 전에 티디온 협곡에서 실종됐다. 케이미는 멜이 '화석화된 공기 속으로 빨려들어 갔다'고 했다. 케이미는 남은 산소가 6시간 분이라는 걸 확인하고 나서도 혼자 멜을 찾으러 가는 것은 거부했다. '제발 누가 좀 와서 도와 줘……' 케이미는 겁이 나서 그렇게 말했다.

케이미는 왜 그리 겁을 먹었을까. 케이미는 순록을 키웠고, 다른 탐험대원들과 달리 자연과 한 몸이 되어 살았다. 케이미는 상당수의 늑대와 북극곰을 사냥했다. 그는 무례하고 개체수가 지나치게 증가한 문제의 짐승들이 얼어붙은 바다에서 물개를 사냥하기보다는 도시의 쓰레기 속에서 사는 편이 편하다는 것을 알고 북부 노르웨이로 쳐들 어갈 때 그 침공을 막아낸 전문가 가운데 한 사람이었다. 케이미는 존재 자체가 자연과 완벽하게 조화를 이루고 있었다. 그 사실이야말로 케이미가 탐험대에 뽑힌 이유였다. 수맥에 대한 지식과 물을 찾아내는 능력에 있어서 케이미는 지구상에 몇 안 되는 최고의 실력을 갖추고 있었다. 여기서도 그랬지. 조지는 생각했다. 케이미가 화성의 지하에서 호수를 찾아냈다는 것은 이제 부인할 수 없는 사실이었고, 그 호수는 지도에도 등재되었다. 화성에는 개척지가 생기겠지. 어느 누구도 그건 막을 수 없을 거야. 조지는 생각을 점점 더 멀리까지 펼쳐 나아갔다. 그런 상황에서 엄청나게 큰 소리가 들리더니 나비 방에 가득 찼던 흥분한 목소리들을 단번에 몰아냈다. 날카로운 경고음이었다.

열댓 명이 공포에 질린 눈으로 입을 반쯤 벌리고 찡그린 인상을 그대로 굳힌 채 줄이 잘린 꼭두각시 인형처럼 손과 발을 동시에 늘어뜨렸다. 사람들은 이제야말로 원통형의 위성 벽을 뒤덮고 있는 서양장기판 무늬 위에 마련된 각자의 자리에 잡혀 있는 나비와 비슷해 보였다. 그 우스꽝스러운 자리에는 의자도, 탁자도 없었다.

"다들 알고 있겠지만." 경고음이 사라지자 데미안이 꾸짖듯 말했다. "탐사대의 대장이 의무적으로 뭔가를 설명해야 하는 건 위원회뿐이야. 그러니까 비에른 너는 불만이 있으면 위원회에 얘기하도록 해. 어쨌든 나는 조지를 데려갈 거야."

데미안은 굳은 목소리로 말을 맺고는 즉시 조지를 바라보았다.

"다들 아직도 눈치를 못 챈 모양인데, 조지 혼자서 계속 제정신을 차리고 있었어."

*　　*　　*

아레올로그II 탐사대에 동정심이란 없었다. 중요한 건 돈뿐이었다. 다들 마찬가지였다. 나사도 그랬고 유럽우주기관도 그랬고 소브코스토르크도 그랬다. 그 세 단체는 자본을 투자했고 화성에서 발견한 다양한 것들을 등재한 지도를 원했다. 탐사대의 구성원들도 똑같았다. 심령술로 수맥을 찾는 사람에서부터 비에른과 같은 기술자에 이르기까지 다들 보수뿐 아니라 상당 금액의 특별수당을 기대하고 있었다.

대원들은 제각기 돈에 따라 움직였다. 또는 두 사람의 돈줄에 맞춰 움직이기도 했다. 다들 둘씩 짝을 지어 행동했기 때문이다. 조지는 스웨덴 인이 화를 낸 진짜 이유가 그 때문인지 어떤지 알 수가 없었다.

비에른의 입이 거칠다는 건 모두 알고 있었다. 7개월이 지나고 나니 그걸 모를 수가 없었다. 수년 전의 달 탐사대 이래 동료로 활동하고 있는 멜조차도 일주일 전 비에른을 갑판에 집어던지고 말았다. 꼭 그 일 때문이 아니더라도 탐사대원들은 두 사람이 어떻게 손을 맞추는지 알 수가 없었다. 멜은 착하고 교양이 있었으며 선천적으로 예민하고 바로크 음악을 사랑했다. 그리고 열정적인 지도자였다. 화성에 진짜 책을 끌어들인 것은 조지와 멜뿐이었다. 두 사람은 개인 물품을 운송하는 비용을 추가 수당에서 차감했기 때문에 금전적으로 상당한 손해를 보았다.

반면에 스웨덴 출신의 시골 기술자는 주로 만화책을 보았다. 비에른은 누군가가 아마데우스 모차르트를 아느냐고 물으면 '몰라. 채광 시간을 단축시키는 신형 굴착기를 만든 사람 아냐?' 라고 대답할 만한 사람이었다. 비에른이 여자를 제외하고 진심으로 흥미를 보이는 것은 탐사기, 굴착기, 자기계, 다중 스펙트럼 카메라, 지하 수백 킬로미터에 있는 광물을 분석하고 거리에 관계없이 바위를 부수는 작은 도구들이 전부였다. 비에른은 그것들을 자유자재로 다뤘다. 그는 보통 민감하게 마련인 그런 류의 기계를 완벽한 상태로 유지해 두었다. 심지어 지구 쪽 정비 기술자들이 새파랗게 질릴 만한 환경 하에서도 그랬다. 비에른은 돈을 사랑한다는 사실을 숨기지 않았다. "여섯 자리 숫자의 통장 잔고야말로 최고의 보험이지." 비에른은 정말로 그렇게 믿었고, 멜과 함께 다녀야 그 목적을 제일 잘 달성할 수 있다고 말하곤 했다.

데미안이 우아하게 유영하며 마지막 에어록을 통과했다. 조지는 돈에 집착하는 비에른에 대해 생각하는 것을 그만두었다. 그는 대장을 따라 전송실로 들어갔다. 전송실은 20미터 길이의 원통형 공간이었다. 그 안에는 방금 전 통과해 왔던 것과 매우 흡사한 원뿔형의 거대 에어록 두 개가 대칭형으로 설치되어 있었다. 데미안은 이 '우물'의 축을 따라 깊은 쪽으로 천천히 미끄러졌다. 조지는 입구 쪽을 쳐다보고 발을 고정한 다음 동그란 안쪽 테두리의 볼록한 뚜껑을 닫고는 나사 모양 에어록의 손잡이를 천천히 돌렸다. '항상 문을 닫고 다닐 것'이란 명령은 첫 번째 안전 수칙이었다.

"대장, 셰르파 두 대는 전부 준비됐어." 조지가 에어록의 후면으로 유영을 해 들어가자 자크가 말했다. 두 개의 구형 뚜껑이 열리자 밝게 빛나는 연결 통로의 내부가 드러났다. 그 뒤쪽에는 전송실의 바닥이 있었고, 비에른이 시험 장비의 전선을 당기거나 조이고 있었다. 전선들은 라오콘[2]을 조였던 뱀처럼 비에른을 감고 있었다. 조지는 생각했다. 허, 빨리도 해치우는구먼. 남자가 옷을 입으면서 소지품을 챙기는 건 쉬운 일이 아닌데. 탈모제에 냄새 제거제에 구취 제거제에 고무깔때기에 우주인용 화장지에 수건에 알코올 묻힌 천까지. 그런데 비에른은 거기에 더해 시험 작동까지 하고 있었다. 누가 뭐라건 간에 비에른이 전문가인 것만은 분명했다.

"임무 수행용 자원들은 정상수준까지 충전 완료. 산소는 200퍼센트 충전 완료." 자크가 말을 잇고는 다 사용한 점검 장비를 껐다. 에어록 옆에 붙어 있던 점검용 화면이 하나씩 꺼졌다. 데미안은 아무 말도 하지 않고 준비된 우주복 속으로 몸을 우겨 넣었다. 비에른이 그를 돕기 위해서 날아왔다. 자크는 조지를 도왔다. 자크는 코와 얼굴이 편평했으며 무표정했고 인디언보다는 에스키모 쪽 혈통에 가까워 보였다. 하지만 그가 두르고 있는 머리띠에는 나바호 인디언의 문양이 새

2) 그리스 신화에 등장하는 트로이의 왕자이며 아폴로 신전의 사제. 트로이전쟁에서 그리스군이 남긴 목마가 간계였다는 것을 알아냈기 때문에 신의 노여움을 사 두 아들과 함께 바닷뱀에 감겨 죽는다.

겨져 있었고, 자크는 그것을 통해 저항의식과 민족적 자부심을 드러
내고 있었다. 그러나 동시에 자신의 무지함을 나타내기도 했다. 자크
의 진짜 인디언 조상들이 사냥을 하던 지역은 나바호 구역으로부터
북으로 수천 킬로미터 떨어진 곳이었다. 그럼에도 불구하고 자크는
'하얀 얼굴'들이 자신을 오해한다고 생각해서 늘 그 머리띠를 두르고
다녔다. 띠에는 이제 때가 꽤 묻어 있었다. '난 인디언이고 에스키모
지, 캐나다 인이 아니야.' 자크는 지난 몇 주간 점점 더 빈번하게 일
어나는 논쟁 때마다 고집스럽게 주장했다. 상대는 주로 비에른이었
다. 비에른은 쉰 목소리에 금발인 바이킹 혈통이었기 때문에 두 사람
의 논쟁은 아주 먼 옛날 빈랜드 지역에서 벌어졌던 조상들의 싸움을
재현하는 것 같았다.

지금 그 두 사람은 입을 꾹 다물고 우아한 동작으로 임무에 몰두했
다. 그들은 전문가였기 때문에 장비의 끈과 쪔쇠 하나에 이르기까지
모르는 것이 없었다. 두 사람은 데미안과 조지의 우주복 잠금장치를
조이고 있었다. 그들은 그래야 할 필요가 있을 때에는 감정을 꺼뜨리
는 방법을 알고 있었다.

마침내 구조대원 두 사람은 수백만 달러를 들여 만든 사치품 속에
갇힌 모습으로 에어록을 빠져나가 세르파 2호기와 3호기로 이동할 수
있었다.

그 두 대의 기계는 만능 탈것이자 작업용 장비였다. 셰르파들은 전
송실의 모듈에 걸린 채 내부로 들어갈 수 있는 배 부분을 대고 있었
다. 따라서 동공 모양의 입구가 에어록의 연결통로와 수평을 이루고
있었다.

셰르파는 일본과 미국의 합작품이었다. 그래서 '독립적 로봇 직립
보행기Single-Handed Erect Robotic Pacer'라는 비교적 복잡한 이름이
붙었다. 하지만 협력업체 소속의 기술자들만이 아니라 모든 사람들이

정식 명칭의 약자를 따서 '셰르파sherpa' 라고 줄여 불렀다. 셰르파는 히말라야의 안내인이라는 뜻에 어울리게 튼튼하고 믿음직했다. 물론 이 1인용 직립보행 로봇은 걷는 것 이상의 일을 할 수 있었다. 비행도 가능했고 한계가 있긴 했지만 저궤도를 벗어났다가 재진입할 수도 있었다. 비탈에서 수직으로, 또는 가로대에서 수평으로 다양하게 이착륙이 가능했다.

셰르파의 각 부분은 기본적으로 인간의 신체구조와 흡사했다. 몸통에는 기계실이 있었고 배에는 반응로가 들어 있었다. 가슴에 해당하는 위쪽에는 생활실이 있었다. 그 위로는 둥그런 지붕이 달려 있는 머리가 붙어 있었다. 강력한 두 다리는 몸통 하단의 구형 연결부에 달려 있었고 위쪽 연결부에는 두 개의 '팔' 이 있었다. 기본 구성 상태일 때는 그 끝에 손가락이 넷인 기계손이 달려 있었다. 기계손은 15톤을 들어 올릴 수 있었다. 밖을 내다볼 수 있는 지붕 안쪽의 머리 부위에는 조종실이 있었다. 조종실에는 조종사용 제어판, 의자, 우주선 컴퓨터의 항해 장치 및 안전 점검 장치와 거기에 연결된 화면들, 통신 시스템과 내부 통화에 사용되는 스피커와 마이크, 중앙 패널, 수많은 버튼, 볼륨, 다양한 센서와 연결된 지시계 등이 있었다. 중앙 패널에서는 일명 '족쇄와 수갑' 을 꺼낼 수 있었다. 그 두 가지는 집게 모양의 센서로, 조종사는 손과 발을 거기에 물리고 수동으로 셰르파를 조종할 수 있었다. 작동 방식으로 볼 때 아주 적합한 명칭이었다.

인간으로 치면 척추에 해당하는 셰르파의 등 쪽에는 사다리가 있었다. 실제로는 기계의 외골격 몸체에 만들어 놓은 여러 개의 발걸이였다. 사람의 횡격막이 있는 곳에는 칸막이와 밀폐용 덮개가 기둥을 가로지르고 있었다. 그 칸막이에서 시작되는 생활실은 육면체 모양이었고 접이식 침대, 사물함, 음식을 보관하는 냉장고, 전자레인지, 컴퓨터 조종장치 등이 있었다. 그리고 모두들 '아이언 메이든' [3] 이라고 부르는 화장실이 있었다. 생활실에는 비상구가 연결되어 있었는데, 이 비상구는 '생존실'로 가는 통로이기도 했다. 후면 모듈을 모아 놓은 일명 '배낭'은 어디까지나 셰르파를 위한 물건이었다. 여섯 번째 장소는 정확히 한 사람만 들어갈 수 있는 거주구역이었고 독립적으로 작동하는 생존유지장치가 있었다. 그곳을 이른바 '생존실'이라고 불렀다. 케이미가 숨어서 구조대가 날아오기를 기다리는 장소가 바로 거기였다.

케이미는 두 셰르파 가운데 하나에 실어야겠군. 조지는 생각했다. 조지는 헬멧과 장갑을 허리띠에 걸고 통로를 조심스럽게 가로지르면서 임무에 필요한 경로를 예측했다. 그가 셰르파의 깊은 곳까지 들어가자 과열된 기름의 악취와 전자부품에서 흘러나온 열 때문에 온도가 올라간 공기의 기묘한 냄새가 환영해 주었다. 펌프와 압축기와 보조모터와 빨갛고 노란 고리가 붙어 있는 뱀처럼 생긴 전선과 거기에 엉켜 있는 유압용 관에서 흘러나온 후끈한 바람이 조지의 얼굴을 스쳤다. 조명이 흐릿한 기계실에서 전선을 구분할 수 있는 기준은 바로 그런 여러 색의 고리뿐이었다.

조지는 반응로 몸체의 볼록한 뚜껑을 가볍게 밀쳐 냈다. 그 뚜껑이 곧 기계실의 바닥이었다. 조지는 사다리를 기어 올라가서 안쪽의 갑갑한 공간으로 들어갔다. 그는 통로의 걸쇠를 풀고 생활실로 비집고 들어간 다음 걸쇠를 다시 조이고는 등에 지고 있는 개인용품 상자를 벗어서 화장실과 냉장고 사이에 있는 공간의 탄력성 끈에 매달았다. 조지는 수없이 반복해 왔던 작업을 무덤덤한 동작으로 수행하고는 숨을 쉬기 위해 수면으로 내닫는 금빛 고래처럼 조금의 지체도 없이 조종실로 올라갔다. 조종석에 가려면 손잡이가 달린 계단을 지나야 했

---

3) 여성 모양의 고문 기구.

다. 의자는 구형 지붕이 있는 공간으로 튀어나온 절벽과도 같았다. 하지만 조지는 계단이 필요 없었다. 그는 의자의 등받이를 끼고 돌아서 강화유리를 발로 밀쳤다. 그리고 너무 빨리 움직인 탓에 의자에 앉아 균형을 잡는 데에 약간 어려움을 겪었다. 마침내 조지는 안전띠를 착용했다.

조지가 줄지어 선 스위치를 켜자 정면에 있는 중앙 패널에 전원이 들어왔다.

"3호기 준비 완료." 조지가 통신 센터에 보고를 했다.

"비행은 유도식으로 2호기의 후방 50 헥토미터[4]에서. 착륙은 동적 방식으로."

아놀드가 항법 장치 아래에 있는 스피커를 통해 신중하게 말했다.

"출발은 20초 뒤에. 카운트다운 시작. 조지, 행운을 빌어."

조지는 거만한 독일인이 그렇게 빨리 겸손하고 예의 바르게 변한 것을 보며 놀랐다.

조지는 강화유리로 된 지붕을 통해 밖으로 시선을 돌렸다.

저것 때문이군. 아놀드도 화면을 통해서 저걸 본 거야. 조지는 여느 때와 마찬가지로 경이로운 우주에 사로잡혔다. 화성이나 그 위성들은 보이지 않았다. 행성은 저 아래 어딘가에 있었다. 불그스름한 빛이 번지면서 복잡한 배관과 짧고 긴 원통들과 격자 모양의 구조물과 안테나탑과 기중기와 이착륙 장치와 세이건 기지 그 자체인 태양 패널을 비추었다. 그것들이 화성의 존재를 배신하고 있었다.

조지는 위를 올려다보았다. 셀 수 없는 별무리가 빛나고 있었다. 거기에는 바스락거리는 천사들의 날갯짓 소리가 가득해서 인간의 나약함이 끼어들 자리가 없었다. 조지는 또 한번 다짐했다. 이런 비유를

4) 1헥토미터는 100미터

쓴 게 바이런인지 셸리인지 언젠가는 꼭 확인하고 말 거야.

"9, 8, 7." 이런, 카운트다운 중이었지. 조지는 그제야 낸시 이모의 소프라노 풍 목소리를 확인했다. 잠시 후면 기지와 분리될 예정이었다. 그래도 의자를 돌릴 필요는 있었다. 셰르파는 팔을 몸통에 붙이고 공기역학적 조종에 맞춰 움직이기 위해 저항면을 조절하면서 머리를 앞으로 하고 날았다. 한편 셰르파의 다리는 180도로 흔들리면서 몸통을 눌렀다. 인간이라면 곡예사나 할 수 있는 동작이었다. 그래야 허벅지에 달린 로켓이 중력 중심에 작용할 수 있었다. 착륙용 스키 역할을 하는 셰르파의 종아리는 로켓의 모터 아래에 접혀 있었기 때문에 잠시 후 엔진에서 흘러나올 맹렬한 기체는 전혀 문제가 되지 않았다. 셰르파는 잠시 동안 인간의 형태를 버리고 다른 모습으로, 엔진이 둘 달리고 앞부분에 조종사를 태운 로켓비행기로 변했다.

"3, 2, 1, 출발." 컴퓨터의 사려 깊은 목소리가 알려왔다. 그 목소리는 사랑스러우면서도 엄격한 이모를 연상시켰다. 별명 또한 그런 이유로 붙었다. 조지의 머리 위에 있는 별들이 움직이기 시작했다. 세이건 기지의 복잡한 배관들은 어딘지 모를 암흑 속으로 떨어져 버렸고, 조지는 잠깐 동안 자신의 체중을 느꼈으며, 거대한 적갈색 초승달이 거품형태이 지붕을 집어삼켰다.

삑, 삑, 삑. 셰르파가 레이더에서 나오는 광선의 축 안에 있었기 때문에 스피커에서 소리가 났다. 궤도를 제대로 따르고 있다는 증거였다. 조지는 전면 약간 위쪽에 있는 작은 점을 발견했다. 데미안이 탄 2호기였다. 2호기에서는 칼 같은 불꽃 두 개가 튀어나와서 지붕 옆의 공간을 둘로 갈랐다. 작은 불꽃들도 흐르고 있었다. 그 빛은 조지의 시야를 가렸다. 조지도 감속을 개시했다.

조지의 무선 통신기에 있는 통화 버튼이 깜빡거리기 시작했다. 조지는 D 채널을 켰다.

데미안이었다. "시간이 좀 걸렸네." 그의 목소리가 스피커에서 흘러 나왔다.

"시간이 별로 없어. 10분 뒤에 착륙할 거야. 수신 상태는 괜찮아?"

데미안은 조심하면서 얘기했다. 조지는 대답하려 애쓰지 않았다. 그 대신 안전띠가 늘어날 수 있는 한도 내에서 몸을 최대한 앞으로 내밀고 손으로 우측을 더듬거려서 두어 개의 연결을 끊었다. 이제 D 채널은 조지 측에서도 감시당하거나 녹음되지 않는 상태가 되었다.

"자, 그럼" 조지가 대답했다. 이 말은 조지가 '그렇다'는 말 대신 쓰는 문구였다. 흔히들 그러곤 했다. 입 밖으로 나오는 말뿐 아니라 모든 소리가 감시당하는 걸 좋아하는 사람은 아무도 없었다.

"도대체 무슨 일이 생긴 거야?"

"케이미하고 다시 통화를 했어. COMM3로."

COMM3는 지휘관과 부관이 사적으로 통신하는 회선이었다.

"케이미가 멜하고 연결을 해 줬어. 흠, 실제로는 10시간 전에 녹음된 음성이었지만. 멜은 별 문제가 없는 것 같아. 그냥……. 심리적으로 조금 위기를 겪는 모양이야. 그리고 이번 임무에 대한 기록이 유출되는 것도 싫었어. 나중에 하나로 취합하면 되니까……."

"그래서 멜의 진짜 문제가 뭔데?"

"돌아오기 싫대. 멜은……. 흠, 정확히는 케이미가 전해준 거지만, 멜은 브래드버리의 그림자에 사로잡혔대……."

"뭐에 사로잡혔다고?"

"브래드버리의 그림자에." 데미안이 신중하게 되풀이했다. "멜은 그게 인류 역사상 가장 획기적인 발견이라고 했어. 그리고 네가 그 뜻을 알 거라고 하더라. 그 책을 가져온 게 너라며. 사실은 그것 때문에 너를 구조대에 넣어야 한다고 고집을 부린 거야. 말해 봐. 브래드버리의 그림자가 뭔지 알아? 난 생전 처음 듣거든. 멜이 미쳤다고 생각하

228

긴 싫어."

셰르파의 지붕 안으로 빛이 번쩍였다. 조종석 창문 앞에서 암흑이 둥그렇게 타들어 갔다. 태양광선이 두꺼운 유리의 모서리를 때리면서 무지갯빛 줄무늬로 바뀌었다. 일곱 가지 원색이 조종석 안의 사물을 어두운 그림자로부터 끄집어냈다. 그 덕분에 반짝거리는 스테인리스 스틸로 만든 틀과 강화유리창을 고정시켜 주고 있는 접합제가 네온 같은 녹색을 되찾았다. 검푸른 조종판의 테두리는 부드럽고 노란 플라스틱 완충제에 둘러싸에 있었고 지붕의 후면 틀은 적포도주 빛깔의 인조 가죽으로 덮여 있었다.

"어쩌면 『화성 연대기』를 얘기하는 건지도 모르겠네. 내가 체코어 판을 읽고 있는 걸 멜이 봤거든. 미국 작가인 브래드버리가 백 몇십 년 전에 쓴 거야. 미국이 화성을 침공하는 얘기를 자신의 시야로 펼친 거지. H. G. 웰즈의 소설을 뒤집은 거야. 하지만 내 기억이 맞는다면 거기에 그림자 얘기는 없어. 브래드버리의 그림자라고 부를 만한 건 없다는 얘기야. 멜이 정확히 뭐라고 했는데?"

"케이미한테 전해 달라고 했대. 자신이 브래드버리의 그림자에 갇혀 있다고. 거기에서 벗어날 힘이 있으려나 모르겠다고. 다른 사람이 그 그림지에 들어오면 무슨 일이 생길지 모른다고 했다더라. 그러니 자신이 확인해 보고 그 너머에 뭐가 있는지 알기 전까지 우리는 기다려야 한다는 거야. 10시간 뒤에 다시 통신을 보내겠다고 했어. 하지만 그 뒤로도 말이 없었기 때문에 케이미가 무선 통신으로 경보를 울린 거지."

거세게 감속을 했기 때문에 셰르파가 움찔거리며 흔들렸다. 이제 조지는 조종석 창문을 통해 여러 색깔을 볼 수 있었다. 완전한 검정이 자줏빛 색조로 바뀌었기 때문에 조지는 구리로 만든 거대한 항아리 속으로 떨어지는 것 같았다. 그 항아리는 고대 우주의 축복을 받아 삭

왔고, 고대의 별들이 축제를 벌였던 열기 때문에 금이 갔으며, 황철석 광맥 때문에 구멍이 나 있었다. 오른쪽의 제일 큰 흉터는 올림푸스 산이었고, 두 사람의 비행축을 기준으로 할 때 산의 바로 뒤에는 그보다 조그맣게 화성의 아름다움에 흠집을 내는 세 개의 상처가 있었다. 각각 아르시아, 파보닉, 아스크레우스 분화구였다. 화성의 서반구 쪽 적도 부근이었다. 좌표용 녹색 격자가 들어차 있는 화면에서 광점 하나가 맥동을 했다. 멜과 케이미가 있는 곳의 무선 신호였다. 그 광점은 항법 화면에도 똑같이 나타나 있었고 구조대의 착륙 경로도 거기서 끝나고 있었다.

"생각나는 게 없어서 유감이네. 멜이 그 말로 뭘 표현하는 건지도 모르겠어." 조지가 실망스럽게 얘기했다.

"착륙 준비 시작. 목적지까지 남은 거리 5백 킬로미터. 고도 40."

낸시 이모가 끼어들었고 나갈 생각도 하지 않았다. 두 사람은 대화를 끝내야 했다. 조지는 알토 풍으로 낮게 변한 데미안 쪽 낸시 이모의 목소리가 생기를 띠고 수다를 떠는 것까지 들을 수 있었다.

"대각선 거리 1천, 고도 30."

컴퓨터의 소프라노 풍 목소리가 울렸다. 조지는 자신이 탄 셰르파가 거인의 동굴 속으로 흘러들어가는 것 같은 말도 안 되는 느낌을 받았다. 동굴의 천장은 벽돌이었으며 조지의 머리 위로 무너져 내리고 있었다. 하지만 그런 느낌은 곧 지나갔다. 모든 사물이 금세 에서의 착시현상처럼 바뀌었기 때문이다. 위는 아래였고 아래는 위였다. 벽돌로 만든 천정은 바닥이 되었고 조지는 발부터 아래로 떨어지고 있었다. 조지는 강한 현기증을 느꼈다. 어릴 적에 자신을 고문했던 끔찍한 추락의 악몽이 현실에서 재현되는 것 같았다. 조지는 눈을 감아야 했다.

바깥에서 누군가가 포장지를 찢어내는 듯한 소리가 들렸다. 셰르파가 불규칙하게 흔들렸다. 대기 착륙을 할 때면 흔히 겪는 현상이었다. 조지가 다시 눈을 뜨자 감속용 제트 엔진에서 뿜어져 나온 기본적인 불꽃 효과까지 시야에 들어왔다. 그러더니 가속이 조지를 다시 의자 쪽으로 거칠게 밀어붙였다. 지붕 뒤에 있는 벽돌 표면이 회전하다가 다시 안정을 찾았고 흉터로, 복잡하게 얽힌 흉터로 바뀌었다.

"기본 동적 착륙 자세. 거리 400, 고도 20 헥토미터. 수정, 수정, 재조정, 재조정. 고도 50."

낸시가 마리너 협곡 바닥을 0으로 삼아 고도를 측정하느라 일장 연설을 했다. 그 협곡 어딘가에 멜이 있었다.

이제 셰르파는 가변형 날개가 달린 초음속 제트기와 비슷하게 날고 있었다. 몸통에 매달려서 뒤틀려 있는 두 팔은 공기역학적 조정을 쉽게 해 주었고, 희박한 대기가 셰르파의 속도를 늦추기 전까지는 그것만으로도 충분했다. 그 다음으로 안정적인 자세를 유지하는 역할은 팔찌 안에 숨겨진 보조 로켓이 담당했다.

셰르파는 이제 중간 형태로 바뀌어서 화성의 표면 위를 빠르게 날았다. 둘 사이의 거리는 50미터였다. 배 아래에는, 사실은 그쪽이 등이었지만, 검정색 바탕에 커다란 주황색 숫자가 적혀 있었다. 아우드먼 분회구의 둥근 벽이 스쳐 지나가자 셰르파들은 신호를 기다렸다는 듯이 북쪽으로 급선회했다. 기계들이 제우스신의 연인을 기리기 위해 이름 붙인 이오 균열지대가 있는 협곡의 남쪽 지역 위로 비행하자 엔진이 으르렁거렸다. 셰르파들은 단 한 순간도 기다리지 않고 그곳을 떠났고 또 다른 협곡이 아래에서 입을 벌렸다. 셰르파들은 번개처럼 빠르게 회전한 다음 그 안으로 미끄러져 들어가서 중심축을 폈다. 셰르파는 티토늄 균열로 들어가고 있었다. 부서진 벽들이 마구 몰려들었고 착륙까지는 단 몇 초만이 남아 있었다.

"착륙용 스키 작동. 속도 300."

낸시가 힘찬 목소리로 알려 주었다. 그리고 벽돌처럼 붉은 표면이 미끄러지는 속도가 정말로 눈에 띄게 느려졌다. 벽은 팔을 뻗으면 닿을 만큼 가까이에 있었다. 조지는 데미안의 셰르파 아래쪽에서 정강이가 아래로 내려가는 모습을 보았다. 두 사람의 기체는 이제 나란히 날고 있었다. 그러다가 무릎을 꿇은 자세로 티디온 협곡의 바닥에 착륙했다. 협곡의 바닥은 애리조나에 있는 그랜드캐니언보다 두 배는 깊고 여섯 배는 넓었다. 애리조나는 멜이 태어난 주였다.

* * *

"지역 시간 9시 35분. 외부 온도 섭씨 영하 42도. 풍속 초당 1.5미터, 서풍."

낸시 이모가 무미건조하게 말했다. 조지는 주말에 시골집에 와서 아침 일기예보를 듣는 것 같은 기분이 들었다.

셰르파가 착륙하면서 날려 올라갔던 모래가 가라앉았다. 셰르파는 비행 형태에서 보행 형태로 바뀐 상태였다. 들쭉날쭉한 비탈로 양쪽이 가려진 채 일부만 벗겨진 하늘은 연어의 속살처럼 분홍색이었다. 화성의 대기 흐름이 갈철석 성분의 먼지를 들어 올릴 만큼은 됐기 때문이다. 태양은 잘라 구운 햄 위에 얹힌 계란처럼 걸쭉한 대기층을 통과하며 흐릿해져 있었다. 협곡의 더 높은 북쪽 벽은 번뜩이는 아침 햇살을 받아 빛나고 있었다. 두 대의 셰르파는 3미터의 커다란 보폭으로 그쪽을 향해 조심스럽게 전진했다. 그 벽에는 다양한 적갈색의 화성지층이 가로 새겨져 있었다. 마치 초콜릿 아이스크림과 체리를 채워 넣은 케이크를 세로로 잘라 놓은 것 같았다.

"이제 야영지가 보이네." 데미안이 말했다. 조지도 두 개의 은색 육면체를 볼 수 있었다. 그 육면체는 보조 저장 공간이었다. 그리고 거품처럼 부풀어 올라서 반짝거리는 이글루도 보였다. 하지만 가장 눈에 띄는 것은 주황색 눈물 모양의 생존실이었다. 그 위에는 인간이 있다는 것을 가리키는 푸른빛이 반짝이고 있었다. 그 인간이란 수염이 조금 나고 눈동자가 검으며 키가 작은 주술사인 케이미였다. 케이미는 라플란드 지역의 목동이었고 노르웨이나 핀란드 어느 한 쪽도 자국 영토라고 주장하기 어려운 구대륙의 북쪽에서 온 심령술사였다.

"네가 케이미를 등에 실어." 데미안이 결정을 내렸다. 두 사람은 다시 감시를 받지 않는 D 채널을 통해 얘기하고 있었다. "시간이 없어. 멜의 산소는 세 시간 분량이야. 나는 통제실에 있는 아놀드를 다시 한번 불러 볼게." 데미안이 덧붙였다. 두 사람 모두 협곡의 바닥에서는 원거리 통신이 작동하지 않는다는 걸 알고 있었다.

붉은 먼지를 뒤집어쓴 두 대의 기계가 쿵쿵거리며 생존실 위로 올라갔다. 데미안의 셰르파는 푸른색 조명이 깜빡거리는 생존실 옆에 서서 거대하고 뭉툭한 다리를 벌리고 몇 번 더 발을 굴렀다. 높이 쳐든 견인팔이 제대로 지지를 받을 수 있는지 확인하기 위해서였다. 데미안은 앞으로 몸을 기울이고 셰르파에 달린 네 개의 날카로운 손톱으로 생존실의 측면을 집어 올렸다. 조지는 데미안의 우주복이 조종석 창문 안에서 반짝이는 것을 볼 수 있었다. 조지는 3호기를 조종해서 뒤로 돌고는 2호기에게 등을 내미는 자세를 취했다. 눈물처럼 생긴 주황색 생존실은 지면에 놓여 있다가 조금도 흔들리지 않고 들어 올려졌다. 셰르파의 몸통에서 먼지 덩어리가 소리 없이 떨어졌다. 조지는 생존실이 자신의 셰르파 뒷면에 합체하는 동안 살짝 긁히는 소리를 들었다.

"안녕하시우, 대장. 안녕, 조지. 날 데려다줘야겠네."

케이미가 그제야 통신을 연결하고 말했다. "당연한 얘기지만 우리가 대화하는 채널은 외부로 연결되지 않았겠지?' 조지는 조작해 놓은 채널을 케이미가 어떻게 찾았는지 알 수가 없었다. "내가 공포에 떨었다는 증거를 남기기는 싫거든."

"무슨 공포? 케이미, 도대체 무슨 얘길 하는 거야? 그리고 멜은 어딨어?' 데미안이 짜증을 내면서 질문을 되풀이했다. "왜 멜을 직접 데려오지 않은 거야? 둘 사이에 무슨 일이 있었던 거냐고? 너희 둘만 내려보내는 게 아니었어. 셰르파 두 대로 동적 착륙을 했다가 궤도로 날아가는 데에 비용이 얼마나 드는지 알아?'

두 셰르파는 머리를 맞대고 서 있었다. 두 조종사를 가로막고 있는 것은 유리 두 장뿐이었다. 조지는 데미안이 화를 내며 눈을 부라리고 머리 위 어딘가를 올려다보는 모습을 볼 수 있었다. 지붕 너머에는 생존실의 주황색 상단부가 있었다. 생존실의 앞면에는 엄청나게 큰 창문이 있었고, 그 안에는 취조를 받고 있는 케이미가 가느다란 턱수염과 뒤틀린 콧수염을 달고 은색 액자 안에 끼워진 그림처럼 들어가 있었다.

"대장, 내가 무전으로 다 얘기했잖아. 바위의 영혼이 깨어났고 멜은 그 힘에 굴복했다니까. 유감스럽게도 우리 셋이 힘을 합쳐도 거기엔 대항할 수 없어. 힘이 무시무시하거든. 여기서도 그 힘을 느낄 수가 있어. 멜은 죽을 거야. 다른 사람들도 곧 그렇게 될 테고." 케이미는 조용하게 예언을 했다. 그의 목소리가 너무 도발적이어서 조지는 손이 축축해지는 것을 느꼈다.

"브래드버리의 그림자에 대해서 아는 거 있어? 그게 도대체 뭐야?' 데미안은 분노하면서 계속해서 케이미를 심문했다.

"그 영혼의 그림자를 얘기하는 거야. 저기서 시작해서, 구부러진 곳을 지나서 토끼처럼 생긴 지형까지 이어져 있지. 멜하고 나는 저걸

234

토끼바위라고 부르고 있어. 멜은 어제 아침부터 저기에 있었어. 여기에서 사흘쯤인가 뭔가를 재더니 영혼한테 갔어. 마지막으로 보고를한 건 어젯밤 늦은 시각이었어. 핵을 찾았다고 하더라고. 브래드버리의 그림자의 핵 말이야. 가서 직접 봤다고 하더라. 돌아올 수 있을지모르겠다면서 버티기 힘들 거라고 했지. 10시간 있다가 보고를 할 테니 걱정하지 말라더라고. 하지만 알다시피 연락은 없었어, 데미안. 그래서 멜의 채널을 통해서 녹음 내용을 보낸 거야. 처음에는 나도 따라가려고 했지만 걸으면서 가져갈 수 있는 산소는 얼마 되지 않았어. 겁도 났고. 힘도 없는데다가 예감이 엄청나게 안 좋았어. 영혼이 너무강했거든. 교활하고 사악하기도 하고."

케이미는 라플란드 풍의 모자를 쓴 고개를 끄덕이며 말했다. 그러는 동안에 우습게 생긴 구식 총의 총열이 보였다. 저걸 또 가져왔군. 조지는 생각했다.

"우선은 그걸로 됐어." 데미안이 결정을 내렸다. "가자. 내가 먼저갈 테니 조지는 1백 미터 뒤에서 따라와."

일행은 출발했다.

협곡의 북쪽 벽이 갑자기 엄청 가까워졌다. 벽은 주름진 커튼처럼 하늘에서 흘리내렸디. 그림이 걸린 화랑의 벽과 돌출부와 발코니를 섞어 놓은 모습이었다. 그곳에서는 공포가 번져 나왔다. 조지는 자신이 이 붉은 세계와 얼마나 분리되어 있는지를 처음으로 절감했다. 조지는 체코어로 화성을 뭐라고 부르는지 떠올렸다.

죽음을 가져다주는 자.

정말로 우리 가운데 누군가가 죽을까? 조지는 셰르파의 중심부에 가득한 편안함과 따뜻함 속에서 몸을 떨었다.

"조지, 여기서는 무서워할 필요가 없어." 스피커에서 케이미의 목소리가 들렸다. "그림자는 토끼바위를 절대로 넘지 않으니까."

"지체하지 마!" 데미안이 1백 미터 앞에서 재촉했다. 그도 불안해하고 있었다.

일행은 시야를 가리고 있는 현무암 돌출부에 도착할 때까지 묵묵히 걸었다. 붉고 편평한 협곡의 바닥에 우뚝 솟은 그림자는 귀를 쫑긋 세우고 쿵쿵거리는 토끼와 비슷했다. 지난번 모래폭풍 때문에 두텁게 깔린 갈철석 가루가 돌출부의 앞부분에 퍼져 있었다. 24시간 전에 멜이 남긴 흔적 위에 데미안의 셰르파가 발자국을 더했다. 멜이 간 길이 분명했다. 데미안은 이제 토끼의 머리와 조금도 닮지 않은 바위의 곁에 셰르파를 세워 놓고 조지를 기다렸다.

떠올랐던 먼지가 화성의 약한 중력 때문에 천천히 가라앉았다. 그처럼 두텁고 더러운 안개가 셰르파의 아래쪽 3분의 1을 덮었다. 그곳의 대기는 지구상의 95킬로미터 지점과 맞먹을 정도로 희박했기 때문에 먼지 입자는 셰르파의 겉면에 달라붙었다. 그 결과 나란히 선 두 대의 셰르파는 허리까지 피를 뒤집어쓴 도살자처럼 보였다.

바위의 모서리를 넘어서자 티디온 계곡의 다음 구역으로 이어지는 풍경이 보였다. 인상적인 광경이었다.

다른 곳과 마찬가지로 이곳도 가파른 비탈이 편평한 지면을 둘러싸고 있었다. 하지만 북쪽 벽은 흔히 보이는 계단식 지형이 아니었다. 그 대신 하나로 이어진 대형 선반이 솟아 있었다. 폭은 10킬로미터 가량이었고 봉우리는 하늘 어딘가로 올라가 보이지 않았다. 시야 밖으로 벗어나는 게 쉽지는 않았기 때문에 조지는 밤에 돌아다니는 호랑이처럼 회색과 검정색으로 줄무늬가 그려진 벽의 높이가 3킬로미터는 넘을 거라고 생각했다.

"조지, 센서에 보이는 거 있어?"

"아무것도 없어." 조지가 화면을 살펴본 다음 대답했다.

"이쪽도 마찬가지야." 데미안이 대답했다. "망원경으로 바꿔서 바닥을 봐. 난 벽을 볼 테니까."

버튼을 한 번 누르자 협곡의 갈철석 바닥을 확대한 영상이 개요 화면으로 뛰어들어왔다. 갈철석 바닥은 그 자체가 이미 수수께끼였다. 똑같은 광물이 어떻게 화성 표면과 그로부터 3킬로미터 아래인 협곡 바닥에 동일하게 분포하고 있을까? 화산활동도 없고 물 때문에 침식될 수도 없는 행성에서 어떻게 마리너 협곡이 솟아올랐을까? '인상이론'이 유일한 해답이었지만 그렇다고 해서 누가, 혹은 무엇이 왜 압력을 가하는지는 알 수가 없었다.

카메라가 초점을 바꾸자 붉은색 협곡 바닥의 좁고 가는 지역이 점점 더 시야에 들어왔다. 카메라는 돌출한 남쪽 비탈에서부터 거대한 벽의 기슭에 진 그림자에 이르기까지 움직였고, 하얗고 가느다란 서리들이 파도의 마루처럼 반짝거렸다. 카메라가 세 번째로 움직였을 때 조지는 이산화탄소의 결정으로 이루어진 사구의 테두리에서 무언가를 보았다. 뭔가가 움직이고 있었다.

조지가 카메라를 더욱 확대시키려고 조작하고 있을 때 무언가가 발을 건드렸다. 그는 어리석게 겁을 먹으며 격렬하게 움츠렸다. 조지는 놀라서 입을 벌린 채 1미터 가량 떨어져 있는 장난스러운 얼굴을 보았다. 의자 바로 밑에서 케이미가 조종석으로 올라오는 계단을 밟고 서서 미안한 듯이 웃었다.

"놀라게 해서 미안해. 하지만 더 이상 혼자 있을 수가 없었어. 같이 움직이면 더 나을 거야. 내 말을 믿으라고." 케이미는 말을 마치고 헝클어진 만다린 턱수염을 손으로 툭툭 쳤다. 조지는 아무 말도 없이 몸을 숙였고 케이미는 조지의 뒤쪽을 통해 조종실로 기어 올라왔다. 케이미는 두 다리를 벌리고 조종석의 원통형 팔걸이에 걸터앉았다. 그렇게 해야만 우주복을 입은 또 한 사람이 그 방 안에 들어설 수 있었다. 케이미는 스피커에서 다시 한 번 소리가 들리자 가만히 있지를 못했다.

"세상에!" 데미안이 소리를 질렀다. "저 벽 좀 봐! 각도 28에 거리 32야."

조지는 우선 카메라의 마지막 좌표를 낸시 이모의 기억장치에 저장했다. 케이미는 그의 목 뒤에서 숨을 몰아쉬고 있었다. 조지는 데미안이 일러 준 좌표를 입력했다.

시야가 왼쪽으로 이동하더니 위로 거슬러 올라갔다. 벽을 확대한 모습이 화면에 가득 찼다. 가느다란 노두에 편평한 바위가 있었고 그 위에 셰르파가 서 있었다. 멜의 1호기였다. 노두의 일부는 얼마 전에 잘려 나가 깊은 골짜기 속으로 떨어진 것 같았다. 셰르파의 오른쪽 다리가 허공으로 삐져나온 상태였다. 왼쪽 발뒤꿈치도 절벽 밖으로 나와 있었다. 노두는 셰르파의 발바닥 길이보다 가느다랬다. 실제로 셰르파는 기계손에 의지해 매달려 있었다. 왼쪽 손톱은 비스듬한 균열을 움켜쥐고 있었고 오른쪽 손톱은 튀어나온 바위가 무너지면서 생긴 구멍의 위쪽에 있는 암석을 세 방향에서 붙들고 있었다.

조지는 멜의 셰르파를 보며 십자가에 못 박힌 예수를 떠올렸다. 다른 점이 하나 있었다. 셰르파는 벽에 가슴을 대고 있었고 충격을 받아 멍한 상태인 구조대 쪽으로 비상용 탈출구가 훤히 열린 등을 내보이고 있었다. 탈출구에는 흔들리지 않는 밧줄이 매달려 있었고 그 끝은 아무것도 없는 빈 공간을 향하고 있었다. 멜의 모습은 보이지 않았다.

"저 노두는 650미터 높이에 있어." 데미안이 놀라서 믿을 수 없다는 목소리로 말했다. "멜은 자동조종을 끄고 셰르파를 수동으로 조작해서 기어 올라간 게 분명해. 저런 게 가능할 줄은 몰랐네." 데미안이 넋을 놓고 덧붙였다.

조지가 새 좌표를 입력하자 영상이 축소되며 원경이 잡혔다. 화면에 비치는 벽의 영역이 점점 더 넓어졌다. 십자가에 못 박힌 기계의 윤곽이 차츰 축소되면서 화면의 위쪽 가장자리로 움직였고, 묵직한 셰르파의 발 아래에 있는 균열이 점점 더 넓어졌다. 조지는 지금 얼마나 광대한 상황과 마주하고 있는지 확실하게 깨달았다. 정말 한 인간의 힘만으로 25톤짜리 기계를 조종해서 저 높이에 올릴 수 있을까? 그 사람은 지금 어디에 있을까?

조지는 낸시 이모가 흥분한 고성으로 끼어들자 하마터면 그렇게 물어볼 뻔했다.

"좌표 24, -5 에서 움직이는 물체 발견. 분석 결과……." 바로 그 순간 컴퓨터의 합성 음성이 꺼졌다. 마치 확신하지 못하는 것 같았다. 잠시 후 컴퓨터가 말을 이었다. "……결과 인간으로 확인."

키보드로 손을 뻗기 전에 수만 가지 생각이 조지의 머릿속으로 쏟아져 들어왔다. 움직이는 물체의 거리는 셰르파까지의 거리와 같았다. 멜이 벽에서 돌진해 내려간 것일까? 하지만 어떻게 움직일 수가 있지? 중력이 3분의 1이라고 해도 5백 미터 높이에서 떨어지면 살아남을 수가 없는데.

마침내 영상이 화면에 떠올랐다.

그리고 오랫동안 침묵이 계속 되었다. 같은 영상이 눈앞에서 움직였기 때문에 데미안도 아무 말을 하지 않았다.

표류하던 이산화탄소의 결정은 바로 그 장소에 있는 돌덩이 무리 때문에 멈춰 있었다. 바위 조각들은 날카롭고, 회색빛을 띤 검정색이었고, 떨어져 나온 지 얼마 되지 않았다. 거기에 여인이 서 있었다. 여인은 청록색 야회복을 입고 있었다. 그녀는 카메라를 보면서 안에서 바깥으로, 반복해서 손을 흔들었다. 여인은 영하 50도에 가까운 기온에도 아랑곳하지 않았고 완전한 진공 상태로부터 그곳을 지켜주는 것이 겨우 9헥토파스칼에 불과한 기압이라는 점에도 괘념치 않았다. 드레스를 입은 여인은 구조대를 향해서 열렬하게 SOS를 보내고 있었다.

정황으로 보건대 그 여인은 자신의 위쪽 높은 곳에 티디온 협곡의 벽이 있다는 사실도, 그보다 더 위에 화성의 분홍색 하늘이 있다는 사실도 무시하고 있었다.

"조지." 데미안이 마침내 평정을 되찾고 말했다. "네 눈에 보이는 걸 정확하게 얘기해 봐."

"드레스를 입은 여자가 SOS를 보내고 있어." 조지가 더듬거리며 말했다. 조지는 통기성이 좋은 속옷을 입고 있었음에도 땀줄기가 목으로 흐르는 것을 느꼈다.

"나도 같은 걸 보고 있어." 대장이 동의했다.

말도 안 되는 광경이었다. 조지는 데미안이 확인해 주었음에도 혼란에 빠졌다. 이건 그냥 꿈이야. 신기루한테 홀린 거라고. 멜이 바보 같은 농담을 해서 그래. 조지는 자신이 본 것을 논리적으로 설명하려고 노력했다.

"저 여자는 진짜야." 케이미가 말했다. 두 사람은 케이미를 완전히 잊고 있었다. 케이미는 조지의 어깨 너머로 화면을 뚫어져라 쳐다보고 있었다. "저 여자는 우리를 환영하러 나온 첫 번째 조력자 영혼이라고."

"너한테도 보여?" 조지가 물었다.

"여자의 모습을 하고 있지." 라플란드 인이 덤덤하게 대답했다. "하지만 그 힘은 전혀 달라."

"수치는?" 데미안이 급하게 확인했다. 조지가 부정적인 대답을 하자 데미안이 조금 더 침착하게 말을 덧붙였다. "여성 모양을 한 물체를 더 가까이 살펴봐야겠어."

셰르파가 출발하자 여인의 모습이 우아하게 흔들렸다. 잠시 후 카메라의 흔들림 보정 기능이 셰르파의 거들먹거리는 걸음걸이에 적응했다.

"온도 급하강 중. 현재 영하 86도." 데미안 쪽 낸시 이모가 갑자기 흥분한 알토 풍으로 말했다. "저 인간은 인간이 아님." 조지의 셰르파에 있는 낸시가 겁에 질린 고음으로 말했다. "확정 불가. 확정 불가. 확정 불가……." 낸시가 신경질적으로 소리를 지르기 시작했다.

"지능을 반으로 낮춰!' 데미안이 미쳐 날뛰는 조지의 컴퓨터에 대고 소리를 쳤다. "난 벌써 그렇게 했어."

조지가 중앙 패널을 건드리자 낸시 이모가 바보로 변하더니 입을 다물었다.

문제의 여인은 셰르파의 움직임을 관찰한 것이 분명했다. 여인은 두 손을 내리더니 여자 황제처럼 머리를 잡고 기대에 차서 구조대 쪽을 응시했다. 구조대는 10분 뒤에 여인이 있는 곳에 도착했다. 일행의 머리 위에서 현무암 석판이 불쑥 튀어나왔다. 노두와 멈춰 있던 셰르파가 분홍색 하늘 어딘가로 사라졌다. 육중한 기계들이 이제는 조그마한 장난감처럼 보였다. 암벽은 이제 장엄함을, 무언가 신비하고 신적인 것을 내뿜고 있었다. 성당에서 아찔한 고딕 풍 지붕까지 솟구쳐 있는 파이프 오르간이 고요하게 반복구를 노래하는 것을 듣자면 그곳이야말로 진짜 신의 집이라는 느낌이 들게 마련이었다. 그것과도 같았다. 벽에는 신성한 두려움이 있었고 그와 동시에 언제 입을 뗼지, 언제 우렁찬 신의 목소리를 들려줄지에 대한 기대감이 있었다.

조지는 그곳에 도착하는 순간 방금 떨어진 바위 더미들이 사라질 거라고 마음 한구석에서 스스로를 설득하고 있었다. 하지만 마침내 벽에서 눈을 떼고 조종석 창문의 하단을 통해 밖을 내려다보려고 고개를 숙이는 순간 조지는 여인과 시선을 마주쳤다. 조지는 머리가 핑 돌며 현기증을 느꼈다. 술에 잔뜩 취한 것 같은 상태였다. 조지는 완벽한 계란형의 얼굴을 응시했다. 여인은 붉은빛을 띤 금발의 왕관을 쓰고 있었으며, 거기에는 다이아몬드가 박힌 빗이 꽂혀 있었다. 조지는 여인의 완벽한 신체를 살펴보았다. 어깨는 드러나 있었고 굽이진 목걸이 아래에 깊이 파인 보디스 속으로 가슴이 전부 보였다. 흰색 레이스 장식끈은 여인의 허리를 더욱 가늘어 보이게 만들었다. 장식끈의 끝은 풀려서 거품이 이는 폭포수처럼 치마의 주름 사이로 흘렀다. 치마의 청록색은 지구의 하늘과 북해의 녹색을 섞은 것 같았다. 그 자리에 있던 사람들은 하나같이 여인의 아름다운 얼굴을 기억했다. 조지는 그처럼 성숙하고 아름다운 숙녀의 모습을 어디선가 본 것 같았다. 조지는 충격을 받으면서 그럴 리가 없다고 생각했다. 여인이 양홍색을 바른 입술을 움직이자 조지는 반사적으로 외부 마이크를 켰다.

여인의 목소리가 셰르파의 심장을 파고들었다. 그때까지 화성에서 나는 소리라고는 구분이 불가능하게 찢어지는 소음뿐이었다. 하지만 이제는 비교적 깨끗하고 달콤한 알토 풍의 목소리가, 걱정스러운 저음이 들려왔다.

"여러분, 제발 우리 애를 구해 주세요. 제발 구해 주세요." 여인은 후광처럼 빛나는 레이스를 뒤로 하고 두 손을 가슴께에 올려 고전적인 성모상의 자세를 취하며 반복해서 애원했다.

"물론입니다, 부인. 뭐든 도와드리죠. 하지만 우선 밖으로 나가야 합니다." 셰르파의 앞에 선 여인의 충격적인 모습에도 불구하고 데미안의 뇌는 부드럽게 작동하고 있었다. 하지만 그 다음에는 이미 여러 번 생각해 보았던 상황과 마주쳐야 했다. 데미안이 끌어낸 결론은 이랬다. 그 무엇보다 경계심을 늦추지 않는 게 중요했다. 딱히 인간의 유령을 만날 거라고 예상하고 그런 생각을 했던 건 아니었다. 게다가 그게 멜의 어머니의 유령일 줄은 상상도 하지 못했다. 데미안은 보자마자 여인이 누군지 알 수 있었다. 그녀가 몇 년 전에 비극적인 죽음을 맞은 사실도 알고 있었다. 데미안은 탐사대의 지휘자로서 의무의 범위 안에서 모든 대원의 개인사를 잘 알고 있었다. 하지만 우주에 첫 발을 내디뎠던 그 순간부터, 데미안은 미지의 존재나 이해할 수 없는 일을 맞닥뜨릴 때 어찌 할지를 고민했고 그에 맞는 전략과 전술을 숙고해 왔다.

이번 일이 그런 경우라는 사실에는 의심의 여지가 없었다. 따라서 적합한 전략과 전술을 결정할 필요가 있었다. 하지만 불행하게도 이번 접촉은 처음부터 불리한 점이 있었다. 멜이 이미 상대방의 손아귀에 들어가 있었기 때문에 데미안이 결정을 내릴 시간에는 한계가 있었다. 그러므로 우선 멜을 찾아내고 나서 미지의 현상을 조사하는 것이 순서였다. 다른 사람이라면 그런 순서가 아니었을지도 모르지만 데미안은 달랐다. 그는 자기비판이 강한 사람이었기 때문에 왜 그런 결정을 내렸는지도 알고 있었다. 데미안은 모국의 역사를 너무나 잘 알고 있었다. 그의 조국은 불필요하게 피를 흘리는 경향이 있었다. 따라서 데미안에게는 인간의 생명이 최우선이었다. 어떤 희생을 치르더라도 멜을 구해야 했다. 다른 일을 처리할 시간은 그 후에도 있을 거라는 게 데미안의 생각이었다. 그는 그 목적을 달성할 방법, 즉 첫 목표에서 벗어나지 않고 적이 짐작할 수도 없는 방법을 즉시 결정했다. 모든 게 정상인 것처럼, 모나코의 왕자를 만나기에나 어울리는 이브닝 가운을 입은 여성이 극지방과 다를 바 없는 화성의 기온 속에서 돌아다니며 아무 장비도 없이 구조대의 내부 통신에 끼어들어도 별 문제가 없는 것처럼 행동해야 했다. 데미안은 조지와 케이미가 자신의 반응을 보고 그 점을 깨닫기를 희망하고 있었다. 그래서 데미안은 평상시의 목소리로 친절하게, 침착한 얼굴로 말했다.

"물론입니다, 부인. 뭐든 도와드리죠. 하지만 우선 밖으로 나가야 합니다."

데미안은 자신의 셰르파 안에서 말한 게 분명했다. 조지의 셰르파 안에 있는 내부 통신장비가 정확히 같은 말을 수신했기 때문이다. 하지만 여인도 그 말을 들었음에 틀림없었다. 여인은 감사의 뜻으로 미소를 지었다.

"자, 나가자고." 데미안의 목소리가 확성기를 통해 말했다. 하지만 조지는 꼼짝 않고 멈춰 서서 바위에서 내려오는 아름다운 인물을 주시했다. 여인은 먼저 허리를 숙이고 은빛과 청색이 섞여 있는 밍크 숄을 집더니 드러난 어깨에 두르고는 손가락 끝으로 치마를 쥐고 은빛 구두의 끝이 보일 때까지 천천히 들어올렸다. 그리고 바늘처럼 가느다란 구두 뒤축을 이용해서 모서리가 날카로운 바위에서 곧바로 내려오기 시작했다. 메트로폴리탄 오페라 극장의 커다란 계단을 내려가듯이 확신에 찬 동작이었다.

조지는 여인이 누군지 알고 있었다. 구조대의 셰르파 앞에 있는 사람은 멜의 어머니인 패트리샤 노튼 부인이었다. 조지는 멜의 선실에서 여인의 사진을 흘끗 본 적이 있었다. 사진은 멜의 탁자 위, 자석식 액자 속에 있었다. 조지는 그때도 여인의 아름다움에 놀랐다. "우리 어머니야." 조지가 궁금한 눈으로 쳐다보자 대머리에 안경을 쓴 멜이 대답했다. "몇 년 전에 끔찍하게 돌아가셨어. 그건 제일 잘 나온 사진이고." 멜이 덧붙였다. 나랑 별로 안 닮았지? 이마가 많이 드러나고 구식 안경을 쓴 멜은 무표정하고 근엄한 얼굴을 하고서는 조용한 미소로 그렇게 물었다. 비록 심령술사는 아니었지만 조지는 멜이 여전히 어머니의 그림자 속에서 살고 있으며, 어머니는 그렇게 아름다웠음에도 자신은 평범하다는 사실을 절대 용납하지 못한다는 점을 알 수 있었다.

"조지, 나가야 한다니까." 케이미가 조지를 현실로 끌어내며 그렇게 말했다.

두 사람은 차례로 기계 방에서 걸어 나온 다음 산소탱크를 끄집어내고는 서로의 등에 매달아 주었다. 헬멧을 쓰자마자 뜨거운 기름과 금속의 악취 대신 금속의 냄새가 섞인 산소 맛이 밀려 들어왔다. 조지는 그럴 때마다 늘 역겨웠다. 하지만 지금은 그 냄새가 에어록에서 압력을 조절하느라 공기가 빠져나가는 불길한 소리만큼이나 마음을 안정시켜 주었다. 그처럼 익숙한 소리와 냄새 속에 있자니 너무나 기뻤다. 그 안에는 논리와 질서가 있었기 때문이다. 하지만 이제는 지금까지 알고 있던 상식과 모든 인류의 경험에 반하는 세계로 걸어 나가야만 했다.

셰르파는 무릎을 꿇고 있었다. 따라서 입구가 지상으로부터 3미터 높이기는 했지만 경사로 역할을 하는 셰르파의 허벅지 위로 편하게 걸어 내려올 수 있었다. 데미안은 패트리샤와 평범한 대화를 나누고 있었다. 조지는 그 모습을 보며 턱을 한 대 얻어맞은 것 같았다. 머리 대신에 반짝이는 거품을 달고 있는 금빛 거인이 화장을 완벽하게 갖추고 오페라 극장의 무도회에 걸맞은 복장을 한 미녀를 마주 보고 있었다.

"……. 위쪽 동굴에 갇혀 있어요. 제발 우리 애를 풀어 주세요. 걔가 죽지 않게 해 주세요." 이브닝 가운을 입은 여인이 다시 한 번 애원을 했다. 뚜렷한 알토 풍의 목소리가 내부 통신망에 이어진 이어폰을 통해 들렸다. 그 내부 통신망에 접속할 수 있는 것은 오로지 지구인 세 사람뿐이었다. "어찌 됐든 걔는 내 아들이니까요."

"물론입니다, 부인. 최선을 다해서 아드님을 구해 드리겠습니다. 하지만 멜은 어디에 있나요? 그 동굴은 어디에 있지요?" 데미안은 정말로 진지하게, 집중하면서 물었다.

"데미안." 조지가 그의 말을 막았다. 조지는 약간의 노력을 해서 마침내 꿈결 같은 문제의 장면에서 탈출할 수 있었다. "도대체 지금 무슨 일을 벌이는 거야? 정말로 믿는 건 아니겠지? 저건…… 지금 이건……." 조지는 말을 맺을 수가 없었다.

여인이 조지를 바라보았다. 그녀의 맑은 초록빛 눈에서 눈물이 흘렀다.

"선생님은 우리 애를 도와주지 않을 건가요……."

"조지." 데미안이 거칠게 끼어들었다. 조지는 데미안의 헬멧 유리를 통해 진지하고 날카로운 얼굴을 볼 수 있었다. "멜은 이 근처 어딘가에 있어. 산소가 떨어지기 전에 멜을 찾을 수만 있다면 난 어떤 유령극이라도 마다하지 않을 거야. 받아들일 수 없다면 이게 다 꿈이라고 생각해! 부인." 데미안이 패트리샤를 바라보았다. "아드님은 어디에 있지요?"

"저기예요." 여인이 구릿빛으로 탄 맨손을 들어 벽 쪽을 가리키면서 대답했다. 커다란 백금 팔찌가 팔을 타고 미끄러지더니 둥근 팔꿈치에서 멎었다.

정오가 다가오고 있었다. 태양은 최고점 부근에 있었다. 평행에 가까운 태양광 덕분에 과녁이나 원 모양의 물결과 비슷하게 생긴 무언가가 벽 위에서 모습을 드러냈다. 어느 순간 무언가가 바위와 충돌했거나 그 위에서 폭발하면서 녹아서 광물이 되고, 그 충돌이 야기한 파가 가라앉기 전에 식어서 굳은 것 같았다. 이제 그닥 대단치 않던 동심원 모양의 마루가 빛과 그림자의 상호작용으로 도드라지고 원근법 덕분에 타원형 곡선으로 왜곡되면서 정확히 한가운데에 과녁의 중심이 생겼다. 레이스에 둘러싸인 패트리샤의 손도 그 지점을 가리키고 있었다.

"사실이야." 케이미가 마침내 침묵을 깨고 말했다. 케이미는 그때까지 누군가를 기다리는 것처럼 주변을 둘러보기만 하고 있었다. "멜은 정말로 저기에 있어. 난 알아. 바위 영혼의 손 안에 있는 거라고. 저 여자가 멜 대신 말하는 거야." 케이미가 패트리샤 쪽을 잠간 가리키자 그의 금빛 우주복이 폭넓게 하얀 빛을 뿜었다. 그 와중에 어깨에 걸려 있던 총이 미끄러졌고, 케이미는 총이 적갈색 먼지에 닿기 전에 아라마이트로 된 사슬을 끌어당겨야 했다.

"어쨌든, 저기에 동굴이 있어요." 여인이 케이미를 흘겨보면서 신경질적으로 말했다. "우리 애가 그리로 올라갔고요." 여인은 다시 데미안을 쳐다보았다. 하지만 목소리는 침착했다. "올라가지 말라고 했는데도 가더군요. 하지만 다들 아시잖아요. 애들은 너무나 말을 안 들으니까……."

"멜하고 얘기를 해봐야겠어." 데미안이 여인의 말허리를 잘랐다. "케이미, 멜하고 영적으로 얘기할 수 있어?"

케이미가 어깨를 들썩이자 또 한 번 금색 빛이 반짝였다. "이런 얘긴 하고 싶지 않지만 영혼의 힘이 그걸 허락하지 않을 거야. 저 여자에게 물어봐."

"데미안, 나한테 직접 얘기해도 돼. 브래드버리의 그림자에 온 걸 환영해."

그리 크지 않은 목소리가 들렸다. 하지만 세 사람은 천둥이 친 것처럼 놀랐다.

* * *

"어디서…… 어떻게……." 데미안은 말을 더듬으면서 헬멧 안에서 머리를 획획 돌렸다.

"걱정하지 마. 이건 마법이 아니라 고향에서 옛날에 쓰던 훌륭한 기술이야. 다들 정전식 통신을 잊고 있었겠지. 나도 그랬어. 더 빨리 얘기했어야 하는 건데. 이 벽의 바위 안에는 꽤 쓸 만하고 다루기 쉬

운 장치가 들어 있어. 그래서 내 셰르파로도 찾아낼 수 있는 신호가
나왔지. 너희 셰르파가 오면서 쿵쿵거리는 소리는 들었어. 하지만 내
부통신에 들어가게 해달라고 컴퓨터를 설득하는 데에 시간이 좀 걸렸
지. 그렇게 멍청한 컴퓨터를 쓰지 말았어야 하는데……."

"멜, 너 도대체 어디에 처박혀 있는 거야? 저건……. 저 유령은 도
대체 뭐야?"

"그렇게 부르지 마. 그분은 우리 어머니니까. 지금 혼자 계셔?"

"무슨 소리야? '혼자'라니?"

"됐어. 일이 좀 다른 식으로 진행될 거라고 생각했거든. 흠, 내가
얘기한 건 잊어버려. 조지가 다 설명해주지 않았어? 아참, 조지, 어서
와. 난 결국 네 방에 있는 레이 브래드버리의 『화성 연대기』를 읽어
서……."

"그 책에서 그림자 얘기를 본 기억은 없는데." 조지가 불쑥 말을
꺼냈다. 조지는 그때까지 아무것도 이해하지 못하고 있었다.

"두 번째 탐사대가 어떻게 됐는지 생각해 봐. 대원 각자가 화성에
서 뭘 발견했지? 그건 분명히 기억이 날 거야. 그러면 너도 결국 내가
뭘 깨달았는지 알게 될……."

"이봐, 멜. 그 얘기는 이제 됐어." 데미안이 끼어들었다. 그의 목소
리에는 이제 분노가 그득했다. "동화 같은 얘기는 이제 그만 나불대
라고. 산소가 얼마나 남았는지 얘기해 봐. 지금 중요한 건 단 하나야.
널 거기서 끄집어내는 문제지. 그리고 그 그림자라는 게 지금 당장 여
기에 등장하지 않는다면, 무시하거나 정상인 척해야 해. 그러니 말해
봐. 보고를 기다리고 있을 테니까."

"알았어. 대장은 너니까. 어머니도 그렇게 말씀하셨거든." 데미안
은 그 말을 듣자 얼굴을 잔뜩 찡그렸다. 멜은 그 모습을 보기라도 한
것처럼 말했다.

"내가 너희들보다 더 사물을 있는 그대로 본다는 뜻이야. 어머니가 말씀하신 것처럼 나는 정말로 동굴 안에 있어. 너희보다 250미터쯤 위야. 여긴 일종의 공동이야. 엄청난 열 때문에 바위의 일부가 기체로 변하면서 생긴 거품이지. 운석이 충돌하면서 생긴 거야. 운석이 아니라 핵이라고 할 수도 있지. 적어도 난 그게 진실이라고 믿고 있어. 뭔가의 핵이라고, 더 큰 것의 일부라고 생각해. 흠, 그건 됐고. 그 핵은 석영으로 된 바위야. 그 표면의 일부가 동굴 벽에 묻혀 있어. 지금 헬멧의 조명을 거기에 비추고 있어. 그런데 이 동굴은 벽 표면하고 너무 가까워. 바위층의 두께는 3미터가 채 못 돼. 바깥에서 안쪽으로 깔때기처럼 파여서 바위층이 약해진 상태거든. 음파탐지기하고 구조계측기로 측정해 보다가 이 동굴을 발견한 거야. 굴뚝도 마찬가지고. 가스가 그렇게 거세게 나오고 있으니 어딘가로 빠져나간다는 얘기고……."

"네 생각에는 그 석영질 운석이…… 그 핵이……." 조지는 멜이 보고하는 중에 조심스럽게 끼어들었다.

"조지, 난 그렇게 믿고 있어. 게다가 그 핵은 아주 따뜻해. 표면은 영상 50도 정도야. 여긴 무척 더워. 그 현상에서 에너지가 나오는 것 같아. 그 결과 열을 가져다가 뿜어내는 거지. 너희도 절벽 근처의 협곡에서 기온이 급격히 떨어지는 건 알고 있을 거야. 그건 정말로 그림자라니까." 멜은 즐거운 목소리로 말했다. "흔해 빠진 시적 표현이 아니란 얘기야. 핵에서부터 부채꼴로 퍼져 나오고 있어. 그쪽 폭은 8킬로미터야. 측정해 봤거든. 케이미가 그 바위를 분명히 보여줬을 텐데. 시작점은 토끼바위고 끝은 '검은 기둥'이야. 거기서 동쪽으로 5킬로미터쯤 가면 고립된 현무암 지형이 있지. 거기만 빼면…… 그림자가 협곡 전체를 덮고 있어. 그림자에서 빠져나오면 다시 정상으로 돌아와. 완벽하게 정상으로." 멜이 강조했다. "무슨 말인지 알겠지. 셰르파에 타고 올라와 보니 이걸…… 이 물체를 더 잘 이해할 수 있었어. 나는 대각선으로 이동했고 다행스럽게도 빠져나올 수 있었어. 결과는 좋았지. 왜냐하면 어머니가……." 멜이 다시 한 번 잠깐 주저했다. "어머니가 사라졌고 아무것도 보이지 않았거든. 그게 마음에 들지 않으셨는지도 몰라. 단 한 번도 내 마음대로 하게 두신 적이 없거든. 어머니는 심지어 보이스카우트가 되는 것도 금지하셨어."

"산소는 얼마나 남았어?" 데미안이 또 한 번 말을 끊었다. "나는 그게 제일 중요해. 다른 건, 이 말도 안 되는 임무는 나중에 얘기하자고."

"데미안, 화내지 마. 유혹을 뿌리치기가 힘들었거든. 이 석영질 바위가 우리 두뇌보다 더 조직적인 물체라는 거 알아? 너였어도 굴뚝을 따라 내려가 봤을 거야. 내려오자마자 무너진 건 내 잘못이 아니라고……."

"산소 얘기를 해, 산소." 데미안이 다시 잔소리를 했다. "남은 산소가 어느 정도인지 말하라고. 그래야 우리가 움직일 수 있는 시간이 어느 정도인지를 알지."

"3시간쯤이야."

"그거면 그럭저럭 괜찮네. 그래야지. 이렇게 하자." 데미안이 절벽을 마주한 채 말했다. 데미안은 우주 유목민 생활을 오래 했기 때문에 말할 때 사람을 쳐다보는 습관이 남아 있지 않았다. "절벽 기저부에서 300미터 정도까지 셰르파 두 대를 보낼 거야. 계측기로 운석의 위치를 결정하고 나면 로켓추진식 닻을 쏴서 그 위에 박을 거야. 그리고 케이블을 따라 올라가는 거지. 그러면 멜이 있는 곳까지 길을 뚫고 나아갈 수 있을 거야."

"너무 오래 걸릴 텐데." 케이미가 말했다.

"그럼 더 빨리 갈 수 있는 방법이 있어?" 데미안이 되물었다.

"TNT를 쓰면 되잖아, TNT를. 아프가니스탄에서 그랬던 것처럼."

조지는 케이미가 되풀이해서 말했다고 생각했다. 하지만 잠시 뒤에 그 목소리에 이질적인 억양이 들어 있다는 것을 알았다. 탐사대원 가운데 그런 식으로 말하는 사람은 없었다. 게다가 그 목소리는 밖에서 들렸다. 조지는 뒤돌아보지 않을 수가 없었다.

조지는 이상하게 찍찍거리는 세 가지의 음을 들었다. 우주복 세 쌍의 발 아랫면이 긁히면서 희박한 화성 대기를 통해 전해지는 소리였다. 케이미와 데미안도 서투른 동작으로 뒤로 도는 것이 분명했다.

세 대원의 몸이 반사적으로 굳었다. 두뇌는 대상을 제대로 분석하지 못하고 있었다. 세 사람의 눈앞에 펼쳐진 것은 패트리샤 노튼 부인보다 더 괴이한 광경이었다.

머리 위에는 분홍색 하늘이 좁게 떠 있었고 바닥에는 붉은색 갈철석이 깔려 있었다. 협곡의 반대편에는 보라색으로 돌출한 벽이 배경을 이루고 있었다. 거기에 먼지투성이의 위장복을 입은 군인이 서 있었다. 윗주머니에는 소련군 중사의 계급장이 붙어 있었다. 낡은 군화에는 구멍이 잔뜩 뚫려 있었고 찌그러진 철모에는 불투명한 먼지가 쌓여 있었다. 그 먼지는 다른 종류의 갈철석과도 같아 보였다. 지친 얼굴은 먼지처럼 회색빛이었고 눈은 걱정스러워 보였다. 주변 기온은 얼어붙을 것처럼 낮았지만 군인은 두 손을 칼라쉬니코프 기관총 위에 침착하게 올려놓고 있었다. 그 총은 바르샤바 조약 시절의 물건이었다. 총은 목 뒤로 걸린 끈에 매달려 있었고 군인은 총열과 노리쇠 부분만을 붙들고 있었다. 탄창은 제자리에 꽂혀 있었고 탄띠에는 여분의 탄약과 여러 개의 번지르르한 수류탄과 공병삽의 손잡이 부분이 꽂혀 있었다.

군인은 어색한 자세로 서 있었다. 금빛 거인 셋이 동시에 노려보고 있기 때문에 그런 것 같았다. 탄띠에 걸려 있는 계란형 수류탄이 서로

부딪치며 흔들렸고 군인은 우울한 얼굴로 미소를 지었다.

군인은 아직 어렸다. 조지는 그가 스무 살 정도라는 것을 불현듯 깨달았다. 그 생각이 들자마자 막혀 있던 것이 뚫리면서 나머지 인상과 모습이 홍수라도 난 듯 쏟아져 나왔다. 눈은 청회색이었고 이마는 데미안처럼 편평했으며 몇몇 특징과 자세도 같았다. 반쯤 잊혀진 전쟁의 기억도 그랬다. 조지는 전쟁 얘기를 할 때마다 신경질적으로 반응하던 데미안을 떠올렸다.

그것만이 아니었다. 조지의 연상은 페트리 접시 안에 있는 박테리아처럼 증식했다. 조지의 뱃속에서 공포가 요란한 소리를 냈다. 조지는 그제서야 멜이 왜 이 지역을 브래드버리의 그림자라고 불렀는지 알 수 있었다. 조지는 겁에 질려서 머리를 사방으로 휘둘렀다. 땀이 또 다시 팔을 타고 흘렀다. 조지는 두 발을 번갈아 들었다. 내 귀신은 언제 나오는 거지? 누가 과거에서 기어 나오는 거지?

케이미가 두 장의 유리를 통해서 체념한 표정으로 조지를 바라보았다. 그 표정은 걱정하지 말라고, 때가 되면 우리 귀신도 등장할 거라고 말하고 있었다.

"데미안, 필요하다면 어디에 구멍을 뚫어야 하는지, 폭약은 어느 정도 써야 하는지 얘기해 주지. 한두 번 해 본 게 아니거든." 군인이 제안을 했다.

"케이미, 조지, 내 말 잘 들어." 데미안이 계속해서 군인을 주시했다. 조지는 유리 거품 안에 있는 데미안의 얼굴이 굳어 있는 것을 보았다. "멜, 너도 마찬가지야. 우리한테 장난을 치는 게 누군지, 무언지는 모르겠지만 난 신경 안 써. 하지만 한 가지는 확실히 알겠어. 이건 죄 없는 어린아이가 아니야. 멜 너한테 관심을 가지고 있는 거야. 어쩌면 우리들 전부한테 그런지도 모르지. 그래서 아주 우아하게 우리 발목을 잡는 거야. 그러니까 지금부터는, 지구에 있는 모든 무덤 속

사람들이 우리한테 몰려온다고 해도 아무런 반응을 하지 않을 거야. 멜을 벽에서 꺼내 온 다음에……."

"고마워요. 제 아들을 구해 주실 거라고 믿어도 되겠군요." 탐사대원 세 사람은 무례하게도 여인에게 등을 돌리고 있었다. 여인은 세 사람을 빙 돌아서 군인의 옆에 섰다. 조지는 미친 듯이 눈을 깜빡거렸다. 일부러 그런 것은 아니었지만 티디온 협곡의 남부 비탈에 위치한 초콜릿 색 돌출부를 배경으로 하고 서 있는 기묘한 두 사람을 처다볼 수조차 없었다.

데미안도 시선을 돌렸다. 데미안은 낸시 이모를 호출하고는 협곡의 중앙으로 걸어 나갔다. 다른 사람들은 그의 뒤에 줄을 서 있었다. 앞쪽 세 사람은 행렬의 끝을 이루고 있는 이상한 두 사람의 눈길을 피하려고 애를 썼다. 셰르파 두 대가 행렬의 옆을 금세 통과했다. 일행은 거대한 이동의 흔적을 바라보았다.

"TNT 얘기를 꺼낸 게 누구야? 그걸로 뭘 하려고?" 멜이 불편한 목소리로 물었다.

"여기……. 군인이 한 명 있어." 데미안이 가만히 있었기 때문에 조지가 대답하기로 마음을 먹었다. "무슨 얘긴지는 너도 알 거야. 군인이 한 얘기는 꽤 그럴 듯 해. 일단 줄을 팽팽하게 치고 나면 우리 가운데 한 사람이 너한테 올라갈 거야. 그리고 벽에 폭약을 넣을 수 있게 구멍을 뚫을 거야. 운석이 들어가면서 약해진 바위틈에 말이야. 넌 굴뚝으로 올라가서 우주복의 압력을 최대로 올려. 압력이 거세지는 않을 테니까 전혀 위험하진 않을 거야. 첫 번째 닻은 실패할 수도 있겠지만 한 번 더 줄을 쏠 수 있어. 그러면 멋지게 내려올 수 있겠지." 그렇게 말하면서 조지는 오로지 셰르파만 처나보도록 힘겹게 노력을 했다.

셰르파는 아직도 서 있었다. 그러다가 데미안이 타고 온 2호기가 얼굴을 벽 쪽으로 향하고 개처럼 앉았다. 2호기는 반응로 라디에이터의 그릴이 갈철석 표면에 묻히도록 몸을 낮췄다. 그리고 오른팔을 들어서 45도의 각도로 벽을 조준했다. 균형 유지용 모터의 '팔째' 바로 위에서 네 개의 발톱이 접혔다. 그리고 긴 주황색 불꽃이 솟구치더니 잘린 팔에서 검은 연기가 뿜어져 나왔다. 로켓추진식 닻의 넓고 노란 몸체가 번개처럼 지나갔다. 닻의 끝에는 KK 밧줄이 달려 있었다. 밧줄은 소용돌이 모양으로 물결쳤다. 닻의 생김새는 2차 세계대전 당시의 무기였던 '강철주먹'과 비슷했다. 앞부분의 원뿔형 덮개 안에 폭발물이 들어 있는 점도 같았다. 충돌을 하고 나면 화약이 바위에 구멍을 뚫게 되어 있었다. 그리고 몇 밀리 초 후에 관성을 받은 강철 바늘, 즉 진짜 닻이 구멍 안으로 들어가면서 로켓 모터의 남은 에너지를 이용해 강하게 두드린 못처럼 바위의 내부를 녹이고 들어가는 게 작동 원리였다.

"데미안, 내 말 들려?" 멜이 말했다. "사소한 문제가 하나 있는데 말이야. 세상에……." 조지를 포함한 세 사람의 이어폰에서 천둥처럼 큰 소리가 들렸다.

"멜, 무슨 일이야? 괜찮아?" 데미안이 신경질적으로 말했다. 하지만 겉으로 보기에는 완전히 평온하게 서 있었다. 그 옆에는 금빛 동상처럼 보이는 셰르파가 똑같이 부동의 자세로 서 있었다. 셰르파는 이제 4백 미터에 달하는 줄로 바위 더미에, 즉 '과녁'의 중앙에 연결되어 있었다. 조지는 헬멧의 시야를 즉시 망원경 모드로 바꿨다.

목표 지역이 순식간에 눈앞으로 달려들었다. 유리처럼 매끄럽고 뿌연 검정색 원형 광물이 보였다. 지금은 안쪽이 깔때기 모양으로 변한 상태였다. 닻은 깔때기의 위쪽으로 2미터가 채 못 되는 지점에서 바위 안으로 녹아 들어가 있었다. 정확히 목표로 하던 지점이었다. 낸시 이모는 평상시처럼 일을 잘 수행했다.

"걱정 마. 아무 일 없어." 멜의 목소리가 다시 분명해졌다. 문제를 일으킨 것은 바보 같은 닻이었다. 닻이 자리를 잡으면서 진동을 일으켰고, 정전식 통신장치가 그것을 송출했던 것이다.

"그거 다행이군. 멜, 내가 직접 너한테 갈 거야. 드릴하고 화약을 가지고 갈 거야. 두 시간만 있으면 널 구할 수 있어."

"데미안, 바로 그게 문제야. 그건 어디까지나 내가 나가고 싶을 때의 얘기지. 내가 거기에 동의할 때에나 말이야."

"동의라니 그게 무슨 소리야? 뭐에 동의한다는 거야? 알아듣게 얘기해 봐."

"구출작전 말이야. 비용도 엄청 많이 들잖아."

"세상에, 멜. 무슨 헛소리를 하는 거야?"

"데미안, 생각해 봐. 성공 가능성에 대해서는 나도 잘 알고 있어. 폭약으로 날려 버리면 효과도 좋겠지. 아마 그게 유일한 해결책일 거야. 하지만 굴뚝 쪽은 얘기가 달라. 거기가 얼마나 막혀 있는지를 모른다는 얘기야. 줄을 타고 내려오는 데에만 다섯 시간이 걸렸어. 굴뚝이 완전히 깨끗하다고 해도 올라가려면 최소한 그만큼은 걸릴 거야. 난 원래 여섯 시간 전에 출발하려고 했어. 그러다가 기절을 했지. 굴을 파든, 아니면 굴을 파면서 소량의 화약으로 깨부수든지 간에 시간에 맞출 수 없을 거야. 따라서 남은 방법은 강한 폭발로 아예 날려 버리는 거지. 조지 말이 맞아. 난 살아남을 수 있을 거야. 충격파는 미약할 테고 굴뚝 입구 쪽에서 파편을 피할 수도 있겠지. 하지만 저건 어떡하지? 폭발 때문에 핵이 부서질 거야. 아니면 적어도 벽 밖으로 굴러 나가겠지. 그런 일이 벌어지게 할 수는 없어. 데미안, 이해해 줘. 난 절대로 동의할 수 없다고!"

멜의 마지막 말이 이어폰에서 쩌렁쩌렁 울렸다.

"넌 지금 정상이 아니야." 데미안이 맞받아쳤다. "더 이상 너하고 대화를 하지 않겠어."

데미안은 그렇게 말한 직후에 자신의 셰르파를 호출했다. "2호기, 2호기, 닻을 점검하라. 장력은 10톤이다."

낸시 이모가 무덤덤한 알토 풍으로 데미안의 명령을 반복해서 확인한 다음 셰르파가 천천히 다리를 폈다. 탱크의 캐터필러 연결부를 닮은 셰르파의 거대한 발이 붉은 기저암석을 사정없이 파고들기 시작했다. 은색 창처럼 팽팽하게 바위 속으로 파고 들어간 밧줄이 떨기 시작했다. 진폭은 빠른 속도로 줄어들었지만 밧줄의 진동 주파수는 인간의 눈에 보이지 않을 때까지 점점 증가했다. 그러는 동안 셰르파의 발이 1미터쯤 되는 고랑을 만들었다.

"장력 10톤. 닻은 안정적임." 2호기가 알려왔다. 그러는 동안 두 번째 셰르파가 비틀거리면서 다가왔다. 마치 스스로의 내장을 뒤지는 것 같았다. 사실 정확히 그랬다. 셰르파는 길게 연장된 주황색 용기와 상자를 조심스럽게 화물칸에서 꺼내고 있었다. 반응로에서 나오는 여분의 열로 정확한 온도를 유지하면서 지금까지 왼쪽 엉덩이 위에 보관하던 물건들이었다. 조지와 데미안과 케이미는 용기 주변으로 모여들었다. 패트리샤와 군인은 조금 떨어진 곳에 서 있었다. 하지만 '위험'과 '폭발물'이라는 글이 인쇄된 것을 보자마자 군인이 가까이 다가왔다.

"진짜 TNT군." 군인은 우주복을 입은 사내들과 함께 서서 만족스럽게 말했다. 그는 열려 있는 상자에 기대어 있었다. 기관총은 어깨 너머로 젖힌 상태였다. "사각형 기둥을 뽑아내려면," 군인은 몸을 펴고 골렘처럼 생긴 동료들을 쳐다보았다. "한 번에 1미터씩 아홉 개의 구멍이 있어야 해. 드릴은 0.5미터마다 써야 하고." 군인이 말을 하는 상대는 분명히 데미안이었다. 하지만 데미안은 군인에게 주의를 기울이지 않고 상자 속에서 조심스럽게 폭약을 찾고 있었다. "그러면 하

나를 중심으로 할 때 여덟 개가 주변에 자리를 잡겠지. 바위 두께가
얼마라고 했지? 2, 3미터? 그러면 최소한 1미터는 드릴로 뚫어야 하고
각 구멍마다 최소한 6백 그램씩은 넣어야 해." 조지는 데미안이 처음
꺼냈던 스물다섯 개에 2백 그램짜리 묶음을 두 개 더 추가하는 모습
을 놓치지 않았다. "그리고 가운데를 3백 밀리 초짜리 지연 신관으로
점화해. 그러면 분명히 제대로 될 거야. 자로 잰 것 같은 기둥을 얻을
수 있을걸." 군인은 만족한 표정으로 말을 맺었다.

조지는 핵연료를 사용하는 드릴의 포장을 풀기 시작했다. 드릴은
길이 1.5미터의 원통형 기계였다. 그리고 거대한 고정 장치와 드릴용
날이 있었다. 고정 장치는 반드시 필요했다. 핵드릴은 너무 무겁고 강
력해서 인간의 손만으로 사용할 수가 없었다. 원통의 축에는 구멍이
있었다. 거기에 자기력을 가해서 드릴의 날을 고정했으며 자동으로
조정할 수도 있었다. 전진 속도는 분당 1백 밀리미터였다. 화강암을
기준으로 한 속도였으니 현무암에서는 더 빨리 전진하겠지. 조지는
가장자리에 다이아몬드가 붙은 구멍 안에 드릴의 날을 장착하면서 그
렇게 생각했다.

"멋진 기계구먼." 중사가 조지 옆에서 털썩 주저앉으면서 말했다.

게이미는 공중 케이블을 풀어놓고 있었다. 자석걸이형 가로대 (선
형 모터의 역할도 겸하고 있었다), 연결선이 달린 조종판, 몸체로 구
성된 물건이었다.

"이제 시작해도 돼?" 케이미가 데미안에게 물었다. 데미안은 TNT
묶음 하나하나를 조심스럽게 자리에 놓고 무선 점화장치를 케블러 주
머니 속에 넣었다. 그리고 자신의 몸을 승강기에 묶은 다음 고개를 끄
덕였다.

"데미안, 날 구하지 마." 멜의 목소리가 구조대원의 헬멧을 다시
관통했다. "우리가 발견한 물건에 어떤 의미가 있는지 모르겠어? 우

리가 여기서 마주친 현상은 더 깊이 연구해야 한다고! 그 대가가 사람 목숨이라 해도 말이야. 이게 살아있는 존재라면 어떡할 거야? 우주적인 고등생명체라면 어떡할 거냐고? 이걸 연구해서 우리가 우주로 나아갈 수 있다면, 그래서 또 다른 정신과 만나고 싶다는 희망을 구현할 수 있다면? 그런데 넌 지금 그걸 죽이려고 하잖아!' 멜이 소리를 질렀다. "목숨과 목숨을 맞바꾸는 행동이란 말이야. 하지만 난 다른 생명을 희생해서 살아남을 만큼 비열한 인간이 아니야. 내 말 안 들려?' 멜의 목소리는 조지의 헬멧 속에서도 크게 울렸다. "그걸 파괴하지 마. 나를 구하지도 마. 그리고⋯⋯."

"멜." 데미안이 셰르파의 무릎을 밟고 올라가면서 말했다. 케이미는 장비를 고정시켰고 조지는 드릴을 올리는 중이었다.

"나는 그게 생물인지 사물인지 몰라. 살아 있다고는 생각하지 않지만, 설사 생물이라고 해도 주저하지 않을 거야. 넌 사람이고 내 친구야. 나랑 동족이라고. 우린 공유하는 게 아주 많지. 한데 저건 안 그래. 다시 한 번 얘기하지만, 저게 살아 있다고 인정한다 해도 네가 백만 배는 더 소중해. 널 살릴 수 있다면 지능이 있는 바위 같은 건 백만 개라도 기쁜 마음으로 희생할 수 있어. 넌 지금 사태를 거꾸로 보고 있는 거야." 이제는 데미안도 소리를 질렀다. "저건 너를 함정에 빠뜨린 거라고. 널 죽이려는 거야! 시간을 끄는 거라고, 저 짐승은⋯⋯."

"우리 애를 용서해 주세요. 지금 바보 같은 짓을 하는 거예요." 패트리샤가 말했다. 그녀는 앞으로 발을 끌었다. 긴 치마의 끝단은 자줏빛 갈철석 바닥 위에서 팽팽하게 흔들거렸다. 패트리샤는 장갑을 낀 손으로 때가 낀 셰르파의 정강이에 기대려고 했다. 하지만 패트리샤의 앙중맞은 손가락들은 셰르파의 금속 몸체를 관통했다. 파란 불꽃이 튀었다. 그녀는 깜짝 놀라서 손을 움츠렸다. "이해하셔야 해요. 쟤는 아직 경솔한 애니까요. 기억이 나요. 쟤는 언제나 거친 일을 좋아했죠……."

"이제 말은 필요 없어." 데미안이 패트리샤의 말허리를 잘랐다. 그는 셰르파의 허벅지 위로 자신의 몸을 끌어올리고 자석걸이를 집게처럼 벌렸다가 머리 위에 있는 줄 위에 걸고 다시 오므렸다. 조지는 드릴을 건넸다. 데미안은 TNT 가방을 메지 않은 어깨에 드릴을 매달았다.

"전류." 데미안이 지시를 내리자 2호기 안에 있는 낸시 이모가 세라믹으로 된 케블러 케이블에 전류를 흘려 넣기 시작했다. 그 물질은 영하 90도의 냉기에서 초전도체처럼 작동했다. 그리고 저항을 받지 않는 전류의 순환이 케이블 전체를 강력한 자석으로 만들었다. 데미안은 쪼그리고 앉아서 케이블에 체중을 실었다. 듀랄론 장치가 팽팽해졌지만 고리형 케이블은 중앙에서 조금도 벗어나지 않았다. 은회색의 케이블이 보이지 않는 유리관에 둘러싸인 것 같았다. 데미안은 두툼한 장갑을 낀 손을 들어서 상자를 만졌다. 거기에는 조종판이 붙어 있었다. 데미안의 몸이 흔들렸고 그의 발이 셰르파의 몸체에서 떨어졌다. 데미안은 스키장의 승강기에 탄 것처럼 비스듬하게 하늘로 날아올랐다. 추락하는 게 아니라 우스꽝스럽게도 분홍색 하늘과 회색 절벽 쪽으로 떠오르는 낙하산병 같았다.

"데미안, 네가 왜 올라오는지는 알아." 멜이 다시 말했다. 첫 단어부터 적의가 담겨 있었다. "내가 미국 대원들의 지휘자였기 때문에 나사에서 네 개인기록을 봤다는 건 모르겠지. 조지, 아까 군인 얘기를 했지? 우리의 데미안 동무는 깜빡 잊고 소개를 안 해 준 모양이지만. 데미안이 대단한 할아버지 얘기는 안 해 줬어? 세상에, 내가 왜 처음부터 이걸 깨닫지 못했을까." 멜의 목소리에는 놀람과 체념이 담겨 있었다.

"데미안, 내 말 좀 들어봐. 그런 식으로는 아무도 되살릴 수 없어. 설마 한 사람을 살리면 과거를 지울 수 있다고 생각하는 거야? 네 할아버지가 TNT로 산 사람들을 묻어 버렸다는 사실을? 멍청하기는. 도대체 누구한테 면죄부를 내리고 싶은 거야? 그게 아니면 유물론자 주제에 정의의 신이라도 믿는 거야?"

"거기에 여자와 애들이 있는 줄은 몰랐어." 불행해 보이는 군인이 관자놀이에 손을 얹고 소리쳤다. 화성의 차가운 태양빛을 막는 데에 하등의 도움도 안 되는 철모를 짓눌러서 가루로 만들려는 것처럼 보였다.

"입 닥쳐요! 입 닥치라고요!" 은색 줄에 매달린 금빛 형상이 비명을 질렀다. 그 형상은 돌풍에 흔들리면서도 부드럽게 기어 올라가고 있었다.

"왜 그래야 하는데?" 군인은 탄띠에 매달려 있는, 골이 진 수류탄의 몸통을 손바닥으로 때리면서 격분한 목소리로 말했다. "난 인생 전체를 숨겨야 했어. 우선은 두려워서 그랬고 그 다음엔 수치심 때문이었지. 작별 편지에다가 진실을 밝히는 게 고작이었어. 손자에게 보내는 편지였지."

중사는 헬멧을 고쳐 쓰고 바위투성이인 절벽을 노려보았다. 거기에는 금색 거미가 위쪽으로 올라가고 있었다. 중사는 그 외에도 다른 절벽을 본 적이 있는 게 분명했다.

"타르낙 협곡에 있는 칸다하르 산이었지. 콸랏까지 진격해야 했는데 적이 길 위를 덮은 절벽을 점령하고 있었어. 바위로 된 탑 같은 것이 회랑과 동굴을 지나 솟아올라 있었어. 처음에는 수호이-25 전투기 편대로 공격을 했어. 하지만 로켓을 쏘아도 기지는 꿈쩍도 안 했지. 오히려 전투기 가운데 두 대가 격추당하기까지 했지. 적 하나하나가 '붉은 눈'을, 그놈의 휴대용 로켓을 가지고 있는 것 같았어. 차라리

핏빛 눈이라고 이름을 붙이는 게 나왔을 텐데. 그 다음에는 미그-23을 요청했지. 더 빨랐거든. 미그기는 바위 주변에서 악마처럼 춤을 추다가 로켓을 쏘고 탑에 기관총을 난사했어. 연기 속에서 탑의 윗부분이 완전히 날아갔고 파편과 바위조각들이 구름처럼 피어올랐지. 나는 밀-8 헬리콥터에 특수대원으로 탑승했어. 헬리콥터의 배에는 2톤에 달하는 TNT가 배달되어 있었고 절벽에 난 틈새에 그 폭약을 설치하고 점화하는 게 내 임무였지. 처음 하는 일은 아니었어. 난 그런 일에 전문가였으니까. 그게 정오가 되기 직전이었어. 오후가 되니까 우리 쪽 공병대 대원들이 절벽 아래에 있는 길로 낙하를 했고 고속도로를 치워 놨어. 잔해가 잔뜩 쌓여 있었거든. 오두막집만큼이나 큰 바위들이었어. 탑은 폭약 때문에 도끼로 썩은 나무를 내리친 것처럼 쪼개졌어. 그런 다음에 보니까 바위 아래에 깔린 사람들이 있었던 거야. 신체의 조각들이 산처럼 쌓여 있었지. 머리는 뭉개졌고 피에 젖어서 머리가 죽에 매달려 있는 머리칼을 보고서야 그게 여자들이라는 걸 알 수 있었지. 돌가루에 덮인 작은 회색 다리와 어린애들의 손이 바위 사이에서 삐져나와 있었어. 그걸 빼면 뼛조각들뿐이었지. 옷조각과 코를 찌르는 잔해의 냄새와 검게 탄 바위도 있었지. ‘미샤.’ 그 광경을 보더니 우리 지휘관이 나와 가장 친한 동료를 불렀어. ‘저 녀석의 총을 뺏고 여기서 끌고 나가.’ 나는 그날 내내 1킬로미터쯤 내려간 굽잇길에 있는 바위 위에 앉아 있었어. 미샤는 슬픈 눈으로 나를 쳐다봤지. 내가 바라는 건 단 하나였어. 적의 저격병이 나를 쏴 주기를 바랐지. 하지만 남은 적이 없었어. 인근 50킬로미터 내의 마을이 완전히 사라졌으니까. 훈장을 받았지만 마음속의 타락은 두 배로 늘어났어. 하지만 인생은 계속되고, 난 결혼까지 했어. 그러다가 교통사고가 났어. 정신을 차리고 보니까 큰아들의 손이 앞좌석 잔해 밖으로 삐져나와 있더라고. 좌석의 커버에는 칸다하에 있던 바위처럼 갈색과 회색이 섞여 있었지. 나는 겉으로 드러난 부상은 없었지만 아들보다 딱 하루를 더 살았어. 그동안에 편지를 썼지. 내가 살던 시베리아 지역의 나무들은 아직도 강하고 튼튼해. 그리고 나는 밧줄을 다루는 데에 능숙했지. 아무르 함대에서 선원으로 일할 수도 있었는데 폭파병 쪽의 보수가 더 좋았기 때문에⋯⋯."

군인이 말을 마쳤다. 다들 하나같이 침묵을 지켰다. 해줄 수 있는 말이 없었다. 패트리샤가 몸을 떨면서 반들반들하게 그을린 맨어깨 위로 밍크 숄을 끌어올렸다. 조지는 그처럼 완전히 말도 안 되는 동작을 보고는 헬멧의 시야 앞에 다시 한번 온도계를 띄웠다. LCD에 나온 수치는 영하 110도였다. 온도는 이전보다 더 떨어진 상태였다. 브래드버리의 그림자는 더 깊고 어두워지고 있었다. 조지는 그 의식 속으로 걸어 들어가고 있다고 생각했다.

"그 말이 맞았어. 이제 우리 차례네." 조지가 속으로 품고 있던 생각에 케이미가 대답을 했다. 그리고 편평한 금색 장갑으로 우스꽝스러운 총의 끈을 붙잡았다.

"이제 다 올라왔어. 첫 번째 구멍을 뚫을 거야." 데미안이 말했다. 목소리는 거칠고 냉담했다. 쾅, 쾅, 쾅, 쾅. 구조대원들의 이어폰이 네 번 고함을 쳤다. 하지만 거대한 벽에서 늘어진 줄에 매달린 금색 거미를 올려다본 것은 패트리샤뿐이었다. 조지와 케이미는 다른 곳에 신경을 쓰고 있었다. 두 사람은 그 순간에 데미안이 무슨 생각을 하는지 신경을 쓸 겨를이 없었다. 조지와 케이미는 군인의 이야기를 머릿속에서 몰아내고 각자의 핵에 귀를 기울이고 있었다. 뭔가가 오고 있었다. 두 사람은 앞으로 약간 몸을 기울이고 협곡 바닥을 끝에서 끝까지 조사하고 있었다. 데미안과 멜과 패트리샤와 군인이 나눈 대화는 두 사람에게 있어서 언제든 꺼버릴 수 있는 라디오 드라마처럼 아득한 잡음에 지나지 않았다.

"……. 멜, 생각을 좀 해보렴……."

"…… 엉터리 프로이드식 분석은 집어치워……."

"……. 데미안, 잊지 말고 폭약을 꽉꽉 다져 넣어야 해……."

"……. 그래 봐야 아무 소용 없어……."

"……. 설득당하시면 안 돼요……."

"……. 멜, 그 짐승이 허리띠 아래를 때리고 있다는 걸 모르겠어?"

*　*　*

흐릿한 슬픔이 동굴의 중앙을 가득 채우고 있었다. 멜은 만족스럽
게 생각했다. 알리바바의 동굴 같군. 여기도 보물이 숨겨져 있으니까.
적어도 두 개의 보물은 서로 연관이 있었다. 멜은 머리를 숙이고 보호
복에 달린 전등을 밝혔다. 멜은 생각했다. 난 여기 놓인 금 조각이나
마찬가지구먼. 껍질은 비싼데 알맹이는 아무 가치가 없어. 멜이 머리
를 들자 헬멧의 반사경에서 나온 빛이 반대편 벽을 비췄고, 흐릿한 어
둠 속에서 반투명한 회색 바위가 드러났다. 내가 봤던 건 정확히 반대
아니었나? 멜이 생각했다. 표면은 평범하고 그 속에 독특하게 조직된
물질이 들어 있지 않았던가?

하지만 둘 사이의 유사점은 그뿐이 아니었다. 멜의 두뇌와 마법의
결정은 같은 규모의 유기체 가운데 일부였다. 만들어진 방법은 정반
대이기는 했지만. 그리고 둘 모두 상대방에게 일종의 발전기 같은 역
할을 했다. 둘은 이상한 종속관계로 엮여서 서로를 자극하고 있었다.
멜은 자신의 목숨이 끝날 때까지 그 관계를 조사하고 싶다는 생각밖
에 없었다.

멜은 결정이 외부 영향에 의존하는 것을 보고 본래는 더 크고 완벽한 것의 핵이었을 거라 짐작했다. 멜이 핵의 존재를 의심한 것은 3개월 전이었다. 멜은 이 행성에 그런 존재가 있다는 것을 저항할 수 없는 충동과 유혹의 형태로 인지했다. 그리고 핵이야말로 모든 꿈을 이뤄 줄 약속이라고 생각했다. 케이미도 알고 있었다. 두 사람은 상대가 그렇다는 것 또한 알아챘다. 하지만 멜과 달리 라플란드 주술사의 후손인 케이미는 겁을 먹었다.

멜은 그보다 훨씬 전부터 예감을 느꼈다. 아레올로그II 탐사대에 참가해도 된다는 연락을 받았을 때부터 그랬다. 2라는 숫자가 눈을 사로잡았고, 멜은 소설 『화성 연대기』에서 지구인들의 2차 탐사대가 어떤 운명을 맞이했는지 설명하는 부분을 읽지 않을 수가 없었다. 멜은 그때부터 어머니를 만나리라는 사실을 알고 있었다.

멜은 열두세 살 때부터 자신이 어머니가 바라던 자식도 아니고 아들도 아니라는 것도 알았다. 그걸 깨닫기 위해서는 남자들이 어머니를 어떤 눈으로 바라보는지, 학교 친구들이 자신을 어떻게 보는지 아는 것만으로도 충분했다. 멜은 유년기의 아름다움을 잃어버리고 우아하지도 않은 평범한 젊은이가, 동화와는 달리 어머니처럼 아름다운 백조가 절대로 될 수 없는 오리새끼가 되었다. 멜은 어머니가 그처럼 우아하게 거니는 왕궁에서 총애를 받을 일이 없으리라는 사실을 얼른 알아채고는 다른 곳에서 행운을 시험하자고 결심했다. 어딘가 자신의 지능을 활용할 수 있는 곳에서, 그리고 나중에 발견하게 될 자신만의 재능이 통하는 곳에서. 하지만 그런다고 해서 실패감과 낙원을 잃었다는 상실감이 줄어들지는 않았다. 멜처럼 어린 시절에 어머니의 아름다움 때문에 상처를 입은 사람보다 사회적인 성공과 아름다운 여성의 존경을 더 그리워하는 사람이 어디에 있었겠는가.

멜은 야구도, 축구도 실패했고 운동장과 경기장에서도 실패했다.

그러던 어느 날 보이스카우트용 캠프를 만들다가 물을 찾게 되었다. 점치는 막대기로 수원을 추적하는 흔한 놀이였다. 멜은 잠깐 동안 학교에서 주목받는 인물이 되었다. 그러면서 스스로의 인생에 흥미를 갖게 되었다. 멜은 심령술 외에도 지질학과 그와 관련이 있는 우주학문, 즉 달과 화성에 관한 학문을 연구했다. 그는 우주 시굴 전문가가 되었고 존경받는 유명인사가 됐으며 상당한 돈을 벌기 시작했다. 하지만 그 모든 것들은 그리 중요하지 않았다. 멜은 어머니가 왜 자신을 계속 사랑하는지 절대로 분석하지 않았다. 다시 말해서 멜은 전화로 안부 인사를 하면 그걸로 족했다. 그리고 어머니는 멜이 가질 수 없는 모든 것들을 소유한 어떤 남성보다도 아들을 우선시했다. 멜은 절대적인 우선권을 가지고 있었다. 그리고 어머니가 아들의 좌절감을 눈치 채고 연민으로 그것을 바꿔 보려 한다는 사실을 이해하려 들지 않았다.

"사만다가 왕실 요트 클럽에서 열리는 숙녀용 경주 대회에 나를 등록시켰더구나. 비행기를 타고 영국으로 갈 거다." 힐튼 호텔에서 살면서 전용기를 이용하고 주문형 자동차를 몰며 거대한 요트를 소유한 어머니가 어느 날인가 멜에게 전화를 했다.

나흘 뒤 멜은 쇠망치로 얻어맞아 이성이 날아간 듯한 공포심으로 몸을 떨며 잠에서 깼다. 생각의 연쇄가 닻에 매달려 배 밖으로 끌려 나간 것 같은 느낌이었다. 그 연쇄는 풀려 나가면서 끔찍하게 덜컹거렸다. 멜은 그 닻이 지식의 심연 속으로 가라앉았을 때 어떤 일이 벌어질지 두려워하며 기다렸다.

때는 여름이고 8월이었다. 그런데도 남서쪽에서 영국해협으로 폭풍이 들이닥쳤다. 사만다의 범선은 차가운 파도에 얻어맞고 가라앉으면서 물에 젖은 관으로 변한 여러 척의 배들 가운데 하나였다.

멜은 혼란에 빠진 주최측이 살아남은 사람과 그렇지 못한 사람을 채 파악하기도 전에 와이트 섬에 도착했다. 멜의 어머니는 여전히 아름다웠으나 수많은 타박상을 입어 곳곳에 창백한 얼룩이 남아 있었다.

멜은 그때부터 16년 동안 어머니가 돌아오기를 기다렸다. 그리고 화성에 와서 정말로 어머니를 되찾았다. 신과 같은 벽 아래에서였다. 어머니는 멜이 셰르파에 타고 협곡을 종횡으로 가로지르며 그림자의 영역을 조사하는 동안 참을성 있게 헌신적으로 동행했다. 그리고 멜이 경계를 넘을 때마다 사라졌다. 하지만 우선 관 속에 있을 때의 모습으로 변한 다음에서야 그랬다.

동굴 속에서는 뿜어져 나오는 기체의 압력 때문에 바위 쪽으로 바람이 불었다. 그리고 탄생의 순간을 반복하려는 것처럼 온도가 점점 올라갔다. 멜의 우주복은 화성의 낮은 기온에 대비한 물건이었기 때문에 그런 열기의 파도를 견딜 수가 없었다. 멜은 땀방울이 눈썹 사이에서 길을 찾아내고 눈으로 떨어져서 찔러 대는 모습을 관찰했다. 그리고 이길 수 없다는 것을 알면서도 헛되이 머리를 흔들었다. 멜은 정말로 손을 들어 얼굴에 흐르는 땀을 닦고 싶었다. 하지만 헬멧의 창 때문에 그럴 수가 없었다. 멜은 헬멧을 벗어 버리고 싶은 욕구를 그 어느 때보다도 강렬하게 느꼈다. 가려움과 열기 때문에 과열된 몸과 축축한 우주복의 중심부에서 벗어나고 싶은 욕망도 그에 못지않았다. 그의 몸은 영혼의 우주복에 지나지 않았다. 단 한 번의 손짓으로 두 가지 짐을 한꺼번에 날려 버릴 수 있지. 그런 생각이 들자 멜은 망치에 맞은 것처럼 흔들렸다.

"왔어. 반대쪽에서 오고 있다고." 나지막한 목소리가 속삭였다. 멜은 혼란에 빠져서 동굴의 벽을 여기저기 바라보았다. 바위가 녹으며 만들어진 검은 연못 위로 헬멧에 달린 전등이 비쳤다. 멜은 팔꿈치로 땅을 밀며 일어섰고 전등은 바닥에 꽂혀 있는 쇠막대기를 가리켰다.

머리부분이 편평했기 때문에 그 막대기는 덤빌 준비가 되어 있는 코브라처럼 보였다. 그게 바로 정전식 통신장치였다. 그 장치는 전기적인 진동을 기계적인 진동으로 변환했고 그 반대도 가능했다. 그거야말로 멜과 바깥세상을 연결해 주는 고리였다. 속삭이는 목소리는 그 장치를 통해서, 코브라의 목에서 멜의 가슴까지 연결된 납작한 전선을 통해서 흘러 들어왔다. 멜은 가쁜 숨소리와 찍찍거리는 소리를 들었다. 그리고 종이 네 번 쳤다. 데미안이 새 구멍을 뚫기 위해 내는 소리였다. 멜은 저항하고 싶었다. 하지만 동굴 속의 공간이, 아니 헬멧 속의 공간이 흐릿한 슬픔으로 가득 찼다.

이제 멜은 더 분명하게 느낄 수 있었다. 그거야말로 종말을 기다리고 있는 누군가의 진정한 비애였다. 무기력한 누군가의 갈망이었고 자비를 구하는 애원이었다. 그것이 물처럼 쏟아지는 소리 때문에 멜은 아무것도 들을 수 없었다. 멜은 헬멧 전체가 끈적한 액체로 가득 차는 느낌을 받았다.

"데미안, 중지해." 멜은 숨을 쉴 수 없게 하는 액체에 대고 말을 하기로 결심했다. "제발 구멍을 그만 뚫으라고." 하지만 고통스러운 비애와 돌이킬 수 없는 종말에 대한 슬픔은 계속해서 헬멧 속에 넘쳐흘렀다. 멜은 전선을 뽑아내고 그처럼 참을 수 없는 이야기를 듣지 않기 위해 우주복의 가슴판을 손으로 더듬거렸다. 하지만 찍찍거리는 소리 속에서 새로운 음을 발견하고는 동작을 멈췄다. 그 소리는 희망과 구원과 확고한 약속의 음이었다.

멜은 어릴 적에 자신이 불멸이라고 생각했다. 그리고 다른 이들과 달리 아직도 그렇게 믿고 있었다. 나는 절대로 죽지 않아. 멜은 다시 한 번 그렇게 확신했고 앞으로도 변치 않을 생각이었다. 데미안은 구멍을 뚫는 일을 그만두어야 했다. 하지만 데미안이 멜의 목소리를 듣기라도 한 것처럼 유리질이 반복적으로 부서지며 깨지는 소리가 점점 커졌다.

"경고하는데 그만두라고!" 멜은 곧바로 소리쳤다. 통신 채널은 열려 있었지만 멜은 데미안이 그 소리를 들으리라고 기대하지는 않았다.

"넌 지금 정상이 아니야." 확신에 찬 데미안의 목소리가 이어폰에서 들렸다. "이성적으로 생각할 상태가 아니라고. 한 시간 반만 기다리면 우리가 저 사악한 물건의 영향력 밖으로 널 꺼내 줄게."

"넌 그럴 권리가 없어!" 멜은 고함을 치며 대답했고 굴복하지 않으려드는 데미안에게 화를 내며 저항하고 말싸움을 했다.

넌 가서 다른 사람을 구해야 해. 정말로 네 양심이 그렇게 불타오른다면 말이야. 나도 양심이 있다고. 멜은 자신의 결정에 더 근본적인 원인이 따로 있다는 것을 깨달으면서 말했다. 그는 레이 브래드버리의 결론이 맞다는 것을 참을 수가 없었다. 멜은 지금 이 장소에 함께 있는 저 생명체가 자신 때문에 죽는 것을 보고만 있을 수 없었다. 멜자신은 화성에서 생명체를 말소한 적이 있는 그 존재들과 같은 종족이었다. 그게 어느 소설가의 환상 속에서만 벌어진 일이라 해도 별다른 차이가 없었다.

멜은 터져 나가는 미키 마우스와 도날드 덕을, 햄버거와 핫도그 판매대와 껌과 케첩과 유명 야구선수와 미인대회 우승자와 흰 장갑을 낀 웨스트포인트 사관생도를 늘 역겨워했다. 멜은 생각했다. 어머니가 또 한 번 목숨을 잃는 건 참을 수 없어. 그래, 그건 사실 빙산의 일각이지. 하지만 그처럼 아름답던 어머니가 죽은 대리석상으로 변하고 그 석상에 잔혹한 죽음의 성흔이 남는 걸 본다면 난 아마 영원히 미쳐버릴 거야······.

"왔어." 케이미가 작은 목소리로 말했다. "반대쪽에서 오고 있다고. 지금은 셰르파에 가려서 보이지 않지만."

조지는 발뒤꿈치를 축으로 삼아 너무 거세게 도는 바람에 균형을 잃을 뻔했다. 그는 힘들게 중심을 잡고 비틀거리면서 살짝 옆으로 이동했다.

그러자마자 그들이 눈에 들어왔다.

그들은 거대한 절벽 옆에서, 휘날리는 화성의 눈 속에서 함께 걸어왔다. 소년과 개였다. 개는 소년의 어깨를 핥을 만큼 컸다.

"펜리다. 악마늑대야!" 케이미가 악을 썼다.

조지는 화면을 확대했다. 케이미의 말이 맞았다. 진짜 늑대였다. 몸은 거의 백색에 가깝고 머리는 컸으며 회색 앞발은 강력해 보이는 데다가 꼬리는 털투성이인 육중한 동물이었다. 조지는 소년과 늑대가 쌓인 눈에서 빠져나와 절벽으로부터 자신을 향해 곧장 전진하는 모습을 바라보았다. 그 둘은 빠른 속도로 가까워졌고 늑대의 특징은 더 많이 눈에 들어왔다. 자부심이 넘치는 머리는 삼각형이었고 검정 주둥이는 반짝거렸으며 턱은 강력해 보였다. 눈가는 하얗고 눈동자는 노랬으며 눈가는 무섭게 이글거렸다. 짐승은 자주 입술을 빨아들였으며 선홍빛 혀가 맹렬한 불꽃처럼 들락거리는 사이로 하얀 앞니가 번들거렸다.

그 옆에서 함께 걷는 소년은 늑대를 조금도 두려워하지 않았다. 조지는 화면을 통해서 더 세세한 부분까지 볼 수 있었다. 소년은 작은 얼굴을 아래로 향해서 늑대의 괴물 같은 머리를 내려다보면서 입술을 움직였다. 그러면서 짐승의 등에 난 길고 두꺼운 털을 왼손으로 쥐고 있었다. 나이는 열한 살에서 열두 살 쯤으로 보였다. 몸에 걸친 것은 별로 없었다. 푸른색 반바지는 비쩍 마른 무릎까지 내려왔고 구릿빛으로 탄 팔은 하얀 티셔츠의 반소매 밖으로 나와 있었다. 소년은 하얗고 푸른 테니스화를 신은 채 적색 갈철석 먼지 속을 터벅터벅 걸었다. 그게 전부였다.

조지는 소년의 얼굴을 주시했다. 코는 작았고 촘촘한 머리숱은 갈색이었다. 하지만 조지는 소년의 자세나 얼굴을 보아도 떠오르는 것이 없었다. 조지가 아는 사람 중에는 그렇게 생긴 사람이 없었다. 하지만 소년이 조지의 몫이라는 점은 분명했다. 소년은 조지가 마음속에 간직하고 있는 인물이었다. 조지는 운석이 어떤 식으로 작동하는지, 멜이 발견한 결정이 어떤 기적을 일으키는지 알고 있었다.

늑대는 사람과 기계의 무리로부터 50미터쯤 떨어진 곳에서 뒷다리를 접고 앉았다. 케이미가 무언가 말했지만 조지는 이해하지 못했다. 두 개의 유리 조각을 문지르는 것처럼 날카롭게 긁히는 소리가 조지의 헬멧 속을 채웠다. 조지는 데미안이 첫 번째 구멍을 뚫기 시작했다는 사실을 알았다. 정전식 통신장치 때문에 다이아몬드 드릴의 진동이 재생산되고 증폭되면서 통신채널 속에서 넘쳐났다. 조지는 멜의 세르파와 연결을 끊으려 했지만 그와 데미안 그 어느 쪽의 낸시 이모도 그럴 능력은 없었다. 귀를 찢는 소음이 이상할 정도로 끈질기게, 마치 휴대용 드릴처럼 조지의 두뇌를 파고들었다.

그러는 동안 소년이 조지 앞에 다다랐다. 소년의 조그마한 몸이 조지 앞에 섰다. 갈색 머리칼로 덮인 머리를 숙이고, 얼굴에는 부끄러운 미소를 띠고서. 눈에는 희망이 담겨 있었다. 소년의 작은 입술이 움직이기 시작했다. 소년은 무언가를 중얼거렸다. 나한테 말을 걸고 있잖아. 조지는 깨달았다. 뭔가 다급한 얘기야. 조지는 소년이 얼굴에 더 많은 주름을 지으며 노력을 하는 것을 보고 그렇게 생각했다. 소년의 눈에서는 체념의 빛이 흘러나오기 시작했다.

"무슨 얘긴지 모르겠어!" 조지가 소리를 쳤다. "들리지 않는다고." 조지가 금색으로 빛나는 손을 들어서 헬멧을 두드렸다. "이 헬멧을 쓰면 들을 수가 없어. 데미안이 구멍을 다 뚫을 때까지 기다려야 해."

소년은 기다릴 수 없었다. 그리고 어깨 너머로 늑대를 바라보았다. 맹수는 뒷발에 힘을 주고 일어서더니 이를 드러내며 으르렁거렸다.

소년의 작은 얼굴이 다시 위를 올려다보았다. 입은 떨렸고 눈에서 눈물이 떨어졌다. 소년은 거칠게 돌아서더니 늑대에게 돌아갔다.

"기다려!" 조지가 절망하면서 소리를 질렀다. 그리고 뒤뚱거리며 달리기 시작했다. 조지는 이제 도망가는 소년이 누구인지 알 수 있었다.

조지가 첫 번째로 느낀 것은 앞으로 두 번 다시 스스로를 속일 수 없다는 슬픈 인식이었다. 조지는 수술을 받고 정신을 차린 환자가 된 것 같았다. 그는 납처럼 무거운 신발을 신고 부풀어 있는 우주복 속에서 뻣뻣한 무릎으로 도망치는 아이를 쫓았다. 마음속에서는 극심한 고통이 사라질 줄 모르고 자라났으며 조지는 그 강도 때문에 겁을 먹고 있었다…….

소년의 동작과 몸짓은 하나와 똑같았다. 심지어 눈도 그랬다. 내가 어떻게 그걸 잊을 수 있지. 조지는 의아했다. 조지가 마침내 내부 통신을 끄고 천상의 침묵에 둘러싸이자 들리는 거라고는 발이 미끄러지는 소음뿐이었다.

조지는 그때 이후로 거의 하나를 본 적이 없었다. 마지막으로 만난 것은 5년 전이었고 그때도 공손한 말을 몇 마디 나눈 것이 전부였다. 하지만 둘은 세상 누구보다도 가까웠던 시절이 있었다. 적어도 하나가 조지의 아이를 가졌으며 따라서 이제 역할이 끝났노라고 자랑스럽게 선언하기 전까지 그는 그렇게 생각했다. 조지가 무슨 짓을 해도 하나는 그를 다시 필요로 하지 않았다. 조지는 상처를 입었고 수치스러웠다. 한낱 기계가 된 것 같은 기분이었다. 사실은 기뻤음에도 조지는 증오의 유혹에 굴복했다. 그리고 하나를 비난했다. "네가 실패하기를 바라겠어!"

운명은 조지의 말에 따라 움직였다. 조지는 하나가 지치고 슬픔에 빠져 병원에서 퇴원했을 때 올리브 잎 같은 꽃 한 송이를 들고 찾아갈 용기도 가지지 못했다. 조지가 마음속 깊은 곳에 묻어 둔 실패의 감정은 외로운 밤에만 수면 위로 떠올랐다. 어쩌면 결과는 완전히 다를 수도 있었다. 당시의 조지가 아버지의 역할보다 별에 더 이끌렸던 것은 사실이었다. 조지는 전문학교에 입학했고 우주로 가는 문은 그 앞에 열려 있었다.

자책의 시간과 외로운 밤은 더 나중이 돼서야 찾아왔다. 사실 최근에야 그랬다. 조지는 해야 할 일을 못 했다는 생각이 들었다. 어쩌면 오늘이야말로 되돌아갈 사람을, 생각할 사람을, 세상을 보여줄 사람을 찾는 날일 수도 있었다. 그건 단 한 사람만이 아니라 여럿일 수도 있었다.

조지는 오늘에서야 그 사람이 아들일지도 모른다는 생각이 들었다.

조지는 또 한 번 어긋나게 내버려 두지 않을 생각이었다. 같은 실수를 두 번 하게 가만히 있을 수는 없었다.

조지는 무성영화의 세상에서 움직였다. 하지만 그래 봤자 짐승의 위협을 줄일 수는 없었다. 육식 동물의 선홍빛 눈이 불타는 듯이 조지의 얼굴을 노려보았다. 늑대는 입을 벌리고 앞니를 보이고는 조지가 있는 방향으로 움찔거리며 돌아섰다. 힘줄이 선 주둥이가 주름졌으며 늑대의 가슴에 난 털은 피부 밑의 근육이 맥동하는 바람에 규칙적으로 물결쳤다.

조지는 알고 있었다. 한 걸음만 더 나아가면 저 동물의 유령이 뛰어들겠지. 늑대의 뒤에는 소년이 두 손을 모아 얼굴을 가리고 붉은 화성의 지면에 쪼그리고 앉아 있었다.

"애야!" 조지가 소리를 치며 늑대의 옆으로 돌아가려 했다. 아들에게 다가가야만 했다. 하지만 펜리도 옆으로 이동하며 불길하게 등을 곧추세웠다. 늑대는 꼬리를 갈철석 지면에 납작하게 깔았다. 그리고 힘 센 바다뱀처럼 붉은색 지면에서 몸을 흔들었다.

조지는 늑대가 아이에게 다가가지 못하게 할 셈이라는 것을 알고 다시 한 번 소리 내어 불렀다. 조지는 내부 통신장치가 꺼져 있다는 점에 생각이 미치자 번개처럼 재빨리 연결을 했다. 그러자마자 헬멧은 힘센 사내가 유리조각을 가는 막자로 변한 것 같았다. 데미안이 다시 구멍을 뚫고 있었다. 조지는 데미안을 증오했다.

"아들아!' 조지가 다시 소리를 지르고는 속삭이는 목소리로 반복했다. 소년은 꼼짝도 하지 않았다.

조지는 머리를 숙여서 혐오스러운 시선으로 우주복의 가슴판을 내려다보았다. 헬멧의 화면에서 우주복의 금빛 표면이 번쩍거렸다. 생명을 유지해 주는 외피가 갑자기 구속복처럼 보이고 신체보다 더한 것을 가두는 감옥처럼 느껴졌다. 우주복을 제거해야 했다. 헬멧을 열어야 아들이 목소리를 들을 수 있었다. 조지는 두 손을 들고 목을 감쌌다. 그렇게 해야 헬멧의 목 부분에 있는 잠금장치를 풀 수 있었다.

조지는 펜리를 잊고 있었다. 동물의 공격성도 잊고 있었다. 조지의 행동이 짐승을 자극했다. 펜리는 조지를 강하게 타격해 먼지 바닥에 쓰러뜨렸다.

"난 저 총이 있어야 해요." 케이미는 입에 파이프 담배를 물고 그렇게 말했다. 케이미가 가리키는 것은 장식이 달린 나무벽이었다. 거기에는 마우저 98 카빈 소총이 걸려 있었다. "안 그러면 계약서에 서명한 의미가 없죠."

"화성에는 총으로 쏠 대상이 없습니다." 유럽우주기관 쪽 대변인이 반대 의견을 냈다. "그리고 탐사대원이 우주에 총을 가지고 나가는 것은 어차피 금지되어 있습니다."

"내가 얘기하는 것도 그거예요." 케이미가 파이프 담배를 반대쪽 입가로 옮기며 말했다. "이 총은 우리 증조부의 전리품이고 사대째

전해져 내려오는 물건이죠. 우리 가문의 부적이라 이겁니다. 만약에 나한테 수맥 찾는 일을 시키고 싶으면 이 소총도 가져가게 해요. 그게 없으면 일을 안 할 테니까. 그 점을 밝히지 않고 계약서에 서명을 하면 사기가 될 겁니다."

케이미는 허가를 받았다. 하지만 탄약은 가져올 수 없었다. 전문가들은 어차피 총을 쏠 방법이 없다고 설명해 주었다. 화성은 기온이 너무 낮아서 구식 카빈총의 강철이 과냉각되고 그 결과 기계적인 강도가 저하된다. 첫 발은 발사할 수 있을지 몰라도 두 발째에 총열이 부서져 버릴 거다. 그게 설명이었다. 그럼에도 불구하고 케이미는 탄창 하나 분량의 탄약을 몰래 우주선에 실었다. 그 안에는 아기의 뺨 같은 탄두를 내민 일곱 발의 놋쇠 탄환이 들어 있었다. 케이미는 기회가 오자마자 탄환을 장전했고, 그런 다음에야 마침내 마음을 놓았다.

이제 케이미는 그 소총을 등에 메고 다녔다. 하지만 끈은 화성의 차가운 냉기와 만나자마자 끊어졌다. 그래서 아라마이트 사슬로 대체해야 했다. 케이미는 구식 소총에서 힘이 흘러나오는 것을 느꼈다. 그 힘은 강력한 거품을 형성했고 화석에서 걸어 나온 짐승으로부터 케이미를 지켜주었다. 케이미는 기름방울 속에 들어 있는 금가루였다. 따라서 탐욕스러운 흐름도 그를 바닥으로 끌어당길 수 없었다.

케이미는 문제의 바위가 있는 곳으로부터 탁한 힘이 흘러나와 부채꼴로 퍼지면서 거대한 폭포수처럼 협곡의 바닥으로 나오는 것을 느꼈다. 케이미는 격하게 넘실거리는 흐름에 발을 들여놓기 전부터, 먼 곳에서부터 힘의 소용돌이가 의식의 가장자리와 겹치는 것을 알았다. 이제 그는 중심부에 깊숙이 들어와 있었고 고개를 수면 위로 들기도 힘든 지경이었다. 하지만 조지는 그 물에 빠져 죽어 가고 있었다.

케이미는 조지의 뒤를 따라 달렸다. 중력이 지구의 3분의 1밖에 안 되는 곳에서 튼튼한 우주복을 입고 이동하는 것도 달린다고 할 수 있다면 말이지만.

　케이미의 눈에 보이는 것은 늑대뿐이었다. 늑대는 순록을 키우는 모든 이들의 원수였다. 늑대를 향한 증오심은 모든 목자들이 타고나는 것이었고, 이제 그 증오가 케이미를 집어삼켰다. 케이미는 공포심을 완전히 잊었다.

　늑대의 열 걸음 앞까지 접근했을 때 케이미는 조지가 두 손을 올려서 목을 붙잡는 것을 보았다. 악마늑대는 뛸 준비를 하고 있었다. 케이미는 늑대의 사나움이 들불처럼 맹렬하게 타는 것을 느꼈다. 케이미는 어깨에서 총을 내리고 겨냥을 하기 위해 뺨에 대려다가 헬멧을 쓰고 있다는 사실을 깨달았다. 지지할 곳이 없었기 때문에 케이미는 개머리판을 가슴에 대고 장갑 때문에 부풀어 오른 오른손의 검지손가락을 최대한 뻗어 방아쇠 고리에 걸었다.

　케이미는 희미한 찰칵 소리를 들었다. 늑대의 옆면에 노란 구멍이 뚫렸다. 테두리는 빨간색이었다. 그곳에서 푸른 연기가 나더니 작은 소용돌이를 이루며 떠올랐다. 펜리는 화를 내며 고개를 내젓더니 선홍빛 눈을 케이미에게 고정했다. 케이미는 노리쇠를 거칠게 두드려 간신히 총을 재장전했다. 두 번째 총탄이 날아갔고 짐승의 회백색 가슴에 또 하나의 무지갯빛 구멍이 뚫리며 연기가 피어났다. 커다란 늑대가 깜짝 놀라더니 선홍색 입 안에 늘어서 있던 눈처럼 하얀 이빨을 더 많이 드러냈다. 케이미는 한 번 더 장전을 하려 했으나 노리쇠의 연결부가 소리 없이 부러지더니 단단한 바닥을 향해 천천히 떨어졌다. 케이미는 망가진 총을 헛되이 흔들다가 총열마저 부서졌다는 사실을 깨달았다. 케이미는 손을 들어서 분노에 찬 맹세를 하더니 소총을 펜리에게 집어던지고 곧바로 몸을 날렸다. 악마늑대는 비틀거리며 옆으로 피해 뛰어오르더니 주춤하면서 한 번 더 물러섰다.

　케이미는 조지에게 달려들어서 그를 땅에 쓰러뜨렸다. 그리고 조지가 헬멧의 잠금장치를 풀려는 것을 알고는 화들짝 놀랐다. 케이미는 조지의 손을 떼어내기 시작했고 두 사람은 갈철석 먼지가 지면 위에 일으킨 구름 속에서 뒹굴며 몸싸움을 했다.

"조지, 제발 그러지 마." 케이미가 절망적으로 말했다. "그러면 안 돼. 부탁이니까 그러지 마." 케이미는 펜리가 되돌아오는 모습을 보면서 더욱 절망했다. 이제는 총도 없었다. 총은 목숨을 구해 주고 힘을 주던 부적이었다. 금가루는 바닥에 떨어지고 말았다. 이제 케이미는 평범한 인간이었다.

"조지, 부탁이야. 안 돼. 그러면 안 돼. 제발, 그러지 마. 자살하지 말라고. 제발 자살하지 마." 누군가가 조지의 손을 목에서 떼어내고 몸싸움을 하면서 그렇게 말했다. 조지는 아무것도 볼 수 없었다. 붉은 안개가 전부였다. 조지는 그 안개가 뭉치면서 불타는 석탄과도 같은 늑대의 눈으로 변할까 봐 겁을 먹었다. 하지만 갈철석 위에서 조지와 함께 구르고 있는 상대는 부드럽고 둥글었으며 짐승의 털도 없었고 근육도 뭉치지 않았다. 그럼에도 불구하고 조지는 더듬거리면서 괴물의 목을 찾았다. 흉악한 맹수의 몸에서 떨어져 있으려는 생각에서였다. 그렇게 툭탁거리는 동안 조지는 또 한 번 무선 통신을 들을 수 있었다. 어딘가 먼 곳에서 고요하지만 단호한 목소리들이 무선으로 흘러들어왔다.

두 사람이 논쟁을 벌이고 있었다.

"경고하는데 그만두라고!"

"넌 지금 정상이 아니야. 이성적으로 생각할 상태가 아니라고. 한 시간 반만 기다리면 우리가 저 사악한 물건의 영향력 밖으로 널 꺼내 줄게."

"넌 그걸 파괴할 권리가 없어. 그게 정말로 사악한 존재라고 해도 말이야. 나를 핑계로 삼지 마. 내 인생의 주인은 나고 결정을 내릴 사람은 네가 아니야. 그 물체는 살아 있어. 그걸 모르겠어? 우리랑 방식은 다르더라도 살아 있다고. 데미안, 넌 애당초 왜 우주에 나온 거야? 파크힐처럼 핫도그 판매대를 세우려고? 살인자가 되려고?"

"이상한 소리 좀 하지 마. 너도 알다시피 그 바위가 살았느냐 죽었느냐는 중요하지 않아. 만약에 살아 있다면 그건 공격자고 위험한 맹수야. 우리를 실험용 쥐처럼 취급하기 전에 허락을 받은 적이 있어? 그놈은 도둑처럼 들어와서 서랍을 뒤지고 옷을 훔쳐 가듯이 우리 두뇌를 훑었다고! 그것 말고 다른 것도 읽었는지 몰라. 그놈은 교활한 거미고 우리는 거미줄에 사로잡힌 파리일 수도 있어. 그렇지 않다면 그놈은 고함을 칠 줄 알지만 생명은 없는 기계이면서 너 같은 신봉자를 홀리기 위해 미끼를 놓는 함정일지도 모르지. 어느 쪽이든 그걸 보존하려고 네 목숨을 희생할 이유는 없어."

"난 그렇게 할 거야! 데미안, 또 구멍을 파기 시작하면 난 자살할 거야. 넌 아무것도 구할 필요가 없다고!"

"그렇겐 못 할걸! 다행히도 그럴 만한 도구가 없으니까!"

"헬멧을 벗을 거야."

"그러면 안 된다! 아들아, 지금 무슨 소리를 하는 거니? 그러지 못하게 막아 주세요!" 세 번째 인물인 어섯이 목소리가 대화에 끼어들었다.

"데미안, 이해 좀 해 봐. 인류는 우주에 나와서 처음으로 이해할 수 없는 현상을 만났어. 그걸 나 때문에 파괴할 수는 없어. 앞으로도 납득할 수 없는 물체를 만나면 무조건 부숴야 한다는 거야? 그런 전제가 얼마나 위험한 줄 알아? 게다가 넌 내가 미국인이란 걸 잊고 있어. 샘 파크힐도 우리나라 사람이었다고……."

"염병할, 도대체 네 한심한 국적이랑 이게 무슨 상관이야?"

"조지가 설명해 줄 거야."

"누구도 나한테 설명할 수 없어. 저 짐승은 시간을 가지고 장난질을 치는 거라고. 넌 지금 그걸 거들고 있는 거고. 난 계속 팔 거야!"

조지의 헬멧 속은 유리조각들이 맞붙어서 긁히는 것처럼 신경을 거슬리는 소리로 다시 한 번 가득 찼다. 조지는 갈철석 바닥에 앉았고 케이미는 그 곁에 무릎을 꿇은 채 눈에 공포가 가득한 조지의 얼굴을 들여다보았다. 먼지가 점점 더 달라붙었기 때문에 우주복의 금빛 표면은 더욱 붉어졌다.

소년과 늑대가 사라졌다. 최소한 헬멧의 화면에는 보이지 않았다.

"어디 갔지?" 조지가 물었다. 그리고 케이미와 뒹구느라 근육이 아팠기 때문에 얼굴을 찡그렸다. 케이미한테는 안 들리겠군. 조지는 전선을 떠올리며 그 사실을 얼른 깨달았다. 조지는 아픔을 참으며 가슴에서 가느다란 전선을 꺼내 푼 다음 가슴 오른쪽의 뚜껑을 벗기고 드러난 구멍 가운데 하나에 커넥터를 끼웠다. 그는 반대편 끝을 케이미에게 건넸다. 케이미도 똑같은 행동을 했다. 잠시 후 두 사람은 고요한 오아시스 속에 있었다.

"조지, 괜찮아?" 걱정스러워하는 케이미의 목소리가 즉시 흘러나왔다. "무슨 일이 생긴 거야? 네가 헬멧을 벗으려고 해서 싸우지 않을 수가 없었다고. 바위의 영혼이 너를 발로 움켜잡았어."

"그게…… 뭐?" 조지가 말을 더듬었다. "내 아들……. 그 둘은 어디로 갔지?" 조지가 말을 고쳤다.

"반대쪽으로." 케이미가 목소리를 낮추며 대답했다. "그 아이는…… 세상 빛을 못 본 네 아들이지?" 빛을 내는 조지의 눈이 먼지로 뒤덮인 화면에 떠오를 때까지 다가가며 케이미가 물었다. "전설에 따르면 태어나지 못한 사내애들의 영혼이 펜리와 함께 뛰어다닌다고 했어. 그 애들은 늑대 무리의 일원이 돼서……."

두 사람은 말없이 동의한 채 상대방의 어깨에 의지하고는 서로를 도우며 일어섰다. 정오가 지난 지는 얼마 되지 않았지만 조지는 티디온 협곡 너머에서 핏빛 석양이 올라온다는 인상을 받았다. 먼 곳에 있는 사물들이 불그스름한 운무에 묻혀 갔다. 거대한 북쪽 벽도 그랬고 훨씬 더 가까이에 동상처럼 서 있는 셰르파들도 그랬다. 바로 오른쪽에 서 있는 형체 없는 모습조차도 둥근 머리부터 우주복 장화의 잠금장치에 이르기까지 온통 선홍색이었다.

"헬멧을 닦아." 조지가 케이미에게 말하고는 고개를 숙였다. 조지는 헬멧 표면에 정전장을 발생시키는 스위치를 턱으로 눌렀다.

희박한 대기 속에서 먼지 입자가 자력선을 따라가며 소용돌이쳤다. 그러자마자 화성의 붉은색이 줄어들었다. 조지는 소년과 늑대의 그림자를 보았다. 그 둘은 셰르파에서부터 절벽까지 이어지는 바로 그 줄을 가로지르고 있었다. 늑대의 몸은 천천히 깜빡거렸다. 조지는 그들을 향해 걸었다. 케이미와 조지를 연결하는 짧은 전선이 팽팽해졌다.

"좇아가지 마." 조지는 깨끗해진 케이미의 헬멧을 통해서 그가 세차게 머리를 젓고 있는 모습을 보았다. 뾰족한 코와 턱수염 위에 자리잡은 케이미의 눈이 겁에 질린 채 조지를 마주 보았다. "조지, 여기서 나가자. 지금 당장. 이젠 내 총도 없다는 거 알잖아." 조지는 혼란스러워하면서 사방을 둘러보았다. "셰르파에 타고 여기서 나가자. 데미안은 남은 셰르파를 타고 따라올 수 있어. 그림자의 경계 밖으로 나가서 기다리면 돼. 그러면 신기루도 사라지고 너도 고통스럽지 않을 거고 난…… 펜리를 무서워하지 않겠지. 펜리는 준비를 하고 있었어. 나를 죽이려고, 그렇게 제 형제의 복수를 하려고……" 케이미의 말은 점점 더 빨라졌다.

"그럼 나는 어쩌고!" 조지가 말을 잘랐다.

"아직도 모르겠어?" 케이미가 갑자기 소리쳤고 절망적으로 양손을 들었다. "이제 바위의 정령이 잡아먹고 있는 거야. 뼈가 부딪치는 소리가 들리지 않아?" 케이미가 비명을 지르면서 무작정 달려 나갔다. 황갈색 커넥터가 조지의 가슴에서 뽑히더니 도망치는 케이미의 뒤쪽에서 방울뱀의 꼬리처럼 팔랑거렸다.

"저 녀석 도대체 무슨 헛소리를 하는 거야? 누가 날 잡아먹는다는 거지? 사실 난 방금 자유로워졌어. 그것도 혼자 힘으로. 데미안한테 말 좀 해. 그래야 헛수고를 안 하지. 내가 말하면 안 믿을지도 몰라."

조지가 뒤를 돌아보았다.

멜이 다섯 걸음 뒤에 서 있었다. 청바지는 닳아 빠졌고 폭이 넓은 멕시코 풍 허리띠에는 커다란 은제 버클이 달려 있었다. 멜은 격자무늬 면 셔츠를 입고 그 위에 너구리 가죽으로 만든 조끼를 걸치고 있었다. 그리고 오래전에 눈 수술을 받은 탓에 없애 버렸던 구식 안경을 코 위에 올려놓고 있었다.

* * *

"멜, 너……." 조지가 숨을 들이켰다.

"조지, 그 얘기는 하지 말자." 멜이 안경 뒤쪽에서 부드럽게 웃으며 말했다. "내가 나왔다는 사실이나 축하해 달라고. 난 어머니께 가 봐야겠어. 그래야 걱정을 안 하시지. 조지, 그건 봐줄 거지?"

조지는 어색한 몸짓으로 일어서서 주변을 살펴보았다. 그러면서 누군가 살아 있는 사람이 함께 있어 주기를 간절히 바랐다. 조지의 화면 끄트머리에서 무언가가 움직였다. 2백 미터 떨어진 곳에서 펜리가 달리고 있었다. 늑대의 귀는 납작하게 접혀 있었고 머리는 땅에 바짝 붙어 있었다. 발바닥이 지면을 건드리지 않는 것처럼 먼지는 전혀 일지 않았다. 거대한 극지 늑대는 케이미와 경주를 하고 있었다.

"멜, 케이미 좀 도와줘. 난 저렇게 빨리 뛸 수 없어. 멜, 내 말 들려? 케이미 좀 도와달라고." 조지는 멜을 불렀지만 그는 먼 곳으로 움직이고 있었다.

조지는 완전히 당황해서 사방을 돌아보았다. 펜리는 결국 케이미를 따라잡았다. 케이미는 가격하려는 자세를 취했으나 공격에 실패했다. 금색 보호복을 입은 인물은 벌써 쓰러진 것 같았다. 그랬다가 순식간에 일어서더니 부풀어 오른 팔을 우스꽝스럽게 흐느적거리며 어설프게 뛰었다. 늑대가 케이미의 주위를 돌더니 또 한 번 뛰어올랐다. 모든 일이 똑같이 반복되고 또 반복되었다. 누군가가 무성영화 시대의 희극 필름을 잘라 붙여서 무한히 돌리는 것 같았다. 펜리는 늑대라기보다 고집 센 양을 무리로 돌려보내려고 쫓는 양치기 개 같았다.

조지는 정지 상태에 있는 자신의 셰르파를 갑자기 기억해 냈다. "3호기!" 조지가 소리쳤다. "인간이 위험하다! 인간이 위험하다. 벡터는 90." 조지가 개략적인 방향을 짐작하면서 말했다. 케이미는 넘어지고 뛰기를 반복하면서 꾸준히 동쪽을 향했다. 그림자의 경계와 자신의 사이에 놓인 5킬로미터의 거리를 정말로 건널 수 있다고 생각하는 것 같았다. "그리고 저 짐승을 잡아! 동물을 공격해라. 늑대와 유사한 동물이다. 반복한다. 늑대와 유사한 동물이다." 조지는 로봇의 기계식 사고 안에 자신의 설명을 주입하려고 노력했다. 낸시 이모의 표준 프로그램에는 늑대 사냥법이 들어있지 않은 게 확실했기 때문이다.

"위험에 빠진 것이 저기 넘어진 인물입니까?" 기계는 놀라우리 만큼 부드럽게 반응했고 조지가 방향을 일러주자마자 동상처럼 모여 있던 셰르파들이 깨어나더니 그 가운데 한 대가 일어서서 껑충거리며 동쪽으로 향했다.

"조지, 도대체 지금 무슨 짓을 하는 거야?" 조지는 그제서야 지휘관의 목소리를 알아들을 수 있었다. 그 목소리는 조지의 헬멧 속에서 한동안 울리고 있었던 게 분명했다. "세상에, 3호기를 어디로 보내는 거야? 지금 드릴 날이 더 필요하다고 두 번이나 얘기했잖아. 가져온 드릴이 꽤 부서졌는데 구멍은 아직도 네 개나 더 파야 해. 셰르파를 타고 올라와. 시간이 없다고. 멜하고는 연결이 끊긴 것 같아. 지금은 통신 채널에 없거든. 동굴에서 굴뚝 쪽으로 기어 올라간 게 분명해. 정신을 차릴 줄 알았다니까……."

"데미안." 조지는 절벽 밑에 홀로 남아 있는 소년의 모습에서 재빨리 눈을 떼며 말했다. "셰르파를 타고 내려오는 게 좋겠어. 구멍은 더 이상 팔 필요가 없어. 아무것도 폭파시켜 버릴 필요가 없다고……. 멜은 여기에 있어." 조지는 잠깐 멈췄다가 말을 덧붙였다. "안전해."

"안전하다는 게 무슨 소리야? 말도 안 되잖아!"

"내려와서 직접 봐." 조지가 말했다. 갑자기 피로가 무겁게 몰려왔다. 조지는 발을 끌며 데미안의 셰르파 쪽으로 움직였다. 너무나 많은 일을 한꺼번에 겪었기 때문에 조지의 머릿속에서는 한 가지 소망만이 소용돌이치고 있었다. 조지는 정상적인 세상으로 돌아가고 싶었다.

"멜은 결국 하겠다는 걸 실행에 옮겼어." 조지는 억지로 말을 이었다. "이제 멜은 저……. 저것들의 일원이야."

이어폰은 조용했다. 하지만 조지는 데미안이 듣고 있다는 것을 느꼈다. 들리는 것은 거친 숨소리뿐이었다. 데미안인 것 같았다. 하지만 케이미일 수도 있었다. 어쩌면 조지 자신일 수도 있었다. 어느 쪽이든 상관이 없었다.

"데미안, 조지의 말이 맞아." 조지가 기대하지 않았던 인물의 목소리가 들어왔다. "내려와. 난 벌써 내려왔어. 어머니가 고맙다고 전해 달라셔."

"늑대를 잡을 수 없습니다." 멜의 말이 끝나자 낸시 이모가 뒤를 이었다.

* * *

그게 끝이었다. 임무를 계속할 이유가 없었다. 데미안 보로노프는 드릴을 포기했다. 그 빌어먹을 물건은 결국 시험작동을 통과하지 못했군. 데미안이 생각했다. 하지만 어차피 앞으로 다시 쓸 일이 없을 거라는 생각이 들었다. 데미안의 몸이 상하로 움직였고 우주복 신발의 뭉툭한 끝이 유리처럼 매끄러운 벽을 밀쳤다. 사실 데미안의 몸은 매달려 있었기 때문에 녹은 광물이 아래쪽 깔때기 모양의 분화구 속으로 방울져 떨어졌다. 운석은 벽을 뚫고 들어가 있었다. 데미안은 그게 살아 있는 유기체라는 사실을 믿을 수가 없었다. 어쩌면 그 운석은 무서운 소리를 내는 기계이거나 함정일 수도 있었다. 하지만 자연의 장난과 우연으로 인해 발생한, 말하자면 구체 모양의 번개나 메아리와 비슷한 물체인 것 같았다. 심령적인 효과를 가진 물질로 이루어진 운석이 분명했다. 움직임 하나하나가 위험하고 믿을 수 없는 물체였다.

장비가 뒤틀리자 듀랄론 밧줄이 비틀리고 꼬였다. 자연스럽게 재결정화한 현무암에는 다섯 개의 구멍이 뚫려 있었다. 각 구멍마다 닻의 머리 부분 네 개가 바위 속으로 박혀 있었다. 가상의 사각형 가운데 우상단이 데미안의 화면으로 천천히 미끄러져 들어오면서 그 자리에 펼쳐져 있는 협곡의 파노라마가 열렸다.

데미안은 작동을 멈춘 드릴의 원통을 다시 움켜쥐었다. 이번에는 오른손이었다. 이건 여기에 버려두자. 데미안은 그렇게 생각했다. 그리고 반대편 비탈에서 협곡의 바닥 너머를 바라보았다. 돌출부는 석양을 받아 하나씩 완전히 빛나고 있었다. 어두운 숲 속에 있는 벌집과도 비슷했고, 하늘로 올라가는 계단처럼 보이기도 했다.

그 순간 빛을 내는 불꽃이 두뇌로 흘러들어오는 것처럼 데미안의 머릿속에서 착상이 불을 뿜었다. 데미안은 차분하고 이성적인 정신으로 그 생각을 밀어내려 했지만 불가능했다. 데미안은 어마어마하게 큰 존재가 뜨거운 불길을 내뿜으면서, 빨갛게 달아오른 채 대기를 뚫고 하강하면서 거대한 계단을 비틀비틀 굴러 내려오는 모습을 보았다. 그 물체는 산처럼 구르며 계단을 덮었고 계단은 우주적인 무게 때문에 금이 가면서 부서지고 있었다. 젊은 화성의 용암이 갈라진 틈새 속에서 맹렬하게 끓어올랐다. 커다란 사지가 벽의 일부를 비집고 나오더니 아무것도 없는 절벽을 녹였고, 바위는 체리처럼 빨갛게 변했다. 문제의 물체가 숨길을 격렬하게 내뱉자 바위가 붉은 연기의 화환 속에서 하얀 빛을 내더니 밀랍처럼 말랑하게 변했다.

바로 그 순간이었다. 화산재의 구름과 엄청나게 뜨거운 증기 속에 어색하게 반쯤 숨어 있는 거인이 회전하더니 좁은 협곡을 메웠다. 붉은 모래사태가 위에서부터 쏟아졌고 거인은 수백만 톤에 달하는 모래를 다져 넣었다. 그런 다음 점점 더 맹렬하게 움직이면서 불타는 바위의 내부로 들어갔다.

경련은 더욱 격렬해졌다. 팔다리는 고통스러운 발작과 함께 사방을 휘저었고 분출된 모래는 궤도상까지 솟아올랐다. 자주색과 갈색의 모래폭풍이 마치 후광처럼 행성 전역을 뒤덮었다. 그리고 마침내 생체역학적인 알이 나타났고, 그 알은 결국 빠른 속도로 응고하는 바위 안에 자리를 잡았다. 그것은 귀하고 값진 돌 같았으며 미래에 도래할 거인이 잠들어 있는 씨앗과도 같았다…….

갑자기 고통이 몰려와 데미안은 헬멧을 쓴 채로 머리를 가슴 쪽으로 숙일 수밖에 없었다. 데미안은 뭉툭한 양발 사이로 협곡의 갈색 바닥을 보았다. 높이는 250미터였다. 데미안은 다행스럽게도 멀미를 한 적이 없었기 때문에 침착하게 계속 바라볼 수 있었다.

"데미안, 조지의 말이 맞아." 익숙한 목소리가 데미안에게 말했다. "내려와. 난 벌써 내려왔어. 어머니가 고맙다고 전해 달라서."

데미안은 아래쪽 구덩이를 향하고 있는 화면을 들여다보았다. 하지만 자신의 셰르파와 그 곁에 서 있는 조그마한 세 개의 형상을 보자 곧바로 시선을 돌렸다.

할아버지, 우린 또 졌어요. 데미안이 생각했다. 또 졌다고요. 그 질문은 끝나는 법이 없겠죠. 인간이란 폭력을 이용해서라도 발전해야만 하는 걸까요? 그 결과가 선(善)이라면, 발전이 곧 선이라고 생각해야 할까요? 아니면 그 질문이 떠오른다는 사실 자체가 발전도 선도 실은 잘못된 것이며 진짜 동기는 저 변함없이 오래된 권력욕이라는 증거라고 봐야 할까요?

바로 그게 할아버지의 문제였어요. 나도 돕고 싶었어요. 난 아무 문제가 없다고 생각했으니까요. 앞으로도 그럴 거라고 생각했고요.

데미안의 산소통이 절벽에 살짝 부딪쳤다.

내 진짜 문제는 뭐지? 데미안이 생각했다. 같은 문제이면서도 달라. 더 어렵지. 나는 선과 악을 구별할 수도 없었어. 여기 티디온 협곡에서 선과 악이란 도대체 뭘까? 산 것과 죽은 것을 구별할 방법도 없는데 말이지.

오늘 여기에서 있었던 일은 전부 보고서로 작성해야겠지. 하지만 내가 아는 건 도대체 뭐지? 이 다음엔 어떻게 해야 할지 제안을 해보라고 하겠지. 그런데 무슨 얘기를 할 수가 있지? 규모가 더 크고 최고의 장비를 갖춘 탐사대가 온다 한들 다른 결정을 내릴 수 있을까? 결국은 나와 같은 질문에 걸려 좌초하고 말 거야. 부숴야 하는가, 그러지 말아야 하는가?

데미안은 발 아래에 있는 커다란 틈을 다시 한번 둘러보았다. 조지의 셰르파가 눈길을 끌었다. 그 높이에서 보자니 셰르파가 크고 하얀 강아지와 뛰노는 것 같았다. 데미안은 이상하고 인공적인 2인조가, 하나는 인간의 산물이며 또 하나는 명백히 미지의 신성이 창조한 작품인 2인조가 노니는 장소 옆에 붉은 금색을 띤 바위가 있는 것을 보았다. 괴물 같은 거인의 영상이 다시 몰려왔지만 데미안은 그것을 혐오하면서 밀어냈다. 데미안은 확대 수준을 변경했다.

세상에, 저기 누워 있는 건 케이미잖아.

"늑대를 잡을 수 없습니다." 낸시 이모는 제 힘으로 통신 채널을 연 다음 화가 나서 소리를 질렀다.

조지는 그 고함소리를 들으며 다시 한 번 돌아가야만 했다. 이제 얼마나 끔찍한 일이 남은 거지? 이번엔 뭐가 등장하는 거야?

조지의 기계는 놀랄 만큼 가까운 곳으로 뛰어왔다. 셰르파는 조지에게서 150미터 떨어진 곳에서 원을 그리며 돌았고 뭔지 알 수 없는 덩어리와 사악하게 공격하는 늑대의 사이에 있었다. 기계팔은 토네이도를 만난 풍차의 날개처럼 희박한 대기를 때렸지만 늑대의 은회색 몸통을 잡으려는 시도는 모조리 헛수고로 끝났다. 금속 손톱은 미친 어부가 그물로 바닷물을 거르려는 것처럼 늑대의 몸을 그대로 통과했다. 그럴 필요가 없었음에도 늑대가 금속 손톱을 피하려고 애쓰는 광경은 기묘했다.

"인간 케이미 래터넌이 활력 징후를 보이지 않습니다!" 낸시 이모가 비명을 질렀다.

"조지, 3호기한테 케이미를 그림자 밖으로 끌어내라고 명령해. 그리고 셰르파에 타. 이제 여기서는 더 볼일이 없어!" 조지의 이어폰에서 데미안이 소리를 질렀다.

그 일은 조지의 두뇌에게 고문이나 다름없었다. 조지는 어쩔 수 없이 논리적으로 연결된 일련의 명령을 내려야 했다. 그는 오른쪽 기계 팔로 케이미의 시체를 잡고 6미터 높이로 들라고 지시했다. 하지만 그것도 너무 낮았다. 펜리의 발톱이 셰르파의 짐 바로 아래에서 허공을 긁었기 때문이다. 늑대는 공격해 오는 상어처럼 몸을 긴장시키고 얼굴과 배를 위로 향하고는 4미터 높이까지 맹목적으로 뛰어올랐다. 그런 다음 뱀처럼 몸을 뒤틀면서 시끄러운 낸시 이모가 자신을 잡기 위해 휘두르는 왼쪽 기계팔을 피했다. 늑대는 본래의 신체비율을 유지하지 않고 누군가가 구겨 놓은 투명 종이 위에 그려진 그림처럼 몸을 구겼다가 폈다. 셰르파의 강철 손톱이 늑대의 신체를 통과하면 그 자리에서 파란 불꽃이 튀었다. 늑대는 고양이처럼 네 발로 동시에 착지했다.

조지는 안전한 순간을 기다렸다가 뒤로부터 접근해서 셰르파의 다리를 지나 등으로 올라갔다. 그리고 생존실을 돌아 조종석과 주황색 눈물처럼 생긴 방 사이에 있는 오목한 곳으로 기어 들어갔다.

조지는 낙타를 타듯 오목한 곳에 올라앉아서 뿔뿔이 흩어진 여행단의 일원처럼 동쪽으로 이동했다. 이어폰에서는 데미안이 케이블카를 정리하고는 도구를 치우지도 않고 자신의 셰르파에 올라타는 소리가 들렸다. 데미안은 조지와 같은 경로를 따라 전진했다. 데미안은 혼자가 아니었다. 조지는 멜과 그의 어머니와 군인이 데미안의 셰르파를 뒤따르는 모습을 보았다.

조지는 그림자 경계의 바로 바깥쪽에서 데미안을 기다렸다. 경계선은 찾기 쉬웠다. 기온이 거의 60도나 급하게 상승했기 때문이다. 조지의 헬멧 화면에 자동으로 떠오른 LED수치에 따르면 영하 53도였다. 그보다 더 확실한 징표가 있었다. 셰르파의 뒤를 끈질기게 따르면서 머리를 치켜세우고 위로 올라가 있는 셰르파의 오른쪽 기계팔에 핏빛 눈을 고정하고 있던 펜리가 갑자기 멈춰 섰다. 그러더니 녹기 시작했다. 늑대는 회색으로 변했다가 검어졌고, 그러는 내내 점점 투명해졌다. 마침내 그 자리에 남은 것은 부드럽고 붉은 지면뿐이었다.

"아버지, 왜 저를 또 죽이시는 건가요?' 어린아이의 절박한 외침이 조지의 헬멧 안으로 갑자기 파고들었다. 조지는 '긴급 정지' 단추를 눌러서 셰르파를 세웠다. 하지만 이어폰에서는 아무 소리도 들리지 않았다.

"조지, 그건 인간이 아니야." 데미안이 끼어들었다.

"제발 좀 닥치고 있어!'

조지는 최대한 귀를 기울였다. 하지만 이어폰에서 들리는 것은 백색잡음 뿐이었다. 조지는 그 소음에 몸을 담그고 수면 아래로 숨었다. 완전히 죽은 사물의 목소리를 듣고, 그 소음을 내는 것이 확실한 열역학법칙에 따라 에너지를 얻고는 자신의 주변과 내부에서 흘러 다니며 소용돌이치는 전자라는 사실을 확인하고 나니 위로가 되었다. 최소한 뭔가가 정상적으로 활동하고 있는 거야. 조지는 그렇게 생각했다. 넋을 잃었던 두뇌가 본래의 모습으로 돌아오고 있었다. 그리고 셰르파를 되돌려서 그림자 안으로 들어가자는 욕구를 이겨내고 있었다. 데미안이 말한 대로 그건 사람이 아니야. 사람이 아니야. 아니라고. 조지는 혼잣말을 계속 반복했다. 나는 케이미를 돌봐야 해.

조지는 데미안이 도착하기 전에 케이미의 몸을 셰르파 안으로 간신히 끌어들였다. 그리고 의학용 스캐너를 사용했다. 불행하게도 조지가 짐작했던 그대로였다. 케이미는 죽었다. 하지만 그의 우주복은 멀쩡했다. 늑대의 이빨은 우주복에 홈집도 내지 못했다. 조지는 애당초 불가능한 일이었다고 생각했다. 분석 결과는 '심장마비'였다.

그 짐승은 일반적인 의미의 물질이 아니었다. 데미안의 셰르파를 따라오는 사람들도 마찬가지였다. 그럼에도 그들은 살아 있었다. 조지는 머지않아 데미안이 자신과 같은 류의 문제에 봉착하리라는 것을 알았다. 데미안의 문제는 한층 더 어려웠다. 그들은 한때 정말로 살아 있었고, 데미안이 좋아했고 존경했던 사람들이었다.

바로 그것 때문에 데미안은 그들을 파괴하지 못하고 머뭇거렸다. 데미안은 경계선 위에 셰르파를 세웠다. 셰르파의 윤곽 뒤에 있는 절벽은 이제 검정색이었고 슬픈 느낌이 묻어났다. 멜이 있던 장소는, 이 모든 현상의 근원인 동시에 멜의 무덤이 있는 장소는 이제 짙은 그림자 속으로 사라지고 있었다.

"조지, 난 어떡해야 하지?' 조지는 데미안이 절망했고 혼란에 빠졌음을 느꼈다. 그와 만난 이래 처음인 것 같았다. 조종석의 유리창을 통해 데미안의 얼굴이 보였다. 조지는 데미안이 그처럼 집중하며 바라보는 대상이 누구인지 알았다.

군인은 처음 만났을 때와 같은 모습이었다. 칼라쉬니코프 기관총은 다시 목에 걸려 있었다. 허리띠에 걸려 있는 수류탄은 번들거리며 빛났고 왼쪽 허벅지에 매달린 날카로운 야전삽도 그랬다. 모성애로 빛났던 패트리샤와 달리 군인의 얼굴은 고통스러운 표정이었다. 멜은 쑥스러워하고 있었다. 조지는 그들이야말로 브래드버리의 그림자에서 벗어나는 것과는 거리가 먼 사람들이라고 생각했다. 최소한 데미안은 그랬다.

조지와 데미안은 다른 이들도 대화를 들을 수 있다는 사실을 잊고 있었다.

"뭘 망설이는 게냐?' 군인이 퉁명스럽게 말했다. "우리 둘 다 어떡해야 하는지 알잖아. 넌 나와 헤어지지 않을 게다. 난 네 안에 영원히 있을 테니까. 다른 사람들과 마찬가지로." 군인이 말했다. "오늘 네가 할 수 있는 일은 아무것도 없다. 내가 도와주지. 혼자 힘으로 밖으로 나가마. 벌써 한 번 그랬던 적이 있으니까." 군인이 크게 웃으며 말했다. 그리고 기관총의 끈을 목에 걸더니 철모를 고쳐 썼다. 그런 다음 두 손으로 턱끈을 잠갔다. 군인은 스스로에게 무언가를 다짐하듯 고개를 끄덕이더니 활기찬 몸짓으로 돌아섰다. 갈철석 가루는 단 한 점도 떠오르지 않았다. 군인은 절벽을 향해 행진했고 그의 모습은 점점 작아졌다. 화성의 지면에는 단 하나의 발자국도 남지 않았다.

"다섯 걸음 뒤로 물러서." 데미안이 갈라진 목소리로 명령을 내렸다. 셰르파가 조지 쪽으로 이동하는 동안 데미안의 불규칙한 숨소리가 스피커에서 흘러나왔다.

"데미안, 저 둘은 사라지지 않을 거야." 조지가 갑자기 말했다. "여기서 영원히 살겠지." 저게 진짜 화성인이야. 조지는 그렇게 생각하면서 압도당했다.

"맞아요." 패트리샤가 15미터 떨어진 곳에서 즐거운 목소리로 말했다. "이제 누구도 내게서 멜을 데려갈 수 없어요. 그 끔찍한 지질학이나 우주비행학도 마찬가지고요. 얘는 내게서 멀리 떨어질 일이 없을 거예요. 우리는 영원히 함께 지낼 테고요. 멋지지 않은가요?" 그녀의 알토 풍 목소리가 울렸다. 패트리샤는 상이라도 주려는 것처럼 밍크로 만든 숄을 팔까지 내리고 아름다운 어깨를 드러내었다. 멜은 수줍은 표정을 지으며 세 걸음 앞으로 나오더니 팔을 들고 손바닥을 위로 향했다. 마치 유리 같은 벽에 기대려는 것 같았다.

"친구들, 용서해 줘." 멜이 말했다. "하지만 다른 방법이 없었어. 브래드버리의 결론이 맞다고 인정할 수가 없었거든……. 조지, 넌 날 이해해 줄 거지." 멜이 왼쪽에 있는 셰르파를 바라보며 말했다. 이제 붉은 태양은 가라앉았고 피가 마른 것처럼 적갈색이 된 협곡의 바닥에는 그림자가 졌다. 먼지로 덮인 두 대의 셰르파는 협곡의 황폐한 바닥에 서 있었다. 셰르파들은 자리에서 물러난 신이나 아무 쓸모도 없이 외롭게 남은 이스터 섬의 모아이 석상들 같았다.

조지는 머리가 묵직하니 아팠음에도 불구하고 브래드버리의 그림자가 무언지 이해할 수 있었다. 모든 사람의 마음속에는 그 그림자가 있었다. 누구나 수치스러운 실패의 순간을 기억했고 조상이 저지른 실수 때문에 괴로워했다. 그런 실패야말로 참된 사람됨으로 인도하는 이정표이자 자신의 인생을 측정하기 위해 필요한 기준이었다. 그거야말로 인류의 운명이었다. 조지는 너무나 피곤해서 멜이 스스로의 그림자를 없앤 것이 용기 때문인지 비겁함 때문인지 판단할 수가 없었다. 멜의 손이 더럽혀지지 않은 것은 사실이었다. 멜은 소설에 등장하는 동족과 같은 식으로 행동하는 것을 거부했다. 하지만 그와 동시에 멜은 자신의 책임감과 본질을 통해, 죄를 짓고 큰 실수를 저지른 나머지 인간들에게 영향을 미쳤다. 멜은 이제 인간이 아니었고, 그건 물리적인 의미만이 아니었다······.

조지는 화성인들이 점점 멀어지는 모습을 바라보았다. 여인은 이브닝드레스를 입었고 사내는 카우보이 복장을 하고 있었다. 두 사람은 절벽 아래 암흑 속으로 사라졌다. 저 두 사람은 수백만 년이 지나도 저기서 걷고 있을까? 저 두 사람은 영겁에 걸쳐서 영원히 즐거울까? 태양이 다 타서 없어져 버리는 광경을 볼 때까지? 아니면 입구가 무너진 동굴에 있는 신체가 먼지로 변하는 순간 소멸할까?

조지는 그런 것을 믿지 않았다. 그러다가 갑자기 패트리샤가 모든 어머니들의 꿈을 이뤘다는 생각이 들었다. 이제 패트리샤는 아들을 영원히 곁에 둘 수 있었다.

이제 밤이 협곡을 지배했다. 셰르파들은 몸을 돌렸고 조지는 자줏빛 하늘에 외롭게 떠 있는 별을 보았다. 한두 시간 뒤 공기가 얼어붙으면 소용돌이치던 먼지가 잠잠해지고 하늘이 섬푸른 색으로 변하면서 수천 개의 별이 나타나겠지. 조지는 그렇게 생각했다. 하지만 조지와 데미안에게는 지금 보이는 하나의 별만이 가장 중요했다. 그 별은 화성의 샛별인 지구였다.

생존실 안을 들여다볼 수 있는 구멍은 다행스럽게도 성에 덮여 있었다. 조지는 그 속에 얼어붙어 있는 것을 잊을 수 있었다. 조지는 깨달았다. 언젠가 때가 오면 저 안에 들어 있는 것이 또 다른 그림자의 씨앗이 되겠지. 케이미가 나 때문에 죽었다는 자책감을 참을 수 없는 그때가 오면.

셰르파의 머리에 달린 전등이 티디온 계곡 안에 길을 열었다. 셰르파는 돌출부를 골라서 걸었다. 뜨거운 유지와 기름 냄새가 다시금 실내를 둥둥 떠다녔고 압축기는 주기적으로 씨근거렸으며 엔진의 실린더는 규칙적으로 덜컹거렸다. 전류 조절기가 오르간 같은 소리를 냈고 조종판의 빨갛고 파란 눈들이 강화유리창에 반사되었다. 무전기에서는 누군가가 점점 더 다급한 목소리로 호출을 하면서 신경질적으로 질문을 퍼부었다. 아놀드가 욕을 하고 비에른이 저주를 내리고 있었다. 그 목소리에 겹쳐서 여분의 보급품과 연료와 산소가 어디에서 기다리고 있는지를 사방으로 알리는 방송 소리가 들려왔다.

그거야말로 성급한 지구의 목소리였다. 그 목소리는 점점 넓어지는 블루베리 색 하늘을 지배하고 있었다. 호기심을 절대로 삭이지 않고 정복하겠다고 공언하면서, 지식과 거기서 나오는 힘만 얻을 수 있다면 어떤 희생이라도 마다하지 않겠노라고 다짐하고 있었다.

조지와 데미안은 침묵을 지켰다. 그 질문에 대답할 말이 없었기 때문이다.

* 「화성연대기」는 레이 브래드버리의 연작 단편집. 본문에서 주로 언급하는 것은 두 번째 화성탐사대를 다룬 단편이다. 지구인들이 화성에 도착하자 익숙한 지구의 풍경이 눈앞에 펼쳐지고, 오래전에 세상을 떠났던 각 승무원의 지인들이 되살아난다. 하지만 실은 정신감응 능력이 있는 화성인들이 침입자들을 유인하고 죽이기 위해 만들어 낸 환각이었다.

야나 레치코바 Jana Rečková

제대로 된
시체답게 행동해!

Chovej se jako slušná mrtvola!

| 정보라 옮김 |

처음 영향을 받은 것은 식탁보였다. 수놓은 분홍색 꽃무늬 대신 마치 말라붙은 피 같은 얼룩이 나타났다. 아니면 초콜릿일 수도 있었지만 마가렛은 군것질에 탐닉할 나이는 이미 지났고 쌍둥이들은 아직 그렇게 높은 곳까지 손이 닿지 않았다……. 마가렛은 어깨에 가방을 걸친 채로 부엌에 서서 이미 벌어진 난장판을 바라보며 엄마가 얼마나 투덜거릴지 생각하고 있었다. 갑자기 집 안에 외풍이 불어닥쳐 망가진 식탁보를 식탁에서 벗겨내어 창문 쪽으로 방향을 꺾었고 창문이 저절로 열리더니 식탁보가 마당으로 날려갔다.

바로 그날 처음으로 식탁이 마치 열병이라도 앓는 듯이 덜덜 떨기 시작했고 다리가 전부 느슨해질 때까지 아주 오랫동안 흔들렸다. 미용실에서 돌아온 엄마는 당연히 믿지 않았다.

"네 그 친구 애들은 집에서 식탁 위에 앉는 버릇을 들였을지 몰라도 여기는 걔들 집이 아니잖니." 엄마가 불평했다. "이제 누군가 또저 식탁 다리를 돌려서 조여야 되잖아……."

엄마는 생각에 잠긴 채 기억 속에서 여러 전문가들을 이리저리 찾고 있었다. 그때 야단법석이 시작되었다. 바닥이 삐걱삐걱. 화장실에서 물소리와 마치 가스가 새는 듯한 쉭쉭 소리. 엄마와 마가렛은 온 집안을 꼼꼼히 확인했다. 아무 데도 아무 일도 없었다.

문 앞에 아버지가 나타나자마자 야단법석은 마치 칼로 자른 듯이 뚝 그쳤다. 저녁 식사는 거실에서 했다. 엄마는 겁이 나서 식탁에 대한 이야기를 하지 않았다……. 그래서 마가렛도 입을 다물었다. 쌍둥이들이 재잘거렸고 그걸로 식사 중의 대화는 충분했다. 행복한 가정이라는 인상을 지어냈고, 아침까지 그렇게 그 모든 일이 마치 무슨 바보 같은 장난인 것만 같았다. 그러나 다음 날 밤 후속편이 이어졌다. 누군가 마가렛의 목을 졸랐다. 목에 멍이 들어서 학교에 폴라를 입고 가야 했는데 그랬더니 너무 더웠다. 아버지는 목에 난 자국을 보더니 혐오스러워하며 머리에 한 대 먹였다.

그리고 다시 유령 출몰의 밤. 마가렛 꿈속의 살인마는 이번엔 칼로 무장하고 있었다. 아침에 일어나서 마가렛은 팔 위쪽에 길게 벤 상처가 있는 것을 알았다. 엄마는 경기를 일으켰으나 마가렛 때문은 아니었다. 쌍둥이들의 침대에 핏자국이 여기저기 나 있었고, 아기들의 오동통한 얼굴도 마찬가지였다.

마가렛은 엄마가 화장실로 쳐들어오기 전에 상처를 처치할 수 있었다. 마가렛은 충격받은 어머니가 변기 위로 몸을 굽히고 큰 소리로 토하는 것을 걱정하는 척하며 쳐다보았다. 목에 난 새로운 멍을 몰래 엄마의 파우더로 가렸다. 그러자 쌍둥이 남동생들은 저거 보라고 떠들어 댔다. 쟤들한테는 아무 일도 없을 거라는 데 내 목을 건다. 어쨌든 저건 쟤들 피가 아니잖아. 엄마가 씻어 주기만 하면 돼…….

아버지는 '이런 일로 머리 복잡하게 하지 마라. 난 직장 일만 해도 무시무시하게 힘든 사람이다' 라는 표정을 짓고는 처음에는 현관문을, 그 뒤에는 차 문을 쾅 닫았다. 마가렛은 피투성이가 된 침대 시트를 화장실로 가지고 갔다. 엄마는 이제 확실히 제정신으로 돌아와서 벽에 걸린 달력을 보고는 놀란 표정을 지었다.

"일주일이나 빨리 시작했니?"

상처 처치는 실패했다. 피 한 줄기가 마가렛의 팔을 타고 흘러내려 잠옷 소매에 얼룩을 만들었다.

"누가 날 죽이려고 해요." 마가렛이 말했고 물론 아무도 그 말을 믿어 주지 않았다.

가구들이 이 방 저 방 헤매고 다녔고 닫힌 창문에 걸린 커튼이 펄럭거렸으며 이상한 소음이 온 집 안에 울렸고 밤마다 누군가 마가렛에게 뭔가 해코지를 했다. 엄마는 친구들에게 조언을 구했다. 모두들 한결같이 정신과에 가 보라고 했다. 그리고 모든 것이 해명되었다. 마가렛은 히스테리컬한 성격이고 목에 든 멍은 자기 스스로 그렇게 한 것이다. 이 분홍색 가루약을 먹기만 하면 모든 것이 정상으로 되돌아올 것이다……. 마가렛은 뭔가 말하려 했다. 어떻게 하면 히스테리가 옷장을 밀어 옮길 수 있는지 물어 보려 했지만, 박식하신 의사 선생님은 변함없는 웃음을 지으며 오로지 엄마하고만 의사소통을 했다. 그리고 밤에 누군가 쌍둥이들의 목을 졸랐다.

아버지가 직접 마가렛을 침실에 가두었다. 밤 사이에 뭔가가 옷장 속에 두었던 아버지의 셔츠를 전부 찢었다. 아래층에서 수도관을 타고 올라왔다느니 폐쇄된 시설에서 치료를 한다느니 고함치는 소리가 들렸고 그 뒤에 현관문이 쾅, 그 뒤에 차 문이 쾅 닫혔고, 아버지는 벌써 나가고 없었다. 집은 뭐든지 자기가 원하는 대로 할 수 있었다. 그리고 그 기회를 놓치지 않았다.

그러나 쌍둥이들의 침대가 세 번째로 복도를 행진하고, 마가렛이 그 침대가 계단으로 내려가는 걸 막으려고 애쓰는 지경이 되자 드디어 엄마가 견디지 못했다. 엄마는 울다 지친 아기들을 안고 전화기를 들고 소파에 앉아서 마가렛이 전화번호부에서 찾아낸 번호들을 차례 차례 돌려 보았다. 그러다가 드디어 그 운명의 상대를 찾아냈다.

"그런 일에 누가 돈을 낼 것 같아?" 아버지가 아침에 넥타이를 매면서 의심을 드러냈다. "이승과 저승 사이의 일인데! 누가 들어 본 적이나 있대? 무슨 사기꾼이겠지!"

"내가 저축해 놓은 게 있어요." 엄마가 무미건조한 목소리로 말했다.

"그래, 당신 말은 잘 하지!" 냉소. 현관문이 쾅, 그리고 차 문……

아빠는 평생 가도 믿어주지 않을 거야. 어째서 이런 무서운 일들이 아빠만 피해 가는 걸까? 셔츠하고, 또 뭐가 있을 거야. 나도 셔츠만 찢었더라면……. 마가렛은 찢어진 책을 떠올렸다. 책장 맨 아래칸 바닥에 잘 숨겨둔, 여자아이들에게는 금지된 이야기들이다. 코를 훌쩍거리다가 팽하고 풀었다. 정말로 울음이 나오기 시작했다.

초인종이 울렸다. 그 사람들인가?

"아가야, 빨리 가서 문 열어." 엄마가 소리쳤다.

'아가야' 라고 하는 거 싫어! 정말 싫어……. 마가렛은 문을 열었다. 퇴마사는 두 명이었다. 검은 정장을 입은 건장한 콧수염쟁이와 홀쭉한 젊은이였다.

"카밀리언 울프입니다." 콧수염 난 남자가 자기 소개를 했다. "루스 부인이신가요?"

"아가씨죠." 젊은 남자가 고쳐 주었다. "매기 맞죠?"

"마가렛이에요." 소녀가 우울하게 대답했다. "들어오세요."

젊은 남자가 손을 뻗어서 소녀의 목에 난, 이제는 노란 흔적으로 변해 가는 목 졸린 자국을 만졌다.

"허버트!" 울프가 제지했다. "그런 건 안 돼, 허버트……"

"아 물론이죠, 사장님." 젊은이가 미소 지었다. 두 남자 사이에 뭔가 암묵적 이해 같은 것이 불꽃을 튀겼다. 마가렛은 어째서인지 알 수 없었지만 그것에 소름이 돋았다.

"이르마 루스 부인." 울프가 웅얼거리며 엄마에게 고개 숙여 인사했다. 지나간 세기의 인사법이다. 혹은 한 세기 더 이전의. 품격이 있었다. "부인께서 부르셨으니 말씀을 해 주시지요."

울프는 주의 깊게 귀를 기울였으나 반면에 허버트는 정신이 다른 곳에 가 있는 것 같았다. 마치 소리와 난장판과 찢어진 셔츠와 책에 대한 이야기는 듣지도 않는 것 같았다. 밤의 습격과 멍과 피에 대한 이야기도……. 허버트는 피아노 앞의 둥근의자에 앉아 있다가 갑자기 손가락으로 건반을 가볍게 두드렸다. 마치 머리를 쓰다듬듯이……. 곡조가 흘러나왔다. 마가렛은 흥얼거리기 시작했다. 허버트가 그녀를 쳐다보고 웃음 지었다. 마가렛은 그의 목에 걸린 이상한 끈 같은 것을 보았다. 무심히 보면 그것은 분홍색 리본을 꼬아서 만든 가느다란 띠 같았다. 거기에 작은 은 십자가가 걸려 있었다.

위층에서 울음 소리가 들렸다. 엄마가 손님들에게 잠시 양해를 구하고 쌍둥이들에게 달려갔다. 허버트는 연주를 멈추었다.

"아기들에게는 아무 일도 없을 거예요." 그가 말했다. "당분간은. 희생자는 매기예요. 교활한 녀석이죠."

"허버트!" 울프는 자기 동료의 어깨를 붙잡고 아마도 확실하게 한 번 흔들어 주고 싶은 것 같았지만, 그의 손가락은 허버트의 몸을 통과해서 피아노에 닿는 것으로 끝났다.

"연결이 되나?" 울프가 속삭였다. 마가렛은 한순간 눈을 감았다. 환각이야. 휘이.

허버트가 일어섰다.

"마가렛, 침실을 보여줘요."

마가렛은 겁먹은 티를 내지 않으려 애썼다. 그러나 계단에서는 다리에 힘이 풀려 허버트가 잡아 주지 않았다면 굴러 떨어질 뻔했다. 그는 완벽하게 물질적이었고 소녀는 남자의 얼굴이나 목을 통과해서 아래층으로, 복도로 떨어지지 않았다. 울프가 이상한 소리를 냈는데 어떻게 들으면 끙끙거리는 소리를 참는 것 같기도 했고 어떻게 들으면 코웃음을 치는 것도 같았다.

"허버트……." 울프가 속삭였다.

"괜찮아요, 제때 해 냈어요." 허버트가 대답했다. "고객이 왕이니까요, 사장님."

허버트는 은밀하게 소녀의 머리를 쓰다듬었다. 분명히 조금 있으면 사랑에 빠질 거야. 물론이지. 하지만 대부분의 경우 이게 지름길이야. 나도 결국 엄마처럼 돼 버릴 수 있어…… 부르르.

침실에서 허버트는 잠시 사방을 둘러보았다. 마가렛이 보기에 그의 눈이 푸른색으로 타오르는 것 같았다.

"여기서 나오나요?" 그가 별로 특별할 것도 없는 벽 한쪽을 가리켰다.

"그…… 그래요……." 소녀가 웅얼거렸다.

"여기에 문이 있었어요. 침실 두 개를 잇는 통로죠. 남자인가요?"

"아마도…… 그런 것 같아요."

마가렛은 갑자기 숨이 막혔다. 허버트에게 가서 안기고 싶은 욕구를 느꼈지만 울프가 어떻게 돌아가는지 눈치채고 소녀를 붙잡았다.

"허버트는 일하는 중이에요. 이럴 때는 언제나 두 세계의 경계에서 균형을 잡고 있는 거죠, 꼬마 아가씨. 유쾌한 일은 아니에요."

꼬마 아가씨……. 나이 든 아저씨늘이란, 전부 나…….

"지금은 뭘 하는 거죠?"

"흔적을 찾는 거죠……. 뭔가 보이나, 허버트?"

"예, 게다가 아주 많아요. 아주 재미있었겠는데요, 놈들이……." 눈의 푸른색 반짝임이 더 강해졌다. 허공에서 비비는 손가락이 마치 투명하게 빛나는 것 같았다.

"여기 있나?" 울프가 물었다.

"지금은 아니에요. 쉬고 있어요. 기억하는 중이죠. 형태를 찾고 있어요. 그의 몸은…… 흠, 엉망인 상태라서 아무런 기억도 간직하지 못해요. 오직 증오뿐이죠." 허버트가 지친 손짓으로 눈을 비볐고 얼굴에 슬픈 미소가 떠올랐다.

그에게 홀딱 빠질 것 같아, 마가렛이 생각했다. (아냐! 마가렛이 아냐. 매기야.)

"밤에 제거하겠어요."

"밤에요?" 이르마 루스 부인이 문가에 나타났다. "위험하지 않아요?"

"이 유령이 위험한 겁니다, 이르마 부인." 울프가 훈계하는 어조로 말했다. 어머니는 마른침을 소리 나게 꿀떡 삼켰다.

"뭐가 필요하세요? 묵주? 성수? 성경?"

퇴마사들이 서로 눈짓을 했다.

"아뇨, 저희는 그런 식으로 일하지 않습니다." 울프가 대답했다. "상대편은 일반적으로 지옥과는 직접 관련이 없기 때문에, 그래서……"

"해가 진 다음에 오겠습니다." 허버트가 말했다. "저를 믿으세요."

"울프 씨는요?" 이르마 루스가 미심쩍다는 표정이 되었다.

"사장님은 좀 떨어진 곳에서 저를 보호하실 겁니다."

매기는 엄마가 곤란한 표정으로 손가락을 쥐어짜는 것을 눈치챘다. 아하, 돈.

"그런데 얼……, 흐흠, 얼마나 받으시나요?"

"나중에 말씀 나누도록 하시죠. 이 집은 모든 것이 정상이라고 보증하겠습니다." 울프가 우아한 어조로 말했다.

"하지만 아실지 모르겠는데요…… 우리 남편이……."

"나중에 꼭 말씀 나누도록 하겠습니다." 허버트가 말했다. 곧 그를 먹어 버리겠어…….

같은 날 그들은 또 크란체르의 셋집에 가서 일을 마쳐만 했다. 측정 결과는 음성이었다. 폴터가이스트는 전혀 없다. 건물은 수명이 다 되어 기울어지고 있었고 거주자들에게 경고를 하기 위해 그 이상한 소리를 내는 것이다. 사물과 사람 사이 유대감의 고결한 예다. 대량 생산의 시대인 요즘에는 이미 보기 힘들다.

"그러니까 헛수고예요." 허버트가 차 안에서 그 푸른 시선으로 앞을 바라보며 말했다. "사람들은 이해하지 못할 거고 게다가 크란체르는 일을 끝낸 대가가 아니라 입을 다무는 대가로 돈을 줄 거예요."

"벽이 터진 부분 외에는 뭐든 더 눈에 띄는 건 없었나?" 울프가 몰려 선 차들 사이로 운전해 들어갔다. 교통량이 아주 많았고 사람들은 미친 듯이 운전을 했다.

"저 사람들 대부분은 이미 부분적으로 저승에 속해 있어요. 반대편에서도 그들을 느낄 수 있었습니다. 몇몇은 상당히 불쾌한 유령이 될 거예요."

"지박령." 울프가 고쳐 주었다. "부탁이니 고객용으로 한정된 용어는 사용하지 말아 주게."

"예, 예." 허버트는 좌석에서 편안하게 몸을 폈다. 피곤해 보였다. 울프가 그에게 짧게 관찰하는 듯한 시선을 던졌다. 손등과 목의 핏줄이 뚜렷하게 올라왔고, 뺨은 푹 꺼지고……. 놀랄 일도 아니지. 사흘이나! 이렇게 오래 버틸 거라고는 생각도 못 했어. 도착하기만 하면 기계를 연결해야지…….

오후 내내 허버트는 오르간을 연주했다. 울프는 장비 준비가 완료되어 대체물을 전부 여과하는 동안 그를 방해하지 않았다. 그는 언제나 좀 많이 준비했다. 정상적인 사람의 심장이 공연히 맥박치는 것을 허용할 수 없었다. 반면에 허버트는 인공적인 것을 원하지 않았다— 그런 것은 자신의 민감성을 떨어뜨린다고 주장했다. 그 말도 일리가 있을지도 모른다.

준비는 끝났다. 그는 거실로 들어갔다. 그곳은 여러 개의 거울이 성당의 회중석처럼 보이는 모양으로 배치되어 있었고 그 덕에 거실 전체가 광학적으로 확대되어 있었다. 제단이 있음직한 곳에 전자 오르간이 있었다. 울프는 이 인공적인 설비를 가로질러 걸어가면서 궁리했다—허버트가 연주했던 음악은 바흐일까 아니면 그 새로운 사람들 중 하나일까……. 그런 건 그다지 잘 알지 못했다. 그는 한숨을 쉬었다. 익명으로 여행하다가 불운하게도 타고 가던 기차에서 대참사를 당한 낯선 청년의 목 동맥에 카르밀리움 1회분을 주사했을 때는, 얼마 뒤에는 오르간에 투자를 해야 하리라는 걸 예상하지 못했다! 분명 지금은 손이 더욱 떨릴 것이다. 대신 이제는 완전히 세련되었다고 생각했다. 그리고 음악도 아주 마음에 들었다. 단지 저 바보 같은 미신……. 교회 음악이라니, 쳇……. 그는 허버트가 연주의 거장이라고 생각했지만 허버트 자신은 그 말에 그냥 웃기만 했다. 흔한 오르간 연주자라고 청년은 거듭 말했다. 완전히 흔하죠, 생각하시는 것만큼 대단하진 않아요…….

허버트가 몸을 돌렸다. 지금은 이미 안구가 눈구멍에서 튀어나오려 하고 시반(屍斑)이 축 늘어져 표정이 없는 입술 끝까지 퍼진 것이 뚜렷하게 보였다.

"저는 감각이 동작에 비해 느리다는 걸 매번 깨닫게 돼요." 그가 중얼거렸다. 하는 말을 알아듣기가 힘들었다. "뭐든지 반 초 늦게 들려요. 완전히 음조가 맞지 않는 거죠. 이런……."

그는 넓은 의자에서 일어섰다. 두 발로 간신히 버티고 있었다. 울프가 조심스럽게 그를 붙잡았다. 젠장, 저 거울 때문에 불안하군. 이런 부작용은 생각 못 했잖아. 귀환 단계에서는 거울에 비치질 않아. 그건 전혀 이해 못 하겠어. 진짜로, 안 돼…….

작업실에서 그는 허버트의 옷을 벗기고 폴리안옥시트렌 거품으로 가득한 특수 침상에 뉘였다. 청년은 조용히 안도의 한숨을 쉬었다. 지난 한 시간 동안 계속 느꼈던 피부의 타는 듯한 감각이 즉시 사라졌다. 울프는 얼룩덜룩한 리본으로 가장한 가느다란 플라스틱 관(管)에서 십자가를 빼내고 한쪽 끝을 푼 다음 그곳에 카르밀리움과 기운이 나게 하기 위한 유기적이거나 유기적이지 않은 물질의 혼합물을 가득 채운 투명한 실린더를 끼웠다. 두말할 필요 없이 자가 제조다. 다른 쪽 끝은 허버트의 쇄골하정맥에 계속 연결되어 있었고 관 전체의 내부가 분할되어 액체의 교환이 양 방향으로 동시에 이루어질 수 있게 되어 있었다. 실린더가 부드럽게 맥박쳤다. 허버트가 눈을 감았다. 그의 눈은 과정이 시작될 때 보통 그렇듯이 괴물처럼 푹 꺼져 있었지만 그래도 이제 울프는 그것을 그다지 겁내지 않았다. 이것도 얼마 되지 않아 나아질 것이다. 실린더 아래쪽 화면을 바라보았다. 4분. 호흡 정지. 허버트는 의식 없이 누워 있다. 어쩌면 자는 걸지도…….

딱 한 번 여기에 대해 이야기한 적이 있다.

"대참사를 다시 겪어요. 바퀴가 철로에 마찰하는 쇳소리, 사방이 흔들리고, 겁이 나요. 그리고 충격이 오고 잠시 뒤에 의식을 잃어요. 긴 비행의 시작이죠. 그리고 다시 중력이 돌아와요. 고통스럽게 깨어나고……."

분명 그때는 아직 자율 신경-통각의 전달선이 작동하고 있었을 것이다.

15분. 허버트의 고른 맥박이 실린더에서 카테터를 통해 흐르는 액체의 맥박을 조절한다. 얼굴에 혈색이 돈다. 뺨의 푹 꺼진 부분이 점차 사라진다. 25분. 들숨. 날숨. 눈꺼풀이 떨리기 시작한다. 근육이 긴장하고 손가락이 굳어지는 거품을 꺼뜨린다. 30분. 허버트가 눈을 떴다—흐릿하고 초점이 없다. 천천히 현실로 돌아온다. 고통스러운 신음과 함께 이승으로 돌아왔다. 별로 있고 싶은 세상이 아닌데도 돌아온다……. 지친 웃음.

"옷은 제가 입을게요."

35분. 카테터가 목걸이로 바뀌었고 십자가가 제자리로 돌아왔다.

"해가 지기 시작하는데. 준비됐나?"

"물론이죠. 곧 그쪽으로 가겠습니다."

문가에 적대적이고 분노에 찬 얼굴이 나타났다. 루스 씨다.

"꺼져 버려, 돌팔이들아! 꺼지지 않으면 경찰을 부르겠다!" 그는 자신의 미약한 힘을 시험해 보려 했다.

"울프 씨의 회사는 공식적으로 등록되어 있습니다." 허버트가 아버지를 밀어내고 안으로 들어섰다. 아버지는 거의 얼어붙은 것 같았다. 그러나 재빨리 정신을 차렸다.

"나한테서는 찌그러진 동전 한 푼 짜내지 못해!"

"물론이죠. 유령이 다시 돌아와서 덤벼들 때까지 얌전히 기다리세요." 허버트가 냉소를 지었다. "그때쯤 댁의 자녀분들은 이미 뻣뻣하고 차가워져 있겠죠."

이르마 부인이 계단을 달려 내려와 숨을 몰아쉬었다.

"이렇게 와 주시니 너무나 기뻐요!" 창문 너머의 황혼 때문에 거의 심장마비에 걸릴 지경인 것이 분명했다. "우리랑 저녁 같이 드세요!"

"괜찮습니다. 감사합니다." 음식이라니, 빌어먹을. 하긴 솔직히 말하자면 전에는 좋았었지. 잠자는 것도 그렇고. 그리고 또 다른 것도. 예를 들자면…… 매기, 바로 저기 있군.

"보통은 자정 무렵이 돼야 시작돼요." 루스 부인이 고집스럽게 권했다. "기다리다 굶어 죽어요!"

"바로 그게 필요한 겁니다." 허버트가 설명했다. "배가 고프면 감각이 예민해지거든요."

매기는 실망한 것 같았다. 요리를 한 것이 그녀라는 게 보였다. 허버트는 소녀를 쳐다보고 그녀가 정말로 착하다는 것을 느꼈다.

"곧바로 침실로 가죠, 매기. 적절하게 덫과 함정을 준비할게요. 몸을 숨기고 매복하는 거죠. 여러분은 평소대로 행동하세요. 그리고 보통때와 같은 시간에 잠자리에 드시고……."

"외간 남자를 내 딸 방에 들이란 말이야?' 자기 집 안마당을 지키려는 전형적인 가장이다. 팔을 옆으로 뻗고, 무리를 이끄는 대장의 자세를 취하고 있다. "절대로 안 돼!"

"안 되긴, 돼요!' 루스 부인이 턱을 치켜들었다. 반격 모드에 돌입한 것이다. 에휴, 조용하고 말 잘 듣는 아내들이란……. 사내는 이미 한 번 투지를 보여주었으니 이제 할 수 있는 일이라고는 맥이 빠져 개집으로 돌아가는 강아지처럼 귀를 쫑긋 세운 채 떠나는 수밖에 없다. 동의하지 않는다는 걸 보여주기 위해서 문을 쾅 닫지만 그것뿐이다……. 그런 반응이라면 우리는 미리부터 준비가 되어 있고 언제나 같은 일이 벌어진다.

"저기서 할 일이 많겠군요." 허버트가 한숨을 쉬었다. "지저분한 짓을 할 생각은 머릿속에 떠오르지도 않겠어요."

엄마는 마치 작별 인사라도 하듯이 껴안아 주었다. 매기는 불안하게 잠옷 윗도리를 잡아당겼다. 이러다가 만약에 쌍둥이들한테 먼저 무슨 일이 생기면 어쩌지?

소녀는 불도 켜지 않고 주위를 둘러보지도 않았다. 침대에 들어가서 이불을 턱까지 덮었다. 조용하다. 어둡고, 가구에 어른거리는 것은 오로지 거리에서 비춰 들어오는 불빛뿐이다. 소녀는 견디지 못했다.

"아저씨?" 소녀가 속삭였다.

"여기 있어요." 마치 한숨 같은 소리로 허버트가 소녀의 목소리에 대답했다. "자요."

소녀는 진심으로 잠들려고 애썼지만 잠을 자는 대신 계속해서 허버트에 대해 생각했다. 입맞춤과 포옹과 그 뒤의 일들. 그 뒤의 일들은 그다지 많이 생각하지 못했는데 왜냐하면 입맞춘 뒤에 일어나는 일들에 대해서는 책에서 본 것과 이런 독재 체제가 지배하지 않는 집에 사는 친구들에게서 들은 것이 전부였기 때문이다. 허버트라면 분명 이 모든 일을 다 알 것이다……

소녀는 벽에서, 아침에 허버트가 손으로 가리켰던 자리에서 그림자가 흘러나오는 것을 느꼈다. 그림자는 사람과 비슷한 형체를 갖추었을 뿐이었고 거세게 덜덜 떨고 있었으며 게다가 팔의 숫자가 계속 바뀌었다. 눈이 점점 뚜렷해진다. 목은 불길하게 짐승 같은 모양새로 꺾여 있다. 도둑처럼 기어 다닌다. 살인마처럼. 가까이 다가왔다. 침대 위로 몸을 굽히고 팔을 뻗었다. (팔이 세 개? 네 개?) 소녀는 그림자를 밀어내려 했지만 그럴 수 없었고, 손가락은 전혀 아무런 저항도 없는 비물질적인 몸을 그대로 통과했다. 숨죽인 웃음소리.

번쩍—허버트가 나타났다. 괴물을 낚아채어 자기 쪽으로 돌려 세웠다. 정상적인 두 남자처럼 드잡이를 했다. 허버트가 더 힘이 셌고 푸른색으로 빛났다. 둘은 가구에 부딪쳤지만 아무것도 부서지지 않았고 심지어 깨진 유리가 내는 아주 조용한 쨍그랑 소리도, 부러진 나무의 빠각 소리도 전혀 나지 않았다.

둘은 물질이 아니다. 이승에 속하지 않은 것이다. 유령들의 주먹다짐……. 첫눈에 보기에는 다른 모든 싸움이 그렇듯이 흔하고 지저분해 보였다. 영화에서 보던 것보다는 선명하지만 대신 관객을 위한 특수효과는 없다. 그들이 보이는 것은 허버트의 눈에서 뿜어나오는 저푸른 불꽃이 비칠 때뿐이다……. 소녀는 비명을 질렀지만 동시에 스스로 입을 막았다. 허버트는 마치 파리의 날개를 잡아뜯는 뒷골목 개구쟁이처럼 뭔가의 끝을 잡아뜯었다. 유령은 몸을 뒤틀며 빙글빙글 돌면서 비명을 질렀는데, 매기는 집 전체에서 자기 혼자에게만 그 비명소리가 들릴 것이라 확신했다. 허공에 떠다니는 공포가 방 안을 가득 채웠다. 소녀만이 겁을 내는 것이 아니었다. 그도—해코지하는 유령도 마찬가지로 겁에 질려 있었다.

"그래 물론이지, 짐승 같은 놈, 널 죽여 버리겠어." 허버트가 말했다. "벌써 오래전에 갔어야 하는 곳으로 보내주지. 해방을 꿈꾸었나? 자, 여기 있다!"

유령은 그렇게까지 열심히 해방을 꿈꾸지는 않았다. 그보다는 피에, 자신이 겪어 보지 못했던 인간다운 죽음에 탐닉했다. 유령은 펄떡펄떡 뛰며 광분했지만 기운이 빠지면서 겁을 먹었고, 그에 비례해서 움직임도 점점 약해졌다. 마침내 흔들거리다가 쓰러졌다. 바로 그 순간 허버트가 유령을 덮쳐 머리를 뜯어냈다. 뭔가 노르스름한 인광(燐光) 한 다발이 뿜어 나와서 천장 쪽으로 솟아올라 회반죽과 대들보와 그 외에 천장을 이루는 모든 것을 뚫고 지나간 뒤에 사라졌다. 허버트가 일어섰다.

"이젠 없어졌어요." 그가 말했다. 하늘색 빛이 사라졌다.

'이젠 다시 이곳에 돌아와 있는 거야, 나와 함께.' 매기가 생각했다.

소녀는 침대에서 뛰어나와 허버트의 목에 매달렸다. 그리고 어색하게 입맞추었다. 허버트가 훨씬 더 숙련된 입맞춤을 돌려주었다. 소녀는 완전히 구름 위에 뜬 기분이었다. 입맞춤을 벌써 세 번이나 해보았지만 이렇게 길게 했던 적은 없었다. 그러나 지금 이 순간 그런 것은 오래 궁리하지 않았다. 그럴 때도 아니었고, 소녀의 머릿속에는 입맞춤보다 더 많은 것이 떠돌고 있었다. (쓰다듬고, 만지고, 머리카락이 어깨에 흩어져 넘실거리고, 마룻바닥의 딱딱한 나무판 대신 부드러운 잔디와, 그리고……)

청년은 갑자기 뭔가에 무시무시하게 겁을 먹은 것 같았다. 아니면 소녀가 무심결에 그의 그 괴상한 목걸이를 건드렸기 때문일까? 그건 뭔가 값지고 위험한 부적 같은 것일까?

허버트가 거칠게 소녀에게서 물러섰다.

"저는……."

"가야 돼요? 왜요? 울프 아저씨가 지키고 있나요?"

"그렇기도 하죠. 하지만 진짜 이유는 이런 걸 할 수 없기 때문이에요……. 절대로 안 돼요. 재능을 잃게 돼요. 서로 다른 세상을 옮겨다니는 능력을요."

그건 사실일 수도 있었다.

"저는 유령을 만질 수 없었어요. 하지만 아저씨는 그럴 수 있어요. 그건 아저씨가 저쪽 세상으로 건너갔기 때문인가요?"

"그래요, 맞아요." 청년은 슬퍼 보였지만, 그냥 그런 척한 것일 수도 있다. 그래서 어떻다는 건가. 어쨌든 그런 능력을 어쩌다가 만난 누군지도 잘 모르는 바보 같은 여자애를 위해 버릴 수는 없다. 그렇다는 것은 아직도 동정이라는 뜻이겠지만. 그래도 어쨌든!

"정말이에요?" 소녀가 물었다. 그것은 바보 같은 질문이었다. 거짓말을 해 달라고 부탁하는 류의 질문이다.

허버트는 소리 내어 숨을 들이쉬고는 짧게 대답했다. "아니요."

소녀는 굳어졌다. 무력하게 침대에 털썩 주저앉았다.

"아니라니?"

청년은 안절부절못하며 제자리에서 발을 이리저리 옮겼다. 구겨진 양탄자를 폈다.

"삼 주 정도 있으면 울프가 수고비를 받으러 올 거예요. 겁내지 말고 이야기를 나눠 보세요. 어머님 성격이 보통 아니시라는 건 인정해야겠네요……."

"내가 마음에 안 들어서……."

"마음에 들어요." 빨리! 어쨌든 아무것도 이해하지 못할 이 여자애한테 비밀을 털어놓게 되기 전에 이 방에서 나가야 한다. 움직여!

소녀는 허버트가 신중하게 거울을 쳐다보는 것을 눈치챘다. 그리고 문이 쾅 닫혔다. 소녀는 울음을 터뜨렸다. 소녀다운 밤의 눈물, 아무도 관심 갖지 않는 눈물이었다.

이렇게 바보 같은 상황에 처했던 적은 없었다. 그에게 맞서 지그재그를 그리며 다가오는 것은 세 명의 흥에 겨운 젊은이들이었다. 알콜, 약물……. 특별할 건 없다. 그는 속으로 코웃음쳤다. 그런 뒤에, 바로 이렇게, 습관대로 미친 머릿수에서 레버를 당긴 것처럼 연결되었고, 그는 인간의 정신에는 인식되지 않는 것을 눈치챘다. 뇌는 보통 이런 신호를 걸러 버린다. 젊은이들은 친구를 달고 있었다. 세 유령인데, 아침에 갓 구운 빵처럼 신선하고 바다의 파도처럼 거품을 내고 있었다. 어떻게 죽었는지 보자마자 알 수 있었다. 지저분한 사고다. 자기가 깃든 껍데기를 아직 완전히 다룰 줄도 모르면서 벌써부터 처음 마주치는 산사람에게 화풀이를 하려는 경향이 있다. 물론 자기 똘마니들은 빼고 말이다.

살아 있는 이 세 사람은 즉각 그에게 덤벼들었다. 별다른 구실도 필요하지 않았는데, 그 정도로 달아올라 있었다. 그는 저들보다 훨씬 더 자신을 억제하고 있었지만, 그래도 저들은 셋이었고 게다가 약에 취한 상태였다. 모든 종류의 통제를 벗어났고 고통은 더 적은 강도로 느리게 느꼈다. 그들을 피해 저승으로 도망칠 수도 없었는데, 왜냐하면 그쪽에서는 그쪽대로 더 불리한 싸움이 기다리고 있었기 때문이다. 유령들은 그 정도로 공격적이고 미친 듯이 눈치가 빨랐다. 희생자 쪽으로 무감각, 구역질, 어쩔 수 없이 덮쳐오는 무력감의 물결을 실어 보낼 줄 알았는데, 이런 것을 말로 표현할 수 없이 능숙하게 해냈다. 만약 자율신경이 계속 살아 있었다면 그는 이미 끝장 났을 것이다. 그와 같은 처지에서 보통사람은 그저 집중했다가 정신을 내주었을 것이다. 허버트는 자신의 모든 신경을 통제했지만 그래도 공격에 맞서면서 문제가 생겼다. 그가 약해지는 것에 비례해서 적들이 천천히 우위를 점했다. 갑자기 그는 자신이 두 세계 사이의 공간에서 눈을 떴음을 깨달았다. 어쩌다가 이렇게 됐지, 젠장?

아, 이 통증······. 어딘가 뼈가 견디지 못했나 보다. 어느 갈비뼈인가 허파를 뚫고 들어갔다. 망했군. 두 세계 사이의 도약에 대한 보호 반응이다. 될 대로 되라지! 숨을 멈추었다. 울프가 그에게 호흡 능력을 남겨둔 것은 기본적으로 말을 할 수 있게 하기 위해서였다. 산소는 필요하지 않았다. 그리고 그 점은 대단히 운이 좋았는데, 왜냐하면 상황이 위험해졌기 때문이다. 적들은 그를 조각조각 찢어 버릴 수 있었고 그것도 양쪽 세계에서 동시에 그럴 수 있었다. 얼마나 황당한 현상인가!

주머니 속의 통신기가 손에 닿아서 그는 응급호출 버튼을 눌렀다. 권총을 가져와요! 잊어버리지 말고!

카밀리언 울프는 허버트가 현장에 나갔을 때는 절대로 잠을 자지 않았다. 신호가 울리기만 하면 즉시 방향 정비 장치를 가동시키고 미리 준비해 놓은 카르밀리온 쪽으로 더듬더듬 손을 뻗었다. 캡슐을 하나 삼켰다. 화면에 빨간 점이 하나 나타났고 다음 순간 그것은 맥박치는 십자가로 변했다. 심각한 위험이다. 파크 거리, 거의 킵 뷰와의 모퉁이다. 장비를 연결해야 한다. 필요할 것 같아 보이는 건 전부. 권총. 이제 차고로 간다. 모든 것은 눈 깜빡할 사이다. 세월의 무게가 켜켜이 쌓여 반사행동이 느려졌지만 이제는 마치 그 세월이 사라진 듯하다. 겁도 내지 않고 스트레스도 받지 않는다. 평온하고 침착하고 기계처럼 정확하다. 오래전처럼. 어쩌면 다시 한 번 시도할 용기를 내 볼지도…… 아냐, 그런 때는 오지 않을 것이다.

만약에 유령이라면. 그쪽이 운이 없다. 노련한 카밀리언은 두려워할 생각이 없었다. 만약 사람이라면. 어쩔 테냐, 내게는 무기가 있다. 타이어의 찢어지는 마찰음과 엔진이 울부짖는 소리와 함께 그는 인적 없는 거리를 내달렸다. 몇 초가 지났지만 그는 그 시간이 몇 분으로 넘어가는 것을 허용하지 않았다. 드디어! 저기 있다!

옆 창문을 내리고 습격한 사람들에게 총을 쏘기 시작했다. 허버트는 바보 같은 총알 따위에 신경 쓰지 않아도 된다. 남자들은 공포에 질려 흩어졌다. 저 꼴 좀 보라지, 굉장한 영웅들…… 하지만 거기 뭔가 더 있었디……. 그는 유령을 가려내는 습관을 이미 버렸다. 허버트 쪽이 훨씬 더 감각이 잘 다듬어져 있었다. 어쨌든 울프 자신이 길러냈으니까……. 뭐, 계속이다. 직접 그를 가르쳤던 대로 하면 된다. 머릿속에 레버를 당긴다. 힘들다. 뭔가 녹이 슨 것 같다. 그래, 드디어. 이런 빌어먹을 노릇이……. 자기장이 거의 반사적으로 작동했다. 시계 따위 망가지라지, 나머지 장비에도 화면이 설치되어 있다.

허버트는 땅에 누워 있었다. 심각하게 부상을 입었다. 체액을 많이 잃었는데, 분명 허벅지의 저장용기가 찢어졌기 때문일 것이다. 그는 고개를 들고 다가오는 구원자를 보았다. 남은 힘을 그러모아서 물질

세계로 돌아왔다. 울프가 재빨리 그를 차로 끌고 갔다. 흥에 겨운 유령들은 계속 저쪽에 있었지만, 아무리 미쳐 날뛰어도 자기장을 뚫고 들어오는 것은 어림도 없었다. 그들은 보이지 않는 방벽에 덤벼들었고 이미 비뚤어진 얼굴이 더욱 더 일그러졌으며 기억 속에 고통의 감각이 되돌아왔다.

"역겹군." 울프가 무력한 공격을 쳐다보며 말했다. "말을 할 수 없나? 괜찮아, 나중에 이야기해 주게."

그는 허버트가 숨을 쉬지 않는다는 사실을 놓치지 않았다. 그러니까 폐가 엉망이 되었군······. 그래도 잘 맞춰서 고쳐 주면 되겠지. 아주 자근자근 밟아 놨어. 왼손 손목이 탈골되었고, 빗장뼈도 아마 빠진 것 같군. 갈비뼈는 부서졌고······. 전부 만진창이야. 조직은 문제없어. 그건 준비하면 되겠지만, 근육은 좀 재미있게 되겠군. 전부 시험관에서 재생시켜야겠어. 그의 몸에는 어쨌든 그런 능력이 없으니까.

돌아오는 길은 아마 갈 때보다 더 빨리 달렸을 것이다. 허버트는 고통을 느낄까. 아니면 그가 가르친 것처럼 "스위치를 끌" 수 있을까?

거리를 이리저리 돌았다. 만약 따라온다면? 저 짐승들은 때때로 상상할 수 없이 교묘하게 공간을 가로지를 줄 안다. 저놈들은 그렇게까지 똑똑해 보이지는 않고 그냥 돼지들인 것 같지만, 어느 한 장소에 붙박여 있지 않을 위험은 언제나 존재한다. 지박령이 아닐 수도 있는 것이다.

차고 안에 들어와서야 보호자기장을 껐다. 일순간 움직이지 않고 앉아서 주위를 둘러보았다. 허버트의 손가락이 그의 팔을 붙잡았다.

"아무도 없어요." 청년이 소리 내지 않고 입술만 움직여서 말했다.

"내가 보기에도 그래." 울프가 동의했다. "아무것도 하지 마, 내가 자넬 옮길게. 몸 안에 카르밀리온 백 그램을 넣었더니 좀, 뭐랄까, 초인이 된 느낌이로군. 장치는 이미 돌아가고 있어. 자네를 전면 수리해야겠네, 친구."

밤새 모든 준비가 끝났고 장비는 전속력으로 가동했다. 허버트는 거품을 채운 침대에 누워 있었고 그의 뇌는 작동하지 않았다. 활동 상태를 유지시켜 주는 것은 오로지 계속 주입되는 카르밀리움 뿐이었다. 부러진 뼈는 울프가 형광-석회 혼합물을 듬뿍 쏟아부은 골조직 재생 배양 세포의 도움을 받아 덩어리를 맞추어 놓았다. 엑스레이를 찍어도 흔적조차 없을 것이다. 활동 조직이 부상을 입은 부분─혈관과 근육─은 특별한 배양기 안의 희석된 재생액 속에서 치료했다. 다행히 신경은 전부 괜찮았다. 언제나 신경을 고치는 것이 가장 까다로웠고 그 활동성을 되돌리는 것은 쉬운 일이 아니었다. 손상된 피부를 수선할 재료는 이미 준비되었다. 실론과 우아해 보이는 반창고 몇 장. 허버트는 이미 전에도 이와 비슷한 양념을 온몸에 아주 듬뿍 뿌렸던 것이다……. 미학적으로도 그에게 완전히 어울린다.

울프는 갑자기 자기 몸속에서 카르밀리온의 작용이 약해지는 것을 느꼈다. 무릎이 떨리기 시작했으므로 즉각 앉아야만 했다. 괜찮아, 이제는 몸이 나빠져도 상관없으니까……. 허버트는 이제 위험하지 않아. 맙소사, 저 청년이 내게는 얼마ㅏ 가까운 사람인지! 어머니보다도, 조물주보다도……. 얼마나 무시무시하게 아플지 상상도 못하겠어……. 그는 양손으로 머리를 움켜쥐고 몸을 양 옆으로 흔들거리면서 조용히 신음했다. 세상에! 어떻게 이럴 수가 있지? 내가 어쩌다가 이런 일을 맞닥뜨렸을까?

초인종이 울렸다. 카밀리언 울프는 눈물을 닦아 내고 힘겹게 움직여 문가로 터덜터덜 걸어갔다. 인터폰을 켰다. 문 앞에 초조하게 발을 구르며 그 소녀가 서 있었다. 매기. 몹시 불안해 보였다. 놀랄 일도 아니다. 혼자서, 밤에! 해는 아직 뜨지 않았고 거리는 텅 비어 있었다.

"무슨 일이죠, 아가씨?"

소녀가 긴장했다.

"여기 찾아온 건……." 처음엔 불분명한 말이었다. "허버트 아저씨와 이야기할 수 있을까요?"

"안 돼!' 너무 날카롭다! 울프는 자신을 제지했다. "문을 열어드리죠. 들어와서 문을 닫고 응접실에서 기다려요, 곧 내려가죠."

장비의 계기판을 흘끗 보았다. 전부 이상 없다. 잠을 자라, 친구야.

소녀는 정말로 겁을 먹은 것 같았다.

"아저씨가 걱정돼요." 소녀가 소리쳤다.

"나도 그래요. 사고를 당했어요."

"살아 있나요?"

울프는 시선을 피하고 소녀에게 등을 돌렸다.

"특수한 치료를 받아야 되는데, 이미 내가 돌봐 주고 있어요."

소녀는 양손을 쥐어짰다.

"갑자기 너무나 겁이 나서 견딜 수가 없었어요. 이해해 주시겠죠?"

울프는 고개를 돌렸다. 아니. 싫다.

"가서 봐도 되나요?" 애원하는 눈빛. 정신 차려, 울프, 마음 약해지면 안 돼.

"안 돼요. 보기 좋은 광경이 아니에요. 하지만 털고 일어날 거예요, 약속해요."

아, 허버트에 대한 저 순진하고 단순한 걱정……. 다시 어려질 수 있다면! 불쌍한 허버트! 불쌍한 매기!

"저는……." 소녀는 말을 계속해야 할지 잠시 망설였다. "우리는 키스를 했어요. 그렇지만 그게 어쩐지…… 달랐어요. 그리고 나서…… 한 순간, 아저씨가 숨을 안 쉬는 것 같아 보였어요. 뭔가 미친 생각이죠, 그렇죠?"

"전혀 그렇지 않아요." 울프는 거의 완전히 몸을 돌렸지만 소녀에게 거짓말을 하지는 못했다.

"아저씨도 내가 마음에 든 것 같았지만……, 아저씨 그러면 안 되죠, 그쵸?"

"그건 답을 드릴 수가 없네요." 울프 자신도 소녀에게 뭐라고 말할지 두려워졌다. "저라면 기쁠 겁니다. 만약에…… 아가씨하고 허버트에게 최선을……. 아가씨 말을 믿고 싶지만, 아가씨는 아직도 어리고, 친구도 있고 부모님도 계시고…… 언젠가는 시집을 갈 테니까……."

"비밀이에요." 소녀가 고개를 끄덕였다. "저도 그렇게 멍청하지는 않아요. 하지만 절 떼어 놓으려고 하지는 말아 주세요. 다시 말씀드리지만 절 믿으셔도 돼요."

둘은 함께 앉아 커피를 마시고 해가 뜰 때까지 기다렸다. 소녀는 거리에 첫 차가 다니기 시작하자 집으로 갔다. 울프는 실험실로 돌아갔다. 체내 조직은 침묵했지만 그 때문에 심장에서는 압도적인 공허감이 느껴졌다. 그는 거실 전체를 걸어다녔다. 거실은 한 사람에게는 너무 거대했고 게다가 음악 소리도 사라지고 없었다. 울프는 거울 속의 자신을 바라보았다. 그러면 그렇지. 카르밀리온의 효과는 아무런 흔적을 남기지 않았다. 그런 이유로 자기 자신에게 혐오감을 느껴야 할지는 그 자신도 알지 못했다.

저녁 무렵에 허버트는 다시 제 힘으로 일어설 수 있게 되었지만, 울프는 그에게 오르간 연주만을 허용했다. 옆에 앉아서 경건하게 귀를 기울이며 거울에 비친 청년의 반영을 쳐다보았다. 그는 거의 행복했다. 열 시가 넘어 매기가 전화했다. 속삭였다. 분명 몰래 전화했을 것이다. 가엾은 것.

허버트가 수화기를 들었고, 무척 곤란해 보였다. 그리고 거의 행복해 보였다. 거의. 사랑에 빠진 젊은 청년답게. 단지 허버트 글레어는 사랑에 빠진 젊은 청년이 아닐 뿐이다. 허버트 글레어는 죽은 젊은 청년이다. 바로 그렇다. 울프는 일어서서 작업실로 터덜터덜 걸어갔다. 무릎을 꿇고 기도를 올리고 싶은 충동을 꾹꾹 눌렀다. 어떻게 하는 것이었는지 이제는 생각조차 나지 않을 것이었다. 그러나 눈물만은 참지 않았다. 나를 떠날까? 그럴 리가! 내가 없으면 죽을 거야! 어떻게 그를 도와주지? 가슴이 찢어지겠지만 다른 한편으로는 그를 노예로 만들고 싶지는 않다는 걸 어떻게 말할까.

작업실을 나왔을 때 표정은 이미 편안했고 손은 더 이상 떨리지 않았다.

"허버트!" 그가 불렀다.

청년이 고개를 들었다.

"예?" 얼마나 슬퍼 보이는지!

"이리 오게. 장비 전체를 운용하는 법을 배워야 해. 전부 보여주겠네. 이제는 나한테 의존하지 않아도 될 거야. 세계 곳곳에 예비용으로 숨겨 놓은 장비 세트가 몇 개 있네. 비밀번호를 주고 사용법을 전부 가르쳐 주지……."

허버트가 어안이 벙벙한 눈빛으로 쳐다보았다.

"왜요……. 어째서 이렇게 갑자기?"

"보통 때처럼 결정을 내린 거지. 원하지 않는다면……."

"원해요, 물론 원하죠. 사장님께는 모든 것에 엄청나게 감사하고 있어요. 하지만…… 그러니까 사실, 하루쯤 쉬고 싶었거든요."

"좋아. 필요한 걸 전부 배우고 나면 그렇게 하지. 만약을 대비해서, 만약에…… 나한테 무슨 일이 생기거나, 그런……."

"사장님이 못 찾게 카르밀리온을 숨길까요?" 청년이 미약하게 웃음 지었다. "아니, 그런 건 분명히 원치 않으실 거예요."

"당분간 그 얘기는 하지 말지."

울프는 허버트가 왜 하루 쉬겠다는 것인지 잘 알고 있었다. 매기. 그것이 주된 이유겠지만, 아마도 귀신 들린 집 때문이기도 할 것이다. 할 일을 완수하지 못한 것이다. 회사에 주문이 들어왔지만 중간에 그만두었다. 수고비를 돌려주고 아무것도 할 수 없다고 했으며 사람들에게 이사를 가라고 조언했다. 그러나 허버트는 그만두지 않은 것이다. 좋지 않다. 또 다시 문제에 휩쓸린다면 자네의 친구 울프가 보호해 줄 것이다.

"걱정하지 마세요." 허버트가 진지한 어조로 말했다. "저를 덮친 것들은 오랫동안 버티지 못할 거예요. 이건 무슨 목숨을 건 불의도 아니고 그저 약 때문이니까요. 그리고 그들은 이미 다른 곳에 있어요."

"마약의 효과가 죽은 뒤에도 마찬가지로 지속된다고 말하고 싶은 건가?"

"그렇게 보이네요." 허버트가 중얼거렸다. "제가 본 걸 사장님은 보지 못했다고 말하진 마세요."

그러니까 내 학생이고, 친구 같은, 아들 같은, 그리고 또 얼마나 소중한지 하느님만이 아실 이 청년을 실험실로 데리고 왔을 때 나에 대해서도 알았다는 것이로군, 울프는 생각했다.

그래서, 만약 전부 다 알고 있다면 어떻게 하지?

그는 학교 근처에서 기다렸다. 소녀는 허버트가 차도 없고 옷도 완전히 평범하게 입었지만 다른 여자아이들이 부러워하는 것을 눈치챘다.

"보기만 해도 떨린다, 얘." 앨리스가 속삭이고는 혀를 낼름 내 보였다. "뭐 전공한대? 수학일 것 같은데……."

"음악이야, 헛소리 그만 해."

소녀는 손을 흔들고 그에게 뛰어갔다. 허버트는 소녀를 껴안았다. 그는 행복해 보였다. 정상적으로 숨을 쉬었다. 소녀는 그의 목을 쳐다보았다. 동맥이 리드미컬하게 맥박쳤다. 그의 심장이 뛰는 걸 느껴…… 내가 뭔가 바보 같은 환상을 본 거야. 그런데 울프 아저씨는 어째서 이런 멍청이 같은 의심을 풀어 주지 않은 걸까?

"내가 하는 일에 대해서 더 많이 알고 싶다고 했지." 그가 말했다. "우리가 실패한 집을 보여줄게."

"우리 집 쪽이 쉬웠나요?"

"아주 쉬웠지. 우연히 이름이 같았던 거야. 그런 일이 얼마나 흔한지 알면 놀랄걸. 혈연관계의 끈, 가족 간의 유사성, 같은 장소에서…… 지박령에다, 누군가 갚아 주지 못한 원한……." 그는 소녀의 손을 쥐었다. 그리고 방금 사랑에 빠진 사람들처럼 함께 걸었다. 조심스럽고 언제나 조금은 불확실하게.

"어떤 원한요?"

"살인이지. 아마 살인일 거야. 어떤 마가렛이라는 여자가 남자를, 아마도 남편을 죽였고, 남자는 그걸 받아들일 수가 없었던 거지. 그리고 나중에는 이런 식으로 끝나게 돼. 죄 없는 사람들이 고생하지만 유령은 그런 건 상관하지 않고 무슨 수를 써서든 복수하려 하지." 그는 아주 진지하게 말했다. 바로 몇 주 전만 해도 소녀는 저승과 그곳의 거주자들과 그들의 다툼에 대해 심각한 대화를 하게 되리라고는 상상도 못했다!

"어째서…… 도망쳤어요? 언젠가 얘기해 줄래요?"

허버트는 소녀를 쳐다보았다. 눈은 푸른색이었지만 이번에는 빛나지 않았다.

"그건 내 비밀만은 아니야."

"울프 아저씨죠." 소녀가 고개를 끄덕였다. "더 이상 물어 보지 않는 편이 좋겠어요. 하지만…… 우리 만나도 되죠, 그렇죠?"

"나도 계속 만나고 싶어." 이번에는 그의 얼굴빛이 조금 밝아졌다. 그의 손이 허공으로 흩어지지 않을까 소녀가 두려워할 정도였다.

허버트가 어디로 데려가는지 깨닫고 나서 소녀는 거의 뒷걸음질을 칠 뻔했다. 귀신 들린 집! 폴터가이스트가 창문으로 돌을 던지고 가구 사이를 옮겨 다니고 거울을 깨고 벽 속에 이어지는 파이프를 부수고 굴뚝을 막고……. 그리고 사람들은 달리 갈 곳이 없다.

"죄 없는 불운한 사람들이지." 허버트가 소녀의 귀에 대고 속삭였다. "겁내지 마, 너한테는 아무 짓도 안 해. 나랑 같이 있으니까. 여기 사람들은 이미 나를 알거든."

소녀는 그를 쳐다보았다. 하늘색 불꽃. 누구 생각을 하고 있는 걸까? 사람들? 아니면 돌멩이를 던지는 길 잃은 영혼들?

"다른 사람들에게도 다 보이나요?"

"뭐가?"

"아저씨 눈이 반짝이는 거요."

"아마 아닐걸." 허버트는 당황했다. "그런 말을 해 준 건 네가 처음 이야."

"만져도 돼요?"

"안 돼!" 허버트는 겁에 질려 팔을 뺐다. "안 하는 게 좋아." 조금 더 평온하게 덧붙였다. "난 지금…… 절반쯤 저쪽에 있거든."

소녀는 그에게서 물러섰다. 둘은 건물 안으로 들어갔다. 1층 어느 아파트 문이 열렸고 그 안에 티셔츠와 작업복 바지를 입은 자그마한 남자가 서 있었다.

"오, 퇴마사 씨로군요! 여기는 어쩐 일로? 돈을 돌려주셨잖아요."

"그건 사장님이 중지하신 거구요. 저는 아닙니다." 허버트가 짧게 대답했다.

남자가 비뚤어진 웃음을 지었다.

"저 바깥에 계속 앉아 있어요. 벌써 느껴집니다."

"훈련의 문제죠." 허버트가 고개를 끄덕였다. "연습하면 능숙해져요."

"숫자가 줄어들질 않아요." 1층 남자가 말했다.

"앞으로도 안 줄어들 겁니다. 먼지가 쌓이도록 버티는 거죠."

"어떻게든 저들하고 얘기를 좀 해 줄 수는 없는 거요?"

허버트는 고개를 저었다.

"그건 정령숭배자들이 사람들을 설득할 때 말하는 것처럼 간단한 일이 아닙니다. 저는 그들의 기분이나 의도를 느낄 수 있을 뿐이에요. 무슨 생각을 하고 있는지. 하지만 그것도 단기적으로만 알 수 있을 뿐이고…… 원칙적으로는 그게 전부입니다."

"서류 기록 같은 건 좀 들여다봤소?"

"이전 주인들의 이름은 제게 아무것도 알려주지 못합니다." 허버트는 주위를 둘러보고 마치 냄새를 맡는 듯이 코에 주름을 잡았다. "간밤에 여기서 무슨 일이 있었죠? 비올레타의 기적이 느껴지는 것 같은데요."

"역시 전문가로군." 티셔츠를 입은 남자가 칭찬했다. "거실에서 찬장이 피아노와 부딪쳤소. 거기다가 또 창문으로 커다란 돌멩이가 날아 들어왔지. 생각해 보시오, 방충망이 다 찢어졌다니까!"

"아무도 다치지 않았습니까?"

"안 다쳤소. 비올레타는 벌써 제 엄마한테 가 있고. 보통 거기서 이삼 일씩 머무르지. 그리고 나서 또 다시 흡혈귀가 더 마음에 든다는 결론에 도달하는 거요. 어떤지 알잖아요……. 가서 한번 보겠소? 열쇠를 가져오지."

"물론이죠. 알란, 이쪽은 매기예요. 저를 도와줘요."

알란은 손을 내밀었다.

"반가워요. 내가 여기 관리인이오. 오층으로 올라오시오, 그런데 엘리베이터가 작동을 안 해요. 계단으로 가야 할 거요. 자, 가요, 내가 열쇠를 가지고 따라갈 테니. 난 계단으로 오르내리는 데 익숙해요."

아파트는 이미 청소가 되어 있었으나 소녀는 양탄자 위의 한 군데를 어쩐 일인지 무서워했다. 그러니까 그 방에 들어갈 마음이 전혀 없었다. 답답했다. 이상한 냄새. 빛이 마치 렌즈를 통해 들어오는 것처럼 공중에서 이상하게 꺾였다.

"이번에는 그들이 그를 눌러 두었어." 허버트가 속삭이는 목소리로 말했다. "그에게 무슨 짓인가 한 거야. 뭔가 나쁜 일을……. 알란, 우리는 여기 있을 테니 가서도 돼요. 드디어 처음으로 뭔가 흔적이 보여요. 이런 불한당! 다들 그를 기다리고 있지만 그도 아주 똑똑한 녀석이에요."

"아니 그러면 바깥의 저것들이 다른 유령을 덮치려고 숨어서 기다린단 말이오?" 알란이 미심쩍다는 표정을 지었고, 확실히 믿지 못하는 것이 분명했다.

"왜요? 유령을 믿지 않으세요?" 허버트가 부드럽게 물었다. "깨진 유리도 안 믿고요?"

"알았소, 알았소. 그럼 난 가요." 알란이 웅얼거리며 불평했고 그런 다음 조용히 사라졌다.

매기는 웃음을 터뜨렸다. 머리를 매만지려고 그렇게 반사적으로 거울을 보았다가 그대로 굳어졌다. 허버트가 기대 선 피아노는 보였지만 허버트는 보이지 않았다. 소녀는 손으로 입을 막았다. 그를 방해해서는 안 돼! 집중하고 있잖아……. 마치 눈빛으로 마룻장을 뚫으려는 듯이 바닥을 들여다보고 있어.

"우리 바로 아래층에 있어." 허버트가 입을 열었다. 시선을 들어서 매기가 쳐다보는 곳을 바라보았다. "일할 때는 원래 그래. 너무 신경 쓰지 마. 그러니까, 여기 있지 않아도 돼. 격렬한 싸움이 일어날 거야. 상대는 나이 들고 교활한 여우거든. 경험도 많고……."

"그런 유령이 대체 어떤 경험을 할 수 있는데요?"

"주문이나 퇴마 의식 같은 거지. 여기는 분명히 여러 아마추어들이 떼로 몰려와서 돌아다녔고 심지어 전문가도 몇 명 왔다 갔어. 한때는 여기에 교회가 끼어들었던 적도 있고. 알잖아, 성스러운 물이라든가 라틴어로 된 기도문이라든가 기타 등등……. 지금도 그런 게 어딘가에 있어. 시도를 안 할 뿐이야. 왜냐하면 대단히 불쾌한 일을 당할 위험을 각오해야 하니까."

"나도 갈래요." 매기가 결심했다.

두 사람은 4층 아파트로 내려왔다. 그곳에는 가구가 전혀 없었다. 가장 큰 방에서 매기가 그를 느꼈다. 그는 분노에 차 있고 겁을 먹고 있었다. 바깥에 있는 유령들의 증오가 그를 파괴했다. 그의 숨통을 조였다. 그 증오심 앞에서 몸을 숨기는 방법을 알지 못했다―어느 정도는 부상을 당한 상태였지만 매기로서는, 아니 허버트조차 어느 정도인지 짐작할 수 없었다.

"가구를 옮겨 다니려면 최소한 부분적이나마, 아주 짧은 순간이라도 이쪽 세계로 넘어와야 돼." 허버트가 마치 강의라도 하듯이 평온한 목소리로 설명했다. "예를 들면 저 피아노의 유령처럼! 나쁘지 않지, 응? 단단하고 무거워야 돼." 그는 바닥의 저주받은 지점으로 가까이 가면서 감정 없이 계속했다. 그리고 그런 뒤에 펄쩍 뛰었다.

이번 싸움은 푸른 불꽃 없이 시작되었다. 처음에 매기는 여전히 공중에서 어른거리는 허버트의 팔, 어깨, 주먹과 무릎을 볼 수 있었지만, 그는 점점 사라져서 마침내 희미한 빛줄기만이 남았다. 푸른 불빛이 번쩍였고, 머리칼 한 줌이 어른거렸고, 어떤 때는 갑자기 차가운

날숨이 확 퍼졌다가 또 다시 뜨거운 공기의 물결이 삐걱거리며 열리는 창문의 유리를 때렸다. 매기는 힘겹게 숨을 몰아쉬며 구석에 몸을 웅크리고 있었다. 두 (아니, 두 뭐냐고, 도대체? 두 유령인가?) 보이지 않는 존재들의 싸움 때문에 실내에서 숨쉴 수 있는 공기가 전부 빨려나갔고 남은 것은 오로지 먼지 가득하고 움직이지 않는 무더위뿐이었다. 바깥의 저것들은 창문으로 몰려들어 긴장한 채 구경하고 있었다. 그러나 안으로는 감히 들어오지 못했다. 분명 뭔가 그들만의 법칙에 따라 금지되어 있는 것이다…….

푸른 불꽃이 여기저기서 번쩍거렸다. 바닥에 불분명하게 기어다니는 형체 하나가 나타났다. 사람의 몸, 혹은 두 사람의 몸이다. 안개가 떠다니기 시작했고 벽 아랫부분에서 얼룩 몇 개가 떠오르려 했으나 마치 뭔가에 붙잡혀 멈춘 것 같았다. 소용돌이가 점차 멎었다. 서서히 허버트가 모습을 드러내기 시작했다. 맨 처음에는 눈, 그 다음에는 얼굴이 마치 유리로 만든 것처럼 나타났고, 그 다음에는 팔이다. 색깔도 돌아왔다. 그는 소녀에게 미소 지어 보였고 이미 완전히 돌아와 있었다. 멀쩡하게 보였지만 소녀는 여전히 그를 만지는 것이 겁이 났다. 허버트는 똑바로 서서 창문을 향해 우아하게 고개 숙여 인사했다. 소매에서 뭔가 보이지 않는 부스러기를 털어냈다. 매기는 박수와 환호 소리를 들었다고 맹세라도 할 수 있었다!

허버트는 소녀에게 시치미를 뚝 뗀 웃음을 지어 보였다.

"혹시 거울 가지고 있어?"

말을 마치기도 전에 소녀는 그의 목을 온 힘을 다해 끌어안았다.

"귀신 들린 집에서 수고비를 보내왔더군." 울프가 마치 지나가는 것처럼 말했다.

"정말요?" 허버트가 몸을 쭉 폈다. 매기는 작은 소리로 킥킥 웃으며 차에 딸려 나온 과자를 깨물었다. 이 집에서 음식이란 가난과 절망의 상징처럼 보였다. 그리고 음식점에는 허버트가 절대로 끌려가려 하지 않았다.

"그래 거기서 대체 뭐가 헤매다니고 있었던 거야?" 울프가 관심을 보였다.

"이전 주인들 중 하나였어요. 도둑질하고 파괴하는 몇몇 사람들에 대해서 안전을 보장받는 좋은 방법이라고 생각했나 봐요." 허버트가 대답했다. "한 발 더 나아가서 퇴마의식을 주선하기까지 했어요. 예방 조치죠! 그때 약간 소동이 일어났지만, 이미 힘들어진 거죠……. 달리 말하자면 분명히 더 높은 차원의 정의가 존재하리라고는 예상하지 못한 거예요. 거기서 후회와 불의가 지나치게 쌓였고……. 자기가 못된 짓을 했던 바로 그 자리에 갇혀 버린 거예요."

"그럼 확실히 자네가 올 건 예상 못 했겠군." 울프가 덧붙였다.

허버트는 일어서서 지친 눈을 비볐다.

"오르간 좀 칠게요. 장비는 이미 돌아가고 있어요. 내가 뭐 잊어버린 거 없는지 확인하시고 싶으면 하세요……."

"저는 가야 되나요?" 매기가 물었다.

"아직 안 가도 돼. 오르간 음악을 얼마나 좋아하는지는 모르겠지만…… 듣고 나서 가도 돼."

"그 장비…… 그건 뭔가 인공신장 같은 건가요? 특별한 식이요법을 하고 있어서 아무것도 안 먹는 거예요?"

"그 비슷해." 허버트가 울프를 바라보았다.

"좀 많이 복잡하지." 울프가 말했다. "어쨌든 거기에 대해서는 아무에게도 말하지 마라. 우리한테 문제가 생기거든!"

"진정하세요, 우릴 배신하지 않아요." 허버트가 미소 지었다.

그날 저녁 이르마 루스 부인은 어떤 오래된 잡지에서 허버트의 사진을 발견했다.

"부모가 아들의 시신을 찾고 있다." 그녀는 소리 내어 읽었다. "철도 대참사의 희생자 시체를 누군가 영안실에서 훔쳐낸 것이 틀림없다……."

루스 부인은 몸을 떨었다.

"멍청한 자수 견본 따위를 찾다가 뭐가 튀어나왔는지 봐라. 이건 완전히 확실하게 그 사람이야, 좀 봐라, 아가야!"

"음, 닮았어요. 약간." 매기가 마지못해 동의했다. 사진 속에 있는 것은 허버트였다. 엄마가 옳았다. 소녀는 몸에서 힘이 쭉 빠졌다. 죽은 시체. 영안실. 이건 뭔가 좀…… 황당하다?

"허버트 글레어. 이름도 똑같잖니!" 이르마 루스 부인은 확 밝아졌다. 스캔들, 가족의 비밀, 뒷담화, 이런 것이 그녀의 활력소였다. "그러니까 이 남자는 죽은 게 아냐! 살았는데 숨어 있는 거야! 집에서 부모님과 사는 게 마음에 안 들었던 게 틀림없어……. 갈 데 없는 부랑자였네. 그 어머니가 불쌍하다……. 부모에게 연락을 해야 돼. 잡지사에 틀림없이 아직도 주소가 있을 거야……."

매기는 벌떡 일어났다. 점퍼를 집어 들고 거리로 달려 나왔다. 엄마가 연락해야 한다면 나도 해야 돼. 허버트에게 경고해야 돼! 엄마는 탱크 같아서 말릴 수가 없어……. 무슨 이유 때문에 몸을 숨겨야 했는지 누가 알겠어. 뭔가 음습한 것, 어떤 비밀…….

소녀는 달렸다. 그런데 그 녹색 자동차는 또 그것대로 너무 빨리 달렸다. 운전자가 술에 취했던 게 틀림없었다. 보통 때라면 소녀를 보았을 것이다. 보통 때라면 횡단보도 앞에서 한순간 망설였을 것이다, 녹색 신호등이 보였더라도…….

고통을 느낄 시간도 없었다. 소녀는 자신이 죽는다는 것을 알고 있었다. 눈 깜빡하는 짧은 순간 동안 허버트와의 유대감을 느꼈다. 소녀는 그가 있었던 바로 거기에 가 있었지만, 그것은 오로지 아주 짧은 한순간뿐이었다. 그 뒤에는 단지 어둠뿐이었다.

허버트가 비명을 지르며 거품 침대에서 벌떡 일어났다.

"울프! 빨리 가세요, 매기가 죽어요! 오렌지 바 앞의 교차로에요!"

그리고 널 위해서 이렇게 하지 않으면 그 뒤는 끝, 완전히 끝을 의미하는 거야, 라는 허버트의 숨은 말뜻을, 겁에 질린 울프는 카르밀리온 앰풀 두 병을 챙기고 동시에 또 카르밀리온 캡슐을 하나 삼키면서 읽어 냈다. 목구멍 속에서 점점 커져 숨 막히게 하는 덩어리를 온 힘을 다해 이겨 내려 애썼다. 어둡다……. 흰색 승합차는 아주 약간은 구급차를 연상시키기도 하지만, 내가 먼저 그곳에 도착해야 돼…….

허버트가 달려오면서 옷을 입고 차 뒤로 뛰어올랐다. 거의 차를 놓칠 뻔했고, 십자가도 잊어버릴 뻔했다.

현장에 구급차는 말할 것도 없고 경찰보다도 먼저 도착했다. 둘러서서 구경하는 사람들을 헤치고 들어가서 마치 낡은 누더기처럼 질질 끌린 소녀의 시체를 들것에 눕혔다. 허버트가 차를 몰았고 그동안 울프가 이번에도 2년 전에 허버트에게 했던 것과 같은 방법으로 소녀를 처치했다. 무슨 수를 써서든지 소녀의 뇌를, 그 기억과 개성을 지키려 애썼다. 다른 경우라면 몇 분 안에 붕괴되었을 것이다. 제때 치료를 한 것일까?

허버트는 운전대를 꼭 잡고 목구멍에서 비명이 새어 나오는 것을 막기 위해 온 힘을 다해 이를 악물었다. 그는 자신의 원래 심장을 간직하고 있었고 (그래, 거의……) 거기서 이 순간 진정한 고통이 느껴졌다. 사랑은 언제나 고통스러운 것이다, 살아 있건, 죽었건, 죽지 못했건…….

소녀는 자신이 죽었다는 것을 느끼며 깨어났다. 하지만 뭔가 어긋났다. 자신의 심장을 느꼈다. 귓가에서 동맥이 뛰었다. 동맥이라니?

"소형 자극기야." 어둠 속 어딘가에서 조용한 목소리가 흘러나왔다. "하지만 심장 근육 속은 아니고, 안쪽에 용의주도하게 숨겨져 있지, 골반이 가리고 있어. 너의 중앙 신경 체계는 이제 건전지로 가고 있단다. 천 년도 더 갈 거야……."

"과장하지 마세요." 또 다른, 약간 더 먼 목소리가 말했다. "최대 삼백 년이에요. 지르콘-우라늄 연결장치가 아직은 궁극의 해결책이에요. 내가 더 좋은 해결책을 찾고 있어요."

소녀는 양쪽 목소리를 다 안다는 사실을 깨달았다.

"허버트! 울프 아저씨!"

"하느님 감사합니다!" 울프가 기쁨에 겨워 외쳤다. "우리에게 돌아왔구나, 멀쩡하게."

소녀는 무작정 손을 뻗었다.

"허버트!" 그의 손이 소녀의 손에 닿았다. "당신 부모님! 엄마가 잡지에서 이 년 전 당신의 사진을 찾아냈어요……. 철도 대참사……. 당신 어머니한테 전화하려고 했어요……."

"그런 빌어먹을 일이!" 울프가 욕을 내뱉었다. "그 일을 잊어버리지도 않았단 말이야? 이젠 딸이 없어졌으니 어쩌지?"

"정반대예요." 허버트가 음울하게 대답했다. "양쪽 사고 모두 이상할 정도로 비슷하다는 걸 아셔야 돼요. 루스 부인은 우리 어머니를 찾아내서 이야기를 하고 싶어할 거예요. 게다가 모두들 아직 이쪽에 오지 않았으니까……."

매기는 눈을 뜨려고 했다. 눈꺼풀이 무겁다. 빛 때문에 눈이 아팠다. 유리에 비친 형상 같다. 맥박치는 실린더. 이상한 냄새. 인공적이지만 좋은 냄새……. 누구에게서 이런 냄새가 나지?

"나 얼마나 오래…… 죽어 있었어요?" 소녀가 물었다. 이 질문은 무슨 일이 있어도 그녀의 목에서 나오지 않으려 했다. 그러나 진실 앞에서 도망칠 방법은 없는 것이다.

허버트는 잠시 망설였다.

"사흘."

"아마 「누구나 할 수 있는 자수」라는 잡지 편집부에서는 주소를 찾아내지 못할 거예요……." 매기는 기침을 하기 시작했다가 전혀 기침이 나오지 않는 것을 깨닫고 놀랐다.

"인공 폐야." 허버트가 설명했다. "익숙해질 거야."

울프가 일어섰다. 마룻바닥이 그의 무게에 눌려 삐걱거리는 소리를 냈다.

"허버트, 어떻게 생각해. 자네 어머니가 모든 걸 다 아시게 되면 어떻게 할 것 같나?"

이번에 허버트 글레어는 일 초도 망설이지 않았다.

"어떻게 하다뇨? 내가 보통 사람처럼 행동하도록 강요하겠죠. 언제나 나한테 바라시는 건 그것뿐이었고 항상 성공했으니까요. 하지만 어떻게 보통 망자처럼 행동하겠어요? 장례를 치러 날 묻어 버리는 수밖에 없죠."

"짐을 싸자!" 울프가 소리쳤다. "차고 문을 열어. 짐을 실어야 하니까. 전투경보다, 철수해!"

두 사람은 소녀 주변을 왔다갔다 하면서 상자, 기계 장비, 현미경, 컴퓨터 주변기기, 의료도구, 책, 디스크 더미, 몇 킬로미터나 되는 투명한 관(管), 거기다 옷, 외투, 속옷, 신발과 빳빳한 새 지폐 묶음을 날랐다. 소녀는 그들을 부르고 싶었지만 목소리가 줄곧 아주 약했다. '폐하고 호흡이야.' 기억을 되살렸다. '이런 걸 잘 배워 둬야 해. 그리고 움직이는 법도. 살아 있는 사람처럼 능숙하게, 이렇게 굼뜨지 않고…….'

이 모든 일이 유별나게 힘들었다. 근육이 말을 듣지 않았고, 피부는 이상했고 낯설고 뻣뻣했다. '온몸이 붕대로 감싸여 있으니 딱 미이라처럼 보일 거야.' 소녀는 생각했다. 그 두 명이 짐을 다 싸기 전에 소녀는 앉는 법을 익혔다. 이 관만 아니면……. 온몸이 친친 감겼잖아. 다 떼어 버렸으면!

누군가 그녀를 잡고 주렁주렁 달린 관까지 함께 전부 실어 날랐다.

"차 안에 비축 장비가 있어." 허버트가 귀에 대고 말했다. "이젠 장치 없이도 버틸 수 있겠지만, 오래는 못 버텨. 나도 그 느낌 알아. 저쪽에 연결시켜 줄게, 잠깐이면 될 거야."

한순간 소녀는 의식을 잃었다. 허버트가 그녀 옆에 누워서 그녀와 똑같이 죽은 채로 웃음 지었던 것을 기억했다. 저장 용기 속의 분홍색 액체가 천천히 맥박치던 것을 기억했다. 관(管)이 두 개, 자기 것과 그의 것……. 우리는 같은 피가 흐른다. 우리는 연결되어 있다. 영원히.

다시 의식을 잃었다. 깨어났다. 혼자 작은 트럭 같은 데 타고 있다. 낯익은 저장 용기가 있지만 조용하고 움직이지 않는다. 울프의 집 초인종 소리가 들린다. 앞문이다. 저 소리를 안다. 허버트가 상자 무더기를 안고 차로 뛰어온다. 여기에 대체 뭘 더 집어넣으려고 하지? 아마 저건 산소는 아닐 거야……. 집에서는 문가에서 뭔가 무너진다. 허버트가 차 문을 쾅 닫는다. 소녀는 짐을 가득 실은 곳에 혼자 있다. 울프가 소리친다. 맙소사……. 총소리!

"가라! 빌어먹을. 빨리 가, 뒤는 내가 막을게!"

"타요! 해 낼 수 있어요! 아저씨를 잃고 싶진 않아요!"

"여자애를 구해야지, 바보야! 난 걱정하지 마라. 사랑한다!" 울프의 목소리에서 고통과 공포와 눈물이 느껴졌다. 이어지는 총소리. 울프의 고함 소리가 울려 온다. 허버트는 차를 몰아 차고에서 빠져나간다. 불빛, 우리는 길로 나왔다. 가로등, 네온사인, 광고……. 모든 것이 여러 색으로 된 하나의 덩어리로 뭉쳐진다. 총소리가 나고 유리가 떨어진다. 그래도 계속 간다. 어둠 속으로.

"저 리얼 씨 부부는 외국인들한테 참 보기 드물게 잘해 줘요." 메로 목사가 말했다.

의사는 고개를 끄덕였다.

"마곳 부인은 강령술을 믿는 여자분들 사이에서 진짜 스타죠. 우리 집사람 말이 맹세코 뭔가 특별한, 초인적인 능력을 지녔대요."

성직자는 관대한 웃음을 지었다. 해롭지 않은 취미다…… 어쨌든 교회에 나오고 게다가 노래도 더할 나위 없이 잘 부른다.

"그리고 허버트는 오르간을 아주 훌륭하게 연주하죠. 우리에겐 정말 보물이에요!"

"진짜 예술가예요. 첫눈에 봐도 알죠." 젊은 음악 선생이 덧붙였다. "집에서 조용히 교향곡을 작곡한다고 해도 놀라지 않을 거예요. 아니면 푸가라든가……"

"아이가 없어서 참 안됐어요." 의사가 한숨을 쉬었다. "불쌍한 리얼 부인은 언제나 뭔가 약품이라든가 약초, 이상한 물질 같은 걸 사고 있어요…… 분명히 무슨 돌팔이들의 조언을 따르는 거예요. 중독되지나 않으면 좋으련만. 그렇게나 좋은 사람인데……"

음악 선생은 고개를 저으며 카드를 탁자 위에 놓았다.

"저도 이제 끝납니다." 의사가 웃음 지었다.

목사가 딴 돈을 쓸어 모은 후 웃음 지었다.

"재미있는 이야기를 해 줄게요. 허버트 리얼은 옆마을에서 서점을 운영해요. 특수한 서점이죠! 뭘 파는지 맞춰 보세요!"

"음악 서적." 선생이 응답했다.

"공포 소설." 의사가 아주 진지하게 말했다. "아니면 값비싼 고서적?"

"강령술 서적과 문서들이에요!" 목사가 의기양양하게 밝혔다. "마치 가풍 같아요. 사람들이 생각할 수 있는 모든 괴상한 일들에 대해 물어보려고 그에게 가거든요. 생각해 보세요, 아주 진지하게 유령 쫓는 의식을 믿는다고요!"

"그럼 목사님은 그런 경우에 어떻게 하실 겁니까?" 선생이 짐짓 꾸며 낸 목소리로 물었다. "조언을 구할 겁니까?"

목사는 갑자기 귀가 잘 안 들리는 시늉을 하며 웨이터를 찾아 두리번거리기 시작했다.

"계산요!"

"그래 그게 뭐가 나쁘다는 겁니까." 의사가 달래듯이 말했다. "하지만 말입니다, 전 그 숙부라는 사람이 궁금해요. 그 사람이야말로 정말 기인일 겁니다!"

마침내 삽이 관뚜껑을 때렸다. 허버트가 고개를 들었다.

"괜찮아요. 전부 조용해요." 매기가 그를 진정시켰다. "해도 돼요."

허버트가 쇠지레 쪽으로 손을 뻗었다. 작업은 멋지게 진행되었고 그는 최상의 상태였다. 전면 교환 후 이틀이 지났다. 뚜껑이 솟구치며 열렸다.

"얼마나 기다렸나 몰라!" 울프가 빠르게 외쳤다. "지루해서 죽을 뻔했다고!"

"미안해요." 허버트가 사과하며 울프가 관에서 일어서는 것을 도와주었다. "할 일이 많았어요. 산속에서 아저씨의 동굴을 찾아내야 했고, 예비용 기계 장치를 작동시키고, 장비를 짜 맞추고, 대용 체액을 충분한 분량으로 합성하고, 재생 용기를 청소하고……. 매기가 몇 번쯤 정말로 작지 않은 충격을 겪으면서도 아주 잘 해 줬어요. 그런 다음 차례로는 얼마 동안 조용히 머무를 수 있을 만한 장소를 찾아야 했고…… 아저씨랑 같이 말예요."

매기가 비닐 봉지에서 깨끗한 옷을 꺼냈다.

"갈아입으세요, 숙부님." 그의 표정을 보고 소녀는 깔깔 웃었다. "이웃들에게는 홀아비가 되신 숙부님이 우리 집에 와 있을 거라고 얘기해 뒀어요. 과학자에다 괴짜라고요."

"얼마나 오래……." 울프가 목쉰 소리를 냈다. 신선한 밤 공기는 확실히 진흙에 익숙해진 기관지에 좋은 영향을 미치지 못했다.

"사 년요."

"이런……." 울프가 몸에서 먼지를 털어냈다. "그래도 거품은 비축분이 꽤 있겠지? 약물 자동분배기도 할 수 있는 한 사용하고?"

"직접 저한테 전부 가르쳐 주셨잖아요." 허버트가 화난 듯이 콧김을 내뿜었다. "에너지 재생 혼합물, 카르밀리움이 있다고요……. 그 동굴에서 찾아낸 아저씨의 메모가 있어요."

허버트는 말하면서 기운차게 삽을 휘둘렀다. 매기가 땅을 밟고 뗏장을 제자리에 덮었다. 무덤은 새 것 같아 보였다…….

울프는 심호흡을 했다. 훌륭하다. 이번에는 천식 발작을 일으키지 않고 지나갔다.

"이봐, 허버트…… 그러니까 그, 어떻게 알았나. 내가……."

"죽지 못했다는 걸요?" 허버트가 삽을 내려놓았다. 그는 웃음 지었다. "우리 어머니 일과, 못된 시체 도둑과 순진무구한 사람들의 납치범—그러니까 아저씨에 대해서 기자들이 미친 듯이 냄새를 맡고 다녔어요. 병원에서 아저씨가 고해성사와 가톨릭 장례식을 얼마나 열정적으로 주장했는지 기사에서 읽었어요. 혹시 우연이라도 화장되지 않기 위해서였겠죠."

"사실이야. 치명적인 부상을 입었지. 그러니까, 카르밀리온이 없었다면 치명적이었어."

"게다가 또 아저씨의 그 과학 연구가 있었어요." 매기가 덧붙였다. "사람의 수명은 확실히 그 정도 연구를 해 내기엔 모자라요. 말해 줘요, 숙부님, 대체 몇 살이에요?"

"젊은 아가씨 앞에서 내 나이를 인정할 마음은 내키지 않는데." 그가 말했다. "비밀리에 모아 놓은 돈은 찾아냈나?"

"찾아내서 잘 썼어요." 허버트가 고개를 끄덕였다. "작은 집과 차를 샀어요. 가세요, 마음에 드실 거예요."

차는 공동묘지 담벼락 근처에 세워 두었다. 완전히 흔해빠진 자동차였고 전성기는 이미 지나갔다는 게 눈에 보였다. 여기저기 흠집도 났고, 군데군데 칠이 벗겨졌고, 그다지 깨끗하지 않았다. 눈에 띄지 않는 승합차다. 특별한 건 전혀 없다. 리얼 부부는 엄청난 부자가 아니었다……. 울프는 편하게 몸을 기댔다. 콧속에서는 아직도 여전히 진흙 냄새가 느껴졌지만 그 외에 매기의 향수 냄새도 풍겨 왔다. 내 조카. 내 가족…….

"허버트……, 자네 내가 누군지 상상이라도 해 본 건가?"

"카르밀리온이 작용하면 언제나 본모습이 나타나죠." 허버트가 대답했다. "죽은 뒤에는 마약 없이도 분명하게 나타나잖아요, 안 그래요?"

"아주 정확한 진단이로군." 울프가 웃음 지었다. "내가 자네의 그 다정한 이웃들의 피를 빨아 마실까 겁나지는 않나?"

"그런 건 안 한 지 벌써 몇 년이나 됐잖아요." 허버트가 말했다. "아저씨의 과학적 발견 중 하나죠. 신진대사의 변화……. 하지만 아저씨가 드시는 그 특수한 죽은 혼자 요리하세요. 매기가 벌써 먹어 봤어요. 결과가 좋지 않았어요."

"농담이겠지!" 울프가 소리쳤으나 그 이상은 버틸 수 없었다. 매기가 짓궂은 눈길로 그를 바라보았다. 울프는 큰 소리로 웃었다. "내 아이들! 몇 세기 동안이나 가족을 그리워했지! 줄곧 혼자서 혼자만의 비밀을 간직하고 있었어……."

"그랬겠죠. 이젠 우리가 아저씨의 정체를 폭로하지 않을까 겁내지 않아도 돼요." 허버트가 당연하다는 어조로 말했다. "좀비들은 뒷담화를 즐기지 않으니까……. 그리고 만약에 혹시라도 카르밀리온에 잔뜩 취하고 싶어지면 이웃집 거울을 피하는 법을 가르쳐 드릴게요."

루드비크 소우체크 Ludvík Souček

비범한 지식

Mimořádné znalosti

| 정성원 옮김 |

"만물박사, 그는 아무것도 보지 못했는가?—그대는 신의 눈으로부터 도망칠 수 있다고 진정으로 믿는지?—그는 그대가 도망치는 것을 보았소, 그는 매 순간마다 그대를 뒤쫓았소, 마치 그가 지금 하늘 위에서 우리를 내려다보듯이……" 아초르겐의 손가락이 위선적인 경외감으로 천장을 가리켰다. 그의 안경알은 동그랬다.

—얀 바이스 「천 개의 층을 가진 집」

　왱왱거리며 마구 떨어 대는 사이렌 소리와 함께 차베즈는 넓고 끊임없는 자동차 행렬에 길을 냈다. 그는 무의식적으로 운전했는데, 반쯤은 옛날에 몇몇 자동차 경주 팀의 우수한 파일럿으로 활약했던 덕택이었다. 그리고 그에겐 운전자로서 즐거움을 누릴 수 있는 시간과 신체적 능력이 남아 있었다. 무슨 일이 생겨도 태연자약하고 느긋하게 움직임으로써 경찰들의 일을 결코 수월하지 않게 만드는 짓을 차베스는 "염소 떼"라고 불렀다. "양 떼"라 불렀던 또 다른 방식은 자동차로 차들 사이를 뚫고 지나가며 차들을 옆 차선으로 밀어 버려 위험하게 만드는 것이다. 가장 웃긴 경우는 "타조 떼"였는데, 운전자를 완전히 패닉에 빠뜨려 도로 위에 멈출 수밖에 없게 만들어, 경찰차들이 마치 혜성의 꼬리처럼 긴 줄을 이루며 늘어선 자동차 뒤를 졸졸 따라오게 만드는 것이었다. 차베스는 거리계를 쳐다보았다. 이제 곧 다다를 시간이 되었다.

멀리서부터 그는 시커먼 연기에 휩싸여 타오르는 트럭에 주목하고 있었다.

그는 뒤집힌 냉동 트럭 주위를 돌아보고는 "오, 이런 제기랄!" 하고 중얼거렸다. 트럭 뒤에는 무언가가 연결되어 있었는데 원자포처럼 생겼지만, 실제로는 레미콘이었다. 망가진 차들이 탑처럼 쌓여 있었다. 주위에서 부상자들이 신음하고 있었다. 피를 과다하게 흘린 형체 대여섯 개가 고속도로의 두 콘크리트 차로 사이 풀밭에 기척 없이 누워 있었다. 몇몇 용감한 남자들이 입체파 예술 작품으로 변한 사람들을 자동차에서 꺼내고 있었다. 대규모 충돌을 피한 대부분의 운전자들은 길 위에 멈춰 서서 차창을 내리고는 안타까운 시선으로 바라볼 뿐이었다.

차베스는 무전으로 경찰서를 연결해 응급 헬리콥터, 기중기, 대규모 피해에 쓸 구호품이 필요한 상황에 대해 간략하게 설명했다. 그러고는 능력 있고 활동적인 경찰관과 함께 새롭게 힘을 내어 사고 현장으로 뛰어들었다. 한참 동안의 작업 끝에 화가 나서 떠들어 대는 말많고 순진한 사고 관련 트럭 운전자들의 주소를 석고, 우회로를 만들었으며, 멍하니 바라보던 운전자들이 마침내 천천히 출발하기 시작하자, 차베스는 엉덩이에 손을 얹고 만족스럽게 자신이 한 일을 지켜봤다. 곧 특수 부대와 응급 헬리콥터, 피해 복구 작업반이 날아 들어올 것이고, 그럼 경찰서로 돌아가 한가롭게 커피를 즐길 수 있을 것이다.

눈앞의 풍경을 지켜보던 차베즈는 자동차에서 다급한 톤으로 흘러 나오는 날카로운 무전 신호와 다혈질의 운전자들이 내는 경적 소리에 정신이 들었다. 확실히 그들은 풀밭에 움직임 없이 조용히 누워 있는 사람들보다 충격을 덜 받은 것이다. 차베즈는 곧 사고를 당할지도 모를 한 무리 사람들을 분산시킨 후에 수화기를 들었다. 그리고 잠시 동안 듣고만 있었다.

"헛소리 말라구, 제기랄! 농담도 가지가지지." 그가 무전기에 대고 의심에 가득 찬 어투로 말했다. "25와 33에서도 같은 소동이라구? 그래, 이런 고된 일은 좀 수고스럽겠지. 하지만 그렇다면……. 난 내가 할 수 있는 일을 할 거야. 알아? 오래 걸리지도 않아. 그래 그렇다구! 빌어먹을 작업이로군! 아무것도 하지 마. 끊어!"

그는 천천히 무전기를 내려놓았다. 이런 일은 그가 속한 경찰서에선 처음으로 겪는 일이었다. 대규모 사고 하나로는 적다는 듯이 고속도로 E6의 세 교차로 모두에서 동시에 같은 일이 일어난 것이다……. 많아도 너무 많았다.

그는 침울하게 사망자들을 바라보았다. 그들은 어차피 도움이 필요치 않은 사람들이라 그는 요란을 떠는 한 무리의 사람들 쪽으로 다가갔다.

"이제 그만들 둬요! 저쪽에서 가만히 계세요. 떠들 만큼 떠들었잖아요, 안 그래요? 가능한 대로 어떻게 차들을 뺄 수 있는지 좀 보세요. 짐칸들을 떼어 놓으세요. 폭발할 경우를 대비해서 소화기를 이쪽 풀밭으로 놓고, 자자 서둘러요들!"

그러다 그는 누군가 자신의 유니폼 옷깃을 어루만지는 느낌에 소스라치고 말았다. 그의 옆에 알 수 없는 색깔의 앞머리에 눈에 띄게 두꺼운 안경을 쓴 깡마른 주근깨투성이 청년이 서 있었다. 얼굴에는 기름 자국이, 아마로 만든 밝은색 윗옷에는 핏자국이 있었다. 부상을 당하진 않았는데, 희생자들을 구조할 때에 묻은 것 같았다.

"뭐요?" 차베즈가 그에게 다가갔다. 그는 신경이 곤두서 있었는데, 보충 부대가 신속하게 투입될 때까지 모든 책임을 지고 있어야 했기 때문이다.

"어…… 죄송합니다만……."

"강도 살해한 게 아니라면 뭐든지 용서해 드리지." 차베즈는 이미 어느 정도 부드러워졌다. "그나저나 아는 거 좀 있으면 알려줘요."

"전 지난 밤에 여기 있었어요. 우린 고속도로를 따라 걸었어요. 시벨라와 저요. 그녀 또한……."

이 안경 쓴 주근깨투성이 청년은 경찰관과 대화하게 된 것을 후회하기 시작했다. "우리, 그러니까 시벨라와 저 두 사람은, 아시겠지만……."

차베즈는 미심쩍게 고개를 끄덕였다.

"우린 잔받침 같은 게 날아다니는 걸 봤어요. 전체가 녹색이었어요. 초롱불처럼 빛이 났고 그르릉 소리를 냈는데……. 마치 작은 경비행기처럼요. 그래서 우린 덤불 속으로 숨어 들었죠."

"그러곤?"

"그 다음은 몰라요. 안전을 위해서 한참 동안이나 엎드려 있었는걸요." 그가 이야기를 털어놓기 시작하자 주근깨로 덮인 얼굴이 점점 붉어지기 시작했다. "그래서 우린 다시 날아가는 걸 보지 못했어요. 원하신다면, 제 주소를 적어 드리겠어요. 하지만 시벨라는……. 걔 아버지 때문에, 아시죠……."

"내 말 잘 들어." 차베즈는 처음엔 속삭이다가 갈수록 빠르고 크게 말을 해서, 그 안경 쓴 청년을 바람 빠진 타이어처럼 움츠리고 오므라

들게 만들었다. "그런 건 나도 잘 알지. 그 다음엔 작은 녹색 인간들이 내렸지, 안 그래? 머리엔 달팽이처럼 촉수가 있고, 망원경 달린 나팔총을 들고 있고, 판타지 영화에서처럼 말이야. 그러곤 단잠을 잤겠지. 내 말이 맞지?"

"우린 아무것도……. 그러니까 시벨라와 전 아무것도 못 봤어요……."

"그렇다면 너희는 덤불 속에서 어떤 것도 제대로 보지 못한 거잖아. 꺼져 버려! 시벨라 아버지를 찾아내서 네 목을 물어뜯기 전에 말이야!" 차베즈는 도망치는 청년을 향해 으르렁거렸다.

"주둥이를 찢어 버릴 수도 있겠지." 사고를 당한 한 운전자가 왼팔에 더러운 수건을 걸친 채로 성큼성큼 도망치듯 걸어가며 말했다. "충분히 하고도 남겠지. 하지만 그러지는 못하겠지. 손이 아플 수도 있을 테니까, 안 그래?"

"헤헤, 아가리 닥치시지. 경찰서로 데려가 닫아 버리기 전에 말이야." 차베즈가 태평하게 말했다.

그 사람은 확실히 지독하게 불쾌한 상황에 처해 있었다. 그는 충격을 받았지만 날아 다니는 잔받침 따위 같은 헛소리는 하지 않았다. 이런 부류는 그도 잘 알고 있었다. "너희들이 가끔씩이라도 교통표지판을 존중할 줄 안다면, 지금쯤이면 저승행 마차를 타는 게 아니라 엄마한테 가고 있겠지."

"그럼 그 교통표지판은 어딨지? 셜록 홈즈 씨?" 그 사람의 조수로 보이는 한 사람이 앞으로 나서며 물었다. 흰족제비같이 생긴 얼굴에 이마엔 큼직한 혹이 달려 우스꽝스러워 보였다. 아마도 차창이나 차문에 부딪혔기 때문일 것이다. "당장 그 빌어먹을 경고 표지판이나 그런 비슷한 거라도 봤으면 좋겠수다."

차베즈는 사람과 자동차 들을 뚫고 몇 발자국 걸어 나가 물끄러미

쳐다보았다. 그 흰족제비 말이 맞았다. 아무 데에도 교통표지판이라 곤 없었다. 그저 둥근 표지판이나 삼각형 표지판이 있어야 할 윗부분 이 깨끗하게 잘려 나가 밑부분만 남은 기둥들이 있을 뿐이었다.

경찰차 사이렌 소리가 점점 더 가까이 들리자, 그는 조금 안도하면 서 주위에 서 있는 사람들에게 "잠깐 실례" 하고 말했다. 어느덧 경찰 관들이 주위에 늘어섰다. 그는 더 이상 그 자리에 있을 필요가 없어졌 다. 그는 운전대에 앉아 완전히 막혀서 뒤엉킨 교차로를 교묘하게 피 해 나갔다. 양 떼, 염소 떼, 타조 떼들이 줄어들고 있었다. 수백 수천 의 자동차들이 서로서로 뒤엉켜 있었기 때문에 그 파편 더미들이 짜 부라진 거름채처럼 보였다. 하지만 젊은 경찰관들이 잘 처리할 것이 다. 차베즈는 길가에서 눈을 뗄 수가 없었다. 표지판 전체가 사라졌 다. 전부 다. 그는 방향을 바꿔 다음 출구에서 고속도로를 벗어났다. 텅 비어 있는 좁은 도로를 따라 몇십 미터를 앞으로 나아가니 지저분 하고 먼지투성이인 종이와 깡통 더미로 더러워진 숲이 나왔다. 숲 입 구에도 잘려진 기둥이 있었다. 차베즈는 도대체 여기에는 어떤 표지 판이 있었을까 생각해 봤다. 아마도 태평스럽고 전혀 쓸모없는, 이를 테면 "사슴 주의" 같은 경고판일 것이다. 출입금지는 아닐 것이다. 어 쩌면 속도 제한 표지판일 수도 있을 것이다.

차베즈는 차에서 내려 기둥을 살펴보았다. 잘린 단면은 마치 갈기 라도 한 것처럼 매끄러웠다. 톱이 아니라 고운 사포로 단면을 다듬은 것 같았다. 하지만 어떤 종류의 연장으로 그렇게 했는지, 차베즈는 알 지도 못했고 경찰관으로서도 상상할 수 있는 범위를 벗어나 있었다.

다시 한번 그는 단면을 손가락으로 쓸어 보았다. 그러나 금속가루 라곤 조금도 묻어 나오지 않았다. 징후는 역력했지만, 소란은 일어나 지 않은 셈이었다.

그는 등에 가벼운 한기를 느꼈다. 그는 숲 여기저기를 은밀히 둘러보았다. 근방에는 지저분한 자기 자신밖에 없었다. 그는 자동차를 타고 천천히 18번 교차로로 돌아왔다. 그곳에는 경찰관들이 일벌처럼 열심히 일하고 있었다. 트레일러들은 분리되어 옆으로 치워졌고, 병목 현상은 만족스럽게 해결되어 가고 있었다.

"헤이, 차베즈!" 길이 인사하면서 얼굴을 찡그렸다. "하루 참 근사하게 시작했지, 안 그래?"

차베즈는 고개를 끄덕였다.

"이봐," 차베즈가 물었다. "혹시 주근깨투성이에 안경 쓴 젊은 녀석 만난 적 있나? 얼굴은 허옇고. 그 녀석한테 할 말이 있는데."

길은 머리를 흔들었다. 그가 아니라는 말과 함께 고개를 저으려 할 때에 가죽옷을 입은 땅딸막한 청년이 지나갔다. 그는 흰족제비 같은 운전자를 조심스럽게 도우며 앰뷸런스로 들어갔다.

"이런 망할, 시간이 있었잖아." 그가 씁쓸하게 말했다. "주근깨투성이 녀석 말이야! 하지만 내 생각에는……."

앰뷸런스 문이 닫혀서, 그 운전자가 생각하는 게 뭔지 아무도 모르게 되었다. 미지의 무뢰배 수사가 마침내 종결될 때까지 차베즈가 그 순간에 그리고 그 이후에 무슨 생각을 하고 있었는지는 아무도 몰랐다.

근시의 청년은 안테나로 무장한 머리와 번쩍번쩍 빛나는 탐조등을 지닌 키 작은 남자들을 알아볼 수 없었는데, 탐험선의 승무원들이 기후 조절이 된 선실을 떠나 어떻게도 처리할 도리가 없는 산소가 가득한 곳으로 나갈 생각을 전혀 하지 않았기 때문이다. 게다가 그 정도 떨어진 거리에서라면 9디옵터 정도로는 젖소와 (예를 들어) 소형 버스를 구별하지 못할 정도였을 것이다. 그리고 결정적으로 무엇보다도, 승무원들은 녹색이거나 혹은 색다른 형체가 아니었으며, 그는 탐조등에 대해서는 전혀 아는 바가 없었기 때문이다.

그 청년에게서 멀리 떨어진 채 연구선을 조종하는 존재들은 어떠한 비교나 연상작용을 통해서도 제대로 묘사될 수 없었다. 어쩌면 자연이 재치를 잔뜩 발휘한 곤충의 세계에서 발견되는 어느 한 종을 빼고는 말이다. 생체공학적인 측면에서, 이 존재의 본질적인 특성은 어떤 교묘한 장치에 있었다. 이 장치 덕에 전자기장 강도 커브의 왜곡이 정확하게 그리고 무엇보다도 분리 감도의 면에서 측정될 수 있었다. 이에 비한다면 이들과 비슷하게 생긴 나일 강의 전기가오리는 같은 능력을 지니고도 아무것도 모르는 것이다. 그들의 주관 세계는 이런 이유로 시각에 의해 인지되는 인간 세계, 향기 또는 악취 신호로 덕지덕지 붙은 커다란 공간에서 사는 개들의 세계, (예를 하나 더 든다면) 온도 차이를 통해 뜨뜻한 피와 먹잇감을 알아차리는 자신들의 세계를 완전히 흘러 돌아다니는 평지 조각들의 퍼즐놀이로 받아들이는 방울뱀의 세계와 구별되었다. 이 존재들은 전자기적 파동, 분자운동, 또는 화학 물질을 하나의 도식으로 전환시킬 수 있는 기술과 조합 능력을 통한 표상 능력을 갖추고 있었다. 이러한 능력 덕분에 이번 탐험은 흥미로운 결과를 낳았다. 더욱이 지구인이라 불리는 어떤 생명체의 기록 양식 사례들을 발견하고, 이 생명체들의 섬세한 진화가 이러한 기록들을 기능케 했는가에 대한 심최 연구를 할 수 있게됨 이번 임무를 완수한 것이다.

인간성에 대한 오랜 연구를 통해 그들은 그 그림들이 확실히 지구 생명체들의 광학적 특성에 의한 것이라는 지식을 쌓을 수 있었다. 냄새를 신호화하거나, 옛날부터 확실한 것으로 받아들여지던 사실상의 가장 자연스러운 방식, 즉 전기장을 변조하는 방사 방식은 두 다리 생명체에겐 불편하고 따라서 맞지 않는 것이었다. "솔직하게 말씀드려서," 묘사가 안 되는 자들 중 하나가 시작하기에 앞서 말했다. "과장된 희망은 전혀 가지고 있지 않습니다. 문자는 문명의 존재론적 특징입니다. 문자는 문명의 진화와 관련이 있습니다. 이런 점에서 우리는 다음과 같은 사실을 알고 있습니다. 이 지구에는……."

모두가 알고 있었다.

"문자는 말의 기록입니다." 그자가 계속해서 말했다. "그리고 지금까지 지구에서 이런 것은 발견하지 못했었습니다. 산화수소 속에서 사는 단 한 종류의 생물이 한 원시 언어를 발전시켜 왔습니다. 이 사례에선 지성이나 말해진 바를 유지시키려는 욕구는 말할 것도 없습니다. 이는 우리가 처음부터 회의에 빠질 필요가 없다는 것을 의미합니다."

모두가 회의에 빠지지 않기로 약속했다.

"어쩌면 우리는 적어도 몇몇 상형문자나 시각적 정보를 발견한 것입니다. 아시다시피 많은 행성에서 보이는 초기 문명 단계에서 발견되는 것들입니다. 지구라고 해서 예외라고 볼 수는 없겠죠."

자리에 있던 다른 사람들도 동의하는 바였다.

"이 상형문자들은 일반적인 특징을 보여주고 있습니다." 자신만이 제공하는 정보에 기뻐하며 그 생명체가 말했다. "그들은 완전한 복합적 사고를 보여주고 있습니다. 여기에선 단어 형태는 아무런 역할을 하지 않고 있습니다. 구애나 사냥 정보, 또는 위협, 경고, 저주, 마술 공식 따위들이 익숙한 내용입니다."

"확실히 소유자의 영역 표지일 수 있겠군요." 다른 자가 끼어들려 하였다. 그것은 아주 관대하게 받아들여졌다. 앞에 놓인 것은 상형문자임에 틀림없었기 때문이다.

"우리가 처음에 받아들였던 것보다 지구의 문명은 한 단계 더 높습니다." 예의 그자가 전기장으로의 변형을 통해 원판과 삼각판의 그림들을 살펴보며 말했다. "우리 앞에는 흥미롭기도 하고 경악스럽기도 한 임무가 놓여 있습니다. 소위 지구인들의 심리에 대한 지식을 얻는 것입니다. 지금까지 우리는 이런저런 생각을 해 왔습니다. 이제 마침 내 어떤 가능성을 찾았습니다."

그자가 만족해 하며 말한 것에 대해 모두가 존경심을 갖고 침묵 했다.

"저는 여러분께 완전히 의심할 여지가 없는 것으로 여겨지는 임시 결론에 대해 간략하게 말씀 드리겠습니다. 반대 질문은 나중에 받기 로 하겠습니다. 동의하십니까?"

모두가 동의했다.

"행성 지구가 단 하나의 고립된 별이라는 예외적인 상황 덕분에 여 러분이 방금 전에 인지한 어떤 숭배 방식에 대한 동인을 분명히 알 수 있습니다." 광학탐지기가 빨간 테두리가 쳐진 흰 원판을 탐지했다. "이것은 무엇보다 길들의 시작점에서 나타납니다. 지구인들이 한 공 간에서 움직일 때에 사용하는 것이죠. 하지만 주의하십시오! 유래가 무엇인지 의심할 바 없는 이 종교적 상징은 아주 자주 등장하는 흥미 로운 현상입니다."

그 다음에는 선행권(先行權)을 표시하는 삼각판이 뒤따랐다.

"은하계 다신성(多神性)의 고대 상징인 삼각판은…… 우리도 가지 고 있었습니다. 아시다시피 먼 옛날에 시안화물, 질소, 암모니아라는 생명의 원천을 상징했죠. 우리가 지구에 대해 알고 있는 범위 내에선, 탄소, 산소, 그리고 확실히 지금 이 순간에 내가 이해한 바로는, 아직 은 확신하고 있지는 않지만, 아마도 물의 숭배를 상징하는 것이라고 받아들일 수 있습니다. 탄소와 산소는 확실합니다. 보시다시피 우리 는 지구인이 획득한 종교 제도의 발전 단계에 대한 확실한 지식을 갖 게 되었습니다. 그런데 흥미로운 점이 더 있습니다. 우리는 지구가 다 신성에서 삼위일체로 이행했고, 그리고 더 나아가 유일한 행성신을 영원히 섬기는 단계라는 것을 측정했습니다. 이보다 더 명확한 건 없습니다."

그자는 "도로작업", "트럭 진입 금지", "경적 금지", "사슴 주의!" 같은 표지를 보고 놀랐다.

"광물을 액체로 만들어 버리는 성스런 도구로 표현되는 노동의 신, 원시 내연 기관과 지구에 실재했던 동물들, 또는 상상 속의 동물 숭배 중에서 하나는 여러분께서 알아차리실 겁니다." 그자가 관장 펌프가 끼워진 사냥 나팔 같은, 경적 금지를 나타내는 구식 신호 나팔의 변용에 대해 설명하였다. 상상 속 동물과의 유사성은 두말할 필요도 없었다.

"이건 아주 낮은 수준을 말하는군요." 누군가 토를 달려고 했다.

"나는 결코 다른 어떤 것을 의미하지는 않았습니다." 그자가 확인해 줬다. "성공적인 탐사라면 우리에게 확장되고 비모순적인 증거를 가져다 주겠지요!"

그 다음에는 "보행자 횡단로" 표지가 나왔다.

"여기에 한 수집가의 경배품이 있습니다. 이 상형문자에는 문화적 관습에 따라 도식화된 한 지구인이 분명히 움직이고 있습니다. 지구인에게 적합한 탄소가 있는 곳으로 걸어가고 있는 것이죠. 탄소들은 아래의 다리 밑에서 검은 점들로 표시되고 있습니다. 여러분 앞에 한 수집가의 신이 있는 것입니다! 끝없는 사다리의 맨 아래 단계들이 위로 힘차게 올라가는 미래의 우주 지성의 실존을 여러분은 이미 경험하고 있는 것입니다."

모두가 기뻐했다.

"그러나 죄송하지만 한 가지가 빠졌습니다." 별로 나을 것 없는 반대 토론자가 말을 꺼냈다. "지구인종의 보존 과정의 산물로 이용되고 실질적으로 가장 자주 사용되는 상형문자 중의 하나임에 틀림없을지도 모를 상징은……."

"틀림없을지도 모를 뿐만 아니라 실제로 그렇습니다! 이를 통해 우리의 풍부한 이론적 성찰은 위대할 정도로 인정받고 있습니다. 아십니까……."

그자는 휘어잡힌 청중들에게 일반적으로 도로에서 움푹 파인 곳을 의미하는 "횡단 배수 공사 또는 울퉁불퉁함" 표지를 슬며시 내밀었다.

"여러분의 지구인 해부 지식이 의미심장한 세부사항까지는 도달하지 못했을 것 같아 저를 믿었으면 합니다만……."

모두가 그를 믿기로 약속했다.

"지구인 종족의 한쪽 성별의 윗쪽 다리 사이에 보이는 이 모양은, 확인된 바와 같이, 간접적인, 하지만 종족 보존의 필요성에 따른 지속적인 영향을 받고 있습니다. 이 영향이 단지 간접적이라고 주장하실수도 있겠습니다. 좋습니다! 하지만 이런 것은 어떻게 설명되어야 합니까?'

'이런 것'이란 "쌍방향 통행"을 의미한다.

"이미 오래전에 은하계의 여러 행성에 대한 연구를 통해 조사된 것처럼, 화살이 갖추어진 두 원시적인 미사일의 상징이나 표상이라고 추측하고 싶은 경향이 저에게 있다는 걸 인정합니다. 하지만 이 경우에 저는 이 완전히 원시적인 지구인의 추상 능력을 곰곰이 생각하고는 깜짝 놀랐습니다. 이 두 상향 화살과 하향 화살은 오로지 간접적인면에서 지구 종족 보존의 필요성을 표현하는 고대식 이동 표식입니다. 이를 위해 우리 탐험대원들은 모든 의심을 제거하는 증거를 제출한 것입니다."

그에 따라 선택적 전기장의 방사에 의한 기록이 진행되었다. 지구인들이 이해할 수 있는 이 광학적 문자 변환 때문에 그 주근깨투성이의 안경 쓴 청년은 얼굴을 붉힐 수밖에 없었고, 시벨라 아버지의 우직한 반응에도 전혀 대응할 수가 없었다.

차베즈는 그리 오래 찾을 필요가 없었다. 이미 "우주 형제들"의 모임에 세 번째로 참여하면서 그는 흔들거리는 회의 탁자 뒤편에서 주근깨투성이 안경잡이 청년을 힐끗 바라보았다. 그는 금욕주의, 채식주의, 룬 문자와 성경의 숨겨진 의미에 대한 신앙, 신학, 요가 그리고 일반적으로 유용한 다른 관습들을 탐구하는 몇몇 늙은이들에 둘러싸여 있었다. 그는 토론회에서 첫 번째 발언자로 잘 대응했는데, 차베즈가 함께 있는지는 전혀 모르고 있었다.

"아시나요? 형제 자매 여러분……. 전 형제 자매 여러분께…… 말하고 싶어요." 그는 두려움에 잠긴 목소리로 더듬었다. "그러니까, 이 날아 다니는 잔받침 같은 미확인물체는……. 이렇게 믿고 싶어요. 우리의 우주 형제들이…… 괴상망측할 정도로 우리에 대해 잘 알고 있다고요. 우리가 우리에 대해 알고 있는 것보다 더 잘 알고 있다고요."

그는 그가 진실에서 얼마나 멀리 그리고 얼마나 가까이 있는지 짐작하지 못했다.

스타니슬라프 슈바호우체크 Stanislav Švachouček

양배추를 파는 남자

Zelí

| 김창규 옮김 |

나는 요 며칠 간 매우 바빴다. 사방에서 문젯거리들이 터져 나왔다. 따라서 시(市)의 연대기를 쓸 시간이 없었고 그 사실 때문에 마음이 아팠다.

어쨌든 간에 인구 300이 넘는 도시라면 독자적인 기록이 있어야 한다고 생각한다. 주에서 가장 큰 도시이니 말이다. 그리고 당연한 얘기지만 그런 기록을 관장할 사람은 시장밖에 없다.

나는 기록을 작성할 사람이 따로 있어야 한다고 농부들을 설득하려 했다. 아주 오래전에 말이다. 농부들은 내 얘기를 듣고 낄낄거렸다. 그래서 나는 시장으로 출마해서 그 얘기를 명령으로 바꾸기로 했다.

이제 시장 일을 12년이나 하고 있음에도 불구하고 나는 블루베리 잉크가 담긴 병에 거위 깃털로 만든 펜을 매일같이 담그고는 인근 지역 사람들이 가져온 종이에 글을 쓴다. 찢어지게 가난한 사람들조차도 나를 잊지 않고 있다는 것만은 분명하다. 그들은 시의 공동장터로 오면서 광주리나 짐바구니에 물건을 담아 놓는데, 낡아 빠진 책이나 문서 쪼가리들은 누더기 같은 외투 속에 고이 모셔 온다. 나의 약점을 알고 있기 때문이다.

나는 공정한 사람이 되기 위해 끊임없이 노력한다. 나를 뇌물로 매수하는 건 아마도 불가능할 것이다. 하지만 잘 보존된 책이란 너무나 소중한 물건이기 때문에 나는 조금 더 관용적이 되곤 한다.

어찌 됐든 우비쉬카 시의 시장은 박식한 인물이다. 이제는 그 사실을 모르는 사람이 없다. 술집에서 나를 두고 이러저런 농담이 오갈 때도 있지만, 피를 부를 만큼 지독한 비난은 나오지 않는다. 심지어 시장을 자랑스럽게 여기는 사람도 있다.

새로 생긴 요새도시의 의회에서 사절을 보냈을 때 얼마나 놀랐던가를 돌이켜보면 기분이 좋아진다. 그 사절은 아름다운 책들과 특별히 제작한 목재 상자를 가지고 왔다. 상자 안에는 종이가 한가득 들어 있었다. 그런 선물을 받고 나면 동맹 협상은 아주 매끄럽게 진행되곤 했다.

나는 그런 결정을 단 한 번도 후회한 적이 없다.

농부들에게 옆 도시를 돕자고 설득하는 일은 쉽지 않았다. 하지만 농부들은 금세 전투를 좋아하게 되었다. 외국의 공격은 우리가 처음으로 반격을 시작하자 다행히도 금세 멈췄고, 농부들은 밭과 소를 돌보는 일로 되돌아갈 수 있었다.

내가 시장 일을 한 지도 꽤 오래되었지만 최근에는 그리 중대한 사건이 벌어지지 않았다. 나는 시간이 남아돌 때면 탁자에 앉아서 누런 종이를 들여다보며 무엇을 기록해야 할지 심사숙고하곤 한다.

그리고 그런 순간에 방해를 받으면 기분이 불쾌해지는 법이다.

나는 오늘 오후에도 의자에 앉아서 손가락으로 종이를 살짝 두드리며 펜과 잉크를 준비했다. 하지만 펜을 손에 쥐고 첫 단어를 쓰기도 전에 저벅거리는 장화 소리가 내 귀를 괴롭혔다. 제발 지금 이 순간만큼은 나 없이 알아서 해 주기를. 나는 그렇게 바랐건만 현실은 반대였다.

"프랭크, 일어나." 톰이 문 밖에서 불렀다. "지금 당장 시장에 가봐야 해!"

"무슨 일인데 시장에 가라는 거야?" 나는 싫은 티를 내면서 되물었다.

"외지인이 와서 채소를 팔고 있어." 톰은 긴급 사태라도 되는 양 숨을 헐떡였다. "당장 가 보지 않으면 일이 커질 거야."

나는 어깨를 들썩이고 일어섰다.

"얼른." 톰이 재촉했다.

"알았다고." 나는 쏘아붙이고 나서 톰을 따라나섰다.

나는 단호한 태도로, 그와 동시에 위엄을 풍기면서 앞으로 나아갔다. 숨을 헐떡거리는 시장은 사람들에게 권위를 발휘할 수 없다는 것을 경험으로 알고 있었기 때문이다. 톰은 내 곁에서 개처럼 폴짝거렸다. 나를 앞섰는가 싶으면 어느새 뒤를 따르는 식으로 말이다. 하지만 어디에 서 있든 톰은 쉬지 않고 나를 채근했다.

"자, 그럼 이제 무슨 일이 벌어진 건지 얘기해 봐."

"더러운 돌연변이 놈 하나가 더러운 변형 채소를 팔려고 여기에 왔는데……."

톰은 숨을 고르기 위해서 말을 멈췄다.

나는 우아하게 고개를 끄덕였다.

"그래서?"

"그래서라니?"

"내 말은, 그러니까 석공만 빼고는 다들 변형된 상품을 판다는 얘기지."

"난 절대 아니야." 톰은 기분이 상했다. "우리 수컵 집안 사람들은 이름에 먹칠할 짓을 하지 않는다니까. 절대로 불법을 저지르지 않아."

나는 슬픈 미소를 지었다.

"알아. 고의로 그러지는 않겠지. 그래도……."

"흠……."

"내 말은 뭐냐하면……."

"난 정말로 열심히 일한다고. 가장 품질이 좋고 최고로 튼튼한 것들만 골라낸 다음 나머지는 태운단 말이야. 법대로 하고 있으니까 잘못한 건 하나도 없다고."

"알고 있어."

"올해는 작황이 좋지 않아. 하지만 수확량은 법정 기준에 맞는다고."

"다른 해보다 양이 적은데……."

"그건 그렇지만 올해는 상황이 특히……."

"게다가 사람들은 네가 정착지에서 두 번째로 좋은 땅을 갖고 있다는 걸 알아. 그러니 남들 생각도 좀 하라고."

톰은 대답하지 않았다. 그는 모든 사람이 힘들다는 우울한 현실을 깨닫고는 내 옆으로 옮겨 왔다. 마침내 톰의 동작에도 일종의 위엄이 깃들기 시작했다.

사람들은 톰이 차기 시장이라고 말하고 있다. 당장은 나이가 너무 적지만, 하루하루 나이를 먹으면서 현명해지기 때문이다.

우리는 입을 꾹 다물고 침착한 모습으로 시장에 들어섰다. 톰은 칼이 제자리에 있는지 확인하기 위해서 이따금씩 허리띠를 만졌다. 앞으로는 그런 버릇을 고쳐야 할 것이다. 무기가 있다는 사실이 뻔히 보이기 때문이다.

나는 웃옷 속에, 배 부근에 칼을 숨겨 두고 있다. 그러면 움직일 때마다 감각으로 느낄 수 있으니까.

나는 비무장 상태로 보이는 쪽을 선호한다. 하지만 그 점을 악용하려고 했던 두 놈은 지금 시의 입구 밖 땅속에 묻혀 있다.

첫 번째 놈은 시장에서 집으로 돌아가는 농부를 노리곤 했던 부랑자였다. 그놈은 주머니에 돈이 그득할 거라고 생각해서 나를 습격했다. 나는 나중에서야 그런 환상을 심어 주는 사람이 나뿐이라는 사실을 깨달았다.

문제의 부랑자가 그렇게 생각한 것도 당연했다. 나는 혼자서 걸어가는 중이었고 바구니도 들고 있지 않았다. 옷차림도 꽤 고급스러웠다. 그래서 시에 들어와 소나 말을 판 후 귀가하는 농부라고 생각했던 것이다. 나는 그놈을 두 번에 걸쳐 실망시켰다. 첫 번째, 내가 가진 거라고는 천으로 만든 가방 안에 포장해서 담아 놓은 책 한 권뿐이었다. 두 번째, 나는 그 작자가 약탈품이 뭔지 알아채기도 전에 목을 베어 버렸다.

그때 나는 스물다섯 살이었고, 그날 저녁 술집에 모인 사람들은 하나같이 내 건강을 빌면서 마셔 대고는 술값을 나에게 떠안겼다.

두 번째 놈은 술에 취한 외지인이었다. 그자는 정오 때 마을의 모든 성인들이 들에 나가서 일을 하기 때문에 마음대로 휘젓고 다닐 수 있으리라 생각했다. 그놈이 가장 크게 관심을 둔 것은 여관 주인의 딸인 매리였다. 매리는 아주 매력적인 아가씨였고, 그 때문에 가끔 싸움이 벌어지곤 했다. 하지만 매리는 스스로의 가치를 잘 알았고, 어느 한 사람에게 특별히 애정을 주지 않았다. 문제의 주정뱅이는 그 점을 무시했다. 그는 매리에게 지저분한 농담을 걸었다가 따귀를 맞았다. 그 작자가 칼을 꺼내 들었고 매리는 비명을 질렀다. 나는 소리를 듣고 뛰어 들어가서 두 사람을 떼어 놓았다. 주정뱅이 외지인은 무기를 휘두르며 나에게 달려들었다. 하지만 그리 잽싸지 못했다.

그는 내가 맨손이라고 생각했다. 바로 그게 결정적인 착오였다.

그날 저녁 나는 시의 영웅이 되었다. 여관 주인은 외지인의 목이 단 한 번의 칼질로 잘렸다면서 시연을 멈추지 않았다. 그 모습을 본 의사는 돌연변이의 뼈에 칼슘이 부족해서 무르다는 사실을 주지시키려 했다. 하지만 안경잡이 대머리 의사의 말에 귀를 기울이는 사람은 아무도 없었다.

사람들은 매리의 달콤한 입술을 통해 내가 악당에게 어떤 식으로 뛰어들었는지 이야기를 듣고 싶어 했고…….

그날 저녁 나는 영웅이었다. 매리는 나에게 너무나 고마워했고 그 결과 우리는 3개월 뒤에 결혼했다.

"저기 있네." 톰은 내 팔을 잡아 흔들며 나의 자기중심적인 회상을 방해했다.

나는 톰이 가리키는 쪽을 바라보았다. 사람들이 잔뜩 모여 있었다. 거의 대부분 남자들인 것 같았다.

나는 두 번째 노점 앞에서 멈춰 섰다.

"바브라 씨, 안녕하십니까!" 나는 진심을 담아 인사했다.

"안녕하십니까." 농부가 고개를 끄덕였다.

시장에서 물건을 파는 것은 대부분 노파나 청소년들이었다. 어른들은 들이나 숲에 나가서 일을 했다. 바브라는 예외였다. 바브라는 수년 전에 나무를 베는 일을 했다. 그러던 중 커다란 가지가 부러지면서 거기에 등을 다쳤다. 그 때문에 바브라는 하반신 전체가 마비되었다. 의사는 척추를 다쳤기 때문에 치료가 불가능하다고 했다.

바브라네 가족에게는 심각한 타격이었다. 하지만 그들은 결국 역경을 극복했다. 자식들은 거의 다 지랐기 때문에 소년 시절과 작별을 하고 추수 기간 동안 어른의 일을 했다. 그 애들은 아직도 성장하는 중이었지만 그렇다고 해서 아이 취급하는 사람은 아무도 없었다.

"뭘 파시나 좀 볼까요."

나는 그렇게 말하며 바브라가 꺼내 놓은 양배추 속에 무작위로 손을 넣었다.

품질은 괜찮았고 바브라는 매물로 내놓기 위해서 상품을 깨끗이 씻어 놓은 상태였다. 바브라는 동정심에 기대는 사내가 아니었다. 그의 물건은 항상 정돈되어 있었고 절대로 법령에서 벗어나는 적이 없었다.

"채소들하고……. 양파인뎁쇼."

"괜찮은 물건들이군요."

바브라는 내 어조가 마음에 걸린 모양이었다.

"왜요. 뭐 잘못된 거라도 있나요?"

나는 고개를 젓고 가장 큰 물건을 손으로 가리켰다.

"문제가 있는 건 아닌데, 저것보다 큰 건 안 됩니다."

바브라가 끄덕였다. 그리고 입을 다문 채 다음 말을 기다렸다.

"팔지 못하는 것들을 본인이나 가족이 먹지는 않겠지요?"

바브라가 어깨를 들썩였다.

"다른 방법이 없어요. 올해는 수확물이 형편없이 적으니까요. 애들은 최선을 다했지만 다른 사람들과 마찬가지로 상황이 좋지 않아요."

"빨리 가야 하는데……." 톰이 우리 대화는 중요하지 않다고 생각하고는 재촉했다.

나는 몸을 돌려 톰을 똑바로 쳐다보았다.

"기다려. 해결해야 할 문제가 있는 거 안 보여?" 나는 톰을 윽박질렀다.

톰은 얼굴을 붉히더니 입을 다물었다.

"바브라, 유전학이 뭔지 알아요?"

"모르는데요." 바브라가 대답했다.

나도 모르긴 마찬가지였지만 적어도 법령과 유전학 사이에 모종의 관계가 있다는 건 짐작하고 있었다.

"알고 있겠지만, 법령에 따르면 잘 알려진 식물이나 동물하고 다른 것들은 모조리 없애 버려야 해요. 그게 사람한테도 적용된다는 것은 알겠죠. 생각해 보세요. 법령 기준에 맞지 않는 음식을 애들한테 먹이면 안 돼요. 뭔가가 너무 크게 자라거나 반대로 너무 작다면 그건 잘못된 거예요. 잘못된 걸 먹으면 사악한 기운이 몸 안으로 들어가요. 지금 당장은 눈에 안 보일 수도 있지만, 나중에 아이들의 아이들이 태어난 다음에나 뚜렷하게 나타날지도 몰라요. 하지만 언젠가는 반드시 드러날 거예요."

"못 파는 음식을 먹어 치우지 않는 사람은 없는데요. 그건 어쩔 수 없어요."

"맞는 말입니다. 그런데 당신 아이들은 이 도시에서 제일 덩치가 클 뿐 아니라 아직도 자라고 있단 말이죠. 그렇기 때문에 당신더러 조심하라고 한 번 더 당부하는 거예요. 걔들이 낳을 아이들은 법령 기준에 따라 건강해야 할 거 아닙니까."

바브라의 얼굴이 창백해졌다. 바브라는 눈이 튀어나올 것처럼 채소들을 노려보았다.

"어, 걔들은…… 우리 집 말썽꾸러기들은…… 삭은 걸 안 먹으려고 해요. 힘든 일을 하니까요. 그래서 집사람하고 내가 남은 걸 먹는데……."

나라고 해서 바브라와 달리 뾰족한 수가 있는 건 아니었다. 그래도 바브라의 어깨에 손을 얹고는 저 멀리 즈노이미아에서 내려온 지시사항을 알려주었다. 나는 그렇게 하라는 명령을 받고 있었다.

나도 알고 있다. 쉬운 일은 아니다. 하지만 생각해 보라. 이건 젊은 이와 그 자식들에게 영향을 주는 문제다. 성장기에 있는 인간은 비정상적인 것에 영향을 받기 쉽다. 어린아이들을 먼저 생각하고 법령 기준에 맞는 음식을 먹여야 한다. 최소한 크게 벗어나는 것들은 안 된다. 성인들은 나쁜 음식을 먹어도 된다…… 사악한 기운을 다 끌어안고 종국에는 무덤에 들어가면 그만이니까. 성인은 자라지 않는다. 그러니 어떤 영향을 받았는지 눈에 보이지도 않는다. 내 생각에는…….

"기억해 두세요. 아이들을 최대한으로 보호해야 합니다. 다른 사람들한테도 이 얘기를 해 주세요. 어떤 사람들이냐 하면…… 아니지, 여기까지만 합시다. 소문이 퍼지는 것까지 내가 어떻게 할 수는 없으니까요. 무슨 말인지 알겠죠!"

나는 한쪽 눈을 깜빡해 주었다. 바브라가 눈살을 찌푸렸다.

"음, 시장님. 그 말인즉슨, 지금은 애가 없어도 앞으로 가질 예정인 사람들 또한 조심해야 한다는 거잖습니까!"

나는 고개를 끄덕였다. 나도 거기까지는 생각이 미치지 못했다.

"맞는 말입니다. 악한 기운이 아이들에게 들어가지 못하도록 하는 거야말로 중요하지요."

"앞으로는 애들을 신경 써서 돌보도록 하겠습니다. 약속하지요." 바브라가 대답했다.

"고맙습니다." 나는 그렇게 대답하고 그 자리를 떠났다. 나는 그런 식으로 크나큰 걱정거리를 마무리지었다. 하루 종일 고된 일에 시달린 사람들을 모아 놓고 설교를 할 수는 없었다. 하물며 주제가 법령을 피해 가는 방법이고 보니 절대로 해선 안 될 일이었다.

이편이 훨씬 나았다. 바브라의 아내가 시 전역에 이 소식을 떠벌리고 다닐 것은 불을 보듯 뻔했다. 바브라의 아내는 좋은 사람이었지만 한시도 입을 쉬지 않고 소문을 퍼뜨렸다. 얘기가 충분히 퍼지고 궁금증이 적당히 생기면 사람들은 나에게 와서 세세한 조언을 구할 것이 분명했다.

나는 느린 걸음으로 여남은 개의 가판대와 탁자를 스쳐 지나면서 상품들을 약식으로 검사했다. 다들 괜찮았다. 하지만 장에 나온 상인들이 너무 적었다. 올해는 정말로 작황이 좋지 않았다. 겨울이 진심으로 걱정스러웠다. 아직 여름인데도 식량이 부족하니 수확철에도 마찬가지일 거라는 생각이 들었다.

우리는 시장의 끄트머리에 도달했다. 군중이 둘로 갈라졌다. 노인 한 사람이 눈에 들어왔다. 그의 얼굴은 구겨진 종이처럼 주름투성이였다. 노인은 이상할 정도로 비참해 보였다. 눈에는 공포가 가득했다. 그를 둘러싼 남자들은 인상을 쓰고 있었으며 손을 허리띠 위에 올리고 있었다. 허리띠 안에는 칼이 숨겨져 있음에 분명했다.

어차피 나는 평화를 유지하는 쪽으로 결정을 내려야만 했다. 하지만 사람들이 뭣 때문에 문제의 이방인을 그처럼 혐오하는지 궁금했다. 나는 허리를 숙여서 노인의 바구니 속을 들여다보고는 양배추를 들어서 자세히 관찰했다. 크기도 무게도 정상이었다. 나는 어깨를 들썩이고 양배추를 제자리에 되돌려 놓았다.

"거기 좀 비켜. 시장님이 제대로 보실 수가 없잖아. 그림자 때문에." 누군가가 뒤에서 그렇게 말했다.

사람들이 물러섰고 나는 양배추를 눈앞으로 들어 올렸다. 이파리에 검은 엽맥이 보였다. 생전 처음 보는 것이었지만 나는 내 임무가 무언지 알고 있었다. 변이 때문에 달라지는 것은 대부분 크기였지만, 그것만이 전부는 아니었다. 색이나 모양새도 변형될 수 있었다.

"법령을 가져와." 나는 단호하게 말했다.

누군가가 내 명령을 충실하게 따르기 위해 서둘러 움직였다.

사람들은 무거운 침묵에 눌려 있었다. 나는 헛기침을 하고 나서 이방인에게 물으려 했다. 정체가 무언지, 어디서 왔는지를. 하지만 뉴먼이 나보다 앞서 말했다.

"저건 송장귀신이에요. 그게 정체죠." 뉴먼은 증오를 잔뜩 담아서 우울하게 단정을 지었다. 자신이 만들고 있는 가구처럼 무겁고 단호하게.

"자, 그렇게 서두르지는 말자고." 나는 그를 조금 진정시키려 했다.

"하지만 그게 사실인데요!" 가구상인은 뜻을 굽히지 않았다. "마늘을 못 먹더라니까요! 정말이에요!"

가구상인은 주머니에서 뭔가를 꺼내더니 노인에게 들이밀었다.

이방인은 신음 소리를 내며 뒤로 물러났다.

나는 그 모습을 보며 조금 안심했다.

"뉴먼, 우선 자네가 반을 먹어 봐. 자네는 정상이잖아. 그리고 나면 이 외지인이 자네보다 얼마만큼 마늘을 싫어하는지 비교해 볼 수 있겠지."

뉴먼은 나를 의심하면서 노려보았다.

"자네도 마늘만 생으로 먹진 않잖아?" 나는 그렇게 밀어붙이면서 주변 분위기와는 별개로 묘한 즐거움을 느꼈다.

"야, 뉴먼. 넌 송장귀신이 아니잖아?"

목수가 으르렁대면서 손을 내저었다.

나는 승리감에 찬 시선으로 주위를 돌아보고는 노인을 마주했다.

"이름이 뭡니까?"

"찰스 노박인데요."

어렴풋이 들어본 듯도 했지만 확실히 떠오르는 것은 없었다. 노인은 내가 기억을 더듬어 봐도 달라지는 게 없다는 사실을 눈치채고는 설명을 하기 시작했다.

"나는 그 노박 집안의 아들이지요. 시의 부촌 쪽에 살고 있었고요. 몇 년 전에 아버지하고 의견 충돌이 생겨서 이 도시를 떠났지요. 나를 기억하고 계실 겁니다. 같이 학교를 다녔으니까요. 내가 한 살 더 어렸는데……."

기억이 났다. 하지만 눈을 믿을 수가 없었다. 나보다 한 살 어렸던 찰스 노박은 임종 직전의 우리 할아버지보다도 늙어 보였다. 그럼에도 나는 그를 알아볼 수 있었다. 바로 그 찰스 노박이었다. 하지만 지금은 주름 때문에 무시무시한 미이라의 모습으로 변한 상태였다.

"지금은 어디서 살지?" 내가 물었다.

"블루힐 너머에 살고 있어요. 무너지고 남은 공항 건물이 있거든요. 거기에 살면서 채소를 키우고 있어요. 가끔 덫에 걸리는 토끼도 있으니까……."

찰스 노박이 어깨를 들썩였다. 상황이 좋지 않고 수확도 적어서 다른 사람들이 사는 곳으로 나올 수밖에 없었다는 점은 이해할 수 있었다. 들짐승이 한파 때문에 숲을 떠나 인간의 문명세계로 오는 것처럼. 사람들이 사는 집에서 흘러나오는 빛 속에서 그런 짐승을 기다리고 있는 것은 죽음뿐이었다. 그 짐승이 표준과 너무 다를 경우, 사람들은 법령에 따라 총으로 쏴 버렸다. 정상적인 종들을 지키기 위해서였다. 표준에 맞는 경우라면 프라이팬 위에서 종말을 맞이하게 마련이었다.

나는 무척이나 부끄러웠다. 항변하는 듯한 노인의 시선을 마주 보며 견딜 수가 없었다. 그를 기다리고 있는 운명이 무언지 알고 있었기 때문이다. 최악의 경우 내 손으로 직접 그를 쫓아내야 했다. 그게 시장의 주된 임무였다. 시장은 그것 때문에 존재했다. 최악의 상황이 오더라도 삼백 명이 넘는 사람들이 지역 시장에게 음식을 나눠 주는 이유는 바로 그것이었다.

시장은 질서를 유지하고, 법령에 따라서 목숨을 걸고 지저분한 일을 해야 했다. 시장은 시를 대변하는 공공의 양심이었고, 그와 동시에 재판관이자 형 집행자였다. 혼자서 그 모든 일을 해야 했다. 항상 제일 덩치가 좋은 사람을 시장으로 뽑는 것도 그 때문이었다.

나는 규칙에 따라 행동하려고 노력했다. 공항 활주로가 있던 자리에 생겨난 방사능 구덩이 속에서는 제대로 된 작물이 자랄 리가 없다는 점을 분명히 알면서도 법령을 가져오라고 한 것도 그 때문이었다. 블루힐 너머에는 우묵한 지형이 있었고 거기에는 잡초가 덮여 있었다. 정말로 절박한 사람이 아니고서는 그 끄트머리에 자리한 폐허에서 살 생각도 할 수 없었다.

마침내 바그너 집안의 아들이 두터운 군중의 벽을 비집고 와서 나에게 법령을 건넸다. 나는 두꺼운 가죽 장정을 열고 오래되어 손때가 잔뜩 묻은 책을 꺼냈다. 가죽 표지에는 제목이 적혀 있었다.

『핵심 식물도감 : 도스탈 지음』

나는 책장을 넘기고 관련 그림을 찾아서 찰스 노박에게 보여주었다.

"직접 보라고. 안됐지만 이 양배추는 표준에 맞지 않아."

나는 찰스 노박의 말라붙은 얼굴에 떠오른 표정 때문에 마음이 편치 않았다.

"정상이 아니기 때문에 그걸 살 사람은 아무도 없을 거야."

"그게 문제가 되나요? 멋진 양배추인데요. 직접 맛을 보세요."

찰스는 양배추 잎사귀를 떼어서 나에게 내밀었다. 나는 반사적으로 받아 들었다. 잘린 면에서 흘러나온 수액이 내 손바닥을 적셨다. 액체는 적갈색이었다. 나는 조심스럽게 맛을 보았다. 양배추의 맛과는 조금도 비슷하지 않았다. 나는 양배추 잎을 씹어 보았다. 피의 맛과 흡사했다.

나는 고개를 확 젖혔다. 그리고 동정심 가득한 시선으로 찰스를 바라보았다. 그 순간 찰스에게 무슨 문제가 있는지 깨달을 수 있었다. 찰스의 주름진 얼굴 속에, 피부 아래에 양배추와 똑같은 붉은색 핏줄이 꿈틀거리고 있었다.

362

나는 얼른 셈을 해 보았다. 찰스는 방사능이 가득한 사막에서 19년째 살고 있었다. 찰스는 살아 있는 시체처럼 보였다.

"도끼를 사지 않으면 겨울을 날 수가 없어요……." 찰스가 작은 소리로 말했다.

나는 고개를 돌려서 므라젝을 쳐다보았다. 대장장이인 므라젝은 무슨 얘긴지 알았다는 듯 고개를 끄덕이고 사라졌다. 뉴먼이 핏기가 사라질 정도로 주먹을 움켜쥐고 있는 모습이 눈에 들어왔다.

므라젝이 돌아와서 나에게 도끼를 건넸다. 나는 그 도끼를 찰스의 바구니에 넣었다. 찰스는 수줍은 동작으로 양배추를 하나 내밀다가 동작을 멈췄다. 그리고 손을 거두어서 양배추를 제자리에 돌려놓았다. 찰스는 바구니를 들었다. 도와주는 사람은 없었다.

군중이 둘로 갈라졌다. 내 생각보다 훨씬 많은 사람들이 칼에 손을 얹고 있었다.

나는 찰스가 구부정한 자세로 걸어가는 방향에서 눈을 떼지 않았다. 밤이 되면 짙푸른 황혼이 하늘을 물들이는 방향이었다. 나는 앞으로 두 번 다시 찰스를 볼 수 없다는 걸 알고 있었다.

나는 꿋꿋하게 서서 찰스의 뒷모습을 눈으로 좇았다. 그럴 만한 권위가 있었기 때문이다. 내가 눈을 떼지 않는 한 몸을 굽히고 비틀거리며 걷는 사내에게 돌이 날아가지는 않으리라고 확신하고 있었다. 등 뒤에서는 나와 함께 기다리고 있는 사내들의 숨소리가 들렸다. 누군가가 입을 열고 단 한 마디만 한다면 그 사내들이 칼을 들고 움직일 것이 분명했다.

나는 오랫동안 기다려야 했다. 찰스의 걸음이 느렸기 때문이다. 어쩌면 그보다 빨리 움직일 힘이 없었는지도 모른다.

나는 오랫동안 기다렸다. 그리고 어느 순간인가 내 등 뒤에서 무기를 움켜쥔 사람의 수를 알아챌 수 있었다. 그들 또한 오래 기다렸다는 사실도 알 수 있었다.

정말로 긴 시간이었다. 하지만 돌아설 수는 없었다. 그랬다가는 지금 신경질적으로 칼을 만지작거리고 있는 톰과 마찬가지로 내 본심을 숨길 수 없을 것 같았기 때문이다.

나는 등을 돌린 채로 서른 개의 칼을 견뎌야만 했다. 이번에 그럴 수 없다면 다음도 마찬가지이고, 그때야말로 최후이기 때문이다.

마지막 순간이 오면, 신이 보살피사 너무 늦게 알아채지 않기를. 내가 바라는 것은 그것뿐이었다.

야로슬라프 바이스 Jaroslav Veis

집행유예

Šest měsíců, in ulna

| 최세진 옮김 |

외로운 사람들, 그들은 모두 어디서 오는 걸까요?
외로운 사람들, 그들은 모두 어디 출신일까요?[1]
　　　　— 〈엘리노어 릭비〉, 존 레논 / 폴 매카트니

　아무리 눈을 꼭 감아도, 눈알을 꼭 짜서 머리통 한가운데로 뿌릴
듯이 꼭 감아도, 눈부신 세 개의 동그라미는 눈앞에서 사라지지 않았
다. 동그라미들은 어두운 밤에 머리 위에서 돌면서 너무 밝은 빛을 쏘
아 대서 눈을 감거나 손으로 가려 봐도 아무 소용이 없었다. 불빛은
공원의 어둠에서 나를 도려내어 저격병이 소총으로 조준하듯이 따라
다녔다. 이제는 그들로부터 도망치지 못하리라는 게 백퍼센트 확실했
다. 아무데도 기어 들어가지 못할 것이다. 이건 나 혼자 벌이는 원맨

---

* 원제는 「척골형 6개월(Six Months in Ulna)」.
1) All the lonely people, where do they all come from? All the lonely people, where do they all
belong? 비틀즈의 곡 〈Eleanor Rigby〉의 가사.

쇼였다. 나는 외로웠다. 그리고 그물 안에서 몸부림치고 물을 찾아 헐떡이면서, 내 머리통을 한 방에 부서뜨려 자유롭게 해 줄 어부의 손길을 기다리고 있었다.

경찰의 오니숍터[2]는 조용히 날갯짓하며 내 머리 위에 정체되어 있던 뜨거운 공기를 날려 버렸고, 아직도 남아 있던 무더운 대낮의 열기를 휘저어 놓았다. 사실 그렇게 해 주니 아주 쾌적하고 좋았지만, 이게 내가 기대할 수 있는 마지막 즐거움이 될 터였다. 오니숍터는 착륙할 곳을 찾으며 서서히 내려오는 동안에도 세 개의 작렬하는 불빛을 내게 계속 비추었다. 그 불빛 아래에 있는 것이 나 혼자만은 아니었다. 그 불빛에는 기관총 조준경의 십자선 중앙 부위가 연결되어 있었다. 내가 움직이는 것을 저격병은 좋아하지 않을 것이고, 그의 손가락이 약간이라도 미끄러지는 날에는 난 배에서 타는 듯한 충격을 느끼게 될 것이다. 난 그런 생각은 해 보지도 않았다. 그건 상상조차 힘들었다.

나는 꼼짝 않고 왼쪽 무릎을 꿇고 앉아 온 힘을 다해서 눈을 꼭 감고 있었다. 내 오른 다리에는 내가 방금 전에 쓰러뜨린 노파가 머리를 누이고 있었다.

나는 손날로 노파의 목을 치고, 그녀가 땅에 쓰러지기 전에 왼손으로 잡아 내 오른 다리 위에 눕혔다. 그녀를 아스팔트 바닥에 부딪히지 않도록 하기 위해서였다. 예전 같았으면 설령 그 노파가 16층에서 깨진 유리가 가득한 콘크리트 바닥에 추락했다 하더라도, 지금과 같은 일은 일어나지 않았을 것이다. 하지만 최근에는 사람들이 조그마한 장치를 가지고 다니기 시작하면서, 위치가 갑자기 바뀌거나 부딪히기만 해도 경찰서에 벨이 울리고, 어디서 그런 일이 벌어졌는지 지도에

---

2) 초기의 비행기 형태로 새나 나비처럼 날개를 상하로 퍼덕이며 난다.

표시되기까지 했다. 이 노파도 핸드백 안에 그런 물건을 숨기고 있었던 모양이다.

하지만 그걸 확인하고 싶은 생각은 없었다. 나는 노파의 핸드백을 대수롭지 않게 땅바닥에 내려놓고 연장통이 준비되어 있던 뒤쪽으로 손을 뻗었다.

작업은 쉬워 보였었다. 노파가 터벅터벅 느릿느릿 걸어가고 있었고, 멀리 떨어진 거리에서도 노파의 숨소리가 크게 들려왔다. 그래서 나무 아래 깜깜한 그늘에서 준비할 시간이 넉넉했다. 그리고 벤치로 한 걸음에 다가가 손을 휙 휘두르자 노파가 쓰러졌다. 노파의 입에서 에탄올 냄새가 났다. 노인이 술을 너무 많이 마시지 않았기만을 바랐다. 에탄올은 상품의 가치를 떨어뜨리기 때문이다. 그리고 바로 그 순간 오니숍터의 불빛이 나를 비췄다. 아마도 한동안 나무 위에서 느린 속도로 순찰을 하고 있었을 것이다. 내 머리 위로 누군가 액화 질소를 확 들이부어 버린 것 같은 느낌이었다. 그 불빛은 나를 까맣게 태우고 돌덩이로 만들어 버렸다. 아무도, 심지어 리버풀의 존이 온다고 해도 지금의 나를 도와줄 수는 없으리란 걸 안다. 운이 없었을 뿐이다. 내 평생이 그랬던 것처럼.

노인은 내 무릎 위에 누워 있었다. 방금 전 나는 그녀의 경동맥에 바늘을 찔러 넣었고, 준비된 연장통은 내 뒤편에 세워져 있었다. 그리고 아마 지금쯤 플라스크 안으로 페인트의 첫 방울이 막 떨어졌을 것이다. 노파가 이런 모습으로 누워 있는 걸 발견해서 막 도와주려던 참이라고 말할 수도 있었을 것이다. 하지만…….

"꼼짝 마!"
확성기에서 으르렁대는 거만한 목소리가 들려왔고, 그 고함소리가 장난이 아니라는 걸 보여주려는 듯 내 운동화의 바로 앞에 산(酸)이 날아와 퍽 하고 터졌다. 저런 걸 배에 맞으면 1분 내에 주먹만 한 구멍이 뚫릴 것이다. 내 창자가 산에 얼마나 강한지 알아보고 싶은 생각은 전혀 없었다. 내가 할 수 있는 거라곤 기다리는 것밖에 없었다.

오니숍터는 나무 사이의 타원형 아스팔트 공터 한가운데에 내려앉았다. 아스팔트의 한구석에는 금속으로 만든 벤치가 있었고, 나는 그 옆에 무릎을 꿇고 있었다. 오니숍터의 옆문이 열렸다. 그 순간 나는 페인트가 든 플라스크를 수풀 속으로 걷어차는 게 최선이 아닐까 하는 생각을 했다. 하지만 그래 봤자 아무런 도움도 안 될 것이다. 플라스크가 이미 천천히 차오르고 있었기 때문에 플라스크를 발로 차면 페인트가 사방으로 뿌려질 게 뻔하다. 그래서 나는 무릎을 꿇고 훈련받은 짭새 둘을 쳐다보며 기다렸는데, 그들은 한동안 시원하게 발길질을 해본 적이 없는 것 같아 보였다. 저 둘이 다가오면 내가 시원하게 차 줄까.

짭새들은 내 어깨를 잡더니 한 번에 들어서 일으켜 세웠다. 노파의 머리가 둔탁한 소리를 내며 아스팔트 통로에 떨어졌다. 바늘은 아직도 동맥에 꽂혀 있었고, 플라스크도 아직 페인트로 차 있는 게 보이긴 했지만 어찌 해볼 도리가 없었다. 짭새들이 나를 발로 차고 고무를 두른 짧은 강철 곤봉으로 두들겨 패면서 오니숍터의 뒷문으로 밀어붙였기 때문이다. 문 앞에서 짭새 한 놈이 내 엉덩이를 빠르게 걷어찼다. 발길질의 충격이 등골을 타고 머리통까지 올라왔다. 당연한 이야기지만 발길질의 타격은 아주 정확했다. 아마 경찰 막사에는 엉덩이 부분에 빨간 점을 찍어 둔 특수한 허수아비가 있을 게다. 여하튼 그 발길질은 그 짭새가 지금까지 수없이 많은 엉덩이를 차고 수백 개의 갈비뼈를 부러뜨려 봤다는 걸 여실히 보여주고 있었다. 나는 오니숍터 안쪽으로 날아가 승무원실과 체포된 사람들의 공간을 나누는 강철 칸막이에 머리를 박았다. 어두운 바닥을 굴렀다. 바닥에서는 고

무와 오래된 구토, 그리고 소독약 냄새가 났다. 나는 일어서려고 애쓰지 않았다.

몸뚱이 아래의 바닥이 흔들거리며 위로 솟았다. 오니숍터가 날개를 퍼덕이며 조용히 하늘로 올라간 것이다.

나는 튀어나온 나사들과 이음매를 붙잡고 손으로 할퀴며, 짭새들이 승무원실에서 죄수들을 감시하는 창문 아래의 선반에 닿을 때까지, 강철 칸막이에 기대어 몸을 일으켜 세웠다. 그리고 간신히 몸을 돌려 벽에 등을 기댔다. 맞은편에 있는 의자에는 앞에 존 레논의 사진이 그려진 푸른색 티셔츠를 입은 자그마한 흑인 소년 한 명이 웅크리고 있었다. 소년의 팔에는 오니숍터 안의 어두운 불빛 속에서 오렌지빛을 내는 형광 문신이 새겨져 있었다. 문신은 화려하게 장식되어 있었는데, 근육이 불끈불끈 솟은 소년이 삼지창으로 무장하고 비늘이 덮인 외계인과 싸우고 있었고, 그 뒤로는 말레이시아의 구불구불한 단도처럼 가느다랗고 긴 남근이 물결치고 있었다. 나는 그런 상징을 본 적이 없었다. 이 갱단은 틀림없이 어딘가 먼 데서 온 게 틀림없다.

"평화."

나는 무미건조하게 말하며 앞쪽으로 손바닥을 펴 들어 보였다. 동시에 다른 팔에 있는 문신을 보여주었다.

"평화."

흑인 소년도 무심하게 대답하며 하얀 손바닥을 들었다. 소년은 일어나더니 손바닥을 들고 마주쳐 인사를 하려고 내게 다가왔다. 그러더니 눈동자나 근육의 씰룩거림도 없이, 천천히 움직이던 몸짓이 갑자기 쏜살같은 동작으로 바뀌었다. 밝은색의 손바닥은 사라지고 커다란 주먹이 내 입을 때렸다.

개울 위에 놓인 부서진 널빤지처럼 윗턱이 박살났다. 그리고 뜨듯하고 약간은 짜고 약간은 달콤한 피가 입천장으로 뿜어져 나왔다. 동시에 흑인 소년의 다른 주먹이 어둠 속에서 번쩍하더니 내 눈을 때렸다. 나는 옆으로 기울어지며 강철 벽 쪽으로 미끄러졌다. 소년은 나를 계속 따라왔다. 내가 바닥에 닿기 전에 옅은 노란색 가죽 부츠의 끝으로 부서진 내 이와 잇몸을 걷어찬 후 배와 갈비뼈를 찼다. 내 속에서 뭔가가 우지끈하는 걸 들은 것 같기도 하고, 느꼈던 것 같기도 하다. 이상한 기분이었다.

"쟤네들 싸운다. 돼지 같은 새끼들."

승무원실 창문에서 누군가의 목소리가 들렸다. 그리고 나나 그 흑인 소년 중 한 사람이 오니숍터에서 땅바닥으로 던져지기라도 한 것처럼, 소년의 웃음소리가 점점 희미해져 갔다. 내가 오랫동안 쓰러져 있었던 모양이었다. 무척 놀랐다. 바닥에 피가 걸쭉했고, 누군가 천천히 피범벅이 된 바닥으로 쓰러지고 있었기 때문이었다. 그리고 침묵과 어둠뿐이었다.

내가 다시 눈을 떴을 때도 변한 것은 없었다. 침묵과 어둠뿐이었다. 내가 어디에 있는 건지 짐작조차 되지 않았다. 나는 앉으려고 낑낑댔다. 처음 움직임만으로도 몸 전체가 심하게 아팠다. 부서진 갈비뼈 덕분에 그 전에 무슨 일이 있었는지 떠올랐다. 나는 본능적으로 팔로 머리를 막았다. 하지만 막아 내야 할 건 없었다. 아직도 오직 침묵과 어둠뿐이었다. 잠시 후 나는 팔을 내려놓고 눈이 어둠에 익숙해질 때까지 기다렸다. 그냥 눈이 아니라 왼쪽 눈이라고 해야 더 정확할 것 같다. 오른쪽 눈은 퉁퉁 부어서 앞이 보이지 않았다. 나는 작은 방에 혼자 있었는데, 맞은편 벽에 있는 육중한 문짝의 가운데 부분에 있는 구멍 외에는 창문이 전혀 없었다.

바닥에는 인조 섬유로 만든 얇고 차가운 침대보가 펼쳐져 있었고, 나는 그 위에 누워 있었다. 추워서 몸이 떨렸다. 시간이 어떻게 되는지, 낮인지 밤인지도 알 수 없었다. 내가 안다고 자신 있게 말할 수 있는 것은, 나는 감옥에 있으며 여기서 쉽게 나가지는 못할 것이란 사실이었다.

왼팔에 새겨진 보랏빛의 거미 문신을 간신히 볼 수 있었다. 다리가 여덟 개 달린 거미는 거대한 이빨로 죽은 듯 누워 있는 호랑이의 체액을 빨고 있었다. 나는 의기양양한 거미를 뚫어져라 쳐다봤다. 그러자 머리가 점점 더 빠르고 큰 원을 그리면서, 내 눈을 곧바로 비추고 있는 세 개의 눈부신 오렌지색 등불이 빙빙 돌았다. 나는 비명을 지르다가 다시 자비로운 어둠의 저 깊은 나락으로 떨어졌다.

이상한 꿈이었다. 나는 투명한 빛을 내는 액체 안에서 금빛 뱀들이 얽혀 있는 사이로 헤엄을 쳤다. 액체에서는 아니시드[3] 냄새와 그을린 풀 냄새가 났다. 나는 그 액체를 입 안 가득히 꿀꺽꿀꺽 마시고, 그 안에서 몸을 씻고 나 자신을 녹여 내고, 열린 털구멍을 통해 다시 뱉어냈다. 멍한 상태로 가만히 있었다. 내 몸이 진한 향기로 가득 찼다. 그리고 더없는 행복의 끝은 큰 슬픔의 끝자락으로 다가가고 있었다. 소녀 한 명만 있었더라면, 내 인생의 첫 소녀만 있었더라면 이보다 나은 건 세상에 없었을 것이다. 기쁨은 고통의 다른 면일 뿐이다.

깜짝 놀랐다. 아직도 얼음같이 차가운 물에 젖은 모포 위에 누워 있었지만, 내 위에는 아마포로 만든 조잡한 작업복을 입은 남자가 끝부분에 대못이 박힌 긴 막대를 들고 서 있었다. 그 남자가 막대의 끝으로 내 옆구리를 찌르고 있었다. 내 눈앞에는 방금 전 남자가 나에게 들이부은 물이 들어 있던 더러운 플라스틱 물통이 놓여 있었다. 온몸이 열흘 동안 비를 맞은 펠트 모자가 된 느낌이었다. 그리고 지금 내게서 나는 냄새가 딱 그랬다.

"일어나! 이 새끼야!"

---

3) 아니스의 열매로 향신료나 조미료로 사용한다.

그 남자가 상냥한 말투로 소리를 지르면서 옆구리를 찔러 댔다. 그리고는 염소 냄새가 나는 커다란 수건을 내게 던졌다.

"빨리! 몸 닦고 옷 추슬러 입어. 후세인 경위님은 너 따위를 기다릴 분이 아냐."

이가 뽑혀 나간 윗잇몸을 혀로 더듬어 봤다. 아래턱 쪽이 조금 낫기는 했다.

"바셔셔……."

그 사람에게 혀 짧은 소리를 내며 내 입술을 고통스럽게 가리키고 내가 얼마나 아픈지 보여줬다.

"개자식아, 구치소에서 곧 새 걸로 만들어 줄 거야. 내 생각 같아서는 네놈 대갈통을 후려쳐서 골로 보내 버리는 게 나을 것 같다만, 정부 돈으로 새로 해 주겠지. 너 같은 놈들은 그럴 자격이 전혀 없어. 그 껌둥이 자식이 차라리 네 목을 확 분질러 버렸으면 세상이 좀 더 안전해졌을 게야."

그에게 말해 봐야 아무 소용도 없었다. 그는 자신이 믿는 것에 대해 추호도 의심하지 않는 사람이었다. 나는 끙끙대며 일어섰다. 아직도 아리는 손으로 염소 냄새가 나는 넝마를 문질렀다. 나는 명령받은 대로 온몸, 타는 듯한 상처들과 먼지, 마른 피를 닦았다. 젖은 티셔츠는 등과 가슴에 달라붙었고, 물에 젖어 뻣뻣해진 청바지는 다리 시이에 든 멍을 파고들었다. 주머니는 아직 빵빵했다. 아직 아무도 나를 수색하지 않은 게 확실했다. 이 상황에서 그나마 약간은 위로가 되었다. 내 왼쪽 뒷주머니에는 아직도 은박지에 싸인, 상큼하고 달콤한 향이 나며, 먹으면 힘이 나고 색색의 꿈을 꾸게 해 주는 코코초코바 두 개가 있을 것이다. 내 오른팔에는 리버풀의 존 레논의 가사가 새겨진 금속 팔찌가 있었다.

"그래요, 저는 외롭고, 죽고 싶어요. 이미 죽어버린 게 아니라면."[4]

나는 눈만 감으면 존의 목소리를 들을 수 있었다. 그는 항상 나와 함께 했다. 그는 내가 항상 믿을 수 있는 유일한 사람이었다.

"개새끼야, 가자!"

작업복을 입은 그 사람이 자기 나름의 요령으로 내 머릿속을 읽기라도 한 것처럼 대못으로 나를 쿡쿡 찔렀다.

"넌 여기서 혼자가 아냐. 경위님이 기다리시잖아!"

그는 나를 감방 밖으로 밀어내서 앞장세우고는 서커스에서 쇠창살이 박힌 굴을 따라 호랑이를 부리는 사람들처럼, 좁다란 통로에서 왼쪽이나 오른쪽으로 돌아가야 할 때마다 대못으로 왼쪽, 오른쪽을 쿡쿡 찔렀다. 통로에서 다른 사람들과 엇갈릴 때마다 나는 콘크리트 벽에 얼굴을 처박혀야 했다. 마침내 아무 이름표도 없고 색이 바랜 갈색의 좁은 문 앞에 도착했다. 문에는 구멍이 두 개 뚫어져 있었는데, 언젠가는 거기에 번호표가 달려 있었을 것이다. 버저 소리가 나고 문이 열렸다. 그리고 들어간 작은 방에는 이 건물에서는 처음 본 창문이 달려 있었다.

방 안에는 팔걸이의자에 앉은 간부와 책상 그리고 내 옆에 놓인 나무 걸상을 위한 공간밖에 없었다. 책상의 가운데에는 작은 마이크가 있었다. 처음으로 바라본 창문 밖으로 두 건물 사이의 좁다란 골목이 보였다. 맞은편 건물에는 단조로운 회색 벽과 이 창문과 똑같이 생긴 작은 창문 하나가 달려 있었다. 그래. 여기는 알람브라 수사국이었다. 여기서는 누구도 쉽게 나가지 못했다. 별일이 아닌 걸로는 절대로 이곳으로 오지 않기 때문이다. 뉴카라치에서 2년 간 추방으로 마무리된다면 상당히 좋게 끝난 거다. 밖을 보니 낮인 것 같았다. 늦은 오후의 햇볕이었다.

---

4) Yes, I'm lonly, wanna die, if I ain't dead already. 비틀즈의 곡 〈Yer Blues〉의 가사.

쌍둥이 건물의 모습을 충분히 보고 나서야 책상 뒤에 있는 사내를 쳐다봤다. 그는 피곤해 보이는 모습의 공무원으로, 나를 데리고 왔던 남자와 똑같이 조잡한 작업복을 입고 있었다. 어깨 위에 있는 여러 개의 노란 달은 그가 간부라는 걸 의미했다. 왼쪽 가슴 위의 빨간 테두리가 쳐진 하얀 직사각형은 후세인 경위가 야생의 짐승들을 지휘하는 정도보다는 훨씬 권력이 높다는 걸 확실하게 보여주었다.

그는 내게 자리에 앉으라고 고개를 끄덕였다. 나는 아까처럼 몸을 떨었는데, 추위 때문만은 아니었다.

"이름?"

책상 너머로 그의 앞에 놓인 내 사진과 지문, 녹음된 음성자료가 담긴 서류가 보였다. 다 알고 있으면서 왜 이런 질문을 하는 건지 이해되지 않았다.

"존 이븐 카토입니다."

"아크바르 이븐 카토겠지."

"그 이름은 더 이상 사용하지 않습니다. 저는 존 이븐 카토입니다."

"생년월일?"

그의 목소리는 아주 건조하고 차분했다.

"새 역법에 따르면 14년 6월 19일 앙카라에서 태어났습니다."

"주소?"

나는 어깨를 으쓱하고 입이 아파서 말하기 힘들다는 몸짓을 했다.

"주소?"

그 란은 깨끗하게 비어 있었다. 나는 다시 어깨를 으쓱 했다.

"증언 거부는 상황을 악화시킬 뿐이야."

나도 그걸 알았다. 물론 뭔가를 지어낼 수도 있겠지만, 그건 아무 소용이 없었다. 내 말이 다 끝나기도 전에 후세인 경위는 그게 거짓말이라는 걸 눈치챌 것이다. 아니면 마크의 주소를 대거나 거미단의 다른 친구 주소를 댈 수도 있겠지만, 그건 상황만 더 나쁘게 만들 뿐이다. 내가 할 수 있는 거라고는 어깨를 으쓱거리는 것밖에 없었다. 말하는 것보다 덜 아픈 건 이 짓뿐이었다.

"도망쳐서 지금까지 뭘 하며 지냈지?"

"여기저기서, 이것저것 했어요. 최선을 다해 살아왔어요."

내가 뭐라 말할 수 있겠나? 그는 내가 도망쳐 나온 곳이 사파이어 플라워 수련원이었으며, 그게 언제였는지도 알고 있었다. 그는 그 사건에 대한 보고서뿐 아니라 사건 현장의 평면도도 함께 가지고 있을 것이다. 그들은 항상 그렇게 하니까. 나는 수련원에서 여름에 일을 시키던 논에서 가장 평범하고 간단한 방식으로 빠져나왔다. 왜 도망쳤냐고? 내가 평범한 고아원에 있었더라면 도망은 꿈도 꾸지 않았을 것이다. 하지만 거기서 나는 삶의 의미를 전혀 발견할 수 없었다. 도망칠 수밖에 없었다.

점심 시간이 끝나자마자 논에서 빠져나와 밤이 올 때까지 기찻길 아래 콘크리트 도관 안에서 기다렸다. 첫날밤 화물열차가 지나가며 우레 같은 소리를 낼 때 도관에서 기어 나왔다. 그리고 야간 행군으로 20킬로미터를 걸어 뉴카라치로 가는 아침 버스에 올라탔다. 버스 종점에서 직원이 나를 발견하고는 고집불통 당나귀처럼 두들겨 팼다. 그 때부터 나는 쭉 뉴카라치에서 지냈다. 내가 잠을 잤던 곳이나 잠시나마 지냈던 곳을 합치면 수십 군데가 넘는다. 나조차도 그걸 다 기억하지 못한다. 그리고 당신, 내가 주소나, 혹은 더 나아가 전화번호까지 뱉어낸다고 해도 존경하옵는 후세인 씨, 당신이 날 좋아해 줄까? 당신 평생에 어림없겠지. 거미가 없었다면 나는 존재하지도 않았을 것이다. 나는 그 사실을 아주 잘 안다. 세상이 다 그런 거다.

"이제 너희 식구들에 대해 말해 봐, 거미."

후세인 경위가 기대에 부푼 눈빛으로 나를 쳐다보며 물었다.

나는 고개를 저었다.

"없어요. 전 혼자예요. 아버지와 어머니는 돌아가셨고, 여기에 일가친척은 전혀 없어요."

경위는 관대한 미소를 지었다.

"하지만 내가 물어본 건 그게 아니잖아, 거미. 그러면 너희 식으로 말해 주지. 너희 갱단에 대해 말해 보라고."

그의 눈길이 내 팔뚝을 향해 내려갔다.

나는 책상 밑으로 팔을 숨기고, 방금 전에 혹시 내가 생각하고 있는 내용을 말로도 해 버린 게 아닐지 조금 걱정이 되었다. 그래서 나는 대답 대신 다시 어깨를 으쓱했다. 이제는 이게 내가 가장 선호하는 대답이 된 것 같았다.

"너는 거미단이잖아. 안 그래? 넌 그게 부끄럽지도 않지? 그렇지?"

다시 어깨를 으쓱했다. 여기 오는 길에 코코초코를 한 입 먹을 걸 그랬다. 그랬더라면 후세인 경위가 뭐라고 묻더라도 이렇게 걱정스럽지는 않았을 텐데. 물론, 나는 거미단원이다. 누구라도 내 문신을 보면 알 수 있다. 하지만 당신도 내가 아무 말도 할 수 없으리라는 걸 알아야 한다. 입을 열면 그걸로 끝이니 말할 수 없는 거다. 그리고 어쨌든 누가 보더라도 내 으깨진 입과 몸 전체가 얼마나 끔찍하게 아플지 알 수 있다. 나는 심지어 코코초코를 손에 쥐고 있지도 못할 것이다.

맞은편에 앉은 그 남자가 고개를 저었다.

"거미단, 너는 원하겠지만, 나는 너한테 강제 수단을 사용하지 않을 거야. 네 기억을 싹 지워 버릴 수 있는 주사를 놓을 수도 있지만 말이야. 네기 나한테 새로운 정보를 줄 수 있을 거라고 생각하는 거야? 거미단에 대해서 내게 필요한 건 이미 모두 다 알고 있으리라는 생각은 안 들어? 너도 모르는 너에 대한 정보까지, 모든 정보를 내가 가지

고 있을 거라는 생각은 안 해 봤어?'

그는 오른손가락으로 책상 위를 두드렸다. 그 책상에는 틀림없이 정보시스템 단말기가 담겨져 있을 것이다.

"네가 나한테 말하는 내용은 전혀 중요하지 않아. 우리는 너희들이 무슨 짓을 했으며, 너희 단원이 몇 명이나 되는지, 그리고 때가 되면 너희를 어디서 찾아야 할지 다 알고 있어. 네가 좀 주저된다면 잠시 혼자 놔 두도록 하지. 아무튼, 말하긴 뭐하지만, 너희 거미단도 완전히 막무가내로 일하는 건 아니야, 그치? 하지만 네가 과도하게 이럴 필요는 없어. 존, 단지 나는 너를 돕고 싶은 것뿐이야. 다른 의도는 없어. 너를 도와주려는 거야. 수사를 진행할 동안 자백하고 협조하면 정상을 참작할 수 있거든. 계속 네가 이런 식으로 굴면 적어도 4개월 이상, 어쩌면 10개월 형을 받게 될 거야. 너는 더 이상 열네 살이 아냐. 이제 진짜 법정에 출두하는 거라고."

그는 자기 앞 책상 위에 두었던 서류철에 손을 뻗어서 뭔가를 적었다.

"너는 뉴카라치에 사는 라디 아샨 씨에 대한 폭행과 강도질로 고발될 거야. 주소는…… 없어도 상관없어."

그는 잠시 서류를 꼼꼼히 살피더니 이어서 말했다.

"나이 73세. 이건 네가 쓰러뜨린 노부인의 연세야. 우리 애들이 너를 체포하고 나서 청소부가 공원에서 의식을 잃고 쓰러져 있는 그 노파를 발견했어. 운 좋게도 죽을 정도로 피를 흘리지는 않았더군. 그래서 너를 살인이 아니라 폭력으로 고발하는 거야. 주거 부정에 노동 기피, 세금 납부 기록 없고, 검거에 저항. 이 정도면 처리하기에 충분하군. 내가 아까 말했듯이 넌 족히 10개월 형은 받을 거야. 그 정도면 거미단원에게 충분하지, 어?'

내가 검거당할 때 저항했다는 건, 자기는 필요한 모든 사실을 다 알고 있다고 말했으면서도, 내가 말하지 않은 것에 대한 그의 개인적인 징벌이었다. 하지만 이의신청을 해 봐야 아무 소용없었다. 그냥 운이 나쁜 것뿐이다. 그게 다다. 하여튼 내 턱은 조금만 움직여도 점점 더 아파 왔다.

"그러면 조사를 마치는 데 동의하는 거지? 자, 여기 서명해. 그리고 며칠 기다리면 너에 대한 심리가 곧 시작될 거야."

나는 서명했다. 존 이븐 카토. 달리 내가 뭘 할 수 있겠나. 어깨를 으쓱거리는 거 말고…….

심리는 사흘 후 늦은 오후에 다시 진행되었는데, 겨우 20분 만에 끝났다. 이게 내 변호사가 이 사건에 할당한 시간이었다. 변호사는 책상 위에 손을 올리고 내 옆에 뻣뻣하게 앉아 있었는데, 변호사가 들고 있는 공책에는 딱 한 줄만 쓰여 있었다. 아크바르 이븐 카토, 16:40 ─ 17:00

법원 병원에서 부러진 턱을 고치고 새 치아를 해 넣던 날, 변호사는 나를 보러 왔다. 그는 후줄근한 줄무늬 신사복을 입은, 피곤해 보이는 젊은 남자였는데, 나에게 이야기하는 내내 내 왼쪽 귀의 뒤편 어딘가를 쳐다봤다. 그가 하도 규칙적으로 쳐다보기에 나도 거기에 무슨 일이 있나 싶어 두세 번이 넘게 뒤돌아봤다. 물론 벽 말고는 아무것도 없었다. 그는 나 같은 의뢰인과 자수 눈을 맞추어 봤자 자신의 명예만 더럽혀질 것이라 걱정하는 게다. 사실을 말하자면, 나도 변호사를 그리 편하게 대하지는 않았다.

"이건 명확한 사건입니다."

변호사는 빠른 말투로 중얼거리며 덧붙였다.

"이븐 카토 씨, 지금 상황에서 도움이 될 거라고는 진심으로 사죄를 표하는 것뿐입니다. 제 말은 앞으로 똑바로 행동하겠다는 식으로 판에 박힌 말을 중얼거리는 게 아니라 진심으로 사죄하라는 겁니다.

요즘에는 사죄하는 사람도 없지만, 당신이 그런 식으로 사죄한다고 해도 별로 사죄처럼 보이지도 않을 거예요."

그는 잠시 말을 멈추었다가 다시 이었다.

"개인적으로는 전통적인 방식으로 하라고 조언해 드리고 싶습니다. 무릎을 꿇고 바닥에 이마를 찧으면서 선지자에게 좋은 사람으로 만들어 달라고 비는 거죠. 이 방법은 무엇보다도 겸양에 대한 교육을 잘 받았다는 사실을 보여주며, 재판장에서 항상 효과가 좋았습니다. 좀 더 충고해 드리자면, 정부기관에 눈에 띄는 협력을 할 경우에는 징벌의 엄정성에 기적을 일으키기도 합니다. 제 말이 무슨 뜻인지 아시죠? 물론 모든 형량을 한꺼번에 감형받으리라고 기대해선 안 됩니다. 당연히 안 되지요. 하지만 잘하면 가능할 수도 있습니다. 그럼, 어떻게 하실래요? 제가 검사나 재판부에 미리 언질을 좀 주는 건……?"

잠시 동안 침묵이 이어졌다.

변호사가 신경질적으로 웃음을 터뜨렸다.

"그게 아니라면, 혹시 더 물어볼 건 없나요?"

내게 이 변호사는 마치 동화책에 나오는 사람 같았다. 악당의 무리 중에서 두 번째 서열에 있는 인물로서 언젠가 벌을 받을 운명에 처한 사람 말이다. 하지만 나는 그를 모욕하거나, 내게 관심을 갖도록 만들 생각이 전혀 없었다.

변호사는 일어나며 다시 한 번 내 왼쪽 어깨 너머를 조심스럽게 쳐다보고, 간다는 의미로 머리를 끄덕였다.

그가 문까지 갔을 때 내가 불러 세웠다.

"잠깐만요. 혹시 귀상어랑 스라소니랑 몇 대 몇인지 아세요?"

그는 고개를 젓더니 말 없이 나가 버렸다. 이제야 우리 사이에 유대관계가 조금 형성된 것이다. 하지만 그가 나보다는 귀상어와 스라소니의 경기에 더 많은 관심을 가지리라는 걸 잘 알고 있다. 난 아무 상관없다.

"피고인은 덧붙일 말 있나?"

재판장은 책상 위로 목을 쭉 빼고 앉아 있었는데, 꼭 나를 쪼아 먹으려는 것 같았다. 그는 약간 새처럼 생겼고 코도 부리처럼 뾰족했다.

나는 깜짝 놀라 움찔했다. 후세인 경위가 내 진술 내용에 대해 증언하는 것조차도 제대로 듣고 있지 않았던 나로서는 그 내용을 인정할 생각이 없었다.

"아뇨……."

변호사는 내게 고개를 끄덕이며 지금이 똑바로 살아가겠다는 시늉을 하며 죄를 뉘우치는 모습을 보여줄 순간이라고 신호했다. 하지만 그가 내 사건을 중요하게 생각할 리는 없었다. 나는 순진한 얼굴로 변호사를 쳐다보긴 했지만 아무 말도 하지 않았다.

"제 의뢰인은 자신의 행위에 대해 충심으로 사죄를 드리고자 합니다."

변호사는 일어서더니 영화관 시간표를 읽듯이 무관심한 말투로 계속 말했다.

"제 의뢰인은 모든 혐의를 인정하고, 자신이 받을 형벌이 가혹하다 할지라도 그 빌이 합당하다는 사실을 인식하고 있습니다. 제 의뢰인은 이제 막 성인 법정에서 재판을 진행할 수 있는 나이가 된 어린 청년이라는 점과, 존경하는 재판장님도 이미 자료를 통해 알고 계시듯, 그의 어려웠던 과거를 참작하시어 청소년 비행에 관한 법률에 새로운 부칙을 하나 추가한다는 관점에서 재판장님께 너그러운 판결을 간청드립니다. 저 역시 의뢰인과 함께 간청하는 바입니다."

중얼중얼중얼…… 나는 변호사가 뭐라 하든 관심 없었다. 변호사에게 축구 선수들보다 더 관심이 없는 내게는 그의 세련된 말들 덕분에 오히려 재판장 뒤에 컬러 사진으로 붙어 있는 초상화 속의 최고 율법학자에 대한 애정이 솟아날 지경이었다. 나는 변호사의 맞은편 책상에 앉아 있는 검사를 쳐다봤다. 나는 재판 내내 그를 쳐다보고 있었는데, 지치고 약간 건조한 피부와 아시아인의 피가 섞인 쭉 찢어진 눈을 가진 사람이었다. 그를 계속 봐야 한다는 게 달갑지 않았지만, 쳐다보지 않을 도리가 없었다. 그는 아버지를 연상시켰다. 아버지와 마찬가지로 검사도 20세기 말 전 세계로 흩어진 동아시아 망명객의 후손일 것이다. 아버지는 "우리는 현대의 유대인이다"라고 말하곤 했지만, 당시 나는 그 말의 의미를 알지 못했다. 이제는 안다. 돌아갈 조국이 없는 사람들, 그들은 여러 세대에 걸쳐서 살아갈 장소를 헛되이 찾아 헤맬 것이다.

나는 신체적으로는 어머니를 더 닮았지만, 성격은 아버지를 더 닮고 싶었다. 아버지는 완고했고 정의를 열망했다. 그리고 평생 동안 가능한 악과 고통으로부터 멀어지려 노력했다. 늘 사람들 사이에서 혼자가 되거나, 다른 사람들과 맞설 수밖에 없을 것이라는 생각이 아버지를 따라다녔으며, 자신의 영혼의 한계를 넘지 않을 정도로만 행동했다. 아버지의 소신은 전통적인 경전을 거들먹거리며 과시하는 것과는 거리가 멀었다. 하지만 새벽부터 해질녘까지 경전에 대한 지식을 자랑해 대는 그 모든 선생들보다 더 자신 안의 경전에 담긴 진실을 지키려 노력했다. 하지만 아버지가 돌아가신 지 3년이 지나 세상에 나 혼자가 되어서야, 아버지가 그랬듯이 나에게는 나 자신 말고는 아무도 없게 되어서야, 이러한 모든 일들을 깨닫게 되었다. 하지만 이는 정확한 사실이 아니다. 나에겐 거미단이 있다.

어머니…… 어머니는 많이 달랐다. 터키 북부 여성으로, 날씬하고 약하고 매우 아름다운 여인이었고, 내가 기억하는 한에서는 약간 숫기가 없고 우유부단했는데, 주위 사람들뿐만 아니라 자신에게도 마찬가지였다. 어머니에게서는 유럽인과 거의 비슷한 큰 눈동자를 물려받았지만, 아버지에게서는 짙은 피부색을 물려받았다.

하지만 이 모든 것들은 오래전의 이야기이다.

"피고인은 부모님들이 돌아가신 후 법률적인 보호자였던 수련원에서 왜 도망친 건가?"

재판장이 다시 앞으로 몸을 기대자, 재판장이 책상 뒤의 방석 위에 앉아 있는 게 아니라, 날아오를 준비를 마친 새가 노란 발톱으로 의자에 착 달라붙어 있는 모습이 떠올랐다. 그럴 의도는 아니었는데, 그만 웃고 말았다.

"피고인은 왜 합당한 질문을 비웃는 건가? 재판장은 피고인이 지금 재판을 받고 있는 형사상의 범죄를 저지르게 된 이유에 관심이 있어서 그런 것이다. 무엇보다도 피고인에게 유리한 증거가 될 것들을 포함해서 모든 상황에 정의의 빛을 던지고자 하는 것이다."

"제 의뢰인이 정중히 사과드립니다. 존경하는 재판장님을 비웃을 의도는 조금도 없었습니다."

변호사는 재빨리 그리고 화가 난 목소리로 웅얼거렸다.

"그렇다면, 피고인은 부모님들이 돌아가신 후 법률적인 보호자였던 교육기관에서는 왜 도망친 건가?"

그들 모두가 나를 쳐다보고 있는데, 재판장과 재판장보는 무관심하게, 변호사는 피곤하고 흥미가 떨어진 모습으로, 다만 검사의 찢어진 검은 눈에서는 뭔가 빛이 났다. 어쩌면 관심의 눈빛일지도 모른다. 내가 너무 과대평가했을 수도 있다. 그가 생각하는 거라고는 점심식사와 새끼양고기의 맛뿐일지도 모른다.

"저는…… 저는 도망칠 수밖에 없었습니다. 거기에선 더 이상 견딜 수가 없었어요. 거기에선 끔찍하게 외로웠어요. 정말로 저는 거기서 나와야 했어요……. 왜냐하면…… 저는…… 거기가 무서웠어요. 거기 있는 내내 너무 무서웠어요……."

나는 더 이상 말을 잇지 못했다. 나는 나를 탈출하도록 몰아붙였던 게 무엇인지 정확하게 알고 있었지만, 그들에게 설명할 방법이 없었다. 누구에게도 나를 이해할 수 있도록 말로 설명하기는 힘들었다. 그건 나 자신에게도 마찬가지였다. 나를 이해하려면, 버저가 나를 깨우던 그날의 아침으로 다시 돌아가야 한다. 그건 알람시계 소리도 아니고 전화 소리도 아니었다. 문 앞에는 병원에서 심부름꾼이 와 있었는데, 그는 바닥에 불그스름한 갈색의 점들이 찍혀 있는 옷이 한가득 담긴 비닐 가방을 옆에 내려놓고 서 있었다. 내가 처음 알아본 것은 아버지의 부츠였으며, 뭐가 어떻게 돌아가는 건지 이해할 수 없었다. 심부름꾼은 상냥하게 작별 인사를 하고 거리로 사라졌다. 그는 잠옷을 입은 열세 살짜리 어린아이에게 실제로 어떤 일이 일어난 건지 설명해 주고 싶지는 않았던 것이다. 나는 어떻게 된 건지 알 수 없는 상태에서 마음을 졸이며 무서운 시간을 보냈다. 뭔가 실수가 있을 거라 기대했다가, 동시에 누군가 와서 뭔가 끔찍한 일을 이야기할까 봐 불안했다. 두 사람이 왔다. 한 사람은 사복을 입고 있었다. 그리고 밤에 부모님들이 파티에서 집으로 돌아오는 길에 사고를 당했다는 말만 전했다. 그들은 처음에는 신념과 강인함에 대해 이야기하려고 했던 것 같지만, 복도 귀퉁이에 놓인 비닐 가방을 보고서는 그런 빈말이 의미가 없을 거라 생각한 모양이었다. 그들은 아버지에게 일어난 일과 그날은 학교에 갈 필요가 없다는 사실을 빠른 말투로 알려주었다. 사복을 입은 사람이 우리 집에 잠시 머물면서 큰 트럭에 내 물건들을 함께 실었다. 그리고 나는 다시 집으로 돌아가지 못했다. 시간이 흘러갔지만, 나는 다시는 잠옷을 정돈하지 않은 침대에 던져 놓지 못할 거라는 사실과 매일 아침 수련원의 3층 침대 위에 조심스럽게 개어 놓아야 한다는 것, 옷을 아주 깨끗하게 정돈해 놓지 않으면 바닥에 던져지고 다시 옷을 개야 한다는 사실과, 할 일이 없을 때 기분에 따라 창문을 바라보는 일이 이제는 없으리라는 걸 당시에는 알지 못했다. 생활은 분단위로 나뉘고 순환하기 시작했다. 주어진 임무는 한 방에서 다른 방으로 이어지고, 집에서 학교로 이어지고, 다시 반복되었다. 내가 이해 못할 명령이 내게 내려지기 시작했다. 나는 이해할 생각도 없었다. 기하학적으로 엄격한 공식에 의해 운영되는 그 세상은 내 세상이 아니었고, 이해하지 못할 곳이었으며, 우연히 주어진 것뿐이었고, 무의미했다. 나는 다른 곳에 있길 원했다. 모든 것들이 예전 같은 곳. 그리고 어느 날 갑자기 나는 더 이상 그곳에서 평생을 지낼 수는 없으며, 어딘가 다른 곳으로 도망가는 게 나으며, 반드시 도망가야 한다는 생각이 들었다. 그리고 설령 행복해지지 않는다고 할지라도 달라질 건 없었다. 행복은 그날 아침 피범벅된 옷가지가 가득 찬 가방 안에서 이미 죽었다.

세상은 나를 부당하고 끔찍하게 다룬다. 나는 울부짖거나 하는 그런 녀석이 아니었다.[5] 존 레논, 당신이라면 이해하시겠죠. 하지만 그들은?

검사는 혀로 잇몸과 능숙하게 훈련된 입술을 조심스럽게 핥았다. 당연히 나는 향기가 좋은 양념이 뿌려진 새끼양을 떠올렸다.

"피고인이 이제 겨우 법직인 니이 16세밖에 안 되었다는 사실과 심각한 범죄를 저지른 것은 이번이 처음이라는 사실을 참작하여, 본 검사는 본 범죄의 사회적 위험성이 심대함에도 불구하고, 적절한 법률이 정하는 형량의 절반 이하의 적용과——"

검사는 잠시 말을 멈추었는데, 말을 내뱉기 전에 입속에서 충분히

5) The world is treating me bad, misery, I'm the kind of guy who never used to cry. 비틀즈의 곡 〈Misery〉의 가사를 일부분 개작하여 인용한 문장이다.

그 말을 음미하려 했던 것 같다.

"—집행유예를 구형하는 바입니다."

나는 머리를 숙이고 눈을 내리깔았다. 변호사는 손을 뻗어서 내 팔뚝을 가볍게 쓸어내렸다. 모든 것이 잘될 것이라는 의미 같았다.

"무릎 꿇어요."

변호사가 속삭였다.

나는 무릎을 꿇고 바닥에 머리를 가볍게 찧었다. 변호사가 재판 전에 미리 강조했던 대로, 죄인이 관대한 판결을 구하는 것이 아니라 자신의 죄를 뉘우치며 정의를 위해 기도하자 재판장이 기뻐했다. 내가 기도하는 모습을 보고 변호사도 기뻐한 게 틀림없었다. 나는 내 모든 영혼과 마음을 담아서, 현재의 나보다 더 불행하게 만들 수 있는 사내에게 맛있는 작은 몸뚱이를 주어 친절한 기분을 갖게 해 준 새끼양을 걸고 기도했다. 당신을 찬미하며, 믿사오니, 제가 가야 할 길을 일러 주세요. 리버풀에서 오신 저의 존이시여.

"변호사, 검사의 구형에 대해 덧붙일 말이 있는가?"

내 머리 위로 재빠른 대답이 들려왔다.

"아닙니다. 제 의뢰인은 존경하는 재판장님께 관대한 판결을 간구할 뿐입니다."

언젠가 이 일을 떠올리며 웃을 날이 있을 것이다. 내가 지금 웃어도 별 문제가 없을 거라 확신했다면, 지금 웃었을 것이다. 내가 거리에서 배운 것은 어쩔 수 없는 경우가 아니라면 불필요하게 문제를 일으키지 말라는 것이다. 얻을 건 없고 잃을 수밖에 없는 상황이며, 다른 길이 없다면 고개를 조아리고 똥이라도 먹어라. 하지만 항상 손에 바늘을 쥐고 뛰어올라 찌를 준비를 하라. 거미는 독침을 가지고 다닌다. 나는 거미다. 우연이었을지도 모르지만, 나는 그렇게 생각하지 않는다. 나를 거미단원으로 만든 건 인생의 법칙이었다. 내가 혼자 살아간 3년 내내 나는 거미단원으로 살았다. 수련원에서 도망쳐 나오기 전까지는 몰랐지만, 그때 마크를 만났다. 나는 마크를 만나게 되어 있었던 것이다. 그리고 그는 지금 내가 아는 모든 것들을 가르쳐 줬는데, 혼자밖에 없는 세상, 아무도 돌보아 주지 않는 세상에서 살아가는 방법을 가르쳐 주었다. 그는 그 전에 일어났던 모든 일들과 아버지가 정의를 갈구하며 벌이던 터무니없는 미친 싸움 따위를 잊으라고 가르쳤다. 마크는 나를 거미단의 단원으로 만들고 거미단이 가진 힘에 대한 지식을 전해 주었다. 거미 하나는 외톨이지만, 거미에게는 거미줄이 있으며 다른 거미들도 있다. 그게 바로 공포를 일으키는 힘이다. 심지어 경찰인 후세인조차 두려워하는 힘이다. 후세인 경위는, 어느 날 밤 거미단원이 자신을 손날로 쓰러트리고 바늘을 정맥에 꽂아서 자신이 정신을 차리기 전에 1리터의 페인트를, 아니 자신은 몸집이 좋으니까 1리터하고도 반이나 더 뽑아 갈지도 모르며, 그런 상태에서 멀쩡하긴 힘들다는 걸 알고 두려움에 떨고 있다는 걸 나는 확실히 알수 있었다. 후세인 경위는 재판 중에 내가 거미단원이라는 사실을 전혀 언급하지 않았으며, 내게 긴팔 옷을 주어서 나는 누구에게도 문신을 보일 필요가 없었다.

재판장이 다시 자기 몸을 부풀렸지만 아무것도 할퀴지 않았다.

나는 무릎을 꿇고 있었다.

"재판부는 다음과 같이 판결한다. 피고인 아크바르 이븐 카토에게 6개월 간 왼팔 척골[6]의 임시 절단형을 선고한다. 팔은 법원 병원의 외래 환자 부서에서 수술로 절단될 것이며, 집행유예 기간 동안 뉴카라치 국립보건원의 생체은행에 보관한다. 피고인이 바르게 행동하고 국내법을 위반하지 않는다면, 팔은 같은 병원에서 이식될 것이다. 그렇

6) 팔목에서 팔꿈치까지 이어진 두 개의 뼈 중에서 안쪽의 뼈.

지 않을 경우, 재판이 끝날 때까지 팔은 정부의 재산이 될 것이며, 당국의 적절한 판단에 따라 처리될 것이다. 이는 유효한 법에 따른 판결이며, 상고는 기각한다. 알라후 아크바르[7]!'

재판장은 커다란 녹색 서류철을 닫고 책상 뒤에 있는 좁은 문으로 사라졌다.

나는 서서히 몸을 일으켜 변호사를 쳐다봤다. 그는 벌써 서류가방을 왼손에 들고 다른 사람에게 손을 내밀며 내게 작별 인사를 했다. 내게는 악수는 하지 않고 어깨를 가볍게 두드리기만 했다. 죄수복은 확실히 소독이 되어 있을 테지만, 내 손은 그렇지 않았던 모양이다.

"척골이 무슨 뜻이에요?"

내가 물었다.

"팔꿈치 아래라는 뜻이에요."

변호사는 거의 속삭이듯 대답했고 즐거운 표정으로 웃으며 인사했다.

"행운을 빌어요."

내 왼쪽 의자에 앉은 치도 나처럼 폭이 넓은 플라스틱 끈으로 의자 등받이에 묶여 있었다. 팔걸이에 달린, 한 번에 채워지는 팔찌는 비어 있었지만 가느다란 철고리가 그의 목을 고정하고 있어서 갑자기 머리를 움직일 때마다 피부에 실처럼 상처를 냈다. 의자 등받이 뒤쪽에 목에 있는 철고리를 죄거나 푸는 작은 장치가 있었다. 시계 방향으로 한 바퀴만 더 돌리면 엄지발가락 정도나 고리를 통과할까, 인간의 목은

---

7) Allahu Akbar, "알라후 아크바르"는 "신은 위대하다"는 뜻으로, 이슬람에서 가장 많이 사용되는 감탄문이자 기도문이다. 이슬람에서는 하루에 다섯 번 사우디아라비아의 메카 방향을 보며 기도하는데, 이때 기도문도 '알라후 아크바르'로 시작한다. 이 소설에서는 주인공의 이름이 '아크바르'이므로 '신은 아크바르이다'라는 의미로도 해석할 수 있다.

어림도 없을 것이다.

오른쪽에 있는 의자는 비어 있었다. 몇 분 전까지만 해도 한때는 흰색이었을 지저분한 유럽풍 옷을 입은 다리 긴 흑인 계집애가 허리와 팔, 목이 각각 고정된 채 묶여 있었다. 여자애는 너무 오래 코코초코를 씹어서 하늘에 둥둥 떠 있는 사람 같은 눈빛을 하고 있었다. 하지만 아마 그건 앞으로 닥칠 일이 겁이 나고 두려워서였을 것이다.

여자애는 예뻤다. 하지만 그 갸름한 얼굴에는 결점이 하나 있었다. 코가 있어야 할 데가 비어 있었다. 연한 노란색의 재생용 셀룰로오스 조직으로 만든 얇은 반창고로 그 부분을 덮고 있었다. 코를 꿰매서 되돌려 놓으면 다시 예뻐지기야 하겠지만, 얼굴 중앙에 구멍 두 개가 훤히 보이는 지금으로서는 고객을 확보하기가 어려울 것이다.

왼쪽 의자에 앉은 남자는 오른편 머리통이 면도되어 있었다. 귀 대신에 여자애와 똑같이 수술 상처의 회복을 촉진하고 감염을 막는 노란색 셀룰로오스 반창고가 붙어 있었다. 이 반창고는 며칠 안에 주위 피부보다 자극에 조금 더 민감한 밝은 분홍색의 아문 상처를 남기고 저절로 떨어질 것이다.

남자에게 남아 있는 머리카락은 회색빛이 도는 노란색으로 땀과 먼지로 떡이 되어 있었다. 그의 주름지고 나이 든 피부는 나보다 약간 하얀 편인데, 금속테를 두른 동그란 모양의 구식 안경을 코 위에 걸치고 있었다. 내가 리버풀의 존 사진에서 본 것과 같은 종류였다. 셔츠의 오른쪽 소매는 어깨 부분에서 매듭이 져 있었다. 팔이 어깨에서 잘려나간 걸 보니 초범은 아니었다. 그가 내 쪽으로 천천히 고개를 돌리자 밝은 회색빛이 도는 푸른 눈동자를 볼 수 있었다. 그는 백인이었다.

나는 눈을 깔고 왼쪽 아래를 내려다보았다. 힘들었다. 철고리 때문에 고개를 돌리거나 굽히는 게 거의 불가능했다. 곁눈질로 내 왼쪽 어깨와 팔을 볼 수 있었다. 왼팔이 팔꿈치에서 끝나 있었다. 본능적으로 나는 팔을 눈앞으로 들어올려 어떻게 보이는지 확인하려 했지만 소용이 없었다. 절단하기 전에 신경절에 주사한 약물이 팔을 마비시킨 데다 근육에 명령을 전달하는 신경을 차단하고 있었다. 나는 수련원에 있을 때 읽었던 옛날이야기 하나를 떠올렸다. 한 남자가 전쟁에서 두 다리를 잃었는데, 몇 년 동안이나 다리로 통하는 신경이 오래전에 잃어버린 두 다리의 고통을 생생하게 느끼게 했다는 얘기였다. 나는 아무 고통도 느끼지 못했다. 아직까지는.

형 집행은 작은 수술실 앞에 있는 넓은 방에서 주사를 놓는 것으로 시작됐다. 대못이 박힌 막대기를 든 교도관이 미로 같은 계단과 통로를 지나 나를 그곳으로 데려 갔다. 플라스틱 좌석과 등받이가 달린 철제 의자가 몇 개 있었다. 교도관이 그중 하나에 나를 앉히고 양 팔과 허리를 고정시킨 다음 목에 가늘고 단단한 고리를 채웠다. 그는 내 팔을 몇 번 흔들어 팔찌들이 단단한지 확인한 다음 자물쇠를 채웠다. 그리고는 나에 대한 서류들과 판결문이 담긴 투명한 봉투를 커다란 안전핀으로 내 가슴께에 달았다.

간호사 한 명이 가끔 무관심하게 방을 가로지르며 내 앞을 지나가 기다리는 동안의 둔중한 공허감을 깨뜨렸다. 나는 간호사와 시선을 마주치려 애썼지만 성공하지 못했다. 간호사는 내게 바닥에 있는 타일만큼도 관심을 주지 않았다.

나는 치료한 잇몸에 어제 박아 넣은 새 이를 혀로 건드려 보았다. 앞니가 좀 큰 듯한 데다 어금니들마저도 서로 맞물리지 않는 것 같아서 새 이가 어색하기만 했다. 그래도 이가 생겼다는 것만으로도 기뻐해야겠지.

그때 수술실에서 나온 간호사가 가다 말고 돌아서서 내 가슴에 달린 봉투를 들어 올렸다. 간호사는 잠깐 읽고 나서 내 어깨를 가볍게 건드렸다. 나는 간호사의 눈을 보면서 미소를 지으려 애썼다. 하지만 간호사는 여전히 나를 보지 않았다. 간호사에게 나는 그저 의자와 똑같이 플라스틱으로 된 마네킹이었다.

간호사의 긴 검은 머리가 연록색 간호사 모자 밖으로 삐져나왔다. 얇은 입술 때문에 더 엄격하게 보이긴 하지만, 아마 실제 성격은 그렇지 않겠지. 나이는 나보다 약간 많아 보였고 키는 확실히 더 컸다. 하지만 그런 건 별 문제 아니다.

"마음대로 해도 좋아." 난 남자답게 말했다. 그게 내가 의도한 거였다. 하지만 목소리는 첫 단어부터 갈라져 물이 막힌 수도꼭지처럼 헐떡거리며 겨우 '맘대로' 라고 내뱉었을 뿐이다.

간호사가 허리를 펴고 연록색 간호사복에 달린 큰 주머니에서 주사기와 상자를 꺼냈다. 그리고 손잡이의 조종 버튼을 켠 후 주사기를 내 어깨에 대고 눌렀다. 마침 스프레이가 차갑다고 느낀 순간 아무것도 느껴지지 않았다. 왼쪽 손으로 이어지는 신경이 마비된 것이다.

간호사가 주사기로 내 팔을 톡톡 건드렸지만 아무것도 느껴지지 않았다. 마침내 간호사가 나를 바라보았다.

"감각이 있나요?"

"아뇨."

난 고개를 저었다.

간호사가 주사기를 들어 올리자 내 팔뚝 너머로 길고 가느다란 칼이 열린 통에서 삐져나와 둔중하게 번득이는 것이 보였다. 내 문신의 호랑이는 오른쪽 앞발 바로 아래에 생채기가 났다. 호랑이의 심장 근처였다. 상처에 피가 빠르게 배어 들자, 호랑이는 피를 흘리기 시작했다. 간호사는 주사기를 큰 주머니에 집어넣은 다음 의자 뒤의 손잡이를 잡고 수술실이라고 적힌 문 쪽으로 천천히 밀었다.

안에는 똑같은 연록색 수술복을 입고 마스크를 쓴 남자가 있었다.

약하게 땀을 흘리고 있는 피곤해 보이는 남자였다. 남자는 다시 내 어깨를 건드리면서 가슴에 달린 작은 마이크에 대고 낮은 목소리로 뭔가를 중얼거렸다. 그동안 간호사는 반질반질한 금속으로 된 커다란 장방형 그릇을 준비했다. 피라는 단어가 머리를 쳤다. 피가 아니라면 저 그릇을 어디에 쓴단 말인가. 거미단원의 페인트를 빼내려 하다니, 역설이 아닐 수 없었다. 하지만 난 공포를 느끼지는 않았다. 아마 주사 때문인 듯했다.

주사는 내 팔만이 아니라 머리도 마취한 듯싶었다. 그때 검은 티셔츠와 청바지를 입고 의자에 앉아 있는 어리고 마른 소년은 다른 사람이며, 나는 그저 이 모든 상황을 구경하는 사람처럼 느껴졌다.

의사가 간호사를 향해 고개를 끄덕이자 간호사가 끝으로 갈수록 좁아지고 끝에 가느다란 검은 선이 달린 관을 의사에게 건네주었다. 의사가 관의 끝을 팔꿈치 바로 밑의 팔뚝에 갖다 댔다. 피부가 갈라지기 시작하자, 처음엔 흰색 그리고 분홍색 속살이 보였다. 지하철 가죽 시트에 칼을 찔러 넣고 길게 죽 찢을 때 보이는 갈라진 틈과 정확하게 똑같았다.

페인트는 흘러나오지 않았다. 아니, 거의 흘러나오지 않았다고 해야 할지도 모르겠다.

의사가 가는 관을 옆으로 치우고 잘린 상처 위로 몸을 숙였다. 그리고 또 마이크에 대고 조용히 뭔가를 중얼거렸다. 간호사가 의사에게 커다란 바이스처럼 생긴, 조금 딱딱해 보이는 기구를 건네주었다.

간호사가 팔찌를 열고 팔을 죽 끌어당겨 튼튼한 받침대 위에 세워진 스테인리스 강철 기둥 위에 손가락을 얹었다. 의사가 커다란 호두까기처럼 생긴 기구를 벌려 내 팔꿈치에 갖다 댔다. 그리고는 단추 몇 개를 누르고, 거푸집에서 완성작을 빼내기 위해 까다로운 석고본을 떼어 내는 조각가처럼 조심스럽게 기구를 움직였다.

간호사는 의사 뒤에 서서 내 팔꿈치 아래쪽을 받쳐 들고 있었다. 진짜로 그녀는 아주 예뻤다. 수술용 작업복을 입고 있는데도 날씬한 몸에서는 힘과 유연함이 느껴졌다. 나는 그녀의 가슴은 어떨까 상상했다. 작은 가슴에 분홍색 젖꼭지. 아냐. 작은 가슴에 큰 갈색 젖꼭지. 일어선 젖꼭지. 나는 지금껏 여자애의 가슴을 본 적이 없었다. 내 평생 벗은 여인의 몸을 만져 본 적도 없었다. 제가 얼마나 오래 당신을 사랑해 왔는지는 아무도 모르지만, 제가 여전히 사랑한다는 걸 당신은 알고 있죠.[8] 난 숫총각이었다.

간호사가 내 팔뚝을 잡고 의사가 기구를 돌렸다. 그러자 부드럽게, 마치 바람에 나뭇잎 하나가 떨어져 풀 위에 내려앉듯이, 내 팔이 갑자기 둘로 분리되었다. 간호사가 조금 전까지 내 손이었던 것을 기둥에서 들어 올려 장방형 금속 그릇에 내려놓고 투명한 뚜껑을 덮었다. 간호사는 상자의 좁은 면에 내 선고문 봉투에서 꺼낸 꼬리표를 붙였다.

바닥에 떨어진 핏방울은 거의 없었다. 의사가 방금 내 팔꿈치 관절을 절단한 기구를 치우고 상처에 치료용 반창고를 붙이는 동안, 간호사는 상자를 벽에 늘어서 있는 다른 상자들 옆에 가져다 놓고 허리를 굽혀 플라스틱 물통을 들었다. 흔히 보는 빗자루와 걸레가 그 안에 들어 있었다. 간호사는 피곤하다는 듯 바닥의 피를 닦고 철저하게 손을 씻은 다음, 의자 뒤쪽의 손잡이를 잡고 원래 있던 방으로 나를 밀고 나왔다. 수술실 문을 나설 때에야 나는 절단수술 전체를 통틀어 가장 놀라운 사실을 깨달았다. 의사와 간호사는 서로 한 마디의 말도 나누지 않았다.

"처음이야?"

오른쪽 의자에서 누가 물었다. 방금 귀기 잘린 그치였다.

---

8) Who knows how long I've loved you, you know I love you still. 비틀즈의 곡 〈I Will〉의 가사.

짜증 나는 표정으로 고개를 끄덕이려 했더니 고리가 턱을 파고들어 왔다.

"처음에는 할 만해. 보통은 조건부 선고가 내려지고, 사람들은 그 몇 개월은 어떻게든 잘 버텨서 자기 물건을 돌려받을 수 있을 거라 생각하니까."

당연히 팔을 돌려받고말고. 그저 법원 병원에 있는 냉장금고에서 6개월만 쉬게 하는 거야. 아까 그 의사는 반 년 후에 원래 있던 자리에 팔을 다시 꿰매 줘야 할 거야.

남자가 말을 이었다.

"난 처음에 4개월 형을 받았지. 너처럼 왼팔 팔꿈치 아래였어. 잔고가 없는 신용카드를 썼다는 혐의였어. 놈들은 너무 정확해. 내 계좌는 벌써 오래전부터 적자였거든. 하지만 이 나라에서는 어떻게 돌아가는 건지 내가 어찌 알았겠어? 유럽에서라면 이건 범죄도 아니었거든. 이제 은행들은 좀 편안해졌을 거야. 내가 한동안 계좌를 만들지 않았으니까 말이야. 하지만 이제 너에겐 계좌를 만들 수 있는 기회도 없을 거야."

난 그냥 툴툴거리기만 했다. 한 가지는 그의 말이 맞았다. 하지만 내가 그와 얘기할 필요는 없었다. 어디에 있건 마찬가지이긴 하지만, 이곳에서는 더 혼자라고 느껴졌다.

"에? 뭐, 그다지 말하고 싶지 않은 모양이군. 처음에 나도 그랬지. 얼마나 받았어?"

내 의지와는 달리 뭔가가 대답을 하게 만들었다.

"여섯. 6개월."

"꽤 길군. 형이 길수록 팔을 되찾게 될 희망은 적어져. 놈들이 원하는 건 뭐든지 들어주지 그랬어. 매일 다른 놈들을 고자질한다거나 뭐 그런 거 있잖아. 희망은 정말 끔찍하게도 빨리 사라지거든. 내 말을 믿어."

"꺼지죠."

나는 그쪽을 향해 으르렁대면서 조심스럽게 고개를 쳐들었다.

"그쪽이 아는 게 많은 거 같은데, 누가 당신을 죽여 버리면 어찌 되나 한번 볼까요?"

꾀죄죄한 백인 녀석은 쭉 앞만 바라보고 있었다. 놈한테 화를 낼만한 가치나 있는 건지 알 수 없었다. 그가 어떻게 이곳에 오게 됐는지는 신만이 아실 게다. 이런 신세가 된 백인들은 오래전에 이 형편없는 곳으로 돈을 벌려고 온 놈들이다. 딴놈들은 다 빠져나가고 이런 놈들만 하수구에 남았다. 그의 오른팔은 어깨에서 잘려 나갔고, 찢어지고 더러운 셔츠를 묶어 놓았다. 코는 멀쩡했지만 방금 한쪽 귀가 잘려 나갔다. 다른 쪽은 어떨지 누가 알겠는가. 누구든 그를 보자마자 그가 최악의 구제불능 범죄자에다 사기꾼이라는 걸 알아챌 것이다. 이렇게 스스로에게 낙인을 찍게 했으니 멍청하기까지 하다. 나는 이 모든 걸 말해 주고 싶었지만 참았다. 그럴 가치도 없을 정도로 꾀죄죄해 보였으니까. 역겨울 지경이었다. 나는 그가 백인이라는 것까지 포함해서 그의 어느 것 하나도 마음에 들지 않았다.

한동안의 침묵 끝에 그가 쿡쿡 웃었다.

"늘 똑같군. 새로운 선지자들이 나타나 영혼과 세계와 지혜를 발견하고, 선조들이 훨씬 나았으니 우리는 옛날로 돌아가야 한다는 생각을 전파하지. 어떤 때는 그저 빵을 굽는 방법에 대한 문제일 수도 있지만 때로는 인간의 목숨에 관한 것이기도 해. 넌 아무것도 기억하지 못하겠지만 난 그 설교자들과 아야톨라[9]들을 봤거든. 그들은 소리쳐 사람들을 선동했지. 저 돌감옥이 무슨 소용이냐, 백인들에게 손가

---

9) 이슬람교, 특히 이란 시아파에서 신앙과 학식이 깊은 인물을 부르는 존칭.

락질을 하면서, 저건 백인들의 창조물이다. 우리에겐 고유한 법이 있다. 눈에는 눈, 이에는 이. 도둑질을 한 자는 훔친 손을 자른다. 사기꾼은 거짓말을 한 혀를 자른다. 외간 남자와 자려는 여인에게는 돌을 던져라. 여인은 최고의 열락을 맛보게 될 것이다. 그러자 젊고 똑똑한 사람들이 여기에 빠져 들었지. 물론 그들은 전통 속에서 스스로를 추구하되 사회의 요구와 새로운 지식에 맞추어 모든 것이 더 풍성해져야 한다고 말했어. 현대의학을 이용한다면 그리 나쁜 생각은 아니야. 팔 절단 같은 게 예전과는 달라졌으니까. 악인한테서 깔끔하게 팔을 절단해 낸 다음 보존해 놓았다가, 악인이 교정되면 다시 붙여 준다. 무엇보다 공평한 데다 싸게 먹히기도 하지. 그냥 팔을 잘라 낸 다음 집으로 가라고 하면 되니까. 감옥을 지을 필요도 없고, 교도관한테 들어가는 월급도 없어, 사람들은 그놈이 어떤 놈인지 바로 알아볼 수 있으니까 잘 경계하게 되지. 기발한 발상이었어. 놈들은 형법 제도의 혁명이라며 자축했지. 그거야말로 진정한 재교육이고, 전통을 활용하는 방법이었으니까. 하지만 몇 가지 사소하게 간과된 것이 있었지. 특히 사람에 대해서 말이야. 그 생각을 받아들인 놈들은 그게 사람들을 위해 무얼 할 수 있을지는 생각했지만, 그 법을 적용받을 사람에 대해서는 아니었어. 처음부터 그 사람들은 아예 고려하지도 않았지. 왜냐하면 최악의 인간들이니까. 너도 곧 알게 될 거야. 바깥에 도움을 받을 사람들이 있나? 돈방석에 앉아 있는 노파라도 있을 것 같진 않군. 부랑아처럼 보이는데, 그렇지 않나?'

그가 내 아픈 곳을 건드렸다. 나는 나직하게 독설을 내뱉기 시작했다.

"이거 봐, 늙은이. 똥칠은 혼자서 하고 난 내버려 두지 그래. 이 빚은 꼭 갚아야 할 거야. 누가 진짜로 어디서 당신을 기다리다가 당신의 그 말 잘하는 모가지를 잘라 버릴지도 몰라. 모가지 잘리면 다시 붙이기 쉽지 않을걸. 아무도 그 더러운 피는 신경 쓰지 않을 테니 그거나 다행으로 알라고."

"그럼 그 형편없는 팔을 붙이는 일에는 누가 신경을 써 줄 거라고 생각하나? 맙소사. 그 팔은 어딘가에는 아주 요긴하다고, 이식용으로 말이지. 이식용 몸뚱이는 어디서나 모자라니까."

복도로 통하는 문이 열리고 무뚝뚝한 얼굴에 근육질 팔을 가진 육중한 여자가 나타났다. 이곳에 딱 맞는 여자. 정말로 이곳에 잘 어울리는 여자였다. 여자가 내 가슴에 달린 투명한 봉투를 집어 들었다.

"카토?"

여자는 이름을 묻고는 대답을 듣지도 않고 나를 풀어 주기 시작했다.

나는 일어서서 기지개를 펴려고 했다. 끔찍하게 약해지고 나무처럼 딱딱하게 굳은 것 같았다. 마취 주사의 영향이 아직 남아 있었다.

"이리 와."

여자가 문 쪽으로 고개를 까딱했다.

나는 눈으로 줄곧 나를 쫓고 있던 백인 남자를 향해 돌아섰다.

"이봐, 그렇게 쉴 새 없이 지껄여 대는데 놈들은 왜 아직도 네 혀를 안 자른 거냐?"

"카토, 주둥이 닥쳐."

여교도관이 소리를 빽 지르고 나를 툭 밀었다. 여자가 원체 힘이 세서인지, 난 문 쪽으로 휙 날아가 부딪혔다.

여자는 어두운 복도와 구불구불한 계단으로 나를 데리고 갔다. 우리는 큰 창으로 황량한 안마당이 내다보이는 크고 밝은 방에 다다랐다. 뒤쪽 벽에 작은 나무문이 잔뜩 달려 있었다. 여교도관이 그중 하나에서 내 티셔츠를 꺼냈다. 핏자국 범벅인 셔츠에서는 살균제 냄새가 진동했다.

여자가 셔츠를 던졌는데 받지 못했다. 잘린 팔을 잊고 있었던 것이다. 셔츠를 집어 들어 입으려고 했다. 입을 수가 없었다.

"카토, 빨리빨리 움직여. 너와 종일 씨름할 시간 없어."

여자가 딱딱거렸다. 마침내 간신히 티셔츠를 입었다.

여자가 책상에서 뭔가 작은 물건을 집어 들고 내 쪽으로 내밀었다.

"이걸 잘 보관해. 보관소 영수증 같은 거니까."

긴 나일론 줄에 달린 작은 플라스틱 꼬리표였다.

"네 짐이 어디 보관돼 있는지 알려 주는 꼬리표니까 잘 관리해. 잘못하면 네 팔 대신에 다른 사람의……."

여자는 왕왕 울리는 저음의 목소리로 말도 끝맺지 않은 채 웃음을 터뜨렸다. 나는 여자가 다른 사람의 팔을 나한테 붙여 준다는 생각에 웃는 건지 아니면 다른 일로 웃는 건지 알 수가 없었다.

"자 이제 가라. 여기 허가증."

여자가 꾸깃꾸깃한 작은 종잇조각을 내 손에 찔러 주더니 어깨를 철썩 쳤다. 나는 또 문으로 날아갔다. 갈색의 이중문에는 분필로 '출구'라고 적혀 있었다.

쾅. 머리를 보도가의 콘크리트에 세게 부딪혔다. 번쩍거리는 고통의 물결이 잠시 눈앞을 쓸고 갔다. 그때 문득 공원에서 체포된 지 딱열흘 만이라는 사실을 깨달았다. 그동안 나는 지금까지 16년을 살면서 받았던 것보다 더 많은 주먹 세례를 받았다.

"팔이나 잘리는 범죄자 새끼. 이런 새끼들은 바로 목을 매달아서 점잖은 사람들을 괴롭힐 기회를 주지 말아야 돼. 봤어, 자르야?"

작고 다부진 체격과 억센 머리카락을 가진 한 남자가 담황색 양복 소매의 먼지를 떨고 있었다.

남자로부터 한 걸음쯤 떨어진 곳에 여자애 하나가 서서 무심한 눈으로 나를 보고 있었다. 여자애는 곧 시선을 돌렸다. 한 쌍의 둥근 입술이 얇고 투명한 베일을 통해 반짝이는 걸 보니 야쉬막[10]을 쓰고 있는 듯했다.

억센 남자는 10초쯤 더 나를 내려다보았다.

"다음부터는 사람을 빤히 쳐다보지 마, 병신 새끼야."

그는 오른 주먹으로 왼손바닥을 치며 말했다. 그리고는 여자애의 어깨에 팔을 두르고 데려갔다.

나는 천천히 몸을 굴려 배를 깔고 엎드려 타는 듯이 뜨거운 콘크리트 도로 위에 머리를 뉘었다. 축축했다. 아마도 울고 있었거나 아니면 그 억센 남자에게 얻어맞아 찢어진 눈꺼풀에서 흘러내린 피일지도 몰랐다. 나는 그 주먹에 대비할 틈조차 없었다.

나는 두 다리와 한 팔로 몸을 일으켜 마침내 두 발로 섰다.

태양은 아직 지평선 위에 떠 있었고 블루 쿼터까지는 최소 8킬로미터는 더 가야 했다. 누구도 지하철이나 택시에 태워 주지 않을 테니, 걸어가야 했다.

나는 구치소에서 풀려난 후 최소한 12킬로미터 정도를 걸어 왔다. 시간은 재지 않았다.

하지만 어쩔 수 없이 앞으로의 6개월이 그 12킬로미터와 같을까 생각하기 시작하자, 그 행군이 별로 가치가 없는 것처럼 느껴졌다. 나를 구해 줄 건 거미단밖에 없었다. 실망시키지 말아 줘. 실망시키지 말아 줘. 실망시키지 말아 줘. 날 실망시키지 말아 줘![11] 나는 혼자 노래를 불렀다. 존, 지금 네 몸에서 아프지 않은 곳이라곤 잃어버린 손밖에 없어.

---

10) 이슬람 여자들이 머리에 쓰는 천으로, 얼굴 대부분을 가리는 이중 베일.
11) Don't let me down. Don't let me down. Don't let me down. 비틀즈의 곡 〈Don't let me down〉의 가사.

타는 듯한 오후, 나는 법원 병원의 정문에서 거리를 가득 메운 사람들과 여름 냄새 속으로 어렵사리 발걸음을 뗐다. 알람브라 안에서 보낸 그 며칠 동안 낯설어진 태양이 눈을 멀게 했다. 어떤 가게 앞에 무심코 섰다가 창문의 셔터를 내리는 데 쓰는 쇠막대로 등짝을 얻어맞았다. 나는 창문 안에 뭐가 있는지 몰랐고 관심도 없었다. 종아리까지 오는 폭이 넓은 윗옷을 입은 한 남자가 문으로 뛰어나와 막대를 휘둘렀다.

"저리 가. 저리 가, 이 강도 새끼야."

그는 나에게만 들릴 정도로 으르렁거리는 동시에 눈과 입으로는 주변 도로를 오가는 사람들에게 웃음을 지어 보였다.

"등짝을 부러뜨리기 전에 여기서 꺼져. 가!"

그는 날카로운 목소리로 속삭이며, 눈으로는 연신 인도로 지나가는 주위 사람들에게 인사를 했다. 좋은 날입니다. 어서 안으로 드시죠.

나는 보도를 벗어나 얕은 도랑으로 내려갔다. 도랑 바닥은 진창의 퇴적물이 낮 동안에 말라붙어 딱딱한 껍질처럼 덮여 있었다. 걷기에도 나쁘지 않았고, 그저 재미 삼아 나를 툭툭 건드리거나 치는 행인을 만날 위험은 확실히 없었다. 날 보는 사람마다 내가 어떤 인간인지 알아볼 거라던 귀 없는 백인 남자의 말이 이해되기 시작했다. 나는 아무나 마음 내키는 대로 때려도 되는 놈이었고, 혹시 말썽이 생길까 봐 자기 방어도 못할 놈이었으며, 누구든 상사의 꾸중에 대한 분풀이로 걷어찰 수 있는 개였다. 정교하게 고안된 제도는 잘 짜인 컴퓨터 시스템처럼 작동했다.

처음엔 교차로를 세다가 나중에 발걸음을 하나씩 세었다. 그 숫자가 3천을 넘겼을 때, 반쯤 남은 코코초코바가 청바지 왼쪽 뒷주머니의 솔기 아래 숨겨져 있다는 게 기억났다. 역시 있었다.

나는 병들고 왜소한 소나무 아래의 바닥에 앉아 코코초코바를 씹었다. 5분, 1시간, 나는 시간의 흐름도, 머리 위에 드리워지는 그림자의 색깔과 크기도 느끼지 못했다. 나는 먼지를 뒤집어쓴 가는 줄기 아래 웅크린 채, 어디가 됐든 기분 좋은 곳, 나와 내 것이 될 여자애가 함께 있는 환상을 보려고 애를 썼다. 하지만 태양은 이글거렸고, 나는 팔로 머리를 가려 작은 그늘을 만들 수조차 없었다. 나는 일어나 걷기 시작했다. 블루 쿼터를 향해, 거미단을 향해, 마크를 향해. 나는 앞쪽의 땅바닥에 시선을 고정하고 가끔씩만 내 갈비뼈나 아가리에 한방 날리려고 고대해 마지않는 끈질긴 시민들이 없는지 조심스럽게 곁눈질로 살폈다. (난 아직도 국립보건원에서 해 넣은 치아들에 익숙해지지 못했다.) 여하튼 나는 아무 짝에도 쓸모없는 강도 새끼였다.

반쯤 벌린 마른 입술에서 코코초코가 떨어졌다. 나는 재빨리 허리를 굽혀 코코초코를 주웠다. 그거였다. 그게 교정을 향한 올바른 길이었다. 유순한 시민이 되어 가장 고리타분한 규정에도 복종하는 것. 온 우주를 다스리는 신의 도시를 더럽히지 않는 것. 머리가 빙빙 돌았다. 타는 듯이 뜨거운 태양 때문인 것 같기도 했고 (머리 바로 위에서 해가 비추고 있어서 숨을 만하게 낮게 드리워진 그림자도 없었다), 조금 전까지는 목표에 도달해야겠다는 의지와 힘을 주며 나를 도왔던 코코초코 때문인 것 같기도 했다. 나는 이전에도 이런 상황에서 살아남았다. 난 확신했다. 나는 이전에도 이런 여행을 했었디.

갑자기 고아원과 사파이어 플라워 수련원에서 몇 년을 보낸 후 처음으로 내가 아무것도 없이 혼자 길을 가고 있다는 사실을 깨달았다. 가진 것이라곤 찾고 있는 과거, 그리고 나는 그 과거에서 미래에 대한 희망을 찾고 있을 뿐이었다. 거리로 내달렸다. 지하철을 탈 생각은 감히 하지 않았다. 사실 혼자서 도시 중심부에 와 본 적이 없었다. 아버지나 어머니 없이는 가든 사이드의 경계를 넘어 본 적도 없었다. 가든 사이드를 향해 달리고 있다. 가능한 빨리 그곳에 가고 싶다. 거기 가

봐야 아무 소용이 없다는 걸 거의 확실하게 알고 있지만 말이다. 두꺼운 녹색 카펫이 깔린 내 방과 집. 욕실에 있는 엄마의 머리빗. 농구 골대가 있는 놀이터와 거리. 모두 아직 존재하고 있을까? 어딘가 다른 세상, 자욱한 연기나 투명한 아지랑이에 가린 세상에 있겠지. 나는 오래도록 잃어버린 시간을 찾는 사람, 불쌍하고 어린 시골 소년일 뿐. 언젠가 돌아갈 수밖에 없는 어머니 같은 자연의 아들. 어머니 같은 자연? 나는 지쳤고 땀은 줄줄 흐르고 얼굴은 먼지로 뒤덮였으며 소금기로 눈이 따끔거렸다. 마침내 나는 문 앞에 섰다. 세 개의 계단과 작은 사각형 센서자물쇠 앞에. 나는 손가락을 갖다 대려다 마지막 순간에 손을 거둬들인다. 불쌍한 어린 시골 소년 같으니. 나는 문 앞에서 등을 돌리고 수세기를 걸쳐서 그 세 계단을 내려온다. 계단 하나에 한 세기가 걸린다. 나는 석회암으로 마감한 길 건너편의 카시디네 벽에 등을 기대고 앉아 기다린다. 이윽고 문이 열리고 아버지나 어머니, 아니면 내 자신이 모습을 드러내기를 기다린다. 하다못해 누구라도 문을 열고 나오기를 기다린다. 하지만 집은 마치 하늘처럼 조용하고 미동도 하지 않는다. 마침내 어둠이 내린다. 사각형, 아치형 창문들이 불을 밝히기 시작한다. 창문들은 반짝거리며 희미하게 빛을 발하고 멀리서 도시 중심부의 소음이 들린다. 보도를 두드리는 샌들 소리가 가까이 들린다. 가끔씩 차가 휙 지나간다. 자동차 엔진의 그렁거리는 작은 소리는 전혀 방해가 되지 않는다. 그 집은 아직 어둡고, 사위를 채운 밤보다도 어두워서, 마치 그 어둠을 통해 내게 돌아갈 길은 없으니 홀로 떠나야 한다고 말하고 싶은 듯했다. 어머니 자연의 아들. 나는 그 생각에 골몰한 채 자리에서 일어나 어디라고 작정한 곳 없이 길을 나선다. 그냥 계속 걷는다. 계속. 계속—

그리고 그때 나는 마크를 만났다. 그는 내가 처음으로 만났던 거미 단원이었다. 그는 어두워 한 치 앞도 볼 수 없는 텅 빈 도로에서 내게

다가왔다. 내가 무슨 일이 벌어질지 채 알아채기도 전에 갑자기 그는 내게 오른손 주먹을 날렸다. 나는 갈비뼈가 서로 만나는 곳에 강렬한 타격을 느꼈다. 한동안 아무 생각도 할 수 없었고 숨도 쉴 수 없었다. 천천히 무릎을 꿇었다. 마크는 재빨리 내 다리를 잡고 오른편 골목으로 나를 끌고 들어갔다. 어둠 속에서 그는 빠른 손놀림으로 내 주머니를 뒤졌다. 주머니는 비어 있었다. 그러자 그는 내 배 위에 무릎을 꿇고 내 머리를 잡더니 한쪽으로 젖혔다. 나는 그때 그가 내 목을 자르려는 줄 알았다. 하지만 그는 그저 경동맥을 찾고 있을 뿐이었다. 나는 몸을 움찔거리며 애원했다.

"제발 놔 줘…… 아파 죽겠어."

이번엔 그가 움찔했다. 내가 의식을 잃은 줄 알았던 것이다. 그의 손아귀가 느슨해졌다.

"운이 좋은 줄 알아, 계집애 같은 새끼. 집에 가라."

"난 갈 데가 없어. 어제 아침에 수련원에서 도망쳤거든."

"그럼 아무 데라도 꺼져."

어둠 속에서 목소리가 날아왔다.

"난 갈 데가 없어."

나는 되풀이해서 말하며 일어나 앉았다.

어두운 골목에 드리운 그림자가 노로 쪽으로 물러나자 주위를 조금 분간할 수 있었다. 나는 벌떡 일어나 그를 쫓아갔다. 잃을 건 없었다.

그는 나보다 겨우 두세 살 정도 많아 보였지만 그 눈에서는 십 년은 더 긴 세월을 읽을 수 있었다. 그는 멀리 떨어진 가로등의 검푸른 빛 속에서 나를 잠시 훑어보더니 돌아섰다. 나는 그의 머리 위를 빙글 빙글 도는 날벌레 떼처럼 끈질기게 그를 따라갔다.

나는 왜 그가 긴 지하통로를 거쳐 시립 차고 밑에 자리 잡은 방으로 나를 데리고 가기로 맘을 먹었는지 모른다. 창이 없고 낮은 천장이 하얗게 칠해진 작은 방은 당시 거미단이 기거하던 곳이었다. 그가 자기 부하로 데리고 있고 싶다고 했을 때 나는 너무 지쳐서 겁을 낼 힘조차 없었다. 그도 겁내거나 지치지 않았다. 그는 내게 약간의 먹을 것과 코코초코바 하나를 주었다. 내가 처음 씹어 본 코코초코바였다.

나는 그 이후 마크에게 왜 그랬는지 물어보지 않았다. 다른 거미단원에게도 물어보지 않았다. 나는 그저 오래전에 누군가 그런 식으로 마크를 시중 들지 않았을까 생각했다.

사흘째 되는 날, 내가 주변 돌아가는 상황에 좀 익숙해지자 그가 처음으로 나를 데리고 나갔다. 그가 사람을 쓰러뜨리면, 나는 재빨리 주머니를 뒤지고 그는 정맥에 혈액을 뽑아내는 관을 꽂았다. 나는 태어나 처음으로 플라스크에 둔한 검은색 페인트가 채워지는 것을 어둠 속에서 지켜보았다.

그는 내게 자신이 아는 모든 것을 가르치기 시작했다. 그는 혈액이 어떻게 순환하는지 설명해 주었고, 가장 크고 혈액량이 많은 정맥을 손으로 만져서 재빨리 찾아내는 방법을 보여주었다. 그는 혈액이 어떻게 적혈구와 백혈구, 혈장으로 나뉘는지 말해 줬다. 우리는 같이 해부학을 공부했고 신경이 연결되는 민감한 지점들을 배웠다. 우리는 멍청이들이 자신을 방어하거나 도움을 요청할 틈을 주지 않도록 한 번에 신속하게 희생자를 쓰러뜨릴 수 있는 동작, 거미단원이라면 반드시 알아야 할 동작을 오랫동안 철저하게 연습했다. 그는 나를 장물아비에게 소개하고 내가 제공하는 피를 최고의 값을 받고 팔 수 있도록 흥정하는 법을 보여주었다. 그는 내가 피를 가져오면 그 혈액형과 보존방법에 대해 물어보곤 했다. 그는 피를 상품이나 페인트로 부르라고 내게 가르쳤다. 그는 상품과 페인트를 소중히 여기라고 가르쳤다.

그는 나를 한 사람의 어엿한 거미단원으로 탈바꿈시키고 직접 내 왼쪽 팔뚝에 강렬한 거미단의 상징을 문신해 주었다. 그리고 나는 뛰어난 거미단원이었다. 혈액 상인들이 나를 지목해 주문할 정도로 뛰어났다. 나는 적당한 사람을 찾아내 그들이 원하는 혈액형을 공급할 수 있었다.

그뿐이 아니었다. 그는 나에게 존 레논을 사랑하는 법을 가르쳐 주었다. 나도 존을 알고 있었다. 사파이어 플라워에서도 많은 애들이 존에 빠져 있었다. 아이들은 존을 이해했고 존도 아이들을 이해했다. 아이들은 그와 그의 메시지에 몇 시간씩 빠져 있곤 했다.

하지만 이해할 수 없는 단어들 속에서 나를 위한 특별한 의미를 해석해 준 사람은 마크가 처음이었다. 그는 서서히 내가 그 단어들의 맛과 향을 식별할 수 있도록 가르쳤다. 그는 내가 그 단어들에 담긴 상징과 의미를 탐색하고 그것이 나와 우리 모두에게 무엇을 의미하는지 이해할 수 있도록 가르쳐 주었다.

마크는 나의 첫 선생님이었다. 내게 존이라는 이름을 지어 준 사람도 그였다.

나는 오후가 저물어 저녁이 되도록 도랑 속을 걸으며 이 모든 것들을 생각했다. 도랑에 구정물 진창이 나타나기 시작했다. 두 번쯤 소독차에서 나온 냄새 고약한 물에 발이 빠질 뻔했다. 2킬로미터만 가면 된다. 그리고 마지막 500미터만 더 가면, 적어도 다섯 갱단의 표식이 영역을 다투고 있는 쇠락한 구역이 나온다. 뭉친 페인트가 발라진 벽들. 바로 블루 쿼터다. 우리 행성의 색과 그 위에 군림하는 평화를 상징하는 이름. 여행 안내자들은 어쩌다가 여행객이 이 외진 곳을 헤매게 될 때면 그렇게 주워섬겼다. 그건 사실이 아니다. 블루 쿼터는 여기 사람이라면 누구나 가지고 있는 푸른 멍에서 따온 이름이었다.

낮은 철문과 가파르고 좁은 층계. 위로 녹슨 관이 지나가는 어두운 통로. 살충제 냄새.

"평화."

내가 말했다.

마크와 조지가 고개를 들었다. 구석 쪽에서 자데즈가 돌아봤다. 그는 날 신경 써 준 적이 한 번도 없었다. 그가 거미단에서 제일 강한 놈이라는 게 유감이다.

나는 잠시 입구에 가만히 서 있다가 안으로 들어가 문을 닫았다. 나는 집을 떠나 오랫동안 고생하다 돌아와서 기뻐하는 사람처럼 미소를 지었다. 하지만 낮은 방의 어스름 속에서 내 미소를 본 사람은 아마 없을 것이다.

아무도 말을 하지 않았다.

"오는 길에 좀 일이 있었어."

나는 할 수 있는 한 무심히 말했다. 그리고 왼팔 쪽으로 고갯짓을 했다.

"그리고 어딘가에서 팔을 잃어버렸어."

그들은 나를 바라보기만 하고 아무 말도 하지 않았다. 그 침묵은 차분한 성질의 것이 아니었다. 그 침묵에는 공포의 기운이 담겨 있었다.

"왜 그래? 그냥 잡혀갔던 것뿐이야."

나는 목쉰 소리로 말했다.

"6개월. 집행유예."

나는 눈으로 마크를 살폈다.

"너희 알아, 내가 척골형이 뭔지 몰랐던 거? 팔꿈치 아래라는 뜻이래."

나는 끝에 노란 반창고가 붙어 있는 잘린 팔을 뻗었다.

마크가 시선을 돌렸다. 자데즈가 구석에서 내 쪽으로 걸어 나왔다. 그의 눈을 들여다볼 수는 없었지만, 주먹을 쥔 채 서 있는 모습에서 그 손에 든 것이 따뜻한 우정의 불꽃은 아니라는 걸 알 수 있었다.

"숨을 곳이 필요해. 손이 없는 사람에게 바깥은 끔찍해."

우정이 아니라도, 나는 내가 매달릴 수 있는 최소한의 유대감의 표시라도 찾으려 애썼다.

자데즈가 바로 앞에 섰다. 나는 코코초코의 달콤한 냄새를 맡을 수 있었다. 갑자기 나도 코코초코가 몹시 먹고 싶어졌다.

"그동안 쭉 알람브라에 있었군."

그가 말했다.

나는 숨을 죽였다.

"그렇지만 아무 얘기도 안 했어. 맹세해. 놈들은 약물 조사도 안 했어. 아무것도 몰라."

"어제 여기가 급습당했다. 불가능한 일이지. 그리고 누군가 네 연장통을 통로에 놔 두고 갔더군. 그것도 역시 불가능한 일이야."

"그렇지만 난 정말 아무——"

말을 마칠 틈도 없었다. 자데즈가 혀로 코코초코 덩어리를 볼 쪽으로 밀어서 물더니, 갑자기 두 손으로 내 목을 단단히 감싸 쥐고 엄지로 내 양쪽 경동맥을 누르기 시작했다. 나는 정확하게 알고 있었다. 몇 초 안에 머리가 울리기 시작하고 눈이 가물가물해지면서 나는 그의 손 안에 든 넝마조각이 될 것이다.

"나…… 난……."

난 도리깨질을 치면서 오른손으로 그를 밀어내려 했다. 하지만 자데즈는 거미단에서 가장 힘 센 놈이었다.

마크가 등을 돌렸다.

자데즈는 거의 힘도 들이지 않고 나를 철문에다 던졌다.

"다시는 돌아오지 마."

그가 말했다.

"마크. 난 맹세."

"절대로."

자데즈가 단호하게 머리를 흔들었다.

놈들이 내 기억을 지운 거야. 틀림없어. 내 몸 속에 평생 나도 몰랐던 생체칩이 있어서 계속 내 위치를 알려준다면 모를까, 놈들은 절대 알 방법이 없었다. 난 어쩌다가 알람브라에서 열흘을 지냈을 뿐인데. 후세인 경위 같은 자는 절대로 믿어선 안 된다. 경위에게는 잘 짜인 계획이 있었던 것이다.

나는 어두운 통로에 서 있다가 천천히 밖으로 나갔다. 이미 언젠가 한번 겪었던 일이라는 느낌이 머리를 스쳤다. 갑자기 진짜 혼자가 돼 버렸다는 느낌이 엄습했지만, 내겐 내 운명을 위해 흘릴 눈물 따윈 한 방울도 없었다. 아마 내가 아주 메말라 버려서일 것이다.

밤은 나쁘지 않았다. 낮보다는 훨씬 견딜 만했다.

나는 어두운 도시를 가로질러 터벅터벅 걸었다. 도시의 어둠은 내 생명줄이었다. 나는 어둠 속에서 일을 했고, 이제 어둠은 보행자들이나 차를 몰고 돌아다는 걸 즐기는 사람들의 시선으로부터 나를 보호해 주었다. 환하게 밝혀진 교차로를 피하는 것만으로도 충분했다. 친절하게도 약하게 방전된 가로등의 희미한 불빛도 위험하지 않았다.

나는 혼자였다. 경찰 오니숍터의 번득이는 불빛이 내 위에 떨어진 순간부터 그걸 알아챘어야 했다. 갱단은 누구든 다시 받아 주는 법이 없다. 한 번 물에 던져진 돌은 영원히 그 바닥에 남아 있게 된다.

나는 지난 2년 간 매일 지나 다니면서도 주의 깊게 살펴보지 않았던 구역들을 지나 이스마일 거리를 따라 천천히 나아갔다. 몸을 돌려 비행청소년 센터가 있는 시내 중심부로 갈 수도 있었다. 나는 자발적으로 스스로를 포기하고 내 죄악들을 끊어 낼 수도 있었다. 거기서는

80명을 수용하는 큰 방에 싸구려 접이식 침대 하나와 넣을 것도 없는 작은 철제 캐비닛 하나를 얻을 수 있을 것이다. 일을 한 대가로 재미 없는 텔레비전 프로그램을 볼 수 있을지도 모른다. 코코초코도 없고, 돈도 없고, 아무것도 없다. 오직 내가 애써 도망쳐 나왔던 것들만 거기에 있겠지.

하지만 난 흡혈귀를 생각해 냈다. 날 도와줄 사람이 누가 더 있지? 물론, 흡혈귀다. 마크마저도 날 버린 지금, 뉴카라치에서 내가 믿을 수 있는 유일한 사람. 무엇보다 그는 항상 내가 자신이 가장 아끼는 아들이니 언제든지 찾아와도 좋다고 입버릇처럼 말했다. 그가 나에게 진심 어린 어조로 나를 얼마나 친아들처럼 아끼는지, 얼마나 나 같은 아들을 바랐는지 얘기할 때마다 등허리에 뭔가가 스멀거리는 듯했지만, 지금 그런 게 중요한 건 아니다.

마크는 그를 좋아하지 않았다. 내가 마크에게 흡혈귀가 나 같은 아들을 원하더라고 말하면 마크는 항상 웃으며 흡혈귀는 나에게 관심이 있는 게 아니라고 말했다. 흡혈귀는 터키 여자를 가져 본 적이 없는데 내 어머니가 터키인이니, 나보다는 나 이전의 일에 관심이 있는 것 같다는 말이었다. 마크한테서 내가 참을 수 없는 것이 딱 하나 있다면, 바로 그런 거였다. 그에게는 신성한 면이라곤 하나도 없었다.

흡혈귀는 날 도와줄 거야. 내 팔을 되찾고 나면 반 년 동안 공짜로 페인트를 가져다주겠다고 해야지. 아냐. 일 년 동안 반값이 낫겠어.

나는 흡혈귀의 집으로 통하는 골목 입구까지 뛰다시피했다. 철책을 흔들었지만 문이 잠겨 있었다. 나는 재빨리 왼쪽 무릎을 꿇고 열쇠가 있지 않을까 바닥을 손으로 더듬었다. 열쇠가 있었을지도 모른다. 하지만 내 오른손으로는 벽까지 닿지 않았다. 갑자기 이 하루의 모든 피로가 한꺼번에 몰려왔다. 나는 철책의 알루미늄 골조를 따라 천천히 미끄러져 바닥에 앉았다.

거의 한 시간쯤을 기다렸나. 굵은 체크무늬 바지를 입은 호리호리한 아랍인 한 명이 어슴푸레한 어둠 속으로 조용히 들어와 철책 위로 몸을 뻗었다. 그제야 열쇠가 다른 데 있었다는 걸 알게 되었다. 나는 그의 뒤쪽으로 발소리 없이 두 걸음을 다가가 남자의 귀에 속삭이듯 말했다.

"흡혈귀한테 볼 일이 있어."

남자는 깜짝 놀랐다. 처음에는 그가 칼을 내 배에 쑤셔 넣지 않을까 두려웠다. 난 재빨리 옆으로 물러났다. 하지만 그는 그저 철책에 달린 문을 열고 들어가더니 함께 가도 좋다는 듯이 고개를 끄덕였다. 남자는 한 손을 몸에 댄 채 누르고 있었다. 물론, 배달할 페인트를 들고 있으니 나와 싸울 수가 없었겠지. 내게 그런 위험을 감수할 만한 가치가 있지 않고서야.

흡혈귀의 집 문에서 남자가 초인종을 눌러 신호를 보냈다. 내가 쓰던 것과는 달랐고 다른 거미단원들의 것과도 달랐다.

나는 아랍 남자가 나갈 때까지 기다렸다가 내 신호를 보냈다. 흡혈귀가 나를 바라보는 방식에서 나는 모든 것을 깨달았다. 나를 보는 그의 눈은 마치 죽은 듯했다.

"흐음."

내가 겨우 원하는 것을 얘기했지만 반응은 딱 한 마디였다.

"흡혈귀, 당신이 도와주지 않으면 저는 6개월을 살아가지 못할 거예요."

"흐음."

그가 다시 말했다.

"정말로 갚을 게요. 모두 다. 다시 정상이 되는 즉시 말이에요. 당신을 위해서만 일할게요. 제가 언제나 최고 상품을 가져온다는 거 알잖아요. 제가 피 냄새를 기가 막히게 맡는다고 늘 말했잖아요."

"그래, 그래."

그는 주제를 바꾸고 싶을 때 언제나 이렇게 말했다. '그래, 그래.'

"전 집행유예 상태예요. 그저 시간을 때우기만 하면 돼요. 어딘가에 숨을 수 있으면 제일 좋겠죠."

"안 될 얘기야, 존. 널 집에 둘 수는 없어. 그리고 여기도 어쨌든 안전하진 않을 거야. 다른 델 찾아봐."

"흡혈귀, 찾아볼 데가 없어요, 진짜예요. 언제든 와도 된다고 했잖아요."

"그래, 그래. 하지만 그런 뜻으로 한 말은 아니야. 듣는다고 다 믿으면 안 돼, 존. 네게도 별로 좋지 않을 거야."

나는 간절한 눈으로 쳐다보며 말했다.

"딱 며칠만요. 처음 며칠만."

그는 머리를 흔들었다.

"그만 해. 소용없어. 다른 곳을 찾아봐."

분명 그들이 여기 먼저 와서 흡혈귀에게 경고를 했겠지. 아마 자데즈가. 어쩌면 마크까지도. 존을 조심해. 당신을 찾아올 거야, 흡혈귀. 놈은 알람브라에 있었어. 어떻게 됐을지 누가 알아. 유도심문에 넘어갔거나 자기도 모르는 도청 장치를 달고 있을 수도 있어. 놈은 위험해. 흡혈귀, 걔 조심해.

"그럼 돈을 좀 빌려 줄 수 없을까요? 진짜, 진짜 초기자금으로 몇 택만."

그가 눈으로 나를 저울질했다. 분명 내가 무얼 담보로 잡을 수 있을지 고민하는 눈치였다. 내 미래가 장밋빛이라고는 전혀 예상하지 않는 것 같았다.

"네 연장통 있지 않았어?"

그는 내가 좋은 작업 도구를 갖고 있는 걸 알았다. 마크와 나는 6

개월 전에 도시 건너편 기지에 있는 미육군 병원에 배달을 해 주고 그 연장통을 얻었다.

"다 거미단에 두고 왔어요."

"음, 가진 게 아무것도 없다면, 나한테 페인트 몇 방울이라도 팔지 않고서야……."

그는 자기 배를 긁으며 말했다.

"페인트? 하지만 지금 제가—"

나는 그제야 그의 말을 이해했다. 그는 내 피를 원했다.

나는 수요가 많은 편인 Rh 마이너스 A2B 혈액을 갖고 있었다. 그는 언젠가 특정 알레르기가 발생했을 경우에 적합한 피라고 설명해 준 적이 있었다. 누군가 어떤 혈액형을 주문했는데 기대했던 제공자가 나타나지 않을 때가 많았다. 그러면 흡혈귀의 전화통은 낮이나 밤이나, 병원과 요양소에서 걸려오는 전화로 쉴 틈이 없었다. 혈액이 충분치 않으면 공식적인 배달에만 의존할 수는 없는 법이다. 실제로 꽤 자주 그런 상황이 발생했다. 그런 때 의사들이 할 수 있는 일이란 흡혈귀나 다른 혈액 상인들을 접촉해서 약간의 혈액을 확보하는 수밖에 없었다. 밀거래 시장이었다. 물론 공식적인 혈액 거래는 국가의 독점 사업이라 밀거래는 마약 거래만큼이나 엄격하게 처벌되었다. 마약과 마찬가지로, 이 시장에서도 고통 받는 이들은 사다리의 아래층에 있는 사람들이었다. 흡혈귀는 바닥에서 한참 높은 칸에 자리를 잡고 있었다. 그가 넘어질 때는 그보다 높은 층에 있는 극히 소수의 사람들도 끌려 내려갈 것이다.

나는 안 되지만 내 A2B 피는 된다는 얘기였다.

"알았어, 흡혈귀. 지금 당장?"

"미룰 이유가 없잖아?"

나는 고개를 끄덕이고 어디 변두리 빈민상담소에서 좋은 시절을 보내다 온 것 같은 지저분한 회전의자에 앉았다. 어쩌면 의자는 어떤 주요 관리의 고상한 체하는 두 번째 부인의 불법 낙태시술 같은 것과 관련되어 있을지도 몰랐다. 아니면 그저 어떤 치과 보조위생사가 누군가의 깨진 어금니를 치료할 접착제를 섞으며 앉았을지도 모르지. 여하튼 흡혈귀가 블루 쿼터의 보육원장을 다 합친 것보다 더 많은 돈을 버는 게 확실한데도, 그의 가구들이 그 방만큼이나 초라한 건 흡혈귀다웠다.

흡혈귀가 창가에 있는 책상 서랍을 열고 튜브와 플라스크가 달린 삽입관을 꺼냈다. 좋은 연장통이었다. 분명 이 늙은 악당이 만약을 위해 준비해 놓은 거였다.

"이리 줘, 흡혈귀. 내가 직접 하는 게 나을 거 같아. 당신이 했다간 팬케이크만 한 멍이 생길 게 확실해."

그는 묘한 웃음을 지으며 연장통을 건네주었다. 나는 삽입관을 잡고서야 그걸 내 목이나 다리 정맥 중 하나에 찔러 넣어야 한다는 걸 깨달았다. 목은 좀 불쾌하고, 다리는 불편했다. 게다가 다리로는 시간이 너무 걸렸다.

나는 그에게 바늘을 다시 건네주고 지겹다는 듯이 오른쪽 팔꿈치를 내밀었다.

"자, 사이좋게 기지고. 그리고 조심해."

그는 어떻게 하는지 잘 알고 있었다. 나도 인정할 수밖에 없었다. 나는 내 기술을 상당히 높게 치고 있었는데, 흡혈귀는 나보다 더 빠른 듯 보였다. 그는 내 피부에 소독약 스프레이를 뿌리고 내가 미처 알아차릴 틈도 없이 바늘로 정맥을 찔렀다. 플라스크가 검붉은 피로 채워지기 시작했다.

"얼마나?"

내가 물었다.

"1리터. 그 정도는 괜찮지, 그치? 너 같으면 너만 한 멍청이한테서 얼마나 뽑아내겠어? 1미터 75, 약 62킬로. 최소한 눈의 각막 상태를 봐서는 건강한 편."

"그건 다르지. 사람들이 멍청이들을 즉각 발견해서 병원으로 몰아넣으니까. 거기서 뭔가 집어넣기도 하고 돌봐 주잖아. 그런데 난 쥐들과 함께 하수구에라도 기어 들어가야 돼."

"그래도 1리터는 견딜 수 있을 거야. 만약 최악의 상황이 오면 암모니아를 맡게 해 줄게. 그럼 여기서 쓰러지진 않을 거야. 오래된 처방이지만 여전히 효과가 좋아."

"그럼 1리터에 얼마나 줄 건데? 아주 신선한 데다 나한테서 뽑은 거라고. 흡혈귀, 나한테서 처음 뽑은 페인트라는 건 쳐 줘야지."

난 거친 놈들이 말하는 것 같은 소리를 내려고 했는데, 잘 되지는 않았다. 그보다는 채소가게에서 가격 실랑이하는 소리처럼 들렸다.

"이건 일반적인 A2B일 뿐이야, 존. 특별할 것도 없고 이걸 팔지 못 팔지 누가 알아? 결국에 가서는 가공을 해야 될 수도 있어."

그런 일이 자주 있지는 않지만 있긴 있었다. 그리고 어떤 경우에라도 흡혈귀는 기회를 놓치지 않았다. 그는 특별한 추출물과 혈장을 온갖 종류의 사람들에게 배달했는데, 군대에도 배달한다는 소문이 있었다.

"물론이야, 흡혈귀. 그래서 얼마를 줄 건데?"

"60택."

"60? 말도 안 돼. 지난주에 같은 피를 갖다 줬으면 못해도 1리터에 100은 받았을 거야. 흔해 빠진 A형도 60을 받아."

"하지만 상황이 바뀌었어, 이 녀석아. 요즘엔 사방에 뿌리고 다닐 돈은 없어. 마음에 안 든다면 여기서 다 그만두고 넌 네 페인트를 누군가 좀 더 후하게 쳐 줄 사람한테 갖고 가. 특별히 너를 봐서 연장통은 20택에 빌려 줄게."

"내가 돈이 없다는 거 잘 알잖아."

"아무튼 60택도 적은 건 아니야. 그 아르메니아 놈한테서는 더 귀한 페인트를 갖고 가도 이것보다는 더 못 받아."

"하지만 그 아르메니아 사람은 나한테 자기는 내 친구니 문제가 생기면 언제라도 문을 열어주겠다고 맹세한 적은 없어."

"내가 너한테 문을 안 열어 줬어?"

나는 아무 말도 하지 않았다. 우리는 검은 피가 채워지고 있는 병만 뚫어지게 쳐다보았다. 피가 1리터 선에 차자 흡혈귀가 재빨리 정맥에서 바늘을 빼고 피가 멈추도록 상처에 스프레이를 뿌렸다. 검붉은 핏방울이 즉시 응고하면서 그 밑의 상처도 아물었다.

일어서자 머리가 핑 돌았다. 그가 눈치를 채고 성의 없이 툭 쳤다.

"두어 시간 지나면 아무렇지도 않게 말짱해질 거야."

그는 격려하듯이 고개를 끄덕이면서 다른 서랍에 손을 뻗었다. 그는 땅딸막한 철제 금고에서—아마 초강력 합금 같은 것으로 만들어졌을 것이다. 그는 그런 것들을 좋아했다—지저분한 지폐 여섯 장을 꺼냈다. 그리고는 아량을 베푼다는 듯이 나를 보면서 한 장을 더했다.

"존, 특별히 너를 봐서야. 오랜 우정을 생각해서지. 나는 항상 너를 예뻐했잖아. 자, 이제 잘 살아. 난 문제가 생기는 건 좋아하지 않아. 어쩌다가 짭새들이 여길 오게 되면, 놈들은 네가 사기를 쳤다고 생각하게 거야. 그땐 네 팔과 영원히 안녕을 고할 수도 있어."

그는 말을 하면서 배로 나를 문 쪽으로 밀어냈다.

"혹시 뭐 아는—"

"맞아. 난 몰라. 뭐리도 찾게 되면 한 2주 후에나 잠깐 들러. 그 전엔 안 돼. 그 전에 왔다간 진짜 나한테 문제가 생기는 수가 있어."

흡혈귀에겐 사업이 가장 중요했다. 그는 날 도와주는 것보다는 내 피에 훨씬 관심이 많았다. A2B는 시장에서 호평을 받는 좋은 혈액형이었다.

나는 골목을 재빨리 뛰어가 입구에서 조심스럽게 주위를 살피다 거리로 살그머니 들어갔다. 청바지 뒷주머니에 있는 잘난 70택이 그나마 힘이 되었다. 펑펑 쓸 돈은 안 됐지만 얼마 동안, 내가 진정이 되고 앞으로 어떻게 할 것인지 생각할 동안은 그럭저럭 살아갈 수 있을 것이다. 내가 기억하고 있는 어떤 주소도 소용이 없다는 게 오늘 저녁에 충분히 증명되었다. 그렇다고 도시를 떠나지는 않을 것이다. 나는 시골은 전혀 모른다. 나는 그런 곳에 사는 사람들이 어떤 사람들인지 상상조차 못했다. 그렇다고 종교의 울타리에 의지하려 해도 이슬람에 대해 아는 것이 많지 않았다.

도시, 도시밖에 없다. 나는 뉴카라치 어딘가에 숨어야 했다. 지금 같은 건기에는 아주 간단했다. 공원에 내 은신처들이 있었다. 내가 잠들어 있을 때 거지들이 냄새를 맡고 찾아내는 일만 없도록 조심하면 된다. 그들에게 잘못 걸리면 피를 몽땅 뽑히거나 심지어 사지가 조각나 이식용 부품으로 외과의사에게 팔릴 수도 있었다. 한 손으로는 스스로를 방어하기가 어렵다. 그리고 나 같은 놈이 사라진다고 누가 걱정해 주기나 할까? 가족도 없고, 이름도 없고, 종교도 없는 팔 잘린 소년 하나. 나한테 남겨진 건 이 세상에 리버풀의 존 레논뿐이었다. 그리고 그조차도 내 마음속에만 존재했다.

무릎이 휘청거렸다. 나는 어딘가에 좀 앉아서 무엇보다 뭔가를 좀 먹어야 했다. 내 삶을 통틀어 그 어느 때보다 배가 고팠다. 병원에서 먹은 맛대가리 없는 단백질 죽 이후로는 아무것도 먹지 못했다. 죽은 속이 뒤집어지는 맛이라 두 번 수저를 찔러 보고는 내버려 뒀다. 지금 당장 먹을 데를 찾아서 코코초코바 두 개를 먹어야 했다. 나는 음식만큼이나 코코초코바가 필요했다. 지금 나는 환각 상태가 몹시 간절했

416

다. 코코초코만이 그걸 줄 수 있었다.

'하얀 수련.' 거기라면 밤새 열려 있고, 지금쯤이면 사람이 없거나 있어도 몇 안 될 것이라고 생각했다. 그리고 특히 거기라면 아는 사람과 마주치는 일은 없을 거라고 거의 확신했다. 오늘 하루, 나는 벌써 인생의 반에 해당할 만큼의 친구와 동료들을 만났다.

문을 열자 희미한 푸른 불빛 아래 몇 사람의 윤곽만 보였다. 부랑자들과 아편쟁이들, 한눈에 하층민들 중에서도 최하층이란 걸 알아볼 수 있었다. 모두 오래된 흑백 영화가 돌아가고 있는 화면을 멍하니 응시하고 있었다. 나는 천천히 구석에 있는 자리로 가서 단추를 눌러 내게 뭔가를 가져다줄 사람을 불렀다. 계산대 뒤쪽 구석에서 불빛이 깜박이자 피곤해 보이는 늙은 노파가 일어섰다.

그리고 내 왼쪽에 있던 머리 하나가 나를 돌아보더니 약간 고개를 숙였다. 들어본 적이 있는 목소리가 내 귀에 대고 뭔가를 읊었다.

"신 이외의 보호자를 선택하는 자들은 스스로 집을 짓는 거미와 같나니, 진실로 거미의 집이야말로 모든 집들 중에 가장 덧없는 것이니라."

나는 여전히 그 목소리를 어디서 들었는지 기억이 안 났다. 화면의 북빛으로는 그 얼굴을 분간할 수도 없었다.

"꺼져."

나는 짜증을 내며 말했다.

"넌 코란 29장, 거미의 장도 모르는 거야? 이건 너의 구절이야, 거미."

그때 화면이 약간 밝아졌다.

병원에서 봤던 팔인지 귀인지가 없던 백인 남자였다. 하루에 한 번도 끔찍한데, 이건 더할 수 없이 끔찍했다.

"그 잘난 코란에 욕을 하지는 않겠어."

나는 화를 내며 오른쪽 팔꿈치로 그의 갈비뼈 아래를 세게 쳤다. 그가 툴툴거리며 물러났다.

"비켜요, 미스터 카이."

늙은 노파가 양손에 더러운 그릇을 잔뜩 들고 내 자리로 다가오며 씨근거리는 소리로 말했다.

"날쌘 젊은이는 뭘 드실라우?"

* * *

내 이름은 로베르트 카이고 린즈 출신이다. 사람들은 나를 미스터 카이라고 부른다. 백인 남자를 사힙[12] 또는 미스터라고 부르는 이곳 관습 때문이다. 우스꽝스럽게도 이 단어와 관련된 모든 것이, 그렇게 불리는 이에 대한 존중까지 포함하여 오래전에 사라졌는데도 호칭만은 살아남았다. 그러고 보니 이 조그마한 지역도 여전히 동벵갈이라 불리고 있다. 태풍과 사람, 황마는 풍성했지만, 일반적인 쌀을 비롯하여 모든 것이 부족했다. 영국인들이 떠난 후 동벵갈은 동파키스탄에 소속되었다가 다시 방글라데시로 바뀌었지만, 여전히 사람과 황마는 많았다. 태풍으로 말하자면, 훨씬 잦아진 것 같았다. 하지만 그건 텔레비전 때문에 생긴 착시일 뿐이었다. 텔레비전이 등장해서 산더미처럼 쌓인 희생자들과 부서진 집들을 전 세계에 뉴스로 전송하기 전에는, 그저 누구도 그런 태풍에 대해 알지 못했던 것이다.

---

12) Sahib. 각하, 나리, -님, -씨 등의 뜻을 가지는 식민지 시대 인도에서 사용되던 존칭. 백인, 특히 영국인을 이르는 호칭으로도 사용된다.

그러다가 90년대가 끝나기 바로 직전에, 세상에서 가장 큰 석유 매장지 중 하나가 이곳에서 발견되었다. 그때는 말 그대로 모든 대형 석유 매장지들이 고갈되거나 거의 고갈돼 가던 때라, 아직 원유가 남아 있는 국가는 상대가 누구건 간에 석유는 단 한 방울도 팔려 하지 않았다. 그런 때에 카나풀 매장지가 발견되었다. 매장지는 벵갈만의 아래쪽으로 10킬로미터를 파고 들어가던 중 8킬로미터 지점에서 발견됐다. 모든 보고서들이 엄청난 매장량이라고 평가했다. 원유 전문가들은 전 세계의 원유 매장량을 합친 것의 열 배나 많은 기름이 묻혀 있다고 했다.

그 소식이 벵갈만 끝에 자리한 이 가난한 지역에 제일 먼저 불러온 것은 엄청난 혼란이었다. 기름은 돈을 의미하고, 돈은 많은 친구들을 데려온다. 텔레비전에 방영될 만한 파괴력을 지닌 태풍이 지날 때마다 정기적으로 식량과 의약품, 텐트 원조를 받는 나라로, 적십자사나 적신월사, 구호 단체들이나 관심을 가지던 나라에 대해, 갑자기 강대국들이 우호적인 공동개발과 동맹의 필요를 느끼게 되었다.

1억 2천만 방글라데시 사람들의 발밑에서 하루아침에 생겨난 부를 나눠야겠다는 생각은 비단 강대국들뿐만 아니라 온갖 종류의 국제기구와 경제단체에도 마찬가지였다. 그때 경제단체들은 이미 컴퓨터 센터와 데이터 은행, 광통신과 신용카드로 세상 전체를 완벽하게 묶어 놓고 있었다. 이게 내가 방글라데시에 오게 된 이유이다. 나는 NTM 지역 사무실 책임자의 고문이 되었다. 법에 따르면, 사장은 방글라데시인이면서 무슬림이어야 했다.

어떻게 하면 가능한 한 싸게 그 엄청난 양의 기름에 손을 댈 것인지를 고민하느라 미쳐 버린 건 비단 세계만이 아니었다. 여태껏 그 위에서 살아왔던 사람들은 그저 가난한 것보다 더 나쁜 상황을 맞았다. 사람들은 갑자기 여태껏 존재하는지조차 몰랐던 것들을 원하게 되는 상황에 놓였다. 불과 2년 사이에 국민소득이 가장 부유한 나라들을 앞질러 버렸다. 별안간 하늘에서 쏟아진 돈벼락을 맞은 사람들이 그렇듯이, 이 사람들도 전혀 분별 있게 처신하지 못했다. 오히려 사람들은 개인적으로건 국가적으로건 할 수 있는 가장 멍청한 짓들을 벌였다. 그리고 우리들, 그들이 부를 가장 최선의 방법으로 사용할 수 있도록 돕기 위해 온 우리들이 이런 바보짓들을 막기 위해 힘이 닿는 범위 내에서 할 수 있는 일은 다 했다는 점만은 분명히 인정받아야 한다.

우리는 교묘하게 일을 처리한 후, 주변에 다른 사람들이 없을 때 우리가 손을 비비면 얼마나 좋은 결과가 나왔는지 확인하곤 했다. 오래지 않아 갠지스 삼각주 브라마푸트라 지역 전체가 하나의 환상적인 백화점이 되었고, 그 지하실에는 금이 쌓였다. 당시에는 우리보다 뛰어난 이들이 있으리라곤 생각도 안 했다.

NTM(4개 회사의 연합체로 세금을 제외한 순이익이 스칸디나비아를 포함하여 엘베강 서쪽 유럽 전체의 국민소득을 능가했다)은 '인도 통일을 위한 민중운동' 이라는 고상한 공식 명칭을 내건 정치적 운동에 돈을 댔다. 그 목적은 정부 수장에 그러한 도움을 감사해 할 줄 아는 인물을 앉히는 것이었다. 정치운동은 극히 잘 먹혀들어서 그 공격적 성격으로 인해 곧 내전으로 치닫는 상황이 만들어졌다. 내 경험을 적절하게 적용할 수 있는 지점이 바로 거기였다. 나는 70년대 초부터 독일 적군파 지원조직의 일원이 되었고, 실제로 안드레아스 바데르[13]를 자유롭게 만날 수 있는 사람 중 한 명이기도 했다. 나는 그를 집주인의 차고에 하룻밤 숨겨 주었다. 그때 나는 하이델베르크에서 철학과 물리학 공부를 막 시작하던 참이었지만 내 삶이 학문과는 사

---

13) Andreas Baader, 1970년 초 독일에서 급진적 혁명단체인 적군파를 이끈 지도자.

뭇 다른 어떤 것들에 관련될 거라는 생각이 갈수록 명료해지고 있었다. 나는 처음으로 가짜 여권을 손에 넣었다. 80년대에는 IRA(아일랜드공화국군)에서 일을 했다. 실제 런던에서 30년형을 선고받기도 했다. 궐석 재판인 데다 가명으로 선고를 받았지만 말이다. 10년 후에 나는 다른 가명으로 영국 외무부의 민감한 업무를 떠맡은 한 영국기업에 고용되어 홍콩 지사를 정리하는 일을 했다.

그때쯤 나는 그 분야에서 잘 나가는 전문가로서 돈을 벌 수 있는 일만 맡았다. 더 이상 스스로를 언젠가는 세상을 자유롭게 할 혁명을 위해 일한다는 식으로 설득하지도 않았다. 나는 이제 사상을 믿지 않고 나 자신을 믿었다. 솜씨 좋은 장인들이 다 그렇듯이. 가족이—나는 그 사이 결혼을 하고 잘츠부르크에 집을 샀다—좋은 핑계가 되어 주었다. 나는 언제나 출장을 끝내고 돌아갈 집이 있었다.

당시 우리는 홍콩에서 해운회사들을 상대로 중국의 보호 아래 독립하는 것도 아주 좋은 일이지만, 목 위에 머리를 온전히 달고 있는 게 훨씬 더 좋지 않겠냐는 설득을 하고 있었다. 엄청난 비용도 비용이지만 사람 목숨도 그 동네에서 연간 마약과 교통사고로 죽는 수를 합친 것만큼 들어갔다.

그 후에는 치타공에 있는 NTM 지사의 사장 고문이 될 때까지 6개월 간 나는 집에서 장미를 가꾸고 개를 산책시키며 지냈다. 치타공은 그곳 석유의 기름기가 조금이라도 묻은 것이라면 모조리 모이는 중심지였다.

'인도 통일을 위한 민중운동'에는 장애물이 하나 있었다. 방글라데시 사람들이 갑자기 너무 부유해지는 바람에 진짜 내전을 일으키기가 어려워진 것이다. 거리로 뛰쳐나가 자신의 진실을 부르짖거나 반대파의 거짓 진실을 분쇄해야 될 사람들이 너무 부유해지고 게을러져서 차라리 돈을 주고 용병을 고용하는 쪽을 선호하게 되었다.

어쨌든 천신만고 끝에 우리가 빚어 낸 내전이 겨우 발발하기는 했지만, 싸우는 시민은 아무도 없었다.

대신에 그런 일에는 도가 튼, 전 세계에서 달려온 전문가들로 조직된 두 개의 소규모 군대가 서로에게 총을 쏴 댔다. NTM에서만 200명을 공급했다. 방글라데시 사람들은 서둘러 지은 각자의 현대적인 주택 창문으로 내다보면서 이런 저런 전투들이 어떻게 결판날 것인지 내기를 걸었다. 영국인들로부터 익히 배운 것들이었다.

물론 이런 이상한 형태의 내전에도 한 가지 장점은 있었다. 양쪽에 솜씨 좋은 장인들이 있다 보니 통상 이런 종류의 분쟁에서 관례적으로 발생하는 대규모 민간인 학살 같은 것이 없었다. 죽은 사람은 별로 없었다. 심지어 소규모 태풍의 피해자보다 사상자 수가 적을 정도였다.

나는 '인도 통일을 위한 민중운동' 이 이미 버스를 놓쳤다는 걸 상대적으로 일찍 깨달은 축에 속했다. 현대 사회에서는 고작 몇십 년이 고대나 중세의 몇천 년보다 큰 역할을 할 때가 있다. 간디가 부르짖었던 강력하고 부유한 하나의 인도, 힌두교도와 무슬림이 사이좋게 살아가는 인도는 더 이상 먹혀 들지 않았다. 주로 관심이 없는 쪽은 무슬림들이었다. 이들은 운 좋게도 유목 생활을 멈추고 정착한 땅에서 몇 세기 후에 석유가 솟았다. 석유는 전 세계뿐만 아니라 코란의 사상에도 에너지를 부여해 주었다.

나는 NTM과 거기 참여한 회사의 경영자들에게 우리가 광신적인 무슬림 근본주의자들을 기반으로 삼아야 한다고 설득하는 데 가능한 모든 노력을 다했다. 그들이야말로 그 나라 사람들 중에서 유일하게 일반 대중에게 영향력을 행사하는 일에 일말의 관심을 가진 이들이었다. 그러나 우리의 대응은 너무 늦었다. 겨우 일주일 사이에 나라 안의 상황이 완전히 우리 손을 벗어났다.

홍분한 무슬림연맹 조직원들 수십 명이 어릿광대 같은 빨강과 녹색 옷을 입고 거리로 뛰쳐나와 진정한 파키스탄의 아버지 라흐마트 알리와 그들의 지도자 사이랍 드지나를 연호했다. 어느 모로 보나 망상에 빠진 사람들이 벌인 무해한 시위였던 것이 일주일 간이나 지속된 전투의 도화선이 되면서 북회귀선 남쪽의 전 지역을 뒤집어 놓았다. 용병 사단은 전투에 참가하지 않았다. 싸움을 지원할 대상이 없었던 것이다. 무슬림 광신자들은 용병 부대의 머뭇거림을 현재 정권의 약점으로 해석하고 그 주에 새로운 독립국을 선포했다. 새 나라의 북쪽 국경은 눈에 보이지도 않는 북회귀선이었다. 그들은 무슬림연맹의 지도자야말로 라흐마트 알리의 정신을 이어받은 진정한 계승자이며 그들의 나라는 진정한 순수의 땅, 뉴파키스탄이 될 것이라고 선언했다. 치타공 역시 뉴카라치로 이름을 바꿨다.

물론 일반적인 상황에서라면 일군의 종교적 광신자들이 그 땅에 매장된 원유로 대변되는 그 엄청난 부를 다스리는 걸 전 세계가 그저 팔짱을 낀 채 강 건너 불구경하듯 할 수는 없었을 것이다. 바로 다음 주에 NTM 혼자서라도 새 정부를 통째로 쳐서 무릎을 꿇게 만들 수 있었다. 하지만 아까 말했듯이, 모든 강대국들과 NTM, 그리고 지구상에 있는 모든 초국적 기업들을 홀쩍 능가하는 누군가가 있었다.

그의 이름은 에리히 블래팅어. 브라질 상파울로에 있는 응용화학 연구소의 과학자였다. 그의 부모는 2차 세계대전 이전에 브라질로 이주했다. 에리히 블래팅어는 탄화수소 결합구조를 연구하고 있었다. 그는 혼자 고립되어 연구하는 천재 타입이 아니었다. 남부럽지 않은 연구자금을 가진 연구소의 한 부서 전체가 탄화수소 결합구조에 대한 연구를 담당하고 있었다.

브라질은 국제적인 석유 부족으로 가장 고통 받는 나라 중 하나였다. 실제로 전직 대통령 중 한 사람은 이 문제를 해결할 수 있는 실마리가 되는 무언가를 발명하는 사람은 유명한 축구선수 펠레와 대등하거나 버금가는 명성을 얻을 것이라 말한 적도 있었다.

블래팅어와 동료 연구자들은 동쪽으로—여러분의 현재 위치에 따라서는 서쪽이 될 수도 있지만—수천 킬로미터 떨어진 곳에서 무슬림 광신자들이 뉴파키스탄의 국가 탄생을 선포하며 초승달을 머리에 인 석유시추탑 모양의 문장과 붉은 직사각형 중앙에 녹색 원이 있는 국기를 발표하는 바로 그 시점에 어렵사리 연구를 성공시켰다.

뉴카라치에서 내각 구성과 교과 과정에서의 이슬람 교리 교육 시간을 얼마나 배치할지를 두고 싸우는 와중에 상파울로는 전 세계에 자신들이 불순물이 전혀 없는 인공 석유를 개발했다고 발표했다. 생산비용은 지질학적으로 작업하기 쉬운 지역을 2킬로미터 이내로 시추해서 생산하는 것과 얼추 비슷하다고 밝혔다. 실제로 성공 발표와 동시에 공개된 인공 석유 생산 시연을 보면 사용된 장비가 아주 단순해서 중간 규모의 도시에서도 충분히 구입할 수 있을 듯했다. 이는 석유 문제 자체가 제거되었을 뿐만 아니라, 운송 문제도 해결되었음을 뜻했다. 유명한 축구선수 펠레의 조카인 한 상파울로 시의원과 찍은 블래팅어 박사의 사진이 모든 신문에 실렸다. 심지어 뉴카라치에도. 하지만 뉴파키스탄의 소식은 어디에도 실리지 않았다. 이제 강대국들과 국제기구들, 뭉뚱그려 말하자면 모든 사람들이 상파울로에 있는 연구소에서 일어난 일에 훨씬 더 많은 관심을 보였다.

그리하여 강대국이나 다른 누군가가 일주일 만에 뉴파키스탄을 청산하기는커녕 아무 일도 일어나지 않았다. 그저 지난 2년 사이 뉴카라치에 솟아오른 새 집들 앞에 임대 팻말이 서 있는 곳이 많아졌을 뿐이다.

그렇다고 이 나라가 갑자기 이전처럼 가난해진 것은 아니었다. 몇 년 간의 석유거품 기간에 지역 은행들은 현금 보유량을 늘리고 용케

전 세계의 강력한 협력자들과의 협조 체계를 만들어 놓았다. 몇 가지의 대체 경제계획이 가동되었고 그 첫 번째 성과가 보이기 시작하고 있었다. 무엇보다 태풍 피해를 방지하는 복잡한 시스템이 돌아가기 시작했다. 체계화된 댐들과 넓은 콘크리트 방파제가 이전에는 완전히 제멋대로 드나들던 엄청난 양의 물을 막을 수 있게 되었다.

하지만 세상은 더 이상 이 나라에 관심을 두지 않았다. 태풍으로 인한 파괴적인 홍수와 수천 명의 사상자, 헤아릴 수 없는 손실이 사라진 마당에 텔레비전에 방영될 이유도 없었다. 뉴파키스탄은 상식에 편입되기도 전에 잊혀졌다. 마치 달의 뒷면에 발을 디딘 것 같았다. 하지만 그것이 지난 세기 동안 북회귀선과 남회귀선 사이에서 생겨난 국가들의 공통적인 운명이기도 했다.

나 역시도 잊혀졌다. 나는 이곳의 번영만큼이나 급속히 내리막을 걸었다. 잘츠부르크에 있는 집과 내 장미들을 떠날 때, 이번이 아마도 세상의 다른 지역을 찾아 나서야 하는 큰 일거리로는 마지막이 될 거라 생각했었다. 사실 나는 벌써 튼튼한 참나무 가방을 챙겨 유럽으로, 이제는 힘을 잃었지만 언제나 한결같은 그곳으로 돌아가게 될 날만 고대하고 있었다. 하지만 내가 귀국하는 날은 영영 오지 않았다.

내신에 아내가 전화를 했다. 그녀는 불쑥 이 모든 상황이 너무 놀라워서 받아들이기가 힘들다는 뜻을 명확히 했다. 그녀는 NTM이 더 이상 나를 필요로 하지 않는 데다, 지금과 같은 상황에서는 그저 방해물에 불과하기 때문에 나를 은쟁반에 고이 담아서 영국에 넘기겠다고 경영회의에서 결정했다는 얘기를 들었다. 그들 말로는, 영국 중앙형사재판소의 30년형 선고 건이 아주 오래전의 일이기는 하지만, 집행 시효가 없는 것이 확실하다고 했다. 토튼햄 코트 지하철역 폭발은 내가 IRA에 있을 때 기획했고 지휘했던 일로, 한꺼번에 762명이 죽었다. 영국인들은 절대 나를 용서할 수 없을 것이다. 1, 2차 세계대전에서도 단 한 명의 독일인이 한 번에 그렇게 많은 사람을 죽인 적은 없었다.

아내는 런던 태생의 영국 여자였고 토튼햄 코트역의 테러리스트가 나라는 걸 꿈에도 모르고 있었다. 그녀는 그때까지도 그 사실을 믿으려 하지 않고 날더러 유럽으로 곧바로 날아와서 그런 끔찍한 모함을 떨쳐버리라고 사정했다.

내 나이에 30년은 종신형을 의미했다.

내가 취할 수 있는 가장 좋은 방안은 뉴파키스탄에 머물며 기다리는 것이었다. 사실 내가 할 수 있는 유일한 방안이기도 했다.

나는 그저 습관에 따라 참나무 가방을 꾸려서 방 안에 세워 두었다. 그리고 별 생각 없이 NTM이 마련해 준 냉방시설이 잘 돼 있던 거처에서 나왔다. 나는 어느 거리의 구석에나 있는 콘크리트 하수관에 열쇠를 던져 버리고, 60년대 말부터 인도 반도 이곳저곳을 어슬렁거리며 동양의 지혜를 구하는 수천 명의 백인 구도자 중 한 명이 되었다. 그들은 자신들의 문화에 대한 믿음을 잃고 죽을 때까지 새로운 진리를 찾았다. 사실 내 경우도 마찬가지였다.

그다지 편안한 삶은 아니었지만 어쩌겠는가, 그게 나에게 남겨진 전부였다. 그 와중에 나는 차례로 손을 잃고, 팔을 잃고, 귀를 잃었다. 하지만 머리는 여전히 붙어 있다.

소소한 기쁨도 있었다. 수십 년 만에 나는 린즈에서 썼던 내 이름, 로베르트 카이를 다시 사용할 수 있었다. 이 이름이 다른 사람들에게는 잠시 틈을 내어 기억할 만한 가치도 없는 거라는 걸 생각하면 약간 빛이 바래기는 하지만 말이다. 사람들은 나를 미스터 카이라고 부른다.

만약 녀석이 진드기처럼 나를 따라다닐 줄 알았더라면 그때 하얀 수련에서 그를 그냥 놔뒀을 가능성이 크다. 녀석은 분명 나를 못 알아봤을 것이다. 하지만 그의 표정에서 드러나는 뭔가가 녀석에게 말을 걸게 했다. 수술 대기실에서 처음 봤을 때도 마찬가지였다.

녀석은 쭈뼛거리며 조심스럽게 들어와 문간에 서서 안에 뭔가 불쾌한 일이 기다리고 있지는 않은지 살펴보았다. 경멸스런 존재가 된다는 것의 첫 번째 교훈을 얻은 게 틀림없었다. 그리고 이제 저 멀리서 누가 슬쩍 손을 들어 위협하는 시늉만 해도 도망가야 한다는 걸 배우고 있었다.

녀석은 내 자리 바로 옆에 있는 낮은 탁자로 와 겁에 질린 채 쿠션 끄트머리에 앉았다. 텔레비전 화면의 희미한 빛 속에서 거의 유럽인처럼 보이는 큰 눈의 윤곽이 보였다. 그리고 그 눈 안에 몹시도 어리고 버림받은 무언가가 반짝였다.

내가 거미의 장을 읊을 때에도 녀석은 여전히 어떤 일에도 쉽사리 당황하지 않는 거친 사내 흉내를 내고 있었다. 하지만 녀석이 가슴과 어깨를 들썩거리며 어린애다운 눈물을 쏟기 직전이었다는 건 나보다 훨씬 인생 경험이 짧은 사람도 분명히 알 수 있었을 것이다.

녀석은 내 이름이 미스터 카이라는 걸 듣자마자 귀를 쫑긋 세웠다.

"미스터 카이트?"

녀석은 이름을 제멋대로 바꿔 부르더니 갑자기 피곤하긴 하지만 호기심 많은 소년이 되었다.

"진짜 미스터 카이트야?"

내가 무슨 말인지 이해를 못한 채 바라보자 녀석이 썩 훌륭한 영어로 속삭임에 가까운 노래를 불렀다.

"미스터 카이트를 위해 오늘 밤 쇼가 벌어질 거라네……."[14]

아주 오래전, 내가 그보다 더 어렸을 때 그런 가사를 알고 있었다

14) For the benefit of Mr. Kite there will be a show tonight. 비틀즈의 곡 〈Being for the benefit of Mr. Kite〉의 가사.

는 생각이 났다. 젊은 남자 네 명이 새겨진 산뜻한 앨범 재킷에 들어 있던 레코드에서 들었던 거였다. 거의 동양적이라고 할 만큼 밝은 옷을 입은 네 명의 남자는 한 팀으로 유명한 마담 투소의 밀랍 인형으로도 만들어졌다. 존과 조지, 폴, 링고. 〈페퍼 상사의 론리 하트 클럽 밴드〉,[15] 비틀즈였다.

팔이 잘린 이 거미단 녀석은 자기도 모르는 사이에, 내 또래들을 싣고 흘렀던 세월과 동양의 지혜에서 존 레논에게로 흘렀던 물결을 거슬러 올라가고 있다. 리버풀의 존 레논 종파는 존을 선지자로 여겼다. 그들에게 존의 가사는 무슬림 근본주의자들에게 코란이 그런 것처럼 강력한 교리였다. 가사뿐만이 아니었다. 가사에 속한 음악 역시도 강력한 교리였다.

이상한 일이긴 하지만, 존 레논이 죽고 나서 시간이 흐를수록 그의 메시지는 이후 세대들에게 더 강렬한 영향을 미치는 것 같았다. 비틀즈의 다른 멤버들은, 심지어 폴 매카트니조차도 그 마력에서는 리버풀의 존 근처에도 가지 못했다. 나는 그 원인이 레논의 폭력적인 죽음 때문이라고는 생각하지 않는다. 레논은 선지자였다. 지난 천 년을 통틀어 유일한 진짜 선지자였다. 나는 내 전 생애가 그가 세상에 던진 메시지에 정반대되는 것이었는데도 이런 주장을 하고 있다. 그가 평화를 얘기할 때 나는 사람을 죽였다. 그가 나를 알았다면 아마 나를 증오했을 것이다. 그럼에도 내가 그의 말을 잘 이해하고 있다는 사실을 한 번도 의심해보지 않았다.

"그건 그렇고, 넌 이름이 뭐냐?"

내가 물었다.

"존."

---

15) 〈Sergeant Pepper's Lonely Hearts Club Band〉, 1967년 6월에 나온 비틀즈의 앨범 이름.

존이라. 친애하는 레논과 같단 말이지. 이런 녀석들은 죄다 영어 이름을 가지고 있다. 마치 영어 이름이 그들의 선지자에 더 가까워지는 길이기라도 한 것처럼. 이름 덕분에 진짜로 더 가까워질 수도 있겠지. 그렇다고 레논을 더 잘 이해하게 될지는 모르겠다만.

"난 그냥 카이야, 로베르트 카이. 카이트가 아냐."

"미스터 카이트가 더 나아."

볼품없는 늙은 여자가 네모나게 뚝뚝 자른 재생 농축쇠고기가 몇 조각 올려진 쌀밥 한 그릇을 그에게 가져다주었다. 단백질과 비타민이 농축된 그 조각들은 소화기관에서 쉽게 열량과 신체의 구성 요소로 전환되었다. 이 역시 대체 경제계획의 결과물 중 하나였다. 내가 NTM에서 일할 당시 NTM이 그 자동생산 공장을 세웠다. 정부에서는 제값을 지불하고 구입하지만, NTM은 반값으로 물량을 확보했다. 아직은 실험용이라 최종 결과물이 나오려면 장기간 인증 시험을 거쳐야 했다. 수많은 방글라데시인들이 벌써 몇 년째 그 농축물질을 먹고 있지만 눈에 띄는 부작용을 내가 본 적은 없었다. 물론 지금 내가 뭘 알 수 있겠나.

나는 약주를 한 잔 더 주문하고, 담배에 정향[16]과 마리화나를 섞은 크래커에 불을 붙였다. 크래커는 최근에 맛을 들인 것이다. 무엇보다 구상잎[17]을 씹는 것보다는 나았다.

존이 역겹다는 듯이 쳐다보았다. 저런 애들은 아무것도 피우지 않았다. 심지어 마리화나조차도. 술을 마시지도 않았다. 대신에 그들에게는 코코초코가 있다. 간편하고 어디에나 있고 언제나 기분 좋게 해주는 것으로, 경제계획의 또 다른 산물이었다. 사실은 무슬림연맹 지

---

16) 정향나무의 꽃봉우리를 말린 것. 맛이 맵고 향이 강하다.
17) 우리나라에서는 필발이라고도 하는 후추과의 풀. 베트남 등에서 담배 대용으로 많이 씹는다.

도자들로부터 직접 주문을 받아 생산한 것이었다. 코란은 술을 금지했지만 합성 환각제에 대해서는 아무런 언급도 하지 않았다.

코코초코바 풍선껌은 몇 푼만 있으면 어디에서나 구할 수 있는데, 거리 곳곳에 자동판매기가 있어서 활력제형과 최음제형, 그리고 다른 두 가지 중에서 골라서 살 수 있다. 포장지의 색깔로 각 내용물이 어떤 환각을 일으키는지 구분할 수 있다. 이 제품들 역시 이곳에서 그 효과와 부작용에 대해 장기적인 실험 중이었다.

존이 조용히 밥을 먹는 동안 나는 흐릿한 화면을 보고 있었다. 나는 왜 세상의 한귀퉁이에 있는 이 나라의 술집들이 이렇게 끔찍하게 감상적인 옛날 영화를 줄곧 틀어대는지 이해할 수가 없었다. 나로서는 화면 안에서 무슨 일이 벌어지고 있는지 알 도리가 없었다. 술집 안에 있는 다른 사람들도 마찬가지라는 인상을 받았다. 모두들 완전히 얼빠진 표정을 하고 있었다. 영화가 끝나자 늙은 여자가 비디오에 새 카세트를 넣었다. 청승맞게 울어 대는 일렉트릭 팝 음악이었다. 오래된 영화보다는 견딜 만했다. 나는 술잔을 한입에 털어 넣고 자리에서 일어섰다.

소년이 뭔가를 묻는 듯한 눈으로 나를 쳐다보았다. 문득 지불할 돈이 없는 게 아닐까 싶어서 녀석에게 물어 보았다.

존은 화난 표정으로 청바지 뒷주머니에서 얇은 10택짜리 지폐 다발을 꺼내 들었다. 두어 명의 멍한 시선에 탐욕의 불꽃이 일었다.

"원한다면 따라와도 돼."

나는 분명치 않은 태도로 말했다. 녀석을 두고 나갈 수는 없었다. 잘해 봐야 항상 굶주려 있는 손님들한테 강도를 당할 것이고, 잘못하면 모가지가 잘려 나갈 수도 있었다. 존은 잠시도 망설이지 않았다. 아마도 이제 배가 찼으니까 그런 것일 테지만, 자기 일은 자신이 알아서 한다는 투의 거친 외피가 사라지고, 겁에 질린 아이가 나타났다.

한참 시간이 지나서야 무엇이 내 안에 있는 것을 깨웠는지 깨달았다. 처음 봤을 때부터 느꼈다. 녀석은 필사적으로 그 반대인 척하고 있었지만, 이 소년에게는 도움이 필요하다는 느낌이 왔던 것이다. 녀석의 행동부터 말까지, 녀석이 하는 짓 하나하나마다 깃들어 있는 기묘한 초조함 같은 게 있었다. 조숙한 경험과 미숙함의 미묘한 혼합. 엄마가 없이 자란 청소년들이나 버림받은 아이들에게서 전형적으로 나타나는 느낌이었다. 이 녀석은 부모의 가치를 알기도 전에 혼자가 된 게다. 세상이란 게 어떤 곳인지는 물어볼 준비가 되었지만, 세상이 너는 어떤 녀석이냐고 물었을 때 대답할 게 없는 아이였다. 위험한 상황이었다. 과열된 전기회로가 타는 것처럼 때로는 채 형성되지도 못한 인격이 완전히 붕괴되는 것으로 파국을 맞을 수도 있고, 더 드물게는 가치와 의식 체계가 작동하긴 하지만, 몹시 기묘하게 형성된 반항적인 성인으로 자라날 수도 있다.

존은 분명 두 번째 부류에 가까웠다. 그는 겪은 일이라면 우연히 스치고 지나간 일까지도 빠짐없이 기억하는 완벽한 기억력을 가졌다. 고아원과 수련원에서 읽었던 책의 긴 문단을 그야말로 글자 그대로 기억했고 이버지로부터 들은 문장들도 인용할 수 있었다. 거미단원이었다는 것을 감안하더라도, 인간의 생체구조에 대해 녀석은 나는 말할 것도 없고 웬만한 의과대 학생들보다 더 많이 아는 것 같았다. 학생들이 책과 모형으로 배우는데 비해 녀석은 현대의 발견들과 고대 토속 주술사와 치료사들의 성과를 섞은 듯한 지난 2년 간의 실습을 통해 배웠다. 훗날 거미단에 대해 두껍고 반쯤을 이해할 수 없는 사회 인류학 연구결과가 나온다면, 진지한 연구자들은 분명 그중 일부를 믿기 어려워할 것이다.

무엇보다 제일 강한 것은, 녀석의 다른 능력들 밑에 가려 있기는 했지만, 외로움을 극복하려는 안간힘이었다. 아마 그는 자신이 얼마나 다른 사람을 필요로 하고 있는지, 적어도 그가 헌신할 수 있는 한 사람, 그를 바라봐 주는 사람을 얼마나 찾고 있는지 스스로는 몰랐을 것이다. 그것은 사랑에 대한 갈구가 아니었다. 그것은 그 이전 수천 세대의 시간이 그의 인격에 새겨 놓은 본능과도 같은 것이었다.

그는 마크에 대해 말했다. 그들의 만남은 의식적인 선택이었다기보다는 행운에 가까웠다. 마크는 존에게 형과 아버지, 어머니의 역할을 했다. 스스로를 존이라고 부르기 시작한 건 존 레논 그 자체 때문이 아니라 마크 때문이었다. 그리고 마크도 분명 그만큼 녀석을 필요로 했을 것이다.

나도 그를 원했다. 나 역시 혼자였다.

그날 밤 나는 그를 내 거처로 데리고 갔다. 블루 쿼터 중앙의 버려진 도기공장 뒷마당에 서 있는 길고 좁은 창고였다. 나는 벌써 3년째 이곳에서 평화롭게 살고 있었다. 경찰이나 다른 부랑자는 물론 어느 누구도 나를 귀찮게 하지 않았다. 나는 옆집에 방치된 콘센트에서 전기도 끌어다 쓰는 사치를 누리고 있었다. 우리는 버려진 도기공장 위층의 주거공간에서 매트리스 몇 개와 썩 괜찮은 깔개를 가져왔다.

5개월 동안 같이 살면서도 존에게 나에 대해 아무 얘기도 하지 않았다. 존도 별로 묻지 않았다. 척 보기에도 나는 아시아가 삼켜버린 수많은 유럽인 조난자 중 하나였다. 굳이 그 이미지를 바로잡아 줄 필요는 없었다. 레논주의적 이상과 살인자의 소굴에 사는 걸 존이 어떻게 조화시켜 왔는지 누가 알겠는가. 그 모든 것이 이미 오래전의 일이긴 했지만, 내가 겪었던 일들이 실제로 일어났던 일인지조차 나는 확신할 수 없었다.

낮 동안에는 각자의 생활을 했다. 나는 푼돈을 벌기 위해 매일 정해진 곳으로 가서 제대로 된 방글라데시인이라면 하지 않을 일을 했

432

다. 그리고 저녁이 되면 창고로 돌아와 존을 기다렸다. 그리고는 가끔 같이 나가 하얀 수련이나 다른 싸구려 술집에서 요기를 하거나, 그냥 창고에 틀어박혀 녀석이 하는 얘기를 들었다. 나는 그가 코코초코를 사는 데 쓰는 푼돈이 어디서 생기는지 묻지 않았다. 가끔은 존이 하루 종일 창고에서 나가지 않은 듯한 느낌도 들었다. 그게 존에게는 더 나을 것이다. 바깥에서 사람들 틈에서 지내다간 팔을 영원히 잃어버리게 될 수도 있다.

하루는 그가 밤늦게 돌아왔다. 창고에 있는 오래된 발광판의 형편없는 불빛 아래서도 나는 그의 까무잡잡한 피부가 회색이 된 걸 볼 수 있었다. 그가 아무 말도 하지 않아서 내가 무슨 일이냐고 물었다.

"아무것도 아냐."

녀석이 소리를 지르고 매트리스에 누웠다.

"밤에 시내에 나갈까 했는데, 이젠 안되겠군."

내가 말했다.

"난 상관없어. 혼자라도 나가. 돈은 여기 있어."

그가 접어놓은 지폐 한 장을 던지며 말했다. 100택짜리 지폐였다.

"미스터 카이트, 나 오늘은 좀 피곤해."

나는 떨어진 돈을 그대로 두었다.

"존, 이 돈 어디서 났어? 넌 이제 얼마 남지 않았어……. 그러니 밖에 나가 말썽을 일으키는 건 그만둬."

그는 아무 말도 하지 않고 그저 벽만 뚫어지게 쳐다보았다.

"누구 습격한 거야?"

"꺼져."

나는 자리에서 움직이려는데, 갑자기 오랫동안 느끼지 못했던 뭔가가 느껴졌다. 분노였다. 건강하고 생기를 일으키는 분노.

"존, 이 멍청한 아시아 짐승새끼야, 이제 겨우 3주만 견디면 그 염병할 팔을 되찾을 수 있는데, 별안간 나가더니 팔을 영영 잃어버릴 지도 모르는 그런 개 같은 일에 뛰어들어! 너야말로 꺼져! 오냐오냐 하면서 돌봐 줬더니 이 바보새끼가, 이 빌어먹을 아시아 천치가 별 지랄염병을 하고 돌아다니니 다 쓸데없어! 말해 봐, 처음에 그 팔모가지를 되찾을 수 있는 가능성이 얼마나 될 것 같았냐? 백분의 일도 안 됐어! 그런데 이제 확률이 반대가 된 마당에, 멍청한 짓으로 다 망쳐 버리고 싶어? 세상에, 돈이 필요하면 그렇다고 말하면 안 돼? 그렇게 뛰쳐나가 다른 사람을 공격해야 돼? 이건 틀림없이 피 팔아서 받은 돈이야. 아니면 어디 가서 이걸 벌어 와."

"맞아. 하지만 내 피야."

그래서 나는 존이 몇 구역 떨어진 흡혈귀에게 피를 팔러 다녔다는 걸 처음 알게 되었다. 격주로 1리터씩. 오늘은 좀 무리를 했다. 흡혈귀의 꼬임에 넘어가 반 리터를 더 뽑아낸 것이다. 그리고는 비척거리며 근근이 집으로 돌아온 것이다.

"여기 봐, 미스터 카이트."

갑자기 녀석이 콘크리트 벽에서 눈을 떼고 나를 바라보았다. 눈이 열정으로 번득였다.

"난 팔이 필요해."

"모두 팔은 필요해."

난 딱딱거리는 말투로 대답하고는 바닥에 떨어진 100택짜리 지폐를 주워 들고 똑바로 폈다.

"하지만 난 다른 사람들보다 더 필요해."

나는 지폐를 매트리스에 누워 있는 녀석의 옆에다 내려놓았다.

"진짜야. 나…… 난 여자를 가져 본 적이 없단 말이야."

나는 씩 웃으며 말했다.

"그런 거라면 팔이 아니라 고추만 있으면 되지. 근데 간음이 발각되면 놈들이 거시기를 싹둑 잘라 버릴 거야. 그건 집행유예도 없어. 아직 여자를 가져 보지 않았다는 말은 간음을 저지르지 않았다는 뜻이니까, 네 거시기도 잘릴 일이 없을 테니 오히려 좋지 않냐?"

"미스터 카이트, 난 진지하게 하는 얘기야. 난 그냥 소박하게 언젠가 여자를 가지고 싶은 거야. 진짜로. 온전히 내 곁에만 있을 내 여자 말이야. 최소한 한 번만이라도. 내 말이 무슨 말인지 알지? 하지만 절단형을 받은 사람은 그런 주제가 못 돼. 미스터 카이트도 잘 알 거 아냐."

존의 말이 맞았다. 나는 그 어느 때보다 존에게 미안해졌다. 존이 뭘 원하는지 잘 알고 있었다. 그리고 동시에 나는 존이 돈으로 사는 여자 말고는 다른 여자를 만날 수 있는 희망이 얼마나 희박한지도 잘 알고 있었다. 이곳에서는 한 번 절단형을 받으며 평생 그런 상태를 벗어날 수 없다.

"그러니까 앞으로 괜히 쓸데없는 일에 휘말리지 않게 조심해."

난 어깨를 으쓱하며 말했다.

"하지만 내가 어떻게 그럴 수 있겠어? 요령을 알려줘 봐. 난 거미단원이고 할 줄 아는 거라곤 피를 뽑는 거밖에 없어. 다른 건 전혀 몰라. 그거 말고 누가 내게 다른 일을 주겠어? 여하튼 난 얼마 지나지 않아 팔을 잃게 될 거야. 그 다음엔 어깨를 잃겠지. 어쩌면 다른 팔도 잘릴지 몰라."

존이 감정이 북받친 얼굴로 나를 쳐다보았다.

"결국 언젠가 난 당신처럼 될 거야. 어쩌면 짐작보다 더 빠를지도 모르지. 그나저나 귀는 왜 잘린 거야?"

"귀는 사기죄야. 내가 가게 진열창 앞 보도를 청소하기로 하고 가게 주인에게 돈을 받았는데, 그 상인이 보기에 여전히 지저분한 것 같으면 내가 그 사람한테 사기를 친 게 되지."

"그럼 진짜 그 남자한테 사기를 쳤던 거야?"

"그랬다고 법원이 결정했지. 난 보도를 두 번이나 쓸었는데 말이야."

"미스터 카이트, 당신이야말로 쓸데없는 일에 휩쓸리지 않게 조심해."

녀석이 비꼬는 투로 말했다.

"그런 충고가 다 무슨 소용이야……. 칼이라도 한번 맞으면 그걸로 끝장인데……."

존이 다시 벽을 보고 돌아누웠다.

"희망이 하나 있어. 챈들러라는 사람 들어 봤어?"

나는 부드럽게 말했다. 녀석이 머리를 흔들었다.

"오스트레일리아 사람인데 퍼스에 살아. 생리학자지. 몇 년 전에 파충류의 잘린 사지를 재생시키는 물질에 대한 실험을 시작했어."

이 이야기는 어느 정도 녀석의 관심을 끈 것 같았다. 존이 재미있다는 듯 웃었다.

"그래. 지금쯤이면 사람을 도마뱀처럼 만드는 알약 같은 걸 만들었을 거야. 한쪽 다리를 떼 내도 다음 날 아침이면 새 다리가 돋아나는 거지."

"웃지 말라니까……. 챈들러는 진짜 도마뱀 가지고 시작했다고. 도마뱀에게 대체한 사지가 완전히 자라날 때까지 그 몸에서 형성되는 모든 물질들을 분석했어. 그리고 그 물질이 효과를 발휘할 만한 다른 대상을, 예를 들자면 포유동물 중에서 그런 게 없는지 조사했지."

"그래서 찾았어?"

그 후로 챈들러가 어떻게 됐는지는 나도 몰랐다. NTM에 있을 때만 해도 회사가 이리저리 지원하고 있는 프로젝트들의 최신 소식이 담긴 보고서를 정기적으로 받았다. 그 퍼스 출신의 생리학자는 매 분기마다 상당한 액수의 돈을 받아갔고, 그가 요구하는 모든 특혜는 실험에 필요한 재료들로 간주되었다. 그 실험이 매우 장래성이 있어 보인데다, 성공하기만 하면 돈을 긁어모으는 기술이 될 터였다. 그러나 내가 그 세계에서 도망쳐 나온 후에는 챈들러에 대한 소식을 들어 보지 못했다. 그 모든 것이 그저 허풍이었다고 들통 나거나 실험 결과를 군대가 숨기고 있는 것일 수도 있다. 아니면 회사가 시장에 내놓을 적당한 때를 기다리고 있는 건지도 모른다.

"물론 찾아냈지."

나는 확실하다는 듯 말했다.

"내가 손 두 개와 자가용들, 괜찮은 직업을 갖고 있던 당시 그 결과를 내 눈으로 직접 봤어. 실험실 동물들이었지. 여러 가지 비타민의 비율하고 관련이 많다는 얘기만 기억나네."

존이 다시 웃음을 터뜨렸다.

"멋지다. 미스터 카이트, 그럼 나한테 말해 봐. 왜 당신은 뭔가 다시 돋아나게 하지 않았어? 당신 몸뚱이에는 요긴하게 써먹을 만한 데가 많잖아, 안 그래?"

"이것 봐라. 이 어린놈의 자식이 날 놀린단 말이지. 앞으로는 아무 것도 얘기 안 해 준다. 그래, 아무래도 그런 게 낫겠어."

존이 내 쪽으로 돌아누웠다.

"미안해. 내가 진심으로 한 말이 아니란 거 알잖아."

그 뒤로 우린 말 없이 가만히 있었다. 나는 마음이 상한 건 아니었지만 더 할 말이 없었다. 존도 별로 말하고 싶은 기분이 아닌 것 같았다.

잠이 들면서 나는 혹시 실수한 건 아닐까 하는 생각이 들었다. 아예 챈들러 따위는 언급하지 말았어야 했다. 전부 말도 안 되는 속임수에다 턱도 없는 얘기였다. 내가 천국을 주겠다고 약속하는 것만큼이나 허황된 얘기였다. 하지만 그런 게 희망이란 거다.

희망이 가장 마지막에 죽는다는 말은 사실이 아니다.

희망은 절대로 죽지 않는다.

* * *

미스터 카이트가 정말 내 신경을 긁는 것이 딱 한 가지 있는데, 그건 어떤 식으로든 눈에 띄지 않게 나를 도우려고 드는 그 끈질기고 빌어먹을 노력이었다. 물론 내가 다시 혼자 거리를 떠돌게 된 그 첫날밤, 나를 자신의 숙소로 데려와서 아무것도 묻지 않고, 내가 집행유예 기간을 기다릴 수 있도록 그의 곁에서 지내게 해 준 것에 대해서는 끔찍하게 감사하고 있다. 나는 그에게도 그렇게 말했고 그의 삶을 방해하지 않도록 최선을 다했다.

하지만 오랫동안 누군가와 같이 지내다 보면, 게다가 주변에 있는 거라곤 사방의 벽밖에 없을 때에는 결국 뭔가가 틀어지게 되어 있다. 보통 때 같으면 별일 아닌 것들이 신경을 거스르기 시작한다. 나는 고아원에서 그런 법칙을 발견했고 사파이어 플라워 수련원에서도 마찬가지였다. 그저 멀리 떨어져서 완전히 다른 사람과 지냈으면 하고 간절히 바라게 되는 순간이 있다. 미스터 카이트와 있으면서 그런 순간은 항상 그가 내 일에 대해 가능한 한 좋은 말로 걱정을 늘어놓기 시작하거나, 내가 뭘 해야 되는지, 어떻게 해야 되는지 가르치려 들 때였다.

그가 코란을 아주 잘 알고 있다는 건 사실이다. 그리고 때때로 그는 내가 전혀 들어 본 적도 없는 다른 책을 섞어서 말하기도 했다. 하지만 존 레논에 대해서는 그저 고개를 주억거리는 정도밖에 알지 못했다. 존이 여전히 살아 있던 시대를 기억할 만큼 나이도 많은데다 텔레비전에서 그를 보기도 했으면서 말이다. 직접 존의 얼굴을 본 적은 없었지만 채프먼이 존을 쏜 날만은 아주 잘 기억하고 있었다. 그리고 대부분의 히피들과 마찬가지로, 그도 요코를 좋아하지 않았다. 나는 늘 그게 웃겼다. 히피들은 고향에서 찾을 수 없는 무언가를 찾겠다고 동쪽으로 와서는 누군가가 그들이 찾는 것, 예를 들어 요코를 눈앞에 데려다 놓으면 코웃음을 치기 시작한다.

그것만 제외하면 나는 우리가 하얀 수련에서 만났던 그날부터 미스터 카이트를 썩 좋아했다. 그리고 그에게 조금 미안하기도 했다. 그로서는 외롭게 진리를 구하는 순례를 이처럼 마치게 된 게 즐거운 일은 아닐 테니까 말이다. 그를 보면 한눈에도 평생 얼마나 많이 맞고 살아왔는지 알 수 있었다. 자신을 방어할 줄도 모르고, 맞받아 칠 줄도 모르고, 다른 사람을 해칠 줄도 몰랐다. 그저 늙어 가는 히피였을 뿐이다. 지금까지도 그에게서는 '전쟁 대신에 사랑을' 이라는 히피의 정신이 스며 나왔다. 나보고 비폭력의 사도(使徒)를 그림으로 그려 보리고 한다면 나는 주저 없이 미스터 카이트를 모델로 삼을 것이다. 물론 조심스럽게 자세를 옆으로 잘 잡아서 갈려 나간 사지가 보이지 않도록 해야겠지만 말이다. 나에게 있어서 미스터 카이트는 아무 짓도 저지르지 않아도 자신을 방어할 줄 모른다는 것 하나만으로, 운명이 인간을 한 방 한 방 얼마나 가혹하게 두들겨 대는지 보여주는 완벽한 사례였다. 물론 리버풀의 존 레논도 거친 사내들이나 싸움하는 사람들을 좋아하지 않았지만 누가 자기를 치면 어떻게 갚아 줘야 하는지는 알았다. 그는 확실히 되갚아 주는 법을 알았을 것이다. 마크도 그렇게 말했었다.

나는 첫날 이후로 마크를 보지 못했다. 그를 피하는 건 어렵지 않았다. 거미단은 그들끼리 정해진 길로만 다녔는데 나는 되도록 그들과 마주치지 않을 만한 길로 다녔고, 밤보다는 낮에 주로 생활하기 시작했다. 한번은 흡혈귀네로 통하는 골목에서 조지를 본 것도 같았는데, 조지가 맞는지 확신이 들기도 전에 나는 내 얼굴을 볼 수 없도록 훌쩍 옆으로 피해 버렸다. 나는 두 시간이 지나서야 다시 흡혈귀에게로 갔다.

나는 내킬 때마다 흡혈귀에게 가는 단골이 되어 가고 있었다. 한번도 다른 일로 돈을 챙기지는 않았다. 나는 미스터 카이트가 당한 꼴을 똑같이 당하고 싶지 않았다. 고작 돈 몇 푼을 위해 모욕과 매질을 감수할 만큼 비굴해지지는 않았다. 흡혈귀는 내 A2B형 피를 원했다. 순수한 거래였다. 손에서 손으로, 때로는 손에서 혈액 플라스크로. 내가 그의 아들이라느니, 나 같은 아들을 원했다느니 하는 빈말들은 없어졌다. 이제 나는 그에게, 또 나 자신에게도 진정으로 존재하지 않는 사람이 되었다. 존재하지 않는 사람이 존재하지 않는 땅에 앉아 존재하지 않는 사람을 위해 존재하지 않는 계획을 짠다네.[18]

아냐. 그 가사가 다 맞는 건 아니었다. 마지막 구절은 나한텐 적용되지 않았다. 나는 항상 놈들이 왼팔을 다시 붙여주면 어떻게 될지 계획을 세웠다. 내가 확신하지 못하는 게 하나 있었다. 만약 놈들이 알아서 해 주지 않는다면 내 손으로 팔뚝에 새겨진 승리의 거미 문신을 떼 낼 수 있을까. 지워야겠다고 마음을 먹은 것이 아니라, 그저 확신을 못하고 있었다.

미스터 카이트는 내가 팔을 되찾을 수 있게 조심하지 않는다고 생

---

18) A real nowhere man, Sitting in his nowhere land, Making all his nowhere plans for nobody. 비틀즈의 곡 〈Nowhere Man〉의 가사.

각해서 안절부절못했다. 아주 이전부터 나는 위험스러워 보이는 것들을 무엇이든 피해 다녔다. 곁눈질로라도 남을 불쾌하게 하지 않도록 땅만 보면서 걸었다. 그럴 필요가 없어도 비켜섰고, 범죄자로서 잘린 팔뚝이 보이지 않도록 구석진 곳에 숨었다. 그리고 지나간 날과 앞으로 남은 날들을 꼽았다. 우리 창고와 버려진 도기공장 사이에 있는 작은 마당 구석에 빈 콜라 캔과 강장제 캔, 무알콜 맥주 캔이 무더기로 있었다. 나는 매일 깡통을 하나씩 반대쪽 구석에 있는 무더기에 쌓았다. 매일 백 번씩 남은 깡통이 몇 개나 되는지 세었다. 그게 미스터 카이트랑 무슨 상관이야. 내가 왜 그한테 말해야 되지? 그러면 날 칭찬이라도 해줄까 봐?

그에게 얘기하지 않으려고 했지만, 결국 정기적으로 흡혈귀에게 갔었다고 고백하자 그가 불같이 화를 내서 나는 정말로 기뻤다. 마침내 잠깐 동안이긴 했지만 그가 진짜 사람이 되었던 것이다. 같이 얘기를 나눌 만한 가치가 있고, 계속 나를 가르치려 들거나 돌보려고 하지 않는 진짜 사람. 그의 겸손과 친절 때문에 가끔씩은 정말 토하고 싶었더랬다. 분노가 그에게 훨씬 잘 어울렸다. 평생 동안 그걸 몰랐다니, 그는 억세게 운이 없었던 것이다. 한바탕 퍼붓고 나서 그가 마음에 상처를 입은 것이 나에게도 느껴졌다. 그날 밤 우리는 서로 별 말을 하지 않았다. 나는 별로 상관하지 않았다. 흡혈귀가 내 정맥을 마구 휘젓고 난 뒤라, 난 몹시 지쳐 있었다.

하지만 다음 날 아침에는 그를 기쁘게 해 주기 위해 내가 물었다.

"미스터 카이트, 그 오스트레일리아인 의사는 진짜 어떻게 된 거야?"

내 짐작이 맞았다. 그는 이 대화를 기다리고 있었다. 그는 펄쩍 뛰었지만, 할 수 있는 한 관심 없다는 듯 대꾸했다.

"이미 다 얘기했잖아."

"그럼 다시 얘기해 줘."

얘기는 어제와 똑같았다. 이게 사실이라면, 나쁜 얘기는 아니었다. 그는 몇 가지 세부적인 사실을 더 기억해 내기도 했다.

"연구는 런던에 있는 국립의학연구소에서 처음 시작됐어. 다리가 잘렸다가 다시 자란 도마뱀이 비타민A를 생성한다는 걸 발견했지. 그래서 그들은 온전한 도마뱀을 비타민A 용액에 담가 보기 시작한 거야. 몇 놈은 다리가 이전보다 길어졌고, 몇 놈은 다리가 하나, 심지어 용액의 농도에 따라 두 개가 더 생겨나기도 했어. 존, 그런데 더 이상은 기억이 안 나는구나. 난 퍼스 출신의 챈들러가 여러 가지 비타민에다 다른 여러 가지 성분을 섞어서 일종의 혼합액을 만들었더니 그 후로는 포유동물들에서도 정상적인 형태의 새로운 조직이 자라나기 시작했다는 것밖에 몰라. 누군가에게 시험을 해 봐야겠지."

나는 씩 웃으며 말했다.

"고마워. 그래도 난 원래 내 걸 다시 붙이는 게 좋겠어."

"그럼, 그래야지. 당연히 그래야지."

그는 내가 잘되기만을 바랄 뿐이라는 것처럼 아주 동정적인 미소를 지었다. 그런 미소를 보면 나뿐만이 아니라 누구라도 기분이 나빠질 것이다.

난 매트리스에 털썩 누워 낮고 지저분한 창고 천장을 멍청하게 응시했다. 미스터 카이트, 이제 며칠 지나 내 팔을 다시 갖게 되면 그땐 당신하고 안녕이야.

그가 그 보잘것없는 푼돈을 벌러 나가면서 뭐라고 중얼거렸다. 그 소리가 그에게서 듣는 마지막 말이 될 거라곤 나는 꿈에도 생각하지 못했다.

처음에는 도기공장 앞길에서 바퀴가 끽끽대는 것 같은 소리가 들렸다. 나는 별 관심을 두지 않았다. 나는 거리에서 일어나는 일에는 관심을 기울이지 않았다. 그리고 우리 공장으로 통하는 빈 공장 옆쪽의 어두운 골목은 거미줄과 쓰레기들로 가득 차 있어 누구도 들어올 엄두를 내지 않았다. 나는 조용히 누워서 별 흥미 없이 미스터 카이트의 책 중 하나를 계속 봤다. 존 레논의 가사들처럼 영어로 쓰인 찢어지고 기름때가 묻은 페이퍼백이었다. 이해할 수 있는 단어가 얼마 없어서 무슨 얘기인지는 전혀 알 길이 없었다.

그때 마당 앞쪽에 있는 골목에서 뭔가 쿵 하는 소리가 났다. 미스터 카이트는 절대 아니었다. 만약 그라면 혼자가 아닌 듯했다. 그의 발자국 소리는 절대 저렇지 않았다. 게다가 그는 다른 사람을 데려온 적이 한 번도 없었다.

나는 조용히 일어나 창고 지붕 밑으로 난 좁은 창문으로 어둑해진 바깥을 내다보았다.

마당에는 아무도 없었다. 하지만 골목에서 자갈이 발에 밟히는 소리가 들려왔고 희미하게 쉿쉿거리는 소리가 들렸다. 누군가 안에 들어와 있었다.

부서진 경첩이 달린 문이 활짝 열리더니 머리 하나가 마당 안을 살폈다. 마크였다.

당연히 나는 그 자리를 지키며 그가 안을 들여다볼 경우를 대비해 손에 빈 병이라도 들고 문 뒤에서 기다려야 했다. 모든 것이 다시 조용해질 때까지 기다리고 또 기다려야 했다. 그리고 그때가 돼서야 조심스럽게 기어 나가 어찌된 일인지 살펴보거나 아니면 도망을 갔어야 했다. 이제 며칠밖에 남지 않았기 때문이었다. 내가 깡통을 하나씩 빼내던 구석에는 이제 깡통이 몇 개밖에 남아 있지 않았다.

하지만 그러는 대신에 나는 문을 열고 달려 나갔다.

나는 마당을 가로질러 문으로 달려갔다.

"마크!"

골목은 거의 캄캄했다. 하지만 희미한 빛만으로도 나는 거기 있는 이들을 다 알아볼 수 있었다.

미스터 카이트가 더럽고 거친 콘크리트 바닥에 누워 있었다. 머리를 뒤로 젖히고 흐릿한 눈을 뜬 채였다. 두꺼운 관이 그의 경동맥에서 페인트 플라스크로 이어져 있었다. 그 옆에는 이미 꽉 채워진 플라스크가 하나 더 있었다.

자데즈가 그 곁에 무릎을 꿇고 손으로 미스터 카이트의 가슴을 규칙적으로 누르고 있었다. 자데즈는 동맥에서 최대한의 피를 뽑을 수 있도록 그의 심장을 마사지하고 있는 것이다.

마크는 양손에 페인트가 가득 든 플라스크를 들고 그 뒤에 서 있었다.

"마크!"

나는 가까스로 소리를 냈다. 하지만 누구도 그 이름을 알아듣지 못하는 것 같았다.

잠시 동안 둘은 아무런 말없이 나를 바라보았다. 그러다가 자데즈가 고갯짓을 하자 마크가 플라스크들을 땅에 내려놓았다.

미스터 카이트는 이 모든 것을 초점 없는 눈으로 지켜보았다.

"덮쳐! 잘 팔리는 A2B형이야."

자데즈가 쉿소리를 내며 말했다.

나는 얼어붙은 듯 제자리에 서 있었다.

마크가 나에게 뛰어들며 손을 한 번 휘둘러 쇄골 사이를 가격했다. 나는 뒤로 밀려 마당 안으로 쓰러졌다.

강한 타격은 아니었다. 만약 그가 나에게 가르쳐 준 방식대로 제대로 쳤다면 나를 죽일 수도 있었을 것이다. 나는 그걸 알고 있었다. 하지만 그는 나를 죽이려고 하지는 않았다. 나는 마당 구석에 쓰러졌다.

작은 깡통 더미가 밑에서 달그락거렸다. 정말 몇 개밖에 남지 않았다.

나는 바닥에 누운 채였다.

"마크! 저 사람을 완전히 작살내놨잖아! 저러면 회복하지 못할 거야!"

그는 내 앞에 서서 나를 굽어보았다.

"존, 뭐 때문에 남의 일에 코를 들이미는 거지? 한몫 달라는 거야?"

"그를 놔 줘. 그는 내 친구야."

"멋진 친구를 뒀군 그래, 존. 하지만 이제 꺼져. 자데즈가 진짜 돌아버리면 너도 작살내야 돼."

그는 여전히 약간만 움직여도 나를 팰 수 있는 자세로 서서 나를 굽어보고 있었다. 하지만 나는 그의 시선에서 그가 별로 그럴 생각은 없다는 걸 알 수 있었다.

나는 몸을 일으켜 온몸으로 기어서 반대쪽으로 창고를 한 바퀴 돌았다. 부서진 담으로 통하는 통로로 기어 들어가 보니 마당은 비어 있었다. 깡통들만이, 내 형벌이 끝나는 날까지 남은 날 수를 알려주는 깡통들만이 사방에 흩어져 있었다.

나는 진흙담 사이로 난 좁은 비포장길을 따라 뛰다가 왼쪽으로 틀이 황폐한 차고 뒤에 있는 버려진 정원으로 뛰어들었다. 태양에 그을려 황록색이 된 관목들이 만든 담 너머에 서리로 통하는 콘크리트 포장길이 있었다. 그곳의 지하철역 입구 사거리에 공중전화 박스들이 일렬로 서 있었다. 난 3을 세 번 눌렀다. 숨을 제대로 쉴 수가 없었다. 기진맥진해서라기보다 당황스러웠기 때문이었다.

마침내 누군가 수화기를 들었다. 남자의 목소리가 들렸다.

"가능한 빨리 블루 쿼터의 드지나 거리로 와 주세요. 드지나 거리의 시작 지점 오른쪽에 있는 오래된 도기공장이에요. 거기 골목에 남자가 하나 누워 있어요. 피를 엄청나게 많이 흘렸어요. 빨리 와 주세요."

나는 목쉰 소리로 말했다.

"거미단?"

목소리가 물었다.

나는 숨을 들이쉬고 잠시 망설인 다음 대답했다.

"예. 제발 빨리요."

"전화하는 분은 누구세요? 이름과 주소를 불러 주세요."

나는 전화를 끊었다.

그리고 한동안 앞에 있는 강화유리 공중전화 박스를 멍하니 쳐다보며 서 있었다. 그러다 등 뒤에서 나는 발자국 소리를 듣고서야 돌아가거나 도망쳐야 한다는 걸 깨달았다. 계속 여기 이렇게 서 있다가 말썽에 휘말릴 필요는 없었다. 누군가가 내 남은 한 손으로 공중전화를 망가뜨렸다고 고발할 생각이라도 하면 어떻게 되겠는가.

나는 사거리로 달려갔던 길을 되짚어 창고와 마당으로 돌아왔다. 이제 거의 어둑해져 있었다.

나는 잠시 귀를 기울였다. 조용했다. 나는 조심스럽게 골목으로 통하는 열린 문으로 기어갔다. 미스터 카이트만 그대로 있었다.

그는 자데즈가 작업할 때 내가 봤던 모습 그대로 바닥에 누워 있었다. 너무 어두워서 확신할 수는 없었지만 나는 그가 눈을 뜨고 있다고 생각했다. 나는 한쪽 무릎을 꿇고 그의 머리를 들어올렸다. 그리고 내다른 쪽 무릎에 그 목을 걸쳤다. 한 손으로 하기는 힘든 일이었지만 어쨌든 해 냈다. 나는 그의 목에 난 상처를 살펴보려 했지만 너무 어두운 데다 다른 손이 필요할 거라는 느낌이 들었다.

더 이상 그를 위해 내가 할 수 있는 일은 없었다.

내가 뭘 해야 할지는 알고 있었다. 나는 미스터 카이트의 머리를 다시 바닥에 내려놓고 도망쳐야 했다. 할 수 있는 한 최대한 빨리, 그리고 최대한 멀리 이곳에서 벗어나야 했다. 그리고 이곳이 존재한다는 것조차 잊어야 했다. 하지만 나는 내가 그러지 않을 거라는 사실도 잘 알고 있었다.

그때 앰뷸런스 사이렌이 우는 소리가 들리고 날카로운 빛이 거리에서 다가왔다. 빛이 너무 강렬해서 마치 눈에 주먹을 한 방 맞은 것 같았다. 아무것도 볼 수 없었다. 몇 명의 발자국 소리와 소리치는 목소리만 들렸다.

"꼼짝 마!"

이럴 줄 알았어. 목 뒤를 얻어맞고 여러 색깔의 동그라미들이 떠 있는 어둠 속으로 떨어지기 직전에 나는 생각했다.

"음, 무슨 말이라도 하지 그래, 카토?"

후세인 경위가 자기 책상에 앉아서 차가운 갈색 눈으로 나를 바라보았다. 처음 여기 왔을 때와 똑같이, 나에 관한 서류들이 그 앞에 놓여 있었다. 사진과 녹음된 음성자료, 지문. 열 손가락의 지문이 다 있었다.

여기 처음 왔을 때로부터 겨우 반년이 지났다.

"나는 정말 그를 죽이지 않았어요."

내가 말했다.

"그럼 누가 죽였지?"

제가 어떻게 알겠어요. 나는 어깨를 으쓱했다.

그는 내가 지겹다는 듯 머리를 흔들고 등받이에 몸을 기댔다. 그리고는 나를 올려다보며 내내 손가락 사이에서 돌리고 있던 연필을 던졌다.

"꼭 쳇바퀴를 도는 것 같군. 넌 살해된 로베르트 카이와 같이 있다가 체포됐고, 타격대원 두 명이 심문에서 네가 거미단원들이 경동맥

집행유예 447

에서 피를 뽑을 때 쓰는 전형적인 자세를 취하고 있었다고 증언했어. 넌 체포할 때 저항하지 않았어. 현장 조사 때 바닥에서 끝에 바늘이 달린 1미터 정도 길이의 부드러운 재질로 된 관이 발견됐어. 그런 관은 병원에서 동맥에 뭔가를 주입하거나 빼낼 때 사용하는 것이지. 또한 거미단원들이 피를 훔칠 때도 사용해. 피를 담는 플라스크가 발견되지 않았다는 사실, 그리고 사후 검진에 의하면 로베르트 카이의 사인이 총 혈류량의 반을 초과하는 과다출혈이었다는 점은 너 혼자서 피를 훔친 게 아니라 응급구조대와 타격대가 도착하기 전에 도망친 한 명 또는 그 이상의 조력자가 있다는 가설로만 설명이 가능해. 다른 설명은 있을 수가 없어. 내 말이 틀려, 카토? 제발 말을 해.”

“제가 죽이지 않았어요. 정말 제가 안 죽였어요. 전 그 사람을 사랑했어요.”

“그럼 누가 죽였지?”

나는 몰라요. 난 어깨를 으쓱했다.

“난 널 이해 못 하겠다, 카토. 그놈들은 그 소동 중에 너를 버려두고 도망갔는데, 넌 그들을 감싸고 있어. 거기 누구랑 같이 있었니?”

“내가 죽이지 않았어요. 난 이미 그렇게 돼 있는 그를 발견한 거예요.”

그는 다시 진저리가 난다는 듯이 머리를 흔들었다.

“공중전화 박스에 녹음된 네 목소리만 없었다면, 나도 널 귀찮게 하지 않고 보내줬을 거라고 맹세라도 하지. 내가 비교해 보니 파형이 정확하게 일치하더군. 물론 그 녹음자료를 증거에 포함시킬지 말지는 나한테 달려 있어, 알겠어? 그런데 네가 아무것도 모른다는 말만 하고 있는데 내가 어떻게 그럴 수가 있겠어? 네가 날 도와주지 않는데 내가 왜 널 도와주겠어?”

“제가 진짜로 죽이지 않았다는 것만 알아요. 누가 그랬는지는 저도 몰라요."

"좋아. 그러면 나도 네가 구급대를 불렀다는 걸 모른다. 사건이 아주 간단해지는 거지."

그는 손을 쭉 뻗어 책상에 달린 센서 하나를 건드렸다. 그리고는 목을 가다듬고 책상 중앙에 있는 마이크를 향해 말하기 시작했다.

"피고인 아크바르 이븐 카토, 존이라는 이름도 사용하는 자가, 한 명 또는 두 명 이상의 공범과 함께 로베르트 카이, 주소지 불명, 을 과다출혈로 사망케 한 사건 현장에서 발견되었다. 심문 과정에서 피고인은 진심 어린 후회나 조사 당국에 협조하려는 시도를 전혀 보이지 않았다. 현재 이븐 카토가 왼쪽 팔 척골 절단형의 6개월 집행유예 기간에 있는 사실을 볼 때, 나는 법정에서 다시 이 건을 심리하기보다는 검사가 왼쪽 팔의 척골 절단형을 조건부에서 확정형으로 변경하도록 승인할 것을 제안하는 바이다. 동시에, 법이 제시하는 대로, 이식에 대비해 국립사지은행에 보관 중인 아크바르 이븐 카토의 왼쪽 팔은 뉴카라치에 있는 시립병원에서 폐기되어야 한다. 자, 끝났다. 동의해? 아니라면 내가 방금 녹음한 카세트를 처음으로 돌려서 새로 밝혀진 사실들을 더해 전체 사건에 대해 다시 녹음할 수도 있어."

그가 묻는 듯한 눈빛으로 나를 바라보았다.

나는 당시 어떻게 공포의 전율이나 고통 혹은 두려움에 빠지지 않았는지 이해가 안 된다. 마치 내가 두 사람을 관찰하는 제3자이기라도 한 것처럼 차분했다. 그들이 내 팔을 담보로 잡았을 때도 그런 느낌이었다는 걸 문득 깨달았다. 그렇다면 후세인 경위가 그 팔을 영원히 가져가려는 때 그런 느낌이 들어서 안 될 것도 없지 않은가.

그는 나를 계속 쳐다보았다.

어제는 모든 괴로움이 멀리 간 것 같았어. 오늘은 그 모든 괴로움이 날 떠나지 않네. 오, 어제가 그리워.[19]

나도 모르게 입술을 달싹였나 보다. 후세인 경위가 몸을 앞으로 기울이며 말했다.

"뭔가 기억나는 게 있어? 넌 카이 씨를 사랑했다고 했지. 그를 죽인 자가 처벌받는 걸 보고 싶지 않아?"

나는 머리를 흔들고 어깨를 으쓱했다. 저도 몰라요. 저는 아무것도 몰라요.

"그건 그렇고, 그 남자도 성인(聖人)은 아니더군."

후세인 경위가 비밀을 슬쩍 흘려 주듯이 말했다.

"여기서 받은 형벌은 유럽에서 선고된 것에 비하면 새 발의 피야. 인터폴이 수년째 그를 찾고 있었어. 네 카이 씨는 일급 국제 테러리스트였어. 영국에서만 대량학살로 30년을 복역하게 되어 있더군. 독일이나 프랑스에서도 종신형을 받았고. 네가 그를 죽이지 않았더라면 아무도 그런 건 몰랐을 테지. 그 사람이 그렇다는 건 생각도 못해 봤지, 그렇지 않아?"

사실일까? 모르겠다. 이젠 아무도 미스터 카이트에게 물어볼 수도 없는 걸.

결국 후세인 경위가 어깨를 으쓱하더니 말했다.

"좋아, 그럼 끝을 내자고."

"뭐 좀 물어봐도 돼요?"

내가 말했다.

"물론이지."

그가 내 얘기를 적으려는 듯 연필을 집으며 말했다. 머리를 한쪽으로 기울인 채 기대에 가득 차 있었다.

---

19) Yesterday, all my troubles seemed so far away. Now it looks as though they're here to stay. Oh I believe in yesterday. 비틀즈의 곡 〈Yesterday〉의 가사.

"병원에 팔을 제공할 때마다 특별수당을 받나요?"

나는 잠시 동안만이라도 그가 공무원다운 확신과 평정을 잃고 불같이 화를 내기를 바랐다. 하지만 성공하지는 못했다. 그는 내게 아주 작은 승리조차 용납하지 않았다.

하지만 아무래도 좋았다. 나는 갑자기 끝에 가서 이기는 사람은 결국 나일 거라고 믿게 되었다.

텔레비전 드라마처럼 모든 것이 순식간에 일어났다. 누군가 후세인의 비좁은 사무실에서 나를 데리고 나와 마당을 가로질러 검찰청이 있는 맞은편 건물로 데려갔다. 거기서는 또 누군가가 후세인 경위의 제안 확인서를 재빨리 읽어 준 다음 항소하겠느냐고 물었다.

난 아니라고 했다. 그들은 내가 보는 앞에서 상징적으로 내 팔의 공개처형을 시행했다. 누군가 내 팔이 봉합 수술을 기다리며 누워 있는 국립사지은행 보관실의 번호가 적힌 내 표식을 공식적으로 회수해서 종이 자르는 칼로 구멍을 내 버렸다.

알라후 아크바르!

정오가 되기 전에 나는 알람브라의 정문을 나설 수 있었다. 살면서 수도 없이 그랬던 것처럼, 나는 또 혼자였다.

바다에서 계절풍이 불어왔다. 뜨거운 공기에는 물기와 소금 냄새가 실려 있었다.

나는 바람을 향해 발걸음을 내디뎠다. 남쪽을 향해.

내가 무력하고 우울할 때마다 가는 곳이 있다네. 그곳은 바로 내 마음이라네. 내가 외로울 때면 시간이 흐르지 않는 곳이지.[20]

저 멀리 아래쪽에 챈들러 박사가 혼합액을 섞으며 살고 있는 오스트레일리아 퍼스가 있다.

---

20) There there's a place where I can go when I feel low, when 1 feel blue, and it's my mind, and there's no time, when I'm alone. 비틀즈의 곡 〈There's a Place〉 가사.

어딘가에선 나의 첫 여자가 매일 아침 잠자리에서 일어나고, 매일 밤 잠자리에 들고 있겠지

리버풀의 존 레논이 그렇게 말했다.

미스터 카이트도 그렇게 말했다.

나는 그 사실을 확실하게 믿는다. 나는 안다.

미로슬라프 잠보호 Miroslav Žamboch

소행성대에서

V pásu asteroidů

| 김창규 옮김 |

호건은 루크의 공격을 또 한 번 버텨 냈다. 두 사람의 팔뚝이 얽혔다가 다시 본래의 자리로 돌아갔다. 술집 손님들이 환호하며, 또는 절망하며 괴성을 질렀다. 판돈은 올라가고 있었다. 이번 팔씨름 대결은 모든 사람의 뇌리에 오랫동안 남을 것 같았다. 나는 사람들의 이목이 두 참가자의 굵은 근육과 상기된 얼굴에 쏠려 있는 점을 이용해서 옆사람의 술잔에 내 맥주를 덜어 냈다. 나는 이미 한 잔을 비웠고 두 번째 잔에서도 한 모금을 마셨기 때문에 뱃속에는 두 잔 분량의 공간만이 남은 상태였다. 내 '배'란 것은 용량이 2리터에 조금 못 미치는 스테인리스 스틸 용기로, 다른 사람들의 창자가 있는 곳에 자리하고 있었다. 그런 내 행동을 눈치챈 것은 바의 뒤에 있는 모니카뿐이었다. 모니카는 얼마 전에 내가 음식과 술을 가지고 장난질을 한다는 것을 알아챘다. 나는 그것 때문에 혼란에 빠지다시피 했다. 다른 사내들에게 얘기할까 봐 겁이 났기 때문이다. 그러면 내 주장과 달리 내가 실제로는 45가 아니라 그보다 훨씬 높은 수치라는 사실이 알려지게 된다. 그러면 끝장이었다. 하지만 모니카는 비밀을 지켰다. 나는 계속해서 모니카에게 딸기맛 밀크셰이크를 사 주었다. 모니카가 딸기맛 밀크셰이크를 좋아한다는 것을 알았기 때문이다. 다른 손님들은 대개큰 잔에 담긴 독한 술을 사 주었다. 여기 '마크IV' 기지에 있는 남자들은 하나 예외 없이 언젠가는 모니카를 술에 취하게 만들고, 함께 자고 싶어 했다. 그리고 내가 아는 한 성공한 사람은 없었다. 물론 나도그러고 싶었다. 하지만 나에게 있어 그런 희망은 어디까지나 몽상에불과했다. 나는 어떤 여자와도 섹스를 할 수 없었기 때문이다. 나는 95였다. 몸의 95퍼센트가 사이보그라는 뜻이었다. 내 뇌 중에서도 상부 뇌간과 한쪽 눈만이 예외였다. 타고난 대로 남아 있는 부분은 그것뿐이었다. 하지만 나는 허리부터 위쪽으로는 사람처럼 보였다. 그래서 그렇게 말하고 다녔다.

탁자는 가소성이었기 때문에 루크의 팔이 쾅 소리를 내며 부딪치자 함께 울렸다. 놀랍게도 승자는 호건이었다. 그 즉시 위스키와 맥주의 주문량이 급격하게 늘어났다. 승리를 축하하려고 마시는 사람도있었고 슬픔을 잊으려고 마시는 사람도 있었다. 높은 천장에는 담배연기가 이상야릇한 구름을 형성하고 있었다. 환기 장치가 최고 속도로 돌아갔지만 금세 없앨 수는 없었다.

"술잔이 비었네." 한스가 내 어깨를 건드렸다. "한 잔 더 가져다줄까?"

나는 고개를 끄덕였다. 내가 한 번 더 사야 한다는 뜻이었음에도불구하고 그랬다.

실내로 여남은 명이 더 들어왔다. 그중에 오르펀이 있었다. 오르펀이 아직도 크라흐톤 같은 싸구려 술집에 드나든다니 놀랄 일이었다. 오르펀은 작년에 몇 번인가 풍부한 광물을 찾아냈고 그 결과 상급 광부로 신분상승을 했다. 실제로는 그보다 조금 더 높았다. 오르펀은 공식적인 연줄이 있었고, 마음만 먹으면 언제라도 마크Ⅳ 기지와 재미 없는 동네의 사업에서 벗어날 수 있었다. 하지만 이곳에 머물러야 돈을 더 잘 버는 것이 분명했다. 어쨌든 오르펀은 우리 광부들 사이에서 오래된 인맥을 유지하기 위해 애를 썼다. 나는 오르펀을 그다지 신뢰하지 않았다. 친근한 장소에 무장한 경호원 무리를 몰고 온다는 것은 무언가 꺼리는 게 있다는 얘기였기 때문이다. 한스가 내 앞에 맥주를 내려놓았다. 내 잔에는 한스의 잔보다 거품이 3분의 1 정도 더 많았다. 나는 모니카에게 줄 과일 아이스크림을 주문했다. 마크Ⅳ 기지에서는 엄청난 고가의 음식이었지만 모니카는 그런 것들을 사랑했다.

나는 오른쪽에 앉아 있는 키즈크를 꼬드겨서 오래된 액체수소 탱크를 구입하려고 애를 쓰는 중이었다. 사실 그것 때문이 아니라면 오늘 여기에 올 이유가 없었다. 사람이 득시글거리는 술집에 오면 늘 우울해지기 때문이다. 키즈크는 팔지 않겠다고 했다. 본인은 쓸 데도 없는 물건인 데다가 내가 큰돈을 내겠다고 했는데도 그랬다. 신경이 날카로워졌다. 나는 오랫동안 떠나 있을 예정으로 준비를 하는 중이었다. 그래서 우주선의 이동반경을 연장시킬 필요가 있었다. 나는 기운을 북돋우고 모니카에게 아이스크림을 주기 위해 바로 걸어갔다. 카운터에 기대어 서자마자 오르펀이 나타났다. 무리 중에서 덩치 큰 사내 하나가 여전히 오르펀에게 바짝 붙어 있었다.

"어쩌다 들었는데 탱크를 구한다면서. 나한테 몇 개가 있는데." 오르펀이 말했다. 그는 대화를 시작하고는 모니카에게 고개를 끄덕여서 맥주를 가져오게 했다. 뱃속에 공간이 없었기 때문에 나는 예민해졌다.

"맞아." 나는 조심스럽게 인정했다.

오르펀은 쌓아 놓은 돈이 많았다. 따라서 흔히 말하는 것처럼 '산소탱크에 코를 박고 숨 쉬면서' 살 필요가 없었다. 오르펀은 물건을 빨리 팔아치울 이유가 전혀 없었다. 게다가 내가 감당할 수 없을 만큼 비쌀 것이 분명했다.

"흠. 난 사실 파산 상태나 마찬가지거든. 현찰로 4만5천 달러까지는 낼 수 있어." 내가 금액을 불렀다.

오르편은 놀랍게도 그거면 됐다고 했다. 거래 계약은 10분 만에 끝이 났다. 나는 그 사실을 축하하면서 모니카와 얘기를 나누고 싶었다. 하지만 모니카가 무척 바빴기 때문에 제자리로 돌아왔다. 물론 맥주는 카운터에 남겨둔 채로.

내가 오르편과 협상을 하는 동안 탁자 주변에 앉아 있던 사람들이 조금 바뀌었다. 하지만 다들 한 번 이상은 본 사람들이었다. 그들은 소행성대에서 광물을 캐며 생계를 유지했다. 하나같이 살집이 좀 있고 덩치가 컸다. 여기 외곽에서는 지나친 운동이라는 게 있을 수 없었고, 고농축 음식이란 것들이 포만감은 주지 않으면서 에너지는 공급하는 물건이었기 때문이다. 대부분은 대머리였다. 무거운 우주복을 48시간 이상 계속해서 입고 견디려면 그게 완벽한 머리 모양이었다.

"클로식을 없애 버렸다며." 누군가가 말했다.

나는 주의를 기울이기 시작했다.

"맞아." 키조크는 인정했다. "30분 동안 두들겨 팼는데도 결국에 가서는 오븐에 넣고 구을 수밖에 없었다더라. 계속 꿈틀거렸다나."

키조크는 신이 나서 얘기를 했다. 키조크가 탱크를 팔지 않은 게 나를 45라고 생각했기 때문이라는 사실이 기억났다.

"끔찍하잖아. 빨리 죽여 줘야 하는 건데." 이름을 모르는 수염투성이 사내가 반대 의견을 냈다.

"그건 사람이 아니야. 사이보그라고. 거의 백 퍼센트 사이보그야. 80이라니까!" 누군가가 말했다.

여러 사람이 거부감을 나타내며 바닥에 침을 뱉었다.

"그래도 싸. 그 벌레들은 인간이 아니니까." 누군가가 말했다.

나는 클로식을 알고 있었다. 클로식은 전쟁이 끝나고 나서도 내가 잊지 않는 기억 가운데 하나였다. 나는 부상을 입고 사이보그로 바뀌었고, 클로식과 나는 그때부터 전쟁이 끝날 때까지 같은 부대에 있었다. 우리는 모건 스틸의 부하였다. 클로식은 기껏해야 65였다. 사이보그가 인간의 권리를 박탈당하려면 70 이상이어야 했으니 한계보다 5가 낮았다. 하지만 운이 없게도 인간의 공포감은 법보다 더 광신적이었다. 사람들이 내 수치를 알게 되면 현행법을 정확히 준수해서 죽일 것이다. 또는 공식적인 용어로 표현하건대 나를 '해체' 할 것이다.

"그것들은 더 이상 사람이 아니잖아?" 키조크가 말을 이었다. 그리고 나를 보며 능글맞은 미소를 지었다.

나는 다음 행동이 아주 중요하다는 점을 느꼈다. 지금까지 사람들은 나를 인간으로 대하고 있었다. 운이 나빠서 허리 아래를 인공물로 대체한 인간으로. 가끔 나를 비난하기는 했다. 어디까지나 여자를 좋아하는 취향이 아니라는 이유 때문이었다. 나는 여자를 좋아했다. 그런 감정은 뇌와 분비선에 영향을 받는다. 그리고 내 몸 속에는 남성 호르몬인 테스토스테론을 자동으로 생성해 주는 장치가 들어 있어서 정신 상태를 안정시키도록 해주었다.

"그것들은 더 이상 인간이 아니야." 나는 천천히 입을 떼었다. "한때 사이보그를 둘 정도 알고 있었는데, 그것들은 위험하면서도 엄청 빨랐어. 게다가 살아 있는 것들을 증오했지. 가능하기만 했다면 행동으로 옮겼을걸."

몇 사람이 내 말에 동의하며 고개를 끄덕였다. 나는 약간 과장되게 즐거워하면서 남은 맥주를 들이켜고 입가를 훔쳤다.

"난 그만 마셔야겠어. 그래도 술맛은 아주 좋네. 너무 오랜만이라서 그런가 봐."

한스가 나를 보며 우호적으로 웃었다. "맞아. 그러면 술맛이 끝내주지."

그 말이 맞는지는 알 수가 없었다. 내 신체는 그 정도까지 인간의 몸을 흉내 낼 수 없었기 때문이다. 내가 알 수 있었던 것은 '배'가 완전히 가득 찼다는 사실뿐이었다.

분위기가 점점 고조되고 있었다. 호건의 승리를 축하하기 위해서 큰 잔들이 하나 둘씩 등장하기 시작했다.

대화의 방향이 점점 어두워지는 것은 우리 탁자뿐이었다. 이제 사람들은 더 이상 술자리를 함께할 수 없는 친구의 추억을 끄집어냈다. 우주는 조금의 자비도 없고 무서운 상대였다. 하지만 최근 들어 실종된 사람들이 너무 많았다. 내가 보기에 이유는 간단했다. 사람이란 혼자 오래 일을 할수록 다른 사람들이 점검해 주지 않는 것에 익숙해진다. 그러면 규칙을 따를 필요가 없어진다. 그 결과 일을 최대한 쉽게 끝내려고 든다. 하지만 언젠가는 그런 행동이 자신의 목을 죈다. 광부용 우주선 안에 있을 때는 그 누구도 우주선의 안전을 지켜 주는 세 개의 독립적 안전구역을 가지고 장난치지 않는다. 생명유지장치 가운데 단 한 부분이라도 고장이 나면 광부는 죽는다. 하지만 내가 군인 출신이라서 과거에 빗대어 그렇게 생각하는 것일 수도 있다. 또는 기계식 논리가 점점 더 내 성신상태를 잠식하기 때문에 그처럼 까칠하게 구는 것일 수도 있다.

정신을 차리고 보니 나는 썰렁한 탁자에 혼자 남아 있었다. 폐점 시간이었다. 나는 불쾌하고 멍했다. 인간의 두뇌가 정상적으로 작동하려면 수많은 화학물질이 작용을 해서 슬픔이나 피로나 명랑함이나 체념 같은 감정을 일으킬 수 있어야 한다. 물론 나는 인공적으로 그런 화학물질을 어느 정도 얻고 있다. 하지만 완벽함과는 거리가 멀다. 사이보그는 85가 넘으면 정신적으로 급격하게 불안정해진다. 95가 되면 반감기가 3년이 된다. 다시 말해 그 3년 동안 100명의 사이보그 가운데 50명이 미쳐 버린다는 뜻이다. 나는 지난 10년 동안 인공신체 속에서 식물처럼 조용히 지내고 있었다.

모니카가 술잔을 닦아서 바 위에 세워 놓고 있었다. 모니카는 연방군의 표준형 여성용 작업복을 입고 있었다. 계급장은 없었다. 모니카가 설거지 장치로 몸을 숙이자 가슴 때문에 옷이 팽팽해졌다. 조명장치의 희미한 불빛 때문에 하나로 묶은 모니카의 갈색 머리가 희미하게 보였다. 환풍기는 니코틴이 그득한 연기와 느긋하게 싸우고 있었다. 공기는 깨끗했다. 사이보그의 정신적인 불안정성이 급격히 상승했다. 나는 기억 속으로 뛰어들어서 인간이었던 시절을 돌이키려 했지만, 제대로 되지 않았다. 내가 찾은 것은 기억 속에 커다랗게 뚫려 있는 검정색 구멍이었다.

"오늘은 딸기 밀크셰이크 안 사 줘요?"

나는 고개를 들었다. 모니카가 어딘가 지친 표정으로 서서 나를 내려다보았다.

"친구가……." 나는 머뭇거렸다. "살해당했어. 슬퍼야 하는데 느낌이 없네. 이상한 기분이 들어."

모니카는 걸어가더니 딸기 밀크셰이크를 들고 와서 앉았다.

나는 여느 때처럼 아주 잠깐 동안 손가락으로 모니카의 아름다운 머리칼을 쓰다듬는 기분을 느꼈다. 모니카도 아는 것 같다는 생각이 들었다. 하지만 나는 행동에 옮기지 않았다. 그래 봤자 얻을 게 없었기 때문이다.

"다른 사람들보다 밖에서 시간을 훨씬 많이 보냈잖아요." 모니카가 천장 쪽으로 머리를 기울이며 말했다.

모니카가 어느 방향을 가리키건 별 차이는 없었다. 마크IV는 작은 소행성대 안에 위치했고, 밖으로는 수 킬로미터에 걸쳐 바위뿐이었으며 그 너머에는 사방이 우주 공간이었다.

"응. 저축을 하고 있었으니까." 내가 대답했다.

"지구로 돌아가고 싶어요?" 모니카가 물었다.

"아니. 화성 테라포밍이 거의 완성 단계야. 얼마 안 있으면 개척자를 모집하겠지."

모니카가 놀라서 나를 쳐다보았다. 개척지에 지원하기 위한 기본 조건은 완벽한 건강 상태와 2세를 생산할 수 있는 능력이었다. 모니카의 동공이 잠깐 동안 작아졌다. 내 말 뜻을 이해한 것이다. 나는 너무 위험한 사실을 발설했다는 걸 깨달았다. '사이보그 재활' 병원은 불법이었고, 거기에 접촉하려면 많은 정보통과 돈이 필요했다. 나는 전자를 확보한 상태였고 후자 때문에 일을 하고 있었다.

"적어도 초기에는 힘들겠네요. 전사할 지경일지도 몰라요." 모니카는 그렇게 말하고 빨대를 통해 한 모금을 마셨다.

나는 모니카의 입술에 립스틱이 남아 있지 않다는 점을 깨달았다. 모니카는 조금 더 나이가 들어 보였지만 어느 정도 경계심이 사라진 것 같았다.

"거기에 가면 자유로울 테고 인권도 태양계에서 가장 잘 보장될 거야."

"어디서 일했어요?" 모니카가 물었다.

"〈모건 스타 스틸〉 회사에서. 당신은?"

"난 공식 연방군 중위였어요. 정말로 큰 사건에 휘말려서 이리로 올 수밖에 없었죠. 여긴 정의의 손길이 거의 미치지 않으니까요." 모니카가 말하고 나서 웃었다.

그 미소는 손님들에게 보이던 것과는 완전히 달랐다. 모니카의 얼굴은 몇 초 동안 환하게 빛이 났다.

"여기에 있는 사람은 누구나 어두운 과거가 있지." 내가 대답했다.

사실이었다. 기업들 간의 전쟁은 결국 통제 가능한 범위를 넘어섰고, 그것을 종식시켜야 한다는 절박한 필요성 때문에 나약한 지구연방이 설립되었다. 기업들이 전쟁을 벌이는 기간 동안 잔혹 행위가 수없이 벌어졌다. 그리고 책임은 여러 개인에게 돌아갔다. 그중에는 누명을 쓴 사람도 있었다.

"멀리 갈 생각이에요?" 나는 그 질문을 받을 즈음에 이미 훨씬 더 조심스럽게 굴고 있었다. 내가 어디로 가는지 아는 사람을 만들고 싶지는 않았기 때문이다.

"맞아." 나는 신중하게 끄덕였다. 일반적으로 가장 큰 보상을 얻으려면 가장 큰 위험을 감수해야 했다. 나는 소행성대의 외곽으로 나갈 준비를 하고 있었다. 목성 근처까지, 또는 목성 궤도를 넘어선 곳까지도. 거기에는 법 자체가 존재하지 않았다. 현대판 해적과 강도와 인간 사냥꾼들과 다른 어느 장소에서도 편히 숨을 수 없는 부류의 인간들이 노는 장소였다. 모니카는 나에게 몸을 기대고 입술에 키스했다. 빠르고 우정이 어린 키스였다. 하지만 내가 입을 다물게 하기에는 충분했다.

"다음에 또 밀크셰이크를 사 줘요." 모니카는 나에게 작별인사를 했다.

나는 정박지로 돌아오는 길에 그런 종류의 대화야말로 나를 살아 있게 해 주는 것이라는 사실을 깨달았다. 나는 모니카가 왜 키스를 했는지 그 이유를 생각하면서 밤을 보냈다. 어쩌면 밀크셰이크 때문이었는지도 모른다.

나는 우주선을 수리하고 정비하느라 한 달을 꼬박 보냈다. 겉보기에는 끔찍한 난파선 같았지만 나는 거기에 안전과 안정성을 확보하기 위해 군용 장비를 덧붙였고 생활 공간에는 초소형 중력발생기까지 추가했다. 그래야 우주 공간에서 오랜 기간을 보내도 굴러다니지 않을 수 있었다. 중력발생기는 군용 전함의 잔해에서 수거한 물건이었다. 그 과정에서 하마터면 목숨을 잃을 뻔했다. 95짜리 사이보그가 그런 말을 하자니 조금 우습기는 하지만 말이다.

나는 본래 일정에서 열흘이 지난 날 출발했다. 하지만 실제로는 별 차이가 없었다. 서두를 까닭은 없었다. 내가 번 돈은 괜찮은 채굴 장비를 사는 데에 모조리 들어갔다. 이제 은행 잔고는 터진 풍선처럼 납작했고 빚까지 생겼다. 내가 여행을 떠나는 이유는 단 한 가지, 니켈과 망간과 철과 기타 광석을 잔뜩 캐서 신체의 30퍼센트를 복구하려는 데에 있었다. 정말로 65가 될 수 있다면 공식적으로 정당한 거래를 할 수 있고, 중간상인에게 물건을 싼 값으로 넘기지 않을 수 있었다. 그러면 더 많이 복구할 돈을 벌 테고, 진짜 인간이 될 수 있었다. 그게 내 꿈 가운데 하나였다. 다른 꿈도 많이 있었지만 말이다.

나는 혹시나 마크IV 사람들의 호기심을 끌까 봐 한동안 몸을 숨기고 은폐 기동을 한 다음, 에너지 절약 모드로 비행을 했다. 소행성대 외곽으로 나아가 건질 물건이 있나 볼 참이었다. 나는 우주 공간 속에 혼자였다. 수동형 센서가 감지할 수 있는 범위 안에서는 그랬다. 시간은 2주가 흘렀고 얻은 거라고는 광물 함량이 거의 0퍼센트에 가까워 쓸모가 없는 구립(球粒) 운석 세 개였다. 행운의 여신은 그 다음이 돼서야 미소를 보여주었다. 나의 행운은 일그러진 감자 모양이었다. 직경은 50미터였고 길이는 1백 미터가 넘었다. 새 운석의 200분의 1은 평균 품질이 넘는 망간과 니켈이었다. 그뿐이 아니었다. 운석의 어두운 면에는 수백 리터에 달하는 물이 있었다. 덕분에 탱크에 수소를 가득 채울 수 있었다. 그 소형 행성은 어딘지 모를 먼 곳에서 우연과 물리법칙에 따라 나에게 왔다. 내 입장에서 보자면 멋들어진 출발이었다. 나는 엿새에 걸쳐 굴착기를 설치했다. 하나같이 저온 융합 에너지를 동력원으로 사용했다. 중앙 굴착기는 운석의 구성 물질을 초당 수

평방미터씩 집어삼키고 섭씨 5만 도의 열을 가해 분해된 원자의 구름으로 만들었다. 그 구름은 전자기 통로를 따라 처리기로 운반되었다. 최종 결과물은 원통형 주괴가 되어 갈고리로 줄줄이 연결되었다. 나는 개별적인 원소의 함유율이 일정 수준 이하로 떨어질 때까지 이 과정을 반복했다. 그 운석 하나에서 망간과 니켈과 (놀랍게도) 볼프램까지 얻을 수 있었다. 나는 주괴 하나하나에 상표를 박아 넣었다. 상표 속에는 도난 상황에 대비해서 진짜 소유주를 알려주는 초소형 칩이 들어 있었다. 물론 훔쳐간 사람이 주괴를 다시 녹이지 않을 때에나 의미가 있는 조치였다. 2주가 지나자 광물 함량이 의미 있는 수준 밑으로 떨어졌다. 그래서 떠나야 했다. 하지만 시작치고는 아주 훌륭했다. 나는 첫 번째 광물 열차를 가속시켰고 태양으로 향하도록 방향을 정했다. 그래야 나중에 찾기가 쉬웠다. 달의 사업체들이 주변 우주에서 생산되는 모든 자원을 먹어치웠기 때문에 판매에는 문제가 없었다.

두 번째 소행성은 첫 번째 것만큼이나 좋았다. 반복적인 노동을 방해한 것은 센서 범위를 스치면서 지나간 우주선 한 척뿐이었다. 나는 이틀 동안 채굴 장비를 멈추고 그 우주선을 감시했다. 그 후에는 조금 예민해진 상태로 작업을 개시했다. 하지만 판매가가 올라서 이익이 늘어났다는 사실 때문에 마음은 곧 가라앉았다.

나는 줄줄이 매달린 볼프램과 니켈과 망간과 최근에 보낸 철광물이 초당 수백 미터의 속도로 우주 공간을 날아가는 광경을 떠올리곤 했다. 정확한 궤적의 수치는 알고 있었고, 따라서 언제든지 어렵지 않게 광물을 회수할 수 있었다. 나는 작업을 하면서 여러 차례 사고를 당하고 치명적인 상황에 처하기도 했지만 결국은 해결했다. 우주를 이겨낼 수 없으면 일찍 죽는 게 당연했다. 3개월이 지나자 두 번째 소행성도 바닥이 났다. 보급품은 3개월 분량이 남아 있었다. 나는 날아다니는 운석 파편 무더기를 그냥 지나치지 않도록 조심스럽게, 천천히 비행하면서 목성 궤도를 향해 계속 날아갔다. 현재 위치는 관심 지역의 바깥에 있는 불모의 공간이었다. 목성의 고리에 속한 우주 부스러기들이 자주 출몰하는 구역에 도달하려면 가니메데 해적들이 지배하는 공간을 잠간 통과해야 했다. 자유로운 우주에서 영역의 경계선이란 공허한 개념에 불과하다. 게다가 태양계와 함께 회전하기까지 한다. 대개의 경우 지역 경계란 각 기지의 센서나 방어 설비의 범위에 따라 규정되었다.

나는 마크IV를 떠난 지 120일 만에 거대한 바위를 만났다. 화면에 떠오른 구성요소를 살펴보고 나서는 눈을 믿을 수가 없었다. 내 눈앞에 떠 있는 것은 부서진 행성의 핵 조각이었다. 그렇게밖에 표현할 수가 없었다. 철, 볼프램, 니켈, 바나듐, 크롬이 거의 전부를 구성하고 있었다. 나는 갑자기 큰 부자가 되었던 것이다. 이제 재건 시술을 훨씬 더 많이 받을 수 있었다. 어림잡아도 45만큼이었고 50이 가능할 수도 있었다. 나는 마음을 진정시키고 눈으로 직접 확인하기 위해서 우주복을 입고 밖으로 나갔다. 나는 텅 빈 공간에 자유롭게 떠 있었다. 홈이 파이고 표면이 날카로운 금속 소행성이, 조명을 받아 빛을 내며 내 앞에서 움직이고 있었다. 나는 미시중력 때문에 거대한 바위 쪽으로 점점 더 끌려갔다. 그러다 보니 표면의 2미터 앞까지 접근했다. 침착하려고 애를 썼지만 마음속으로는 좋아서 펄쩍 뛰고 있었다. 나는 어떤 희생이 있더라도 이 금광을 바닥까지 긁어내기로 마음먹었다. 그때 신호음이 들렸다. 누군가 내 우주선에 레이저 광선을 조준하고 있었다. 나는 즉시 우주선을 향해 나아갔다. 내가 에어록을 통과하는 순간 상대방이 직접 통신을 열었다.

"광부 양반, 안녕하신가. 아까부터 감시하고 있었어. 덕분에 우리 일이 많이 줄었네."

말투는 기복이 없고 금속성이었다. 음성왜곡장치를 사용한 결과였다.

"도플러 레이더로 전환." 나는 우주선의 컴퓨터에게 명령을 내렸다. "얼마나 떨어져 있는지, 도착 시간은 언제인지 계산할 것." 나는 그렇게 말하면서 선실에 있는 것 가운데 나중에 쓸모가 있을지도 모르는 물건들을 미친 듯이 긁어모았다.

대답은 금세 나왔다.

"거리는 5천 킬로미터. 접촉 시간은 30분 후. 군사작전 수행으로 추정됨."

그렇다는 건 상대가 문을 두드리는 거나 마찬가지라는 소리였다. 나에게 들키지 않고 어찌 이리 가깝게 접근했는지 알 수가 없었다. 나는 거주구역을 빠져나와서 바깥으로 나갔다가 우주선의 중간 부분에 있는 화물칸에 도달했다. 그리고 반응로와 수소 저장공간을 거주구역과 분리했다. 그러면서 최대한 빠른 동작으로 상자에서 장비를 하나하나 꺼낸 다음 용도에 맞는 자리에 끼워 넣었다. 머릿속에는 아무 생각도 없었다. 그럴 시간이 없었으니까. 나는 빠른 속도로 정확히 움직이는 데에만 집중했다.

"밖으로 나갔네?" 헤드셋에서 상대의 목소리가 들렸다. "그래도 찾아낼 거야."

화물칸을 넘어서 내 위치를 발견할 수 있는 걸로 보아 고급 장비를 쓰는 게 분명했다. 나는 목소리의 여운이 사라지기도 전에 작은 천체를 조사할 수 있는 지질탐사기를 꺼냈다. 무중력 상태에서는 좋은 점이 하나 있다. 아무리 무거운 물체라 해도 오랫동안 같은 방향으로 힘을 가하면 움직일 수 있다. 탐사기는 지금 내가 발견한 바위보다 열 배는 큰 소행성까지 조사할 수 있었다. 나는 수동으로 탐사기의 방향을 설정했다. 그리고 뭔가가 반대편에서 별들을 가리고 있다는 사실을 알았다. 적은 문자 그대로 코앞에 있었다. 진공이었으니까 폭발음을 못 들은 것도 당연했다. 폭발이 반대편으로 향해 있었기 때문에 섬광도 볼 수 없었다. 아래쪽에서는 소행성의 표면이 수 도 이상 가열되었고, 그 결과 정말로 빛을 내고 있었다. 마침내 미행성 전체가 크고 작은 여러 조각으로 부서졌고, 천천히 흩어지기 시작했다. 앞으로 여러 주 동안 수많은 조각들이 소행성의 진행방향과 유사한 궤적을 그리면서 주변 공간을 자유롭게 떠다닐 것이 분명했다. 따라서 레이더는 무용지물이었다.

"이 개새끼가!"

표준 광학장비를 무력화시키는 방법은 몰랐다. 목성 궤도에서 그리 멀지 않은 것은 사실이었지만 그래도 태양에서 나오는 방사광은 충분했기 때문에 적들은 평범한 산업용 야간경만으로도 나를 쉽게 찾아낼 수 있었다. 하지만 적어도 우주복의 위장장치를 켤 수는 있었다. 광부들은 폐기된 군용 우주복을 자주 사용했다. 거기에는 여러 가지 위장장치가 있었다.

적은 감속 기동을 하면서 나와 태양의 사이로 들어왔다. 그 덕분에 놈들을 자세히 볼 수 있었다. 놈들을 미리 감지하지 못한 것도 무리가 아니었다. 적이 사용하는 우주선은 전투용 경량 정찰선인데다가 신형이었다, 내 기억이 맞다면 그 우주선의 코드명은 연방 용어로 '참치'였다. 참치는 고기동성과 은폐 능력에 특화된 기체였다. 나는 채굴을 하고 있지 않았기 때문에 적은 근접한 거리에서 오로지 나만을 감지할 수 있었다. 정말로 운이 나빴다.

"귀하의 존함을 알려 주실 수 있으신지?" 나는 그렇게 물었다. 하지만 상대는 우주복의 통신장비 범위 안에 있음에도 불구하고 우주선의 주 안테나를 거쳐 신호를 보냈다.

뒤쪽에서 누군가가 웃었다.

"광부치고는 호기심이 너무 많네. 커피나 타 놔. 금방 갈 테니까."

그때 마침 착상이 하나 떠올랐기 때문에 나는 플랫폼의 반응 엔진을 작동시키려던 참이었다. 하지만 적이 예상보다 빠를 수도 있었다. 그래서 나는 예비 플랫폼을 중간 출력으로 점화하고 대신 날려 보냈다. 플랫폼은 고작 수십 미터를 날아가고는 붉은빛을 뿜으며 터졌다. 폭발로 팽창한 가스의 충격파가 내 위치까지 올 때쯤에는 그 밀도가 주위의 진공과 별 차이가 없었기 때문에 나는 다치지 않았다. 카메라를 통해서 보니 적이 우주선의 레이저가 아니라 완전히 다른 사분면에서 발사한 보병용 화기로 플랫폼을 부쉈다는 점을 알 수 있었다. 신중한 놈들이었다. 미리 병력을 투하해 두었던 것이다. 나는 폭약도 많았고 강력한 견본 추출용 레이저도 있었다. 하지만 진짜 화기라고는 무반동 장치가 내장된 대구경 CZ 12.52 '우주용' 모델 한 자루뿐이었다. 구형이었다. 연방군은 고농도 동력 보관이 가능한 축열기의 보급이 극도로 부족했던 전쟁 초기에 우주용 CZ를 사용했다. 하지만 내 경우는 보병용 레이저와 싸워야 했기 때문에 CZ는 그다지 효율적이지 않았다. 나는 붉은색 ThT 폭탄 여러 개를 재빨리 진공 속으로 내보내고 원격 조종으로 터뜨렸다. 잠시라도 적의 시야를 방해하자는 생각에서였다. 나는 엔진을 두어 번 짧게 작동해서 타고 있던 플랫폼을 최저 속도로 움직였다. 목적지는 소행성 파편들이 마구 엉켜 있어 비교적 안전한 지역이었다. 거기에 숨을 생각이었다. 그러는 내내 나는 텅 빈 공간 속을 이동했다. 온몸의 털이 서는 느낌이었다. 털이 하나도 없었음에도 그랬다. 사이보그의 삶이란 원래 모순으로 가득하게 마련이었다.

나는 작업용 플랫폼을 불규칙하게 생긴 바위에 고정시켰다. 어딘가 안락의자와 비슷하게 생긴 바위였다. 그리고는 총을 허리띠에 끼워 넣고 벨크로를 이용해서 왼쪽 허벅지에 붙였다. 내 우주선은 우측 전방에 있었다. 거리는 50킬로미터 미만이었다. 광학장비를 이용해서 관찰하니 우주선 표면이 세부까지 눈에 들어왔다. 처음 봤을 때 적들은 우주선에 들어가고 있었다. 나는 습관 때문에 나오면서 에어록을 잠가 두었다. 따라서 적들은 환영준비가 갖춰진 우주선에 들어간 셈이었다. 작은 시한폭탄을 설치하거나 환기장치에 신경가스를 심어서 일종의 깜짝쇼를 준비했다면 전세를 적어도 조금은 동등한 수준으로 만들었을지도 모른다. 하지만 처음부터 너무 서둘렀던 탓에 그런 생각은 떠오르지 않았다. 그래서 나는 스스로를 저주했다. 내 목소리가 헬멧 안에서 공허하게 울렸다. 다행히도 통신을 수신전용으로 해두었기 때문에 적들은 내 소리를 들을 수 없었다.

"깔끔하게 해 놓고 사네." 누군가가 일반 주파수로 얘기했다. "중력도 적당하고. 너 같은 한낱 광부가 이런 걸 할 수 있을 줄은 몰랐어."

나는 더 지독한 욕을 퍼붓기 시작했다. 바위는 천천히 회전하고 있었다. 따라서 내 우주선은 뒤집힌 것처럼 보였다. 잠시 동안은 아무 일도 벌어지지 않았다. 내 머릿속은 텅 빈 상태였다. 상황은 '아라비안 나이트'의 이야기처럼 믿어지지가 않았다. 기본적인 장비들은 1백 킬로미터 떨어져 있었고 나를 도와줄 만한 사람들은 수억 킬로미터 멀어져 있었다. 반면에 애당초 나를 이 지경으로 몰아넣은 살인자들은 코앞에 있었다.

"네가 그동안 뭘 캤는지 알아냈어." 적의 목소리가 빈정거리면서 알려 주었다. "끝내주네. 한 사람이 110일 만에 이렇게 많이 캘 줄은 몰랐는데. 우리가 아주 운이 좋았나 봐."

아주 잠깐이지만 바위 위로 뛰어 올라가서 놈들에게 총을 쏘고 싶었다. 총알이 가 닿을 수는 있었다. 하지만 기껏 해봐야 바깥벽을 뚫는 게 전부였다. 그리고 나머지는 등방완충제에 막히고 말 게 분명했다. 그러면 적들은 고전적인 델타 TNT가 들어 있는 로켓으로 복수를 할 테고 말이다. 열융합폭탄도 두 기가 있었지만 다행히도 이렇게 가까운 곳에서 쓰기에는 너무 강력한 무기였다.

"네가 가지고 나간 장비로 볼 때 72시간이 지나면 죽겠구먼. 그것도 우주복 두드리기로 미치지 않을 때의 얘기지만. 잘 가, 친구. 일대일 개인 방송은 이걸로 끝낼게."

스피커에서 찰칵 소리가 들리더니 통신망이 조용해졌다. 나는 분노를 간신히 제어할 수 있었다. 상대가 죽음을 언급한 것이 도움이 됐다. 나는 죽고 싶지 않았다. 나는 삶에 필사적으로 매달리는 인간이었다. 법적으로 보자면 인간이 아니라 25퍼센트 만큼 부족한 존재이긴 했지만. 나는 잠깐 동안 모든 인간을 증오했다. 그러다가 대상을 내 우주선과 해적선 안에 있는 범법자로 한정했다. 하지만 해적선은 이제 하늘에서 보이지도 않았다. 나는 급박하게 탈출하면서 얼마나 많은 실수를 저질렀는지 깨닫기 시작했다. 무엇보다도 화물칸 조종장치를 풀어놔야 했다. 물론 내가 뭔가를 가지고 나올 때마다 컴퓨터에 기록이 남기는 했지만. 우주선을 사람이 생존할 수 있는 상태로 두고 컴퓨터를 잠가 두지 않았다는 게 두 번째 실수였다.

그 두 가지 실수를 만회할 방도가 없었기 때문에 나는 거기에 집착하는 것을 그만두었다. 그리고 현재의 상황을 어떻게 개선할지 생각하기 시작했다. 우선 내가 그놈들보다 10배 느린 속도로 산소를 소비한다는 것은 이점이었다. 내가 사이보그의 특성에 의존한 적이 한 번도 없다는 사실, 그리고 항상 인간처럼 행동하려고 노력했던 덕에 필요한 것보다 더 많은 보급품을 가지고 다닌다는 사실이 합쳐져서 나에게 득이 되고 있었다. 나와 같은 상황에 처했을 때 식량과 산소가 부족해서 나쁜 결과를 맞이하는 사람은 적지 않았다. 나에게 남아 있는 산소는 대략 720시간 분량이었다. 하지만 우주복 배터리의 충전량에는 한계가 있었다. 구형인 탓에 우주 공간에서는 1백 시간밖에 견딜 수가 없었다. 먼 옛날의 기술자들은 우주복 두드러기의 존재 때문에 그 정도의 시간이면 충분하고도 남는다고 생각했다. 우주복 두드러기란 신체가 갇혀 있는 동안 스트레스가 쌓여서 정신적인 알레르기 반응을 보이는 현상을 가리키는, 비과학적인 용어였다. 일반적으로 사람들은 그런 반응 때문에 선외 활동을 한 지 50시간이 넘으면 방향 감각을 상실하게 마련이었다. 높은 에너지를 지닌 우주 방사입자의 위험성도 문제였다. 나는 뇌 속의 뉴런이 받는 손상이 바깥에서 보내는 시간에 비례한다는 사실에 의존할 수밖에 없었다. 우주선 쪽에서 작은 움직임이 있었기 때문에 나는 생각을 멈췄다. 세 명의 사내가 우주선의 표면 부근에서 떠다니고 있었다. 뭘 얼마나 뜯어 갈 수 있을지 조사하는 것이 분명했다. 그 결과 나에게 또 다른 이점이 있다는 사실을 깨달았다. 나는 우주선을 손금처럼 세세하게 알고 있었다. 직접 만들었기 때문이다.

놈들이 날아가 버릴 경우 나는 황무지에 홀로 남는 셈이었다. 이 황무지에 비하면 지구상의 모든 사막을 한데 모아 놓은 지역이라 해도 낙원이나 마찬가지였다. 아무것도, 그 누구도 나를 도울 수 없었다. 나는 우주선으로 돌아가야 했다.

10시간 동안 생각한 끝에 나는 무게가 1, 2백 킬로그램 정도 되는 바위 뒤에 숨어서 우주선으로 향했다. 일단 출발한 다음에는 플랫폼의 보조 추진을 이용해서 초당 약 15미터의 속도로 전진했다. 우주선 쪽에서 보면 진공 속에서 자유롭게 떠다니는 행성 조각처럼 보이도록. 그 결과 목적한 곳에 도달하기까지 1시간 반이 걸렸다. 혼란스러운 금속 파편의 구름을 지나서 마지막으로 추진했을 때에는 거의 숨을 쉴 수가 없었다. 우주선에 장착된 운석 방어 시스템은 나를 건드리지 않았다. 운석에 비해 훨씬 느린 속도로 움직여서 선체에 피해를 줄 수 없었기 때문이다. 나는 작은 행운의 도움을 받아 엔진부에 도달했다. 융합반응로는 이틀 동안 대기 상태에 있었다. 하지만 잔여 방사가 충분히 높았기 때문에 금세 작동 온도에 도달할 수 있었다. 수소 펌프를 다시 프로그래밍하는 시간은 생각보다 조금 길었다. 끝에 가서는 방사측정기를 꺼야만 했다. 강렬한 찰칵 소리가 신경을 건드렸기 때문이다. 그리고 나는 발끝으로 조심스럽게 걸어서 우주선 중간부에 있는 화물칸으로 향했다. 나는 광학 센서들의 위치를 기억하고 있었기 때문에 피해갈 수 있었다. 그러다가 계속해서 소음을 최소화하려고 노력하고 있다는 사실을 깨달았다. 진공에서는 별 차이가 없는데도 말이다. 꼬맹이들의 모험담을 읽었던 게 기억에 남았던 모양이다. 나는 마침내 화물칸에 완전히 도착했다. 거기에는 예비용 충열기가 쌓여 있었다. 지질분석 탐사기를 구동하기 위해서 에너지원을 잔뜩 준비해 두었던 것이다. 그동안 소비하고 남은 것만 해도 최소한 일 년 치에 해당했다. 나는 프리즘 모양으로 생긴 충열기에 손잡이를 달기 시작했다. 그러면서 누군가가 함께 있다는 불쾌한 느낌을 떨쳐 내지 못했다. 물론 나를 눈치챈 사람이 있을 리 없었기 때문에 말도 안 되는 얘기였다. 그럼에도 불구하고 총으로 천천히 손을 뻗은 다음 허벅지에서 떼어냈다. 그러자마자 뒤로 돌았다. 두 사람이 있었다. 놈들은 벽을 박차고 나를 향해 천천히 날아오고 있었다. 놈들의 무기는 고성능 루거, 그러니까 대기 바깥층에서 전투를 벌일 때 사용하는 레이저였다. 따라서 나를 향해 쏠 수가 없었다. 총이 빗나가서 우주선에 커다란 구멍이 생기는 일은 피하고 싶었을 것이다. 놈들은 내가 눈치챘다는 걸 알아차렸다. 누군가가 일반 통신망에 접속하면서 스피커에서 찰칵 소리가 났다.

"광부가 우리를 봤네! 운도 좋아라!"

왼쪽 사내의 헬멧에는 14라는 숫자가 적혀 있었다. 그 작자가 루거를 들어 올렸다. 나는 조준도 하지 않고 재빨리 총을 쐈다. 반동상쇄

장치가 제대로 조정되지 않았기 때문에 뒤로 밀려났고 루비색 섬광이 옆을 스치더니 이산화탄소 탱크를 맞췄다. 차가운 가스가 얼어붙으며 은색 눈송이가 퍼져 나갔고 주위가 어두워졌다.

"젠장! 조심해!" 14의 동료가 욕을 했다.

그는 내가 무장했다는 사실을 모르는 것 같았다. 나는 두 손으로 총을 쥐고 조준을 했다. 그놈은 관성의 법칙을 잊은 채 루거를 들어 올렸다. 하지만 자이로스코프가 운동효과를 제대로 상쇄해 주지 못했고, 그 작자는 뉴턴의 운동법칙에 충실하게 따라서 자기가 팔을 휘두르던 방향으로 돌았다. 그리고 두 번째 총격도 나를 맞추지 못했다. 나는 연속해서 방아쇠를 세 번 당겼다. 상대의 우주복은 처음 두 발은 버텨 냈으나 세 번째 사격으로 터져 나가면서 크게 찢어졌다. 붉은 대합조개가 열리듯 합성 외피에서 부드러운 조직이 튀어나왔다. 갑자기 핏빛 덤불들이 사방으로 떠다녔다. 다시 한번 루비색 광선이 반짝였다. 다른 한 사람은 살아 있었다. 나는 등 뒤의 벽을 밀어내고 화물칸의 출구로 날아갔다. 그와 거의 동시에 우주복의 비상추진을 작동시켰다. 나는 하얀 눈송이와 더러운 거품이 엉켜 있는 틈새로 14의 보안경이 반짝이는 것을 보았다. 우리 둘 중 어느 한쪽이라도 반응을 보이기 전에 나는 그 자리를 벗어났다. 다리에 심한 통증이 왔다. 나는 자동운행장치를 켜고 정신을 잃었다.

의식이 돌아온 장소는 파편 구름 속, 내가 숨어 있던 바위에서 2미터 가량 떨어진 지점이었다. 비상용 추진 연료는 바닥이 난 상태였다. 하지만 자동운행장치는 정확한 도약 지점으로 나를 데려다 주었다. 고통 때문에 눈에서는 눈물이 흘렀다. 울 수 있다는 건 알았지만 그래도 놀라운 일이라는 점에는 변함이 없었다. 나는 상태가 어떤지 보려고 몸을 구부렸다. 무릎 위 꽤 위쪽 지점에서부터 그 아래로 다리가 남아 있지 않았다. 절단면은 시커먼 색이었다. 진짜 내 다리가 아니었음에도 구역질이 났다. 총격을 받은 탓에 우주복의 밀폐 상태에 장애가 생겼던 것이다. 내가 질식하고 동사하지 않은 것은 여덟 개의 날카로운 칼날이 우주복의 손상된 부분을 내 다리와 함께 잘라버린 덕분이었다.

"이 개자식! 잡고 말 거야!" 누군가 화가 나서 소리를 질렀다. 스피커가 찢어지는 소리를 냈다.

"내버려 둬. 어차피 죽을 거야." 뒤쪽에서 다른 목소리가 말했다.

그리고 놈들은 방송을 껐다. 고통이 너무나 심했다. 피드백을 열어서 정신 상태를 제거할 수는 있었지만 그건 견딜 수가 없었다. 나는 시간을 들여서 비밀번호를 기억한 다음 2번 상태를 골랐다. 그러자 고통이 사라졌다. 1번 상태는 자기보호본능을 의미했다. 그걸 선택했다면 나는 일반적인 기계로 변했을 것이다.

갑자기 온 세상이 더 명료하고 더 단순해졌다. 나는 행복감에 저항했다. 나는 인간이고 싶었지만 고통이 없는 상태는 나를 인류로부터 분리시켰다.

불빛이 보였다. 1백 킬로미터 정도 떨어져 있는 커다란 바위가 노랗고 빨간 빛을 뿜으며 폭발했다. 그리고 연달아 더 많은 섬광이 터져나왔다.

"이거나 먹어라, 이 자식아!" 헤드셋 속에서 누군가 고함을 쳤다. 놈들이 모선에서 작은 미행성의 파편을 향해 사격을 하고 있었다. 진동도 없고 소리도 없는 기이한 폭발이 연쇄적으로 일어났다. 갑자기 돌덩이가 내 쪽으로 날아왔다. 그리고 또 하나가 날아들었다. 우주가 뒤틀린 포탄의 혼돈 속에서 소용돌이를 쳤다.

"그만해!" 누군가가 소리를 질렀다.

나는 우주선을 바라보았다. 우주선은 파편 때문에 군데군데 손상을 입고 있었다. 당연한 일이지만 미행성의 잔여물에는 냉각된 기체가 상당수 함유되어 있었다. 그것들이 레이저에서 에너지를 얻으며 팽창하자 제트 엔진이 폭발하는 효과가 발생했다. 고속으로 발사된 돌덩이는 어느 누구에게나 공평하게 위험했다. 이번에는 운이 좋았다.

나는 현재 상황에 다시 한 번 집중하려고 노력했지만 몸 안의 센서로부터 신호를 받을 수 없었기 때문에 한층 더 어려웠다. 이젠 중요한 일이 하나도 없다는 생각이 들었다.

형편은 처음보다 훨씬 좋지 않았다. 도청장치를 심는 것도 실패했고 한쪽 다리가 날아갔다. 게다가 비상 기동을 하느라고 우주복 안의 연료를 거의 다 낭비했다. 적이 나를 어떻게 찾아냈는지 알 수도 없었다. 두 개의 광학 센서 중 하나가 나를 발견했든가 아니면 우연이었다. 내 무의식 속에서 해답을 구하는 데에 필요한 작은 정보를 이미 알고 있다는 속삭임이 들렸다. 그 정보란 적들이 맨 처음에 한 말 가운데 들어 있었다. 뭔가 중요한 말이었다.

"그걸로 뭘 할 건데, 이 자식아?"

저쪽 대변인이 나를 부르는 호칭은 아주 단조로웠다. 하지만 나는 그놈이 무슨 얘기를 하는 건지 단숨에 알아차렸다. 놈들은 반응로를 작동시키려 했지만 펌프가 움직이지를 않았던 것이다. 수소는 탱크 속에 고스란히 남아 있었다.

"걱정 마. 두어 시간 지나면 어차피 죽을 테니까."

적들은 내 예상보다 더 빨리 행동했다. 화학연료를 이용해서 엔진을 가동하고 가속을 조금만 얻어도 우주선을 수천 킬로미터 정도 움직이기에는 충분했다. 그러면 나에게서 벗어날 수 있었다. 그런 일이 벌어지는 것은 시간 문제였다. 나는 위험을 무릅쓰고 돌아가야 했다. 이번에는 바위 뒤에 숨지도 않았다. 그럴 시간이 없었다. 나는 재빨리, 문제를 최대한으로 단순화시켜서 궤적을 계산하고 작업용 플랫폼의 컴퓨터를 프로그래밍했다. 그리고 우주선의 앞부분을 대략 겨냥한 다음 나 자신을 인간 포탄 삼아서 발사하도록 만들었다. 그런 다음에는 더 이상 기동이 불가능했으니 말하자면 눈을 가리고 과녁의 한가운데를 맞추려는 것과 같은 짓이었다.

나는 우주를 가로질러 날았다. 허공에 매달려 있는 동안 주변은 완벽하게 고요했고, 들리는 거라고는 우주복 속의 생명유지장치가 내는 소리뿐이었다. 우주선 안에 있는 무기나 전자장비들과 비교해 볼 때 나는 갓난아기처럼 발가벗고 무방비한 상태였다. 나는 어느 순간 거의 공황 상태에 빠질 뻔했다. 거대한 등불 같은 태양과 형형색색의 별빛에 둘러싸인 채 검은 심연 위에 매달린 기분이었다. 시야 속에서 우주선의 크기가 점점 커진다는 사실만이 나를 구원해 주고 있었다.

조준은 정확했다. 내 몸은 연료관에 거세게 부딪혔다. 그 충격에서 벗어나는 데에는 다소 시간이 걸렸다. 나는 총을 장전한 채로 내내 손에 쥐고 있었다. 불합리한 짓이기는 했지만 그래도 마음은 안정이 되었다. 다리가 하나 없었기 때문에 방향을 유지하기가 힘들었고 자이로스코프도 나의 격렬한 움직임을 쉽사리 멈춰 주지 못했다. 나는 우주선 표면에서 광학센서용 전선이 튀어나와 있는 곳으로 신체를 이끌었다. 그 지점은 우주선의 구조적 약점이었지만 이제는 미리 수리해 두지 않았다는 사실이 기뻤다. 나는 마침내 목표지점에 도착했다. 필요한 때가 오면 신호를 보낼 수 있도록 T형 연결기와 증폭기는 가지고 있었다. 몸을 구부리고 작업을 시작했을 때 놈들이 갑자기 지평선에서 튀어나왔다. 그들은 우주선 거주구역의 구부러진 표면 위에 있었고 거리는 채 10미터도 되지 않았다. 세 명이었고, 하나같이 나에게 루거를 겨누고 있었다.

"맥스, 난 네가 좀 똑똑한 줄 알았어." 누군가가 말했다. "우리 모선에서 눈으로 감시할 거라는 생각은 못 했나 보지?"

나는 총을 쐈지만 맞추지 못했다. 뭔가가 내 가슴에서 폭발했다. 내 배에서 핏방울이 나오는 것이 보였다. 온 세상이 검은색으로 변했다.

눈앞에서 뭔가가 깜빡거리고 있었다. 우주선 표면에 있는 강철판이었다. 나는 아무것도 느낄 수가 없었다. 감각신호가 없었기 때문에 내 몸 자체가 존재하지 않는 것 같았다. 나는 눈을 아래쪽으로 굴려 보았다. 최소한 눈은 작동하고 있었다. 내 몸은, 내 상체는 검고 부드러운 우주복의 밀봉 부위에서 잘려 나간 상태였다. 나는 수많은 광부들과 마찬가지로 싸구려 구식 우주복을 쓰고 있었다. 사이보그들끼리의 전쟁 때 사용하던 물건이었다. 하지만 나는 그들과 달리 비상 밀봉 장치를 꺼 두지 않았다. 인간이라면 그 장치가 작동할 경우 죽는다. 사이보그의 경우 부분적으로 손상을 입는 데에 그쳤다. 내 몸은 축을 중심으로 꾸준하게 회전하고 있었다. 내가 왜 아직도 우주선의 표면 근처에 떠 있는지 알아내는 데에는 적지 않은 시간이 걸렸다. 뭉치에서 빠져나온 광학센서용 전선 한 가닥이 오른쪽 팔뚝을 감고는 개줄처럼 나를 붙들어 두고 있었다. 왼쪽 팔은 남아 있지 않았다. 우주복의 검정색 끄트머리로 판단하건대 적들은 한 번이 아니라 수차례에 걸쳐 나에게 총을 쏘아 댔다. 하지만 머리나 가슴 위쪽을 맞춘 사람이 없다는 건 놀랄 만한 일이었다. 만약 그랬다면 나는 정말로 죽었을 것이다. 최소한의 생명을 유지하는 데에 필요한 시스템, 그러니까 뇌와 안구근육에 산소와 에너지를 공급하는 약식 혈액순환 시스템은 가슴 위쪽에 있었기 때문이다.

내게 있어서 아직 상황은 끝나지 않았다. 나는 그 이유도 알고 있었다. 인간이라면 뇌의 말단부를 이만큼이나 유린당하고 신체적으로 광범위한 손상을 입었을 경우 정신적으로 견딜 수가 없었다. 외부로부터 신호를 받을 수 없어 퇴화하기 때문이었다. 하지만 나는 군 기술

병들이 속칭 '최후 저지선'이라고 부르는 컴퓨터 프로그램 덕분에 의식을 잃지 않았다.

사고가 잠깐 동안 끊겼다가 다시 돌아왔다. 더 날카롭고 더 분명하게. 하지만 상당 부분이 소실되어 있었다. 프로그램은 손상 정도를 분석하더니 통제권을 가져갔다. 그리고 적을 말살한다는 단 한 가지 목적에 두뇌의 연상능력과 직감을 쏟아부었다. 논리적이고 분석적인 부분은 프로그램이 담당했다. 인간들이 80 이상의 사이보그를 두려워하는 이유는 그들이야말로 가장 강력하고 무서울 게 없는 전사였기 때문이다. 하지만 나는 효율 좋은 살인 기계로 되돌아가고 싶지 않았다. 그저 아름다운 여인의 머리칼을 손가락으로 어루만지고 싶었을 뿐이다.

나는 무슨 일을 해야 하는지 알았다. 우선 적을 당황하게 만들고 약화시켜야 했다. 인터페이스가 사라졌기 때문에 나는 전선에 직접 연결하고는 조종석의 컴퓨터를 뒤졌다. 그런 식으로 연결할 경우 수천 개의 뉴런이 기본적인 기능을 수행할 수 없었다. 나는 생각했다. 그리고 혼란스러운 감정 속에서 자료를 끌어내어 얻을 수 있는 정보의 양을 늘렸다. 문제가 되는 문장은 이랬다. '한 사람이 110일 만에 이렇게 많이 캘 줄은 몰랐는데.' 우주선에 남은 기록은 120일이었다. 내가 처음에 예상했던 출발 시각부터 셈을 했기 때문이다. 나는 지연된 시간을 따로 계산하지 않았다. 따라서 적들은 마크IV에서 왔다는 결론이 나왔다. 게다가 그 가운데 한 놈이 내 이름을 알고 있었다. 나는 기록과 문서에 스틸린스키라는 성만을 사용했다. 고로 다음과 같은 사실이 분명해졌다. 적은 나를 우연히 발견한 게 아니라 마크IV 기지에서부터 내내 따라왔다. 일반적으로 광부들의 우주선이 위장되어 있고 감지하기 힘들다는 점을 고려하건대 무언가가 적을 돕고 있었다. 기억 속에서 오르펀이 튀어나왔다. 그는 경호원을 몰고 와서 이상하리만치 적극적으로 나에게 예비 탱크를 팔았다. 그게 답이었다. 최후 저지선은 조종석 컴퓨터를 다시 프로그래밍하는 통상적인 절차를 끝내고 우주선의 통제권을 획득했다. 나는, 그러니까 조종석의 프로그램은 에어록을 열라는 명령을 내렸다. 공기가 팽창하면서 우주에서 안개가 소용돌이쳤다. 곧이어 가벼운 물건들이 나타났고 사람들이 그 뒤를 이었다. 총 여섯 명이었고, 모두 죽은 상태였다. 그중 한 사람은 심지어 헬멧을 움켜쥐고 있었다. 세 사람의 얼굴은 낯이 익었다. 크라흐톤에서 오르편과 함께 있던 놈들이었다.

헤드셋에서 공포에 질려 무슨 일이 벌어진 건지 알아내려는 목소리가 들렸다. 나는 거기에 신경을 쓰지 않았다. 지금의 급선무는 스털린스키 2호라는 이름의 사이버 시스템의 전투 능력을 늘리는 일이었다. 전쟁이 끝난 다음부터 연결을 끊고 살았던 그 스털린스키 말이다. 그리고 잠깐 동안이지만 눈앞에서 마호가니 색의 머리칼이 다양한 빛을 내며 떠올랐다가 사라졌다.

우주선은 정확히 계획에 따라서 가속했다. 해적선이 있는 곳을 향해 최대 출력으로. 해적선은 당연하게도 회피 기동을 시도했다. 하지만 공격의 목적은 직접적인 충돌이 아니었다. 최후 저지선의 계산에 따르면 그렇게 해서 성공할 가능성은 제로에 아주 가까웠다. 진짜 목표는 전투의 장소를 적의 영역으로 옮기는 네에 있었다. 전술 계획의 세 번째 단계였다.

나는 목표물을 200킬로미터쯤 비껴 나갔다. 그리고 가장 근접했을 때 20G의 가속으로 예비 탱크 네 개를 분리했다. 내가 4분의 1쯤 나아갔을 때 적이 핵탄두를 장착한 로켓을 발사했다. 폭발이 일어나는 순간 나는 플라스마 용접기를 이용해서 참치의 두 번째 갑판으로 침투했다.

놈들은 대비를 하고 있었다. 복도에 들어서자마자 빨갛게 달아오른 루거를 들고 전투복을 입은 세 사람과 마주쳤다. 놈들이 사격을 시작했다. 첫 번째 놈은 내 반응성 갑옷이 폭발하면서 죽었다. 터빈은 이미 최고 속도로 돌고 있었고, 기어만 넣는 것으로 충분했다. 나는 2분의 1톤에 해당하는 무게로 나머지 둘을 가볍게 해치우고는 그대로 조종실까지 밀고 갔다. 논리적으로 볼 때 남은 병력은 그곳에 집중되어 있을 것이 분명했다. 거주 구역의 입구에서 원인을 알 수 없는 폭발이 발생하며 분리가 일어났다. 나는 냉각용 배관에서 뜯어낸 강철판으로 ThT폭약을 감싸서 만든 수류탄 네 개로 그 구역을 청소했다. 스털린스키 2호의 전투 시스템을 처음으로 맞이해서 싸워 이기는 것은 매우 어려운 일이었다.

의사인 프리드먼은 편한 자세로 의자에 앉아서 위스키가 담긴 잔을 손으로 돌리면서 생각에 잠겼다. 사이버네틱스 팀 전체의 우두머리인 고든은 그 반대편에 있는 긴 의자에 자리하고 있었다. 둘 중 어느 누구도 병원을 홀로 소유하지는 못했다. 하지만 두 사람의 지분이 상당한 것은 사실이었다. 게다가 이 병원을 태양계에서 가장 유명한 비공식적 시설로 만든 것은 그 두 사람의 능력이었다.

"뭣 좀 알아냈어?"

고든이 오랫동안 침묵을 지키고 있자 프리드먼이 물었다. 사이버네틱스 팀의 수장은 피로에 젖어 눈가를 문질렀다. 그는 부서진 참치호가 정박한 이래 계속 일에 매달려 있었다.

"이런 건 생전 처음 봐. 그래서 결국 간단한 단방향 통신 장치로 연결했어."

프리드먼은 컴퓨터나 사이버네틱스에 대해서 알지 못했다. 하지만 동료가 최대한 쉽게 설명하려고 노력 중이라는 사실은 알았다.

"요즘엔 어딜 가든 단방향 통신기가 있어. 커피메이커에도 있고 자동 바텐더에도 들어 있지. 현존하는 것 중에 가장 흔한 논리 장치야. 문제의 물건은 그보다 복잡한 수준으로는 소통을 할 수가 없는 상태야. 아니면 어떤 이유가 있어서 그러기를 거부하고 있든가. 일부러 기계 지능을 제한하는 것 같아."

"그 결과 뭘 찾아냈지?"

프리드먼이 술을 한 모금 마셨다. 그는 이미 기술자들에게서 들은 바가 있었다. 기술자들은 전자장비의 피드백 때문에 회백질의 상당 부분이 손상을 입은 채 부분적으로 작동하고 있는 두뇌를 괴상한 기계 속에서 발견했다.

"그 물건은 완전히 새로 다시 만들어야 해."

프리드먼이 눈썹을 치켜 올렸다가 내렸다.

"돈을 지불할 능력은 있고?"

프리드먼의 주 관심사는 돈이었다. 그 때문에 지하에 틀어박혀서 불법 시술을 행하고 있었다.

"아주 흥미롭게도 있어." 고든이 대답했다. "그자는 벌써 우리 계좌에 20만 달러를 입금했어. 확인도 끝냈고. 오르펀이라는 사람이 가진 계좌에서 돈을 이체했더라고. 그자가 오르펀이라는 사람을 협박한 모양이더라."

프리드먼은 떠나기 위해서 일어섰다.

"지불 능력이 있다면 난 일을 맡을 거야."

고든이 고개를 끄덕여 인사를 하고 손가락을 튕겨서 바텐더에게 아이리시 커피를 주문했다.

"정말로 재밌는 사실은." 고든은 닫힌 문을 보며 혼잣말을 했다. "우리 손님이 아무리 봐도 인간이 아니라는 거야. 최후 저지선이라고. 난 내가 그걸 그렇게 잘 만들었는지 몰랐어." 고든은 흥겹게 키득거렸다.

모니카는 바에 몸을 기대고 크라흐톤에서 처음이자 마지막으로 마시는 술을 천천히 들이켰다. 계약은 끝났다. 그녀는 기록을 말소시키기에 충분한 돈을 벌었고, 화성 개척지에 가겠노라고 서명을 했다. 모니카는 떠들썩한 술집 내부를 지켜보며 생각에 잠겼다. 공기 중에는 담배 연기가 떠다녔고 주변은 자신의 목소리도 들리지 않을 만큼 시끄러웠다. 모니카는 대부분의 손님을 알고 있었지만 늘 그렇듯이 처음 보는 얼굴이 하나 둘쯤 있었다. 모니카는 화성에서 살기가 힘들다는 걸 알고 있었다. 수많은 사람들이 죽어 나갈 테고 집단들끼리 충돌할 것이 뻔했다. 하지만 무엇보다도 기본적인 규정이 정말로 까다로웠다. 여성은 도착해서 18개월 내에 첫 아이를 낳아야 했고, 두 번째 아이를 그 후 24개월 내에 출산해야 했다. 아이가 마음에 들지 않거나 돌 볼 능력이 없으면 공공 양육기관에 맡길 수 있었다. 남성은 처음 5년 간 시간의 3분의 1을 정부 관련 일에 할당해야 했다. 그럼에도 불구하고 모니카는 화성에서 미래를 보았다. 이곳은 과거의 세계였고 실패할 수밖에 없는 광부들과 아무것도 남기지 못한 채 죽어갈 사람들의 세상이었다. 오르펀이 좋은 예였다. 1년 반 전만 해도 오르펀은 마크 IV 기지의 한심한 매력, 즉 추방자들의 마지막 도피처라는 매력에서 벗어날 만큼 많은 돈을 번 것처럼 보였다. 하지만 결국 엄청난 경제적 손실을 입었고 본래의 사업으로 되돌아왔다. 요즘 다시 운을 되찾은 것처럼 보이기는 했지만 말이다.

"맥주 좀 가져다줄래요?"

모니카가 고개를 돌려 손님을 바라보았다.

그 남자는 키가 크고 날씬했으며 조금 웃고 있었다. 잠깐이지만 낯익은 사람처럼 보였다. 하지만 눈매 때문에 헛갈린 것이 분명했다.

"난 여기를 그만둬서 더 이상 일을 하지 않아요. 마가렛한테 얘기하세요." 모니카는 새 여종업원 쪽으로 고갯짓을 하고는 상대가 마음에 들었기 때문에 미소를 지었다. 남자가 눈을 반짝이더니 천천히 손을 들어서 모니카의 머리칼 속으로 손가락을 넣었다. 모니카는 잠깐 동안 어찌 해야 할지, 남자를 때려야 하는지 아니면 도와달라고 다른 사내들을 불러야 하는지 알 수 없었다. 술집의 손님들 전부가 그녀를 위해 달려들 준비가 되어 있었다.

"딸기 밀크셰이크 좋아해요?" 남자가 물었다.

두 사람이 함께 나가는데 한 떼의 난폭한 남자들이 손에 쇠지레를 들고 복도에서 스쳐 지나갔다.

"저게 무슨 일이죠?" 모니카가 물었다.

맥스가 어깨를 들썩였다.

"어떤 사람이 오르펀을 고발했어요. 여행을 떠나는데 산소를 절반만 가져갔다는 거죠. 오르펀이 사람으로 위장하고 있던 사이보그라고 생각하는 거예요."

"그 사람은 사이보그가 아니잖아요."

맥스는 모니카에게 입을 맞추고 다시 한 번 그녀의 머리칼 속으로 손가락을 넣었다.

"아니죠. 하지만 그걸 설명할 시간이 없을 거예요."

해설

| 야로슬라프 올샤, jr. |

- 지은이 소개
- 엮은이 소개
- 옮긴이 소개

로봇에게 이름을 붙여준 문학
—19세기부터 오늘날까지 체코 SF의 역사

야로슬라프 올샤, jr.

체코 SF의 역사는 카렐 플레스카치Karel Pleskač의 장편소설 『달에서의 생활Život na Měsíci』(1881)에서 시작되는데, 이는 지금까지 발견된 가장 오래된 진정한 장편 SF 소설이다. 20세기 초까지 과학소설, 혹은 과학과 관련된 소설의 작품 수는 많지 않았지만 눈에 띄는 작품으로 기성문단의 유명 작가인 스바토플루크 체흐Svatopluk Čech가 쓴 SF에 가까운 두 편의 '브로우체크 씨' 시리즈, 특히 『브로우체크 씨의 진짜 달 여행Pravý výlet pana Broučka do Měsíce』(1888)이 있다. 체코 SF의 선구자 가운데 마지막으로 반드시 언급해야 할 중요한 작가 야쿠브 아르베스Jakub Arbes로, 그는 여러 가지 환상적인 테마들을 다룬 몇 편의 로마네토romanetto(짧은 장편소설)를 썼다. 그중 가장 흥미로운 작품은 『뉴턴의 뇌Newtonův mozek』(1877)와 『성 사베

리우스Svatý Xaverius』(1872)로, 『뉴턴의 뇌』에서는 주인공으로 하여금 과거를 볼 수 있도록 해 주는 타임머신과 비슷한 기계장치가 묘사된다.

본격적으로 과학소설을 쓴 최초의 체코 작가는 카렐 흘로우하Karel Hloucha였다. 그는 『마법에 걸린 나라Zakletá země』(1910)와 『태양 마차Sluneční vůz』(1921) 등 일곱 편의 SF 장편소설과 단편소설집을 펴냈다. SF 소설은 아니지만 체코 작가로는 최초로 한국이 배경으로 등장하는 소설을 쓰기도 했다. 메토드 수흐돌스키(Metod Suchdolský)는 인간의 모습으로 변할 수 있는 외계인들이 중대한 활약을 하는 장편소설 『화성의 러시아인들Rusové na Martu』(1907)을 썼는데, 이는 체코 SF 소설에서 우주여행을 다룬 최초의 사례에 속한다.

1920년, 가장 커다란 환호를 받는 체코 작가 중 하나인 카렐 차페크의 첫 번째 SF 작품이 세상에 선보였다. 희곡 『R.U.R. 로섬의 만능로봇 R. U. R. Rossum's Universal Robots』(1920)은 SF 장르에 '로봇'이라는 용어를 처음 도입한 작품으로 체코 SF 뿐 아니라 전 세계의 SF에 큰 영향을 미쳤다. 『R.U.R.』의 최초 한국어 번역판은 이미 1925년에 나왔고, 가장 최신 한글판은 2010년에 출간되었다. 차페크의 가장 뛰어난 소설이자 동시에 가장 뛰어난 SF로는 『도롱뇽과의 전쟁 Válka s mloky』(1936, 한국어 번역 2010년)을 꼽을 수 있을 것이다. 이소설에서는 새롭게 발견된 괴상한 바다 도롱뇽이 예전의 주인이었던 인간에 맞서 싸운다. 이 작품은 독일 파시즘의 부상과 그 위험들을 묘사한 정치풍자소설이었다.

1920년대와 1930년대는 낮은 수준의 SF들이 쏟아져 나왔다. 매년 미래 사회에 발명된 새로운 기술들에 대한 설명에서부터 정치적, 사회적 측면에 대한 묘사에 이르기까지 다양한 테마를 다룬 여러 권의 책들이 발간되었다. 이 시기에 활동한 작가들 가운데 언급할 만한 가치가 있는 작가로는 토마시 흐루비Tomáš Hrubý, 이르지 하우스만Jiří Haussmann[1], 마리에 그루브호페로바Marie Grubhofferová 등이 있다. 토마시 흐루비는 인류의 미래를 다룬 역사적인 대하소설 『인류의 황혼Soumrak lidstva』(1924-28)을 썼다. 차페크와 비슷한 작품을 지닌 이르지 하우스만의 작품은 『무모한 이야기Divoké povídky』(1922)로 묶여져 나왔다. 마리에 그루브호페로바는 『우주에서 보낸 휴가Prázdniny ve hvězdách』(1937)처럼 대중적인 아동용 모험소설들을 썼다. 이들의 정 반대편에는 얀 바이스의 몽환적이고 주류문학적 SF인 『1000층의 집Dům o 1000 patrech』(1929)과 얀 바르다Jan Barda[2]의 그리 잘 쓰진 않았지만 극히 강렬한 조지 오웰 풍의 디스토피아 소설 『재교육Převychování』(1931)이 있다. 『재교육』은 '성공적인' 사회주의 혁명이 일어나고 나서 수백 년이 지난 고립된 사회를 배경으로 하는데, 집산주의적 삶의 세계가 확립되어 있는 그곳에서 인민들은 완전히 지워져 버린 과거 역사에 대해서 아는 것이 아무 것도 없었다. 그래서 그곳 주민들은 자신들이 살고 있는 삶이 얼마나 끔찍한 것인지도 알 수 없었다. 잊혀지거나 금지된 과거의 몇몇 문서들의 우연한 발굴은, 그 문서들을 이해하고자 노력하는 주인공(과 그의 모든 가족)을 비극적인 운명으로 이끈다.

---

1) 한국어로 번역된 이르지 하우스만의 단편 「마이너스 1」은 2011년에 출간된 『체코 단편소설 걸작선』에 실려 있다.
2) 은행직원으로 일했다는 것 외에 알려진 게 없는 페르디난트 크레이치Ferdinand Krejčí의 필명.

1930년대와 40년대 가장 영향력 있는 체코 SF 작가는 '지구 공동(空洞) 제국'의 주인공과 친구들의 모험에 관해 느슨하게 연결된 시리즈를 쓴 트로스카J. M. Troska였다.[3] 열 권에 이르는 이 시리즈에서 가장 흥미진진한 것은 두 개의 3부작들인데, 서론에 해당하는 『네모 선장Kapitán Nemo』(1939)과 태양계의 여러 행성들에서 벌어지는 모험들에 관한 스페이스 오페라 『우주와의 투쟁Zápas s nebem』(1940-41)이다. 그의 책들은 최근까지 무수히 많이 재출간되었으며, 상당한 수의 추종자들을 만들었다. 1960년대 까지 체코 문학의 토양에서 배출된 유일무이하게 가장 영향력 있는 SF작품들은 모두 트로스카의 책들이었다.

2차 대전, 특히 1948년 공산당의 쿠데타 이후, 체코 SF의 작품 수는 줄어들기 시작했다. 주로 아동용으로 출판된 소수의 작품들은 보다 가깝고 '현실적인' 미래를 묘사했다. 모든 SF 작가들과 팬들은 어린 시절 프란티셰크 베호우네크František Běhounek와 블라디미르 바불라Vladimír Babula의 교육적인 모험 SF 소설을 읽고 자라났다. 유명한 과학자인 프란티셰크 베호우네크는 과학과 공산주의의 미래를 이상화하는 일곱 편의 하드 SF 소설, 특히 『작전 엘Akce L』(1956)과 『우주 로빈슨Robinsoni vesmíru』(1958)을 썼다. 비불라는 우주를 배경으로 한 3부작 소설 『우주로부터 온 신호들Signály z vesmíru』(1956)을 썼다.

1960년대의 주요한 인물이자 SF 부흥의 상징은 요세프 네스바드바Josef Nesvadba였다. 그는 1958년에서 1964년 사이에 네 편의 작품집

---

3) 얀 마트잘Jan Matzal의 필명.

으로 묶여 나온 재치 넘치는 SF 단편소설들을 썼다. 그중 가장 중요한 것은 『아인슈타인 두뇌Einsteinův mozek』(1960)와 『반대편으로의 여행Výprava opačným směrem』(1964)이었다. 정신의학에 관련된 그의 작품들, 즉 『부모의 운전면허증Řidičský průkaz rodičů』(1979)에서 시작되는 장편과 중편소설들은 나중에 미국에서도 출판된 대다수의 초기 단편소설들만큼 성공적이지 못했다. 영어로 된 작품집으로는 『뱀파이어 주식회사Vampires Ltd』(1964)와 『혐오스러운 눈사람의 발자국In the Footsteps of the Abominable Snowman』(1970)[4]이 있다.

이 시기의 가장 인기 있는 작가는 루드비크 소우체크Ludvík Souček였다. 그는 모험과 재치가 넘치는 아홉 편의 장편 SF와 몇 권의 단편집을 남겼는데, 대부분의 작품이 추리소설적인 요소들을 포함하고 있다. 가장 큰 인기를 얻은 그의 작품은 3부작 『눈먼 새들의 여행Cesta slepých ptáků』(1964)과 작품집 『검은 행성의 형제들Bratři černé planety』(1969)이다. 주류문단 작가들이 쓴 두 편의 디스토피아 소설도 흥미롭다. 이르지 마레크Jiří Marek의 『유쾌한 시대Blažený věk』(1967)와 체스트미르 베이데레크Čestmír Vejdělek의 『천국으로부터의 귀환Návrat z ráje』(1961)은 문학적 수준이 높은 복잡한 소설로 컴퓨터의 지배를 받는 디스토피아 사회를 묘사했다. 다른 흥미로운 작가들로는 요세프 코에니그스마르크Josef Koenigsmark, 바츨라프 카이도시Václav Kajdoš, 이반 포우스트카Ivan Foustka 등이 있다.

1968년 바르샤바 조약기구 국가들의 체코 침공 이후 체코 문화의 소위 '정상화' 시기는 다시 1970년대 체코 SF의 쇠퇴를 불러왔다. 그

4) 미국에서는 『잃어버린 얼굴Lost Face』이라는 제목으로 알려졌다.

럼에도 불구하고, 70년대 말이 되자 새로운 작가들의 물결이 나타났다. 중요한 작가들은 야로슬라프 바이스Jaroslav Veis, 즈데네크 볼니 Zdeněk Volný, 온드르제이 네프Ondřej Neff 등으로, 그들은 각각 몇 편의 장편과 단편집을 출간했다. 야로슬라프 바이스의 가장 인기 있는 작품집은 두 번째 작품인 『판도라의 상자Pandořina skříňka』(1979) 다. 네프는 첫 번째 작품집 『겉과 속이 뒤집힌 계란Vejce naruby』 (1985)이 성공을 거둔 후 장편소설을 쓰는 데 주력했는데, 달에 있는 광산촌을 배경으로 한 『내 인생의 달Měsíc mého života』(1988)은 체코 SF 소설의 최고 걸작에 속한다. 볼니는 두 번째 작품집 『모든 시간의 황금 올가미Zlatá past plná času』(1983)로 명성을 얻었다. 네프가 지금도 여전히 SF 작가로 활발한 작품 활동을 하고 있는 반면, 바이스와 볼니는 1980년대 이후 사실상 작품 활동을 중단했다.

1980년대의 중요한 과학소설들 중에는 SF로 전향한 인기 있는 주류문단 작가 블라디미르 파랄Vladimír Páral의 작품들이 있다. 그의 가장 훌륭한 장편소설은 디스토피아를 다룬 소설 『여인들의 나라 Země žen』(1987)다. 이 세대의 SF 작가들에게 가장 중요한 작품은 보이테크 칸토르Vojtěch Kantor가 편집한 한 쌍의 앤솔로지 『사자자리에서 온 사람들Lidé ze souhvězdí Lva』(1983)과 『별들에서 온 무쇠 Železo přichází z hvězd』(1983)의 출간이었다.

1982년, 체코슬로바키아 SF클럽들이 신인작가들이 쓴 최고의 SF 소설을 뽑는 '카렐 차페크 상'을 제정한 이후, 새로운 세대의 작가들이 대거 등장했다. 요세프 페치노브스키Josef Pecinovský, 프란티셰크 노보트니František Novotný, 에두아르드 마르틴Eduard Martin, 얀 흘라비츠카Jan Hlavička 등은 1980년대 중반의 가장 중요한 이름들이다. 하지만 그들은 공산정권 붕괴 이후인 1990년대가 되어서야 자신들의 첫 번째 단행본을 낼 수 있었다. 유일한 예외인 노보트니의 작품집 『불운한 착륙Neštastné přistání』(1988)은 당시 공산당 정부가 운영하던 국영 출판사에서 검열을 당한 뒤 출간되었다. 다행히도 이 세대의 SF 작가들의 작품들은 잡지들과 SF 앤솔러지에 실렸으며, 이러한 SF 앤솔러지 중에서 가장 중요한 것으로 이보 젤레즈니Ivo Železný가 편집한 『행성 지구로 귀환Návrat na planetu Zemi』(1985)과 『그 일은 내일 일어났다Stalo se zítra』(1985) 등이 있다.

1989년 소위 '벨벳혁명'과 체코슬로바키아 공산정권의 붕괴는 체코 SF의 상황을 급속히 변화시켰다. 새로이 성취한 자유는 SF 팬들이 몹시도 염원해 왔던 것—자신들의 잡지와 출판사를 만드는 일을 가능하게 해주었다. 1990년 6월, 1960년대의 유명한 체코 SF 영화에서 이름을 따왔으며 이전에는 팬진으로 발간되던, 월간 『이카리에Ikarie』가 온드르제이 네프를 편집장으로 세상에 첫선을 보였고, 곧이어 많은 출판사들이 생겨났다. 이런 출판사들 중 가장 중요한 곳으로는 필젠의 '레이저Laser', 브르노의 'AF 167', 프렌슈타트의 '폴라리스Polaris', 프라하의 '윈스턴 스미스Winston Smith'와 '포우트니크 Poutník', 그리고 'AFSF' 등이 있다. 이미 앞에서 언급한 바 있는 SF 편집자이자 번역자인 이보 젤레즈니가 자신의 이름을 내건 출판사로, 연간 수백 권의 책을 출판하던 체코공화국에서 가장 활동적이었던 '이보 젤레즈니' 출판사도 SF 소설을 발간했다. 체코에서 출판된 SF 소설의 수는 급속하게 증가했고, 1990년대 중반에는 SF 소설만 연간 300편을 넘어섰다. 이 수는 지금도 대략 비슷하게 유지되고 있다.

1989년 이후 처음 몇 년 동안은 '카렐 차페크 상'과 잡지를 통해 이미 알려진 작가들이 등장했다. 그들은 대개 체코 SF의 발전에 중요한 역할을 한 자신들의 첫 단행본들을 출판했다. 하지만 이 작품들 대부분은 주로 영미 SF의 번역물에 관심을 갖고 있던 독자들을 끄는 데 실패하게 된다. 당시 체코에서 비평적으로 환영을 받은 책들은 공산당 시대에 쓰인 풍자적인 작품들이었다. 예를 들어 이반 크미네크 Ivan Kmínek의 장편소설 『유토피아, 최상의 버전Utopie, nejlepší verze』(1990)과 얀 흘라비츠카Jan Hlavička의 단편집 『고정판Panelfixn』(1990), 또는 에바 하우세로바Eva Hauserová의 『돌연변이 축제Hostina mutagenů』(1992)에 실린 생태주의적 단편소설 같은 것들이었다. 매우 중대한 정치적 내용을 담고 있는 이 작품들은 이미 1980년대에 창작된 것들이었고 평론가들의 호평도 받았지만, 그 내용 때문에 공산정권이 몰락할 때까지 출판할 수 없었던 것이다.

액션 SF를 위한 최초의 시도는 개미 사회를 닮은 미래를 배경으로 한 장편소설 『독벌집Plástev jedu』(1990)을 쓴 요세프 페치노브스키 Josef Pecinovský처럼 '카렐 차페크 상'을 이미 받은 바 있는 작가들에 의해 출간되었다. 눈길을 끄는 것은 미국의 사이버펑크 SF의 영향을 받은 두 개의 단편집이었다. 얀 폴라체크Jan Poláček의 『엑스머신 Ex-machina』(1991)과 가렐 베베르카Karel Veverka와 페트르 헤테샤 Petr Heteša 공저의 『지옥에 오신 것을 환영합니다!Těšíme se na vás!(원제: 우리는 네가 간절히 보고 싶어!)』(1991)는 체코 SF 작가들이 쓴 최초의 사이버펑크 소설이었다.

1990년대 초는 체코 SF에 새로운 하위 장르가 등장한 시기이기도 했다. 판타지 소설이 등장과 함께 독자들의 큰 인기를 얻게 되었는데, 20대 초반의 젊은 여성작가 빌마 카들레치코바Vilma Kadlečková는

『영원의 경계에서Na pomezí Eternaalu』(1991) 시리즈의 첫 권을 내놓으면서 이 흐름의 최선봉에 섰다. 여타 중요한 판타지 소설로는 조지 P. 워커George P. Walker[5]의 『켄 우드와 디살 왕의 검Ken Wood a meč krále D' Sala』(1991), 야로슬로프 이란Jaroslav Jiran의 『오로라크의 살아있는 검Živé meče Ooragu』(1992), 리처드 D. 이밴스Richard D.Evans[6]의 『고오카와 용 사람들Gooka a dračí lidé』(1991) 등이 있다. 이들은 지금도 여전히 SF와 판타지 작가로 활발히 활동하고 있다.

짧은 붐이 지난 뒤 90년대 중반에 들어서 체코 SF는 쇠락기를 맞게 되었다. 독자층이 얇았기 때문에 국내 작가들의 작품 출판에 큰 이익을 기대할 수는 없었다. 체코 SF는 사실 모든 장르문학이 당시 SF 전문 출판사들을 통해 출판되었다는 사실 덕분에 아직 살아남아 있다. SF 전문 출판사들은 미국과 영국 소설들의 번역 출판을 통해, 체코 작가들의 작품을 출판해서 생긴 손실을 만회할 수 있었다. 하지만 새로운 작품의 숫자는 연간 약 이삼십 개로 크게 줄고 말았다. 이러한 흐름에서 거의 유일한 예외는 이미 10년 전에 체코 독자들 사이에서 스타 작가의 위치에 올라 있었던 온드르제이 네프였다. 네프의 『밀레니엄Milénium』(1992-1995) 3부작은 당대 최고의 체코 SF 작가라는 위치를 유지하게 해 주었다. 그는 지금도 여전히 30년 동안 출판해온 장편과 단편 소설들의 긴 목록을 계속 이어가고 있다.

프란티셰크 노보트니의 작품들 역시 매우 환영을 받았다. 이미 80년대에 집필되어 『브래드버리의 그림자(Bradburyho stín)』(1991)라는

5) 이르지 W. 프로하즈카Jiří W. Procházka의 필명.
6) 블라도 리샤Vlado Riša의 필명.

제목으로 출판된 단편집이 특히 그러했다. 집필에 10년 이상 걸린 그의 3부작 『발할라의 긴 하루Dlouhý den Valhally』의 첫째 권 역시 장르문학 평론가들과 독자들로부터 큰 갈채를 받았다. 이 작품은 1차대전 당시 자신이 몰던 복엽기와 함께 북유럽 신들이 지배하는 사후세계로 끌려간 전투기 조종사의 이야기인데, 여기서 주인공은 용들과 싸우고 아돌프 히틀러가 세계를 지배하도록 돕고 있는 사악한 세력으로부터 세계를 구해야 하는 운명을 맞게 된다.

90년대에는 SF의 공동체 외부에서 SF와 판타지적 요소를 가진 주류문단의 소설들도 등장했다. 체코의 유명한 반체제 철학자이자 불교도이며, 한때 전위적인 맑스주의 시인이었던 에곤 본디Egon Bondy[7]는 60대 후반의 나이에 SF 클리셰의 독특한 혼합물이자 수준 높은 문학작품인 『사이버코믹스Cybercomics』(1997)를 썼다. 현대 프라하를 배경으로 하는 밀로시 우르반Miloš Urban의 암울한 고딕 소설 『일곱 개의 교회Sedmikostelí』(1999)는 그의 판타지적인 장편소설들 중 첫번째 작품이었다. 철학자 미할 아이바스Michal Ajvaz는 『다른 도시 Druhé město』(1993)와 『황금시대Zlatý věk』(2001) 같은 환상적인 분위기의 장편소설 다섯 편으로 유명해졌는데, 이 작품들은 2009년 영어로 출판되어 미국의 장르문학상을 여럿 수상하기도 했다.[8]

이런 주류문학계의 SF 작가들 중에서 가장 독특한 작가는 얀 크르제사들로Jan Křesadlo[9]이었다. 고전 교육을 받은 포스트모더니스트인

---

7) 즈비네크 피셰르Zbyněk Fišer의 필명.
8) 한국어로 번역된 미할 아이바스의 단편소설은 2011년에 출간된 단편집 『프라하—작가들이 사랑한 도시』에서 볼 수 있다.
9) 얀 핀카바Jan Pinkava의 필명.

크르제사들로는 자기 책에 그림을 그리고, 음악을 작곡할 정도로 매우 다재다능하고 박학다식한 사람이었다. 그의 최고 걸작은 사후에 출판된 6,576행의 SF 장시 『아스트로나우틸리야, 작은 스페이스 오디세이*AΣTPONAYTIΛÍA*』(1995)이다. 크르제사들로가 고대 희랍어(!)로 시를 쓰고 직접 체코어로 번역해 나란히 수록하여 출판한 이 작품은 〈스타트렉 : 넥스트 제네레이션〉의 패러디 작품이다. 호메로스 풍의 6보격 서사시 형식으로 쓰였으며 극도로 희귀한 초대형 판형으로 출판된 이 책은 현대 체코 SF에서 가장 호기심을 끄는 진정 독특한 작품이라 할 수 있다.

체코 창작 SF에 대한 관심을 다시 불러일으킨 작가는 이르지 쿨하네크Jiří Kulhánek였다. 그는 첫 번째 장편소설 『공포의 지배자들Vládci strachu』(1995)로 명성을 얻었다. 이 소설은 가까운 미래의 중부유럽을 무대로 뱀파이어의 이빨을 급히 구하려는 사악한 연금술사에게 추적당하는 뱀파이어를 서술자로 삼고 있다. 더욱 호러다운 유혈 낭자한 장면들은 각각 『좋은 친구Dobrák』(1996)와 『냉소가Cynik』(1997)라는 제목이 달린 쿨하네크의 2부작 『피의 길Cesta krve』이라는 작품에서 발견된다. 이 소설에서는 정체불명의 외계인들이 하룻밤 사이에 지구 인류 대다수를 납치하고 남은 사람들을 피에 굶주린 좀비로 만들어 버린 상황에서, 다른 생존자들을 찾으려고 분투하는 주인공을 다루고 있다. 쿨하네크의 다음 작품 『난폭함과 사악함Divocí a zlí』(1999-2000)은 외계인으로부터 지구를 방어하는 31세기의 초인 병사에 대한 네 권의 분량의 긴 소설인데, 주인공의 능력이 너무나 뛰어난 탓에 그의 상관들이 그를 제거하려 들고, 그래서 주인공은 모든 곳에서 모두를 대상으로 싸워야만 한다는 이야기이다.

쿨하네크의 작품들은 매우 직설적이고 폭력적이었지만, 그의 성공은 2000년대 내내 지속된 체코 창작 SF와 판타지의 새로운 붐을 일으키는 역할을 수행했다. 1999년, 체코에서 창작된 장르문학의 수는 연간 50편에 이르렀다. 10년 뒤, SF와 판타지를 정기적으로 발표하는 작가들이 180명을 넘어섰고 2010년에는 신간 장르소설을 80편 이상 출판하게 되었다. 장르전문 월간잡지 『이카리에』[10]와 『요새Pevnost』는 주요 체코 작가들의 가장 뛰어난 단편들을 수록하는 앤솔러지 시리즈와 함께 이러한 붐을 키워가는 데 중요한 역할을 수행했다.

쿨하네크의 성공을 이은 작가는 야로슬라프 모스테츠키Jaroslav Mostecký였는데, 그는 판타지에 가까운 장편소설 『내게 왕의 머리를 가져오라Přines mi hlavu krále』(1995)로 데뷔했다. 판타지 및 호러 단편집 『공포의 선Čára hrůzy』(1998)은 열광적인 반응을 얻었고 향후 10년 간 그를 체코 최고의 판타지 작가 반열에 올려놓았다.

2000년대에는 SF와 판타지 양쪽 모두에서 긴 시리즈들이 등장했고 흥미 위주의 소설 출판도 늘었다. 이런 경향을 선도한 것은 레오나르트 메데크Leonard Medek, 프란티슈카 브르벤스카František Vrbenská, 블라디미르 슐레흐타Vladimír Šlechta 등의 작가들이었다. 이들은 모두 1990년대 말에 첫 장편소설을 출간했지만 2000년대 중반이 되어서야 상업적인 성공을 거두었다. 레오나르트 메데크는 1997년 독창적인 "코난" 소설로 데뷔했는데, 그의 가장 흥미로운 작품은 20세기 초를 배경으로 인디아나 존스 스타일의 캐릭터들이 넘치는 단편집 『모험가Dobrodruh』(2004)와 프란티슈카 브르벤스카와 공저한 4세기 중

---

10) 현재는 『XB-1』으로 이름이 바뀌었다.

부유럽 배경의 평행세계 역사소설 『푸른 황소의 그림자Stín modrého
býka』(2005)이다. 브르벤스카는 판타지 소설로 매우 유명하다. 그녀
의 가장 성공적인 작품은 최근작인 『우산 소나무 숲 아래 부는 바람
Vítr v piniích』(2009)이다. 이 소설은 한국을 닮은 어느 극동 아시아
국가의 불특정한 시대를 배경으로 하고 있는데, 야쿠브 D. 코치Jakub
D. Kočí와 공동 작업을 통해 집필되었다. 블라디미르 슐레흐타를 유
명하게 만든 것은 두 개의 시리즈물이었다. 장편소설 『베르세르크르
계획Projekt Berserkr』(1999)을 필두로 하는 시리즈는 아직 인간문명
이 남아 있지만 엄청난 충격을 받아 몰락을 앞두고 있는, 대재앙 이후
의 세계를 배경으로 하는 하드 SF 소설이다. 반면 2000년에 발간된 시
리즈의 첫 번째 작품의 제목을 딴 『피투성이의 국경지대Krvavé
pohraničí』 시리즈는 인간과 엘프와 고블린 사이에서 벌어지는 끊임
없는 전쟁담을 다루고 있다.

    2000년대 중반에 들어서 체코의 장르문학 출판이 다시 활발해졌
다. 새로운 작가들이 많이 등장했고, 그 일부는 적지 않은 성공을 거
두었다. 이 새로운 작가들은 매년, 혹은 2년에 한 권씩의 속도로 책을
출간했으며 지금은 보통 십여 권의 책을 자신의 작품 목록에 올려놓
고 있다. 이들의 작품은 대개 판타지적인 세계를 배경으로 하는 더 긴
시리즈로 연결되는 경우가 많다. 이러한 가장 젊은 세대의 작가군에
서 가장 큰 성공을 거둔 작가들은 20대 후반의 여성들이 많은데, 카롤
리나 프란코바Karolína Francová는 판타지 『아리엔Arien』(2003)으로
첫 성공을 거두었고, 페트라 네오밀네로바Petra Neomillnerová는 어
두운 분위기의 판타지 『여마법사 로타Zaklínačka Lota』 시리즈로 유
명해졌다. 신예 남성작가들로는 십수 편의 단편소설들을 쓴 파벨 렌
친Pavel Renčín이 있는데, 그의 가장 뛰어난 판타지 단편들은 『콘크

리트와 뼈와 꿈Beton, kosti a sny』(2009)에 수록되어 있다. 또한 미로
슬라프 잠보흐Miroslav Žamboch는 액션 SF와 추리소설, 판타지 장르
등 모든 분야에서 다재다능함을 보이는 작가이다.

지식인 취향의 문학적 SF는 이미 80년대와 90년대부터 작품 활동
을 시작한 프란티셰크 노보트나 빌마 카들레치코바 같은 유명 작가
들이 주로 썼다. 하지만 80년대와 90년대의 전환기에 사이버펑크 단
편들을 썼던, 거의 잊혀져버린 작가 얀 폴라체크의 경우는 사실상 완
전히 새롭게 등장한 경우라고 할 만하다. 체코가 2차 대전 이후 승리
한 독일의 밀접한 동맹국이 된다고 하는 대체 역사를 배경으로 하여
뛰어난 문학성을 가진 장편소설 『급행열차 CH.24.12 (Spěšný vlak
CH.24.12)』(2010)는 사실은 뛰어난 심리적 성장소설로 볼 수 있다. 이
책으로 폴라체크는 SF 장르 공동체의 벽을 깨고, 주요 체코 신문과 문
학잡지들로부터 SF 소설로는 이례적인 성공작으로 대단히 긍정적인
평가를 이끌어 냈다.

체코 SF계는 서로 밀접하게 연결되어 있기 때문에 2000년대 말,
『첩보원 JFK (Agent JFK)』라는 보기 드문 프로젝트가 추진되었다.
체코 첩보원 존 프란시스 코마르시John Francis Kovář가 등장하는 이
독창적인 시리즈는 이미 26권까지 나왔으며 체코 SF의 모든 세대에
걸친 주요 작가들이 이 프로젝트에 동참하고 있다. 체코 SF의 살아있
는 전설인 온드르제이 네프, 90년대 좀 더 젊은 세대의 스타 작가들인
이르지 W. 프로하즈카Jiří W. Procházka와 요세프 페치노프스키Josef
Pecinovský 등이 이 시리즈에 참여하여 집필하는 한편, 미로슬라프
잠보흐나 블라디미르 슐레흐타 같은 가장 젊은 세대의 성공한 작가들
역시 매우 적극적으로 참여하고 있다.

2011년의 체코 SF와 판타지 문학은 유럽의 다양한 언어들로 새로운 번역판들이 출판되는 등 국내외적으로 매우 성공하고 있는 듯 보인다. 이런 추세가 계속된다면 체코 SF 역사에서 2000년 이후의 시기는 '체코 SF의 황금시대'라고 이름 붙여질 수도 있을 것이다.

■ 지은이 소개

페트르 헤테샤 Petr Heteša (1959. 2. 25~)

건축가, 컴퓨터 디자이너, SF 작가.

브르노 기술대학에서 건축을 전공하고 졸업과 함께 국영회사에서 일하면서 틈틈이 글쓰기와 음악 연주, 그림을 그렸다. 공산정권의 붕괴 이후, 스스로 건축 디자인 광고 회사를 차려 성공적으로 운영하고 있다.

1984년, 직장 동료 카렐 베베르카Karel Veverka와 처음 만나게 된 헤테샤는 공동으로 액션 SF 소설을 쓰고 1980년대 '카렐 차페크 상'에서 성공을 거둔다. 그들의 작품 중 가장 잘 알려진 「지옥에 오신 것을 환영합니다!Těšíme se na Vás!(원제: 우리는 네가 간절히 보고 싶어!)」는 컴퓨터 게임의 주인공이 현실 세계로 들어오는 데 성공하는 이야기로, 1986년 '카렐 차페크 상'에서 입상한 작품이다. 이 작품은 작가의 다른 공동저작과 마찬가지로 팬진에서 처음 소개되었으며 1990년대에 들어서야 정식으로 출간되었다. 이 작품과 함께 두 작가의 가장 잘 알려진 작품으로는 주인공의 이름을 딴 『브루스테르Bruster』(1991)가 있다.

공산정권 붕괴 이후 자신들의 사업체를 운영하면서 집필 활동이 뜸해졌고, 또한 공동작업 대신 헤테샤와 베베르카 각자의 이름으로 집필을 했다. 헤테샤는 베베르카와의 공동집필 이후 10년 만인 2001년에 SF 작가로 복귀하여 2002년에 '카렐 차페크 상'을 수상했다. 헤테샤는 한 편의 짧은 막간극 이후 2007년까지 열 권 이상의 SF를 출간했고, 『여섯 개의 다이아몬드Šest diamantů』(2007)와 『무덤 너머의 사랑 Láska až za hrob』(2008)을 쓰기 시작했다. 두 작품 모두 위험으로 가득한 미래 세계를 배경으로 미지의 운명에 의해 조종당하는 사람들 이야기를 다루고 있다. 헤테샤는 다음 작품에서 컴퓨터 혹은 실제 삶에서 특정되지 않은 게임의 일부로 존재하는 고독한 주인공이라는 개념으로 돌아갔다. 네 권으로 이루어진 『사이브레인 Cybrain』(2010)은 컴퓨터 게임 내부에서 자신의 인생을 위해 싸우는 고독한 주인공을 다룬 또 다른 버전의 이야기다.

그의 다른 작품들은 더욱 범위를 넓혀 나간다. 미국의 도시 볼티모어Baltimore
는 두 편의 소설 『초록 비늘, 사금파리 그리고 루비Zelené šupiny, střepy a rubíny』
(2008)와 『볼티모어 더 이상은Nevermore Baltimore』(2010)에서 가까운 미래를 배경
으로 등장한다. 첫 번째 소설은 가장 혼잡한 시간의 볼티모어 놀이공원에서 벌어지
는 삶과 죽음을 가르는 전투를 다루고 있고, 두 번째 소설은 완전히 황폐화된 미래
의 도시를 배경으로 살아남은 사람들이 무엇인지 알 수 없는 위험한 존재들에 맞서
싸워야만 하는 이야기를 다루고 있다. 헤테샤의 마지막 소설은 『러시안룰렛Ruská
ruleta』(2011)으로 두 평행우주의 교차로 인해 모스크바의 영안실에서 시체가 사라
지는 불가사의한 이야기를 다루고 있다.

카렐 베베르카 Karel Veverka (1959. 8. 4~)

컴퓨터 전문가, SF 작가.

체코 기술대학교를 졸업하고 1980년에 건축공학자로 활동했다. 1990년 공산정
권 붕괴 이후 건축회사를 설립하면서 집필을 멈추었다. 비록 몇 편의 작품을 독자
적으로 발표하기는 했으나, 1980년 후반 페트르 헤테샤(작가 소개 참조)와 공동집
필하고 1990년대에 들어서 출간된 SF「지옥에 오신 것을 환영합니다」로 잘 알려져
있다.

온드르제이 네프 Ondřej Neff (1945. 6. 26~)

SF 작가, 평론가, 저널리스트, 사진작가.

프라하 카렐대학교에서 사회과학과 저널리즘을 전공하고, 잠시 사진작가로 일
했으나 주로 저널리스트로 활동했다. 네프는 근 20년 간 체코에서 가장 큰 신문사
인 〈믈라다 프론타 드네스Mladá fronta Dnes(청소년 전선 투데이)〉 일간지에 전속
으로 글을 썼다. 1997년에 네프는 체코 최초이자 오늘날까지 가장 성공적인 인터넷
신문사인 〈네비디텔니 페스Neviditelný pes(보이지 않는 개)〉를 설립했고, 체코와
외교 정책에 관한 방대한 글을 기고하고 있다. 네프는 『사진에 관한 비밀의 책Tajná
kniha o fotografii』(1981) 등 사진에 관한 몇 권의 책을 낸 작가로, 체코에서 디지털
사진에 관한 선구자이며 『아니면 여자들이 싸울 거야Holky se perou jinak』(1978)

등의 청소년을 대상으로 한 소설들을 쓰기도 했다.

네프는 『쥘 베른의 경이로운 세계Podivuhodný svět Julese Verna』(1978년 출간, 2005년 개정판 출간)[11]를 첫 권으로 한 논픽션 시리즈를 통해 SF 세계에 들어섰다. 그는 또한 『무언가 다르다Něco je jinak』(1981)와 『체코 SF에 관한 세 편의 에세이 Tři eseje o české sci-fi』(1985)를 집필한 체코 SF 역사의 첫 번째 탐구자였다. 세계 SF 역사에 관한 네프의 『모든 것이 다르다Všechno je jinak』(1986)는 주로 러시아와 영미 SF를 다루고 있는 귀중한 자료이다. 이 책은 알렉산드르 크라메르(Alexandr Kramer)와 공저였으나 출판사에서 그의 이름을 금지하여 실리지 않았다. 1980년대 초반에 네프는 최초의 '체코 SF 백과사전'을 집필하기 시작했으나, 출간에 문제가 있어서 1995년이 되어서야 야로슬라프 올샤, jr.와 공동편저로 『SF 문학 백과사전』 이라는 이름으로 출판했다. 1990년대에는 에세이, 칼럼, 기사, 전기, 미완성 원고 등 을 수집하여 『클론Klon』(1995-99)이라는 제목으로 5권에 달하는 SF 논픽션집을 편 집 출간했으며, SF에 관한 재치 넘치는 입문서 『SF에 관해 허세부리기Jak blufovat o sci-fi』(1995)를 썼다.

1980년대 초반부터 SF 단편들을 쓰기 시작한 그의 첫 작품집은 『겉과 속이 뒤집 힌 계란Vejce naruby』(1985)으로, 출간 즉시 커다란 반향을 불러 일으켰다. 뒤를 이 어 집필한 『영원으로 향하는 네 번째 날Čtvrtý den až navěky』(1987), 『달 위의 체펠 린Zepelín na Měsíci』(1990), 『우주는 충분히 무한하다Vesmír je dost nekonečný』 (1991), 『신(神) 주식회사Bůh s.r.o.』(1997), 『지옥에 관한 진실Pravda o pekle』 (2003), 『곡해의 선딩Dvorana zvrhlosti』(2004) 등 때론 신랄하고 예리하게, 매우 훌 륭하게 쓰인 네프의 작품은 체코 SF에서 최고로 손꼽힌다.

그가 1980년대에 쓴 초기 SF 소설들은 그의 다른 작품에 비해 덜 알려졌다. 그의 첫 번째 소설은 청소년을 대상으로 쓴 『푸들의 핵Jádro pudla』(1984)이다. 식민지화 한 지 수백 년 뒤의 화성을 배경으로, 문명화된 화성의 최후 방어 거점인 로마 타운 을 향한 난폭한 투사 라드 하게르Rad Haager의 긴 항행을 다루고 있다. 후속편인 『마법사의 계시Čarodějův učeň』(1989)에서는 황폐한 내전을 겪은 몇 년 후, 화성의

---

11) 쥘 베른의 인생과 그의 작품 등에 관한 책.

원시 문명과 기술 문명 간의 충돌을 묘사하고 있다. 마지막 권은 『안절부절못하는 Šídlo v pytli』(1991)이다. 『푸른 검의 제왕Pán modrého meče』 역시 같은 우주를 배경으로 한 중편소설이다.

성인 독자들을 위한 네프의 첫 하드 SF 『내 인생의 달Měsíc mého života』(1988)은 달의 식민지 광산을 배경으로, 모성(母星) 지구의 사회와 마찬가지로 이데올로기적, 종교적, 사회적으로 나누어져 벌이는 격렬한 대립과 투쟁, 실패와 좌절 등을 그린, 액션으로 가득한 하드 SF다. 이 작품은 약 20년이 지난 후 달의 식민지 이름을 딴 『아르카디아Arkádie』로 제목이 바뀌어 예기치 않게 3부작의 첫째 권이 되고, 『내 인생의 암석Rock mého života』(2006)과 『내 인생의 별Hvězda mého života』(2009)이 달의 광산이라는 배경만 같을 뿐 연결되지 않은 앞서 쓰인 중편소설 『레파라토르Reparátor』(1997)와 함께 후속편으로 자리 잡는다.

네프는 약 5년에 걸쳐 『밀레니엄Milénium』 3부작을 집필했다. 『밀레니엄: 위험에 빠진 지구Milénium: Země ohrožená』(1992)는 밀레니엄의 공포를 바탕으로 불가사의한 요소들이 복잡하게 얽혀 있는 모험 소설이다. 지구의 생명을 돕기 위한 새로운 인공위성의 발사를 두고 벌어지는 음모를 뒤쫓는 이야기로, 불행하게도 불가사의한 지하세계 문명에 의해 잘못 사용되어 지구의 인구 일부를 파충류로 변화시키게 된다. 『밀레니엄: 포화 속의 지구Milénium 2: Země bojující』(1994)는 마지막 쇠퇴기에 접어든 낮은 기술 수준의 도시를 배경으로 한 1권과 달리, 고도로 발달한 합리적 도시 문명을 가진 가까운 미래(25년 후)의 이야기로 전편에 비해 덜 복잡하지만, 훨씬 더 많은 액션으로 가득한 스릴러이다. 2권에서는 광폭한 살인자로 변하게 하는 위험한 약의 제조자를 쫓는 줄거리이다. 3부작의 마지막 『밀레니엄: 지구의 승리Milénium 3: Země vítězná』(1995)는 외계 문명과 인류의 충돌에 대해 미래의 지구에 대한 모든 것이 복잡한 만화경처럼 뒤섞여 펼쳐진다. 『밀레니엄』 3부작은 전체적으로 매우 다른 이야기를 다루고 있는데, 네프의 고국인 체코의 역사와 연관이 있다. 그가 3부작을 쓰기 시작했을 때는 공산정권 아래의 체코슬로바키아였고, 그가 작품을 다 썼을 때는 민주주의를 이루고 각각 독립한 체코와 슬로바키아 두 나라로 나뉘었다. 이와 같은 비틀림을 작품에서도 살펴볼 수 있다. 가까운 미래를 배경으로 첨단기술의 분쟁에 대한 호기심을 자아내는 시선에서, 붙잡혀서 중간자로 반(半) 변형된 인류와 두 외계 종족들의 전쟁에 대한 반체제 오페라로 바뀌는 것이다. 이 작품은 원래 최초 버전의 3부작 1권이 더 짧은 분량으로 SF 월간지 『이카리에』에 중편소설 「밀레니엄」(1991-1992)으로 처음 발표되었는데 나중에 책으로 출판될 때는 주요 부분을 의미심장하게 바꾸는 철저한 개작이 이루어졌다.

네프는 1990년대 말 체코의 상황을 미묘하게 뒤섞은 『암흑Tma』(1998)이라는 소설에서 "만약의 세계" 시나리오를 사용했다. 이 소설은 물리적 현상으로 인해 모든 전기가 끊기고, 인류가 사용하던 전체 문명과 기술이 말 그대로 암흑시대로 되돌아가게 되는 이야기다. 이 책은 모든 장르문학상을 수상하며 출간 일주일 만에 품절이 될 만큼 큰 성공을 거두었다. 체코 정치에 대한 네프의 심오한 지식은 작품 안에 체코의 현실을 반영한 수많은 농담들을 담았고, 오히려 장르문학과 관계없는 일반 신문에서 이 책을 흥미롭게 다루었다. 5년 뒤, 네프는 이 작품을 하드 SF풍으로 새롭게 다시 써서 『암흑 2.0 Tma 2.0』(2003)이라는 제목으로 재출간했다. 『파울플레이의 예감Tušení podrazu』(2007)은 실제 체코의 SF 작가인 루드비크 소우체크의 명작품의 원고가 도난당하자 주인공이 그것을 찾으려고 애쓰는 SF 형사물이다. 『명사(名士)Celebrity』(2009)는 오늘날의 세계를 배경으로 유명 배우들이 등장하는 호러물이다. 네프는 또한 무적의 은하계 간 에이전트인 JFK에 대한 이야기로 독창적인 "체코 SF 시리즈"에 참여했다. 이 시리즈의 열 번째 책으로 발간된 네프의 책 제목은 『예루살렘 전기톱 학살Jeruzalémský masakr motorovou pilou』(2007)이다.

오늘 현재, 네프는 쥘 베른의 고전들을 현대 버전으로 새롭게 쓰는 작업을 진행 중이며 『불가사의한 섬』, 『2년의 휴가』, 『해저 2만리』 등 여섯 권이 이미 출간됐다. 네프는 또한 로버트 A. 하인라인, 쥘 베른 및 자신의 작품으로 라디오용 시나리오를 쓴 방송작가이기도 하며, 윌리엄 깁슨의 『뉴로맨서Neuromancer』를 번역하기도 했다. 체코 만화의 우상으로 꼽히는 카야 사우데크Kája Saudek와 함께 SF 판타지 만화 〈아르날과 용의 이빨Arnal a dračí zuby〉, 〈행운Štěstí〉의 시나리오를 쓰기도 했으며, 스스로 글과 그림을 그린 만화 〈체코의 수퍼영웅, 페라크Pérák, český super-hero〉(1989)를 불법적으로 직접 출간하기도 했다.

요세프 네스바드바 Josef Nesvadba (1926. 6. 19~2005. 4. 26)

SF 작가, 정신의학자.

프라하의 카렐대학교에서 의학을 전공했으며 1956년부터 1990년 은퇴하기까지 의사로 일했다. 1940년대에 영미 시를 체코어로 번역했고, 1950년대에 극적인 단편들을 발표하기도 했으며, 1960년대에 들어서 베트남을 배경으로 한 철학적이고 정치적인 소설 『닥터 동과의 대화Dialog s doktorem Dongem』(1964)를 집필했다. 네스바드바는 비록 1950년대 후반과 1960년 초반에만 SF 작품을 썼지만, 가장 유명한 세계적 SF 작가로 이름을 떨친 카렐 차페크 이래 체코 SF 역사를 통틀어 가장 뛰어난 작가로 손꼽힌다.

네스바드바의 최고의 소설은 체코 SF 역사에 큰 획을 그은 세 권의 초기 작품집 『타잔의 죽음Tarzanova smrt(일부 작품만 SF)』(1958), 『아인슈타인 두뇌Einsteinův mozek』(1960), 『반대편으로의 여행Výprava opačným směrem』(1962)에 실려 있다. 이 작품들은 일반적인 SF 테마로부터 미묘하게 풍자적인 변형이 이루어지고 있다. 인간의 허약함에 대한 빈정거림, 작가 자신이 살아가는 사회주의 세계에 대한 수긍할 수 있을 만한 독설 등 네스바드바의 이야기는 자주 SF와 호러의 요소가 뒤섞여 있으면서도 끝에 가서는 항상 풍자적인 면모를 보인다. 그의 작품은 짧은 문장, 전개되지 않은 사건에 대한 명확한 분리 등의 특성을 가진 세련된 방식의 글쓰기로 주목받는다. 고맙게도, 체코슬로바키아 국영출판사인 '오르비스Orbis'에 의해 네스바드바의 작품이 영역본으로 출간되었고, 이로 인해 세계적으로 동유럽에 대한 관심이 높아졌으며, 그의 작품이 세계 각국의 언어(종종 영역본을 번역판본으로 삼기도 했다)로 광범위하게 번역되어 출간되는 데 큰 도움이 되었다.

위의 세 권의 작품집에 이어, 앞서 지은 여러 작품들을 포함하기도 한 작품집을 비롯해 다음과 같은 책이 출간되었다. 『자기 파멸의 발명가Vynález proti sobě』(1964), 『네모 선장의 마지막 항해Poslední cesty kapitána Nema』(1966), 『세 개의 모험Tři dobrodružství(일부만 SF)』(1972), 『반대편으로의 여행Výpravy opačným směrem』(1976), 『아인슈타인 두뇌와 다른 작품들Einsteinův mozek a jiné povídky』(1987) 등이 출간됐다.

네스바드바가 1964년 미국에서 열린 '월드콘Worldcon(세계 과학소설 대회)'에 참여했던 영향을 받아 집필한, SF 팬덤의 흥미를 끈 미스터리소설 『에릭 N의 헛소리Bludy Erika N.』(1974)는 세계적인 고고학자이자 논픽션 작가인 에리히 폰 데니켄Erich von Däniken의 이론을 따르고 있다. 1970년대부터 단편 집필에서 멀어지기 시작한 네스바드바는 동시에 보다 전형적인 SF에서 벗어남으로써 일반 문학에 환상적인 요소를 섞은 경계로 다가서는 법을 체득하였다. 그 후로 네스바드바는 점점 더 정신의학적/심리학적 방향으로 초점을 맞춘 경계 SF들인 『부모의 운전면허증Řidičský průkaz rodičů』(1979)과 『두 번째 미네하바—늙은 정신의학자의 사색Minehava podruhé—Nápady starého psychiatra』(1981)을 발표했다. 두 작품집은 각각 세 편의 중편을 싣고 있는데, 『부모의 운전면허증』은 심리학 영역에서 테마를 가져왔고, 『두 번째 미네하바—늙은 정신의학자의 사색』은 정신의학적 현상의 발명들과 정신치료학 그룹을 통해 사람들과 의사소통을 시도하는 이야기를 담고 있다. 『성(性) 픽션Sex—fikce』으로 재출간된 『남편이 될 남자를 찾고 있어요/두 번째 밀레니엄은 끝나지 않는다Hledám za manžela muže/Druhé tisíciletí neskončí』(1986)는 인간의 감정과 정신을 자극하는 목적의 가스 개발을 둘러싼 이야기다. 네스바드바의 모든 작품 가운데 가장 복잡한 운명을 맞이한 작품은 경계 SF인 『프라하에서 온 비밀 보고서Tajná zpráva z Prahy』(1978)로, 검열당하지 않은 원본은 공산정권 붕괴 이후에 『프라하에서 온 최초 보고서První zpráva z Prahy』(1991)라는 제목으로 출간됐다. 그의 마지막 SF 관련 작품은 유사 역사를 다룬 정치적 소설인 『지옥: 베네시Peklo Beneš』(2002)로 세계 2차 대전 당시 체코슬로바키아의 대통령 에드바르드 베네시가 독일의 점령을 믹아내고 중립국을 세운다는 내용을 담고 있다.

네스바드바의 작품은 체코 영화계에 커다란 영감을 제공한 비옥한 원전이기도 했다. 그는 자신의 작품을 원작으로 한 수많은 영화의 시나리오를 공동집필했으며, 그가 참여한 영화는 다음과 같다. 타잔의 희비극적인 새로운 모험을 그린 〈타잔의 죽음Tarzanova smrt〉(1962), 2차 대전을 배경으로 얼뜨기 과학자의 희비극을 다룬 〈제에네문데의 바보Blbec z Xeenemünde〉(1962), 1930년대를 배경으로 성형수술로 기적을 행하는 의사에 관한 슬랩스틱 〈잃어버린 얼굴Ztracená tvář〉(1965), 핵전쟁으로 인한 방사능 때문에 여성들이 수염이 나고 불임이 되어버린 1999년 사회를 배경으로 시간여행을 다룬 엄청난 코미디인 〈여러분, 제가 아인슈타인을 죽였어요.Zabil jsem Einsteina, pánové!〉(1969), 그리고 인공적으로 여성을 복제해 내는 내용의 코미디 〈미스 골렘Slečna Golem〉(1972). 이외에도 그의 소설을 원작으로 한 두 편의 영화와 TV 시리즈물이 있다. 뛰어난 레이싱카 제작자가 만든, 운전하는 사람의 피를 연료로 움직이는 흡혈 자동차에 대한 영화 〈흡혈귀 페랏Upír z Feratu〉(1981), 그리고 가장 성공적인 작품으로 히틀러를 도와 2차 대전에서 승리하기 위해 미래에서 원자폭탄을 훔쳐오려는 네오나치 그룹에 관한 시간 패러독스 영화 〈내일 잠에서 깨어 찻물에 데일 거야Zítra vstanu a opařím se čajem〉(1977), 아이들이 말을 잘 듣게하는 알약의 발명과 그 부작용으로 일어나는 소동을 그린 TV 시리즈물 〈밤비노트Bambinot〉(1983-84)가 있다.

이르지 네트르발 Jiří Netrval (1945. 5. 1~)

미생물학자로 평생을 다양한 연구소에서 일하며 보냈다. 그는 단지 몇 편의 이야기를 집필했을 뿐이지만, 각각의 작품이 독자들에게 커다란 인기와 반향을 일으켰다. 외계인이 인간을 관찰하는 평행우주에 대한 액션 SF인 『철탑의 그림자Stín železné věže』(2005)도 마찬가지다.

프란티셰크 노보트니 František Novotný (1944. 5. 14~)

SF 작가.

체코 브르노 기술대학에서 전기학을 전공하고 컴퓨터 관련 전문가로 일했다. 전 체코 요트 챔피언이다.

노보트니는 1980년대 초기에 SF를 쓰기 시작하여 최고의 SF 작품에 수여되는 '카렐 차페크 상'에 입상하였으며, 1985년과 1991년에 각각 「쓰레기 하치장 마돈나의 전설Legenda o Madoně z Vrakoviště」과 「라막스Ramax」로 본상을 받았다. 그의 작품들은 팬진과 선집을 통해 처음 출간되었다.

노보트니는 '카렐 차페크 상'을 통해 SF에 입문하여 자신의 단편집 『불운한 착륙Nešťastné přístání』(1988)을 출간한 첫 번째 SF 작가이다. 이 작품집은 여전히 공산당의 검열에 있던 시기에 나온 책으로 그의 최고의 작품집이 될 수 없었다. 그러나 그의 후속작 「브래드버리의 그림자Bradburyho stín」(1991)와 '카렐 차페크 상'

수상작 「라막스Ramax」(1992)는 훨씬 높은 평가를 받았다. 「브래드버리의 그림자」는 화성을 배경으로, 환영을 통해 소통하는 불가사의한 지성체를 맞닥트린 탐험대의 이야기다. 「라막스」는 로봇의 세계에서 일어난 최초의 살인에 관해 성경에 빗댄 새로운 이야기다. 노보트니의 결정적인 작품으로는 일곱 권으로 출간된 장대한 3부작 소설 『발할라의 기나긴 날 / 발할라의 또 다른 날 / 발할라의 마지막 날Dlouhý den Valhaly / Další den Valhaly and Konečný den Valhaly』(1994-2007)이다. 프랭크 N. 스키퍼Frank N. Skipper라는 필명으로 제1권이 출간된 이 소설은 북유럽 신화와 세계 1차 대전 당시 독일 전투조종사들에 관한 이야기가 기묘하게 섞여 있다.

최근에 들어서 노보트니는 작풍을 바꾸어 환상적인 특색을 가진 역사적 소설을 쓰기 시작했다. 그러한 첫 작품인 『반지─공작부인의 선물Prsten od vévodkyně』(2011)은 19세기 체코의 유명한 작가였던 보제나 넴코바Božena Němcová의 실제 삶을 환상적인 모티프에 녹여 내고 있다.

야나 레치코바 Jana Rečková (1956. 4. 27~)

신경과 전문의, SF 판타지 호러 작가.

프라하 카렐 대학에서 의학을 공부했고, 졸업 후 프라하 유명 병원에서 의사로 재직하고 있다.

레치코바가 첫 장편 장르소설 『태어나지 않은 보석들의 세계Svět nezrozených drahokamů』(1996)를 발표했을 때는 체코 작가들이 독자들의 관심을 끌지 못하던 시절이었다. 그래서 그녀는 조안나 레일리Joanna Railly라는 미국 작가 같아 보이는 필명을 사용했다. 하지만 98년 '카렐 차페크 상'을 수상한 이후(2004년과 2009년에도 연속으로 수상)부터는 그 필명을 더 이상 사용하지 않았다.

레치코바의 초기 장편소설들은 주로 흥미진진한 '검과 마법사' 장르나 '영웅 판타지' 장르였다. 『말과 검 사이에서Mezi slovem a mečem』(1999), 『왕이 너무 작다Král je malý』(2000), 『저주받은 책Kniha prokletých』(2003), 2권으로 된 『솔파다르에 묻혀Pohřbeni na Solfadaru』(2008) 등의 작품들은 그녀를 유명하게 만들어 주었다. 그 후 레치코바는 서서히 SF로 이동하며 SF와 판타지가 혼합된 작품들을 썼다. 3부작 소설 『애가의 계곡Údolí žalozpěvu』(2008)이나 장편 『도어맨의 노래Píseň o Dveřníkovi』(2005) 같은 작품들이 거기에 속한다. 아무도 살고 싶어 하지 않으면서도 사람들이 여전히 벗어나지 못하고 있는 대재앙 이후의 세계를 그린 『잊혀진 사람들Zapomenutí』(2008)은 그녀의 유일한 하드 SF 소설이다.

최근 들어 레치코바는 장편 호러, 종종 매우 폭력적이고 유혈이 낭자한 소설들로 방향을 돌렸는데, 특히 『24시간 30분의 하루 24 a 1/2 hodiny denně』(2004), 『24시간 30분 이상의 하루Více než 24 a 1/2 hodiny denně』(2006), 『잠Dřímota』(2008) 등의 작품이 그렇다.

레치코바는 십여 편의 단편소설들을 썼다. 그녀의 단편들은 체코의 모든 장르문학 잡지들에 실렸고, 많은 단편선집에 수록되었다. 하지만 아직 한 번도 단행본으로 묶여 나오진 않았다.

레치코바는 그렉 베어Greg Bear[12], 해리 해리슨Harry Harrison[13], 필립 호세 파머 Philip José Farmer[14] 같은 작가들의 SF 장편소설 20여 권을 체코어로 번역하기도 했다.

루드비크 소우체크 Ludvík Souček (1926. 5. 17~1978. 12. 26)

의사, SF 작가. 1960~1970년대의 가장 영향력이 큰 체코 SF 작가.

프라하 카렐대학교에서 치의학을 전공하고 1951년 치과의로 일했다. 3년 뒤 군에 입대한 그는 북한의 체코 야전병원에서 2년 동안 군의관 생활을 했다. 체코 국방부에서 공무원으로 잠깐 일하기도 했던 그는 1960년대까지 프라하에서 치과의로 꾸준히 활동했다. 1970년대에 들어서는 1978년 작고할 때까지 TV 저널리스트 및

---

12) 미국의 현대 SF 작가(1951~)로 『블러드 뮤직Blood Music』(1983), 『움직이는 화성Moving Mars』(1994), 『다윈의 라디오Darwin's Radio』(2002) 등의 작품으로 휴고와 네뷸러 상을 수차례 수상했다.
13) 1925년생의 미국 SF 작가. 대표작으로는 인구폭발을 다룬 『지구는 만원이다Make Room! Make Room!』(1966)가 있다.
14) 필립 호세 파머(1918~2009)는 미국의 SF·판타지 작가로 그의 작품 『연인들The Lovers』 (1953)은 성적 묘사와 탐구가 터부시되던 당시 SF의 한계를 깬 기념비적 작품으로 평가받고 있다.

출판사 편집자로 일했다.

소우체크의 가장 영향력이 큰 작품은 『눈 먼 새들의 항행Cesta slepých ptáků』 (1964), 『루나 라이더Runa rider』(1967), 『태양의 호수Sluneční jezero』(1968) 등 "눈 먼 새들" 3부작이라고 불리는 SF 소설이다. 매우 강력한 논픽션 요소를 포함한 이 작품들은 체코 최고의 SF 전통을 이어가는 것으로 보아야 한다. 소우체크의 "눈 먼 새들"은 실제로 카렐 차페크의 『도롱뇽과의 전쟁』(1937)의 체계와 구성을 따르고 있다. 차페크와 소우체크 두 작가 모두 현재(차페크는 1930년대, 소우체크는 1960 년대)에 깊숙이 뿌리를 내린 구상으로 시작했다. 그리고 둘 모두 당시의 사회적 정 치적 현실에 대해 날카롭게 비판을 했다. 소우체크는 과학적 사실을 효과적으로 뒤 섞어 프랑스, 아이슬란드, 브라질, 그리고 나중에는 화성에 이르기까지 지리학적 발 견을 만들어 냈다. 차페크와 소우체크는 3부작의 첫째 권에서 아주 냉정하게 이야 기를 쓰기 시작하여, 둘째 권에서 속도를 올리고, 마지막 권에서 정점에 도달하는 방식을 통해 탁월한 하드 SF가 갖는 환상적인 요소를 아주 서서히 발전시켜 나갔 다. 차페크는 『도롱뇽과의 전쟁』에서 도롱뇽이 승리하고 인류가 거의 멸종하는 결 말을 갖는 데 비해, 낙천주의자인 소우체크는 냉전시대의 양측인 서방과 공산권의 협력을 통해 국제탐사구조팀을 화성에 성공적으로 보내게 된다.

소우체크의 탁월함은 액션으로 가득한 『검은 행성의 형제Bratři černé planety』 (1969)와 뭉사직이면서 문학성이 뛰어난 『은하계의 이익을 위해Zájem galaxie』 (1973) 등 단편집에서 더욱 두드러지게 살펴볼 수 있다. 또한 『흰 개미 요새Pevnost bílých mravenců』(1972) 그리고 그의 유작 소설 『헵테리스에서 온 광인들Blázni z Hepteridy』(1980) 등 청소년과 일반인을 위한 액션 SF 시리즈를 쓰기도 했다.

막바지에 들어서 소우체크는 체코의 스타로 자리매김하게 된다. 전조(前兆)에 관해 다루는 『접속 예감Tušení souvislostí』(1974)과 『그림자 예감Tušení stínu』 (1978), 이 두 작품은 에리히 폰 데니켄 스타일로 집필한 논픽션집으로 인류의 역사 에서 놀랍고, 경이롭고, 모호한, 혹은 "아직" 설명되지 않았을 뿐인, 고대문명의 과 학지식과 기술수준에 대한 우리의 억측 혹은 현재에 주어진 과학지식으로는 설명이 불가능한 것들에 대한 에세이들이다. 그보다 앞선 선구자였던 데니켄과 마찬가지로, 소우체크는 '바알베크의 거석'과 같은 기이한 건축물들, 1908년 시베리아평원에서 일어난 '퉁구스카 폭발사건'과 같은 자연의 대격변, '소돔과 고모라의 파멸'과 같은 신화 혹은 성경에 드러난 역사 등에 관해서 외계의 개입과 중재, 외계인을 통한 설명이 가장 적합할 수 있다고 '넌지시 암시'했다. 다만 소우체크는 데니켄과는 다르게 외계의 개입이라는 생각을 강하게 밀어붙이는 대신 다른 설명이 가능하도록 충분한 여지를 남겼고, 실제로 그들이 '외계인이다'라고 기술하지도 않았다. 소우체크는 과학적으로 꽤나 높은 수준에 맞춰 에세이를 집필했고, 기 출판된 관련 자료들에서 논의된 내용도 착실히 담고 있었다. 그의 갑작스러운 죽음, 그리고 그의 마지막 미완성작 『빛의 예감Tušení světla』 원고의 의문스러운 분실(사반세기 후에 발견됨)은 당시 공산정권이었던 체코슬로바키아에서 좀처럼 있을 법하지 않은 일이긴 하지만, 소우체크를 스타의 반열에 올려놓았다.

스타니슬라프 슈바호우체크 Stanislav Švachouček (1952. 1. 12~)

기술자, SF 팬, 작가.

체코 기술대학에서 사이버네틱스를 수학하고, 졸업 후에 '자동화 연구소'에서 근무하며 "생각하는" 크레인을 개발하는 일을 했다. 그 뒤 국립 기계설계연구소와 함께 거의 20년 동안 초음파비파괴검사 분야를 연구했다. 그밖에도 통신회사의 기술표준화 부서에서 근무하거나 심장수술에 필요한 기구와 용품을 다루기도 했다.

SF에서 슈바호우체크의 영역은 언제나 단편소설이었다. 그는 그 보다 긴 형태의 SF는 발표한 적이 없다. 단편소설들로 그는 체코 국내 SF 문학상을 무수히 수상했으며, 주요한 장르문학 잡지들에 40편 이상의 SF 단편소설들을 발표했다. 또한 슈바호우체크는 러시아와 영미 SF를 상당수 번역 소개하기도 했다. 체코 SF 문학평론가들은 흔히 그가 인간보다 기계를 더 잘 이해하고 있다고 말한다. 슈바호우체크의 작품 속에서는 기계나 동물들이 인간보다 더욱 인간적으로 나타나는 경우가 많은데 아마도 이 때문에 이러한 주장이 생기는 듯하다. 하지만 사실은 그렇지 않다. 그는 과학이나 기술적 트릭이 SF 소설에서 중요한 역할을 해야 한다고 생각한다. 이는 슈바호우체크가 지금 거의 멸종된 하드 SF 작가들에 속한다는 사실을 가리킨다.

단행본으로 출판된 슈바호우체크의 SF 단편집은 『로보라무스Roboramus』(1999)가 유일하다. 이 책은 80년대와 90년대 그의 작품들 중에서 가장 뛰어난 것들을 골라 수록했다. 보다 근래의 작품들은 아직 여러 앤솔로지들에 흩어져 있다. 최근 슈바호우체크는 체코 사이버펑크의 주요 작가인 이르지 W. 프로하즈카(Jiří W. Procházka)와 공동으로 두 편의 단편소설을 썼다. 프로하즈카의 최근 단편집『어느 곳으로도 가지 않는 두 번째 발걸음Druhý krok nikam』(2011)에 이 두 공저 작품이 실려 있다.

야로슬라프 바이스 Jaroslav Veis (1946. 4. 19~)

SF 작가, 번역가, 편집자, 언론인, 정치평론가.

프라하 카렐대학교에서 사회과학과 언론학을 전공하고, 1970년대 초반부터 다양한 잡지에서 경험을 쌓았다. 1990년대에 들어서 정치평론가가 되어 1991년과 1992년에는 체코에서 가장 오래된 대표 일간지〈리도베 노비니Lidové noviny〉편집국장을 역임했고, 이후로도 오랫동안 체코 국회의장 고문으로 활동했다.

1970년대 중반에 SF를 집필하기 시작한 바이스는 그의 초기 작품집인『제3행성을 위한 실험Experiment pro třetí planetu』(1976)과 『판도라의 상자Pandořina skříňka』(1979)가 독자들의 즉각적인 반향과 힘께 커다란 성공을 거두면서, 체코를 대표하는 SF 작가의 반열에 올라서게 된다. 그런데 이 두 작품집에 실려 있는 가장 눈에 띄는 이야기들을 포함하여, 작품의 중요한 부분들이 실제로는 알렉산드르 크라메르Alexandr Kramer에 의해 집필되었다는 사실이 1989년 공산정권이 붕괴된 이후에 밝혀지게 되었다. 알렉산드르 크라메르는 체코슬로바키아 반체제 지하세력으로 정치활동을 해왔던 이력 때문에 공산정권 하에서는 출간이 금지되어 있던 상태였다.

바이스는 앞의 두 권의 책에서 직접 쓴 작품들과 몇 편의 작품을 더해『칼리스토에서의 하루Den na Kalisto』(1989)라는 선집을 출간했다. 그 밖의 작품들을 모은 『시간의 바다Moře času』(1986)는 「집행유예Šest měsíců, in ulna(원제: 척골형 6개월)」라는 작품을 제외하고는 이전에 발표했던 작품의 수준에 다다르지 못했다. 「집행유예」는 가까운 미래, 현대 의학과학 기술이 전통이슬람 법무부의 적용을 받는 이슬람 국가를 배경으로 한 이야기다. 베이스는 일러스트레이터 카야 사우데크 Kája Saudek와 함께 백과사전을 패러디한 논픽션 소책자 『발췌본 / 백인의 외계인 지도Whiteův velký atlas mimozemšťanů /fragment/』(1989)를 만들었다.

한편, 블라디미르 페트르지크Vladimír Petřík와 함께 야로슬라프 페트르Jaroslav Petr라는 이름으로 SF 탐정 소설 『너는 다시 한 번 죽을 거야Zemřeš podruhé』(1982)를 공동집필했으며, 또 다른 SF 작가 즈데네크 볼니Zdeněk Volný와 함께 영미 SF 선집 『미래 시간을 찾아서Hledání budoucího času』(1985)를 공동편집했고, 세계 SF 선집인 『우주는 살기 좋은 곳이다Vesmír je báječné místo pro život』와 『행성 지구에 방문하세요!Navštivte planetu Zemi!』를 공동편집했다. 바이스는 1980년대 후반부터 SF 작가로는 활발히 활동하고 있지 않다.

미로슬라프 잠보흐 Miroslav Žamboch (1972. 1. 13~)

물리학자. SF 판타지 작가.

잠보흐는 프라하의 체코 기술대학에서 핵과학과 물리학을 공부했으며 90년대 중반부터 국립원자력연구소에서 일했다. 그는 야외스포츠, 유도, 권투, 산악등반, 사이클 등을 즐기는 활동적인 스포츠맨이기도 하다.

잠보흐는 세 편의 짧은 중편 판타지 소설을 묶은 작품집 『마지막 남은 자가 전부를 가진다Poslední bere vše』(2000)로 SF에 입문했다. 2년 뒤에 내놓은 미래전쟁을 다룬 SF 장편소설 『하사관Seržant』(2002)은 체코 국내와 해외 모두에서 즉각적인 성공을 거두었다. 잠보흐의 다른 성공작은 장편 『잔혹한 구세주Drsný spasitel』(2007)로, 이 소설은 신과 인공지능 사이에 벌어진 전쟁 속에 인간이 사냥감에 불과한 존재가 되어 버린 미래세계를 다루고 있다. 그의 다음 장편소설 『포식자들

Predátoři』(2007)은 유사 이전의 세계를 배경으로 하고 있다. 근래의 프라하를 무대로 한 장편 『인큐베이터—프라하에 죽음이 태어나다Líheň—Smrt zrozená v Praze』(2004)와 『인큐베이터—죽음의 여왕Líheň—Královna smrti』(2005)은 SF 테마들의 경계를 오가는 스파이 소설이다.

잠보흐는 주인공의 이름들을 제목으로 하는 두 개의 긴 판타지 시리즈도 썼는데, 둘 다 아직 완결되지 않았다. 판타지 세계를 방랑하는 무법자 코니아시Koniáš의 이야기는 두 권의 장편소설과 세 권의 단편집으로 이루어져 있다. 어떤 무기든 쉽게 다룰 수 있으며 큰 고민 없이 단호하게 그것을 사용하는 매우 솔직한 성격의 주인공이 등장하는 『바클리Bakly』라는 보다 폭력적인 시리즈는 현재 한 권의 장편과 한 권의 단편집, 두 권의 포켓북이 나와 있다.

잠보흐의 중단편 소설들은 『메가폴리스Megapolis』(2004), 『토네이도의 날개 위에서Na křídlech tornáda』(2004), 『메아리 울리는 기나긴 질주Dlouhý sprint s ozvěnou』(2009) 등에 수록되어 있다.

잠보흐는 은하계를 넘나들며 활약하는 특별요원 존 프란시스 코바르John Francis Kovář의 모험을 다룬 『페리 로단Perry Rhodan』[15] 스타일의 체코 창작 SF 시리즈 『첩보원 JFK』 중에서 여덟 권(그중 네 권은 이르지 W. 프로하즈카와 공저)을 집필했다. 이 시리즈는 2005년부터 발간되기 시작해서 지금도 계속 나오고 있다.

---

15) 1961년 당시 서독의 SF 작가 칼 헬베르트 쉘과 클라크 달튼을 중심으로 여러 독일 SF 작가들이 릴레이로 집필한 대하 액션 SF 시리즈.

■엮은이 소개

야로슬라프 올샤, jr. Jaroslav OLŠA, jr. (1964. 8. 4~)

SF 편집자, 평론가, 번역가, 외교관.

올샤 대사는 체코 프라하의 카렐대학교에서 아시아·아프리카학을 전공하고, 암스테르담대학교에서 유럽비교사회학과 국제관계학에 대해 공부했다. 체코의 공산정권이 무너지기 전, 그는 인터호텔 나이트클럽의 조명기사로부터 잡지의 프리랜서 번역가에 이르기까지 다양한 일을 했다. 1992년에 외교부에 들어간 올샤 대사는 1996년부터 1999년까지 체코 외무부 아프리카 담당국장을 지냈으며, 2000년부터 2006년까지 짐바브웨 대사를 역임했고, 2008년 9월 주한 체코대사로 부임했다. 『짐바브웨, 잠비아, 말라위 역사』를 비롯해 아프리카의 역사와 예술에 관해 여러 권의 책을 쓴 그는 2011년 7월 '민주주의공동체회의'에서 '제1회 외교관을 위한 파머상Palmer Prize'을 수상했다.

1983년 SF 팬덤에 합류한 올샤 대사는 1980년대 중반, 당시에 가장 활발히 활동하던 SF 클럽 중 하나인 '스펙트라Spectra'의 회장을 맡게 된다. 1986년에 올샤 대사가 창간하고 편집을 맡은 SF 팬진 『이카리에 XB(Ikarie XB)』는 체코 SF 클럽이 수여하는 '체코 최고의 팬진'으로 꼽혔으며, 유럽 SF 협회에서 뽑은 '유럽 최고의 팬진'에 선정되었다. 그는 『체코슬로바키아 팬진 도서목록』에 관한 여섯 개의 프로젝트 가운데 1987년까지의 팬진을 다룬 두 권(Bibliografie českých a slovenských fanzinů do roku 1987 l.+ll, 1988)과 1988년의 팬진을 다룬 한 권(Bibliografie českých a slovenskych fanzinů za rok 1988, 1990) 등 세 권을 담당했다. 1990년 올샤 대사는 체코 최초의 SF 월간지인 『이카리에Ikarie』를 창간하고 편집장 온드르제이 네프Ondřej Neff와 함께 편집부 부국장으로 활동하였다. 1991년에는 SF 출판사 'AFSF'를 설립하여 1990년대 말까지 거의 100권에 달하는 SF물을 출간했고, 온드르제이 네프와 함께 『SF 문학 백과사전Encyklopedie literatury science fiction』(1995)을 공동 저술, 편집하였다. 올샤 대사는 영국에서 출간된 존 클루트John Clute와 피

터 니콜스Peter Nicholls 공동 편저의 『SF 백과사전The Encyclopedia of Science Fiction』(1993), 존 클루트 편저의 『판타지 백과사전The Encyclopedia of Fantasy』(1997) 등의 단행본과 『로커스Locus』, 『파운데이션Foundation』 등 다양한 분야의 논픽션 저널에 글을 기고했으며, 아시아 · 아프리카 · 동유럽의 SF에 관한 수많은 기사를 작성하였다.

올샤 대사는 'AFSF'에서 세계 SF 선집인 『테크노포프의 심장Srdce Technopopu』(1992)과 『SF의 세계Světy science fiction』(1993), 영미 SF 선집인 『신들 같은 별들Hvězdy jako bozi』(1993)과 『여름 아침의 전초전Přestřelka na úsvitě』(1993), 그리고 『스탠리 G. 와인바움 SF 걸작선(Stanley G. Weinbaum)』(1992), 『프레데릭 폴 SF 걸작선(Frederik Pohl)』(1996), 『해리 해리슨 SF 걸작선(Harry Harrison)』(1997) 등을 만들었다.

올샤 대사는 인도에서 처음으로 출간된 영어판 체코 SF 선집인 『흡혈귀 외 체코 SF 소설집 Vampire and Other Science Stories from Czech Lands』(1994)을 편집했으며, 짐바브웨에서는 은데벨레어판 체코 SF 선집을 편집하였다. 한국에 부임 후 체코와 한국의 문화교류에 열정적으로 활동해 온 올샤 대사는 카렐 차페크의 『도롱뇽의 전쟁』(열린책들, 2010)의 해설을 쓰고, 행복한책읽기의 『프라하—작가들이 사랑한 도시』(2011. 3)와 『체코 단편소설 걸작선』(2011. 7)에 이어 『체코 SF 걸작선—제대로 된 시체답게 행동해!』(2011. 8)까지 직접 기획 · 편집 · 해설 등에 참여해 일단의 '체코 3부작'을 완성했다.

박상준 (1967~)

SF 및 교양과학 기획번역가, 편집자, 칼럼니스트. 현재 서울SF아카이브 대표.

한양대 지구해양과학과를 졸업하고 서울대 대학원 비교문학과를 수료했다. SF/판타지 전문잡지 『판타스틱』의 초대 편집장과 SF전문출판 '오멜라스'의 대표를 지냈다. 1991년에 SF동호인 모임 '멋진 신세계'를 결성하여 초대 회장을 맡았으며 그 뒤로 여러 SF 작가 및 번역가들을 발굴해왔다. 국내 최초의 SF입문서인 『멋진 신세계—SF를 읽는 즐거움』(1992)을 엮어 냈고, 『라마와의 랑데부』, 『화씨 451』 등을 우리말로 옮겼다.

■ **옮긴이 소개**

김창규

작가, 번역가. 2006년 과학기술창작문예 중편 부문에 당선되었다. 『판타스틱』, 〈네이버 오늘의 문학〉, 〈크로스로드〉 등에 단편을 발표했으며 『판타스틱』에 장편 『세라페이온』을 연재했다. 문지문화원 〈사이〉에서 〈SF와 판타지 만들기〉를 강의했다. 지은 작품으로 소설 『태왕사신기』, 『세라페이온』, 『발푸르기스의 밤(가제)』이 있고 『뉴로맨서』, 『은하수를 여행하는 히치하이커를 위한 과학』, 『이상한 존』, 『므두셀라의 아이들』 등을 우리말로 옮겼다.

최세진

SF와 사회과학 전문 번역자이며, 미디어 활동가로서 사회단체 지원도 꾸준히 진행하고 있다. 『내가 춤출 수 없다면 혁명이 아니다』와 『안녕! 사회주의(공저)』 저자이며, 『공동체 라디오 만들기(공역)』, 『SF 명예의 전당 2: 화성의 오디세이(공역)』, 『계단의 집』을 우리말로 옮겼다.

신해경

더 재미있는 세상을 만들 수 있는 번역을 고민하는 전문번역자. 서울대학교 미학과를 졸업하고 KDI국제정책대학원에서 경영학과 공공정책학을 공부했다. 생태와 환경, 사회, 예술 분야에 관심을 가지고 있다.

정보라

연세대학교 인문학부를 졸업했다. 미국 예일대학교에서 러시아 동유럽 지역학 석사를 받은 후 폴란드 크라쿠프의 야기엘로인스키 대학에서 1년간 폴란드 언어문화 연수과정을 수료했다. 인디애나대학교에서 슬라브 어문학 박사학위를 받고 현재 대학에서 강의하며 번역에도 힘쓰고 있다. 옮긴 책으로 『계피색 가게들』, 『모래시계 요양원』, 『창백한 말』, 『구덩이』, 『거장과 마르가리타』 등이 있다.

정성원

서울대학교 인류학과를 졸업하고 출판 기획, 편집 및 번역 일에 종사했으며 장르문학 전문지 『판타스틱』의 편집주간을 지냈다. 옮긴 책에 『아기양 울리의 저녁 산책』, 『피터의 안경』, 『백다섯 명의 오케스트라』 등이 있다.

·Copyright page of Czech SF Anthology

Selection © Jaroslav Olša, jr. and Sang-Joon Park
Introduction & Notes on authors © Jaroslav Olša, jr.

Petr Heteša + Karel Veverka: Těšíme se na Vás!
(SF fanzine anthology Leonardo — Kočas, 1988)

Ondřej Neff: Čtvrtý den až navěky
(SF collection Čtvrtý den až navěky, 1987)

Josef Nesvadba: Einsteinův mozek
(SF collection Einsteinův mozek, 1960)

Jiří Netrval: Styx
(SF anthology Pozemšťané a mimozemšťané, 1981)

František Novotný: Bradburyho stín
(SF fanzine anthology Černá skříňka — Kočas, 1989)

Jana Rečková: Chovej se jako slušná mrtvola!
(SF magazine Ikarie, 1998)

Ludvík Souček: Mimořádné znalosti
(SF collection Zájem galaxie, 1973)

Stanislav Švachouček: Zelí
(SF fanzine Kočas, 1986)

Jaroslav Veis: Šest měsíců, in ulna
(SF anthology Ted'už budeme lidé, 1985)

Miroslav Žamboch: V pásu asteroidů
(SF anthology 2101: Česká odysea, 2002)

* Author: Title (First Czech-language editions)
* All translations are from English translations of the original Czech texts, except of Jana Rečková (from
   Polish) and Ludvík Souček (from German).